KB153453

퀴어 (포)에티카

문학동네 평론선

Poetica

퀴어 (포)에티카

for
Ethica

문학동네

전승민 평론집

사청乍晴

1. 몇 가지 질문

글을 엮고 보니 새삼스럽다. 평론을 쓰는 일은 내 삶의 계획에 없었다. 어쩌다보니 문학을 좋아하게 됐고, 어쩌다보니 글을 쓰는 일이 즐겁다는 걸 알게 됐고, 그리고 그것을 세상과 나누는 기쁨을 알게 되어 계속 쓰고 싶어졌고, 그리하여 감사하게도 여기까지 왔다. '여기'까지라 함은 내가 쓴 하나의 글이 세상의 다른 글에게 어떤 말을 건네는지, 그리고 어느 방향으로 귀를 기울이고 있는지 비로소 지켜볼 수 있게 되는 첫번째 임계점을 말한다. 글을 모으면서 각각의 글을 쓸 당시에는 미처 알지 못했던 내 비평의 지향점과 한계를 본다. 쓰면서 매 순간 새롭게 비평가가 되는 듯하다. 쌓아올린 글의 더미 위에 앉아 그 적층된 시간과 사유를 반성적으로 돌아보고, 허물고, 또다시 새로운 지면地面/紙面 위에서 마치 처음 쓰는 사람처럼 매일 다시 쓴다. 책 한 권을 엮는다는 것은 그만큼의 글을 모았다는 지표이기도 하지만 드디어 그것을 무너뜨릴 때가 왔음을 의미하기도 하기에, 그래서 새삼스럽다는 말이다.

"비평이 무엇인가요?"와 같은 질문 역시 새삼스레 설레는 물음이다. 아마 비평가에게 가장 어려운 질문일 것이다. "비평이 왜 필요한가요?"라는 질문으로까지 나아간다면 더 큰 난항에 빠질 터이다. "비평을 '창작'이라고 할 수 있나요?" 하는 의문도 매한가지다. "도대체 누가 비평을 읽지요?"처럼 아주 오래된 탄식은 마치 일련의 물음들을 마무리하는 구두점처럼 늘 따라온다. 엮은 글들을 정리하며 이상의 물음에 대해 답해보고자 한다.

문학의 목소리는 언제나 이후에 도착한다. 특히, 비평의 목소리는 시와 소설 뒤에서 그들의 말에 응답하는 것으로 입을 열기 때문에 더욱 그렇다. 그러나 우리가 위치한 이 뒷자리는 최후의 좌표인 동시에 최초의, 시작하는 자리라는 점을 유념해야 한다. 시작은 끝에서 태어난다. 비평(평론)이 작품 뒤에 '붙는' '좋은 말'이라는, 다시 말해 과한 상찬으로 작품을 팔기 위해 추켜세우는 수사학에 다름 아니라는 혐의는 그리 놀라운 것이 아니지만 이에 관해 비평이 받는 심문은 나날이 심각해지고 있다. 하지만 아름다운 수사는 비평의 손톱쯤 되는 것이다. 손톱으로 달을 그러쥘 수는 없다. 비평이 문학의 가장 '뒤'에 있는 이유는 작품을 지켜내기 위해서다. 작품의 좋은 점과 아쉬운 점을 고르게 평하고 동시대 발표되는 다른 작품들 사이에서 그것이 차지하는 위치를 밝혀주면서 시와 소설의 궤도를 구성해나가기 위함이다.

좋은 비평은 작품을 함부로 미화하거나 비하하지 않는다. 작품이 분명 가지고 있지만 읽히지 않은 새로운 지점을 기민하게 포착하고, 비판해 마땅한 지점을 엄정하게 드러낸다. 비평의 '좋은 말'과 '쓴소리'는 지금 이 순간에도 새로이 태어나고 있는 작품들을 그렇게 열렬히 응원한다. 문학을 일종의 살아 숨쉬는 생태계로 볼 수 있다면 비평은 그 생태를 정화하는 작업이다. 그리하여 작품들이 각각의 일생에서 한껏 피어나도록 돕는다. 문득 사랑, 이라는 말을 쓰려다 한참을 망설이고, 결국엔 쓴다. 사랑이라는 단어는 역사상 가장 진부하기 짝이 없는 말 중 하나일 테지만 그럼에도 불구하고 이 말 외에는 달리 표현할 길이 없는 듯하다. 시와 소설이 지닌 오롯한 개성과 그 내부에서 겹겹이 생성되는 무수한 맥락들을 정확하게 밝히고 지켜내는 일, 작품 스스로도 알지 못했지만 품고 있던 가능성과 역량을 드러내는 일, 이것을 사랑이 아니라면 무어라 말할 수 있을지 모르겠다. 다른 말로 달리 표현할 방도가 없음에 때때로 아연하다.

비평의 사랑은 대상을 주체의 욕망에 종속시키려는 일방적인 진단이 아니다. 좋은 비평은 작품을 만진 뒤 작품으로부터 손을 털어낸다. 구속하지 않는다. 비평이 작품을 통해 열어놓은 질문들로 작품이 독자에게 자유로이 날아갈 수 있도록 놓아준다. 말하자면 비평은 문학의 가장 후방에서 다시 시작하는 새로운 길을 만드는 작업이다. 문학이 함축하는 생득적인 정치성도 이와 마찬가지다. 노동이나 계급 같은 개념을 거치지 않더라도 문학은 이미 정치적이다. 작품의 뒤에서 앞선 시간을 점검하고 비판하며 그것들이 지닌 힘을 찾아내는 비평의 작업은 무리 없이 가장 정치적이라 말할 수 있을 테다. 작품이 현실의 단순 재현과 반영물에 불과한 것은 물론 아니나 그것이 지닌 문제의식은 우리가 발 딛고 선 현실에서 발아한다. 따라서 작품이 길어올린 폭력과 불의에 맞서는 일은 현재의 우리가 삶에서 겪는 문제를 직면하고 그에 대항하겠다는 의지의 수행이자 내일의 방향을 짚는 일이 된다. 폭력에 대항하는 힘, 그 힘의 구체적인 얼굴과 그로부터 발생하는 정치적인 아름다움을, 나의 비평은 믿는다. 비평의 아름다움은 현실의 요철을 깎아내어 매끄럽고 부드러운 무언가로 미화하는 작업이 아니라 파인 홈과 울퉁불퉁한 돌기들을 손끝에서 있는 그대로 감각하는 일이다. 아쉽지만, 읽기와 쓰기가 낭만화하는 기분좋은 시간은 비평의 종착지가 아니다.

2. 수록된 글에 관하여

모은 글들에 대해 말해보려 한다. 이 책은 뒤로 갈수록 시선의 범위가 확장되는 크레셴도의 형상으로 이루어진다. 미국에서 2004년부터 2009년까지 방영되었던 레즈비언 드라마 〈the L word〉에서 제목을 따온 1부 'the L(esbian) word'는 퀴어 소설 중에서도 레즈비언이 등장하거나 명시적으로 적시되지는 않았으나 레즈비언으로 읽을 수 있는 인물이 등장하는 작품들을 논한다. 특히, 페미니즘과 퀴어의 담론이 교차하는 지점에서 레즈비언의 서사를 탐독한다. 2010년대의 페미니즘 리부트 이후 발생한 '여성-서사'의 양적·질적 팽창과 더불어 유례없이 많은 숫자의 레즈비언 서사들이 발표되었다. 이러한 흐름 속에서, 소설이 보이는 여성과 여성 간의 관계성을 단지 이성애 내부에서의 연대와 우애로 축소 독해하지 않고 이성애 제도·문화를 탈주하는 퀴어한 시선을 포착한다. 그러나 한편으로, 퀴어와 레즈비언이라는 정체성을 단지 오브제로 삼아 연민의 대상으로서 물화하는 작품들에 관하여 그 의지를 밝히고 비판하기도 한다. 또한, 젠더와 섹슈얼리티의 실천에 주목하여 독해해온 기존의 비평적 시선과 경계를 뛰어넘어 계급을 지표로 삼아 퀴어 공동체 내부의 다성적인 풍경을 조망해보기도 한다. 레즈비언은 여성이 여성을 사랑하는 욕망을 지 닌 주체이며 이때 우리는 레즈비언을 통해 오직 여성만이 가질 수 있 는 욕망이 어떠한 방식으로 이성애 제도를 돌파하는지 살펴볼 수 있 다. 이성애라는 전통적 질서를 돌파할 뿐만 아니라 그것이 제도의 바 깥에서부터 어떻게 그 너머를 향해 나아가는지까지 읽어본다. 김멜 라의 소설은 이에 관한 동시대 우리 소설의 아주 좋은 예가 된다.

다른 한편으로, 자신의 퀴어함을 눈치채지 못하는 텍스트의 무의 식을 오정희의 「중국인 거리」를 다시 읽으며 분석해본다. 퀴어 비평 은 텍스트를 퀴어와 비非퀴어로 판별하는 것을 최종 목표로 삼지 않 는다. 퀴어 비평은 텍스트에서 발견되는 단서를 통해 '퀴어한 독해' 의 가능성을 열어젖히고 그간 시도되지 않았던 새로운 존재론과 인 식론의 의미망을 생성해나가는 과정이다. 1부에 실린 글은 모두 '레 즈비언'이라는 공통 기표로 묶여 있지만 각 소설이 그러한 기표에 다가가는 방식과 그를 통해 말하고자 하는 바는 저마다 다르다. 퀴 어는 '퀴어'라는 기표 속에서 서로 불화하는 기묘한 정체성이다. 우 리가 퀴어를 퀴어로 말할 수 있는 지점은 바로 이러한 불일치에서 생겨난다.

2부 '퀴어 포 에티카Queer for Ethica'는 그러한 불일치의 좌표로부 터 출발한다. 소설이 퀴어로 정체화한 인물을 등장시키는 것만으로 도 '퀴어 소설'로 호명될 수 있는가? 소설이 재현하는 퀴어성은 인물 의 정체성을 퀴어의 기표로 차용하는 단계에서 충분히 획득되는가? 나는 그렇지 않다고 생각한다. 물음표를 좀더 파고들어보자. 그렇다 면 한 존재를 퀴어하게 하는 것은 무엇일까? 예컨대, 이성애가 아닌 성적 지향을 지니는 것만으로도 퀴어라고 말할 수 있을까? 그렇기도

하고 아니기도 하다. 그렇다면 이성애자들의 사랑은 퀴어할 수 없을까? 그렇지 않다. 존재의 층위에서 문학의 층위로 넘어와 생각할 때 위의 질문들은 이렇게 바뀐다. 퀴어한 기표들을 텍스트의 표면에 올려두는 것만으로 그것은 곧장 퀴어한 문학이 되는가? 그렇다면 역으로, 게이나 레즈비언, 트랜스젠더 등의 이름을 명시적으로 사용하지 않은 작품은 퀴어한 문학이 될 수 없는가?

비교적 가장 최근에 발표한 글의 모음이기도 한 2부에서는 인간 존재의 퀴어성을 탐구하면서 그것이 한 존재가 지닌 욕망의 내용과 발화되는 숨은 맥락에 의해 생성된다는 사실을 중요하게 살펴본다. 비평의 시선을 퀴어화하는 작업과 더불어 황병승의 시를 다시 읽는 작업은 퀴어의 기표들로 가득한 황병승의 시가 실상 전혀 퀴어하지 않다는 것을 발견한다. 이 과정을 통해 우리는 문학작품이 퀴어성을 생성하는 과정에 대한 구체적인 탐구를 수행한다. 이에 관한 대립항이자 또다른 구체적인 예가 되는 글은 김봉곤론이다. 김봉곤은 자신의 소설, 퀴어-오토픽션을 단지 개별 작품이 아니라 하나의 장르로 견인해냈다. 김봉곤론에서는 그가 사 년 만에 발표한 신작 단편소설 「기록적」을 읽어보면서 2020년에 벌어졌던 오토픽션과 윤리의 문제를 재검토하고, 당시의 페미니즘 비평들이 보인 반응과 그러한 비평적 발화들에 내재한 욕망의 문제를 전면 분석한다. 소설이 언어화되지 않은 욕망을 내재하고 있는 텍스트라면, 소설을 짚어가는 비평 역시 하나의 작품이자 창작물로서 고유한 욕망을 함축하고 있을 테다. 작품의 퀴어성을 타진하는 작업은 비평이 작품에 들이대는 일방적인 잣대에 의해 판별되는 과정이 아니라 비평과 작품을 동시에 견주어보는 메타적인 과정 속에서만 가능하다는 것을 그의 소설을 읽으며 알아간다. 비평이 먼저 퀴어해지지 않으면 작품의 퀴어성은 견인될 수 없다. 견인된다 하더라도 그것은 기의를 상실한 기표들의 떠다님에 불과할 것이다.

퀴어가 스스로를 퀴어한 존재로 천명할 때 이를 가장 유효하게 하는 힘은 외부의 승인보다도 퀴어한 자신의 실존을 긍정하는 스스로의 인정이다. 퀴어와 소설의 윤리는 '나' 자신의 수치를 비로소 그 누구의 것도 아닌 '나'의 것으로 끌어안을 때 태어난다. 그러한 극한의 자기 인정은 '나'를 주체의 나르시시즘 속으로 용해시키지 않고 오히려 이웃한 타자들과의 관계망 안으로 길어올린다. 퀴어의 정치성은 그들의 외양이나 스타일, 삶의 형식도, 성적 취향도 아닌 바로 그러한 수치를 껴안고 세계를 돌파하는 힘에서 생겨난다. 이 모든 과정이 바로 퀴어의 윤리이자 오토픽션의 윤리다. 문학에서 윤리가 필요하다면 그것은 작품과 존재자들을 심문하기 위해서라기보다 (물론 때때로 그러한 과격한 작업이 필요할 때도 있겠으나) 근본적으로는 개별적 주체로서 우리가 지닌 삶의 고유함, 대체 불가능한 차이들을 살피기 위해 절실하게 필요하다. 문학의 외부에서 이미 합의되어 마련된 도덕을 빙자한 윤리가 아니라 개별 주체들이 문학 속에서 스스로 생성해내는 자기 윤리의 면모들을 최대한 정직하게 발견하고자 애썼다.

3부 '퀴어 포에티카Queer Poetica'에서는 소설 장르에 비해 퀴어 담론이 비교적 부흥하지 않은 시 장르에서의 퀴어성을 짚는 글들을 모았다. 먼저, '나'의 수치를 직시하는 윤리의 급진성이 최근의 시에서 어떻게 드러나는지를 살피는 글로 시작한다. 신이인의 시는 3부의 문을 열어주기에 적절하다. 폭력적인 세계에서 일상의 수치를 경험하는 '나'는 부끄러움을 손쉬운 자기혐오로 물화하거나 내면화하지 않고, 오히려 그러한 수치야말로 자신의 자랑이 될 수 있음을 도발적인 목소리로 피력한다. 타자들로부터의 인정이 필요치 않다고 할 수는 없겠으나 그러한 외재적인 인정 투쟁은 궁극적으로 '나'로부터의 인정을 향해 나아간다. 다른 누구도 아닌 바로 '나' 자신이 '나'를 있는 그대로 받아들일 수 있을 때 우리는 비로소 '나' 아닌 다른 이들을 사랑할 수 있다. '나'가 긍정하는 수치는 역으로 '나'의 자랑이 되고, 퀴어한 존재들의 자랑pride은 그러한 자기 인정의 윤리에서부터 출발한다. 우리의 수치는 우리의 자랑이다.

황인찬의 '새로운 서정'은 현실의 폭력적인 세목들을 묵과하지 않으면서 바로 그 현실의 한가운데서 솟아나는 '나'가 수행하는 감각적 재발견의 힘을 보여준다. 시의 서정이 단지 '나'가 세계를 자아화하는 일방적인 합리화가 아님을 황인찬의 시를 통해 배운다. 자연을 포함한 외부 세계는 더는 '나'의 낭만화된 제국을 건설하기 위한 재료가 아니다. 우리 시대의 새로운 서정은 자아화된 세계를 경유하여 다시 재세계화되는 '나'의 각성을 촉진한다. 황인찬의 새로운 서정은 그간 우리가 전통적이라 여겼던 '시적'이고 '서정적'인 방식을 전유하여 이전 세계의 전통을 돌파하고자 하는 재귀적인 정치성을 아름답게 보여준다.

문학의 정치성이 전혀 정치적이지 않아 보이는 발화 속에서 견인되는 방식은 시에서 더욱 다양하게 드러난다. 가령, 여성과 남성이라는 젠더 이분법으로부터 탈주하는 젠더퀴어는 철학의 언어 속에서 제 모습을 만들기도 한다. 인간 중심주의의 시선을 벗어나 동물, 나아가 돌이나 건축물의 시점을 채택하는 김선오 시의 목소리에서 우리는 세계를 전혀 다른 각도로 조우하게 되고, 그러한 만남은 그간 너무나 자연스러운 것으로 치부해온 현실 인식의 역학을 비틀어 우리를 지상의 중력으로부터 해방시킨다. 시의 목소리가 세계를 경험하는 자일 뿐만 아니라 그것을 바라보는 관찰자의 시선으로서도 중요한 힘을 지닌다는 것의 의미를 알고 싶다면 그의 시를 읽어보길 권한다. 또한, 최재원의 시를 통해 생애 전체를 걸쳐 유동하는 스펙트럼인 젠더와 섹슈얼리티의 퀴어한 흐름과 젠더퀴어의 역학을 양자역학으로 짚어보기도 한다. 문학에서 가장 자유로운 장르인 시는 저 스스로를 분열시킴으로써 세계의 모순이 모순으로서 공존하게끔 하는 입체적인 풍경을 드러낼 수 있다. 여러 개의 시공간을 동시에 오가며, 자신을 생성하면서 동시에 파괴하기도 하는 모순의 행위. 그것은 오직 시만이 할 수 있는 발화로 성취되며 그 어떤 정련된 서사와 개연성으로도 밝힐 수 없는 세계의 진실을 견인한다.

동시대성 역시 언뜻 보기에 전혀 일관되지 않은 부분과 파편들의 모음이다. 4부 '시대의 엔트로피와 네겐트로피'에서는 우리 시대의 서사가 내어놓는 다채로운 이질성의 조각들을 줍는다. 박상영과 장류진, 송지현 소설에서 청년 세대의 계급성이 상충하며 만들어내는 고유한 궤적을 짚고, 여성들 사이에서 발생하는 원한과 애증의 정동, 그리고 결혼한 여성 주체로 2020년대의 한국을 살아가는 일이란 과연 어떠한 것인지, 또 그를 형상화하는 새로운 소설의 정동은 어떠한 것인지를 최은미와 강화길의 소설을 통해 읽어본다. 독특한 문체와 도발적인 서사 전개로 아연한 블랙코미디를 선사하는 이미상의 패기 넘치는 소설에서는 문학장의 안과 밖에서 역동하는 동시대 한국의 페미니즘을 열렬히 감각한다.

소설은 시대의 엔트로피에 비례하여 현실의 핍진함을 생생하게 가시화하기도 하지만 동시에 저 자신의 벡터를 거스르며 시대를 고발하기도 한다. 4부의 마지막에 실린 김남숙의 단편소설 「파주」에 관한 글은 온갖 종류의 폭력이 난무한 지금 이 시대에 특히 필요한 글이라고 생각한다. 악과 폭력은 우리와 매 순간 공존한다. 그렇다면 우리는 이에 어떻게 대처해야 하는가? 피해자로서의 '나'에게 필요한 것은 무엇인가? 이 글은 단지 가해와 피해의 구도를 명확히 밝히고 누군가를 엄정하게 처벌하는 것만이 끝이 아니라고 말한다. 피해와 가해의 구도는 사실로서의 사건을 적확하게 검토하고자 하는 과정적이고 부분적인 차원이다. 우리가 궁극적으로 성취하고자 하는 것은 가해자의 물리적인 처벌이 아니라 피해자의 구제와 세계의 정화다. 폭력을 경험한 자를 '피해자'라는 이름으로 단순히 물화시키지 않을 때 그는 비로소 폭력을 끝낼 수 있는 가장 큰 힘을 지닌 자로 다시 태어난다.

그리하여 우리는 치유가 아닌 회복을 향해 나아간다. 책의 끝자락에 자리한 5부 '회복의 인간학'에 수록된 글들은 세계의 '어둠'이 다름 아닌 바로 인간으로부터 연유한다는 엄정한 현실 인식을 공유한다. 어둠과 고투하기 위해 그것의 근원으로 내려가고자 하는 시와 소설의 언어를 담는다. 먼저, 폭력의 문제를 언어와 결부시키며 인간 심연에 대해 꾸준히 작업해온 한강의 시와 소설을 집중 탐문한다. 도시 인간의 무기력과 죽음 충동에 맞서기 위해 '미로'를 설치하는 이수명의 시와, 유한자로서의 인간에게 운명으로 날아드는 질병과 죽음, 그리고 이별을 '죽이기' 위해 '지하 도살장'을 만드는 김혜순의 시도 함께 있다. 그 맞은편에는 인간을 구속하는 가장 거대한 중력, 피조물로서의 지위로부터 탈출하기 위해 세계의 매끈한 표면에 누빔점을 뚫으며 엔트로피의 흐름을 비틀고 '낮은 곳'을 향해 날아오르는 신해욱의 시가 있다. 한국 현대시의 아방가르드는 신해욱을 통해 비로소 성취되었고, 그의 언어 속에서 우리는 스스로를 탈-창조하며 피조물이 아닌 자유로운 실존으로 내려서는 극한의 자유를 누린다.

나는 소설을 포함한 모든 문학이 시적인 것이라고 생각한다. 문학은 시적이다. 시적인 것은 문학적인 것보다 크다고 감히 생각한다. 문학이 그것을 읽고 쓰는 주체인 '나'로부터 출발하는 목소리들로 이루어진다는 점에서 그렇고, 작품이 재현하며 비트는 세계의 형상이 텍스트 외부에 자리한 실제 삶으로 되돌아와 세계를 이전과 전혀 다른 곳으로 만들어둔다는 점에서 더욱 그러하다. 시가 문학을 포함하는 더 넓은 곳이라고 생각할 수 있다면, 시와 비평의 관계를 짚어보는 것은 결국 문학과 비평, 문학으로서의 비평이 작품과 맺는 관계를 짚어보는 일과 같을 것이다.

최후의 글인 에필로그에는 이러한 관계를 타진해보는 짧은 글을 담는다. 시와 비평의 관계는 마치 악보와 연주자 사이에서 형성되는 대화적인 읽기와 쓰기의 관계와도 같다. 시는 음악이 잠든 문서이기 때문이다. 시 속에 출현하는 모든 '나'들은 각자의 고유한 리듬과 선율을 가지고 운동한다. 이때 비평은 시 속에 잠들어 있는 '나'의 음표들을 깨워 자신만의 악곡을 창조하는 연주자와도 같다. 같은 악보(시)를 보더라도 연주자(비평)에 따라 다른 곡이 태어난다. 비평가는 텍스트에 달라붙은 의미의 솔기를 뜯고 자신만의 바늘로 다시 꿰매어 새로운 매듭과 솔기를 만드는 한 명의 연주자인 셈이다. 그러니 평론이 '창작'이 아니면 무엇이겠는가? 좋은 비평은 정확하게 읽은 악보를 바탕으로 자신만의 고유한 연주를 제시한다.

3. 함께 불화하며

시와 소설, 그리고 비평을 쓰는 작업은 결국 '나'가 세계를 바라보는 방식과 인식의 지향점을 드러내는 작업이지만 그 과정에서 반드시 타자의 세계를 경유한다. 그러므로 문학을 '한다'는 것은 결코 완전한 이해에 도달할 수 없는 미지 속에 '나'를 기입하려는 영속적인 분투와 다름없다. 그러한 불가능성에도 불구하고 나는 '좋은 문학'이 있다고 감히 생각한다. 마찬가지로 '좋은 비평' 또한 분명 존재한다. 그것은, 작품을 비평의 언어 속에 복속시키지 않는 손, 작품의 복잡성을 비평을 위해 단순화하거나 평면화하지 않으면서 작품의 고유함을 살려내는 손, 그리고 그 손들이 더듬고 지나간 뒤에 생겨날, 아직 오지 않은 길을 열어주는 그러한 손이다.

비평은 언어를 만지는 손이다. 말함으로써 말하지 않은 언어와, 말하지 않음으로써 말하게 되는 언어를, 비평은 만질 수 있다. 설사 그것이 전체가 아니라 부분의 부분에 불과할지라도 아니, 바로 그 부분만을 더듬을 수 있다는 한계로 인해 영원히 써나갈 수 있는 것이다. 그러므로 어제와 오늘 동안 써내려간 손은 반드시 내일도 쓰는 손이 된다. 문학은 스스로의 불완전함을 통해 완전함에 도달하고자 하는 정치적 예술이다. 그간 가열차게 써온 글들을 한데 모아 보고 있자니 이 모든 것은 결국 불가능함 외에는 다른 게 아닌 듯하다. 그건 마치, 신의 옷자락을 쥐어보고자 하는 인간의 손과도 꼭 닮았다. 지난 만 삼 년 동안 읽고 쓴 것의 결과인 이 글들은 영원히 가닿을 수 없는 언어의 불가능한 좌표를 계속해서 더듬은 흔적이다. 불가능이라는 결과를 향해 있는 글들을 앞에 두고서 그를 향했던 가능의 몸짓들을 떠올린다.

몸짓이면서도 몸부림이자 발악에 가까웠던 그 모든 지나간 흔적들은 실상 나만의 것이 아니었다. 비평의 매력 중 하나는 모든 발화가 비평가 한 사람의 것이긴 하나 거기에 담긴 사유와 가치관은 모두 그의 바깥에서 온 것들로부터 일어난다는 점이다. 비평은 강한 주관과 판단이 담긴 글이지만 그것은 작품과 작가, 독자성과 문학장의 구조와 역사 등 온통 타자적인 것들로 이루어져 있다. 요컨대 한 명의 비평가는 우리 문학의 시와 소설, 그리고 독자와 출판 시장이 만들어낸 산물이다. 그러니 좋은 비평과 비평가를 만나기 위해서는 서로 다른 곳에 존재하는 많은 이의 노력이 필요하다. 모은 글들을 재독하며 나는 이러한 결론에 다다른다. 좋은 비평, 한국문학의 몸을 갱신할 수 있는 힘을 가진 비평은 한 사람의 비평가가 지닌 절대적인 내적 역량에만 의탁하지 않을 것이다. 누군가 좋은 비평을 읽었다면 그것은 그가 그러한 사유와 비판적 의식을 개진할 수 있었던 여러 작품과 문학장의 기반 덕택일 것이다. 물론 나쁜 비평에 대하여서도 이는 마찬가지다. 나는 비평장이 서로 경합하는 다른 목소리들로 넘쳐나기를 바란다. 넘치다못해 끓고, 끓어넘쳐 세계의 가장 먼 곳까지 도착하기를 바란다. 자신의 양심이 아닌 독자가 원하는 목소리를 내어놓고 사랑받는 일을 최고의 성취로 삼는 비평이 아니라 독자와 함께 담론을 만들어나가고 불화하고 화해하는, 그리하여 우리의 한계를 직시하고 그것을 함께 극복해나가는 뚝심 있고 힘있는 비평들이 많아지기를 바란다. 나는 그런 글을 쓰고 싶었다. 앞으로도 그런 글을 쓰고자 한다.

동시대의 작품과 동시대의 것이 아닌 작품을 동시대의 시선으로 읽어보는 여러 작업 속에서 나의 비평은 회복이라는 궁극의 차원으로 도약하고자 한다. 치유나 치료가 아니라 부러 회복이라는 단어에 집중한 것은 그것이 그 누구의 것도 아닌 자신의 몸으로써만 해낼 수 있는 자기 구원의 작업이기 때문이다. 회복에 이르기 위해서는 통증의 양상을 살피고 병인을 파악하여 몸의 모든 곳을 남김없이 관찰해야 한다. 시와 소설, 비평은 그러한 회복의 방편을 내게 알려주었다. 회복하기 위해 가장 먼저 해야 할 일은 통증을 정확하게 살피는 일이다. 아픔을 회피하지 않고 상처를 노려볼지언정 통각의 최대치를 발휘해 부위를 관찰해야 한다. 문학적으로 표현한다면 이는 자신의 주관적 감각을 자기기만 없는 객관의 세계로 들여보내야 한다는 뜻일 테다.

'퀴어'는 그러한 직시의 과정 속에서 우리에게 가장 큰 배움을 주는 언어다. 우리는 '퀴어'를 통해 인간의 아픔과 수치, 악행과 구원을 일시에 목격한다. 비평의 사랑이 작품을 지켜내고 그것이 나아가는 새로운 길의 시작을 마련하는 일이라면 퀴어의 사랑 또한 그러한 전위를 모자람 없이 수행한다. 어떤 사랑은 열렬히 사랑하는 행위 그 자체만으로도 정치적인 변혁을 발생시킨다. 정체성 정치에 국한되지 않고 오히려 이를 시발점으로 삼아 그간 적층해온 자신의 담론을 스스로 파괴하길 마다않는 '퀴어 문학'은 그런 점에서 가장 '문학적'이다.

회복은 상처를 소거하는 일이 아니라 그것을 흉터로 만들어 끝내 자신만의 무늬로 만드는 작업이다. 나는 내가 읽은 시와 소설, 비평을 통해 인간에 대한 신뢰가 매일 심문에 부쳐지는 오늘을 포기하지 않고 희망을 붙드는 강인한 언어들로 나아가고자 했다. 앞으로도 그럴 것이다. 이것이 가능한 이유는 역설적으로 문학이 세계의 여느 풍경과 마찬가지로 순수한 선으로만 이루어져 있지 않음을 알기 때문이다. 선이 그러한 것처럼 악 또한 인간으로부터 연유한다. 악은 어디에나 있다. 악은 선을 말하는 자의 혀 뒤에도, 보기 좋은 명분과 정의로운 대의의 이면에도 숨어 있다. 그리하여 문학은 사라지지 않는다. 문학이 지향하는 세계는 그러한 악에 동화되지 않고자 하는 끊임없는 자기반성의 주체들이 살아가는 세계이지, 악이 없다고 믿어 의심치 않는 낭만의 세계가 아니기 때문이다.

4. 그리고, 사청乍晴

비평을 쓴 지 겨우 일 년 차가 되던 여름 무렵에, 한 선배가 과연 비평을 계속할 수 있겠느냐고 물은 적이 있다. 단지 나라는 한 사람에 국한된 질문이라기보다 내가 바라보는 비평과 비평장 그리고 문학장의 구조에 대한 질문이었음을 뒤늦게 깨닫는다. 당시에는 당황해 얼굴을 붉히기 바빠 답하지 못했으나 이제는 이 자리를 빌려 답을 할 수 있을 듯하다. 우리는 계속 쓸 수 있다. 이유는 간단하다. 비평에는 스스로를 갱신할 수 있는 생득적인 힘이 있다. 자신을 구원할 수 있는 극한의 힘은 바로 자기 존재를 스스로 탈-창조하는 것이라고 말하는 신해욱의 시처럼, 비평 또한 자신의 몸을 제 손으로 탈-창조할 수 있다면 언제까지고 작품과 함께 자유로울 것이다. 생성을 향한 파괴의 힘, 비평만이 지닌 메타적인 힘을 비평가가 감각할 수 있다면, 비평은 몇 번이고 다시 태어날 것이다.

썼던 글과 지나온 시간들을 돌아보자 무수한 얼굴들이 떠오른다. 이 익숙하고 낯선 얼굴들이야말로 나를 여기까지 오게 한 장본인들이며, 이 글에 적힌 모든 배움과 깨달음을 선사해주신 분들이다. 문학을 읽고 쓰는 일이 절망스러울 때마다 간혹 원망스러워지기도 하는 이 얼굴들은 내가 안락이나 안주와 같은 말들로 다가서는 것을 매 순간 막아섰고 그리하여 덕택에 나는 지금 이 지경에 이르고 만 것이다. 사랑해 마지않는 그분들께 감사의 마음을 전하고자 한다. 남들보다 조금 늦은 출발을 진심으로 응원해주시며 나에게 문학의 힘을 알려주신 김영주 선생님과 우찬제 선생님께 그 어떤 말로도 표현할 수 없는 감사를 전한다. 한 인간이 다른 인간을 키워내는 일은 그의 아직 오지 않은 더 먼 시간을 말없이 믿고 지켜봐주는 일임을 두 분으로부터 배웠다. 두 분의 믿음 속에서 나는 마음껏 좌충우돌하고 여러 모험을 감행했다. 더불어 내 비평의 출발점에 서 계시는 심진경 선생님과 한기욱 선생님, 그리고 유성호 선생님과 김미현 선생님께 또 한번 깊은 감사를 전해 올린다. 돌아가신 김미현 선생님은 병상에서도 발표된 글을 읽고 의견을 전해주셨다. 선생님을 통해 비평과 비평이 행할 수 있는 사랑의 모습을 새롭게 알았다. 그 사랑은 각자의 한계를 오롯이 받아들이면서 서로의 목소리를 빠짐없이 경청하고 응답하는 일이었다. 그분이 전해주신 사랑을 마음 깊은 곳에 담고 나 또한 그러한 사랑을 실천하는 이가 되고자 한다.

그리고 마지막 한 사람, 내게 '사청/恃晴'이라는 말을 처음 알려준 한 비평가에게 멋대로 진심어린 감사를 전하고자 한다. 그는 십 년 전에 비평 활동을 중단했지만 나는 그가 남긴 글 속에서 무수히 많은 세계의 분열과 합일, 그리고 오직 비평만이 생성할 수 있는 언어의 아름다움을 몇 번이고 새롭게 감각한다. 그의 비평 덕분에 나는 비평이 예술이며, 정치적인 힘을 가진 아름다움을 구현할 수 있다고 믿어 의심치 않게 되었다. 그와 나는 단 한 번도 만난 적 없지만 내가 우연히 문학과 비평을 만나게 되었던 것처럼, 또 한번의 우연이 이 책을 그의 손에 도착하게 만들어 우리가 아주 느리고 긴 대화를 시작할 수 있었으면 하는 욕심을 부려도 본다. 이 책에 실린 모든 글을 쓸 때마다 나는 모종의 시험에 들어야만 했고 그럴 때마다 그의 글을 떠올리며 시험에서 빠져나오기를 반복했다. 저마다의 세속적 욕망들이 날을 세우며 우글거리는 문학장의 어떤 국면 속에서도 포기하지 않고 계속해서 쓸 수 있었던 것은 전적으로 나와 나의 문학을 믿고 지지해주신 많은 분들, 그리고 내게 비가 그친 뒤의 맑음을 알려준 그의 덕분이다. 지금 우리가 올려다보는 하늘이 맑고 화창할지라도 언젠가 비는 반드시 내릴 것이고, 그러나 비가 내리는 그 순간에 우리는 언젠가 또다시 구름이 걷히고 하늘이 열릴 것임을 안다. 그러한 진실을 이미 아는 자의 마음으로 계속 써나가려 한다.

2024년 여름 후암동에서
전승민

차례

책머리에

사청乍晴 _005

1부 the L(esbian) word

레즈비언 구출하기—침묵, 방백, 그리고 대화 _027

이제, 너희는 씨 뿌리는 사람의 비유를 들어보아라

　—레즈비언 퀴어를 세속화하는 '장치'에 관하여 _049

괴괴한 노랑의 사랑: 레즈비언 성장기

　—오정희의 「완구점 여인」 다시 읽기 _069

커피포리의 물질계—김멜라의 「제 꿈 꾸세요」 _094

몸짓의 진화—김멜라의 「이응 이응」 _106

2부 퀴어 포 에티카Queer for Ethica

포르셰를 모는 레즈비언과 윤석열을 지지하는 게이에 관하여

—퀴어 일인칭을 위한 변론 _125

조명등, 달, 물고기

—나르시시스트의 선한 얼굴은 어떻게 악이 되는가 _147

퀴어 일인칭을 위한 변론: 오토픽션과 문학의 윤리성에 관하여

—김봉곤론 _179

가장 음험한 가장

—코드의 언어 경제로 보는 시와 소설 그리고 비평의 매트릭스 _214

3부 퀴어 포에티카Queer Poetica

캠핑하는 동물들—신이인의 『검은 머리 짐승 사전』 _253

나를 제외한 너의 전체—김선오의 『세트장』 _284

사랑의 도착perversion, 그리고 도착arrival

—최재원의 『나랑 하고 시픈게 뭐에여?』 _302

그렇다면 이것을 나의 영원이라고 하자

—황인찬의 『이걸 내 마음이라고 하자』 _331

4부 시대의 엔트로피와 네겐트로피

'요즘' 청년들의 트릴레마—최근 소설 속 '일'과 '사랑'에 관하여 _353

원한과 사랑 사이의 두 여자(들): 버지니아 울프의
『자기만의 방』과 함께
　—강화길의 『대불호텔의 유령』과 최은미의 『눈으로 만든 사람』 _373

혁명의 투시도—이미상의 『이중 작가 초롱』 _395

인간은 박해받는 자의 얼굴에서 태어난다—김남숙의 「파주」 _423

5부 회복의 인간학

통증과 회복의 인간학—양자역학으로 읽는 한강 _435

만질 수 없음을 만지는 언어: 촉각의 소노그래피
　—한강의 『희랍어 시간』 _462

색色으로 읽는 고통의 윤리학: 삶을 껴안은 죽음으로 나아가기
　—한강의 『서랍에 저녁을 넣어 두었다』 _484

미로와 도살장
　—이수명의 『도시가스』와 김혜순의 『지구가 죽으면 달은 누굴 돌지?』 _513

천사는 낮은 곳에서 높은 곳으로 떨어진다—신해욱론 _536

에필로그
음악이 잠든 문서들—시와 비평의 관계 _569

the L(esbian) word

레즈비언 구출하기
―침묵, 방백, 그리고 대화[1]

1. 퀴어와 페미니즘 사이를 새로 고침

'퀴어 문학'이라는 말은 이제 더는 낯설지 않다. 그러나 '퀴어'는 과연 퀴어하게 독해되어왔는가? 저간의 퀴어 문학은 시스젠더 게이 남성들의 이야기로 대표되는 흐름 속에 있다. 그간의 문학사에서 찾아볼 수 없던 '퀴어한 퀴어'들이 찬연하게 빛나는 시절에 비평은 왜 그들의 소설만을 퀴어적인 것으로 호명하는가? 퀴어와 남성의 교차는 '남성인 퀴어'로 읽으면서 퀴어와 여성의 교차는 '퀴어한 여성'으로 읽는다. 가령, 게이가 주인공으로 등장하는 소설은 남성의 이야기이기 전에 먼저 동성애자의 이야기로 읽히지만, 레즈비언 소설은 여성의 이야기로만 읽히는 경향을 보인다. 여성 주체의 퀴어한 섹슈얼

[1] 이 글은 다음의 작품을 다룬다. 최은영, 「고백」(『내게 무해한 사람』, 문학동네, 2018); 김금희, 「사장은 모자를 쓰고 온다」(『오직 한 사람의 차지』, 문학동네, 2019); 조우리, 「내 여자친구와 여자 친구들」(『내 여자친구와 여자 친구들』, 문학동네, 2020). 이하 인용시 본문에 쪽수만 밝힌다.

리티가 여성이라는 우선적 개념에 하위 종속되며 흐려지기 때문이다. 이러한 읽기는 퀴어를 시스젠더 남성 게이로, 페미니즘을 이성애 여성으로 축소 젠더화하여 호명하는 방식이다.

여성주의뿐만 아니라 역사적으로 대부분의 운동이 최대 다수의 지지를 얻을 수 있는 정체성을 집단의 대표 주체성으로 설정해왔다. 그러나 집단적 주체가 놓친 소수의 얼굴들은 대리 보충되며 다시 등장한다. 페미니즘은 그 자체로 절대적인 성역이 아니라 오히려 그동안 성역화되어온 것들에 의문과 비판을 제기하는 힘이므로 여성주의는 바로 여성주의 그 자신에 의해 비판되고 갱신되는 것이다. 따라서 우리가 그간 말해온 페미니즘과 퀴어는 무엇이었나 하는 성찰은 그 자체로 여성주의적인 실천이다. 이제 비평이 퀴어와 페미니즘을 동시에 말할 때 한국문학의 이성애 중심 페미니즘은 새로 고침 된다. 비평은 가령, 『82년생 김지영』(민음사, 2016)이 주목한 '보편적 여성'의 삶의 구조가 소환하는 차이들로부터 퀴어 여성들을 읽어내야 한다. 페미니즘과 퀴어 내부에서 발생하고 역동하는 차이에 대해 '퀴어한 시선'으로 읽는 독법이 필요한 때다. 이러한 차이들이 범람하는 2010년대의 문학장에서 여성의 주체성은 타자들에 의해 찢어지고 회복되면서 새로운 얼굴을 가지게 되는 들뢰즈적인 방식으로 나타난다. 퀴어는 본질론적 주체에서 벗어나려는 여성이 마주하는 새로운 타자이면서, 페미니즘이 구해내는 여성 주체성의 재귀적 정체성이다.

물론 여성에게 퀴어의 기표는 남성의 기표보다 훨씬 더 난해할 수 있다. 퀴어는 젠더 이분법의 바깥에서 이성애 중심주의 그 자체를 대타항으로 겨냥하기 때문이다. 퀴어와 페미니즘은 이 지점에서 아이러니하게 교차한다. 남성 주체가 여성을 타자화하는 시선에 맞서온 여성 문학의 대항은 이성애 중심주의를 강화하는 부작용을 초래했다. 따라서 그 도식 자체를 부수려는 퀴어는 이성애 여성에게 그들의 주체성을 파괴할 수도 있는 매우 위험한 타자인 것이다. 그러나 퀴어 여성은 남성적 욕망의 타자 위치에서 '이미' 얼마간 벗어나 있는 존재들로, 그들의 욕망과 삶의 방식은 페미니즘이 추구하는 유대와 연대의 현실태일 수 있다. 그렇기에 페미니즘이 여성들 내부의 차이를 말하면서 퀴어 여성의 삶을 말하지 않기란 불가능하다.

이제 문학이 당면하는 문제는 그간 보지 못했거나 혹은 보고도 부러 투명하게 만들어버린 자신의 일부를 어떻게 대할 것인가 하는 질문이다. 이성애 여성으로 대표되어온 한국문학의 '여성'은 퀴어를 어떻게 독해할 것인가? 최은영의 「고백」은 문학의 이러한 자의식을 소설적으로 형상화하며 레즈비언 여성을 마주하는 이성애 여성의 갈등을 드러낸다.

2. 침묵은 고백의 음 소거—최은영, 「고백」

고백은 음험한 행위다. 화자는 청자를 포박해 강제로 진실과 대면시킨다. 진실의 내용은 예측불허다. 너를 사랑한다는 말일 수도, 혹은 누군가를 죽였다는 말일 수도 있다. 그 내용이 무엇이건 간에 고백 이후의 현실은 결코 예전과 같지 않을 것이다. 그래서 고백이 터지기 직전의 순간은 언제나 두렵다. 「고백」에서 '진희'는 가장 아끼는 두 친구에게 레즈비언으로 커밍아웃하지만 그들의 혐오 발화로 인해 자살한다. 그러나 소설이 초점화하는 것은 진희의 비극이 아니라 남은 두 (이성애) 여성이 느끼는 가해자로서의 죄의식이다. 소설의 '고백'은 일인칭 화자 '좋은'을 매개로 '미주'의 과거와 현재 두 층위에서 이중적으로 구성된다. 이때의 '고백'은 과거에 자신이 진희에게 받은 고백(커밍아웃)과 현재의 자신이 좋은에게 건네는 고해 두 가지를 의미한다.

미주와 '주나', 진희 세 사람이 이루는 관계는 겉으로는 안정적인 삼각형처럼 보이지만 약간의 불안과 함께 진동하고 있다. 미주는 주나와 진희의 관계를 보며 자신을 거기에 딸린 '부록'처럼 여긴다. '사이'에 있다는 그 소외감을 세 사람 모두가 느낀다는 사실을 미주는 알지 못한다. 그 저릿한 감각을 마음 한편에 간직하며 지내던 어느 날, 진희가 커밍아웃한다. 진희의 열여덟번째 생일이었다("난 여자를 좋아해."/"난 레즈비언이야, 얘들아", 197쪽). 주나는 역겹다며 구역질하는 시늉을 하고 미주는 침묵으로 일관하며 그의 말을 흘려듣는다. 이것이 진희 생전의 마지막 기억이다.

두 '고백' 중 소설이 무게중심을 두는 것은 미주의 이야기다. 진희가 유서를 남기지 않았으므로 진실은 오직 미주와 주나의 몫이 되고 둘은 영원히 용서받을 수 없는 가해자의 굴레에 갇힌다. 미주는 '무해한' 진희가 왜 자기를 이토록 괴롭게 만들고 떠났는지 도무지 이해할 수 없다(진희는 늘 "네 마음이 편하다면 내가 불편해져도 상관없다는 식으로 자신의 예민함을 숨기려고 했다", 195쪽). 소설이 인간의 유한함과 신적인 초월을 말하면서 포용의 시선을 보내는 마지막까지 미주는 끝내 진희를 이해하지 못한다. 내게 무해하던 타자가 갑자기 유해하게 변한 상황을 도저히 납득할 수 없다. 그러나, 우정은 상호적인 가치다. 진희가 '무해한' 사람을 자처하며 진실을 은폐할 때 "아무것도 알지 못했기 때문에 가능"(196쪽)했던 행복을 누리던 미주는 진희에게 '무해한 사람'이었을까? 타자는 주체가 그의 아늑한 세계를 유지할 수 있도록 거짓 자아를 전시했다. 문제는, 주체가 그 사실을 알면서도 침묵으로 일관했다는 것이다. 미주는 진희가 소설을 읽을 때 중요하지 않은 인물들에 주목하는 사람, 요컨대 소수자성을 체현하는 인물이라는 것을 이미 알고 있었다. 그래서 진희가 커밍아웃하려던 직전의 순간에 "어떤 것이든 진희가 말하지 않았으면 좋겠다고 바랐"(같은 쪽)던 것이다.

> 미주는 할말을 찾지 못해 교복 치마를 만지작거리기만 했다. 레즈비언이라는 사람들이 있다는 사실은 알고 있었지만 아주 멀리에 있을 거라 여겼었다. 미주는 진희가 분명 진희 자신에 대해 잘못 판단했으리라고 생각했다. 더 솔직히 말해서 진희는 '그런 사람들' 중의 하나가 되어서는 안 됐다.(198쪽)

진실을 알지만 미주는 그것을 감당할 용기가 없다. 미주의 침묵은 퀴어에 대해 사회 전반이 주입하는 혐오적인 편견('그런 사람들') 때문으로 진술되지만 주나와 진희의 관계에서 느끼는 소외감과 질투 때문이었을지도 모른다. 이유가 무엇이든 진희가 레즈비언이어선 안 되는 이유는 진희가 계속해서 '무해한 사람'이어야만 했기 때문이다. 심지어 죽은 후에도 말이다. 미주가 진정으로 용서받기 위해서는 그가 진희에게 저질러왔던 이 무의식적 강요, 무해한 존재일 것에 대한 강요를 '고백'해야 한다. 그러나 그는 여전히 자신의 아픔에만 천착한다.

미주는 자신이 진희에게 버림받았다고 믿었다. 네가 이런 식으로 나에게 상처를 주다니. 이런 차가운 방식으로 네가 나를 버리다니, (……) 유서 한 줄도 없이, 쓰고 또 써도 채울 수 없는 공백을 주다니. 나에게 너의 유서를 쓰게 하는 벌을 주다니.(200쪽)

고백은 상대방을 나의 진실에 일방적으로 연루시키는 강제적 발화이면서 동시에 그를 나의 세계로 초대하는 일이기도 하다. 진희의 커밍아웃은 미주와 주나에게 자신의 가장 비밀스러운 조각을 내어주는 환대였을 것이다. 침묵은 어떤 경우에 기만이 되기 때문이다. 레즈비언이 자연스럽게 이성애 여성으로 간주되는 상황에 대해 스스로 어떤 해명도 하지 않는 것은 거짓을 강화하는 침묵이다. 진희는 셋의 우정을 기만하지 않기 위해 커밍아웃함으로써 그 침묵을 깨뜨린다("너 흴 속이고 싶지 않았어", 196쪽). 그러나 정작 고백을 받은 미주는 아무 말도 하지 않고, 용기 내 입을 연 진희를 더 깊은 침묵 속으로 영원히 사라지게 만든다. 진실을 억압하는 침묵은 진희에 의해 찰나적으로 부서지지만 미주의 말없음을 통해 다시, 더욱 강화된다.

진희의 '유해함', 타자성에 대한 이해는 사건으로부터 일 년 반이나 더 지나서야 겨우 시작되지만("자기가 진희를 버렸다는 사실을 미주는 그제야 참담한 마음으로 바라보았다. 아무것도 몰라서 그런 짓을 했다는 말은 변명이 될 수 없었다. (……) 자신의 눈물이 미주는 역겨웠다", 202쪽) 소설은 미주의 성찰을 상당히 요약적으로 제시하며 손쉽게 마무리한다. 이는 자신이 죽인 타자를 이해하고 애도하는 작업이라기보다 단지 겨우 사인을 규명해낸 단계에 불과하다. 미주가 셋의 관계 안에서 얼마나 외로웠는지를 세심하고 길게 형상화한 전반부에 비해 한 단락으로 끝나버리는 이 '깔끔한' 마무리는 매우 당혹 스럽다.

한편, 미주와 달리 주나는 자신이 진희에게 '유해한 존재'였다는 것을 인정하고 진희의 고통을 직시한다. 사건 이후로 주나는 미주와 연락을 끊지만 미주는 주나를 계속 찾아다닌다. 미주가 바라는 것은 진희를 함께 애도하는 일이 아니라 그저 다시 친구 관계를 회복하는 일이다("주나가 자신을 미워하지 않는다는 증거를 찾기 위해 전전긍긍 했다", 203~204쪽). 어렵게 성공한 주나와의 재회에서도 미주가 가 장 신경쓰는 것은 진희의 죽음이나 주나의 아픔이 아니라 다만 소외 되어왔다고 느끼는 자신의 얼굴이다. 주나는 그런 미주의 자기 연민 에 분노한다.

"인정하면 뭐가 달라져? 걔가 살아 돌아와? 너한텐 이 모든 게 쉽 겠지. 진희야 미안해, 흑흑. 그러면서 널 용서하겠지. 그게 쉬울 테니 까, 너는. 넌 그런 애니까. (……) 네가 너 말고 다른 사람한테 관심이 나 있었어?"(206쪽)

주나의 일갈에도 불구하고 미주는 이제 주나마저 '유해한' 타자로 규정하고 최후통첩을 발송한다("다신 보지 말자", 207쪽). 잔인하게 결렬되는 이해 속에서 타자들은 사라지고 주체의 자기 연민만이 간 신히 살아남는다.

소설은 레즈비언의 용기 있는 커밍아웃을 이성애 여성의 고통을 부각하기 위한 부수적 장치로 도구화한다. 그러나 레즈비언의 희생 에도 불구하고 미주의 참회는 끝내 실패한다. 그의 애도는 타자의 고통이 아닌 주체가 상실한 과거의 평화로운 세계만을 향한다. 그렇기에 무당에게 향하던 미주의 분노는 사실 자신을 향했어야 마땅하다("당신이 걜 알아요? (……) 당신은 아무것도 몰라, 아무것도", 208쪽). 하지만 소설은 미주의 죄의식을 덜어주기 위해 꿋꿋이 안간힘을 쓴다. 순정한 문체와 소설의 마지막을 장식하는 종교적 빛은 이미 잊힌 레즈비언의 죽음을 더더욱 잊히게 한다. 소설의 파토스는 종은의 물기 어린 시선을 통해 미주를 향한 연민으로 가득 채워지고, 미주는 자신에 대한 동정에서 벗어나지 못하면서 역설적으로 종은이 자신에게 보내는 연민은 견딜 수 없어하는 자기모순을 보일 뿐이다("나의 연민이 끔찍해서 더이상은 연인으로 만날 수 없다고 했다", 208쪽). 결국, 소설이 헤어진 연인인 종은을 탈성적 존재로 만들면서까지 두둔하고자 한 여성의 모습은 끝까지 진실을 바라보지 못하는, 자기동일성 안으로 폐제된 안타까운 주체다.

이 닫힌 세계에서 레즈비언은, 퀴어는 죽지 않고 살아나갈 수 있을까? 아니, 잊히지 않을 수 있을까? 이곳에서 레즈비언의 목소리는 들리지 않는 침묵일 뿐이다. 그녀의 고백은 음 소거된다.

3. 가능 세계에서의 방백—김금희, 「사장은 모자를 쓰고 온다」

미주의 마음을 응시하는 종은의 시선은 김금희의 「사장은 모자를 쓰고 온다」(이하 「모자」)의 화자 '나'가 사장을 바라보는 온정적인 시선과 닮아 있다. 종은이 미주의 고해를 듣기만 하는 청자에 머무른다면 '나'는 이야기 세계의 질서에 개입하는 내부자로서 인물들의 삶에 실질적인 영향력을 행사한다. 비평가의 말대로 화자는 주변 인물의 감정에 "어떤 애틋함과 동질감의 무게를 더한"(55쪽) 시선을 보내며 그 마음과 얼마간 동화되는 심퍼사이저sympathizer다.[2] 하지만 동시에 그는 신뢰할 수 없는 화자다. 그가 독자에게 전하는 내용은 모두 사실이지만 그것은 곧장 진실이라고 확정되지 않는다. 이 불확정성이 스토리를 두 개의 가능 세계로 분화시킨다. 마치 양자역학의 관찰자 효과처럼 화자가 세계를 관찰하는 시선이 사장의 정체를 완전히 다른 것으로 바꿔놓기 때문이다. 사장은 '나'의 시선 속에서 철저히 이성애자이지만 그것의 바깥에서는 퀴어일 수 있다.

「모자」는 표면적으로는, 비평가의 독해처럼 "로스터리 카페의 '냉혈한 고용주'"가 겪는 "안쓰러운 짝사랑의"[3] 이성애 서사다. 그러나 소설을 퀴어적인 시선으로 독해할 경우 그 짝사랑은 동성애 서사로도 읽히게 되는 이중의 플롯을 가진다. 서사의 이 열린 구조—하나의 스토리가 두 개의 가능 세계로 해석되는 불확정성은 일인칭 화자의 악의 없는 주관적 시선에서 연유한다. 여성 화자의 온정적인 서술이 사장의 성적 지향과 섹슈얼리티를 억압하며 텍스트를 표층 서사와 그 아래 잠재된 심층 서사로 분화시킨다. 가령, 사장의 외모만으로 그의 인격을 판단하는 일은 옳지 않다고 생각하는 화자의 윤리적인 시선은 현실에서 살아가는 모든 인물을 이성애자로 패싱해버리고, 그래서 사장의 퀴어함 역시 그 안에서 무화되고 만다(사람들은 사장을 "생김새만 보면 대부분 남자라고 생각했다", 51쪽). 이 표층과 심층의 두 가능 세계는 각각 사장이 이성애자 여성일 경우와 퀴어 여성일 경우로, 완전히 다른 이야기 세계를 그린다. 인물들이 겪는 감정의 양태와 역학

---

2) 백지연, 「생의 아이러니를 응시하는 심퍼사이저」, 『오직 한 사람의 차지』 해설, 283쪽.

3) 같은 글, 284쪽.

관계가 뒤바뀌는 것은 물론이다. 따라서 독자는 소설의 복수적 가능 세계 속에서 인물의 섹슈얼리티를 탐색하며 읽어야 하는 임무를 부과받는다. 「모자」는 독자의 읽기가 플롯을 확정하는 열린 텍스트다.

주의할 점은 소설에서 화자가 전달하는 풍경이 다만 겉으로 드러난 현상들이라는 것이다. '은수'와 사장의 감정은 화자가 추론한 주관적 해석소다. 모든 것이 말 그대로 '관찰'되기만 하는 이 판단 중지가 모종의 서스펜스를 발생시킨다. 그래서 모든 문장은 의미심장해진다. 우리는 화자가 전하는 사실 그 너머를 생각할 수밖에 없다. 이런 긴장감을 유지하며 다음 대목을 보자. 사장이 '은수'를 좋아한다고 '나'가 확신하게 되는 부분이다.

> 나는 최대한 사장의 '니즈'에 맞게 은수에 대해 이야기하려고 노력했다. (……) 사실은 커피를 잘 못 마신다든가, 눈이 가장 매력적이라든가…… 그러다 내가 지금 무슨 말을 떠들고 있나 정신을 차린 건 사장의 표정이 환하지만 뭔가 고통과 상심에 찬, 열의에 불타지만 그 열의라는 것이 공회전하는 바퀴처럼 덧없고 무의미하리라는 결과를 예감하는 자의 애달픔으로 복잡해지는 것을 보고 나서였다.(47쪽)

화자는 사장이 은수와 '나'가 상당히 친한 사이거나 연애 관계일지도 모른다는 추측으로 상심한다고 생각한다. 그러나 이제 막 사랑을 시작하는 마음이 '공회전하는 바퀴처럼 덧없고 무의미'까지 할 수 있을까? 시작하기도 전에 이미 공허한 사랑은 도대체 어떤 사랑일까. 스멀스멀 피어오르는 금지된 사랑에 관한 의혹은 사장이 여성 퀴어가 아닌가 하는 가설로 구체화된다.[4] 게다가 소설이 곳곳에 뿌려둔 사랑에 관한 문장들은 그냥 지나칠 수 없다.

"그대의 사랑이 되돌아오는 사랑을 생산하지 못한다면 그대의 사랑은 무력한 것이요, 하나의 불행이다."(45쪽)

우리는 사랑해선 안 될 사람을 사랑한 죄인이 될 수도 있고 (……) 세상에는 돌고래나 대형 수목과, 심지어 좋아하는 책상과 결혼한 사람도 있다.(50쪽)

사랑이 그렇게 흔하게 치환 가능한 단어인지 나는 처음 알았다. (52쪽)

사회가 정상으로 규정하는 사랑에 대하여 의문을 제기하면서도, 동시에, 응답받지 못하는 사랑은 불행하다는 말에서 퀴어의 사랑을 떠올리지 않을 수 있을까. 퀴어의 사랑이 현실에서 공개적으로 발화되기 위해서는 언제나 치환 가능한 형태여야 한다. '아닐 수도 있다'는 보호 서사를 방어용으로 지녀야만 하는 것이다. 마치 이 소설이 두 가지 플롯을 슈뢰딩거의 고양이처럼 동시적 가능태로 품고 있는 것처럼 말이다.

숨겨진 심층 서사를 포착하기 위해서는 화자의 시선 안에서 추론

---

4) 사장은 멜빵바지와 셔츠, 베레모를 쓰고 '남자처럼' 옷을 입는다. 하지만 그렇다고 해서 사장이 레즈비언 부치라고 단언하기는 어렵다. 양성애자 혹은 범성애자일 수도 있으며 혹은 젠더퀴어일 수도 있다.

된 사장의 심리를 다시 볼 필요가 있다. 은수에 관한 정보를 공유하는 "은밀한 연장근무"(50쪽)를 한 날이면 사장은 어김없이 '나'를 데리고 쇼핑을 나간다. 만약 사장이 정말로 은수를 사랑하고 '나'가 사장에게 그저 직원 중의 한 명일 뿐이라면 매주 '나'와 밤늦게까지 시간을 보내고 옷을 사주려 할 이유가 없다. 게다가 화자가 싸구려 후드 티나 레깅스를 집을 때 굳이 예쁜 원피스를 안겨주는 것은 무슨 심리인가? 결정적으로, 사장은 화자에게 자신을 다른 호칭으로 부르기를 요청한다("이렇게 밤의 산책(……)을 나오면 사장이 자기를 언니라고 부르라고 시켜서 난감했다", 51쪽). 화자의 시선에서 내내 '사장'이라는 직위로만 불리는 그녀는 둘만이 함께하는 밤의 시간에 사적인 호칭인 '언니'로 불리기 원한다. 은수와의 일은 어쩌면 '나'와 긴 시간 대화하고 밤의 데이트를 하기 위한 명분에 불과한 것은 아닐까? 물론 '순진한' 그러나 배려심 깊은 화자는 사장의 진심을 전혀 모른 채 "어쨌든 호칭은 상대가 원하는 대로 불러줘야 예의이니까"(같은 쪽) 언니라고 부른다.

이렇게 사장이 퀴어라는 가설 아래 소설을 읽는다면, 제목에도 등장하는 그의 모자가 왜 중요한지 해명된다. 사장의 모자는 퀴어함 그 자체이면서 역으로 그것을 은폐하는 오브제다. 모자는 남자처럼 옷을 입는 사장에게만 자연스럽고 어울리는 아이템이다. '나'는 모자 쓰기를 매우 싫어한다("내게 특히 불편한 규칙은 모자를 써야 한다는 것이었다. (……) 심지어 내 얼굴형과 어울리지도 않았지만 안 쓸 순 없었다. 사장도 늘 같은 모자를 썼으니까", 44쪽). 사람들 사이에서 나의 어떤 특질이 눈에 띄어서 그것을 숨겨야만 한다면 방법은 두 가지다. 그것을 소거하거나 혹은 다른 모두도 같은 특질을 공유하게 하는 일.

사장은 똑같은 모자를 쓸 것을 사내 규칙으로 정해 자신의 퀴어함을 약화시킨다.

'모자'의 성공적인 은닉과 '순진한' 화자의 시선은 함께 공모하며 말할 수 없는 사랑을 더더욱 숨긴다. 심지어 사장이 결국 사랑을 고백할 수밖에 없는 상황이 벌어지지만 그마저도 방백으로만 발화된다. "운명이여 내 외모가 그이를 매혹시키지 않았기를!"(56쪽)이라는 그의 대사는 메시지의 수신자 '나'를 제외한 모두에게 발송된다. 사장이 사주는 빨간 원피스나 '언니'라는 호칭의 의미를 전혀 수신하지 못하는 것처럼 '나'는 사장의 이 대사 역시 수신하지 못한다. 표층 서사처럼, 화자는 사장의 고백을 듣지 못하는 것은 자신이 아니라 은수라고 생각한다.

한편, 이 대사는 은수가 사장에게 일부러 골라준 대사라는 점에서 또 한번 의미심장하다. "먼 거리의 연인을 이어주는 전서구"(49쪽)는 '나'가 아니라 은수인 셈이다. 은수는 대사를 읽을 때 사장에게 모자를 벗을 것을 권한다. 직원들 앞에서 굳이 벗지 않을 이유가 '없어야 하는' 사장은 모자를 벗을 수밖에. 모자가 벗겨진 사장은 맨얼굴로, 말하자면 발가벗겨진 채로 '나'에게 들리지 않는 사랑을 고백하게 된다. 그러나 고백 끝에서 터진 것은 설레거나 벅찬 마음이 아니라 다만 그녀의 '오랜' 불행이다("사장의 모자 없는 머리 위로 어떤 것이 흘러내리고 있다고 생각했다. 그 명랑하고 쾌활한 대사로도 구원되지 않는 사장의 오랜 불행 같은 것이", 56쪽). 사랑하는 상대를 바로 눈앞에 두고도 내 고백의 주인공이 당신이라고 말하지 못하며 방백만을 외치는 퀴어는 오랫동안 벽장 안에 갇혀 있던 초라한 자화상과 마주한다. 사장이 은수의 신발에 자기 발을 넣어보던 장면은 이제 다르게 해석된다. 그것은 가정법이다. 은수라면 '나'에게 고백할 수도 있을 테지, 의 가정법.

따라서 또다른 가능 세계인 심층 서사는 다음과 같다. 커밍아웃하지 못하는 여자 사장이 여자 직원 '나'를 사랑한다. 고백하고 싶지만 할 수 없다. 자신이 남자였더라면, 하는 마음으로 그는 직장에서 가장 잘생긴 남자인 은수의 신발에 자기 발을 가만히 넣어본다. '나'는 그 장면을 보고 사장이 은수를 좋아한다고 오해한다. 사장은 그 오해를 이용하여 주기적으로 '나'와 긴 대화를 나누고 그에 대한 보상을 명목으로 '나'에게 옷을 사준다. 은수는 사장이 '나'를 좋아하고 있다는 것을 눈치채고 일부러 사랑에 관한 대사를 읽게 한다. 사장은 성적 지향과 사랑을 들켰다는 부끄러움을 견디지 못하고 가게를 떠난다.

그렇다면 처음에 화자가 사장이 은수를 좋아한다고 오해한 그 복잡한 표정도 다시 해명될 수 있다. 로커룸에서 사장이 '나'와 은수에 대해 그토록 많은 대화를 나누며 즐거워한 것은 은수에 관해 이야기해서가 아니라 그 대화의 상대가 바로 '나'이기 때문이다. 대화는 타자의 확실한 실존 속에서 그와 꼼짝없이 묶일 수밖에 없는 시간이라는 것을 '전서구' 은수는 이미 알고 있었다("대사를 주고받으며 맞춰주는 게 아니라면 함께 읽는 의미가 있을까 싶었지만 은수는 듣고 있는 것만으로도 대화는 충분하다고 했다", 54쪽). 사장에게는 대화의 내용이 아니라 '나'라는 상대방의 절대적 실존이 중요했던 것이다. 사랑하는 사람과 독백도, 방백도 아닌 대화—마주보고 말을 나눌 수 있는 그 배타적인 시간은 사장 자신을 위한 것이었다.

진희의 고백은 음 소거되어야 했지만, 사장의 고백은 방백의 형태로나마 현실에서 발화된다. 그러나 방백은 사장의 모자가 그렇듯 분명 말해지고 있으나 결코 전해질 수 없는 형식이다. 레즈비언이 죽지 않고 망명하는 현실은 충분히 안도할 만한 현실일까? "상상력만 있다면 불운한 사랑이란 없는 것"(50쪽)이라는 화자의 위로는 오직 가능태로만 존재해야 하는 퀴어에게 얼마만큼의 온기로 가닿을까. 사장이 모자를 쓰든 말든 상관없다는(59쪽) 이성애 여성 화자의 '따뜻한' 시선이 흐려버린 퀴어의 섹슈얼리티는 서사를 열린 텍스트로 만든다. 하지만 퀴어적인 관점에서 이중의 가능 세계는 자유와 해체의 상상력이라기보다 생존에 필요한 위장술을 미학적으로 형상화한 것에 가깝다. 사장은 과연 남자 직원과의 짝사랑을 끝내기 위해 가게를 그만둔 것일까, 아니면 영원히 방백만을 읊조려야 할 세계의 벽 앞에서 등을 돌린 것일까.

여성들은 과연 서로에 대해 얼마만큼 잘 안다고 할 수 있을까.

4. 커밍아웃의 윤리학은 대화로부터—조우리, 「내 여자친구와 여자친구들」

이처럼 어떤 사랑은 왜 의도에서 비껴간 징후적 독해로만 읽어낼 수 있는 걸까? 조우리의 「내 여자친구와 여자 친구들」(이하 「내 여친」)은 앞의 소설적 기법들이 만드는 불투명한 효과를 전면 거부한다. 액자식 구조와 복수의 가능 세계 사이에서 죽거나 사라지는 퀴어가 아니라 지금-여기에서 생생하게 희노애락을 말하는 일인칭 퀴어를 제시하기 위해서다. 소설은 여성의 고통을 외부에서 바라보는 남성의 시선(「고백」) 혹은 이성애자의 관점을 벗어나지 못하며 오해 속에서 타자를 잃어버리고 마는 여성의 시선(「모자」)이 아니라 스스로 퀴어임을 공표하며 자신의 이야기를 독자에게 곧장 던지는 레즈비언의 정직한 시선을 채택한다. 요컨대 「내 여친」은 퀴어의 커밍아웃에 관한 즐거운 메타 소설이다. 드디어 우리는 죽거나 망명하는 퀴어가 아니라 커밍아웃을 무기로 현실과 대결하는 퀴어 여성을 만난다. 생존하기 위해 파편화된 자아를 선택적으로 드러내던 퀴어는 가장 단순명료한 방법으로 자아를 동기화한다. 이제 언제 어디에서 누구와 함께 있든 '나'는 '나'다.

'나'와 '정윤'은 십 년 차 삼십대 레즈비언 커플로 결혼식과 돌잔치 초대장을 놓고 어디에 참석할 것인지 고민한다.[5] 이성애자 부부가 결혼식에 함께 참석하는 일에는 그들 각자가 참석하는 일의 산술적 합 이상의 사회적 의미가 있는 것처럼, 그들도 '이미' 커플로서 주위 사람들에게 인정받고 있다. 그러나 화자는 이 초대가 마냥 달갑지만은 않다. 그에게 이 초대장은 이성애 여성들의 동성 사회로 편입되었음을 확인해주는 합격증처럼 느껴지기 때문이다. 하지만 "나는 그들의 인정을 바라지 않는다"(102쪽). "정윤과의 연애는 다른 누구의 인정도 필요 없이, 〔그들―인용자〕 자체로 증명"(106쪽)되기 때문이다. 정윤의 초등학교 동창들의 계모임에 초대받았을 때도 '나'는 역시 반가워하지 않는다. 정윤의 애인이라서가 아니라 그들과 '같은 여자'이기 때문에 초대받은 게 아니냐는 의혹 때문이다. (남편들은 모임에 갈 수 없다.) '같은 여자'라는 사실이 레즈비언의 성적 욕망을 덜 위험한

---

5) 텍스트 속 인물의 성적 지향과 성 정체성을 비평가가 일방적으로 단정할 수 없다는 생각이지만 「내 여친」에서는 두 인물이 스스로 레즈비언으로 커밍아웃하며 정체화하고 있으므로 그를 존중한다. 더불어, 여성을 사랑하는 여성을 곧장 레즈비언이라고 단언할 수 없음에도 주의해야 한다. 그녀는 양성애자거나 범성애자일 수 있고 비수술 트랜스 남성일 수도 있다. 이 경우 그의 사랑은 '퀴어한 이성애'로 읽힐 수 있다.

것으로 만들고 그래서 그들에게 '무해한' 존재로 편집되어 수용되었으리라는 슬픈 의심과 확신을 '나'는 쉽게 떨칠 수 없다.

따라서 "내가 자기랑 섹스한다는 사실을 자기 친구들이 모르는 게 아닐까?"(102~103쪽)라는 '나'의 가시 돋친 질문은 소설을 읽는 중요한 축이 된다. 소설은 '여자친구'와 '여자∨친구'를 구별한다. 후자는 '여자(인) 친구' 혹은 '여자 (사람) 친구'로 번역되는 유대/연대로서의 여성이다. 여성이라는 기표는 결코 하나의 동질적인 기의로 수렴하지 않는다. 소설은 이를 지지하며 규범적 정상성에 맞서 차이를 공표하는 행위인 커밍아웃을 통해 여성들 간의 차이, 동성애/이성애 여성 그리고 레즈비언 여성들 내부의 차이를 드러낸다. 「내 여친」은 '같은 여성'을 전면 거부한다.

'나'와 '민아'의 장면은 이성애자 여성과 동성애자 여성 사이의 어긋나는 이해를 드러낸다. 수험 생활 동안 동고동락한 민아에게 자신이 레즈비언임을 말한 '나'는 민아의 결혼식에 초대받지 못하고, 그 후로 '나'에게 커밍아웃은 이성애 사회의 성원권을 심사받는 '고시'가 된다. 하지만 레즈비언이 타인의 승인과 무관한 정체성임을 그는 이미 알고 있다. 그래서 "아무래도 너한테는 결혼이란 게 더 복잡하게 느껴질 테니까 (……) 괜히 심란하게 하고 싶지 않"(109쪽)았다는 민아의 말을 '나'는 이해할 수 없다. 「모자」에서 사장의 옷차림을 두고 '함부로 판단하지 않겠다'는 화자의 말과 겹치는 이 말은 (퀴어로 판단되는 것이 그렇게 불쾌한 일일까?) 퀴어를 배려하는 말이 아니라 다만 배제하는 말이기 때문이다. 심란한 것은 실상 민아 자신이다. 민아는 '나'를 이해하려는 그 어떤 시도조차 없이 일방적으로 관계를 끊어낸다. 미주가 그랬던 것처럼 민아 역시 레즈비언의 타자성이 자신의 평화로운 세계에 일으키는 소용돌이를 용납할 수 없던 것이다. 결국, 민아의 '배려'는 사회가 승인한 정상성의 입지에서 살아가는 자의 시혜적인 냉소일 수밖에 없다. 그렇다면 역으로, 민아를 도망치게 만든 '나'의 커밍아웃은 민아를 배려하지 않은 행동일까?

> 나는 민아를 시험하고 통과시켰다. 민아도 그걸 원할 거라고 믿으면서. 그 착각의 대가를 치르는 것 같았다.(110쪽)

'나' 역시 민아를 '시험'했다고 말한다. 그러나 그 시험은 나의 숨겨진 이름을 알리는 일, 나의 타자성을 상대에게 고백하며 그를 환대하는 일이다. 비록 그것이 그 자신도 환대받고자 하는 욕망에서 나온 것이라 할지라도 말이다. 이름은 반드시 스스로 말해져야 한다. 「모자」에서 사장이 끝내 떠난 이유는 은수가 반강제적으로 모자를 벗겼기 때문이 아니었나. 자아를 분열하려는 현실과 대결하는 퀴어는 정직한 목소리로 자신을 공표한다. 커밍아웃은 이성애 중심 사회에서 자신의 자리를 만드는 윤리적 실천이다.

한편, 여자를 사랑한다고 말하는 '이성애자 여성'도 있다. 화자가 '수지'에게 커밍아웃하기로 마음먹고 입을 떼려는 순간, 동시에 수지는 돌연 '나'를 사랑하고 있다고 고백해온다.

> "그런 말이 있잖아. 여자라서 사랑한 게 아니라 사랑하게 된 사람이 여자였다고. 그럼 여자를 사랑하는 사람이라서가 아니라 사랑하기로 마음먹은 대상이 여자일 수도 있는 거 아닐까. 너라면 그럴 수 있을 것 같아, 난."(117쪽)

언뜻 보기에 너무나 로맨틱한 이 고백 앞에서 '나'는 모욕을 느낀다. 이 고백은 사실상 어떤 변론이기 때문이다. 이성애자라는 정체성을 어떻게든 부인하지 않으면서 '나'를 사랑하려는 수지의 자기변호다. *나는 '여자를 사랑하는 사람'은 분명히 아니지만 그저 '너'이기 때문에 사랑하는 거야, 이건 나의 주체적이고 의식적인 '선택'이지, 내가 '본래' 여자를 사랑하는 사람'이기 때문은 결코 아니야……* 그래서 레즈비언인 '나'에게 수지의 저 말은 사랑 고백이 아니라 단지 "헛소리"(118쪽)다. '나는 이성애자이지만'으로 시작하는 수지의 이 자기기만적인 고백을 위선으로 읽을 때, 커밍아웃에 대한 '나'의 신념은 지켜진다. '나'는 커밍아웃이 (사랑하는) 대상의 성별을 부연하는 일이 아니라 그 행위 주체를 선언하는 일이어야 한다고 믿는다. 그것은 자신의 사랑에 대한 책임을 오롯이 자신이 지겠다는 자부심PRIDE이다. 그리고 그 자부심은 발화자와 청자 모두가 같은 장소에 실존하여 말을 주고받는 대화 상황에서만 태어날 수 있다. 퀴어를 험난한 세계에서 계속 살아갈 수 있게 하는 것은 바로 이 확실하고 정직한 커밍아웃의 윤리학이다.

그렇지만 정체성에 대한 이 확실한 명명이 이성애자와 동성애자를 분리하려는 의도를 갖는 것은 아니다. 퀴어는 이성애자든, 동성애자든, 혹은 양성애자든 성적 지향과 무관하게 자신을 옭아매는 현실 원리의 구속에서 벗어나려는 모든 몸짓이다. 가령, "여자가 할 수 있는 커트 머리 말고, 남자들이 하는 커트 머리 말고, 그냥 커트 머리"(113쪽)라는 수지의 말이나 "너무 레즈비언 같을까봐. 혹은 레즈비언 같지 않을까봐"(114~115쪽)와 같은 '나'의 고민은 소설이 퀴어의 개념에 대해 끊임없이 고민한다는 것을 보여준다. 퀴어의 정체화와 그 선언은 표준적인 퀴어다움을 획득하기 위함이 아니라 오히려 그를 넘어서기 위한 해체적 수행이다. 퀴어도 얼마든지 퀴어하지 않을 수 있고 이성애자들도 얼마든지 퀴어할 수 있다. 다행히 소설의 끝에서 수지는 비로소 자신의 퀴어함을 이해한다. 그가 보낸 청첩장이 비혼식 초대장으로 밝혀지는 것이 그 반증이다. 수지는 여성이 원하는 삶의 방식과 욕망이 특정한 규범에 구속될 필요가 없다는 사실을 깨닫는다. 수지가 여전히 자신을 이성애자로 간주하더라도 그녀는 계속해서 퀴어한 자신의 모습을 사랑할 수 있을 것이다.

소설이 말하는 커밍아웃의 윤리는 주체를 특정한 정체성과 맥락에 고정하는 데에 그 목표가 있지 않다. 오히려 타자들 속에서 자신의 차이를 공표함으로써 이성애가 보편과 정상으로 규정되는 담론을 뒤흔들고 다른 이들의 차이 역시 공존할 수 있는 열린 토대를 만드는 데에 그 당위가 있다. 이러한 퀴어의 윤리를 체현하는 '나'의 주체성은 자기동일성에 갇힌 미주의 주체성과 다르다. 모든 초대장을 의혹의 눈초리로 냉소하던 '나'는 정윤을 위해 잔치에 참석하기로 한다. 타자를 위해 자신의 평형상태를 깨뜨리는 이 용기는 바로 사랑이다. 사랑은 '나'가 이성애자들의 모임에 가지 않겠다는 고집을 버리게 한다. 이러한 '나'와 수지의 변화는 퀴어 여성과 이성애 여성, 요컨대 여성과 여성 간 대화의 산물이다. 사랑하고 있는 퀴어의 윤리 속에서 주체의 세계는 차이 속으로 열리고 바로 그럼으로써 타자들과 공존할 수 있다.

이제 레즈비언은 죽지도, 사라지지도 않고, 사람들 앞에서 당당하게 사랑을 외친다.

5. 어떤 고백의 여정

퀴어의 사랑과 그 윤리는 퀴어로 정체화한 이들만의 배타적 담론이 아니다. 퀴어와 비-퀴어는 같은 세계를 공유하며 어떤 식으로든 부대끼며 살아간다. 나와 다른 존재는 차이로써 분리되지 않고 바로 그 차이로 인해 연결된다. 자신과 너무 다른 수지의 모습을 보면서 "그때가 우리가 유일하게 닮아 있는 순간"(「내 여친」, 117쪽)이라고 느끼는 '나'의 인식은 퀴어와 페미니즘이 교차하는 방식이다. 페미니즘이 그러하듯 퀴어 역시 소수자의 본질론적 정체화를 목표로 하지 않는다. 퀴어는 유동하는 정체성을 고정하는 힘에 반발한다. 퀴어 문학 역시 소수자가 '여기 있음'을 외치는 데서 멈추지 않고 찬연하게 역동하는 차이들을 중계한다.

세 작품에는 공통적으로 퀴어 여성과 이성애 여성이 맺는 관계가 충돌하는 대목이 등장한다. 이성애 여성이 퀴어 여성을 얼마나 철저하게 모를 수 있는지(「고백」), 그의 전혀 악의적이지 않은 호의가 퀴어에게 어떻게 독이 되며, 그래서 그로부터 살아남기 위해 퀴어가 사용하는 전략이 무엇인지를 서사적 구조로 치환해(「모자」) 보여준다. 그뿐만 아니라 이성애자로서의 정체성을 지키느라 사랑하는 이를 부정하는 모순에 처한 여성을 그리기도 한다.(「내 여친」)

물론 이들을 읽는 즐거움은 단지 소재의 생경함에만 있지 않다. 세 작품을 겹쳐 읽으면 작품의 미학이 복잡한 서사적 기법과 반드시 정비례하지 않음을 안다. 텍스트마다 주제에 적합한 최선의 기술이 있다. 오독의 공간에서만 퀴어가 실존하게 하는 미학은 그가 처한 현실의 억압적 구조를 소설적으로 형상화하고(「모자」), 의도와 무관하게 혐오를 발휘하는 자아의 자기동일적 주체성은 닫힌 액자 구조에서 효과적으로 드러난다(「고백」). 그리고 어떤 이야기는 복잡한 장치나 우회로를 거치지 않고 곧장 말해지는 단순명료함이 그 텍스트에 가장 필요한 미학임을 역설한다. 가장 아름다운 고백은 화자의 말과 마음이 상대에게 고스란히 전해지는 고백이 아니던가.(「내 여친」)

세 작품은 레즈비언 주체의 고백이 침묵에서 방백, 대화가 되기까지의 여정을 보여준다. 그것은 여성 퀴어의 고백이 한국문학의 독자에게 수신되기까지의 여정이기도 하다. 그리고 그 여정은 필연적으로 여성이 여성을 이해하는 인식론과 페미니즘에 관한 메타적 성찰을 수반한다. 그 성찰을 통해 이성애 중심의 페미니즘은 그동안 여성 퀴어를 배제해온 시선을 철회하고 그들의 차이를 여성 내부의 차이들로 읽어내며, 여성의 주체성이 잃어버린 퀴어함을 되찾는다. 여성들의 성적 욕망과 섹슈얼리티가 더욱 자유로워지는 것은 물론, 퀴어와 다시 만난 페미니즘은 강제적 이성애와 대결하며 이분법적 젠더 대립 구도를 해체한다.

자신의 이야기를 커브볼처럼 숨겨 말하던 퀴어는 이제 사랑을 위해 기꺼이 부서지며 타자의 손을 잡는다. "언니, 애인 있어요? 완전 내 스타일."(「내 여친」, 119쪽)

이제부터 우리는 꼼짝없이 그들의 연애사에 붙잡히게 생겼다.

(2021)

이제, 너희는 씨 뿌리는 사람의 비유를 들어보아라[1)]
─레즈비언 퀴어를 세속화하는 '장치'에 관하여

1. 한국문학장의 퀴어적 전회

비평은 칼이다. 칼이 베는 것은 마주하고 있는 상대일 수도 있고 혹은 쥐고 있는 그 자신일 수도 있다. 그 이유는, 칼의 '목적론'이 대상을 베는 것이기 때문이다. 좋은 칼일수록 날이 예리하고 찰나의 순간에 대상을 자른다. 그러므로 최근 퀴어-페미니즘 소설과 그에 대한 비평이 "단절적 인식에 기반을 둔 세대론적 선 긋기, 그리고 미래를 향한 목적론적 서사"[2)]로부터 새로운 동력을 얻고 있다는 분석은 일견 정확하다. 새로운 시대에 대한 공표는 필연적으로 이전 세대에 대한 단절 의식을 동반한다. "낡고 늙은 위선(자)들에게 불을 질러라!"(『3기니』, 1938)라는 울프의 외침과 "모든 예술은 쓸모없다"(『도리언 그레이의 초상』, 1890)라는 와일드의 짧고 간명한 문장이 문학과

---

1) 마태복음 13장 18절.

2) 강동호, 「비평의 시간─김봉곤 사건 '이후'의 비평」, 『문학과사회』 2020년 가을호, 423쪽. 이하 인용시 본문에 쪽수만 밝힌다.

삶의 새로운 차원을 열기 위한 강력하고 급진적인 선언이었음을 상기해보라. 하지만 그들의 단절적 선언을 두고 그 누구도 이전 세대와의 연속성을 거부한다는 점을 들어 비판하지 않는다. 적어도 우리에게 현재까지 전해지는 생산적인 담론 안에서 그러한 비판은 의미 있는 것으로 남아 있지 않다.

2010년대는 가히 한국문학의 퀴어적 전회the queer turn라 불릴 수 있을 만큼 본격적인 '퀴어-페미니즘 문학'과 그를 향한 비평적 독해들의 향연이 시작된 시기다. 텍스트의 양적 증가와 그로 인해 새롭게 구성되는 의제 그리고 윤리적 기준선의 변화[3]는 마치 한 세기가 저물고 새로이 시작되는 구조적 변화와도 같았다. 급변하는 그 반가운 물결 속에서 김봉곤 사건이 가져온 파장은 출판사와 독자, 그리고 작가와 비평가 모두에게 깊은 성찰을 요구했고 그에 따라 여러 지면에서 응답들이 제출되었다. 그중 강동호의 「비평의 시간―김봉곤 사건 '이후'의 비평」은 김봉곤 사건을 문학장의 구조적 원인에 의해 초래된 것으로 진단하며 특히 퀴어와 페미니즘으로 특정되는 '장르화'된 쓰기를 문제의 핵으로 짚는다. 그는 장르화라는 양태로 드러난 '비평의 무능'에 관하여 최근의 비평이 수행한 역할과 그 수행이 가능했던 구조를 심문한다. 김봉곤 사건은 동시대 작품에 대한 비평들이 생산되는 모종의 구조에 의해 잠재적으로 예비되어 있던 결과이며, 따라서 비평은 그 '이후'의 시간 속에서 그 구조를 만들어온 '장치dispositif'들을 비판적으로 검토해야 한다는 것이다(416쪽).

그 '장치'는 "당대 텍스트의 문학성을 정확하고 빠르게 포착하는

---

3) 강지희, 「동시대성을 재감각하기」, 『자음과모음』 2020년 겨울호, 275쪽.

것을 둘러싼 경쟁/생존 시스템의 장으로 점차 안착된"(432쪽) 것으로, 이전 세대와의 단절 의식을 기치로 내세운다. 그는 그것이, 아감벤식으로 말하자면, "'분리'의 언어들과 이분법적 언표들"(434쪽)을 통해 "특정한 스타일의 글쓰기(비판 없는 섬세한 독해)"(433쪽)를 양산한다고 분석한다. 그러나 최근 비평의 퀴어-페미니즘 흐름이 기존 문학사를 대타항으로 설정하고 세대론적 분리주의에 기반한 인정 투쟁을 벌이고 있다는 그의 분석이야말로 오히려 2010년대의 퀴어적 전회를 한국문학사로부터 '분리'하려는 것처럼 보인다. 게다가 김봉곤-김세희 사건을 두고 비평이 스스로를 분석·비판할 때 정작 누락한 지점은 장르나 제도, 형식, 구조에 대한 비판 뒤에 가려진 개인들의 삶과 권리에 대한 존중이 아니던가.[4]

이렇게 한국문학장의 퀴어적 전회 '이후'의 시간을 통과하면서 무엇을 고민해야 할지를 고민하는 우리에게 답하는 세 편의 소설이 있다.[5] 아감벤의 '분리' 그리고 그에 대응하는 '세속화' 과정이 소설에서 어떻게 작용하는지 살펴보고 김봉곤과 김세희 사건 '이후' 우리가 비평적으로 짚어내지 못했던 틈을 짚어보자.

---

4) "공론장으로 나온 피해 당사자들의 질문에 대한 책임감 있는 응답은 문단에서 일어나는 모든 치부에 적용 가능한 제도권 비평의 자기비판만으로 갈음될 수 없다. (……) 비평적 논의가 정도의 차이를 계량하는 일을 넘어 아우팅의 불안을 유발하는 원인들에 대한 분석으로도 확장되어야 한다."(오은교, 「벽장의 문학과 사생활의 자유―소수자 시민 가시화의 욕망을 둘러싼 한 쟁점」, 『문학동네』 2021년 가을호, 128~129쪽)

5) 이하에서 다룰 세 소설은 이민진의 「RE:」(『장식과 무게』, 문학과지성사, 2021), 한정현의 「쿄코와 쿄지」(『문학과사회』 2021년 봄호), 그리고 김멜라의 「나뭇잎이 마르고」(『문학동네』 2020년 겨울호)이다. 이하 인용시 본문에 쪽수만 밝힌다.

2. '비유'라는 장치 앞에서 퀴어는—이민진, 「RE:」

첫번째 답신은 아감벤의 '비유'를 세계관으로 차용하는 이민진의 「RE:」다. '유완' '해니', 그리고 '영우' 세 여자의 이야기인 소설은 어떤 답장으로 시작해 그에 대한 또다른 답장으로 끝난다. 첫번째 편지는 영우가 유완에게 묻는 질문, 해니가 그들의 사랑과 관계를 두고 사용한 비유('눈냄새')를 사 년이 지난 지금은 이해하였느냐는 물음이다. 유완의 답장으로 끝나는 소설의 끝은 그 물음에 대한 응답이다.

「RE:」의 퀴어들은 인정 투쟁 문제를 초월한다. 오히려 그 인정 투쟁에 천착하는 것은 퀴어 당사자가 아닌 외부의 인물이다. 물론 소설 또한 '퀴어 소설'이 오토픽션으로 명명되고 그것의 동력이 텍스트 안팎의 직접적인 반영과 동기화로부터 나오며 그것이 텍스트 속 퀴어가 발휘하는 정치성을 현실 층위로 확장시키려는 힘이라는 데에 동의한다. 하지만 소설은 좀더 미묘한 사각지대에서 발생하는 퀴어의 정치성을 가리킨다. 해니와 영우—커밍아웃하지 않은 레즈비언 커플 관계는 분명 소설의 움벨트umwelt에 분명하게 실재한다. 문제는 다만, 퀴어의 삶이 두 사람의 커밍아웃이라는 의례 없이 유완에게로 곧장 날아들었다는 점, 그래서 유완이 그 공식적인 정체성과 관계를 자신에게 명명해주기를 욕망했다는 점이다. 조바심이 난 유완은 커밍아웃을 강요하기에 이른다. 두 사람이 군이 관계를 공표하지 않는 그 마음을 끝내 이해하지 못한 채 그들과 멀어진 유완은 사 년 뒤 2019년을 맞이한다. 그는 그들의 실제 사랑을 소설로 옮기는 작업을 하고 난 후에도 오히려 더더욱, 해니와 영우를 이해하지 못한다.

소설 속 연인의 원형은 해니와 영우씨였고, 강사와 수강생들이 아름답다고 칭찬한 한강 장면에는 내가 두 사람에게서 본 애정과 배려가 녹아들어 있었다. (……) 그게 진실이 아니었다면 나와 내 소설을 읽은 사람들이 느낀 건 무엇이었을까.(29~30쪽)

　인용한 대목은 퀴어의 오토픽션 텍스트에 관한 작가(유완)의 자의식이 메타적으로 반영된 부분으로 볼 수 있다. '진실'이기에 괜찮을 뿐만 아니라 바로 그 아름다운 것을 옮겨야 마땅하다고 말이다. 하지만, 어떤 퀴어는 소설 안에서 자신의 삶과 사랑에 그 어떤 방해나 저항감을 동반하지 않고 자유로이 살아감에도 명시적인 커밍아웃을 거부한다. 외부적 조건이 아무리 퀴어가 커밍아웃을 '할 만한' 상태로 진단된다 할지라도 가장 중요한 것은 당사자의 자발적인 의지다. 커밍아웃하지 않는 퀴어를 그 윤리적 당위를 도외시하는 이로 간주하자는 것이 아니라 그들의 욕망과 목소리를 음 소거하지 말고, 그 표방의 방식이 우리의 기대와 예상을 당연히 벗어날 수밖에 없음을 인지하자는 말, 그리고 그것을 주의깊게 읽어내야 한다는 말이다.[6]

　「RE:」는 바로 이 지점에서 아감벤의 '비유'를 들여온다. 이때 비유는 영우와 해니의 정체성을 견인하는 동시에 유완으로부터 보호하고

---

6) 이 책에 수록된 「레즈비언 구출하기 —침묵, 방백, 그리고 대화」는 소설 속 레즈비언 주체들의 정체성과 사랑에 대한 발화가 공개적인 커밍아웃과 사랑의 공표로 이어지는 침묵, 방백, 그리고 대화의 여정을 읽어낸다. 그가 말한 '커밍아웃의 윤리학'은 "규범적 정상성에 맞서 차이를 공표하는 행위인 커밍아웃을 통해 (……) '같은 여성'을 전면 거부"(43쪽)하는 정치적 발화이기에 현실이 지향해야 할 어떤 국면임은 틀림없지만 중요한 것은 그 정치적 동력이 무엇보다 주체의 자유의지에서 기원한다는 점이다. 누군가가 커밍아웃하기를 원할 때 그 욕망이 최대한으로 실현될 수 있는 인식론적, 사회·문화·정치적 기반이 우리 현실에 마련되어 있어야 한다.

일정 선을 유지시키는 '장치'다.

> 말이 길어지는 건 아무래도 제가 써야 할 문장을 피하기 위해서일
> 텐데, 어쩌면 이미 말한 것도 같습니다. 에두른 말에 숨은 의미가 제
> 게만 선명한가요. (……) 지난밤 읽은 아감벤의 책에는 이런 내용이
> 있었습니다. (……) 인간의 말은 '비유를 들지 않고는 아무것도 말씀
> 하지 않는 예수처럼 말하는' 것과 같다고요. 그렇다면 우리도 지금 비
> 유를 통해 대화를 나누는 건데 그럼에도 소통이 가능하다니 신기하
> 지 않습니까.(12~13쪽)

한편, 자신이 목도한 사랑이 진실로 사랑이었으며 자신은 틀리지
않았다는 얼마간의 억울한 마음을 소설적 진실로 형상화하여 입증하
려던 유완과 달리, 해니의 소설론은 소설적 거짓의 가치에 전적으로
기대고 있다("소설은 일일이 사과할 필요가 없어서 좋아요", 28쪽). 현
실과 소설의 최대한의 동기화가 아니라 오히려 '거짓'을 추구하는 해
니의 소설은 오토픽션이 추구하던 정치성을 거부하는 것처럼 보인
다. 그러나 퀴어가 자신의 정체성과 삶을 외부 세계에 공표하거나 하
지 않거나에 관한 선택을 말할 때 납득 가능한 개연적인 설명이 반드
시 필요한 것은 아니다(무언가를 말한다는 것은 동시에 어떤 것들을 말
하지 않는 것이기도 하다). 진실이 비유라는 장치를 통과하면 투명한
부피감으로 부조된다.

아감벤은 예수가 비유로 이야기하는 두 가지 이유를 재인용한다.
첫째는 사람들이 "보아도 보지 못하고 들어도 듣지 못하고 깨닫지
도 못하기 때문"이고 둘째는 "보아도 알아보지 못하고 들어도 깨달

지 못하게" 하기 위함이다.[7] 완벽하게 모순되는 이 두 가지 이유는 놀랍게도 퀴어의 생의 감각 안에서 양립 가능하다. 현실의 위협으로부터 스스로를 보호하면서도 자신을 그 현실의 시공간 속에 기입하는 장치가 바로 비유parable이기 때문이다. 비유는 전하고자 하는 내용을 다른 층위로 기화시키는 것이 아니라 오히려 "좀더 가까이 머물도록 하기 위해"[8] 사용된다. 그래서 퀴어는 비유의 자리에서 자기 자신을 잃지 않으면서도 안전할 수 있는 장소를 획득한다.

2015년에서 2019년을 통과하는 유완은 깨닫는다. 이해는 언제나 대칭적이거나 등가교환적인 양태로 이루어지지 않고 그럴 수도 없음을. 그리고 그 시간의 끝에서 드디어 해니의 '눈냄새' 같은 것이 무엇인지 알게 된다("누군가는 알지만, 누군가는 끝내 알 수 없는 것. 그가 말하는 느낌은 눈냄새 같은 것이었다", 33쪽). 사 년 만에 날아온 뒤늦은 답신에 의해 새로운 이해에 도달한 누군가가 그 이해를 알리는 또 다른 답신을 보내며 끝나는 이 소설은, 그 누군가가 퀴어이든 아니든 '비유'의 자리에 남아 있기를 바라는 마음을 존중해야 한다고 전해온다. 우리가 김봉곤-김세희 사건 '이후'에 놓친 것을 찾기 위해서는 퀴어의 목소리가 부조된 돋을새김을 읽어낸 독해를 비판(강동호, 416쪽)할 것이 아니라 미처 보지 못한 이 '비유'의 자리를 더듬어야 하는 것이다.

어떤 존재에 관하여 그것이 보여지는 이미지와 실존이 일치하는

---

7) 조르조 아감벤, 『불과 글―우리의 글쓰기가 가야 할 길』, 윤병언 옮김, 책세상, 2016, 41~42쪽.

8) 같은 책, 58쪽.

존재를 스페키에스species적이라고 한다.[9] 유완의 시야에 그려지는 두 여성은 스페키에스적인 존재들이다. 그래서 두 레즈비언은 소설의 움벨트 안에서 역설적으로 너무나 명시적인 동시에 비실체적이다. "임의의 존재essere qualunque, 다시 말해 자신의 성질들 중 그 어떤 것으로도 자신을 규정하지 못하게 하면서 그 성질들을 일반적이고 무차별적으로 고수하는 그런 존재"[10]다. 커밍아웃의 의례가 없더라도 그저 임의적이고 자연적으로 자기 자신이 외부 시선에 포착되는 이미지 그대로가 곧 자신의 실존이 되는, 비유 그 자체의 자리에서 그의 실존을 펼치는 퀴어는 어쩌면 가장 퀴어한 양태다.

3. 실패한 비유와 교차성의 자리, '분리'의 언어—한정현, 「쿄쿄와 쿄지」

「RE:」에서 유완은 해니와 영우를 향해 혐오 발언이나 차별적 태도를 보이지 않으나 그들과 자신을 이해받아야 할 자와 이해할 수 있는 자의 위치로 고정시킴으로써 그들의 자발적인 커밍아웃의 길목을 막아선다. 이것이 바로 아감벤이 말한 분리다. 강동호가 사용하는 '분리'의 용례(434쪽)인 '민중과 개인' '리얼리즘과 모더니즘' '문학과 정치' 등의 대타항은 단지 이분법적 대립 구도를 형성할 수 있는 단어의 묶음에 불과하며 차라리 환속화secolarizzazione에 가깝다.[11] 이 묶

---

9) 조르조 아감벤, 『세속화 예찬—정치미학을 위한 10개의 노트』, 김상운 옮김, 난장, 2010, 81~88쪽. "이미지 속에서 존재와 욕망, 실존과 코나투스는 완전히 일치한다."(86쪽)

10) 같은 쪽.

11) 환속화는 '억압의 형식'으로서 권력이 이쪽에서 저쪽으로 이동할 뿐 사라지거나

음들은 '분리'의 기능을 하지 않는다. 분리는 아감벤이 말하는 장치의 작용 중 하나로, 분리되는 어떤 것은 이전의 공동체에서 의례나 제의와 같은 장치를 통해 배제되고 새로운 공동체로(아감벤의 경우 인간의 영역에서 신적 영역으로) 옮겨간다. 게다가 그가 비판하는 최근 비평의 분리주의적 언어들은 분명 이전 공동체로부터의 단절을 선언하면서도 그전의 역사성을 포함하여 새로운 차원으로 도약하려 하기에 단순히 '세대론적 이분법'으로 치환될 수도 없다. 강동호가 말한 "지금 여기의 현실 속에서도 발휘되고 있는 과거의 힘과 기제에 대한 유물론적이고 정치적인 비평"(426쪽)의 작업이 이미 동시에 행해지고 있다는 것을 역시 결코 놓치지 말아야 한다.

그렇다면 그 '분리'의 언어들은 소설적으로 어떻게 형상화될 수 있나? 장치는 존재를 '인간화'하여 주체로 생산한다. 「RE:」에서 유완이 커밍아웃을 거부하는 레즈비언들을 '인간'의 영역에 배제적으로 포함시킨다면 「쿄코와 쿄지」는 퀴어를 '인간'의 영역으로부터 포함적으로 배제한다. 5·18광주민주항쟁, 인터섹스, 아들보다 열등한 존재로 여겨지던 딸들의 이야기, 레즈비언과 오키나와까지 ─「쿄코와 쿄지」는 최근 발표된 소설들 중에서 소재주의적이라는 혐의 앞에 가장 가까이 놓인, 마치 소수자성으로 짜여진 퀼트 같은 작품이다. 여자들의 이름이 "아들들의 공동체를 통과하여 최종적으로는 스스로의 공동체로 들어가고자"(87쪽) '경자'에서 '쿄코子'가 되고, 결국은 '쿄지自'가 되는 이 소설은 페미니즘 문학이라 불릴 수도 있을 것 같다. 그러나 퀴어-페미니즘 문학이라고 불리는 것은 과연 가능할까? 하나씩 보

변형되지 않는다. 같은 책, 113쪽.

자. 우선, 여성들이 '사람답게' 살고 싶다고 말하는 '아들 됨'에 대한 욕망은 실패한 비유다.

> 혜숙은 그러면서 다시 한번 자기는 꼭 아들 대접이 받고 싶다 했네
> 요. 그러나 남자 되는 건 싫다. 이렇게요.(85쪽)

아들이 되고 싶다는 말은 모종의 남성성을 욕망하는 것이 아니라 (그렇다면 FTM이 갖는, 이성애 질서를 넘어서는 퀴어한 욕망과 유사할 것일 테지만) 남-녀 대타항의 이항 구도 안에서 하나의 시스젠더에서 또다른 시스젠더로 이동하려는 것이다. 문제는 이것이 인터섹스 퀴어인 '영성'의 '여성 됨'의 욕망을 '남성'이 여성의 척박한 삶, 보편 인간 이하의 대접을 받는 그 생을 대리 경험하는 것으로 위치시킨다는 점이다. 인터섹스의 환원 불가한 퀴어한 욕망이 이성애 정상 구도와 젠더 이분법을 부수는 것이 아니라 오히려 퀴어를 그 안으로 포섭시키면서 이분법을 공고히 하고 시스젠더 이성애 대문자 '여성'의 차별을 여과하려는 소설의 의도만 뚜렷해질 뿐, 미시적인 맥락 안에서 발생하는 복잡하고 입체적인 퀴어함은 전혀 상상되지 못한다.

분명 영성 스스로 커밍아웃하지만 그는 시스젠더 남성으로만 형상화되고[12] 심지어 5월 광주에서 군인이 됨으로써 폭력의 주체로 설정된다. 게다가 그 주체화가 그의 자발적 의지나 욕망에 의거한 것이 전

---

12) 영성이 경자의 옷을 꺼내 입어보곤 한다는 대목이 등장하지만 이는 '남성'의 드래그(drag)에 대한 욕망으로 평면화될 가능성이 높고 인터섹스의 욕망을 소설적으로 형상화한다기보다 오히려 독자들에게 그가 남성과 여성의 성기를 모두 가지고 태어났다는 사실을 일방적으로 주지시킴으로서 퀴어함을 납득시키려 할 뿐이다.

혀 아니라는 점에서 영성은 폭력 앞에서 가장 무력한 약자로 타자화되고 (어찌된 영문인지 모르겠으나) 그가 '영소'의 아버지임이 밝혀지면서 적어도 한 번은 이성애 재생산 구도 안으로 결국 포획되었음이 드러난다.[13] 이는 퀴어의 정체성과 욕망이 당사자의 시선 안에서 그려지지 못할 때 그것이 얼마나 쉽게 왜곡되고 그리하여 대상화된 장치로 배치될 수 있는지를 여실히 보여준다(일인칭 당사자 서술의 오토픽션 전략은 그 지점을 가장 효과적이고 문학·미학적으로 타개하려는 장치다). 소설은 분명히 퀴어를 적극적으로 포함하는 듯 보이지만 결과적으로 퀴어는 강력하게 배제되고 인간의 영역에서 비-인간의 영역(그런 점에서 '신성'한 영역이기도 한)으로 분리된다.

한편, 최근 비평에서 퀴어-페미니즘의 부상이 '속도주의'와 비판 없는 비평을 생산하는 장치인 각종 지면들에 의한 효과이기도 하다는 분석(강동호, 437쪽)은 '세대론적 인정 투쟁'으로 오인될 수 있는 비평(가)에만 유효한 것이 아니라 그 장치들이 문학장에 설치된 이래 등장한 모든 비평(가)에 작동함을 주지해야 한다. 「쿄코와 쿄지」는 문학과지성사가 주관하는 문지문학상의 후보인 '이 계절의 소설'로 선정되어 『소설 보다: 여름 2021』(문학과지성사, 2021)에 수록되어 판매되고 있다. 다음은 심사평의 일부이다.

---

13) 앨리슨 벡델의 그래픽 노블 『펀 홈(Fun Home)』(2007)에도 벽장 게이로 살던 아버지와 이성애자 여성인 어머니, 그리고 그 사이에서 난 레즈비언 딸인 서술자가 등장한다. 이 작품이 「쿄코와 쿄지」와 다른 점은 남성 퀴어가 어떻게 '아버지'가 되었는지를, 그리고 그 과정에서 인물이 느끼는 어렵고 복잡한 감정의 층위를 풍부하게 그려낸다는 점이다. 하지만 영성의 복잡한 퀴어함은 경자와 영소의 목소리에 의해 깔끔하게 생략된다.

나는 이 소설집〔『소녀 연예인 이보나』—인용자〕을 모레티의 어법에 따라 '서발턴들의 세계 텍스트'라고 부른 적이 있는데, (……) 이번에는 5·18이다. 「쿄코와 쿄지」를 통해 한정현의 세계 텍스트 내에 1980년 5월의 그 사건이 한 자리를 요구한다. 그러자 5·18이 퀴어와 오키나와와 마주치고 교차한다. 그럴 때 한정현은 마치 급진적인 아키비스트, 혹은 서발턴들의 조각난 서사를 이리저리 아카이빙하는 큐레이터를 닮았다. 나는 그 작업에 거는 기대가 크다.[14]

　"문학주의의 통치성하에서 비평가의 역량은 얼마나 더, 잘, 많이, 빠르게 새로운 텍스트를 읽어낼 수 있냐는 시험하에서 판가름나고, 문학주의는 그 시스템에 의해 생산되는 담론들에 가시성의 빛을 비추는 진실의 체제를 가리키는 것이 아닐까"(432쪽)라는 강동호의 우려는 반만 적확하다. 왜냐하면 그 분석은 '생존/경쟁'의 시스템 아래에 포획된 '젊은' 비평(가)에만 해당되는 것이 아니기 때문이다. 문학상의 후보작으로 선정되고 출판·판매되는 '장치'는 「쿄코와 쿄지」가 퀴어를 향해 발휘하고 있는 포함적 배제—분리의 언어를 강화하기에 충분하다.

　이 소설이 교차성을 제시하는 방식은 주체들의 차이를 가로질러 그 어딘가에서 그들을 만나게 하는 것이다. 이는 결국 차이들 그 자체를 수용하는 것이 아니라 그중에서 같음이 있음을 강조하며 유사성을 포착해나가는 방식이다. 이질적인 존재들과 세계 속에서 타자적인 것의 타자성을 있는 그대로 남겨두는 것이 교차적 공존인데, 소설

---

14) 김형중, http://moonji.com/monthlynovel/28322/

은 '교차'하는 지점을 공통점을 획득하는 지점으로 삼으며 차집합을 지우고 교집합의 원소들을 찾아나간다. 그리고 그로부터 파생되는 시스젠더 이성애 중심의 보편성으로부터 '페미니즘'의 인식론을 펼치면서 퀴어를 여성들의 현실에서 포함적으로 배제하고 분리시킨다. 가령, 소설은 영성의 존재론에 관해 말할 때 그의 복잡한 욕망과 삶을 표백시키고 오히려 이성애 여성이 인터섹스 퀴어를 사랑한 그 '사랑'에 천착하는데("엄마가 그를 좋아했던 건 뭐였을까", 106쪽), 이 질문은 이성애 섹슈얼리티를 강화하며 영성의 퀴어적 맥락을 납작하게 만든다. 이때 5·18과 광주가 가진 사회문화적 맥락 역시 작가만의 소설적 해석을 거치지 못하고 아주 얇은 양감의 '소재'로만 남게 된다.

4. 세속화 장치로서의 비유—김멜라, 「나뭇잎이 마르고」

분리에 의해 신적 영역으로 옮겨져 사용 불가능해진 권력은 공동이 사용 가능한 인간적 영역으로 돌아가야 할 당위에 처하는데, 이 작업이 바로 세속화profanazione다.[15] 분리하려는 힘의 규범으로부터의 해방이다. 퀴어가 이성애 중심의 페미니즘으로부터 분리되어 비-인간/비-현실의 영역으로 이전될 때 그에 저항하는 역-장치의 작용 역시 존재한다. 그렇다면 분리된 퀴어에 대항하는 세속화된 퀴어란 어떤 모습일까? 세속화된 상태는 대상(신적인 것)에 대한 "'소홀함negligenza'—사물과 그 사용 앞에서, 분리의 형식과 그 의미 앞에서 자유"[16]로운 상태다. '소홀함'은 가치의 부정이나 축출이 아니라

---

15) 분리가 장치에 의해 일어난다면 세속화는 역(逆)-장치에 의해 일어난다. 조르조 아감벤, 양창렬, 『장치란 무엇인가? 장치학을 위한 서론』, 난장, 2010, 38~40쪽.

16) 같은 책, 110쪽.

대수롭지 않게 여기는 것이므로 퀴어의 정체성이 분리의 규범으로부터 놓여나는 자유로운 상태, 다시 말해 정체성의 인정 투쟁에 골몰하지 않고 퀴어함이 자연화된 세계에서 살아가는 이들의 모습일 테다.

강동호는 당사자성과 퀴어함을 포획하기 위한 문학적 장치로서 일인칭 글쓰기를 '인물의 장르화'[17]로 명명하는 것에 대하여 회의적으로 분석하지만(413~414, 422쪽) 그 회의와 별개로 '인물의 장르화'는 퀴어 서사를 자칫 정체성 정치만을 향해 가는 서사로 축소 독해할 위험을 야기하기도 한다. 물론, 퀴어의 정체성 정치는 기존의 '여성' 정체성에 붙잡혀 있던 남성과 여성의 이분법적 대타 구도와 이성애 중심성을 돌파해낼 수 있는 원동력을 생산한다. 하지만 '퀴어 소설'에 '인물의 장르화'라는 비평적 맥락을 부여하기에는 저간의 독해들이 지나치게 시스젠더 남성 게이 서사에 무게중심을 두고 있기도 하다. 그래서 더 많은 레즈비언, 트랜스젠더, 인터섹스, 무성애자, 젠더퀴어 등 다양한 퀴어들에 대한 다양한 독해가 필요한 것 역시 사실이다.

이쯤에서 우리에게 세번째로 도착한 소설의 답신을 열어보자. 김멜라의 「나뭇잎이 마르고」는 레즈비언 퀴어들이 스스로 비유 그 자체가 되며 그간 분리의 비유로 여겨져온 장치에 대하여 어떻게 문학·미학적인 역-장치로 대항하는지 보여준다. 이때 소설의 서두에서 제시되는 한 겹의 알레고리는 대결 의지를 점화시킨다. 잎만 무성하고 열매 없는 무화과나무를 보고 분노한(도대체 왜?) 한 남자가 나무에게 '영원히 열매를 맺지 못하리라'라는 저주를 내리고 일행이 모두 보는 가

---

17) '인물의 장르화'는 김건형이 「소설의 젠더와 그 비평 도구들이 지금」(『문학과사회 하이픈』 2019년 가을호, 36쪽)에서 퀴어-페미니즘 서사의 추동과 응집력이 전적으로 일인칭 인물의 자기 인식과 내면에 달려 있음을 읽어내기 위해 고안한 명칭이다.

운데 나무를 바싹 말려 죽이는 '기적'을 행한다(280쪽). 레즈비언 장애 퀴어인 '체', 그리고 '앙헬'의 "실패함으로써 성공하는 레즈비언 로맨스"[18]인 소설은 마치 이성애 재생산을 예찬하는 해석으로 읽히기 쉬운 이 '무화과나무의 비유'[19]에 대항하여 새로운 씨앗―퀴어 시드queer seed를 뿌리는 비유를 제시한다.

'부당한 이유로 세상으로부터 미움을 받는 존재'―퀴어나 장애인, 여성, 난민 등의 소수자들이 "산의 비밀이 되어 누군가에게 발견되는 이야기"(290쪽)로 발아하는 세상을 만들기 위해 혁명을 도모하는 퀴어-게릴라들은 '농심'이라는 동아리를 만들고 (학교로부터 정식 승인을 받지 못해도) 산에 올라 양귀비 씨앗을 뿌린다. 앞서 말했듯 예수가 비유를 사용한 이유는 사람들에게 알리기 위함과 동시에 숨기기 위함이었다. 놀랍게도 퀴어의 몸에서도 이 아이러니한 존재 조건이 성립한다. 앙헬은 체에게 두 가지의 축축함이 있다고 말한다. 하나는 두 다리의 길이가 다른 체가 걷거나 뛸 때 온몸으로 흘리는 땀의 축축함인 자긍심, 그리고 다른 하나는 바로 그 신체 조건 때문에 계단에서 추락해 흘리는 노란 오줌의 축축함인 수치심이다(286쪽). 이곳의 레즈비언들은 굳이 자신을 유표화하거나 존재에 대해 구구절절 설명을 보태지도, 그렇다고 숨지도 않는다. 이 소설 역시 분명 인물들의 자의식과 삶 그 자체를 서사화하지만 '인물의 장르화'라는 명명을 넘어서고 삶의 그 구체적인 감각이 에피소드화되어 소설의 비유가 된다.[20]

---

18) 전승민, 「파종하는 퀴어-파르티잔들」, 말과활 플러스, 2021. 3. 5.

19) 마태복음 21장 18~22절.

20) 「나뭇잎이 마르고」와 성경 모두 알레고리라 할 수 있는데 알레고리(말할 수 없는 것을 말할 수 있는 것을 통해 말하기) 역시 비유적 서술이다. 비유가 개체-대상에 관

그러니까 비유는 곧 '발견되기 위한 비밀'인 셈이다.

> 체는 누군가를 향한 마음을 숨기지 못했고 숨길 생각도 없어 보였다. (……) 여자와 여자는 결혼할 수 없다는 걸 모르는 듯 체는 말했다. 알지만 그런 법규 따윈 상관없다는 듯 앙헬에게 제안했다. (……) 체는 여자와 나누는 사랑을 원했고 그 욕망을 부끄러워하지 않았다.(294쪽)

소설의 끝에서 체는 직접 양귀비 씨앗을 삼킴으로써 스스로 그 비유의 현현이 된다. "잎을 펼치고 열매를 맺는 일이 고달프다는 듯 꽈배기처럼 몸을 뒤틀며 자란 나무"(302쪽)는 체 자신의 몸과 유비되고 재생산에 대한 레즈비언의 불가능성은 "가지에 달린 잎만은 풍성해 둥근 잎들이 마치 꿀을 바른 듯 윤이"(같은 쪽) 나는 생의 기운으로, 자기 자신이 스스로 이미 '씨앗'이 됨으로써 세속화된다. 성경의 무화과나무는 바로 그 바싹 메마른 나무에 의해 정면으로 반박된다.

이 비유와 장치는 난데없이 등장한 것이 아니라 체의 할머니로부터 전해진 것이다. 아버지가 트랙터로 밭을 갈아엎는 바람에 양귀비는 영영 사라질 뻔했지만 할머니가 마지막 씨앗을 보자기에 싸서 보존했다는 이야기는 또 한번 비유적으로 독해된다. 지금 우리가 마주하고 있는 조금씩 더 나아가는 현실은 지난 시대에 출발한 빛의 도달—세대의 연속성에 의한 결과다. 역사화와 계보화 없이 이룩되는 변화는 없다. 다만 그러한 세대론적 인식은 단순한 승인이 아니라

한 용어라면 알레고리는 서술 양식에 관한 '비유'다.

대항과 자기비판을 통해 갱신하는 새로운 역동성 속에서만 생생하게 살아 있다. 농심 동아리의 불문율이 "심은 씨앗을 다시 찾지 않는 것"(299쪽)임은 그들의 힘을 특정한 구도와 계보 안에 고정시키지 않고 자연의 힘과 그 씨앗들이 겪게 될 각자의 시공간을 존중하기 위함이다. 세계의 확장과 존재론적 자유는 이전 세대에 대한 숭배가 아니라 비판적 연속성을 확보할 때 가능하다.

5. 비평가-주체라는 장치가 포획하는 동시대성

아감벤의 주체(성)는 기존의 질서와 체계로부터의 해방을 향한 지향을 담는다. 호모 사케르 역시 그렇지 않던가. 그의 몸에 남아 있는 성스러움의 잔여물로 인해 그는 일반적인 인간과 같을 수 없다. 이러한 애매성은 인간과 신의 영역의 이분법적 위계를 단지 철폐하거나 전복하는 것에서 끝나지 않게 함으로써 퀴어의 모순적이고 입체적인 존재론을 설명하기에 좋은 이론이자 비유(장치)가 된다.[21]

강동호는 김봉곤-김세희 사건이 속도주의와 비판의 부재를 야기하는 장치들에 의해 발생했다고 분석하며 "주체화/예속화를 작동시키는 진실의 기제에 저항하고, 역사화하고, 상대화하려는 실천으로서의 비판"(438쪽)을 지속해서 발명해야 한다고 역설한다. 그러나 이러한 분석은 비평(가) 역시 문학장을 구성하는 하나의 장치라는 문제의식을 결여한 것은 아닌가? 생산된 비평가-주체(성) 역시 또다른 장치로서 기능한다. 비평가-주체라는 장치를 받아들일 때 최근 작품과 비평을 세대론적 단절 의식에 의해 산출된 것으로 보는 그의 분석

---

21) 그래서 푸코가 아니라 아감벤의 '장치'를 빌려왔다.

은 문학이 갖는 동시대성에 대한 감각을 평면화할 위험 속으로 추락한다. 그의 말대로 현재는 비동시적인 것과 동시적인 것이 공존하는 상태이므로 동시대성은 순수한 현재가 아니다. 바로 그렇기 때문에 우리가 '오늘'의 현재성 안에서만 읽어낼 수 있는 과거의 새로운 빛은 분명히 있다. 퀴어-페미니즘 비평은 겹겹의 시간의 부피를 통과해 드디어 도착한 그 빛을 포착하는 렌즈다. 동시대성을 포착하려는 그 가장 새로운 빛을 분리주의의 언어로 읽는 분석이야말로 '분리'의 언어가 아닌가.

현재의 작품을 경유해 과거 담론이 '무매개적으로' 비판되는 현상을 들어 퀴어-페미니즘이 분리주의적이라 진단한 그의 분석(427쪽) 앞에서 꽤 많은 시간을 서성였다. 모든 담론은 후속 세대의 목소리에 의해 비판적으로 갱신될 수밖에 없는 운명에 처한다. 예외는 없다. 작품은 그 자체로 담론과 대결하는 것이 아니라 그것을 읽는 비평에 의해 담론화되고 그 안에서 획득된 위치성과 함께 논의된다. 따라서 '무매개적인 비판'이라는 말은 오류다. 그렇다면 현재의 담론으로 과거의 담론을 비판하는 현상 자체가 분리주의적이라는 말이 되는데, 모든 현재는 미래의 과거이므로 그 어떤 시제 속에서도 담론은 비판에서 자유로울 수 없다. 그러므로 위의 주장은 과거의 담론을 영원히 그 고정된 과거시제 속에 유물로 남겨두어야 한다는 의지의 양태에 불과하다. "'동시대성'을 위한 '역사적 분석틀'이 가동할 때, 그 상상력이 어떤 시각에 따라 작동하며 헤게모니에 순응하는지, 파열시키는지를 면밀히 점검해야 한다"[22]는 일갈은 '이후'의 시간 그리고 당대

---

22) 강지희, 같은 글, 280쪽.

문학과 비평장의 '최선'에 관한 그의 진단 앞으로 매섭게 날아든다. 동시대 현장 비평이 아직 채 과거와 접속하지 못한 것처럼 보일 때 우리는 판단을 중지할 것이 아니라 오히려 그 역동성과 오류 가능성을 온몸으로 끌어안아야 한다. 문학사적인 평가를 기다리며 과거에서 승계되는 현재성을 부여받을 수 있을 때에만 작동하는 것이 우리의 비평인가? 만약 그런 것이 비평이라면 그것은 여과된 미래의 정전 canon들만 취하겠다는 극도의 수동적 태도—고고학자의 기록일 뿐이다. 비평은 과거의 유적지를 발굴하는 도구가 아니라 지금-여기의 삶을 생생히 포착하는 살아 있는 눈동자다. 그 과정에서 불연속점이 발생한다면 그것이야말로 동시대적인 것—"시차와 시대착오를 통해 시대에 들러붙음으로써 시대와 맺는 관계"[23]일 테다.

문학이야말로 세속화할 수 없는 것을 끊임없이 세속화하며 배타적인 성역이 아닌 공동의 인간적 영역으로 세계와 주체, 대상을 해방시켜온 (역)-장치가 아니던가. 「비평의 시간—김봉곤 사건 '이후'의 비평」과 이 글 또한 각각 장치인 동시에 역-장치다. '이후'의 시간에 태어난 세 편의 소설이 보내온 당신과 그에 관한 이 독해 역시 그러한 효과에 의한 것이다.[24] 1990년대부터뿐만 아니라 한국문학이라는 말이 세상에 나온 이후로 우리 문학은 세속화할 수 없는 것을 끊임없이 세속화하여 공동의 영역으로 사유해오지 않았나. 퀴어와 페미니즘

---

23) 조르조 아감벤, 『장치란 무엇인가? 장치학을 위한 서론』, 72쪽.

24) 세 편의 소설에 관한 독해는 이 부분에 대한 응답이기도 하다. "여성과 페미니즘이라는 이름만으로 포섭될 수 없는 정체성들의 복잡한 불균등성을 포착하는 문제, (……) 퀴어와 페미니즘의 교차성의 양상을 검토하는 문제, 퀴어 서사에서 형성된 게이 서사 중심성을 비판적으로 해체하는 문제를 제기하는 과정을 통해 이들의 논의는 더욱 다양한 가능성을 내장하게 될 것이기 때문이다."(강동호, 415쪽)

역시 예외는 아니다.

(2021)

괴괴한 노랑의 사랑: 레즈비언 성장기
—오정희의 「완구점 여인」 다시 읽기

1. 빛이 도착하는 데에 걸리는 시간

어떤 의미들은 아주 늦게 당도한다. 특히 그것이 한 사람의 일생에 걸쳐 전해지는 빛이라면, 그것이 의미의 영역으로 도착하기 위해서는 그가 실제로 살아온 날들의 산술적 총합보다도 더 긴 시간이 필요하다. 오정희의 등단작 「완구점 여인」(1968)이 바로 그러하다. 무려 반세기 넘게 펼쳐져온 작가의 문학 세계 속에서 다시 최초의 이야기로 눈을 돌리는 이유는, 그간 작가가 표현해온 문학의 누적적 시간이 그 자체로 그의 작품을 독해하는 새로운 콘텍스트를 형성하기 때문이다. 「완구점 여인」은 그것들을 재귀적인 방증 자료로 삼아 새롭게 독해된다.[1]

---

1) 발표된 지 반세기가 지난 이 저명한 작품들은 그 시간의 부피만큼 누적된 비평적 기록들을 가진다. 이 글은 그간 오정희 소설에 관해 누적된 비평적 반응들이 만들어온 소설의 우주가 있기에 가능한 새로운 시도다. 각주를 통해 그 누적의 시간이 만들어온 별자리들을 짚어본다. 다소 많아 보이는 각주의 개수와 양은 인용된 비평들이 치열하

이 새로운 콘텍스트는 평행 우주의 형태로 제시된다. 단편소설 「유년의 뜰」(1980)과 「중국인 거리」(1979) 그리고 「완구점 여인」(1968)[2] 은 한 명의 여성 아이 화자가 살아가는 평행 우주 관계로 연결된다. 외부 세계에 대한 화자들의 반응이 상동적 구조를 이룰 뿐만 아니라 시계열적으로도 유기적인 배열 관계를 형성하기 때문이다. 아이는 각 작품의 발표 연도를 정확히 역행하는 시간 속에서 성장한다. 「유년」의 끝에서 아이는 국민학교에 막 입학하고, 「중국인」의 끝에서는 6학년이 된 화자가 세계 속에서 자아를 이해하려는 첫 질문을 발화한다. 그리고 「완구점」의 십대 청소년 화자는 자신의 성적 욕망을 확인하고 그것을 타자와의 직접적인 관계 안에서 분출하는 모습과 그에 수반되는 고통에 대한 자기 인식까지 드러내 보인다. 기존의 수많은 독해가 그랬던 것처럼 이 소설들은 모두 성장소설로 읽힐 수 있다. 이때의 '성장'을 아이가 어른이 되는 변화뿐 아니라 세계 속에서 끊임없이 흔들리는 '나'를 보는 어떤 과정으로 읽는다면[3] 「완구점」은 여성 화자가 레즈비언으로서의 정체성과 성적 욕망을 어떻게 이해하고 수용/거부하는지를 살피는 텍스트가 될 수 있다.[4]

게 맞섰던 해석의 시간에 비하면 그저 티끌일 뿐이다. 이 글은 그 별빛이 비추는 길을 따라간 새로운 자리에 서 있다.

2) 「유년의 뜰」「중국인 거리」, 『유년의 뜰』, 문학과지성사, 2017(개정판); 「완구점 여인」, 『저녁의 게임』, 문학과지성사, 2020(개정판). 이하 인용시 「유년」「중국인」「완구점」으로 약칭하고 본문에 작품명과 쪽수만 밝힌다.

3) 김주연, 「문제, 그 기화된 허기—오정희론」, 『본질과 현상』 2012년 봄호.

4) 심진경은 오정희의 유년기 화자들이 모성에 대한 거부에서 출발하여 어떻게 성 정체성을 내면화하며 성장하고 있는지를 추적하며 그 여아의 성적 성장담이 근대성을 드러내는 '상징적 형식으로서의 성장소설'이라는 의미를 갖는다고 밝힌 바 있다. 본고 역시 모성을 거부하는 화자가 성 정체성을 형성해가는 과정을 좇는다. 심진경, 「여성

본 비평의 의도는 오정희 소설의 유년기 여성 화자들의 성적 지향을 레즈비언으로 유일무이하게 확정하려는 것이 아니다. 다만 오정희 소설에 등장하는 여성 동성애의 욕망을 현재의 퀴어 담론을 통해 정직하고 자연스러운 퀴어함에 투과해 독해하면서 이때 새로이 다가오는 소설의 빛을 톺아보려 하기 위함이다. 실제로 작가가 집필 당시 퀴어에 대한 담론을 염두에 두었을 가능성은 매우 적다. 퀴어 이론은 적어도 1990년대 이후에 부상한 성 정치 운동의 핵심이기 때문이다. 그러나 "모든 좋은 문학작품은 해석을 기다리는 고정된 실체라기보다는 언제나 현재의 맥락에서 끊임없이 수정되고 재창조되는 사건"[5]이라는 진실을 잊지 않고 "오정희의 소설은 언제나 오해된 소설이고 새로운 해석을 기다리는 새로운 소설"[6]임을 상기한다면, 이러한 퀴어적인 독해는 오정희 소설들의 기존 독법들이 그 결과의 축적에 따라 모종의 동질성을 형성했음을, 그리고 그 동질성이 이성애 규범성과 그를 지탱하고 재생산하는 모성에 강력하게 의존하고 있음을 반성적으로 짚어보게 한다.

「완구점」은 작가의 등단작임에도 불구하고 그간의 독해는 화자의 욕망에 대해 좀더 직접적이고 심층적인 층위로 파고들지 못했다. 기

의 성장과 근대성의 상징적 형식—오정희의 유년기 소설을 중심으로」, 『여성문학연구』 창간호, 1999.

본고는 위 논의가 갖는 문제의식의 연장에서 전개된다. 「완구점」에 드러난 여인과 화자의 성애적 장면을 모성의 대리물 혹은 죄의식의 산물로 바라보는 시선을 거두고 여성이 여성을 사랑하는 욕망 그 자체로 바라봄으로써 정체성의 일부인 성적 지향이 레즈비언임을 전제한 귀추법적 독해를 전개한다.

5) 심진경, 「거울 속에서 아버지를 보다」, 『저녁의 게임』 해제, 587쪽.

6) 같은 쪽.

존 논의들은 화자의 동성애 욕망을 주로 모성의 상실과 그 항구적인 결핍 상황이라는 도식 안에서 해석하는 경향을 보여왔다.[7] 따라서 여성 화자는 끊임없이 주체로 정립되는 동시에 비정상적이고 병리적인 상태를 진단받아야 했다. 그러나 과연 정말 그러한가? 오정희의 문학 속에서 성장한 여성 화자가 당도하는 '내일'은 다만 자아가 스스로를 유폐하는 "딱딱한 껍데기"(「완구점」, 26쪽)에 머무를 뿐인가? 세 작품을 한 명의 여성 화자가 살아내는 연작 성장소설로 읽는다면 그녀의 성장은 「유년」에서부터 마주해온 남성적 질서의 구도를 파악하고 그것의 폭력성을 인지하며, 소수자로서의 성 정체성을 분명하게 경험하는 지평으로까지 나아갈 수 있다. 「완구점」에 드러난 여성 동성애의 욕망은 이 일련의 성장 서사를 읽어내기 위한 매우 중요한 방향키가 된다. 「완구점」은 향후 펼쳐질 오정희 문학 세계의 시원적 욕망

---

7) 김현은 오뚝이의 붉음이 지닌 파괴성에 주목하여 「완구점」을 "가족 제도의 소멸"과 "결혼-가족이라는 일상적 울타리에서 벗어나려는 욕망"(78쪽)으로 읽고, 김혜순은 여성 화자의 애정이 "자신의 어떤 부분의 대리물인 다른 여성을 향해 사랑이 옮겨 앉"(221쪽)는 것으로 「완구점」을 독해한다. 김화영은 완구점의 오뚝이들을 "불가능한 모성 욕구의 강박적 표현"으로 해석하며 "불가능한 보상 및 모성 욕구가 동성애로 나타나는 것은 논리적"(367쪽)이라고 단언한다. 김현, 「살의의 섬뜩한 아름다움」; 김혜순, 「여성적 정체성을 가꾼다는 것」; 김화영, 「개와 늑대 사이의 시간」(『오정희 깊이 읽기』, 우찬제 엮음, 문학과지성사, 2007).
이러한 기존 독해들은 여성이 여성을 향해 품는 성애와 그 욕망에 강제적 이성애가 규범화하는 정상성과 결혼 제도, 그리고 그것을 가능케 하는 필수 불가결한 조건인 생산자로서의 모성을 전제한다. 요컨대 이 '정상'적인 모성에 관한 강박이 변형되어 드러나는 일탈적 양상을 여성 동성애로 해석하는 것이다. 그러나 퀴어와 레즈비언의 실존이 자연적인 세계에서 이 강제적 이성애와 결혼 제도, 생산자로서의 모성에 대한 강박은 약화된다. 재생산에 복무하지 않는 모성과 여성(성) 그리고 이성애와 마찬가지로 동등하게 자연스러운 동성애의 욕망이 가능할 때 이 독해들은 새로운 독해로 갱신된다.

의 일부를 담지하기 때문이다. 평행 우주의 시간은 「완구점」으로 돌아갈 수 있다.

화자가 완구점 여인에게 갖는 동성애 욕망을 결핍된 모성을 채우려는 욕망의 전치로 읽어온 기존 논의들은 여성성을 종국에는 모성으로 환원하는 크리스테바의 오류와 상동적인 맥락에 자리한다. 물론, 소설은 (크리스테바의) 온갖 비체적인 것들로 난무한다. 가령, 화자는 빈번한 배뇨감과 구토감을 느낀다. 먹다 남은 사탕의 끈적함이 손가락에서 가시지 않고 길에 침을 뱉는 아이들은 뱃속에서 회충이 '지랄'하는 메스꺼움 속에서 산다. 과연 이 그로테스크한 감각들은 임신한 여성의 몸에서 배출되는 점액질의 끈적한 감각과 연동된다. 한편, 자아가 젠더 정체성을 획득하기 위해서는 반드시 어머니와 결별해야 하므로 주체가 어머니, 즉 비체(적인 것들)로부터 떠나올 때 자아는 애도와 우울을 겪는다. 우울은 애도의 실패에서 연장되는 결과로, 사랑하지만 반드시 상실해야만 하는 대상을 자기 내부로 병합시키는 일이다. 이때 주체는 자신의 일부를 타자에게 내어주면서 타자가 차지한 자리만큼의 상실을 또다시 겪게 되고, 그는 시종일관 우울하게 된다. 요컨대 기존 논의에서 오정희 소설의 비체적인 것들은 모성으로의 회귀를 갈망하는 증거들로, 여성 아이 화자가 떠나보내지 못하고 붙잡고 있는 어머니의 것들로 여겨진다.[8]

화자의 우울한 정서와 그의 동성애 욕망은 위의 구도 안에서 설명

---

8) 자아가 젠더 정체성을 형성하면서 모체와의 분리 속에서 우울과 애도를 경험하게 된다는 프로이트의 논의는 버틀러에게도 여전히 유효하게 받아들여진다. 주디스 버틀러, 『젠더 트러블—페미니즘과 정체성의 전복』, 조현준 옮김, 문학동네, 2008, 2장과 3.1장 참조.

되어왔으며 이때 동성애는 병리화되는 심각한 한계에 직면한다. 버틀러의 비판처럼, 크리스테바의 관점에서 레즈비언 동성애는 상징계 이전의 관념적 차원의 것으로 현실에서는 언어화될 수 없는 비정상적인 것, 다시 말해 여아가 어머니와 정상적으로 결별하지 못하고 어머니에 대한 욕망을 자기 안으로 병합시켜 끝내 자아를 상실하고 마는 병리적 현상이다.[9] 그러나 레즈비언은 비정상인이 아니며 그들의 성적 욕망 역시 모성의 결핍에서 기인하지 않는다. 크리스테바적 경향을 보이는 기존 논의들은 세 소설 속 여성들이 지닌 성적 욕망을 온전히 설명해내지 못한다. 게다가 재생산에 복무하는 이성애 여성의 모성으로 국한되는 (크리스테바의) 여성성은 여성의 임신과 출산의 구도 바깥에 있는 다른 많은 여성(성)의 목소리를 소거한다. 기존 논의들이 '보편적 여성성' 혹은 '여성적 몸'을 키워드로 오정희 소설을 독해하면서도 그 범주 안에 출산을 경험하지 않은 '할머니'의 몸을 주요하게 다루지 않고 부차적인 차원에서 언급하고 지나간 것처럼 말이다. 요컨대, 「완구점」은 부재하는 모성애에 대한 여자아이의 갈망, 혹은 죽은 동생에 대한 죄의식이 일회적인 동성애의 욕망으로 전환되어 일시적으로 충족되는 소설이 아니다.

　「완구점」은 화자가 여성으로 성장하는 과정에서 그녀의 자연적인 동성애 욕망이 좌절되는 양상을 병리적 양상에 기대지 않고 날것 그대로 표현한 소설이다. 화자의 이 자연적인 레즈비언 욕망을 핍진하게 읽어내기 위해서는 「유년」과 「중국인」을 면밀히 독해하여 참조해야 한다. 「완구점」에서 관능적으로 넘쳐흐르는 욕망의 역사가 뒤의

---

9) 크리스테바에 대한 버틀러의 비판. 주디스 버틀러, 같은 책, 2장.

두 소설에서 음험하게 억압된 양태로 숨어 있기 때문이다. 세 개의 평행 우주를 통과하며 성장하는 화자는 「유년」의 '부네'의 방 앞에서, 이미 갇힌 상태로 태어난 이중 억압의 (레즈비언) 섹슈얼리티를 직감하고, 「중국인」 남자로부터 노오란 퀴어함을 건네받으면서 자아는 외부 세계의 퀴어한 감각과 조우하고 실존적 고민을 시작한다. 그리고 「완구점」에서 화자는 여인과의 정사를 통해 레즈비언 섹슈얼리티의 체현을 경험하면서 그 욕망이 강제적 이성애가 지배하는 현실 속에서 어떤 위치에 놓이는지 깨닫는다. 요컨대 세 작품을 연작으로 읽는 소설의 우주 안에서 우리는 우울하지만 아름다운 노란 눈의 레즈비언 아이가 성장해가는 모습을 목격한다.

2. 이중 억압의 발견: 단속 불가능한 섹슈얼리티와 출산하는 모성 신체

피난민으로 시골에서 살던 가족(「유년」)은 전쟁이 끝나고 어느 항구도시로 이사한다(「중국인」). 그러나 화자가 느끼는 끈적한 세계의 그로테스크함은 변하지 않는다. 어머니가 계속해서 아이를 낳기 때문이다. 화자가 어머니의 몸에 대해 강한 거부반응을 보이는 것은 출산과 양육이 모두 아버지 없이 이루어지기 때문이다. 그래서 어머니의 계속되는 임신은 다만 이성애 남성의 동물적 욕구 분출의 결과로 의미화되고 따라서 어머니에게도, 화자에게도 혐오스러운 것일 수밖에 없다. 화자는 그런 어머니가 자식을 진심으로 사랑할 수 없다는 것을 안다. 어머니가 화자에게 보내는 "나를 항상 공포와 죄의식 속에 몰아넣는 어머니의 은밀한 눈짓"(「완구점」, 16쪽)이 임신과 출산, 육아로 이어지는 삶의 구속에 대한 증오의 시선임을 알기 때문이다. 어머니가 화자에게 보이는 냉대와 적대는("죄 될 소리지만…… 난 개가 어쩐지 내가 낳은 애 같지 않아요",「유년」, 35쪽) 자식이 사랑의 대상이 아니라 자신의 자유를 막아서는 방해물로 의미화되는 맥락에서 기인한다. 그래서 딸 역시 엄마를 증오하면서도 한편으로 연민할 수밖에 없는 양가감정의 소용돌이 속에 있다. 다시 말해, 모성에 대한 화자의 거부감은 어머니 그 자체라기보다 원치 않는 욕망을 배태한 출산하는 모체에 대한 거부감이다. 궁극적으로 이는 부재하는 아버지로부터 연유한다.

가부장이 없는 공간에서 어머니의 섹슈얼리티는 끝없이 달아나려 한다. 소설 속 모든 여성은, 미혼이든, 임신한 여성이든, 출산을 이미 경험한 여성이든 성적 욕망을 표출하기 위해 안간힘을 쓴다.「완구점」의 어머니는 만삭의 배를 안고 남자와 춤추기 위해 다방으로 가고,「중국인」에서 "난 커서 양갈보가 될 테야"(95쪽)라는 '치옥'의 말은 아이의 윤리적 아노미 상태가 아니라 화장과 예쁜 옷, 장신구로 치장하고 싶어하는 여성의 욕망을 담지한다.「유년」의 어머니는 늘 경대 앞에서 화장하고 외출하며, 화자의 오빠는 읍내로 몰래 나가는 언니를 무자비하게 구타하면서까지 통제하려 하지만 끝내 실패한다. 화자는 그 어떤 남성적 힘의 통제로도 여성의 섹슈얼리티를 단속할 수 없다는 사실을 이미 알고 있다("그 무엇으로도 언니의 밤 외출을 막을 수 없게 될 것이다. 나도 자라면 역시 그럴 것이다", 28쪽).

이미 깨달은 아이는 새로운 사실을 찾아 나서지 않고, 이질적인 세계 속에서 자신이 일체감을 느낄 수 있는 존재를 찾아 정체성을 형성해나간다. 일체감을 느끼는 그 존재는 소설마다 한 명씩 등장하는데「유년」에서는 목수 아버지에 의해 방에 감금되어 자살하는 부네가 그 인물이다. 부네 역시 비체적이다. 부네의 방은 화자의 변소 가는 길과 연결되고 사람들은 부네가 아이를 가졌거나 병에 걸렸거나 미쳐버린 것으로 짐작한다. 자유를 갈망하는 여성은 비정상적인 존재로 여겨진다.

딸들 중에서 부네를 가장 아끼던 목수는 읍내를 자유롭게 누비고 다니는 그녀의 '방종'을 용납할 수 없다. 그는 소중한 자신의 소유물을 자물쇠로 걸어 잠근다. 하지만 부네의 섹슈얼리티는 자물쇠와 벽을 뚫고 흘러나간다. 화자는 그것을 아는 유일한 사람이다. 그의 눈에는 자물쇠가 방을 더욱 단단히 잠그는 것이 아니라 "금시라도 메마른 소리로 무너"(21쪽)지게 만들 것처럼 보이고, 부네가 "공기처럼 가볍고 투명해져서 창호지 가는 올 사이로 스며들어가"(23쪽) 탈출할 것을 진심으로 상상한다. 요컨대 그녀는 부네가 자유로워지기를 그 누구보다 강렬하게 소망한다. 부네는 결국 자살하지만 구속된 존재로 의미화되지 않는다. 그해 감이 대풍이었기 때문이다. 화자는 부네가 방안에서 살아내는 시간을 감이 익어가는 과정과 병치시킨다. 부네의 방 앞을 지나던 첫 순간에는 풋감이던 것이, 시간이 흘러 꽤 익고, 드디어 땅으로 툭툭 떨어질 때쯤, 부네는 죽는다. 부네의 생명이 정지함에도 감은 가을 동안 맹렬히 익어간다. 영혼결혼식이 치러지고 두 짚 인형들의 다리가 서로 얽힐 때, 감은 아주 대풍이 든다.[10] 섹슈얼리티는 죽음도 막을 수 없는, 생동하는 강렬한 그 무엇이다. 부네의 섹슈얼리티는 "소나무 속살의 희디흰 향기로 남아 오래도록 떠나지

---

10) '서문'이 치마를 벌려 오빠가 딴 감을 받는 장면 등에서도 감이 여성의 적극적인 성적 표현의 오브제로 사용됨을 알 수 있다.

않"(57쪽)는다.

생의 마지막까지 자유를 열망하던 부네는 화자에게 자신의 일부를 발견하는 거울과 유사하다. 화자는 밤마다 부네의 방 앞에서 느끼던 두려움이 일순간 돌연 사라지는 경험을 하면서 물리적으로는 구속되어 있으나 결코 억압되지 않는 그 섹슈얼리티가 곧 자신의 것이기도 하다는 사실을 깨닫는다. 마루 밑에 있는 뾰족 구두에 발을 넣어본 뒤부터다("뾰족 구두였다. (……) 손바닥으로 문질러 반짝 윤을 내고는 가만히 젖은 발을 집어넣었다. (……) 이상하게도 여느 때의 두려움은 느껴지지 않았다", 52쪽).

부네와 심정적으로 동기화된 화자는 그녀가 죽기 전 마지막으로 자위하는 소리를 듣는다. 유년의 아이에게 그것은 '노랫소리'처럼 들리지만 화자는 본능적으로 그것이 성적 욕망의 표출 끝에서 누설되는 탄성임을 직감한다.

불현듯 닫힌 방문의 안쪽에서 노랫소리가 들리는 듯했다. 어쩌면 약한 탄식 같기도, 소리 죽인 신음 같기도 했다.
아아아아아아—
아아아아아아—
어느 순간 (……) 창호지가 부풀어오르고 그 안쪽에서 어른대는 그림자를 얼핏 본 것도 같았다. (……) 내가 들은 것은 환청인지도 몰랐다. 그러나 입 안쪽의 살처럼 따뜻하고 축축한 느낌이 내 몸을 둘러싸고 있음을, 내 몸 가득 따뜻한 서러움이 차올라 해면처럼 부드러워지고 있음을 느낄 수 있었다.(55~56쪽)

화자는 곧장 방으로 돌아와 자신의 몸을 바라본다.

> 나는 방으로 들어와 옷을 벗고 거울 앞에 섰다. 거울 속의 불룩 튀
> 어나온 배와 작고 주름진 가랑이를 물끄러미 보며 나는 흐득흐득 흐
> 느꼈다.(56쪽)

감금된 여성이 내지르는 욕망 가득한 소리는 화자와 공명하며 서
러움을 자아낸다. 언니가 오빠의 구타에도 불구하고 계속 읍내로 나
갈 것임을 아는 것과 마찬가지로 자신의 섹슈얼리티 역시 부네와 같
은 처지가 될 운명임을 직관적으로 알기 때문이다.[11] 섹슈얼리티의
유동은 어떤 구속에도 정지하지 않지만 그것을 통제하는 남성적·이
성애 중심적 문화의 억압은 한없이 서러운 것이다.

한편, 부네의 구두에 발을 넣으며 느낀 일체감은 할머니와의 목욕
장면에서 온몸의 피부를 휘감는 물의 촉감과 확장/연동된다. 할머니
는 출산하지 않은 여성 신체로 표상되면서, 화자가 스스로와 동일시
하는 존재는 아니나 분명 신체적인 합일감과 동질감을 느끼는 인물

---

11) 부네의 울음소리를 자위의 소리가 아니라 그녀가 죽기 직전에 낸 신음으로 읽은
신수정 역시 화자의 서러움을 두고 억압이라는 섹슈얼리티의 운명을 공유하는 '존재
론적 흐느낌'으로 본다. 신수정, 「부네에게: 서러운 성장, 흐느끼는 주체—오정희의
「유년의 뜰」」, 웹진 비유 2017년 12월호.
한편, 본고의 독해와 함께 이 억압의 공통감은 보다 구체화된다. 생물학적 여성 신체
의 동질성이 직감하는 가부장제 안에서의 억압으로부터 더 나아가 그 안에서 레즈
비언 섹슈얼리티가 처한 운명, 다시 말해 부네의 방 앞에서 '이미 갇힌' 상태로 태어
난 그 이중 억압의 자리를 감각하는 장면으로 읽힐 수 있다. 이때 부네와 화자가 공
유하는 동질감은 레즈비언 정동을 억압하는 원초적인 강제적 이성애(compulsory
heteronormativity)의 억압이다.

이다(「유년」「중국인」). 재생산에 복무하지 않는 여성의 섹슈얼리티는 빨래터에서 흐르는 물을 통해 화자와 할머니를 연결한다.

> 할머니의 벗은 몸을 보는 것은 처음이었다. 시들고 메마른, 팔다리와는 달리 속살은 눈부시게 희고 특히 어머니처럼 다산多産의 흔한 주름이 없는 배는 둥글고 풍요했다. 할머니의 거뭇한 가랑이 사이에서 거품을 내던 물은 조금 아래쪽에 선 내 허리를 휘감고 흘러갔다.(44쪽)

부네의 구두가 그랬던 것처럼, 화자는 물속을 두려워하지만 이내 두려움은 사라지고 자유로워진다. 화자는 한 번도 출산하지 않은 할머니의 몸을 아름답다고 느낀다("할머니는 아름다웠다. (……) 햇빛 아래 입을 벌리고 웃는 할머니는 마른 꽃잎 같았다. (……) 정말 새까맣게 여문 씨앗이 배게 들어찬 주머니와도 같았다", 44쪽). 화자가 정체성을 발견해나가는 과정에서 동질감을 느끼는 인물인 부네와 할머니는 출산의 구속력 바깥에서 섹슈얼리티의 자유를 표방하는 인물이다. 무려 여덟번째 아이를 임신한 어머니에 대한 거부감(「중국인」)은, 화자가 임신과 출산을 여성의 인생을 구속하고 억압하는 남성적 힘의 결과로 받아들이기 때문으로 독해된다("이제 제발 동생을 그만 낳아주었으면 좋겠다고 생각하며 나는 처음으로 여자의 동물적인 삶에 대해 동정했다. (……) 또 아이를 낳게 된다면 어머니는 죽게 될 것이다", 106쪽). 그래서 어머니에 대한 증오는 그 존재 자체에 대한 증오라기보다 출산하는 몸에 대한 증오다. 동시에, 이성애적 욕망의 살아 있는 산물인 임신한 모체는 동성애 욕망을 가진 화자에게 부재하는 아버지를 끊임없이 연상시키는 메스꺼운 것이 된다.

> 아버지는 더욱 빈번히 집에 돌아왔고 그때마다 가정부는 잠자리를
> 아버지 방으로 옮겼다. 그녀는 서서히 나의 어머니의 위치로 변해갔
> 다. 그녀는 적어도 내가 생각하기에는 쉴새없이 아이를 낳았다.(「완구
> 점」, 23쪽)

「유년」의 마지막 장면도 같은 맥락에서 해석된다. 다리를 저는 거
렁뱅이의 모습으로 돌아온 아버지를 변소 창 너머로 바라보며, 먹었
던 케이크를 서럽게 토해내는 화자의 욕지기는 귀환한 부권적 폭력
혹은 가부장 질서 자체에 대한 절대적 두려움[12]이라기보다, 특히 여
성의 섹슈얼리티를 단속하는 구체적인 남성 실존에 대한 강한 혐오
감이 촉발하는 반응이다. 그러므로 「완구점」 화자의 욕망은 결핍된
모성애의 보충이 아니라 여성의 성적 자기표현의 자유인 것이다. 요
컨대, 레즈비언적 욕망은 이성애적 모성의 결핍에서 연유하지 않는
다. 오히려 반대로 화자는 '여성성'을 사랑하기 때문에, 성적 욕망의
자유를 억압한 폭력의 현실태로 물화된 임신한 여성 신체를 증오한
다. 그녀의 생모가 차라리 계모이기를 바랄 정도다.(「중국인」)

기존 독해가 이 지점을 간과한 이유는 어머니가 화자를 냉대하게
된 근원적 원인, 소설에서는 거의 사라져버린 아버지에 대해 충분히

---

12) 이 결말은 주로 가부장제의 귀환에 대한 격렬한 거부―"그러한 아버지라는 이름
에 대한 거부감과 두려움의 표현"으로 해석되어왔다. 심진경, 같은 글, 596쪽. 필자는
해당 대목에서의 아버지를 가부장제 '질서'의 표상물이라기보다 여성 섹슈얼리티를
단속하는 구체적인 개별 실존과 그 힘의 발휘로 읽는다.

논의하지 못했기 때문이다. 어머니와 딸을 모두 우울증적 주체로 만든 것은 어머니를 계속 임신시키는 텍스트 너머의 아버지다. 모녀의 적대적 관계 사이에 투명해진 아버지를 빈자리로라도 삽입하여 독해하면, 그들 사이의 증오가 개연적으로 해명되고 어린 화자가 자유로운 섹슈얼리티의 표출을 잠재적으로 열망하고 있음을 확인할 수 있다.

3. 비체적 세계와의 조우: 퀴어한 노랑의 거리

「완구점」에서 만삭의 몸을 이끌고 기어이 다방에 가서 남자와 춤을 추는 어머니의 모습에서 화자는 모성이 아닌 그저 한 여자의 이성애적 욕망을 마주하고, 그녀를 이해하는 자신에게 환멸을 느낀다("어머니와 거북스럽게 껴안고 있는 남자 사이를 떼어놓고 어머니를 끌고 나와 소리를 지르며 울고 싶었다", 17쪽). 괴로워하던 화자는 밤늦게 완구점의 여인을 찾아간다. 전혀 놀라지 않고 다만 애매한 웃음만을 띠는 여인에게서 운명적인 끌림과 아늑함을 느낀다("여인이 마치 나를 맞기 위해 텅 빈 거리에 불을 요란스레 밝혀놓고 있었으리라는 생각이 문득 들었다", 18쪽). 그런데 여인의 이 불가해한 표정은 「중국인」에서 어떤 '젊은 남자'의 시선과 매우 닮아 있다("그는 슬픈 듯, 노여운 듯 어쩌면 희미하게 웃는 듯한 알 수 없는 눈길로 우리의 행렬을 보고 있었다", 103쪽). 완구점 여인이 모성을 대리 보충하는 인물이 아니라 화자의 직접적인 레즈비언적 욕망의 대상임은 이 젊은 남자의 존재—퀴어함을 건네주는 존재를 규명하는 과정에서 함께 명징해진다.

젊은 남자는 중국인 거리의 노란 혼미 속에서, 이층집의 굳게 닫힌 덧창 뒤에서 화자 앞으로 나타난다. 그는 부네와도 몹시 닮아 있다.[13] 소설에서 그는 총 여섯 번 등장하는데 마지막 장면을 제외하고는 그 역시 부네와 마찬가지로 닫힌 공간에 거주한다. 화자는 그의 존재감을 주변인에게 발설하지 않고 혼자 감각하며, 그를 볼 때마다 "알지 못할 슬픔이 가슴에서부터 파상波狀을 이루며 전신으로 퍼져 나"(96쪽)감을 느낀다. 부네의 억압된 섹슈얼리티에서 자신의 모습을 발견하고 흐느꼈던 것처럼, 화자는 이 중국인 남자가 자아내는 이방의 시선 속에서 또 한번 자기를 발견하고 슬퍼한다. 화자가 그로부터 발견하는 것은 이방인의 감각, 분명 주류와 정상성 속에서 살고 있지만 언제나 소외된 자의 그것, 곧 퀴어한 존재감이다.

중국인 거리는 「유년」에서 화자가 원초적으로 감각한 비체적인 '뜰'의 모습이 화자의 성장과 함께 '거리'로 좁혀진 구체적인 공간이다. "무너진 건물의 형해가 썩은 이빨처럼"(80쪽) 가득하고 "은빛 가

---

13) 조회경은 어린 화자가 타자와의 동질감 속에서 "위로받음으로써 삶을 지속"하는 힘을 얻는다고 말하며 그 타자를 '부네'와 '중국인 남자'로 설정한다. 이때 중국인 남자는 부네의 변형이다. 그들은 말없음이라는 부재의 형식으로 나타나고, 화자가 동경하는 대상이자 그의 내면이 만들어낸 구원의 형상으로 해석된다. 조회경, 「오정희의 유년기 체험소설 연구」, 『국제언어문학』 15호, 2007, 88, 96~98쪽.
두 인물이 어린 여성 화자의 정체성 탐색을 조력하는 것에는 동의할 수 있으나, 그들이 단지 화자의 내면이 창조한 상상적 차원에서만 존재하고 현실에서 부재하는 존재론적 위상에 머무른다는 점에는 동의하기 어렵다. 화자의 자아는 분열되거나 파편화되는 양상이 아니라 이질적이고 낯선 퀴어한 것을 오히려 수용하는 면모를 보인다. (남자로부터 '종이 꾸러미'에 담겨 화자의 현실로 건너온다.) 이 건넴이 자기 내면의 상상에서 파생된 것이라고 본다면 이미 화자 안에 선험적으로 내재하던 퀴어한 욕망에 대한 자각으로 해석할 수 있을 것이다. 그러나 이 경우 구원을 위해 만들어낸 존재는 다만 자기 안에 유폐된 것으로서 세계와 불화하는 데에 머무른다. 하지만 만약 남성으로부터의 건네받음을 화자가 자리한 실제 현실의 층위로 상정하여 읽는다면 화자의 자기 발견이 외부 세계와의 조우 속에서 이루어지는 열림을 읽어낼 수 있으며, 세계의 퀴어함도 유실 없이 오롯이 조명될 수 있다.

위로 콧수염을 가다듬는 비대한 검둥이"(93쪽)와 테니스코트에서 칼 던지기를 하는 "러닝셔츠 바람의 미군 병사들"(101쪽)이 사는 해안촌은 더욱 불안하고 음험한 기운을 뿜는다. 이 어지러운 이물감은 소설에서 특히 노란색으로 형상화된다. 「유년」에서 '노랑눈이'로 불리던 화자는 이제 자신뿐만 아니라 공기마저 "온통 노란빛의 회오리"(81쪽)로 가득한 공간으로 들어선다. 강한 구토감을 유발하며 화자를 압도하는 이 노랑의 한가운데서 그녀는 젊은 남자를 마주한다[14]("노오란 햇빛이 다글다글 끓으며 들어와 먼지를 떠올렸고 (……) 바깥을 내다보았다. (……) 이층집 열린 덧문과 이켠을 보고 있는 젊은 남자의 얼굴을 보았다", 96쪽). 「유년」에서 노랑은 화자의 눈과 머리칼에 스며 있고, 「중국인」에서는 화자를 포함한 도시 전체의 기류 속에, 그리고 젊은 중국인 남자의 시선에 배어 있다. 그래서 세 개의 세계를 모두 관통하며 흐르는 도심 속 이방인의 슬픔은 남자의 것이면

---

14) 차미령은 화자가 거울을 통해서 자기 모습과 함께 남자를 바라본다는 것에 주목하며, 그들 '거울의 드라마'가 막을 내릴 때 아이는 자신이 어머니와 분리되어 있음을 최종 인식한다고 설명한다. 요컨대 차미령의 분석에서 중국인 남자는 아이 화자가 상상적 팔루스에 대한 동일시를 박탈당하고 유일한 팔루스로서의 아버지를 납득하는 계기를 마련한다. 차미령, 「원초적 환상의 무대화―오정희의 「중국인 거리」론」, 『한국학보』 31권 2호, 2005, 200~204쪽.
그러나 본고의 시각에서 「중국인」의 화자는 「유년」에서 이미 부네의 방 앞을 거쳐 자신의 여성으로서의 신체감각과 그 섹슈얼리티의 단속에 대한 운명을 직감하는 시간을 지나온 화자다. 고로 차미령이 독해하는 상상적 팔루스에 대한 동일시를 거부하는 발달단계는 이미 지나갔으며, 상징적 팔루스의 소유 여부(결여로서의 현전)까지 이미 정해진 '여성' 아이 화자의 모습이라 할 수 있다. 기표와 기의의 접합을 끊임없이 탈각시키려는 퀴어한 욕망의 자각은 상징적 팔루스 이후의 단계에서 오지 않을까? 가령, 버틀러의 레즈비언 팔루스(lesbian-phallus)는 라캉의 팔루스에 대한 패러디로 여성은 이를 통해 남근 선망과 거세 불안을 모두 경험할 수 있게 된다.

서 곧 화자 자신의 것이기도 하다. 이 슬픔은 나와 세계가 너무나 다르다는 근원적인 감각에서 연유한다는 점에서 퀴어하다. 예컨대 거리에 대한 묘사에서 '중국인/뙤놈'을 '퀴어'로 치환하여 읽어도 무리가 없다.

바로 그들과 인접해 살고 있으면서도 그들 중국인에게 관심을 갖는 것은 아이들뿐이었다. 어른들은 무관심하게 그러나 경멸하는 어조로 '뙤놈들'이라고 말했다.
우리는 그들과 전혀 접촉이 없었음에도 언덕 위의 이층집, 그 속에 사는 사람들은 한없이 상상과 호기심의 효모酵母였다.(92쪽)

혐오는 사회문화적으로 학습되는 담론 이후의 것이므로 이방인을 경멸하는 것은 어른들일 뿐 아이들에게 그들은 순수한 호기심의 대상이다. 이 노랑의 거리는 한국 안에서 게토화된 중국인들의 공간이며 그들은 이곳에서 알 수 없고 이해할 수 없는 존재로 갇혀 있다. 중국인뿐만 아니라 도시에 주둔하는 미군 병사들, 그리고 그들과 함께 지내는 한국 여성들 역시 이방의 존재가 된다. 「유년」의 '뜰'에서 조악하게 단속되던 여성의 섹슈얼리티는 「중국인」 '거리'에서 본격적으로 뛰쳐나온다. 미군에게 거침없이 안기고 여러 빛깔의 레이스 속옷을 베란다에 널어 말리는 '매기 언니'가 치옥의 집에 세 들어 사는 것처럼, 퀴어한 것은 언제나 이성애 정상성과 접경하며 '세 들어' 산다. 이때, 퀴어함은 사회의 정상성과 이성애 규범성이 소외시킨 비체적인 것이다. 비체들은 출산하는 모성과 아주 접경해 있다. 화자는 부네와 할머니에게서 자신의 일부를 발견했던 것처럼, 소설의 끝에서 젊은 남자로부터 이 노오란 퀴어함을 건네받는다.

> 그는 내게 종이 꾸러미를 내밀었다. 내가 받아들자 그는 몸을 돌려 안으로 들어갔다. (……) 나는 골방에 들어가 문을 잠근 뒤 종이 뭉치를 끌렀다. 속에 든 것은 중국인들이 명절 때 먹는 세 가지 색의 물감을 들인 빵과, 용이 장식된 엄지손가락만한 등이었다.
> 나는 그것들을 금이 가서 쓰지 않는 빈 항아리 속에 넣었다. 안방에서는 어머니가 산고產苦의 비명을 지르고 있었으나 나는 이층으로 올라갔다. 그리고 숨바꼭질을 할 때처럼 몰래 벽장 속으로 숨어들었다. (……) 어두운 벽장 속에서 나는 이해할 수 없는 절망감과 막막함으로 어머니를 불렀다.(115쪽)

뒤이어 마지막 문장, "초조初潮였다"(116쪽)가 나타나며 소설은 마무리된다. 화자는 젊은 남자로부터 꾸러미를 건네받음으로써 그와 연결되고 퀴어한 동질감을 확인하지만 결국 절망적이고 막막한 벽장 안으로 숨고, 거기서 첫 생리를 경험한다. 「중국인」의 마지막 장면은 출산하는 모성 신체의 운명으로부터 달아나려는 화자의 악다구니, 그러나 그녀 역시도 임신의 가능성으로부터 도망칠 수 없음을, 막 흘러나온 피를 보며 절감하는 장면이다. 부네의 죽음에도 불구하고 짚인형의 다리들이 꼬인 것처럼, 할머니와 나의 몸이 같은 물줄기 안에서 흘렀던 것처럼, 여성의 생동하는 섹슈얼리티는 무엇으로도 막을 수 없다. 화자는 이제 여전히 햇빛이 노랗게 가득 끓는(114쪽) 거리의 한가운데서 자아에 대한 철학적 고민을 시작한다.

나는 따스한 피 속에서 돋아 오르는 순(筍)을 참을 수 없는 근지러움으로 감지했다.

인생이란…… (……) 알 수 없는, 복잡하고 분명치 않은 색채로 뒤범벅된 혼란에 가득찬 어제와 오늘과 수없이 다가올 내일들을 뭉뚱그릴 한마디의 말을 찾을 수 있을까.(113쪽)

4. 그리고, 괴괴한 사랑의 이야기를 쓴다

이렇게 성장한 화자는 완구점 여인과의 배타적 관계 안에서 자신의 레즈비언적 욕망을 온몸으로 확인한다("내 몸속에서 물살처럼 화안히 열리는 관능의 움직임을 듣고 있었다", 18쪽). 그 관능의 시간은 어릴 적 몸을 휘감던 빨래터의 물살과도 같이 자유롭고, 해방적이며, 화자가 그 자신일 수 있게 하는 자기 발견의 감각으로 다가온다. 이러한 맥락에서 완구점 여인은 모성의 대리물 혹은 연관물이 아니다. 기존 논의들이 주목해온 여인과 어머니의 유사성은 성별과 나이 마흔이 채 되지 않은 것으로 짐작되는 연령뿐이다. 여인의 아주 빈약한 가슴은 어머니의 큰 가슴과 대조되며, 임신을 경험한 적 있다는 그녀의 말에도 불구하고 금속의 휠체어를 다리 대신 갖는 여인의 신체는 출산하는 모성 신체로부터 아주 멀리 있다. 여인의 표정과 몸짓이 "나에게 이미 친숙한 것이었고 말할 수 없이 그리운 것이기도 했"(13쪽)다는 그 고백은 여인에 대한 사랑이 이전에 이미 한번 상실된 적 있음을, 다시 말해 근친애 금기에 선행하는 동성애 금기를 암시한다.[15] 모

---

15) 버틀러는 프로이트가 설명한 젠더 정체성 형성 과정을 두고 이성애적 근친상간의

슬렘 여자가 그려진 펜던트를 목에 건 여인의 이국적인 면모는 '젊은 남자'와 닮아 있다. 그가 내내 이층집 창 안에 갇혀 있던 것처럼, 여인 역시, 마치 휠체어를 탄 빨간 오뚝이처럼 완구점 안에 고정되어 있다.

동성애의 욕망은 화자가 이해할 수 없는 '애매한 표정'처럼 위험해 보이지만 강하게 이끌리면서 부정할 수 없는 것으로 그간 화자가 느껴온 불안과 공포는 이 안에서 위무받는다.

> 백 개의 오뚝이들, 그들은 사랑스러운 나의 분신과도 같은 것이었다. 그들은 완전히 소외된 세계에서 나와 더불어 있었다.(20쪽)

> 밤마다 완구점에 들러 오뚝이들을 사 모았다. 그것은 마치 춥고 황량한 나의 내부에 한 개씩 한 개씩 차례로 등불을 밝히는 작업과도 같은 의미를 가지고 있었다. (……) 두 다리를 못 쓰는 여인과 갖가지 장난감들이 빚어내는 괴괴한 흔들림 속에서 위축되기 쉬운 나의 감정들은 위안을 받는 것이다.(20~21쪽)

부인할 수 없는 자유와 안락의 감각에도 불구하고 레즈비언으로서의 욕망은 쉬이 수용되기 어려운데 그것은 화자가 정체성 탐색의 과정에서 중층적인 억압과 갈등에 직면하고 있기 때문이다. 자신의 성적 욕망을 여인과의 섹스를 통해 폭발적으로 경험한 화자는 여인에

금기에 앞서 동성애의 금기가 암묵적이고 강한 규범적 전제로 숨겨져 있다고 분석한다. 버틀러, 같은 책, 2장 참고.

게서 자신이 가진 모든 기억, 누적된 정체성의 시간을 환기당한다. 그러므로 이때 휠체어를 타던 죽은 남동생이 강력히 소환되는 것은 어색하지 않다. 남동생이 죽은 것은 누구의 잘못도 아닌 사고이지만 자식을 그다지 사랑할 수 없던 어머니는 그 죄의식을 화자에게 전가한다. 그래서 화자가 어머니에게 갖는 증오는 출산하는 모성 신체에 대한 혐오와 더불어 동생의 죽음에 뒤따르는 억울한 죄의식과 관련된 대항이기도 하다.[16] 게다가 동생의 죽음 후로 아버지가 평소와 달리 빈번하게 귀가하면서 화자는 더욱 괴로워진다. 이 비극의 원인을 자신의 탓으로 돌리지 않기 위해 발악하는 화자는 우울증적 주체일 수밖에 없다. 요컨대 여인의 휠체어가 죽은 동생의 휠체어와 교집합을 그린다고 해서 여인에 대한 욕망이 단순히 동생에 대한 죄의식의 환치이자 그 보상일 수 없다는 말이다.

「유년」과 「중국인」, 그리고 「완구점」이 만드는 평행 우주 속에서 자아를 탐색하는 이 화자를 레즈비언으로 간주한다면, 소설의 몇몇 대목은 보다 명료하게 해석된다. 가령, 「완구점」에서 레인코트를 입은 남자와 여자에 대해 느끼는 강한 질투심은 화자가 이성애적 욕망에 대해 갖는 거부감이다("전류처럼 온몸을 돌고 있는 질투와, 다시 스멀스멀 열려오는 관능에의 혐오를 견디기 어려웠기 때문이다", 13쪽). 다음 순간, 화자는 자신의 목덜미에 닿는 빗방울을 의식하는데, 이 장면은 「유년」에서 교실에서 화자가 자기 앞자리에 앉은 여자아이의 목덜미에 맺힌 땀방울을 바라보는 장면과 동기화된 것이다("아이

---

16) 요컨대 화자의 동성애 욕망은 남동생에게 갖는 죄의식의 대리물이 아니라 오히려 어머니로부터 전가당한 그 죄의식을 강하게 거부하려는 맥락 속에 있다.

들은 (……) 열심히 색칠을 했으나 나는 멍청히 앉아 앞에 앉은 아이의 (……) 팽팽히 당겨진 머리털 밑 흰 피부에 송송 맺혀 반짝이는 땀방울을 아무런 생각 없이 바라보았다", 70~71쪽). 연동된 두 장면은 이성애의 거부감 앞에서 화자가 자신의 동성애적 욕망을 무의식적으로 감각하는 장면일 수 있다.

한편, 우비를 입은 이성애 관계의 남녀는 비를 맞고 있는 화자, 그리고 햇빛이 가득한 날에는 괴괴한 인상을 주지만 비 오는 날에는 오히려 청결감을 풍기는(13쪽) 완구점 여인과 대치한다. 또한, 화자가 사는 노란 우산은 「중국인」을 가득 채우던 역한 노랑의 냄새와 연동된다. 노랑이 「중국인」의 화자에게 구토와 어지럼증을 유발했던 것처럼 「완구점」에서 노란 우산을 든 화자는 다리 통증을 호소한다. 화자에게 노랑은 퀴어한 색이면서 동시에 신체 통증을 유발하여 자기 몸에 대한 혐오를 불러일으키는 기제다. 그녀는 몸에 반창고를 덕지덕지 붙이고 싶다고 느끼며 "완구점의 여인이 보고 싶다"(14쪽)고 무람없이 고백한다. 노랑이 불러일으킨 아픈 이물감은 자신과 동질적이며 일체감을 느끼는 존재 안에서 사라질 수 있음을 화자는 안다.

「유년」과 「중국인」을 지나 「완구점」에 온 이 노란 눈의 레즈비언 화자가 비로소 자신의 욕망을 거침없이 토로하면서도 끝내 더 깊은 우울로 빠져드는 이유는, 완구점이 헐리고 그 자리에 다방이 들어서기 때문이다. "사랑을 하는 남자와 여자가 자리를 채우"(25쪽)는 이성애 리비도로 가득찬 공간 속에서 "그대를 사랑해, 그대를 사랑해. 나는 여인을 생각했다"(26쪽)는 화자의 강렬한 정념은 "다시 딱딱한 껍데기"(같은 쪽)로 움츠러든다.[17] 그러니 그녀의 "가슴은 금방 버석버석 소리를 내며 부서져버릴 듯 건조해져 있"(같은 쪽)을 수밖에. 이는 「유년」에서 화자가 경험한 부네의 흰 속살, 질을 연상케 하는 해면의 부드러움과 같은 육감적인 섹슈얼리티와는 완전히 다른 메마름, 불모의 감각이다. 곧, 「완구점」은 자신의 퀴어한 성적 욕망을 몸으로 확인하고 경험하지만 그 사랑의 경험을 '벽장' 안에 묻어버린, 노란 눈을 가진 레즈비언 아이의 씁쓸한 고백인 것이다.

5. 팽창하는 소설의 평행 우주

만만치 않은 생의 파도 속에서도 아이는 계속해서 자란다. 비체적 세계의 감각에 압도되어 어쩔 줄 모르던 「유년」의 화자는 "나는 갑자기 이야기가 하고 싶어졌다. (……) 어두운 교실에서 눈뜨는 나의 세계와 (……) 그 장난감 가게의 두 다리를 못 쓰는 여인의 이야기를 하고 싶었다"(10쪽)며 자신의 내면을 고백하는 「완구점」의 화자로 자라난다. 전술한 바처럼, 성장은 생의 특정한 시기에 국한되는 것이 아니므로 「완구점」 이후의 시간에서도 오정희의 여성 화자는 자라날 것이다. 그렇다면 「저녁의 게임」(1979)[18]의 화자 역시 이 평행 우주 속 인물일까? 그 화자 역시 동생의 죽음에 대한 죄의식을 부모로부터 선고받고 있고("갓난애도 그렇게 없애지 않았니?", 168쪽) 화자는 이에 맞서 엄마의 비극적 말로의 원인으로 아버지로 적극 지목한다("넌 마치 네 엄마가 그렇게 된 게 모두 내 탓이라는 투로구나", 같은 쪽).

---

17) 섹슈얼리티와 사랑의 정동이 소설에서 시종일관 흐르는 유체의 이미지들로 형상화되었던 것을 고려할 때 '껍데기'로 '딱딱'해지는 것은 그 정동의 흐름이 단절되거나 좌절되는 것으로 해석할 수 있다.

18) 오정희, 「저녁의 게임」, 『유년의 뜰』. 이하 인용시 「저녁」으로 약칭하고 본문에 쪽수만 밝힌다.

작가의 가장 오래된, 최초의 이야기에 대한 새로운 독해는 그의 다른 소설들에도 새로운 가능성의 볍씨를 뿌린다. 특히, 「저녁」의 경우 세 편의 소설에서는 연기처럼 아주 희미한 존재감으로 드리워지던 아버지가 화자와 전면 대결하고 있으므로, 만일 「저녁」을 또다른 평행 우주로 포섭한다면 투명하게 제시되던 부권적 힘과 남성성을 불투명한 키워드로 부조하여, 일련의 소설들을 또 한번 새로이 읽어낼 수 있을 것이다. 가령, 아버지를 마주하는 삼십대 미혼 레즈비언 화자가 느끼는 아버지에 대한 "공범끼리의 적의와 친밀감"(172쪽)의 의미는 소설의 평행 우주 속에서 조금 더 가깝게 열릴 것이다. 임신과 출산의 힘 바깥에 있으면서 동시에 그를 거부하는 레즈비언 주체와 어머니를 임신시키고 외면하는 아버지는 모종의 공범 의식을 누리는 것이다.

세 소설에서 드러난 비체적인 것들은 모성적 몸에서 배출된 물질적이고 육체적인 것들에 국한되지 않고 상징계의 정돈된 언어로 포착하기 어려운, 더럽고 밀쳐진 혐오스러운 것들로 확장되며 그려진다. 그것들을 끊임없이 소환하는 오정희 소설은 그래서 상징 질서의 정상성을 계속 공격한다. 여성 화자의 억압된 욕망을 상징계로 끌어올리기 위해서다.[19] 등단작 「완구점」에서 파격적으로 제시했던 레즈비언 여성의 욕망은 안타깝게도 그간의 논의에서 보다 직설적으로 돌파되지 못하고 병리적 증상과 모성과의 연결 속에서 주로 해석되

---

19) 이는 크리스테바가 말한 '시적 혁명성'을 지닌 언어 전략과 유사하지만 오정희의 언어는 크리스테바의 그것과 달리 모성에 국한된 여성성만을 조명하지 않는다. 그는 레즈비언의 욕망과 주체성을 모성의 결핍과 회귀의 결부 없는 그 자체로 자연적인 층위에서 그려내려 한다.

어왔다. 그러나 작품보다 몇십 년 뒤에 태어난 크리스테바와 버틀러의 저작이 「완구점」을 새로이 읽는 데에 도움을 주었으며, 이러한 새로운 담론의 축복 속에서 작가의 최초 작품을 다시 읽는 작업은 그의 문학 세계가 발생시키는 의미의 우주가 언제든 갱신될 수 있음을 시사한다. 문학이 드리우는 의미의 빛은 우리에게 곧장 도달하지 않는다. 그 사이에는 얼마가 걸릴지 알 수 없는 시간이 무한히 걸쳐져 있다. 그러나 그 무한 속에서 문학은 성장하며 "빛 속에서 소리치며 일제히 끓어오르"(「유년」, 73쪽)는 무엇을 독자로 하여금 몇 번이고 다시 들여다볼 수 있게 한다. 오정희의 소설들은 이러한 방식으로 우리에게 매 순간 다시 태어난다.

고전은 이렇게 탄생한다.

(2021)

커피포리의 물질계
—김멜라의 「제 꿈 꾸세요」

1. 물질적인, 너무나 물질적인

자살한 귀신들의 모임이 있다. 이광훈 감독의 1999년 작 영화 〈자귀모〉에는 저승 세계의 이적 단체인 '자'살한 '귀'신들의 '모'임이 나온다. 자귀모 회원들은 이승과 저승을 오가며 인간들을 자살하도록 부추겨 모임에 가입시키고, 현생에서 미처 풀지 못한 억울함과 오해를 이유 삼아 인간에게 물리적인 유형력을 행사해 복수하기도 한다. '자귀모'의 영업 전략이 보여주는 것처럼 자살은 사실상 자의 반, 타의 반으로 선택되는 역설의 죽음이다. 귀신들은 원한을 품은 혼으로 이승에 재등장하고 해원解寃한 후 조용히 모습을 감춘다. 전통적으로 한국에서 귀신을 귀신이도록 하는 것은 원한이다. 반면, 김멜라의 「제 꿈 꾸세요」[1]에 나오는 귀신들은 원한이 아니라 오직 사랑만을 실

---

1) 김멜라, 「제 꿈 꾸세요」, 이미상 외, 『2023 제14회 젊은작가상 수상작품집』, 문학동네, 2023. 이하 인용시 본문에 쪽수만 밝힌다.

존 조건으로 삼는다. 자귀모 회원들이 저승의 아늑한 '삶'을 누리지 못하는 이유는 원한 때문이지만 「제 꿈 꾸세요」에서 귀신들이 이승을 떠나지 못하는 이유는 다만 해야 할 어떤 말을 아직 하지 못했기 때문이다. 죽은 자가 사랑만을 남겨두는 이 마음은 언뜻 보기에 순하고 연한 것처럼 보이지만 이는 원한과 미련을 승화시킨 뒤에만 지닐 수 있는 성숙한 마음이다.

소설에서 귀신과 산 자는 이항 대립이 아니다. 다만 '플러그'가 빠졌을 뿐인 '길손'은 기억과 인격을 유지한, 살아 있는 육체와 영혼의 중간 상태의 존재다(스스로 플러그를 뽑는 일은 단지 접속과 해제의 상태변화를 야기할 뿐, 본체의 손상이나 파괴를 일으키지 않는다). 지하철 벽을 그대로 통과하고 지상에서 두 발을 뗄 수 있는 그들은 마치 고체와 액체의 중간 상태인 젤gel처럼 유동성이 극대화된 콜로이드 형태다.[2] 외피를 뚫고 나가는 식물, 캐러멜 향, 흔들리는 해초, 대기로 기화하는 액체 등의 상태 묘사는 세계의 경계를 흘러다니는 몸 도식이다. 아직 그녀의 혼은 신체와 완전히 분리되지 않고 긴밀하게 동기화되어 있다. 요컨대 그는 물질로 가득찬 귀신이다. 김멜라의 소설에서 인간은 영혼마저도 물질적인, 너무나 물질적인 존재다.[3]

물질성은 텍스트의 질감으로도 부조된다. 음악 〈메기의 추억〉에서 반복되는 '메기'는 단지 가사의 기표가 아니라 실제로 부르는 노래의 음률, 멜로디와 육성까지 포함한다. 단락의 구분 후 작아지는 포인트의 크기는 자칫 기표가 갈취할 수 있는 물질성을 최대한으로 살려

---

2) 콜로이드(colloid)는 일 나노미터에서 일 마이크로미터 사이의 크기를 갖는 여러 종류의 입자들이 물 등에 분산되어 있는 혼합물을 말한다. 가령, 우유는 콜로이드다.

3) 니체의 『인간적인, 너무나 인간적인』(1878)의 제목에서 따온 표현이다.

낸다. 이것은 화자 '나'가 독자를 상정하고 발화하는 목소리와 구별되는 그녀 내면의 목소리다. 기표의 물리적인 크기는 줄어들지만 반대로 증가하는 의식의 부피와 텍스트의 질감은 '나'의 실존 감각으로 곧장 연결된다. 그가 '길손'으로 거듭난 후부터는, 즉 육체가 심장박동을 멈춘 후에는 그의 내면이 서술될 때도 포인트가 작아지지 않는다("나/고소공포증 있는데", 69쪽). 텍스트와 인물이 가진 물질성은 흐름으로 운동하는 물질이라는 점에서 중요하고 특별하다.

> 불안이나 공포를 느낄 새도 없이 나는 상승하고 또 상승했다. 지상의 액체가 태양열을 받아 대기로 올라가는 듯했다. 사람이나 덩어리진 물질이 아니라 빠르게 움직이는 하나의 흐름이 된 것 같았다. 입자. 그 와중에도 나는 내 상태를 설명할 단어를 떠올렸다. 쪼개고 쪼개고 쪼개 더는 쪼갤 수 없는 근본적이고 단순한 왜
> 왜 그랬어 왜 그랬어 왜 그랬어
> 왜 그랬어(69쪽)

인물이 느끼는 자기 실존의 감각은 흐름과 입자— '나'가 극복해야 하는 입자인 '인凶'과의 대립 속에서 발견된다. 위의 인용문에서 줄어드는 포인트는 그가 아직 입자와 흐름의 사이에서 갈피를 잡지 못하는 상황을 보여준다('왜 그랬어'라는 울분 가득한 원망의 말은 현재 '나'가 붙들고 있는 말이 아닌, 일 년 전 첫번째 자살 시도가 실패로 끝났을 때 엄마가 그에게 외친 말이다). 「제 꿈 꾸세요」는 인물이 '왜'라는 단 하나의 입자와 대결하며 그것의 파편적이고 분열적 상태로부터 벗어나 사랑이라는 흐름 안으로 자기 실존을 용해시키는 데에 성공하는,

말하자면 영혼이 물질적으로 해탈에 이르는 소설이다. '왜'로 대변되는 인과에 대한 집착은 죽은 자가 산 자를 놓지 못하게 하고 산 자 역시도 죽은 자에 대한 상실을 받아들이지 못하게 함으로써 각자의 현재를 과거로 소급시킨다. 애도 불능의 상태는 '인'에 대한 강박에서 비롯한다는 것을 소설은 알고 있다.

2. 가로지르는 빈 괄호

귀신에 가깝게 그려지는 실존의 양태는 물질적이기에 육체와 완벽하게 분리된 '정신'이라고 하기 어렵다. 게다가 그들끼리 내면의 공유와 접속이 가능하다는 설정("'나'라는 사이트에 동시 접속한 상태", 73쪽)은 이미 '나'가 '나'로써 하나의 독립적인 세계를 구성함을 보여준다. 이승에서의 죽음이 그들의 세계에서는 '깨어 있음'으로 간주되는 점과 '나'가 하나의 인격적 실존이자 동시에 하나의 세계일 수도 있다는 점은 소설이 횡단성을 표방한다는 증거다.[4] 세계의 본질적 경계는 없으며 이때 '나'의 신체는 세계의 일부 또는 세계 자체로써 구성되는 시공간 다양체space-time manifold다.[5]

---

4) 횡단성(transversality)은 말 그대로 가로지르기를 말한다. 가령, 횡단하는 정신과 신체는 대립하거나 한쪽으로 수렴하지 않는다. 이때 둘은 '사이'의 위치성을 가지며 운동을 통해 언제나 생성중인 상태에 놓인다. 그러므로 횡단적인 물질은 물질화(mattering) 작용까지 포섭한다.

5) Barad, Karen Michelle. *Meeting the Universe Halfway: Quantum Physics and the Entanglement of Matter and Meaning*, Duke University Press, 2007, p. 181. 이하 번역은 인용자.

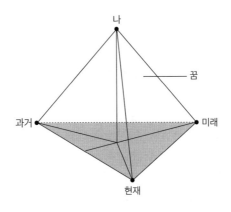

그림 1. '나'가 구성하는 횡단적 시공간의 정사면체

흐름이면서 동시에 입자인 양자적 물질성은 소설의 처음부터 끝까지 내리고 있는 눈￼으로 표상된다. 눈을 내리게 하는 힘은 오롯이 '나'의 상상력에서 비롯하므로 눈의 기후 또한 횡단적이다. "쏟아지는 눈발 속에서도 한낮의 태양이 높게 떠 있"고 "눈송이가 녹지 않을 정도의 온기와 눈의 결정들이 엉겨붙지 않을 정도의 냉기가 적절하게 배합된 기후"(70쪽)는 공존하는 이항 대립적 가치들이 적절히 배합된 텍스트의 기후다. 눈송이―입자들의 집합인 눈은 물론 덩어리진 물질이지만 동시에 현재진행형으로 내리고 쌓이는 흐름이기도 하다. 횡단적 물질은 변증법적 종합과 이분법적 수렴을 배격하는 운동으로서의 입자―흐름이다. '나'의 죽음 역시 횡단적으로 발생한다("죽으려다 못 죽고 예기치 못하게 죽은, 자의로 계획했지만 타의의 습격을 받아 애매하게 그 사이에 낀", 같은 쪽). 소설은, 횡단적 주체인 인물의 실존과 내면을 생동하는 물질계로 가시화한다. 가령, '나'가 저도 모르게 시종일관 내리게 하는 눈은 인과에 대한 강박을 은유하는 동시에 삶에서

죽음으로 이행하는 운동성을 의미한다. 무릎까지 쌓인 눈 속에서 힘겹게 걸음을 떼던 처음의 모습과는 달리 저 스스로 눈이 되어 하나의 눈덩이처럼 즐겁게 눈 위를 구르며 비탈을 내려가는 '나'와 '챔바'의 모습은, 주체가 눈을 맞는 객체가 아니라 그 눈의 일부가 됨으로써 자신의 실존을 새로운 생성의 힘으로 이행시키는 즐거운 풍경이다.

'왜'라는 입자, 그러니까 '인'으로부터의 해방을 이해하면서 '나'는 비로소 자신의 상상력과 꿈의 생성 원리를 알게 된다. 그것은 판단중지, 즉 "존재를 빈 괄호로 두"(93쪽)는 일이다. "죽음의 효과"(같은 쪽)는 우리를 현세의 인과로부터 해방시킨다. 죽음으로써 "죽음의 경위와 삶의 이력들을 오해 없이 완결"(같은 쪽)해야 한다는 당위에 대한 욕망을 버리게 된다. 오해는 억울함과 부착되어 있다. 그러나 살면서 맞닥뜨리는 모든 오해를 일일이 풀기란 불가능하다. 동일한 상황과 사건은 그에 연루된 상대방의 해석에 의해 '너'의 또다른 세계에서 다시 태어나기 때문이다. 오해를 풀고 그 자리에 합당한 서사를 기입하고 싶은 욕망은 '내'가 '너'의 세계를 통제하고 조절하려는 욕망일 수 있다. 생의 역동적인 파도타기를 위해 필요한 자세는 이미 지나간 일을 순수 '나'의 의지로 객관화하려는 태도가 아니라 다만 그것을 '빈 괄호'로 두는 일, 그 어떤 것도 한 가지 의미 층위에 배타적으로 귀속되지 않으며 최소한 두 개 이상의 다면성을 가질 수밖에 없다는 진실을 납득하는 태도다. '나'와 '나'의 세계, 그리고 '너'와 '너'의 세계 역시 모두 복수의 상호 연관자들이 역동적으로 구성하는, 언제나 현재진행형인 벡터로 만들어지기 때문이다. 요컨대 소설이 그려내는 세계의 모습은 결코 종합되지 않으면서 계속해서 운동하는 물질로서의 세계.

세계가 그렇다면 그 안에서 움직이는 인물 또한 마찬가지일 테다. 가령, '나'는 빈 괄호를 "판단 이전의 괄호"(71쪽)라고 부연한 직후 챔바의 외양을 떠올린다. 그가 여자인지 남자인지 어느 쪽도 확신할 수 없는 '나'는 생물학적 성별이나 젠더를 획정하지 않고 단지 자신이 눈으로 보는 그의 표면에 대해서만 서술한다. '노숙자와 염색, 문신, 누명' 등 수많은 가정 사이에 "내가 여자를 좋아한다고 하면 넌 그래도 똑같이 날 친구로 대해줄 수 있어?"(75쪽)라는 질문을 슬쩍 끼워넣어 '규희'에게 자신의 성 지향성을 넌지시 밝히는 '나'는 아마도 레즈비언인 듯하다. 퀴어가 다른 퀴어를 처음 만날 때 정체성이나 이름, 표지의 범주에 그를 섣불리 끼워넣지 않으려는 판단중지의 자세는 존재의 비결정성을 최대치로 인화하는 존재–인식론적onto-epistemological 태도다.[6] 존재를 알아가는 과정, 그 행위를 미시적으로 관찰하는 일은 관찰자에게 윤리적인 의무를 자동 부과하는데, 왜냐하면 이러한 존재–인식론적 관점에서 윤리는 책임에 의해 생겨나는 반응이라기보다 물질들의 얽힘, 그 내부에서 창발하는 얽힘의 생성을 질문하는 일이기 때문이다.[7] 언제나 얽히고 있는 과정 중의 존재들에 대하여 기표와 개념, 규범은 빈 괄호로 묶어두고 다만 자신의 시야에서 구성되는 퀴어성을 현상적으로 인식할 때, 퀴어는 객체로 재현되지 않고 고유한 비결정성을 품은 채로 역동할 수 있다. 정신과 육체, 인간과 비인간(길손), 그리고 퀴어와 비퀴어의 경계는 분리된 이항 대립이 아니라 각각의 타자성이 물질적으로 얽히는 상호 연결의

---

6) *Ibid*., p. 185.

7) *Ibid*., p. 160.

관계망 안에 있다. 경계는 구성되고 해체되고 변형되는 무한한 재구성 속에서 현상적으로 인식될 뿐이다. 마치, 대기 중에서 응결되어 하강하고 지면에서 녹고 그러나 쌓이기를 반복하는 눈처럼 말이다.「제 꿈 꾸세요」의 퀴어성은 끊임없이 얽히고 상호 구성되는 현상으로서의 물질이다.

3. 정사면체의 우주에서 만나기

'나'가 현상에 대한 판단중지를 체득하고, 눈 속을 방황하는 '길손'에 머무르지 않고 눈의 일부가 되는 계기는 사랑하는 사람들에 관한 기억이다. 특히, 그가 친구 규희나 전 애인 '세모'가 아니라 엄마에게 가기로 결정하는 이유는 엄마와의 기억 속에서 '꿈'의 생성 원리를 깨닫기 때문이다. 이것이 바로 커피포리의 원리다. 다시 말해, 그는 이승과 저승, 산 자와 죽은 자의 이질적인 세계가 어떻게 상호 교차할 수 있는지를 커피포리를 통해 알게 된다. 앞서 나온 **그림 1.** 횡단적인 시공간의 사면체가 이제는 '나'의 마음의 사면체로 재등장한다.

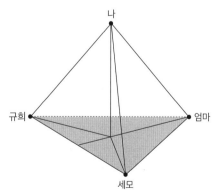

그림 2. '나'가 말하는 커피포리의 원리

「제 꿈 꾸세요」는 판단중지, 빈 괄호의 부피감을 정사면체로 물질화한다. 정사면체는 A와 B의 일대일대응 관계와 완벽한 기승전결의 인생 서사, 요컨대 '인'에 대한 집착으로부터 해방될 수 있는 횡단적 물질성이 체현된 형상이다. 기억은 규희와 세모, 엄마를 고정된 객체의 자리에서 재현하지 않고 오히려 '나'가 그들의 마음 안으로 스며들어 바로 그들의 자리에서 그들을 이해하게 만든다. 그는 가령, 규희의 방어적인 성격을 존중하며 발걸음을 돌리고, 세모를 떠올리다가 퀴어의 생애 주기에 작용하는 구조화된 죽음의 장력이 그녀에게 죄책감의 전가로 다가갈까봐 단념한다("내가 자기 때문에 죽었다고 생각하면 어떡하죠. 자기 탓이라고, 자기랑 내가 이런 사람이라, 이런 성향의 사람은 결국 이렇게 끝날 수밖에 없다고 여기면", 86쪽). '나'는 엄마에게로 기억의 화살표를 돌려 타자의 주체성을 직접 수행하는 과정에서 '꿈'의 원리를 깨닫는다("엄마가 즐겨 먹던 커피포리를 엄마의 방식대로 마셔보고 싶었다", 90쪽). 이승의 세 사람과 저승으로 가는 한 사람이 만드는 서로 다른 두 세계의 연접은 횡단적이다. 그래서 그들이 만드는 관계성은 이차원 평면이 아니라 삼차원의 입체구조로 부조된다. 부피의 공간성은 좌표들 간의 이산적 종합이나 환원의 위험을 넘어서 평등한 타자들의 차이를 구성해낸다. '나'의 꼭짓점에서 '규희'의 꼭짓점으로 이동하는 동안 거쳐가는 공간에서 획정적인 경계는 없다. 그러므로 '나'의 이러한 횡단적 운동-기억은 경계를 무화하면서 계속적인 운동을 하기 위해 그것의 구성과 해체를 반복하고, 그렇게 모아지는 마음의 부피가 바로 커피포리, 그들 마음의 입체도형이 된다.

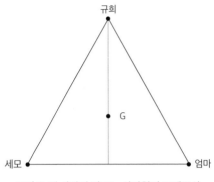

그림 3. 네 사람이 만드는 삼각형의 무게중심

커피포리에 빨대를 꽂는 일은 알다시피 쉽지 않지만 누군가는 쉽게 해낸다. '나'도 엄마가 하던 것처럼 "커피우유가 담긴 폴리에틸렌 필름의 빗면을 조준"(91쪽)하지만 쉽게 성공하지 못한다. 커피우유의 비닐을 뚫으려면 정삼각형의 무게중심에 빨대를 꽂으면 되는데, 그 무게중심의 좌표 G는 꼭짓점 '나'를 '슬픔의 밑면'에 투사한 점과 일치한다.[8] 요컨대, '나'를 규희-세모-엄마가 만드는 평면에 투사하는 작업은 그들이 만드는 관계성의 장 안으로 '나'를 기입하는 일, 판단중지의 상태로 타자의 슬픔과 그것의 공간 좌표에 들어서는 일이다. 빨대는 그때 생겨나는 무게중심 위에서만 성공적으로 꽂힌다. 엄마는 그 '원리'를 이미 아는 사람이었던 것이다.

---

8) 삼각형의 한 꼭짓점에서 밑면에 수선의 발을 그리는 정사영을 만들 수 있다. 이 경우 한 꼭짓점 A에서 밑면에 대한 정사영을 그리는 것은 그 점을 밑면에 투사 (projection)하는 것과 같다. 정삼각뿔의 한 꼭짓점에서 마주보는 평면으로 정사영을 만들면 반드시 그 밑면의 무게중심에 정사영이 떨어진다. 정삼각형의 무게중심은 위의 꼭짓점에서 밑변으로 그은 수직선을 2대 1로 내분하는 점이므로 커피포리에 한 번에 빨대를 꽂아넣기 위해서는 그 지점을 어림잡아 겨냥하면 된다.

타자들 간의 차이는 주체에게 "극단적 외부성이 아니라 다만 행위자로서 구별될 가능성을 함축"[9]할 따름이다. 그러므로 차이는 타자를 객체화하거나 '나'와 단절시키지 않고 오히려 '나'와 '너'를 연결시키며 서로를 구성한다. 이러한 존재-인식론적 관점에서 윤리는 기존의 지식이나 규범, 의지와 계몽의 차원에서가 아니라 물질적으로 얽힌 구체적 관계로부터 자연 도출된다. 그렇기에 김멜라의 물질계[10]에서 윤리는 "타자를 타자화하는 반응이 아닌, 우리가 그 타자의 부분으로서 생동하는 관계성을 구성해낼 때"[11] 발생하는 책임에 관한 물질적인 사안으로 거듭난다. 물질 속에서 우리는 존재한다는 사실 그 자체만으로 서로에 대한 가시적인 책임성을 지닌 존재자가 된다. 더불어, 윤리가 관통하는 시공간과 기억, 과거-현재-미래는 선형적인 구도 혹은 마음의 문제가 아니라 구성중에 있는 신체에 각인된 여러 역사성, 다시 말해 미래가 과거에 작용하고 과거가 현재를 형성하는 발생 작용이 된다.[12] 그래서 '나'와 챔바는 서로의 기억에 접속할 수 있고 '나'는 상상력으로 규희와 세모, 엄마의 꿈에 나타나볼 수도 있는 것이다. 세계는 물질이다. 우리의 구체적인 관계의 양상을 실재하게 하는 것은 믿음이나 관념이 아니라 다만 우리의 목전에서 벌어지고 있는 현상, 주체와 세계 내부에서 작용하는 상호 구성적 과정이다.[13]

---

9) *Ibid.*, p. 392.

10) 김멜라의 다른 소설 「물질계」(『적어도 두 번』, 자음과모음, 2020)의 제목에서 가져왔다.

11) *Ibid.*, p. 393.

12) *Ibid.*, pp. 179~181.

13) *Ibid.*, p. 353.

그렇게 우리는 이 "우주의 한가운데서 만난"[14]다.

'나'가 엄마가 좋아하던 커피포리를 엄마의 방식대로 마셔보기로 하는 순간, 세계는 변화한다. 챔바와 눈싸움하며 눈을 만지고 눈 속으로 뛰어드는 '나'는 눈의 부분이 된다. 흐르는 물질 속의 주체가 세계를 흐르기 시작한다. 마찬가지로 '나'는 챔바의 성별을 더는 궁금해하지 않는다. 그의 목에 있는 흉터를 보자마자 그의 시간이 노래처럼 재생되며 '나'에게 흘러들어오기 때문이다. '인'에 대한 강박은 이제 눈 녹듯 사라진다. 그리하여 세계의 일부가 된 자, 눈이자 커피우유이자 챔바이자 엄마가 된 '나'는 엄마에게 가기로 한다. '나'에게 현실과 꿈을 횡단하는 원리를 알려주는 이는 오직 사랑하는 이뿐일 것이므로, 방어적인 수동성이나 원망이나 오해를 불식하고 '나'의 죽음을 슬퍼하며 애도할 사람이므로. 그리고 우리에게는 못다 한 말을 반드시 전해야 할 윤리적 책임이 있으므로. 우리의 기억과 상상 속에서 구성되는 물질, 없음에 반하는 실존으로서의 비인간이 '없음'으로 곧장 환원될 수 없다는 방증 속에서 그들은 실재한다. 운명-타자가 주체를 구성하고 주체가 타자를 구성할 때 우리가 존재할 수 있다는 절대적 사실은 인과의 강박을 초월한다. 물질계로 접속한 우리에게 남은 말은 이제 다만, 사랑한다는 말뿐이다.

> 그러니
> 당신은 기쁘게 내 꿈을 꿔주길.(94쪽)

(2023)

---

14) 앞서 인용한 *Meeting the Universe Halfway*의 제목에서 가져왔다.

몸짓의 진화
―김멜라의 「이응 이응」

1. 물질적인 너무나 물질적인

김멜라의 소설은 거침없이 진화하고 있다. 「이응 이응」[1]은 작가의
이전 작품 「제 꿈 꾸세요」(2023년 제14회 젊은작가상 수상작)의 다음
단계다. 「제 꿈 꾸세요」(이하 「제 꿈」)가 세계를 떠나는 이의 입장을
추체험하며 애도 불능로부터 애도의 시작으로 이행하는 방법론을 보
여준다면 「이응 이응」(이하 「이응」)은 그 건너편―누군가를 보내고
남겨진 이의 시점에서 알게 되는 애도의 구체적인 실천법을 제시한
다. 죽음과 상실이라는 우주적인 사건의 발생은 인간의 논리적 인과
율을 넘어선 이 세계의 필연적인 자연법칙이라는 깨달음과 함께, 김
멜라의 소설 속 '나'는 과연 그러한 인식론적 태도가 현실에서 어떻
게 수행될 수 있는지 알아가기로 결심한다. 상실과 애도에 관해 서

---

1) 김멜라, 「이응 이응」, 김멜라 외, 『2024 제15회 젊은작가상 수상작품집』, 문학동네,
2024. 이하 인용시 본문에 쪽수만 밝힌다.

로 다른 각도에서 접근하는 두 소설을 나란히 읽을 때 우리는 김멜라 소설계의 물질적 우주론을 파악할 수 있다.

따라서, 이 소설을 읽기 위해서는 우선 작가가 「제 꿈」에서 제시한 몇 가지 진실[2]을 전제 조건으로 안아들어야 한다. 다소 거칠게 요약하면 다음과 같다. 하나, 인간은 흐름과 입자로 구성된 언제나 운동 중인 물질이다. 둘, 그러한 횡단적 주체인 인간이 속한 세계 역시 뚜렷한 경계로 분할되거나 고정된 실체가 아니며, 인간의 신체는 세계의 일부 또는 그 자체에 속하는 시공간 다양체다. 셋, '나'라는 시공간 다양체는 '나'를 구성하는 타자들과 그 관계의 사이 공간을 포함한다.[3] 이와 더불어, 「제 꿈」에서 죽은 이의 물질적인 몸―영혼을 통해 죽음과 삶이 연결되어 있음을 보았던 우리는 「이응」이 제시하는 살아 있는 이의 몸―성적인 물질로서의 신체를 통해 삶 또한 죽음과 연결되어 있음을 감각하게 된다.

「이응」은 자칫하면 관념적이고 교조적인 설파에 불과할 수도 있는 발화를 이러한 물질적 인간관, 그리고 인간의 자연적인 성욕과 본능의 문제를 경유해 기호화한다. 도덕적 당위나 윤리적 교리보다 생동하는 의미들의 흐름이 독자의 머리와 마음을 흠뻑 적실 수 있다는 것을 김멜라의 소설은 이미 아는 것이다.[4] 가령, 소설에 등장하는 '이

---

2) 이 책에 수록된 「커피포리의 물질계―김멜라의 「제 꿈 꾸세요」」 참조.

3) "그림 1. '나'가 구성하는 횡단적 시공간의 정사면체"(같은 글, 98쪽)

4) "중요한 것은 운동 자체를 어떠한 중재도 없이 하나의 작품으로 만드는 것, 매개적인 재현들을 직접적인 기호들로 대체하는 것이다. 직접적으로 정신에 힘을 미치는 어떤 진동, 회전, 소용돌이, 중력들, 춤 또는 도약들을 고안하는 것이 문제이다."(질 들뢰즈, 『차이와 반복』, 김상환 옮김, 민음사, 2004, 39~40쪽)

옹'이라는 포스트휴먼적 기계와 서로의 신체 경계선을 존중하며 포옹하는 모임 '위옹'은 작품이 전달하는 주제를 위해 설정된 단순 매개물에 머무르지 않고, 문제를 제기하는 기호가 되어 독자에게 저마다의 의미를 생성할 것을 요청한다. 나아가 인물과 주제, 서사로 이루어진 텍스트의 심층이 표층의 발화와 세계상을 연결하되 종합하지 않는 방식을 보여줌으로써 소설은 저 스스로가 하나의 흐름이자 유동하는 신체가 된다.

2. 젠더플루이드 기계와 오토에로티즘

「제 꿈」에서 '나'는 자신의 삶과 그가 속한 세계로부터 얼마간의 거리 두기—인과율의 강박을 물리치기—에 성공하며 자신을 하나의 물질적 입자로 자각한다. '나'가 인식한 세계와의 거리는 사면체의 입체적인 공간으로 그려지고, 「이옹」에서 순환하는 시간성과 만나 우주의 모습을 형상화하는 데까지 이른다. 세계를 구성하는 수많은 '나'들이 있다면 그러한 작은 점들이 무한히 모인 입체는 바로 우주일 것이다. 삶과 죽음의 순환, 그러나 매번의 상실이 결코 동일한 사태의 반복이 아니라 세상에 단 한 번뿐일 고유한 차이의 사건이 된다는 진실은 영원회귀의 시간성을 담지한다.

반복과 순환의 시간성이라는 철학적 문제는 역설적으로 인간의 성욕, 한없이 세속적이다못해 동물적인 영역과 결부된다. '이옹'은 이차성징을 겪은 사람이라면 누구나 이용할 수 있는 둥근 캡슐 모양의 기계. 원하는 사람은 누구나 '이옹' 안에 들어가서 성욕을 충족할 수 있다. 입체 볼로 사용자의 젠더와 섹슈얼리티에 관한 세부 설정, 자극의 종류와 세기 등을 조작할 수 있고, 환경 테마를 설정할 수도 있다.

'이웅'의 급진성은 파트너가 없이도 인간이 성욕을 해소할 수 있다는 새로운 차원의 섹스, 오토에로티즘[5]을 실현한다는 데에 있다. 이전의 세계와 달리 '이웅'의 세계에서 섹스의 최소 인원은 한 명이다.

여느 기술적 진보가 그러하듯 '이웅' 또한 긍정과 부정의 측면을 함께 지닌다. '이웅'은 화장실과 같은 하나의 공공장소이므로 사람들은 성욕을 부끄러워하지 않고 긍정하게 되고, '이웅' 속 섹슈얼리티의 설정은 이성애적 도식과 삽입 섹스의 경제를 벗어나 다양한 조합과 배치로 확장된다.[6] 더불어 성욕과 연애, 그리고 그것의 제도적인 보장인 결혼을 분리시키는 효과는 인간을 단지 욕구에 얽매인 존재가 아닌 그 이상의 존재로 격상시키지만("한 명의 아기는 단지 우연과 충동이 만들어낸 성욕의 부산물이 아니라 계획하고 합심해 인류가 함께 양육하는 지구 공동체의 선택받은 구성원이라고 했다", 24쪽) 인간의 성욕에 보다 낮은 지위를 부여하는 양가적인 효과를 동시에 발생시키기도 한다.

---

5) 19세기의 성과학자 해블록 엘리스가 대중화한 용어로, 다른 인간에게서 기인하는 외부적인 자극이 부재한 상태에서 야기되는 성적 흥분과 만족을 말한다. 자위(masturbation)와 유사한 의미로 쓰이기도 하지만 김멜라 소설의 오토에로티즘은 신체적인 자극과 감각, 만족에 국한되지 않고 주체가 자기 내부에서의 타자성을 발견해 나가는 생성의 작업으로까지 확장되므로 자기 자신을 사랑하기(auto-affection)의 차원 또한 내포한다.

6) '이웅' 속에서 사용자는 매번 자신의 성 정체성을 다르게 설정할 수 있다. 몇 가지의 유한한 선택지가 아닌 스펙트럼의 연속체 안에서 다채로운 섹슈얼리티와 감각을 경험한다는 점에서 '이웅'은 젠더플루이드-기계라 할 수 있다. '이웅' 안의 몸과 마음은 매번 다른 젠더와 섹슈얼리티를 살게 되면서 자신의 정체성을 끊임없이 해체하고 재정립하는 과정을 겪는다. 이를 통해 소설은 '알 수 없음'의 불확정성이 퀴어의 자연이라고 말한다.

소설 속에서 "반려의 르네상스"(같은 쪽)로 명명되는 국면 또한 문제적이다. 가령, 인간의 출생을 욕구와 본능의 결과가 아닌 "진실로 사랑의 의미를 깨우친 이들이 평등하고 자유로운 관계"(같은 쪽)를 맺음으로써 형성된 의지의 산물이 되게끔 하는 것은 마냥 바람직한가? 인간 삶과 죽음은 계획과 무관한 우연성에 의해 피투된 것이기에 그것이 아무리 복잡한 모순을 안고 있어도 받아들이며 살아가는 것 아니던가? 만약 삶이 무목적적이지 않고 숭고하고 고귀한 의도하에 시작된 것이라면 그것의 짝패인 죽음은 어떻게 이해해야 하는가? 소설은 이러한 문제에 관해 특정 방향의 당위를 부여하지 않고, 다만 성에 접근하는 두 가지 벡터를 동시에 견인한다. 소설의 의도는 전적으로 이 모든 사안을 문제화하여 열어두는 것에 있기 때문이다. 소설은 '이응'을 통해 욕구와 사랑, 섹스와 포옹을 분절하는 동시에 그 모든 것이 하나로 연결된 스펙트럼 안에서 경계없이 흐르는 것임을 긍정한다("만지거나 닿고 싶은 마음을 성적 쾌감과 완전하게 분리할 수 있을까", 36쪽). 인간은 명확한 경계나 개념으로 분절되지 않는 물질적인 존재다.

인간 존재, 그리고 생과 사의 문제는 특히, '나'가 '이응'을 쉽게 받아들이지 못하는 지점에서 본격적으로 열린다. '위응'의 멤버들과 신체를 접촉하기를 꺼리는 '나'에게 일갈하는 '우유수염'의 말은 '나'가 경험하는 가장 핵심적인 문제이자 소설의 근본적인 문제의식이다.

"쾌감을 느끼는 게 두렵나요? 죽는 게 무서워요? 삶과 죽음, 그 모든 것이 이응 안에서 하나로 이어져 있다는 걸 믿지 못하는 거예요?"(33쪽)

이에 "하고 싶지 않을 수도 있잖아요"라고 대응하는 '나'의 말을 우유수염은 순순히 받아들인다("좋아요. 잘하고 있어요. 다른 사람의 욕망을 따라 하지 않는 게 이응의 철학이에요", 34쪽). 이 대목은 순환과 반복의 우주적인 흐름 안에서 섹슈얼리티의 자율성이 어떻게 확보될 수 있는지를 가늠하게 해주는 중요한 부분이다. 주체는 욕망하는 자이며, 욕망은 타자들의 세계로 구성된 이 우주의 거대한 흐름, 삶과 죽음의 연속과 반복을 받아들이면서 발견하는 자기 내부의 타자적 차이를 긍정하는 과정을 통해 실천된다. '이응'(기계)과 결합한 인간 신체는 타자 간의 관계에서뿐만 아니라 자기 안에서 마주하는 타자성을 통해 자아로의 함몰로부터도 벗어난다. 젠더플루이드 기계인 '이응'의 부정할 수 없는 한 가지 순기능은 인간으로 하여금 성욕에 매몰되지 않게 하는 것, 다시 말해 제 안의 가장 거대한 구속으로부터 놓여나게 하는 것이다("좋은 이응은 이응 생각을 잊게 해요", 19쪽).

'나'에게로의 매몰, 그것이 욕구든, 슬픔이든, 사랑이든, 그러한 모든 나르시시즘으로부터 자아를 해방시키는 '이응'은 이와 동시에 인간의 비대한 주체성, 다시 말해 인간 중심성 또한 무화한다. 우리는 그저 한낱 "팬티를 갈아입는 인간"(21쪽)이라는 할머니의 말은 바로 그러한 나르시시즘을 배격하는 존재론이다("할머니는 팬티를 갈아입는 인간이란 함부로 슬퍼하거나 눈물을 흘릴 자격이 없는 사람이란 뜻이라고 했다. 그래서 뫼르소는 자기 엄마가 죽었을 때 울지 않고 카페오레를 마신 거라고", 31쪽). "다 울어버리지 말고 울고 싶은 마음에서 한 걸음 물러나 울고 싶은 자신을 바라보라"(같은 쪽)는 할머니의 말은 '나'가 자신의 삶으로부터 거리를 두고 사이 공간을 만들어야 한다는 말로 번역된다.[7] 이렇듯, 죽음이라는 사건에 압도되지 않고 다만 그것이 우주의 필연이자 흐름임을 받아들이는 철학적 태도는 섹스에 관한 실험적인 상상력으로부터 도출된다.

3. 흐르는 뫼비우스의 띠

주체가 자기 자신으로부터 거리를 두며 생성하는 사이 공간과 시공간 다양체, 그 안에서의 해방에 관해서는 「제 꿈」에서도 제시된 바 있다. 그 사이 공간이 오토에로티즘을 경험할 때 그것은 주체의 내부인 동시에 외부가 된다. 주체가 곧 타자가 되며 모든 타자가 주체가 되는 의미론의 구조는 삶과 죽음 속에서 순환하는 차이들의 운동으로 나아간다. 예컨대, 누군가가 스스로를 이성애자나 퀴어로 정체화하거나 혹은 하지 않는 일과 무관하게 '이웅' 안에서 그의 신체는 그 무엇으로도 이름 붙일 수 없는 퀴어한 뫼비우스의 띠로서의 몸이 되며 이는 주체가 자기 안에서 발견하는 새로운 차이다.[8] 「제 꿈」에서 획득된 '나'의 횡단적 주체성은 「이웅」에서 더없이 성적인 존재자로서의 자신을 감각하고, 나아가 그러한 시공간 다양체로서의 '나'가 우주, 거대한 뫼비우스의 띠를 이루는 작고 작은 하나의 좌표에 불과하다는 소박하면서도 커다란 인식의 차원에 도달한다.[9]

---

7) 할머니가 '이웅'에서 나와 내뱉는 탄성인 '호'는 'ㅇ(이웅)'과 'ㅎ(히웅)'의 사이 소리로, 두 소리의 경계의 접면을 노출시키는 하나의 사이 공간이다. 「제 꿈」에서 '나'가 유체이탈과 유사한 상태로 자신을 바라보는 상황 또한 주체가 자기 자신으로부터 타자를 발견할 수 있는 사이 공간을 만드는 작업이다.

8) "퀴어와 비퀴어의 경계는 분리된 이항 대립이 아니라 각각의 타자성이 물질적으로 얽히는 상호 연결의 관계망 안에 있다."(전승민, 「커피포리의 물질계」, 100~101쪽)

9) '뫼비우스의 띠'는 주로 그것의 순환성의 강조를 통해 하나의 닫힌 구조로 자주 은

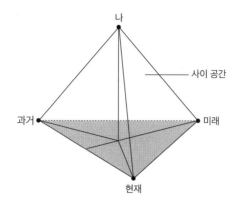

그림 1. '나'는 하나의 시공간 다양체다

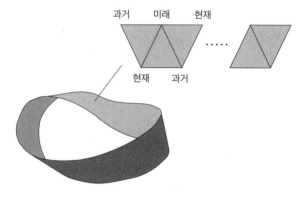

그림 2. 복수의 '나'들이 구성하는 뫼비우스의 띠

(세계와 우주의 형상, 그리고 그것의 일부로서 '나'의 신체는
흐르는 띠의 모양을 하고 있다.)

유되지만 김멜라의 소설은 그러한 유폐적인 구조를 부수고 생성하고 유동하는 물질로
서의 뫼비우스의 띠를 견인한다. 이때 뫼비우스의 띠는 차이로서 순환하는 흐름의 물
질적 형태를 가시화한 연속체다.

작은 점이 거대한 곡면으로 도약하는 것은 소설의 결말부에서다. 언뜻 간단해 보였던 서사 구조는 갑작스럽게 도약하면서 즐거운 반전을 선사한다. 마치 "느슨한 S자 곡선을 그리"(18쪽)는 것처럼 느리게 흘러가던 서사의 밀도가 '나'가 공원에 설치된 '이응'으로 들어가면서부터 점차 높아진다. 소설에서 첫번째 꽃표(*) 이후의 대목은 '나'가 '이응'의 스토리텔링 코스에 투입한 자신의 기억 중 일부이고, 두번째 꽃표(*) 이후의 대목은 그 기억이 적용된 현재 상황, 다시 말해 오토에로티즘으로 행위되는 '나'의 섹스 장면이다.

"얼굴이 맑게 다시 생겨나는 기분"(46쪽)으로 묘사되는 이 클라이맥스로 인해 소설의 서사적 흐름 역시 하나의 뫼비우스의 띠이자 오르가슴의 형상이 된다. 표면상으로는 그 어떤 치명적인 갈등이나 대립 없이 안온하게 흘러가던 이야기의 대부분은 후반부의 섹스 장면에 의해 리비도의 잠재태로 의미화된다. 김멜라의 소설은 '소설'이라는 장르가 그간 전통적으로 부과당해온 서사적 당위, 발달-전개-위기-절정-결말로 이루어지는 구조를 거부한다. 중요한 것은 서사의 선형적인 발달이 아니라 주체이자 타자인 '나'가 세계의 작은 부분이자 입자로 유영하는 흐름 그 자체다. 인간과 삶, 우주가 횡단적인 물질로 구성되고 연결된다면 소설 또한 횡단적인 시공간 다양체로 드러날 것이다.[10] '나'의 기억과 '이응' 안에서의 섹스가 명시적인 설명을 동반하지 않고 기호 꽃표(*)만으로 다소 모호하게 제시되는 것 또한 소설의 물질성에 의한 것이다.

---

10) "소설은, 횡단적 주체인 인물의 실존과 내면을 생동하는 물질계로 가시화한다." (같은 글, 98쪽)

인간의 생애 주기, 삶과 죽음의 경험은 하나의 거대한 오르가슴을 아주 느리게 경험하는 것에 불과할지도 모른다. 의식 세계가 일시적으로 무화되는 쾌락의 절정은 죽음 충동이 현실화되는 가상적인 시공간이 된다. 상실 이후에도 이어지는 삶을 계속해나가는 것에 대한 공포 속에 있던 '나'는 '이웅'이 선사하는 오르가슴 속에서 그 공포를 극복하게 된다. 상실이 야기하는 슬픔을 자기 안의 타자와의 신체적 접촉을 통해 온몸으로 위무받는다. 이때 '나'가 경험하는 오르가슴은 단지 육체의 차원에서만이 아니라 타자와의 관계, 그리고 죽음과 상실에 대한 철학적 에피파니로 체현된다.

흙더미처럼 쏟아지는 살결. 내 코와 뺨이 레인코트의 가슴에 뭉개 졌다. 이마와 콧등, 입술 사이사이로 레인코트의 온기가 밀려들었다. 나라는 사람과 그 얼굴로 지어야 했던 모든 표정이 레인코트의 품에 서 지워지는 것 같았다. 왜 이제야 알았을까. 누군가에게 안길 때마다 할머니의 늙은 손이 떠오를 거란 걸.(45쪽, 강조는 인용자)

애도 불능의 멜랑콜리는 주체의 안팎을 구성하는 살갗의 타자적인 만남을 통해 치유된다. 이는 단지 감정적 차원에서의 위로가 아니라 자아의 구덩이에 매몰된 '나'를 끌어내는 구원이자 '나'의 안에서 발견하는 새로운 차이의 생성이다. 오토에로티즘의 실현으로서 이 장면은 몹시 중요한데, 소설이 퀴어한 인물의 주체성과 정체성의 문제, 그리고 그것의 수행에 머무르지 않고 인간과 세계의 존재 역학, 구체적으로는 섹슈얼리티와 죽음의 문제를 가시화하면서 세계 전체를 퀴어화하는 대목이기 때문이다("내 욕구를 설계하는 것도 이렇게 힘든데 세상에는 어떻게 그 많은 불행이 예정되어 있는 걸까", 40쪽).

물론, 등장하는 모든 인물의 이름이 젠더적인 선입견으로 읽을 수 없도록 지어진 것이나('나'의 이름은 오미자물이다) "짧은 곱슬머리"에 "잔꽃 무늬 원피스"(13쪽)를 입고 내내 여성에 가까운 젠더로 패싱되던 우유수염이, '나'가 어릴 적 할머니와 갔던 공중목욕탕에서 만났던 남자아이가 팬티 속 고추를 고정하며 했던 그 동작을 따라 하면서("이래야 안 움직여", 44쪽) 젠더퀴어[11]가 되는 부분 등은 소설을 인물의 층위에서 퀴어하게 만든다. 꽃표(*)로 이어지는 대목은 '나'의 기억이 적용된 '이응'의 스토리텔링 코스이므로 어디까지가 사실이고 상상력의 결과물인지 우리는 알 수 없다. 하지만 바로 그 알 수 없음이야말로 퀴어의 자연이다. 레즈비언이나 게이, 트랜스젠더 등 정체성을 지칭하는 용어 또한 실은 반복적인 차이들로 구성된 가변적인 것이다. 가령, '같은' 레즈비언으로 불리는 부치나 펨의 남성성과 여성성은 개별적인 주체마다 다른 양적 비율과 질감으로 이루어질 것이고, 그러한 이름 붙일 수 없는 차이들이야말로 '나'이자 '나'의 퀴어함이기 때문이다. 김멜라의 인물들은 어디까지나 무수한 차이들로 이루어진 자기-타자들이다. 그래서 '이응'과의 결합을 통해 발생되는 오토에로티즘은 자아로의 유폐가 아니라 오히려 그 반대로, 자기 내부의 차이들을 생성하고 발견하는 방향으로 나아간다. '나'가 자신의 욕망을 자연적인 것으로 긍정하는 동시에 그로부터 놓여나는 아

---

11) '위응'의 인물들은 할머니와 함께 목욕탕에 갔던 '나'를 제외하고 모두 젠더퀴어의 스펙트럼 안에 있다. 우유수염과 레인코트의 외양 묘사는 독자가 인물의 젠더를 유추하여 여성 또는 남성으로 판정하는 사고의 흐름을 계속적으로 철회, 유보하게 한다.

이러니의 역학이다.[12] 「제 꿈」에서 인과의 강박으로부터 해방되었던 '나'는 「이웅」에서 주체의 동일성이라는 나르시시즘으로부터 또 한번 자유로워진다.

김멜라가 제시하는 '뫼비우스의 띠'로서의 신체는 남성과 여성, 강제적 이성애와 퀴어, 유성애와 무성애(성애적 끌림과 정서적 끌림), 나아가 몸과 정신, 인간과 비인간, 그리고 삶과 죽음─이 모든 이분법적 위계를 부드럽게 용해한다.[13] 소설을 통해 우리는 각각의 구획된 경계의 표지를 경험하는 것이 아니라 다만 그것들이 연결된 접면들을 더듬을 수 있다. 김멜라의 세계에서 '퀴어'는 자신에 대한 차이를 생산하고 긍정하는 초월적 상상력의 다른 말이다.[14] 남성과 여성,

---

12) 김멜라의 소설들에서 자주 사용되는 '오줌'의 모티브는 이를 핵심적인 의미소로 사용한다. 가령, "엄마가 보고 싶어 우는 대신 빵빵해진 아랫배로 변기에 앉아 소변을 봤다"(31쪽)는 대목은 화자가 엄마를 상실하고 휩싸이는 슬픔으로부터 자유로워지고 싶어하는 무의식적 욕망의 증상 혹은 신체화의 양상으로 읽을 수 있다. '오줌'은 마음의 작용과 신체의 작용이 개별적이지 않고 의식과 의지의 차원을 너머에서 연결되어 있음을 방증한다. 할머니가 제시하는 '팬티의 존재론'도 같은 맥락이다.

13) 엘리자베스 그로스의 『몸 페미니즘을 향해─무한히 변화하는 몸』(임옥희·채세진 옮김, 꿈꾼문고, 2019)의 원제는 'Volatile Bodies─Toward a Corporeal Feminism'으로 한국어 번역서의 구판 제목이 '뫼비우스 띠로서 몸'이었다. 그러나 이 글에서 말하는 '뫼비우스의 띠'는 그로스의 철학과 그 번역서의 제목을 염두에 둔 것이 아님을 밝혀둔다. 그로스는 정신과 신체의 이원론이 이분법적인 경계로 분할되지 않으며, 오히려 상호 체현되고 내면화된다고 주장하기 위해 뫼비우스의 띠를 비유적으로 사용하는 반면, 이 글에서 뫼비우스 띠는 하나의 시공간 다면체로서의 '나'들이 구성하는 생성중의 물질, 순환하는 차이들로 이루어진 흐름의 실질적 형상이다. 김멜라의 소설은 초월론적 일의성의 세계이며, 따라서 몸과 정신의 이원론은 그것이 상호 구성적인 작용을 한다 할지라도 그의 소설세계에서는 성립 불가능하다.

14) 이때의 초월성은 들뢰즈적인 것으로 이 세계에서 결코 도달되지 않는 이데아적인 것이 아니라 끊임없이 생성되는 'n개의 차이'들을 말한다. 사회·문화·제도가 당위로서 주체에게 제시되고, 그가 그것들을 내면화하여 자기검열을 통해 자기 자신의 자연

이성애와 동성애 등의 이분법적 선택지들은 온전히 현재로 환원되지 않는 시간성을 사유하는 작업 속에서 내파된다. '이웅' 또한 뫼비우스의 띠처럼 기계의 '안'에서 '밖'을 경험하는 가상의 접면으로, 기억을 투입한 '이웅' 속에서 과거와 현재는 뒤섞이고 순수한 '지금-여기'는 사라진다. 김멜라의 인물들이 행하는 '나'로부터의 거리 두기는 규정하는 자아와 규정되는 대상으로서의 자아를 불일치시키는 행위이며, 이로써 김멜라의 퀴어들은 정체성 정치를 가뿐하게 넘어서며 '퀴어'의 차이를 생성하는 역동적인 기호로 전환한다.

'나'가 자기와의 섹스를 경험하는 장면 바로 직전에 제시되는 기억 속의 첫 문장, 할머니의 말은 죽음과 사랑이 경계 없이 중첩되어 있는 부분이다. '좋을 거야'가 지칭하는 목적어의 빈자리에는 오토에로티즘과 죽음이 나란히 등을 붙이고 숨어 있다.

> "좋을 거야. 저거랑은 비교도 안 되게 좋을 거야."
> 할머니는 무서워할 거 없다고 했다. (……)
> 할머니는 죽는 것도 이응 같은 거라고 했다. 이응처럼 코스를 선택할 순 없지만, 이응의 컬러볼처럼 삶에서 죽음으로 굴러가는 거라고. 이 색에서 저 색으로 바뀌는 것뿐이라고. 이응을 하는 것처럼 억눌려 있던 게 풀리면서 기분좋게 흩어지는 거라고 했다.(41~42쪽)

개별 타자들의 차이(이것을 존재의 고유성이라 불러도 좋을 것이다)

을 구속할 때 차이의 생산은 억압된다. 들뢰즈의 초월성은 "시간성/무시간성, 역사성/영원성, 특수/보편 등의 양자택일적 선택지를 넘어서는"(질 들뢰즈, 같은 책, 19쪽) 데에서 기인한다.

는 각자의 세계 안에서 고립되는 것이 아니라 주체라는 경계의 막을 투과하여 함께 흐른다("누군가에게 안길 때마다 할머니의 늙은 손이 떠오를 거란 걸", 45쪽). 세계를 유동하는 이 물질의 이름은 바로 '기억'이다. 그렇기에 뫼비우스의 띠로 이루어진 세계에서 우리는 산 자이면서 동시에 죽은 자이고, 인간이면서도 동시에 개가 되고("고개를 들었을 때 내 발밑에서 커다란 그림자 하나가 일어섰다. 천천히 그림자가 누워 있는 나에게 다가왔다. 한 번도, 누군가와 그런 자세를 해보지 않았지만, 나는 다리를 벌리고 눈을 감은 채 턱을 들었다. (……) 끝없이 애정을 갈망하는 강아지처럼 나도 모르게 앓는 소리가 흘러나왔다", 45~46쪽), 개는 새가 된다("나는 그 새가 나의 개라는 걸 알았다. 보리차차, 이제 뛰지 않고 나는 거야? 날개로 나는 법을 배운 거야?", 46쪽). 이처럼 '팬티의 존재론'을 통해 형상화되는 인간형은 띠 모양의 세계, 물질계 안에서 공생하는 여타의 존재자들과 인간의 지위를 대등하게 만든다. 인간 또한 다른 비인간 존재자들과 마찬가지로 물질의 차원에서 하나의 '차이'일 따름이며, 세계는 서로 인접한 그 무수한 점들로 인해 하나의 곡면―뫼비우스의 띠가 된다. 그러한 인식론을 체화하는 순간, '나'는 그간 잠식되어 있던 삶과 죽음, 타자와 관계, 쾌락과 사랑에 대한 두려움 속에서 벗어난다.

떠난 자의 온기가 다시 돌아올 수는 없지만 주체 안의 타자성으로 그것을 재발견하는 일("내가 잃어버린 화살은 모두 내 안에 있었다", 같은 쪽), 이것이 「이웅」이 전해오는 애도의 구체적인 실천법이다. 소설이 선형적인 형식을 거부하는 것과 마찬가지로 상실과 애도에 대한 해법 또한 선형적이지 않다. '기억'이 우리를 구성하는 물질 중 하나인 이상, 우리는 언제라도 또다시 슬퍼질 것이고, 그때마다 몇 번이고 다시 애도를 수행해야 한다. 삶은 죽음으로 구성되며 죽음 또한 삶의 한가운데에서 발생한다. 다시 말해, 몇 번이고 되풀이되는 이 반복은 실상 무수한 차이들의 나타남이며 인과론의 저편에서 발생한다는 것이다. 그렇기에 '너'를 애도하는 일은 '나'의 안에서 새롭게 태어나는 '너'와 만나는 일이 되고, 그러한 '너'를 사랑하는 일은 '나'를 사랑하는 일로 자연히 나아가게 된다.

차이들의 반복이 만들어내는 순환이 바로 우리 자신이며, 자연이고, 세계이자 우주다. 한데, 우리를 포함한 우주가 생성된 것의 결과—차이라면 우리는 어찌하여 최초의 좌표를 알지 못하는가? 그것은 이 세계의 처음과 끝이 붙어 있기 때문이다. 말하자면 '이웅'의 세계는 영원회귀의 시간 속에 있으며, 이 세계를 이루는 것은 절대자에 의해 창조된 것이 아니라 '너'와 '나'가 관계 맺음으로써 만들어낸 차이들이기 때문이다. 세계는 그러한 타자들의 "몸짓의 진화"[15]로 지어진다. 그리하여 김멜라의 소설계에는 매개되는 재현을 위한 자리를 허용하지 않는다. 거기에는 다만 역동하는 특이점들, 생성중인 실존들만이 자리한다.

살펴본 바대로 「이웅」은 자신의 몸안에서 발생하는 타자성과 그것의 운동으로서의 반복을 보여줌으로써 삶과 죽음, 그리고 인간과 세계의 물질성에 관해 말한다. 소설의 말미에 '나'가 눈물 한 방울 흘리지 않고 보송한 두 뺨으로 우는 것은 '나'가 뫼비우스의 띠처럼 안과 밖을 동시적으로 가지는 물질적 존재이기 때문이다. 잃어버린 타자들이 실은 제 안에서 생동하는 한, 바로 그러한 이유로 '나'는

---

15) 질 들뢰즈, 같은 책, 65쪽.

필연적으로 삼차원 이상의 부피를 가지는 다양체일 수밖에 없음을, 그리고 우리의 고유한 주체성은 '너'라는 n개의 점들로 구성된 물질일 수밖에 없음을 김멜라의 소설은 다정하면서도 급진적인(이 또한 퀴어하지 않은가!) 상상력으로 전한다.

(2024)

2부

퀴어 포 에티카
Queer for Ethica

포르셰를 모는 레즈비언과 윤석열을 지지하는 게이에 관하여
─퀴어 일인칭을 위한 변론

1. 퀴어적 전회 그 이후

2016년 페미니즘 리부트 이후 한국문학은 특히 주체의 젠더와 섹슈얼리티를 중심축 삼아 현실에 접근하는 경향을 보인다. 정치나 사회, 경제적 문제 역시 젠더와 섹슈얼리티의 파생 효과 혹은 그 스펙트럼의 부분집합으로 다루어져왔다. 그러나 주체의 정체성이나 지위와 곧잘 치환되어 명명되는 '계급'은 젠더/섹슈얼리티와 유리된 층위에서 생성되는 상호 구성적 효과라기보다 오히려 그것들과 긴밀하고 투명하게 중첩되어 있는 동위원소다. 그러므로 작품이 주체의 젠더와 섹슈얼리티를 형상화하거나 비평이 그것을 분석하고 평가할 때 계급은 분리하기보다 오히려 반드시 함께, 동시에 논해야 할 요소가 된다. 아쉽게도 그간의 한국문학에서 페미니즘 비평과 퀴어 비평은 젠더와 섹슈얼리티가 드러나는 방식에 유독 초점을 두어왔다. 그것이 어떻게 서로 다른 정치·경제·사회적 계급성을 형성하는지, 그러한 계급성은 어떤 시선에 의해 생성되는지, 서로 다른 계급성들이 어떻게 상충하고 겹치며 역동하는지에 대한 논의로 심화되지는 못한 것으로 보인다. 가령, '같은' 여성이라 하더라도 이성애자 여성과 레즈비언 여성의 계급성은 다르게 경험될 것이며, '같은' 퀴어라 하더라도 게이 남성과 레즈비언 여성의 계급성은 완전히 다른 차원에서 경험될 것이다. 뿐만 아니라 역으로, 섹슈얼리티가 아닌 계급을 우선적인 공통분모로 삼아 주체들을 분석한다면 예컨대, 아파트를 소유한 중산층 이상의 인물과 그보다 소득 분위가 낮거나 세입자의 지위를 가진 인물이 실천하는 섹슈얼리티의 양상은 상이하게 다를 것이다.[1] 특히 '여성 소설'보다도 '퀴어 소설'을 분석할 때 이러한 '계급'에 대한 접근은 그리 많이 시도되지 않았다.

페미니즘 리부트 이후 문학장의 가장 큰 변화 중 하나를 말하자면 특히, 퀴어 정체성을 직접적으로 표명하거나 혹은 정체화하지 않더라도 퀴어한 섹슈얼리티를 실천하는 주체들이 작품 안에서 대거 등장했다는 점이다. 이러한 변화는 향후 한국문학사에 '퀴어적 전회'[2]로 기록

---

1) 흔들리는 관계의 불안정성을 상쇄하기 위해 아파트 구입을 감행하는 게이 커플의 이야기인 박상영의 연작 단편소설 「보름 이후의 사랑」(『믿음에 대하여』, 문학동네, 2022)과 김멜라의 단편소설 「저녁놀」(『제 꿈 꾸세요』, 문학동네, 2022)은 각각 중산층 진입에 성공한 게이 커플, 그리고 다세대 빌라의 옥탑에서 살며 수도세를 아끼기 위해 함께 샤워하는 레즈비언 커플의 일상을 대조적으로 보여준다. 두 남자가 함께 사는 것과 두 여자가 함께 사는 것은 표면적으로 후자가 현실의 정상성을 보다 덜 위협하는 경우지만, 실질적인 삶의 안정성에서 더 멀리 떨어져 있는 것은 전자가 아니라 후자가 된다. 노동 시장에서의 계급성과 섹슈얼리티가 생산하는 퀴어의 계급성 사이의 관계는 두 소설을 비교·분석하는 세번째 글에서 다룬다. 박상영의 소설에 대한 분석은 이 책에 수록된 「'요즘' 청년들의 트릴레마―최근 소설 속 일과 사랑에 관하여」 참조.

2) 이 책에 수록된 「이제, 너희는 씨 뿌리는 사람의 비유를 들어보아라―레즈비언 퀴어를 세속화하는 '장치'에 관하여」, 50쪽.

되리라 예상될 만큼 돌이킬 수 없는, 거대하고도 새로운 흐름의 발생이다. 그리하여 비평은 이 새로운 흐름을 기뻐하고 반가워하며 그동안 퀴어 주체가 이성애 중심성으로 넘실대는 K-문학사의 계보 안에서 자신의 자리를 어떻게 마련하는지에 특히 주목하였다. 다시 말해, 섹슈얼리티의 실천이 만들어내는 성 '소수자'의 인식론을 가시화하는 작업에 방점을 둔 독해들이 주를 이루었다. 그러니 이제부터는 퀴어의 인식론에서 존재론으로 나아가는 작업에 비평이 몰두할 때라고 생각한다.[3] 인식론—퀴어한 존재가 스스로를 어떻게 바라보고 감각하고 있으며, 역으로 사회가 퀴어를 인지하고 배치하는 그러한 관점으로부터 존재론적 양태, 우리 앞과 옆에 놓인, 혹은 우리 자신의 내부에 자리한 퀴어가 어떠한 사회·문화·정치적인 계급성을 드러내고 있는지 보다 미시적으로 톺아보아야 할 때다.

　김건형은 「2018, 퀴어 전사-前史·戰史·戰士」[4]에서 '최근'[5]의 레

　3) "말씀하신 '정체성의 편집권'과 그것이 수용되는 상황에서 발생하는 괴리에 대해서도 몹시 공감합니다. (……) 오히려 저는 존재론, 존재의 방식에서 정체성이 귀납된다고 생각했어요. 어쩌면, 생각하는 대로 사는 것이 아니라 사는 대로 생각하게 된다고 저는 믿기 때문인 것 같아요. 마치 박선우의 소설 「밤의 물고기들」에 나온 '코이잉어'처럼요."(오혜진·전승민, 「장마가 지난 후 우리의 모양—뼈와 아메바의 대화」, 『자음과모음』 2022년 가을호, 299쪽 중 전승민의 발언)

　4) 김건형, 「2018, 퀴어 전사-前史·戰史·戰士」, 『우리는 사랑을 발명한다』, 문학동네, 2023.

　5) 비평이 작성된 2018년을 기준으로 한 '최근'이므로 2010년대 중후반의 소설들을 대상으로 한 분석이 된다. 그가 선택한 대상 작품으로는 김혜진의 『딸에 대하여』(민음사, 2017)과 최진영의 『해가 지는 곳으로』(민음사, 2017), 박민정의 「아내들의 학교」(『아내들의 학교』, 문학동네, 2017) 등이 있다. 이 지면이 작성되는 2023년에도 레즈비언 서사들이 재현하는 낮은 경제적 계급성의 경향은 여전히 유지되고 있는 것처럼 보인다.

즈비언 커플들의 서사가 생존을 위협받는 재난의 위기상황에서 승
인·인정되며, 이는 "퀴어가 박탈된 청년 세대를 은유하는 한 형태일
때 문학적/담론적 공감을 얻을 수 있다는 '입증'을 암시하는"[6] 것으
로 독해된다고 말하며 "생존은 다분히 젠더적"[7]이라고 진단한다. 실
제로 현실에서의 남성과 여성 간 임금 격차를 고려할 때[8] 이러한 '생
존 서사'는 남성 퀴어 커플보다 여성 퀴어 커플에 의해 더욱 핍진하
게 재현될 수 있을 테다. 레즈비언 커플들의 생존 분투기는 이성애 중
심적 세계와 남성 동성성이 패권을 쥔 세계가 아닌 여성 간 친밀성
이 강력한 인력으로 작용하는 여성들의 세계, 레즈비언 연속체lesbian
continuum[9]의 세계를 견인한다.

레즈비언 연속체는 레즈비언의 퀴어한 섹슈얼리티뿐만 아니라 바
이섹슈얼, 트랜스젠더, 이성애자 여성 등 다양한 여성들이 형성하는
동성 사회성 안에서 '여성' 젠더를 가진 주체가 경험하는 삶의 총체
를 집중 조명한다. 레즈비언 연속체는 강제적 이성애와 패권적 남성

---

6) 김건형, 같은 글, 35쪽.

7) 같은 글, 32쪽.

8) 최근 OECD가 발표한 '성별 간 임금 격차(gender wage gap)' 조사 결과에 의하
면 2021년 기준으로 한국의 성별 임금 격차가 31.1%로 조사 대상 국가들 중 최고치인
것으로 밝혀졌다. 한국은 OECD에 가입한 1996년 이후 줄곧 가입국들 중 성별 임금
격차 1위를 놓치지 않았다(가입국들의 평균 격차는 12%다). 「여성 차별: 한국, 26년
째 OECD 성별 임금 격차 1위… '여자가 있을 자리가 없다'」, BBC코리아, 2022. 12.
7, https://www.bbc.com/korean/news-63869976

9) 레즈비언 연속체는 미국의 시인이자 페미니즘 사상가인 에이드리언 리치가 1980
년에 발표한 에세이 「강제적 이성애와 레즈비언 존재」에서 고안한 개념으로, 남성의
동성 사회성에 대항하는 여성의 동성 사회성을 가리킨다. 이때 '레즈비언'의 개념은
여성을 사랑하는 여성이라는 정체성에 국한되지 않고 우정과 우애, 그리고 연대로 함
께 연루되는 모든 여성들 사이의 친밀성까지를 포섭한다.

성[10]의 자장으로부터 벗어난 여성 간 관계성을 한층 미시적으로 탐구할 수 있는 좋은 장치dispositif이지만 그 경험적 텍스트의 해석이 자칫 여성이라는 젠더로만 소급/환원될 위험 또한 내포한다. 동시에 여성 퀴어들의 섹슈얼리티가 젠더에 압도되어 '주류' 여성성인 이성애자 여성 젠더의 경험의 부분집합으로 축소되거나 도구화될 수도 있다는 말이다. 다종다양한 여성들이 모인 이 스펙트럼의 '빛'을 분석할 때 각각이 지닌 고유한 파장을 훼손하거나 물화하지 않고 보다 온전하게 관측하기 위해서는 젠더와 섹슈얼리티 외에도 계급이라는 현미경을 사용하여 주체가 실천하고 경험하는 사회·경제·문화·정치적 계급성을 더욱 중요하게 파악할 필요가 있다. 계급과 섹슈얼리티는 서로 긴밀히 공모하면서 상호를 변질시키고 생성하고 서로 경합하기 때문이다.[11]

섹슈얼리티와 젠더가 주체의 인식론적 세계를 서사로 견인해내는 장치라면 계급은 현실에서 주체의 존재론을 부조시키는 장치다. 이하에서는 한국 소설에서 퀴어의 계급성이 어떻게 형성되는지, 가

---

10) 패권적 남성성 또는 헤게모니적 남성성은 래윈 코넬이 종속, 공모, 그리고 주변화와 더불어 제시한 개념으로 남성성들이 경합하며 생산하는 네 가지 관계성 중 한 가지 양상이다. 헤게모니적 남성성은 지배자로서의 남성의 위치와 그에 따른 여성들의 종속을 보장하는 젠더 배치 효과를 도모한다. 래윈 W. 코넬, 『남성성/들』, 안상욱·현민 옮김, 이매진, 2013.

11) 물론, 젠더와 섹슈얼리티 그 자체로도 하나의 성적 계급이다. 게일 루빈은 그의 저작을 모은 선집 『일탈』(신혜수·임옥희·조혜영·허윤 옮김, 현실문화, 2015)의 5장 '성을 사유하기'에서 두 개의 도표를 통해 섹스(性)에도 특권 집단과 소외된 집단 사이의 다층적인 위계질서가 발생함을 정리한다. 가령, 이성애이며 일대일 관계(monogamy)의 관계는 동성애이거나 S/M 관계에 비하여 훨씬 특권적이며, 자연스럽고 '축복받은' 섹슈얼리티로 간주된다.(304~307쪽)

령, 누구의 어떠한 시선 속에서 만들어지는지, 그리고 그것은 섹슈얼리티와 어떤 관련성을 갖고 주체의 삶 속에서 유형력을 어떠한 벡터로 발휘하는지 살펴본다. 이 작업은 세 단계로 나누어서 진행되는데 먼저, 퀴어의 정치적 소수자성이 당사자가 아닌 타자의 시선에서 형상화될 때 퀴어 인물의 삶 속에서 자연스럽게 발생하는 것이 아니라 '사회'로 위시되는 이성애의 자장 속에서 다만 부여되는 것으로 전락하는 위험을 살펴본다.[12] 다음으로는 일인칭 퀴어 시점에서 쓰인 소설들이 직접 '말하는' 소수자성이 전자에서 소거하고 물화시킨 계급성을 어떻게 구출하고 견인해내는지 분석한다. 마지막으로, 서로 다른 경제적 계급성을 지닌 일인칭 퀴어 소설들을 짚어보면서 비퀴어 당사자의 타자적인 시선이 미처 가시화하지 못하는 퀴어 당사자의 사회·경제·문화적 계급의 복잡성을 읽기로 한다.

본격적인 논의로 들어가기 전에 한 가지 주의해야 할 점이 있다. 이 글은 일인칭 '당사자' 퀴어 소설들이 지닌 서술자의 형식을 절대적으로 두둔하거나 '좋은' 퀴어 소설의 본질적인 서술 방식으로 일인칭 (당사자) 시점만이 유효하다고 주장하는 것은 더더욱 아니다. 다만 이 글은 페미니즘 리부트 이후 문학장에서 불거진 오토픽션에 관

---

12) 이 작업은 총 세 편의 연작 비평으로 기획되었으며 이 글은 그중 첫번째 단계에 해당한다. 해당 작업에서 유의하고 있는 주요한 지점은 퀴어의 당사자성이 비-퀴어의 당사자성보다 절대적으로 우선시된다는 본질주의적 접근의 당위가 아니라는 것이다. 비-퀴어 역시 퀴어와 연루된 자로서의 당사자성을 내포한다. 가령, 동일한 고통을 함께 체험한 것은 아니나 동료 시민으로서 "그것을 목격한 증인이 됨으로써 고통을 분유(分有)하는 존재"로 거듭나는 다른 종류의 당사자성을 획득하게 되기 때문이다. 인용 표현은 오혜진, 「불투명한 언어로 말하기」, 『연구자의 탄생―포스트-포스트 시대의 지식 생산과 글쓰기』, 돌베개, 2022, 98쪽.

한 논의들 이후로 일인칭 퀴어 당사자 소설들이 받은 윤리적 혐의들이 퀴어 소설에서 유의미한 지평을 넓혀가고 있는 긍정적인 측면을 압도해버릴 것에 대한 우려와 그를 방어하려는 의도에서 작성되었을 따름이다. 이하에서 제기하는 (작품을 향한) 비판의 근거는 작품의 서술자가 비-퀴어라서가 아니다. 게다가 초점 인물이 이성애자로서의 삶을 택하였기 때문도 아니다. 퀴어는 이성애의 산물이며 이성애의 통치 구조 안에서 태어난다. 퀴어와 비-퀴어는 이미 존재론적으로 강하게 연루되어 있다. 퀴어 문학을 포함한 퀴어 운동movement의 목표가 이성애를 철폐하는 것이라고 주장하려는 것 또한 아니다. 다만, 무수히 많은 퀴어 인물들을 마치 아카이빙하듯 등장시키면서도 퀴어들이 발생시킬 수 있는 퀴어적인 맥락들을 소거하는 서술자의 시선이 문제적이라고 말하려는 것이다.

퀴어 당사자가 일인칭으로 등장하는 소설들은 적어도 이러한 위험에서 최대한으로 비껴나려 하는 경향이 있고, 또 그러한 목표를 성취하고 있다.[13] 그러나 비-퀴어 서술자의 시선으로 퀴어의 존재가 조명될 때는 퀴어를 단지 주제의 형상화에 필요한 소재적 도구로서만 '사용'하게 되는 경향이 전자의 경우보다 훨씬 큰 듯하다.[14] 세 편의 연작

---

13) 김병운의 소설들이 대표적이다. 가령, 「한밤에 두고 온 것」은 일인칭 남성 퀴어 화자가 서술하는 작품으로 퀴어 당사자인 그조차 누군가의 퀴어성에 대하여서는 그가 생각하는 '당사자'가 아니라는 깨달음을 흥미진진한 서사로 제시한다. 조금 스포일러일 수 있겠지만, 금요일 밤 저녁에 곱창을 먹던 가게 주인 아주머니가 실은 아주 오래전부터 기다리고 있는 헤어진 여자친구가 있는 퀴어라고 얼마나 쉽게 상상할 수 있을까?(김병운, 『기다릴 때 우리가 하는 말들』, 민음사, 2022)

14) 비-퀴어 당사자의 시선으로 서술되는 일인칭 소설 중에 퀴어함을 가장 입체적으로 형상화하고 있는 작품은 김금희의 「사장은 모자를 쓰고 온다」(『오직 한 사람의 차지』, 문학동네, 2019)다. 이성애자 여성의 시점에서 서술되며 독자에게 전해지는 '사

중 첫번째 글인 본고에서는 서술의 주체가 단지 애도와 연민을 수행하고 그러한 행위를 하기 위해 필요한 대상의 자리에 퀴어를 위치시키는 비윤리적 전략을 분석한다. 전체 작업을 경유한 후에 기대하는 것은 정체성의 이름이 퀴어성을 담지하는 지표의 전부가 아닌 퀴어들, 또, 어쩌면 사회가 강요하는 정상성의 한가운데를 이성애자 시민들보다도 더욱 즐겁게 소요하며 삶의 안정을 추구하는 발칙한 퀴어들, 그리고 퀴어하지 않은 퀴어함을 뽐내는 바로 그들과의 만남이다.

2. 부여된 소수자성

이제 그 첫번째 단계로 정치적 소수자인 퀴어의 존재론을 가시화하는 한 편의 소설을 들여다본다. 한국문학에서 퀴어가 가시화되면서 획득한 존재론적 계급성은 두 가지 방향으로부터 만들어졌다. 다시 말해, 그간 보이지 않던 존재를 가시화하는 방식은 거칠게 말해 두 가지로 요약될 수 있다. 당사자로부터 출발하는 벡터, 그리고 그 대척점인 타자의 시선에서 존재의 윤곽을 그려가는 또다른 벡터가 그것이다. 오토픽션을 포함하여 당사자성을 대대적으로 표방하는 일인칭 퀴어 주인공 소설은 전자를, 그리고 비-퀴어인 초점 인물이 자신과 연루된 퀴어를 바라보는 소설은 후자의 방향성을 채택한다. 후자의 재현 방식은 자칫 퀴어 인물을 소설이 경험적 타자의 지평에서 이해하는 것이 아니라 다만 일방적인 이해의 대상으로서의 지위를 부

장'의 정체성은 고정되어 있지 않고 열린 가능태로 존재한다. 맥락에 따라서 '사장'은 직원을 남몰래 짝사랑하는 여성 퀴어일 수도, 혹은 그저 조금 독특한 (이성애자) 고용주일 수 있다. 작품이 인물을 형상화한 퀴어한 방식에 대한 분석은 이 책에 수록된 「레즈비언 구출하기—침묵, 방백, 그리고 대화」를 참조.

여하는 데에 그칠 위험을 내포한다.

안타깝게도, 한정현의 장편소설 『마고―미군정기 윤박 교수 살해 사건에 얽힌 세 명의 여성 용의자』[15]는 이러한 위험의 가능성을 염두에 두지 않고 쓰인 작품이다. 소설은 퀴어가 아닌 (혹은 자신의 퀴어성을 억압하는) 초점 화자가 퀴어 인물을 형상화한다. 퀴어 주체가 현실의 삶에서 소수자로서 상시 경험하는 제도적이고 실질적인 억압은 서사라는 공간 안에서 한 개인의 개성적이고 다채로운 욕망이 거리낌 없이 드러날 때 내파된다. 정치적 소수자라는 계급적 지위 또한 퀴어가 한 개인으로서 자신의 고유한 삶을 주장하고 살아가고자 욕망할 때 불가피하게 발견되는 하나의 좌표인 것이지, 누군가가 스스로를 퀴어로 인지한다고 해서 곧장 그에게 소수자적 계급성이 마치 주민등록번호처럼 부여되는 것은 아니다. 생각해보자. 어떤 양성애자 여성이 내내 여성과 연애 관계를 이어오다가 결혼으로 이어지는 마지막 연애 관계를 남성과 맺고 사회에서 커밍아웃하지 않은 채 이성애자 여성으로 살아간다면 (이 경우 패싱passing[16]되는 것이라고 보아야 더 적절할 테다.) 그녀의 시민권은 소수자의 그것이라 할 수 있을까? 그녀의 정치적 소수자성은 동성혼이 불법으로 간주되는 한국에서 살아가는 동성애자 퀴어들과는 다른 결의 위치성을 지닐 테다. 그러므로 퀴어가 퀴어라는 정체성을 인지하고 내면화하는 그 순간 곧바로

---

15) 한정현, 『마고』, 현대문학, 2022. 이하 인용시 쪽수만 밝힌다.

16) 어떤 사람이 특정 젠더로 패싱된다고 말할 수 있을 때, 그것은 그 주체가 생물학적으로 타고난 젠더와 무관하게 그가 사회문화적으로 동일시하며 외적으로 표현하는 젠더를 통해 타자들이 그를 인지함을 말한다. 가령, MTF(Male to Female) 트랜스젠더는 시스젠더 여성으로 쉽게 패싱될 수 있으며, 레즈비언 부치는 종종 남성으로 패싱되기도 한다.

소수자성이 부여되는 것은 아님에도, 당사자가 아닌 외부의 시선은 퀴어 정체성에 대하여 곧장 소수자와 피해자의 지위를 낙인처럼 부여한다.[17] 『마고』를 통해 그러한 외부의 타자적인 낙인이 어떻게 소설적으로 부여되는지를 살피고자 한다. 이 글에서 『마고』의 독해는 그러한 '피해자다움'의 낙인으로부터 퀴어를 구출하기 위해 이루어진다.

추리소설 장르를 채택하겠노라고 선언하는 이 소설은 부제 "미군 정기 윤박 교수 살해 사건"에서도 드러나듯 '연가성'이라는 '이성애자' 여성 검안의가 남자 교수 '윤박'을 살인한 혐의를 받는 여성 용의자 세 명의 자취를 쫓으면서 그녀들의 삶을 이해하게 되는 서사적 과정을 뼈대로 갖는다. 언뜻 보기에도 명백한 '페미니즘 소설'로 파악할 수 있는 『마고』에는—한정현이 그간 작업해온 다른 소설들과 마찬가지로—퀴어한 인물들이 여럿 등장한다. 가령, 위에서 '이성애자' 여성이라 표현한 연가성도 실은 비수술 MTF 트랜스젠더인 '권운서'를 사랑하는데, 그녀는 운서를 사랑하는 자신의 마음을 드러내지 않고 살아가기 위해 서사 내내 시종일관 최선을 다하며, 결과적으로 그녀는 그러한 사랑의 자발적 억압에 성공한다. 그래서 한편으로

---

17) 퀴어가 소수자가 아니라거나 사회에서 차별받지 않는다는 말이 아니다. 2023년 현재 한국에서 퀴어는 사회적 소수자이며 그들은 이성애자 시민들과 동등한 권리를 행사할 수 없다. 차별금지법은 최초 발의된 지 십오 년 만인 지난 2022년 5월, 국회에서 최초로 관련 공청회가 열렸으며 아직 통과되지 않은 상태다. 그리고 올해 4월, 기본소득당 용혜인 의원이 생활동반자법을 발의했다. 생활동반자법은 결혼이나 혈연관계가 아니더라도 함께 생활하는 다양한 가족 형태가 현재의 '가족' 제도에 포함되어 법적인 보호를 받을 수 있도록 하는 제도다. 이주빈, 「용혜인, '생활동반자법' 최초 발의… "다양한 가족을 구성할 자유를"」, 한겨레, 2023. 4. 26, https://www.hani.co.kr/arti/society/women/1089424.html

이 '추리소설'은 가성이 운서에 대한 자신의 사랑을 깨닫고 억압하며 이성애자로서의 삶을 어렵게 이어나가는, 다시 말해 퀴어의 '퇴보'를 보여주는 소설로 읽을 수도 있다.

소설에 등장하는 퀴어 중에는 '퀴어한 이성애자'[18]인 가성과 MTF 운서뿐만 아니라 '현초의'와 '에리카'도 있다. 에리카는 작중에서 1940년, 세브란스에서 최초로 간성인 수술을 받은 '남성'이었으나, 일본인 포주에게 팔려 "여성으로 키워"(139쪽)진 인물이다. 요컨대 남성의 성을 택한 인터섹스인 에리카(심철환)는 스스로를 남성으로 정체화하고 따라서 남자로서의 삶을 살고자 했으나 제국주의의 폭압으로 은유되는 외압에 의해 원치 않게 자신이 원하지 않는 젠더로서 삶을 산다. 그런데 인터섹스라는 자신의 생물학적 조건으로부터 기인하는 이 퀴어함은 여성으로 패싱되어야만 했던 남성이라는 설정에 의해, 그러니까 식민지 제국의 폭력에 의해 물화된 퀴어함으로 전락하고 만다. 소설은 한 개인이 태어나면서 타고나는 자연스러운 기질로서의 퀴어한 정체성을 조명하는 데에 머무르지 않고 사회문화적으로 구성되고 인위적인 힘에 의해 발생하는 '강요된 퀴어성'을 재현하는 데까지 나아가고 만다.

---

18) '퀴어한 이성애자'라는 말이 모순형용처럼 보일 수도 있겠다. 그러나 '퀴어'는 개별 존재들의 정체성이기도 하면서 존재들의 실존적인 특성이기도 하므로 이성애자와 이성애적 실천 또한 퀴어할 수 있다. 역으로, 본격 퀴어로 정체화한 이들이라 하더라도 퀴어하지 않은 삶의 스타일을 추구할 수도 있다. 소설에서 운서는 MTF로 표현되지만 여성인 가성이 운서를 사랑하는 마음을 드러내는 부분을 볼 때, 운서의 퀴어함을 사랑한다기보다 운서가 남성으로 살면서 행하는 남성성을 더욱 사랑하는 것으로 읽힌다. 서사 전체를 고려했을 때 가성이 선택하게 되는 나중의 삶 또한 이성애적인 것이며, 따라서 우리는 가성의 욕망과 성적 실천을 이성애적인 것으로 이해할 수 있다.

경성제대 경영과를 졸업하고 호텔 포엠을 운영하는 사장 에리카가 내보이는 퀴어함, 소설의 시대 상황에 비추어 볼 때 비정상인으로 힐난받기 쉬운 그의 신체와 정체성은 '경성제대'와 '호텔 사장'이라는 계급성에 의해 보호된다. 그러나 사람들은 에리카를 두고 사람이 아닌 '마녀'라고 수군댄다. 근거는 두 가지, 에리카와 잔 남자가 전무하다는 것, 그리고 남편 없는 여성임에도 불구하고 호텔 경영을 탁월하게 잘해내는, 능력이 뛰어난 여성이라는 점이다.

"에리카랑 잔 남자가 없잖니. 심지어 에리카가 남자라는 소문도 있다? 원래 남자들, 지들이 가지면 몸 파는 여자고 못 가지면 마녀고 그러잖아."(63쪽)

"엄청난 미인인데 돈 되는 곳에서라면 마녀가 따로 없대. 에리카의 모_昭가 후쿠오카의 이름난 게이샤였다는 거야. 저 돈도 다 에리카가 얼굴 장사해서 가져온 거고."(67쪽)

사회의 시선에서 시스젠더 여성으로 패싱되어온 인터섹스가 여성으로서의 삶보다 남성으로 살기를 택하는 구체적인 이유와 맥락은 소설에서 개연적으로 제시되지 않는다. 에리카가 남성을 선택한 이유는 "애당초 스스로를 남성이라고 생각했으니"(139쪽)라는 대목으로만 축약되어 제시될 뿐이다. 게다가 어린 시절부터 포주가 키웠다는 점과 남성성이 자행하는 폭력의 피해자라는 사실("나도 무수한 남자들한테 맞았으니까요, 내가 아직 여자였을 때요", 146쪽)이 대화 속에서 빈번히 드러난다는 점을 고려하면, 그녀가 두 개의 성별 중 남성을 택한 것은 남성을 욕망해서라기보다 여성들이 남성에 의해 겪는 여러 폭력을 피할 수 있는 대립항으로서의 남성을 택한 것으로 추론할 수 있다. 에리카의 이야기가 사회에 공개된 후 여러 신문에서 그를 "'날로 남성이 되려 먹는' 여자"(139쪽)라고 인신공격했다는 대목을 고려한다면 더더욱 그러하다. 소설은 남성과 여성의 관계를 상호 배타적인 대립항으로 묶고 있으며 '남성'은 '여성'을 착취하고 지배하는 패권적 남성성으로 간주하고 '여성'은 그러한 남성적 폭력의 대상이자 피지배항으로 설정된다.

여학교를 졸업하고 (에리카는 그때 현초의를 만나 평생의 연인이 되었다) 경성의 화장법을 유행시키고 선도하는 유명 인사가 될 만큼 '여성'으로서의 꾸밈 노동을 즐기고 좋아하면서도 단지 그녀가 스스로를 남성이라고 생각했기에 선택했다고 일축하는 소설의 설명적 제시는 인터섹스의 퀴어함을 납작하게 만든다. 에리카를 포함하여 소설에 등장하는 퀴어들은 자신의 퀴어함을 단지 서술자의 외양 묘사를 통해서만 드러낼 수 있다.[19] 등장하는 퀴어 인물들의 퀴어함을 소설이 평평하게 정리해버리고 마는 것은 레즈비언 여성이든, 이성애자 여성이든 섹슈얼리티와 무관하게 '여성'이라는 젠더를 통해 인물이 한국사회에서 겪는 피해자로서의 계급성을 견인하기 위해서다. 요컨대 『마고』는 퀴어 인물들의 퀴어성을 '여성' 젠더가 필연적으로 겪게

---

19) 『마고』의 퀴어성은 인물의 복장이나 화장, 그리고 신체 조건의 묘사에 국한하여 형상화된다. 가령, "검은 장갑 사이로 에리카의 팔뚝에 다소 굵은 모가 있는 걸 보았다"(96~97쪽)라거나 레즈비언 부치를 연상케 하는 "가성처럼 정장 바지에 안경, 가죽 가방을 들고 있는 조선 여인은 본 적이 없는 것 같았다"(17쪽)와 같은 대목 등이 그러하다.

되는 폭력의 피해를 더욱 부각시키기 위한 수단으로서 도구화한다. 가령, MTF인 운서가 여자 가발을 벗고 남성의 목소리와 남성의 외양으로 일상을 살 때 그에게 여성으로서 금지되던 것들이 순식간에 해제되고 용인된다는 대목은 이를 예증한다.

> 운서는 여장을 하고 나서는 출입을 거부당한 곳이 종종 있었다. 용산우체국이나 시청 같은 기관, 화신백화점에서 스카프를 사려다 내쫓긴 적도 있었다. 심지어 요정집에서도 금지되었는데 여자들, 혹은 여자들끼리 연애의 기미가 보이는 자들은 요정집 출입 금지라는 거였다. (……) 그렇게 금지될 때 운서가 가발을 벗고 최대한 목소리를 걸게 해서 한마디 하면 다 해결된다는 거였다.(91쪽)

소설에서 형상화되는 양성적 존재가 가진 남성성은 다만 '여성'이 당하는 피해자성을 손쉽게 초월하고 무화하는 무소불위의 권력으로 묘사된다. 여러 퀴어 인물을 등장시킴에도 불구하고 그 퀴어한 양태들은 단지 남성의 폭력성을 고발하는 수단에 그치고 있으며, 퀴어성이 그러한 기능을 하는 도구로 제 역할을 다하기 위해서 퀴어한 존재들은 반드시, 정치적 소수자여야만 한다는 당위를 부여받는 것이다. 인터섹스, 레즈비언, 트랜스젠더, 드래그 퀸 등 퀴어한 존재들로 북적이는 텍스트임에도 불구하고 그 퀴어성이 수렴하는 지점은 남성과 여성, 두 젠더의 이분법만이 더욱 공고해지는 경계선이다. 한정현의 소설계에서 남성은 비-여성이며, 여성은 비-남성이다.[20] 스스로를 이미

---

20) "가성은 에리카를 보며 남성과 여성을 구분하기 어렵다고 느꼈다. 아니, 그것은

남성으로 감각해오며 살아온 에리카를 소설이 부러 여성으로서의 삶을 얼마간 살게 하는 것은 (은인의 도움으로 포주로부터 탈출하여 경성제대를 졸업한 '심철환'으로 살아간다) 에리카 또한 '마녀'가 되게 하기 위함이다. 이때 마녀는 소설의 제목이기도 한 '마고'를 뜻하는데 '소설 속 소설'로 제시되는 마고 설화는 여성(성)은 곧 피해자(성)와 다름없음을 강력하게 재현하는 하나의 파라텍스트paratext로 기능한다.

줄거리는 다음과 같다. 설화에 등장하는 두 레즈비언 마녀는 마을 사람들과 떨어진 숲속에서 "조용히 꽃을 키우고 토끼를 돌보며 사는 소수민족"(80쪽)이다. 그러나 '태양의 사도'를 자처하며 나타난 사내가 마을 사람들의 작물을 더 강한 태양빛으로 크게 키워주고, 그 '빛'을 더욱 강하게 만들기 위한 명목으로 마을 사람들에게 제물을 요구한다. 사내는 "그렇게 어두운 곳에 사는 여인들이라면 분명 신의 뜻을 어기고 저주를 내리는 의미에서의 '마녀'일 거라고"(81쪽) 마을 사람들을 세뇌시키고 주민들은 두 마고를 집단 강간한다. 결국, 두 마고들은 지상에서 사라지고 "동물을 무분별하게 과다 섭취하여 알 수 없는 병으로"(같은 쪽) 죽어가던 마을 사람들은 뒤늦게야 마고들 덕에 건강한 삶을 유지했음을 깨닫는다.[21]

무용하다고"(67쪽)라고 소설은 직접적으로 젠더 이분법을 부정하고자 하는 목소리를 내지만 서사의 진행과 인물들의 욕망은 명백히 젠더 이분법에 의해서 추동된다. 여성의 남성성과 남성의 여성성에 대해 소설은 무관심하다.

21) 아무리 서사 속 삽입된 서사라고는 하지만, 두 마고가 보여주는 존재와 힘에 비해 그녀들이 당하는 폭력의 크기는 지나치게 커서 독자로 하여금 몹시 부당하다는 감상을 들게 한다. 뿐만 아니라, 소설이 그 폭력을 제시하는 방식 또한 일방적이어서 작품 속 퀴어들은 저항 한 번 해볼 수 없는 무지막지한 폭력의 힘 앞에서 예외 없이 스러지고 마는 미약한 존재들로 그려진다.

요컨대 두 레즈비언 마고들은 섹슈얼리티와 무관하게 여성이라는 젠더로 살아가는 존재가 경험하는 (아주 타자화된) 피해자성의 은유적 화신이다. 마을 사람들이 그녀들 '덕분에' 자신들의 건강한 삶이 유지되었다고 말하는 것은 퀴어가 사회 전반의 '건강한' 정상성을 뒷받침하는 영원하고도 이타적인 구성적 외부임을 의미한다. 소설은 그 낙인을 설화의 다시 쓰기를 통해 찍고야 만다. 레즈비언을 '퀴어한 여성'으로 말할 수 있다면『마고』는 '퀴어'가 아닌 '여성'에 방점을 찍어야 한다고 외치는 소설이다. 여성이 여성을 사랑한다는 레즈비언 섹슈얼리티의 실천은 '여성'으로서 겪는 폭력의 억압, 소외의 피해자성이 발생시키는 계급성에 의해 고유한 인격적 조건이나 개성으로 거듭나지 못한다. 남성성 또한 매한가지다. 소설에 등장하는 모든 남성 인물은 그가 미군이든, 일본인이든, 조선인이든 모두 여성을 핍박하는 폭력적 남성성 단 한 가지 종류로 수렴된다("걸핏하면 양준수의 머리를 서류철로 내리치던 하시모토 노마나 지금 이 자리에서 평등을 운운하는 이든이나 다 똑같은 이들이었다", 34쪽).

『마고』를 포함하여 퀴어가 등장하는 한정현의 소설에서 남성과 여성은 가해/피해의 구도와 정확히 일치하는 경향을 보이며 그에 따라 여성성과 남성성에 대한 좀더 심층적인 이해로 나아가지 못하고 소설의 자의식은 오직 피해 의식 속으로 함몰되고 만다. 가령, 단편소설 「쿄코와 쿄지」에 등장하는 여성 인물이 '남자가 되고 싶다'고 말하는 것 또한 남성성에 대한 욕망이 아니라 단지 한국사회에서 여성으로 살고 싶지 않았기 때문이다.[22]『마고』에서 '여자' 같지 않은 '가희'(가

22) "혜숙은 그러면서 다시 한번 자기는 꼭 아들 대접이 받고 싶다 했네요. 그러나 남

성)을 두고 남자아이들이 '마고'라고 놀리는 것 또한 남성적 시선이 생산하는 고정된 여성성과 소위 말하는 '여성적' 외모에 부합하지 않는 가성을 비하하는 맥락이다("커다란 안경을 쓰고 짧은 머리를 한 가성을 남자아이들은 '마고할멈'이라고 놀렸다", 56쪽).

현재 가성은 검안의로서 당시의 지식인 남성들이 으레 입을 법한 바지 정장 차림으로 서류 가방을 들고 다니는 여성이다. 퀴어들이 도처에 난무하는 (소설 속) 경성에서 가성의 착장은 부치로 간주되거나 해석될 여지가 다분하지만 남성이 다만 비-여성과 동일시되는 한정현의 세계에서 여성의 남장은 인물을 퀴어함이 아니라 여성의 '남성다워짐', 다시 말해 겨우 '인간다워지는' 차원으로 간신히 올라서게 할 뿐이다.[23] 게다가 MTF인 운서를 사랑하는 자신의 마음도 분명 인지하고 있지만 끝내 진심을 드러내지 않고 미군 남성과 결혼한다는 점에서 가성의 퀴어한 가능성은 '인간다운 삶'을 위한 도구로 전락한 채 소멸한다.[24]

한편, 사건의 전말을 추적하게 하는 중요한 단서로, 소설 곳곳에서 빈번하게 등장하는 "빛이 사라지면 너에게로 갈게"(19쪽)라는 문장은 마고 설화에서 '태양의 사도', 곧 빛으로 상징되었던 폭력적 남성(성)의 영향력이 부재하는 곳("빛이 사라지면")에서 가성과 운서의

자 되는 건 싫다. 이렇게요."(85쪽) "우리 아버지는 내가 아들이니까 인간 대접받고 사는 거라더라. 그런데 내가 아버지한테 아들 아니고 딸이라고 하면, 그러면 나, 인간 아니라고 하실까?"(83쪽), 한정현, 「쿄코와 쿄지」, 『문학과사회』 2021년 봄호.

23) 이는 한국의 미투 운동 이후 시작된 2030세대 여성들의 '탈코르셋 운동'과 더불어 확산된 한국의 래디컬 페미니즘의 동시대적 경향과 일치하는 지점이기도 하다.

24) 외부에 찍은 낙인이 재귀적으로 돌아와 자신의 퀴어함 또한 소거하게 만든 부메랑 효과일까? 혐오는 실은 '사랑'과 등을 맞대고 있다는 말이 떠오른다.

사랑이 이루어질 수 있음("너에게로 갈게")을 암시한다. 그러나 인류가 지구에서 살기 시작한 이래로 남성적 폭력이 사라진 적은 단 한 번도 없기에 "빛이 사라지면"이라는 조건문에 의해 퀴어한 사랑은 실현 불가능한 상상적 가능태로만 남고 만다.[25] '여성'이라는 젠더이자 계급성이 레즈비언의 사랑을 막아서기에 충분한 조건으로 작용한다("운서는 감히 자신과 가성이 이어진다는 생각을 하지 못했다. 자신은 여성의 삶을 살 건데, 그렇게 되면 가성에게 짐만 될 것이다", 156쪽).

레즈비언 '마고'의 존재론은 철저히 남성적인 시선, '빛'으로 상징되는 폭력적 남성성과 강제적 이성애[26]에 의해 견인된다. 말하자면 그녀들의 이야기와 존재의 흔적은 가해의 '빛'이 가시광선이 되어 드러낸 결과다. 소수자로서의 퀴어를 견인하기 위한 목적하에, 퀴어는 피해자의 지위를 벗어나지 못하고 역설적으로 비오스bios로서의 삶으로부터 추방당하고 나서야 자신들의 존재론을 주장할 수 있게 된

---

25) 『마고』의 서술자는 초점 인물이자 시스젠더 여성인 '연가성'이 소수자들에 대한 연민과 애도를 실천하고 그 정당성을 확보하기 위해 모든 퀴어 인물을 죽음으로 내몬다. 소수자에 대한 공감과 이해를 표방하는 이러한 서술자의 시선은 겉으로는 선(goodness)을 내세우지만 실질적으로는 그의 연민과 애도가 수행되기 위한 조건으로서 퀴어들을 모두 피해자라는 소수적 계급성으로 압축시킨다. 시스젠더 여성의 입장과 전적으로 동일시하는 서술자와 초점 인물의 시선 속에서 인물들의 역동적인 캐릭터성과 퀴어함은 깔끔하게 지워진다. 이는 페미니즘이 대항해온 폭력적인 남성적 시선과 또다른 형태의 '여성적' 폭력이자 나르시시즘적인 폭력이다. 이 책에 수록된 「조명들, 달, 물고기—나르시시스트의 선한 얼굴은 어떻게 악이 되는가」 참조.

26) 강제적 이성애(compulsory heterosexuality)는 에이드리언 리치가 '레즈비언 연속체' 개념과 함께 「강제적 이성애와 레즈비언 존재」에서 명명한 개념이다. 모두가 동성애자로 태어나지 않듯이 모두가 이성애자로 태어나지 않는다. 그렇다면 모두가 이성애자일 것이며 이성애자여야만 한다는 사회문화적 당위는 역으로 그 사회문화적 자장(matrix) 속에서 구성된 강요의 산물이다.

다. 말하자면 한정현의 소설이 형상화하는 퀴어의 존재론은 아이러니하게도 주체적인 삶을 박탈당하고서야 획득된다는 말이다.『마고』는 퀴어를 가시화하는 과정에서 소설이 인물의 퀴어성에 피해자와 연민, 그리고 애도 대상으로서의 계급적 지위만을 부여하는 방식을 채택해온 비윤리적인 작품으로서의 전형성을 갖는다. 이성애자 인물의 사회·경제적 계급성이 다층적으로 형상화되는 것과 달리 이때 퀴어의 계급이 단지 정치적 소수자로서의 지위로 수렴되어 단일해지는 효과는 말할 것도 없다.『마고』는 애도의 정치성을 발생시키기 위해 도구적으로 배치된 퀴어들을 향해 '진심으로' 엉엉 운다. 이 소설은 저 스스로 울기 위해 퀴어들에게 '피해자다움'을 강요한다.

3. 반대편의 존재론, 퀴어하지 않은 '퀴어 리얼리즘'

한번 상상해보자. 종합부동산세를 걱정하며 박근혜를 지지하고 포르셰를 모는 레즈비언을, 신도시 개발을 적극 지지하고 강남 집값 하락을 우려하는 정치인을 지지하는 우파 게이를, 장애인 이동권 시위로 지하철이 연착될 때 불같이 화를 내는 트랜스젠더를, 여자들도 군대에 가야 한다고 외치며 소수자를 우대하는 정책affirmative action이 차별과 불평등의 실행이라고 불편해하는 무성애자를 말이다. 레즈비언 커플의 서사와 생존을 접붙인 김건형은 (특히 최진영의『해가 지는 곳으로』를 다루면서) "불안정한 노동, 퀴어 가족을 위한 주거 자원의 부재, 의료와 저축의 접근 불능, 일상적 성폭력이 '레즈비언 생존 서사' 그 자체"[27]이며 "남성적 폭력과 치욕으로부터" "다른 모든 가

---

27) 김건형, 같은 글, 34쪽.

족 형태를 선도하는 레즈비언 커플은 "온갖 나쁜 것 속에서도 다르게 존재할 수 있다는 가능성"으로 압도적 지위에 오른다"[28]고 분석한다. 소수자들의 사랑, 그 지속을 위해 애쓰고 분투하는 생존기는 자연스럽게 정치적 올바름political correctness으로 연동·확장된다. 퀴어가 자유로운 한 사람의 개인으로 비-퀴어들과 동등한 시민권을 확보하고 권리를 행사하고자 하는 노력은 정치적 올바름으로 귀결되곤 한다. (그리고 그러한 방식으로 퀴어를 재현하는 소설들이 대다수다.) 그렇다고 해서 퀴어라는 정체성 자체가 모든 층위의 계급적 지위에서 소수자성을 담보하게 되는 것은 아니다.

퀴어한 삶의 퀴어스러움은 인격의 다른 특성들과 대등한 자연스러움으로 보장받지 못한다. 그러한 퀴어성이 '자연스럽게' 드러나기 위해서는 반드시 사회가 부여하는 정상성의 기준을 한 겹 뚫고 나오는 (비)가시적 투쟁을 거쳐야만 한다. 그러나 정치적 소수자가 지닌 계급성을 압도하는 더 위계가 높고 강력한 계급적 특질에 의해, 다시 말해 한 주체의 정체성을 구성하는 요소들이 서로 경합할 때, 모종의 계급성은 그러한 소수자성을 압도하고 비가시화하는 효과를 발휘할 수도 있다. 예컨대 차별금지법을 강력히 반대하면서 생로랑 가방을 들거나 자크뮈스가 디자인한 티셔츠를 입고 톰 포드 향수를 뿌리는 이들도 있을 것이다. (언급한 디자이너들은 모두 동성애자이다.) 또는 퀴어임에도 불구하고 차별금지법안의 발의와 통과 유무가 실질적으로 자신들의 삶에 그렇게 큰 영향을 끼치지 못한다고 느끼며 무관심한 사람들도 분명 있을 것이다.

---

28) 같은 글, 33쪽.

그렇다면 이때 이 퀴어가 스스로를 정치적 소수자라고 인식한다고 말할 수 있을까? 그/그녀는 정치적 소수자일까? 스스로를 사회가 규정한 정상성을 위반하는 불온한 존재라고 감각할까? 이러한 접근과 상상이 당신의 마음을 다소 불편하게 만들었을지도 모르겠다. 하지만 퀴어 커뮤니티 안에서 살아가는 구성원들의 역동하는 욕망과 정체성은 때로 오히려 몹시 퀴어하지 않기도 하다. 퀴어의 비-퀴어한 퀴어성에 대해 우리 문학은 감히 상상해본 적이 있던가? 한정현과 이현석, 김세희의 소설이 퀴어 인물에게 '부여'하는 납작한 피해자성과 동치되는 소수자성은 퀴어의 본질적인 요소가 결코 아니다.[29]

그동안 소설과 비평이 "파편화된 세계의 '증상'으로 간주되어온 퀴어 재현"에서 벗어나 "퀴어가 '주체'로서 스스로 재현하는 힘에 주목"[30]하고자 분투해왔던 시간은 작품의 서사성을 "이성애 욕망 경제와 그에 따른 서사성에 의탁하지 않는 고유한 서사성으로 귀납해보려 한"[31] 노력이었다. 오토픽션은 이러한 (비의도적) 목적성 아래, 작품 안에서 경험하는 주체와 재현하는 주체의 일치를 도모하려는 문학적 전략이었던 것이다. 김건형의 말대로, 퀴어한 작가-인물이 단지 "소수자의 열악한 현실을 더 핍진하게 재현하고자 하는 (……) 리얼리즘의 열망이 아니라" "세계와 불화하고 응전함으로써 세계를 초과하는 '자신'을 보는 것을 목적으로"[32] 하는 역학$_{力學}$ 구도를 생산한다면, 그에 대한 반작용으로 그 역학의 반대편에서는 세계와 일치되

---

29) 당연한 말이겠지만, 퀴어가 사회적 소수자임을 부정하려는 것이 아니다.

30) 김건형, 「2020, 퀴어 역학-曆學·力學·譯學을 위한 설계 노트 1」, 같은 책, 103쪽.

31) 같은 글, 104쪽.

32) 같은 글, 110쪽.

고 흐름에 순응하고자 하는 '퀴어하지 않은' 퀴어한 운동의 역학 또한 발생할 것이다. 퀴어함queerness은 단지 개인의 섹슈얼리티의 벡터―정체성의 표지로만 구성되지 않는다. 다르게 말하면, 스스로를 퀴어로 정체화한 개인의 모든 일상적 수행이 퀴어한 것은 아니라는 뜻이다. 또 한번 비틀자면, 퀴어 정체성을 갖지 않은 사람이라고 하여 퀴어한 삶을 영위하지 않거나 못하는 것이 아니라는 말이다. 이성애자들도 퀴어할 수 있다. 가령 이성애자의 BDSM 섹스는 어떤가? 또는 반대로 커밍아웃한 보수당의 정치인의 행보는 어떤가? 필자를 포함하여 저간의 퀴어 비평이 퀴어로서의 성 정체성에서 출발하는 인식론이 귀납해내는 결과를 짚어왔다면 이제는 행위 이후의 존재론에서 연유하는 사유로 나아가야 할 때다.

(2023)

조명등, 달, 물고기
―나르시시스트의 선한 얼굴은 어떻게 악이 되는가

1. 어둠을 지우는 빛은 계속 빛일 수 있을까

우리는 빛을 좇는다. 삶이란 어쩌면 거대한 어둠 속에서 찰나의 순간만 반짝이다 스러지는, 빛의 점멸을 따라 느리게 이동하는 한줄기 궤적인지도 모른다. 그렇게 우리는 타인들의 빛 속에서 하나의 별이 된다. 빛이 지나간 흔적을 만지려면 어둠을 걸어야 한다. 빛은 어둠이 실재하는 세계에서만 감각되고 실재하기에 그렇다.

그렇다면 어둠을 물리친다는 말은 그것을 소거하는 것이 아니라 오히려 내부로 잠입해 빛을 붙드는 행위에 가까울 테다. 서로를 영원히 밀어내는 듯 보이는 둘은 사실 서로를 구성하는 필요악이다. 밝음은 어두움과 공존할 때 드러난다. 빛이거나 어둠이기만 한 일원론의 세계에서 각각은 소멸한다. 둘은 각자의 적대자로서 상호 침범하며 자기 자신을 잃지 않는 역설적인 이항 대립의 관계망 안에서 서로를 지탱한다.

빛과 어둠은 곧잘 선과 악으로 치환되곤 한다. 이는 서사 장르에서 유구하게 이어져온 문학적 클리셰지만 진부하다기보다는 시대를 막론하고 독자들에게 사랑받아온, 역사적으로 입증된 매력적인 대립 구도라고 말하는 것이 더욱 어울릴 것이다. 우리는 어둠을 물리치는 빛의 서사를 얼마나 사랑해왔던가(권선징악은 한국인이 사랑하는 최고의 마스터 플롯이다).

한데 아이러니하게도 최근의 한국 소설은 텍스트 바깥의 악이 내부의 악과 긴밀히 연동되면서 악이 지나치게 죄악시되고 있다. 악은 제 얼굴을 내보일 조금의 자리도 허락받지 못하고 있으며 그에 따라 선은 투쟁할 기회를 박탈당하는 와중이다. 그런데 우리는 과연 어둠 없이 빛을 좇을 수 있을까? 그렇다면 어둠 없는 빛은 과연 무엇을 밝히는 빛일까?(어둠이 없는데 무언가를 밝히는 일은 가능할까?)

빛이 우리에게 중요한 이유는 악과 대결할 수 있는 구체적인 힘이기 때문이다. 자연의 일부로서 엄연히 존재하는 악을 소거한 후 인위적으로 만든 부재, 그 평화로운 결과가 우리의 '진짜' 현실이라고 믿으면서 그러므로 이 세계에는 악 따위는 없다고 단언할 수 있을까? 조금 더 정치적으로 번역해보자. 악의 실존 자체를 부인하는 선한 의지는 과연 악을 척결하는 하나의 방편이 될 수 있을까?

이 글에서 붙들고 있는 가장 핵심적인 문제의식은 텍스트가 악을 재현할 때 그것을 세계에 실재하지 않는 것으로 부인하는 것도 재현의 한 방식이 될 수 있을까, 그리고 그러한 재현은 괜찮을까, 하는 물음이다. 쉽게 말해 악의 부재는 선을 재현하는 한 가지 방식일 수 있는가? 적의 얼굴을 마주하며 갈등에 뛰어드는 대결 하나 없이 그저 악이 없는 세계를 미리 상정하며 선을 구현하는 작업은 오히려 위선이지 않을까? 문학의 힘은 악의 얼굴이 어떻게 생겼으며 어째서 그것이 악으로 불리는지, 무엇이 우리로 하여금 그것을 악으로 느끼게 하는지와 같은 세목들을 살피는 재현 속에서 연유하지 않을까? 적이 소멸한 곳에서 결투는 부재한다. 싸우기 위해서는 적의 얼굴을 알아야 한다. 악은 선의 선결 조건이다.

2016년부터 본격적으로 시작된 문단 내 성폭력 고발로 한국문학장은 유례없는 변화를 겪었다.[1] 문단의 자발적인 정화와 노력으로 여성 살해, 그리고 폭력과 지배의 욕망으로 가득한 남성적 시선의 끝에서 타자화되는 여성 인물들의 재현은 매우 적극적으로 척결되었다.[2] 그러나 어둠을 소거한 인위의 세계에서 빛의 광채는 함께 사라진다. 삶도 그렇지 않던가. 폭력과 암투를 배격하려는 노력은 역설적으로 폭력과 암투가 실재할 때 유의미하다. 윤리와 정의를 추구하는 빛의 마음은 깨끗하고 무해한 밝음의 세계가 아니라 어둡고 불확실한 미로 속에서 거칠게 분투하며 나아갈 때 본연의 수행적 의미를 획득할 수 있다.

여성 혐오와 여성 살해, 폭력적 인물, 남성적 시선에 대한 구체적인 형상화 없이 그것의 '이름'들만을 소환한 후 작품에서 곧바로 제거해버리는 작업을, 그러니까 마치 이 세계에 더이상 실재하지 않는

---

1) 문화예술계 유력 인사를 대상으로 한 이 폭로와 고발 행위는 '미투(#MeToo) 운동'의 이름으로 더욱 잘 알려져 있다. 그러나 국내 문화예술계에서 일어난 성폭력 고발(2016년 10월)은 영미권에서 발발한 미투 운동(2017년 10월)보다 일 년 앞서 벌어졌다는 점에서 영미권의 그것에 영향을 받아 발생한 것이 아니라 독자적인 선구성을 바탕으로 일어난 운동이다.

2) 가령 최은영의 소설집 『내게 무해한 사람』(문학동네, 2018)의 인기는 그러한 무해함에 대한 열망과 염원을 담은 여성 서사에대한 폭넓은 지지에 힘입은 것이기도 했다.

것으로 간주하는 재현을 악과의 대결이라고 말할 수 있을까? 눈앞에 버젓이 보이는 적의 투명도를 높여 마치 존재하지 않는 것처럼 패싱하는 것을 두고 선이 승리했다고 말할 수 있을까?(이를 두고 승리라 단언하는 것은 그야말로 '정신 승리'가 아닐까?) 텍스트 바깥의 현실은 2016년 이후로 깨끗해지기는커녕 혐오 발화와 페미니즘이 더욱더 치열하게 경합하는 장소로서 역동하는 중이다. 현실은 깔끔하지 않다. 진창이다. 우리 모두 알지 않는가. 이를 두고 '문학 속에서나마' 다른 세계를 보고 싶었다, 라고 만약 누군가 반박한다면 나는 그것은 문학이 지닌 결기를 부정하는 기만적 태도라고 답할 것이다.

선의 손을 들어주고자 하는 이는 구체적인 악의 얼굴을 고의적으로 표백하는 일뿐만 아니라 스스로를 피해자성으로 함몰시키지 않도록 경계해야 한다. 이는 작가와 독자를 포함해 텍스트를 둘러싼 모든 존재자들이 주의해야 하는 지점이다. 이때 주체가 함몰되는 피해자성은 그가 세계를 객관적으로 파악하지 못하고 과장과 비약의 왜곡을 통해서 인지하게 만든다는 점에서 나르시시즘과 유사하다. 물론 둘은 다르다. 피해자성은 피해자의 위치에 놓인 사람이 당사자로서 가질 수 있는 맥락의 총체이며 나르시시즘은 세계를 인식할 때 타자의 실감을 고려하지 못하고 오직 '나' 자신의 감정과 감각, 이해관계에만 몰입해 그것을 지켜내야 할 절대적 당위로 삼는 병적인 자기애다(나르시시즘은 건강한 자기애가 아니다. 그의 낮은 자존감은 외부로부터 칭찬과 사랑을 끊임없이 조달받아야 한다).

나르시시스트에게는 자신을 비추어줄 타자의 거울이 언제나 필요하다. 나르시시즘의 양태는 그가 피해자의 위치에 있는지 가해자의 위치에 있는지와 무관하게 독립적으로 발현된다. 그러므로 피해자성으로의 함몰을 경계해야 한다는 말은 피해자의 당사자성을 존중하는 것이 '과도하게' 중요시되고 있다는 꼬인 비판이 아니라 현실의 구체적인 맥락을 왜곡·비약·과장하는 나르시시즘이 일으키는 피해 의식에 사로잡히지 않도록 주의해야 한다는 당부다.

오직 '나'만이 배타적으로 중요하다고 감각하는 비대한 자의식은 '나'의 가치를 얼마나 고양해줄 수 있는지 그 이용 가치에 따라 타인을 재단하고 그들의 인격을 물화한다. 그리고 그것들에 자신만의 위계를 부여하는 분류법과 사다리를 만든다. 그 사다리의 최상단에 스스로를 위치시켜 우월감을 만끽하고 아래에 있는 사람들에게 통제력과 영향력을 행사한다. 그러면서 사랑받지 못하는 약자와 피해자의 얼굴을 장착한 채 타인의 마음을 사랑이라는 명분으로 착취한다. 그에게 타자와 세계는 자기 투사의 결과물일 뿐이다. 나르시시스트는 생동하는 타자들의 고유한 얼굴과 피부의 요철을 균질하고 매끄러운seamless 표면으로 사포질해버린다. 그리하여 악을 포함한 여타의 타자성이 소거된 부재의 자리에서 나르시시스트가 '선'이라 믿어 의심치 않는 무언가가, 즉 새로운 종류의 악이 태어난다.

나르시시즘은 자신이 '빛'이라고 믿어 의심치 않는 자의식이다. 가장 악한 폭력은 가장 선한 표정의 얼굴, 사랑이라는 이름의 가면을 쓰고—악을 행사하면서도 '나는 악이 아니야'라는 자의식 속에서—드러난다. '선'을 표방하는 나르시시스트는 타인을 대상화하고 왜곡하기를 서슴지 않으며 겉으로 선한 '빛'의 얼굴은 세계의 실체를 덮어버린다. 스스로가 어둠인 줄 모르는 빛, 제 행동이 악인 줄 조금도 인지할 수 없는 선의 무지각력은 악을 온전히 완성해낸다. 겉으로는 연민과 사랑이라는 기표를 드러내지만 결국 대상을 동정하는 주체의

우월한 시선을 강화하는 '빛'은 악의 의도적 소거와 맞물려 있는 또 다른 '악'이다.[3]

이제 우리는 세 종류의 나르시시스트가 보여주는 서로 다른 국면을 세 개의 텍스트 속에서 함께 짚어볼 예정이다. 특히 소수자성에 주목해 퀴어의 삶이 나르시시스트의 '선한' 빛에 노출될 때 그들의 삶이 어떻게 그 '선함'의 희생양이 되고 마는지를 공들여 살펴볼 것이다. 문단 내 미투 운동이 발발한 이래 수많은 퀴어들이 한국문학 텍스트에 등장하고 있으며, 적지 않은 비평이 단지 퀴어적 소재를 다뤘다는 점만으로 소설이 퀴어함과 그들의 소수자성을 핍진하게 형상화했다고 평가하는 경향을 보이기도 한다.[4]

소수자 운동에서 정체성 정치가 그동안 가장 큰 지분으로 여겨졌던 이유는 가려져 있던 현실의 자리를 가시화해 입지를 세우는 인식론적 문제가 중요했기 때문이다. 그러한 자리 만들기는 분명 중요하지만 어디까지나 시작점일 뿐이다. 이제는 실제로 그 자리를 구성하고 있는 무수히 많은 삶들의 실재를, 천차만별로 다채로운 야생성과 생의 활기를 기록하고 공유하고 전하는 존재론적 작업에 골몰해야

---

3) 특히 2016년 페미니즘 리부트 이후 남성을 절대악으로 여기며 이를 유독 단죄와 처단의 맥락에서 재현하고 여성적인 것, 특히 여성성을 선의 가치와 동일시해온 문학장의 경향에 대해 비판적으로 접근해본다. 남성성을 폭력성과 등치시키며(실제로 그러한 역사적 정황이 있더라도 문학적 재현은 일방적이거나 납작해선 안 된다. 악인을 '악'으로 만드는 것은 그가 가진 표면의 선함, 위선이 있기 때문이다) 그것의 대립항인 여성성을 곧 선으로 간주한다. 반면 여성 간의 갈등이나 다툼은 '여적여'(여성의 적은 여성)라는 프레임으로 혐오의 맥락하에 해석되고 배척되는데, 이로써 서사에서 다룰 수 있는 갈등의 폭은 또 한번 축소된다.

4) 이 책에 수록된 「이제, 너희는 씨 뿌리는 사람의 비유를 들어보아라—레즈비언 퀴어를 세속화하는 '장치'에 관하여」, 50~51쪽.

할 때다. 텍스트의 무대 위에 퀴어 인물이 등장하는 것만으로 환호하
는 시절은 이제는 정말로 지난 것이다.

2. 투사하는 나르시시스트, 조명등을 깨부술 것—전하영, 「그녀는 조명등 아래에서 많은 시간을 보냈다」[5]

2021년 문학동네 젊은작가상 대상을 수상한 전하영의 단편소설
「그녀는 조명등 아래에서 많은 시간을 보냈다」는 2016년 이후 한국
문학장이 정면 대결해온 남성 빌런villain의 얼굴을 나르시시스트 '장
피에르'로 탁월하게 은유한다. 가령, 나이 많은 중산층 예술가·교수
남성이 자기보다 낮은 경제적 계층의 어린 학부생 여자에게 가하는
(사랑을 빙자한) 착취는 소설이 초점 인물 '나'를 통해 힘겹게 견인해
내는 악의 형상이다. 뮤즈라는 이름으로 나이든 남성들의 '예술혼'을
충전시키는 젊은 여성들의 서사를 그간 얼마나 무수히 봐왔는가. 자
기 연민과 피해 의식 안에서 허우적대면서도 타인에게 영향력을 행
사해 그들이 오직 자신만을 욕망하고 사랑하기를 바라 마지않는, 실
제로 가진 권력과 재산을 숨기고 '불쌍한 나'라는 이미지 뒤에 숨어
어린 학생들의 순진한 마음을 얻어내는 교묘한 전시 행위들 말이다.

소설의 줄거리는 다음과 같다. 모 공학 연구소에서 계약직 행정사
무 보조로 일하는 삼십대 후반의 여성 화자 '나'는 같은 연구소에서
일하는 중년 남자와 모종의 유대감을 느낀다. 근처 대학에 다니는 학
부생 애인과 만나는 그를 보며 '나'는 대학 시절 교양과목 강사 '장 피

---

5) 전하영, 「그녀는 조명등 아래에서 많은 시간을 보냈다」, 전하영 외, 『2021 제12회
젊은작가상 수상작품집』, 문학동네, 2021. 이하 인용시 쪽수만 밝힌다.

에르'를 떠올린다. 프랑스에서 영화 전공으로 유학을 마치고 삼십대 후반의 나이로 갓 귀국한 장 피에르는 후줄근해 보이는 행색으로 다닌다. 하지만 그 옷들은 사실 모두 명품이며 그의 집안은 "몰락한 귀족"(15쪽)이 아니라 여전히 아주 풍족한 '진짜 귀족'이다. 그가 말하는 자기 삶의 굴욕은 열혈 운동권 출신으로 감옥에 가는 대신 프랑스 유학길에 오른 것이며 학생들에게 그러한 자기 연민을 연극적으로 전시하길 서슴지 않는다. 그는 타인의 관심과 시선, 열망과 욕망을 비타민처럼 섭취하면서 오직 그것만을 생의 원동력으로 삼는 나르시시스트다.(21쪽) 소설은 남성 나르시시스트 장 피에르의 '진짜' 얼굴을 폭로하는 여성 화자 '나'의 목소리로 견인되지만, 실상 '나' 또한 나르시시스트의 면모를 강하게 보인다는 점에서 문제적이다. 그러나 이 모순이 서사를 보다 입체적 층위에서 구성해내면서 독특한 매력이 발생한다. 우리는 소설의 끝에서, 악인을 고발하는 인물이 지닌 다른 종류의 부정성을 목도하게 될 것이기 때문이다.

복잡 미묘한 이 지점을 살피기 위해서는 '나'와 장 피에르의 관계보다 '나'와 친구 '연수'의 관계성에 더욱 주목해야 한다. 배우 안나 카리나를 닮은 연수는 장 피에르와 비밀리에 사귀는 사이다. 두 사람의 교제를 알게 된 '나'는 장 피에르의 (사랑 아닌) 사랑을 받는 연수를 보며 박탈감을 느끼고 그녀를 질투한다. 장 피에르와 연수, '나'가 이루는 삼각 구도에서 '나'가 마주하는 스스로의 모습은 남성의 선택을 받지 못한, 이성으로 여겨지지 않는 탈성화된 여성이다.(47쪽)

소설은 장 피에르를 보며 환멸과 더불어 그에게 사랑받고 싶은 욕망을 동시에 느끼는 '나'의 모순을 솔직하게 서술한다. 남성을 사랑하고 욕망할 수밖에 없는 '나'가 자신의 이성애자 정체성을 한탄하는 모습을 현상하고(15쪽) 그녀가 동경하는 '여성을 사랑하는 여성들'의 풍경을 최후의 장면으로 인화한다. 이성애의 환멸을 각성한 '나'가 지향해야 할 세계는 이제 동성애자들의 세계라는 듯 말이다.

이십대의 기억에 골몰해 있던 '나'는 여느 때처럼 그 중년의 연구원과 자주 흡연하던 곳에서 그를 기다리다 (그는 끝내 나타나지 않는다) 사무실로 다시 발을 옮긴다. 그때 안개꽃을 들고 누군가를 기다리는 젊은(스물한 살쯤으로 추정되는) 여자를 목격하고 그의 '학부생 애인'이라고 짐작한다. 장 피에르에게 붙들려 있던 지난날의 기억을 막 종료한 그녀는 그 시절의 자신과 연수는 구해내지 못했을지언정 눈앞의 저 학부생만은 어떻게든 구해내야 한다는 결기로 그녀에게 다가간다.(57쪽) 그러나 안개꽃을 든 여자아이가 기다리던 이는 나이 많은 연구원이 아니라 시트러스 향을 풍기며 나타난 다른 여자아이였다.

이십대 시절의 자신과 마찬가지로 또다른 '장 피에르'에게 붙들려 있으리라 짐작한 여자아이가 실은 여자를 사랑하는 퀴어였음을 알게 된 화자는 팔짱을 끼고 가는 두 여자의 등뒤를 오래도록 지켜본다. 소설의 여운을 길게 장식하는 '나'의 시선은 이성애 세계에서 탈출할 수 없다는 자의식의 투영, 퀴어의 사랑을 '부러워'하는 감정의 투사물이다. 소설은 위계와 차별, 폭력으로 점철된 나르시시스트의 지배적 세계를 이성애적 세계로 젠더화해 규정한 후 그 모든 악이 소거된 평등과 무해함의 단독적 세계로서 퀴어의 사랑을 지목하며 이야기를 끝낸다.

지금까지 이 소설은 나이 많은 남성 나르시시스트를 폭로하는 젊은 여성의 해방적 서사로 독해돼왔다. 하지만 앞에서 나는 그와 여성 인물의 관계보다 '나'가 연수를 비롯한 여성 인물과 맺는 관계에 초점을 맞출 필요가 있다고 말했다. 그녀가 장 피에르로 위시되는 이성애자 남성에게 느끼는 절망과 환멸의 감정이 같은 여성인 연수에게로 전이되고 대리 보충되기 때문이다. 두 여자가 장 피에르의 위력에 압도돼 있는 삼각관계의 배면에는 '나'가 연수에 대해 가지고 있는 모종의 복잡하고도 특별한 감정이 분명하게 자리한다. 가령 '나'는 장 피에르를 사랑하는 것인지, 아니면 그의 사랑을 받는 연수를 사랑하는 것인지 알 수 없었다는 고백이 그러하다("남자들을 사랑하는 건 자존심 상하는 일이었다. 대신 나는 연수를 사랑하는 척했다. (……) 나는 연수를 사랑했던 것 같다. 나만의 방식으로. 그럴 수밖에 없었던 그때의 마음으로", 26~54쪽).

이렇듯 '나'는 연수와 같은 대상(장 피에르)을 욕망하며 연수에게 경쟁심과 질투를 느끼는 한편, 연수를 사랑하기도 했다는 모순된 고백을 내어둔다. 자기모순을 어렴풋이나마 감지한 '나'의 내적 갈등은 소설을 서술하는 현재 시점에도 지속된다. 문제는 그 경쟁적 갈등의 해결책을 '안개꽃과 시트러스'로 은유되는 레즈비언 커플의 세계에 투사한다는 것이다. 소설은 '나'가 환멸을 느끼는 이성애적 질서에 대한 대안으로 두 여성 간의 사랑을 제시하며 마무리된다.

한편 이 '대안'은 세 사람의 삼각 구도에서 가장 권력자인 장 피에르에게도 실질적 위협으로 다가온다. 나르시시스트는 주변 인물을 자신이 원하는 구도로 배치해 통제하려 한다. 가령 세 사람이 파리에서 만나 숙소를 예약할 때 '나'와 연수가 더블베드에서 함께 자야 한다는 사실에 그는 분개하며 굳이 더 열악하고 나쁜 숙소를 찾아 그녀들이 트윈베드를 사용하도록 한다. 이처럼 레즈비언의 사랑은 이성애자의 남성성을 위협한다. "레즈비언은 여성이 아니"라는 모니크 위티그의 말은 이를 잘 보여준다.[6] 남성을 욕망하지 않으므로 남성의 욕망과 지배력이 발휘되지도 적용되지도 않는 레즈비언 여성은, 그래서 이성애적 질서의 세계에서 '여성'이 아니다.

소설이 수록된 『2021 제12회 젊은작가상 수상작품집』의 해설에 따르면, 오랜 자기혐오에 시달리던 '나'는 "예술사의 정전을 성립시키는 조건들을 차근히 돌아보며 새로운 미학적 현실을 길어올릴 채비를 마"[7]치고 '새로운 조명등' 아래로 나아간다고 한다. 그러나 이성애 내부의 폭력의 이상적 대안으로 레즈비어니즘을 무언으로 호명하는 이 '새로운 조명등'은 과연 또하나의 '빛'이 될 수 있을까? 이성애 내부에서 발견되는 악의 얼굴이 남성의 폭압과 지배라면 그것을 적으로 명명한 후 고개를 돌리지 말고 그에 맞서 치열하게 싸워야 할 것이다.

미투 운동은 악을 몰아내려는 전쟁이자 혁명이었다. 그러나 전하영의 소설은 더이상 물러설 수 없는 갈등 앞에서 레즈비언 연속체 속으로 회피한다. 솔직하게 질문해보자. 여성 동성애는 이성애 여성들이 의식적으로 그리고 의지적으로 선택할 수 있는 삶의 대안인가? 요컨대 누구나 '고를' 수 있는 '메뉴'인가? 여기서 나는 레즈비언 분리주의나 본질주의를 주장하려는 것이 아니다. 그러나 누군가의 타고난 성적 지향이 또다른 누군가의 자연과 부합하지 않는 정치적 결단이나 대안적 도구가 된다면, 그때 그 성적 지향과 퀴어 섹슈얼리티는

---

6) 모니크 위티그, 『모니크 위티그의 스트레이트 마인드—이성애 제도에 대한 전복적 시선』, 허윤 옮김, 행성B, 2020.

7) 오은교, 「예술성의 안개를 걷으면」, 「그녀는 조명등 아래에서 많은 시간을 보냈다」 해설, 63쪽.

또다른 방식으로 강제적 이성애에 포섭되고 마는 셈이 아닌가.

거꾸로 생각해보자. 만약 현실의 억압에 처한 퀴어가 더 편안한 삶의 방식을 도모하기 위해 이성애자 정체성을 정치적으로 선택한다면, 이는 정치적으로 올바른 선택일까? 아니 정치적 올바름을 묻기 전에 먼저 주체 스스로에게 '좋은' 선택일 수 있는가? 그것은 오히려 자기 자신에 대한 기만과 허위의식을 레즈비언의 사랑을 통해 은폐하는 아름다운 합리화가 아닐까? 퀴어의 사랑이 누군가의 플랜 B가 될 수 있는가?

소설은 연수가 장 피에르와 헤어지고 훗날 남편과 이혼까지 하는 전개를 통해 그녀를 이성애 질서에서 탈출시킨다. 그래서 언뜻 읽기에 이 작품은 억압된 여성의 해방으로만 채색돼 있는 것 같다. 이혼 선언과 더불어 연수는 '넌 아무 것도 아니'라던 장 피에르의 가스라이팅에서 벗어났음을 증명이라도 하듯 돌연 글쓰기를 시작하겠다고 선포하는데, 이 대목은 이성애 중심적 세계로부터의 탈출을 더욱 강조하는 부분이다. 해당 장면은 남성으로 젠더화된 팔루스·로고스 중심주의로부터 벗어나 새롭게 시작되는 '여성적 글쓰기'를 상징적으로 보여준다. 그러나 이때의 '여성성'이 반反-남성성으로 정의된다면, 여성(성)은 남성(성)을 대타항으로만 가질 때 유표화되는 독립적이지 않은 자질이 되고 마는 것은 아닐까?

글쓰기를 시작하겠다는 연수의 문자가 수신되자마자 곧장 '나'가 연구원을 기다리며 서 있던 곳에서 조명등이 깨진다.

머칠이 지나 연수는 문자 한 통을 보내왔다.

우리는 기록하는 여자가 될 거야. 우리가
겪은 무엇이든. 우리는 그것에 대해
생각할 거야. 나는 그렇게 되리라고 믿어.

*

깨진 가로등을 올려다보았다 (……) 깨진 것과 불이 나간 것은 상
관이 있었던가. 우리가 깨져도 그 안에 전구가 살아 있으면 불은 들
어올 것이다. 나는 한참 동안 가로등을 노려보다가 왠지 힘이 빠져서
사무실에 들어가야겠다는 생각을 했다. 아무도 나를 반기지 않는 곳
으로. 나를 길들이는 데에 실패한 거대한 시스템의 세계로.(56쪽, 강
조는 원문)

연수의 탈출과 더불어 '나'가 기다리던 연구원을 끝내 가로등 아래
로 등장시키지 않는다는 점에서 소설은 남성 나르시시스트로부터 두
여성이 탈출하는 구도를 제시하려 한다. 하지만 이 해방의 분위기에
서조차 깨지지 않는 '조명등'이 있다. 파리에서 화난 '나'가 연수를 기
다리던 숙소의 노란 조명등이다.

나는 항상 불을 켜두었다. 그렇게 하면 연수가 조금이라도 죄책감
을 느끼지 않을까 싶어서였다. 나는 너를 기다리고 있었다. (……) 나
는 침대 옆 조명등을 툭 쳤다. 살짝 건드린다는 게 그만 힘 조절이 안
돼 거의 쓰러뜨릴 뻔했고, 그 바람에 노란 빛과 커다란 그림자가 방
안에 출렁거렸다.(40~42쪽)

장 피에르라는 동일한 대상을 욕망하던 두 여자의 관계는 파탄에 이를 뻔하지만 둘의 애증의 관계성을 비추는 '조명등'은 출렁일지언정 끝내 깨지지 않는다.

이렇듯 소설은 이성애의 폭력적·남성적 지배 질서를 비추는 '조명등'을 깨뜨리고 여성들의 세계로, 새로운 '조명등' 아래로 자리를 옮겨야 한다는 당위를 제시한다. 소설이 서사 전체에 걸쳐 문제시하는 것은 강제적 이성애의 힘이다. 물론, 작품이 제기하는 문제의식만큼은 타당하다. 그러나 주체가 발 딛고 있는 이 세계가 문제적이라면 그 문제로부터 눈을 돌릴 것이 아니라 완전히 처음부터, 스스로를, 그 안에서 거주하는 자신의 궤적을 다시 성찰해야 한다.

어둠은 빛의 궤적을 드러내는 배경이다. '나'가 자신이 이성애자라는 사실에 환멸을 느끼면서 두 여성 퀴어의 삶을 부러움의 시선으로, 대립하는 악조차 없는 선의 온전함으로, 착취와 폭압, 위계가 표백된 무결한 평화의 세계로 바라본 결과는 그저 자신의 피해 의식을 투사해 형성한 왜곡된 세계상일 뿐이다. 퀴어의 세계에서도 성폭력은 발생한다. 불륜과 사기, 이혼, 폭행과 착취도 당연히 실재한다. 그들 또한 그저 '사람'이기 때문이다.[8]

연구소에서 계약직 행정 사무 보조로 일하는 자신을 "불가촉천민"(10쪽)에 빗대는 계급의식도 매한가지다. 그녀는 정말로 불가촉천민처럼 어렵게 삶을 이어나가며 그 어떤 가능성도 부재한, 미래 없

---

8) 박주연, 「퀴어 관계 속 데이트 폭력과 학대, 어떻게 해결할까」, 일다, 2019. 10. 2, https://www.ildaro.com/8560

는 세계에서 살아가고 있는가? 계약직으로 연구소에서 근무하는 삼십대 후반 여성의 현실이 '정말로' 그러하느냐는 말이다. 그렇다면 그가 자신의 박탈감을 투사하는 안개꽃과 시트러스의 레즈비어니즘은 그보다 경제적·문화적으로 훨씬 윤택하고 안락한가? 이성애자 여성의 부러움 어린 시선을 받을 만큼 퀴어들의 현실이 낭만적이고 아름다운가? 그렇지 않다. 각성한 이성애자 여성들에게 레즈비언으로 전업하기를 권할 정도로 윤택하지 않다. 퀴어 페미니스트로 산다는 것은 이성애자 페미니스트들이 겪는 것과는 또다른 이중의 억압을 감내하는 일이기도 하다.

그러므로 그녀가 해야 할 일은 왜곡된 투사가 아니라 그녀들이 조명등을 깨뜨렸음에도 여전히 빛나고 있는 바로 그 전구를 갈아 끼우는 일이다. 새로운 빛을 매달기 위해 의자를 가져오고, 목장갑을 끼고, 쓰던 전구를 꺼내어 깨부순 뒤 그것을 다른 종류로 교체해야 한다. 깨진 조명등을 떠나 '새로운 조명등' 아래로 옮겨갈지언정 지금까지 사납게 발광하던 그 전구를 파괴하지 않는 한 폭력의 노란 빛은 세계 어디에서도 사라지지 않을 것이기 때문이다.[9]

여성에 대한 남성의 지배와 폭압이 우리 시대와 서사의 적이라면 그로부터 눈감지 말고 그것과 본격적으로 맞서야 한다. 제대로 싸우기 위해서는 회피하지 말고, 피해 의식을 과하게 확장하여 투사하지도 말아야 한다. 세계의 차원에서가 아니라 다만 '나'의 시야에 한해

---

9) "더이상 현실의 변화를 담아내지 못하는 낡고 오래된 미학일지라도 그것은 여전히 힘이 세다. 왜냐하면 기존의 미학이라는 것이 줄곧 남성 중심적으로 구성되고 재생산되어왔기 때문이다."(심진경, 「이것은 페미니즘이 아닌 것이 아니다」, 『문학동네』 2021년 가을호, 154쪽)

서 악을 몰아내는 일, 그러니까 시선의 렌즈를 교체하는 일은 임시 자구책에 불과하다. 게다가 퀴어의 삶을 이성애의 대안으로 투사하면 퀴어들이 겪는 현실의 난관은 이중으로 타자화돼 한 단계 더 비가시화된다. 자신의 해방을 위해 타자를 대상화하는 것은 페미니즘이 그간 맞서온 가장 유구한 남성적 폭력과 그 시선이 아니었던가? 게다가, 어떤 세계가 빛으로만 가득하다고 선언해버리면 그 세계가 가진 어둠은 자동으로 소멸될 수밖에 없다. 실재하는 어둠을 없다고 할 수 없는데도 말이다.

게다가 '나'의 조명등이 악을 비추지 않는다고 해서 악의 실존이 소멸했다고 확신할 수도 없다. 조명등의 빛은 단지 가시광선일 뿐이지 않은가. 악은 사라지지 않는다. 다만 보이지 않는 형태로 세계 어딘가에 건재한다. 최악의 경우 빛의 회피는 악의 조력이 될 수도 있다. 서사적으로 말하자면 악인을 처단하는 주인공이 그 처단의 과정으로부터 등을 돌리고 달아날 때, 그가 담지하는 선good이 새로운 형태의 악이 될 수도 있다는 말이다. 그가 이성애의 폭력적 질서를 각성한 후, 구원을 담지하는 유일무이한 선으로 퀴어의 사랑을 지목하는 순간, 그 선한 마음은 도리어 현실의 퀴어들이 고군분투하는 생의 구체적 맥락을 지우고 끔찍한 단순화와 낭만화의 위험으로 그들을 몰아넣고 만다. 그러니 두번째 조명등으로 옮겨가는 일은 그 위험한 조명등의 빛을 두 눈 부릅뜨고 마주하고, 나아가 그 조명등을 파괴한 뒤에야 고려해볼 일이다. 그러려면 주체는 자기 연민에 심취한 나르시시즘적 투사를 중단해야 하지 않을까?

3. 통제의 환락에 빠진 나르시시스트, 달의 시간이 아닌 태양의 시간에 맞설 것—한정현, 『마고—미군정기 윤박 교수 살해 사건에 얽힌 세 명의 여성 용의자』[10]

앞서 살펴 보았듯, 나르시시스트가 사용하는 방어기제 중 하나는 이상화idealization다. 이상화는 부정denial의 또다른 방식이다. 전하영의 이성애자 여성 인물이 퀴어 여성에게 투사하는 빛은 자신이 겪고 있는 불안에 대한 해결책이다. 현실의 불완전함을 상쇄해줄, 결함 없이 완벽하게 이상화된 대상을 만들어냄으로써 불안은 부정된다. 그러나 나를 해하지 않을 완전무결하고 무해한 타자는 세상 어디에도 없다. 퀴어의 사랑은 이성애의 흠결을 보완해줄 수 있는 더 나은 대안이 아니다. 이상화 전략과 더불어 나르시시스트가 행하는 또다른 기술은 대상의 통제다. 나르시시스트는 자신을 불안하게 하는 대상을 통제하려 함으로써 자신의 전능함을 확인하고 세계를 자신이 바라는 대로 건설해 주체의 우울을 막아낸다.

한정현의 장편소설 『마고』는 '선한 얼굴'로 타자들의 생을 송두리째 좌지우지하는 나르시시스트의 회고록이다. 소설은 여성 살해와 혐오의 현실을 환기하는 이성애자 여성 주체('연가성')를 앞세워 퀴어의 삶을 애도하며 연민하는 주체로서의 '나'를 확립한다. 폭력적인 현실 속에서 다른 이들의 삶이 무너지고 좌절되는 와중에도 '나'는 홀로 안전한 자리를 지키며 그 모든 것을 멀리서 지켜본다. 약자와 피해자에게 동정심을 가지는 자기 자신에게 몰두하고, 자신의 불안을 외부로 투사한다. 그 과정에서 고유한 타자성을 가진 '유해'한

---

10) 한정현, 『마고』, 현대문학, 2022. 이하 인용시 본문에 쪽수만 밝힌다.

타자들은 순결하고 선하기 그지없는 억울한 약자들로 철저히 대상화된다.

한정현의 소설에는 다양한 계층과 정체성을 지닌 소수자들이 대거 등장한다. 인터섹스, 게이와 레즈비언, 트랜스젠더, 5월 광주 희생자, 오키나와인, 그리고 이성애자 여성. 그의 소설계는 "금지된 적이 있는 사람들"(92쪽)의 우주다. 주류 사회의 합의된 가치 기준하에서 비오스bios[11]의 지위를 지니지 못했던 존재들, 다시 말해 '인간'이지 못했던 존재자들의 삶이 행성처럼 공전한다.

항성이 아니라 행성이라고 적은 데는 이유가 있다. '금지되었던 자'들은 한정현의 소설에서 스스로 빛을 발하지 못하고 반드시 서술자나 내포 저자가 휘두르는 빛의 세례 아래에서만 그 실존이 드러나기 때문이다. 이 빛은 너무 밝은 나머지 캐릭터 고유의 인물성과 서사를 납작하게 만들고 만다. '금지되었던자'들의 서사는 선hero으로 상징되는 초점 인물(이성애자 여성)의 자기 구원을 위한 일개 도구로 동원되고, 그 과정에서 개별 인물의 역동적인 소수자성은 오직 한 사람의 '빛'에 피폭되면서 아주 예쁘고 단정하게 물화된다.

부제 '미군정기 윤박 교수 살해 사건에 얽힌 세 명의 여성 용의자'에서 엿볼 수 있듯 장편소설 『마고』는 추리소설의 형식을 차용하겠다는 의도를 전면에 내세운다. 그러나 『마고』는 미스터리나 추리 그 어느 장르에도 속하기 어렵다. 일반적으로 추리소설은 독자가 탐정

---

11) 비오스와 조에(zoe)는 모두 우리말로 생명이라 번역될 수 있지만, 구체적으로는 서로 대립하는 개념이다. 조에가 날것 그대로의 삶, 가령 '짐승'의 것으로, 열등한 것으로 상정된 생을 말한다면, 비오스는 보다 문명화된, '인간'다운, '인간'적인 삶을 뜻한다.

으로 상정된 인물과 '함께' 사건의 전말에 다가가면서 재미와 서스펜스, 스릴을 발생시킨다. 하지만 『마고』의 독자는 초점 인물(가성)과 서술자가 정리해준 사건들에 수동적·절대적으로 수긍해야만 서사를 읽어나갈 수 있다. 『마고』의 모든 이야기는 독자들에게 사후적으로 통보될 따름이다. 살인 사건의 전말을 '파헤치는' 가성 역시 서사의 전개에 따라 새로운 단서와 사실을 밝혀내는 것이 아니라 이미 죽어버린 사실들의 더미를 건져올릴 뿐이다. 마치 그의 직업인 검안의가 하는 일처럼 말이다. 그러므로 이 '추리'소설의 사건들은 전말이 드러날수록 현실의 인물과 세계를 변화시키는 것이 아니라 마치 앨범에서 한 장씩 넘겨보는 사진과도 같이 죽어버린 과거의 흔적, 박제된 '사연'이 되고 만다.[12] 빛바랜 후일담에 불과한 사연의 세계에서는 선과 악의 대립이 역동하지 않는다.

세 가지 측면에서 이 소설은 안타깝다. 첫째는 선의 독단에 의해 악이 평평해지면서 서사적 입체성을 상실한다는 것, 둘째는 그러한 악의 평면화가 '선'의 위치에 놓인 소수자-퀴어와 여성 인물들까지도 물화하고 만다는 점, 마지막으로 이 두 가지 내적 요소 때문에 소설의 외적 요소인 장르적 특징, 즉 미스터리/추리 소설이라는 외피

---

12) 박인성은 손원평과 장류진의 소설을 포함한 최근 소설들이 무해함을 지향하며 갈등과 대립을 회피하는 경향을 띤다고 분석하고, 작품 안에 마치 갈등처럼 보이는 요소가 있더라도 진정한 의미의 갈등이라기보다 서사의 배경과 소품에 그칠 뿐이라고 비판한다. "이러한 소설들에서 적대는 주로 과거 속에, 현재까지 영향력을 미치기는 하지만 배경이 되어버린 사연의 세계 속에 있다. 사건을 통한 현재 갈등에 대한 집요한 재현보다는 이미 지나간 과거의 사건들 속에서 적대와 대립은 명확한 현실의 상흔을 남기고 지금은 흐릿해진 상태다. 따라서 사건이 아니라 사연이라는 과거의 회상 형식 속에서만 대립의 원칙이 간접화되어 드러난다." 박인성, 「적이 없는 소설들」, 『자음과 모음』 2022년 겨울호, 357쪽.

를 제대로 갖추는 데에도 성공하지 못한다는 점이다.

지금부터는 특히 두번째 요소, 소설이 퀴어와 여성 인물의 입체성을 지워버림으로써 그들을 지켜내고자 하는 선한 의도가 어떻게 새로운 악이 되는지를 분석해보려 한다.[13] 이를 가장 큰 문제로 삼는 이유는 소수자들을 사랑으로 지켜내고 구하겠다는 소설의 '빛'이 건네는 의도와 달리 그 빛은 실제로는 정확히 반대되는 의지를 생산해내 그들을 죽이기 때문이다. 소설 속 퀴어들은 전혀 개연적이지 못한 이유로 순전히 극단의 우연에 기대어 사망한다.

이에 대해 소설은 "대부분의 죽음은 그 자체로 끝나지 않고 남아 있는 삶과 연결되곤 했다"(141쪽)라는 직접적인 서술로 방어술을 펼쳐 보이지만, 그럼에도 소설 속 죽음은 삶과 연결되지 못한다. 오히려 미군정기와 일제의 식민 지배라는 과거의 역사적 힘을 소급해 동시대적 퀴어함의 생기를 지워버린다. 과거를 현재로 소환하는 역사소설은 오늘의 현실을 과거의 것으로 대체하기 위함이 아니다. 오히려, 오늘의 시선으로 과거를 다시 읽거나 과거와 현재의 상호 중첩 양상을 짚어내기 위함이다. 그러나 안타깝게도, 이곳에서 살아남는 단 하나의 실존이 있다면 그것은 소설을 추동하는 이성애자 여성 인물인 연가성의 목소리다. 이는 굉장히 난처한 일인데, 왜냐하면 소설이 연가성의 목소리를 최후까지 남겨두는 이유는 죽은 여성과 퀴어 인물을 다른 누구도 아닌 바로 그녀의 눈물로써 애도하기 위함이기 때문이다.

---

13) 게다가 이 소설은 남성과 여성, 가해와 피해의 이분법적 구도를 과도하게 내면화하고 있기에 으레 '여성'으로 상정되는 『마고』의 내포 저자를 '선의 얼굴을 가장한' 새로운 유형의 여성 빌런으로 유형화할 수 있을지도 모른다.

그리하여 『마고』에서 발생하는 모든 죽음은 오로지 이 단 한 명의 여성이 흘릴 눈물을 위해 동원되는 비석이 되고 만다. 나르시시스트의 애도는 망자의 존재를 연민하고 함께 슬퍼하는 공감적인 수행이 아니다. 다만 자기보다 낮은 사다리 칸에 자리한 존재를 '불쌍하게' 내려다보는 동정어린 시선에 불과하다. 나르시시스트가 애도하는 대상은 그가 발생시키는 위계적인 시선의 권력 구도 안에서 평등하지 않은 존재로 한번 더 대상화된다. 시선에 내재하는 교묘한 권력은 연민과 애도, 동정이라는 기표의 선한 가치 때문에 좀체 드러나지 않는다.

"우리는 낙관할 수 있어. 우리가 잊지 않고 있으니까."(183쪽) 결미에 등장하는 이 문장은 죽은 자들의 삶을 반추해 동시대의 현실로 소환하기 위한 말이 아니다. 그런 기억의 제의는 이 소설에 없다. 과격하게 말하자면 이 대사는 다만 그들의 퀴어한 욕망이 지닌 활기가 무참히 살해돼도 상관없다는 방관의 표현이다. 존재의 동시대성을 소거하면서도 괜찮다고 낙관하는 이유는 주체의 기억이 타자들의 실존보다 압도적으로 우월하고 강력하기 때문이다.

살해된 것은 표면적으로 윤박 교수지만 소설의 힘에 의해 정말로 살해당한 자, 자신의 진짜 모습대로 살기로 바라던 욕망을 철저히 박탈당한 자는 MTF로 살고자 했던 권운서, FTM 수술까지 받았지만 자기 발화의 주체성조차 갖지 못한 에리카, 그리고 레즈비언 커플 안나서와 현초의다. 이들의 참혹한 죽음에도 불구하고, 텍스트 바깥 현실의 퀴어한 삶들이 그려온 역사적 궤적이 그러한 죽음에 비견될 만큼 험난하고 어려웠다는 진실은 텍스트 내부로 견인되지 못한다. 부족한 개연성과 핍진하지 않은 서사의 흐름은 텍스트와 현실을 연동시키고자 한 본래의 의도를 실패로 이끈다. 장편소설이라는 긴 분량의 형식을 부러 채택하면서까지 달려가는 최종 목적지는 고작 이성애자 여성 인물의 자기애적 애도의 수행이다.

"빛이 사라지면 너에게 갈게." 이 문장은 소설 사이사이에 마치 중요한 힌트처럼 의미심장하게 삽입된 경구로, 꽤 낭만적인 느낌을 자아낸다. 그러나 이때의 빛은 선한 빛이 아니라 소설이 상정한 폭력의 도식에서 외세와 제국주의, 폭력, 남성을 상징하는 따가운 빛일 테다. 『마고』는 미군과 일제가 자행하는 제국주의적 폭력이나 남성성 등을 '태양'이라는 상징으로 손쉽게 등식화·단순화하고 그 대척점에 '달'이라는 대항 상징물을 둔다. 문장 속 '너'는 가성이 오래도록 아프게 사랑했지만 끝내 마음을 전하지 못한 운서를 의미한다. 혹은 무자비한 폭력 속에서 사라진 여성과 퀴어 인물들 모두가 서로를 향해 건네는 호칭일 수도 있다.

그런데 '너에게 간다'는 말은 어찌하여 '빛이 사라지면'이라는 조건문 아래 종속돼야만 하는가? 태양을 가리기란 불가능하다. 유사 이래 태양이 없던 지구는 존재한 적이 있던가?(태양이 없는 척 두 눈을 감아버리는 일만이 가능할 테다.) 그렇다고 우리가 달이 돼 밤의 시간에만 살아 있을 수도 없는 노릇 아닌가. 『마고』는 그 사나운 태양에 맞설 수 있는 새로운 빛의 최대치가 낮달의 어슴푸레함이라고 말한다. "이 빛이 사라지면 나는 너에게 가리라. 어디선가 떠오른 낮달이 가성의 눈에 가득 들어왔다."(187쪽) 그러나 정말 과연 그러한가? 악에 맞서 우리가 대적할 수 있는 최대치는 정말로 이것뿐이란 말인가?

오늘의 우리에게 퀴어와 여성, 소수자들의 이야기가 수신될 수 있는 이유는 지난 반세기 동안 소수자들의 피와 땀으로 이루어진 투쟁의 시간 덕이었다. 작열하는 태양빛의 폭압이 사라지기를 숨죽여 기다리는 운신의 시간이 아니라 바로 그 태양과 정면으로 맞서 싸워온 치열한 대결의 시간 말이다.

전하영의 소설 속 여성 인물이 '새로운 조명등' 아래로 움직이려 하듯, 태양이 스러지는 밤의 시간에 '너'를 만나겠노라는 전언은 현실의 폭력에게 '비폭력'으로 맞서겠다는 회피적인 방어의 몸짓에 지나지 않는다. 우리는 낡은 조명등을 부수고 비록 그 파편에 의해 생채기가 나더라도, 얼마간 다치더라도 새로운 필라멘트를 설치해야 한다. 그게 바로 우리가 원하던 새로운 빛의 모습일 테니 말이다. 그러므로 우리가 집어들어야 하는 선택지는 빛과의 대결이다. 태양빛이 아무리 사납게 이글거려도 두 눈을 부릅뜨고 싸워야 한다. 피해자성에 함몰되지 않은, 자유로이 내달리는 마음으로, 자기 연민에 도취돼 마약 같은 그 안락함에 스스로를 내어주지 않겠노라는 의지와 함께 말이다.

이렇듯 『마고』에서는 주인공 서술자가 선이라는 욕망을 지켜내는 정당성을 확보하기 위해 소수자를 희생양으로 삼기를 주저하지 않고, 그가 집행하는 희생 제의가 곧 소설 자체가 되고 만다. 서사는 악과의 본격적인 대결이 아니라 나르시시스트가 자의적으로 지향하는 '선한' 가치, 그리고 그 가치의 공동체(텍스트 자체라 할 수 있겠다)의 유지를 위해 진행된다. 이때 우리는 선이 재귀적으로 악의 조력자가 되는 모습을, 혹은 악을 자신의 존립 조건이나 수단으로 납작하게 만드는 모습, 즉 선이 저지르는 폭력을 목도한다.

선과 악의 이러한 아이러니는 무자비한 자가당착의 사태를 초래한다. 자기만의 서사를 가진 악인은 사라지지만 역설적으로 추상의

'악'은 어느 곳에서보다 명정하게 남고, 주인공이 추구하는 '선한' 가치가 도리어 독선과 독단으로 거듭나며 세계를 일인칭의 내면으로 환원·축소한다. 주인공 자신이 생각하는 선을 세계의 선으로 확대 해석하는 과정에서 소수자의 고유한 삶의 궤적과 정체성은 훼손되고 파괴된다. 독자는 『마고』를 덮으며 모든 애도가 윤리적이지는 않다는 다소 잔혹한 진실을 발견하게 된다.

4. 개종하는 나르시시스트, 혼돈을 받아들일 것—룰루 밀러, 『물고기는 존재하지 않는다』[14]

반면 작품 대부분을 악의 직접적인 서술에 할애하는 책도 있다. 『물고기는 존재하지 않는다』는 물고기 분류학자 데이비드 스타 조던의 회고록을 따라 읽는 저자 룰루 밀러의 독서 기록이다. "물고기가 존재하지 않는다"라는 단 한 문장의 깨달음이 도대체 무슨 의미인지 말하기 위해 그것의 부정항인 '물고기가 존재한다'의 의미를 데이비드 스타 조던의 일생을 통과해 독자들에게 먼저 전하고, 서사 전반부에서 쌓아올린 의미의 퇴적층이 산산이 조각나며 부서지는 과정을 후반부에서 속도감 있게 보여준다. 저자는 전지적 시점의 서술자를 자처하며 마치 전기수처럼 데이비드의 이야기를 독자에게 생생하게 전달한다. 그래서 독자는 이 논픽션을 거의 다 읽어갈 즈음 데이비드 스타 조던을 주인공으로 하는 한 편의 소설을 읽은 것 같은 느낌에 사로잡히기도 한다.

---

14) 룰루 밀러, 『물고기는 존재하지 않는다』, 정지인 옮김, 곰출판, 2021. 이하 인용시 쪽수만 밝힌다.

논픽션과 픽션의 층위가 절묘하게 교차하는 마술 같은 서술은 작품의 장르를 기존의 장르 규범으로부터 탈피시켜 혼종성을 부여하고, 내용의 층위가 아닌 서술의 층위에서 독자를 반전에 도달시키는 파격적인 즐거움을 선사한다. 더욱 탁월한 점은 이러한 인식의 파열이 내용의 층위까지 역으로 소급돼, 결국에는 독자의 인식 체계를 뒤흔드는 데까지 나아간다는 점이다(밀러가 독자와 공유하는 '간접 독서'의 체험이 그녀의 삶을 실제로 바꾸어놓았음은 말할 것도 없다).『물고기는 존재하지 않는다』는 자기 연민의 망망대해에서 허우적대던 나르시시스트 화자가 독서를 통해 자신의 껍질을 뚫고 나오는 데 한 단계 성공하는 이야기다.

밀러의 독서는 사랑의 상실을 겪은 후 자신의 삶을 데이비드 스타조던의 삶 위에 포개어두면서 이별을 만회할 구체적인 해결책을 찾고자 하는 욕망에서 시작한다. '나'는 계피 향이 나는 곱슬머리 남자와 칠 년간 연인 관계를 이어온다. 하지만 그녀가 다른 여자에게 키스하는 사건이 벌어지며 관계는 파탄이 나고 남자는 룰루를 떠난다. 그녀는 스스로 관계의 파탄을 초래했음에도 이별을 받아들이지 못한다. 언젠가 연인이 돌아오리라 굳게 믿으며 이메일을 쓰고 끈질기게 연락을 시도하지만 (당연하게도) 그에게선 어떤 응답도 없다.

그때부터 룰루는 데이비드의 저술들을 따라 읽으며 자신의 막막한 상황을 타개해나갈 단초를 그의 집요한 수집벽으로부터 찾으려 애쓴다. 스스로를 "연인이 왜 자기를 떠났는지 깨닫지 못하는 나르시시스트 투구게"(118쪽)라고 묘사하며 (자신이 나르시시스트인 것을 인정한 데서 그녀는 이미 박수 받을 만하지만) "아무 약속도 존재하지 않는 세계에서 희망을 품는 비결, 가장 암울한 날에도 계속 앞으로 나아가는 비결, 신앙 없이도 믿음을 갖는 비결"(66쪽)을 발견하고자 노력한다.

데이비드의 일생은 혼돈에서 질서를 스스로 만들고자 한 사람의 분투기이자 그 질서를 통제하고자 하는 거대하고 강렬한 욕망의 일대기다. 그는 극심한 자연재해를 겪으며 유리병에 보관해둔 표본들이 숱하게 훼손되고 아내와 자식들마저 세상을 떠나는 시련을 겪으면서도 새로운 어류 종의 발견을 포기하지 않고 이들에게 계속 이름을 붙여준다. 여러 난관을 겪으면 겪을수록 수집과 명명을 그만두기는커녕 더욱 집요하게 파고들고, 자신의 지위와 권력을 보전하기 위해서라면 가스라이팅과 음해, 살인조차 마다하지 않는다. '나'는 자신의 삶에 생겨난 커다란 상실의 구멍을 데이비드가 지녔던 그 '힘'으로 메우려고 한다.(171쪽)

데이비드는 의지로 불행을 제압할 수 있다고 생각했다. 그는 노인이 될 때까지도 물고기에게 직접 이름과 학명을 붙여주는 작업을 멈추지 않았는데, 이는 혼돈을 제거하고 질서를 부여하는 행위, 삶을 통제하고 조율하는 행위였다. 분류는 일종의 사다리 만들기다. 생물 종들 사이에 선형적 위계와 우월 관계를 부여하는 이 행위의 목적은 (음흉하게도) 사다리 제작자가 가장 높은 곳에 올라서기 위해서다. 룰루는 잃어버린 사랑을 되찾을 수 있는 해법을 찾으려는 자신의 욕망을 데이비드의 그것과 동일시하며 그의 삶을 줄곧 뒤따라가다가, 책의 3분의 2 지점에 이르러 별안간 깨닫는다. "내가 모델로 삼으려 했던 자는 결국 이런 악당이었던 것이다."(201쪽)

룰루의 독서가 그리던 벡터는 이제 반대 방향으로 완전히 뒤집힌다. 우리가 선한 가치라 믿어 의심치 않고 좇던 빛이 실은 악으로 밝혀질 때 우리는 무엇을 할 수 있을까? 그녀는 스스로와 동일시해오던

'절대선the absolute good'으로부터 돌아서고, 나르시시스트 투구게는 자신을 보호해오던 껍질을 벗기로 한다. 선의 얼굴로 진짜 얼굴을 가려오던 악의 구체적인 형상이 드러나는 순간 저자는 그를 부정하지 않고 오히려 그때부터 악에 대한 심층적 이해로 나아가기를 택한다.

> 그 사다리가 데이비드에게 준 것은 바로 이것이다. 하나의 해독제. 하나의 거점. 중요성이라는 사랑스럽고 따스한 느낌.
> 그런 관점에서 보면 나는 그가 자연의 질서라는 비전을 그토록 단단하게 붙잡고 늘어졌던 이유를 이해할 수 있을 것 같다. 도덕과 이성과 진실에 맞서면서까지 그가 그렇게 맹렬하게 그 비전을 수호한 이유를. 바로 그 때문에 그를 경멸했음에도 어느 차원에서는 나 역시 그가 갈망한 것과 똑같은 것을 갈망했다.(207쪽)

옳다고 굳게 믿어 의심치 않았던 것이 실은 불의한 것이었음을 알게 될 때 취할 수 있는 방법은 두 가지다. 하나는 자신이 내린 판단과 선택 역시 틀렸음을 인정하는 일, 그리고 다른 하나는 밝혀진 그 진실이 도리어 거짓이라고 부인하는 일. 선과 악은 이 지점에서 비로소 서로의 등을 돌린다. 선은 자신의 오류를 인정하는 용기를 발휘한다. 반면 악은 드러난 세계의 참모습과 진실의 빛에 놀라 암막 커튼을 휘두르고 자신의 어둠 속에 안주하려는 나약함을 보인다. 데이비드는 뒤의 선택지를, 룰루는 앞의 선택지를 고른다. 이렇게 갈라선 지점부터 그들은 독자 앞에서 각자의 혼돈과 대결하며 서사를 진행해나간다. 책 전체에 걸쳐 제시되는 저자의 독서 과정은 두 명의 나르시시스트가 각자의 혼돈과 벌이는 사투다.

혼돈에 이름을 붙여주며 그것을 질서로 고정하려는 데이비드의 분투는 어릴 적 발진티푸스로 일찍 죽은 형 루퍼스에 대한 상실의 해법이었다. 하지만 혼돈은 삶과 자연 자체, 날것 그대로의 조에zoe, 말하자면 통제 불가능한 것—인간의 언어와 힘으로 예측할 수 없는 힘의 정수이다. 혼돈은 생물종의 의지와 무관하게 좋은 것과 나쁜 것을 무분별하게 선사한다. 데이비드는 이 단순한 진실을 평생 받아들이지 못했다. 그의 분투는 진실에 대한 집요한 거부였다. 루퍼스를 데이비드와 만나게 한 것도, 루퍼스와 다소 일찍 이별하게 한 것도 모두 동일한 자연이라는 범박하면서도 거대한 진실 말이다.

그의 지도 제작과 수집, 종의 분류는 한 나르시시스트가 상실에 맞서 그의 생애 전부에 걸쳐 발휘한 불굴의 노력의 총체다. 그러나 자기합리화로 진실을 외면하고 상실을 제압해 무력화할 수 있다는 그의 무모하고 그릇된 믿음은 스스로의 세계에 갇힌 인간의 기만이 절대적 신앙으로서 거듭날 때 발생하는 애꿎은 마찰력에 불과하다. 그는 자연을 탐구하고 연구한 것이 아니라 자연에 투사되는 자신의 시선을 좇아 이름 붙이기를 거듭했다. 그러나 룰루, 자신의 외도로 칠 년간의 관계를 깨뜨렸음에도 여전히 그 관계를 회복할 수 있다고 믿으며 전 연인에 대한 끈질긴 미련을 떨치지 못하던 또다른 나르시시스트는 그러한 데이비드의 삶에서 자연이 선사하는 모순과 진실을 깨닫는다. 인간이 자연의 혼돈을 지배할 방법은 어디에도 없다. 삶을 내어주는 손도, 죽음으로 그를 거두어들이는 다른 손도 모두 자연의 것이므로.

나는 살면서 내 인생의 많은 좋은 것들을 망쳐버렸다. 그리고 이제는 더이상 나 자신을 속이지 않으려 한다. 그 곱슬머리 남자는 결코 돌아오지 않을 것이다. 데이비드 스타 조던은 나를 아름답고 새로운 경험으로 인도해주지 않을 것이다. 혼돈을 이길 방법은 없고, 결국 모든 게 다 괜찮아질 거라고 보장해주는 안내자도, 지름길도, 마법의 주문 따위도 없다.(208쪽)

룰루는 다행스럽게도 데이비드가 보지 못한 삶의 진실을 본다. 눈앞의 현실을 회피하고 날조하는 일은 난관의 극복이 아니라 다만 부정과 기만의 다른 형태임을 말이다. 이로써 룰루는 아버지가 남긴 "우리는 중요하지 않다"(222쪽)라는 말의 의미를 비로소 깨닫는다. 우리는 개미와 티끌처럼 "깜빡거리듯 생겨났다가 사라지는, 우주에게는 아무 의미도 없는 존재"(같은 쪽)지만, "우리"는 그 무의미의 일부로서 "중요"하다고 말이다. 자연의 진실을 받아들이는 것은 마치 제 꼬리를 물고 있는 우로보로스의 아이러니를 이해하는 일과도 같다.

이야기를 조금만 더 풀어보자. '나'의 삶은 '너'의 삶보다 우월하지 않다. 누군가의 삶은 조에로, 또다른 누군가의 삶은 우아한 비오스로 임의 배치되지 않는다. 그 임의성에 (데이비드와 같은) 누군가가 질서처럼 보이는 '이름'을 붙인다 해도 소용없다. 우리는 절대적으로 사소하고 작다. 그러나 우리 각자, 이 점멸하는 작은 빛의 티끌들은 서로를 떠받쳐주는 작은 그물망 안에서 연결돼 있고, 실낱같이 이어진 이 가는 선들은 "자신들이 받은 빛을 더욱 환하게 반사할 수 있는 실질적인 방식"(226쪽)이 된다. 그것이 바로 데이비드 스타 조던이 죽을 때까지 결코 알지 못했던 자연의 진실, "자연을 더욱 정확하게 바라보는 방식"(같은 쪽)이다. 자기 세계에 갇혀 우주를 자기 식으로 변형하려 애썼던 한 남자의 생애를 모두 읽은 나르시시스트 투구게는, 이로써 어렵게 한 번의 탈피를 마친다.

그래서 물고기는 없다. '물고기'는 견고한 진화적 범주가 아니다. 우리가 그 범주가 실재한다고 굳게 믿는 것은 다만 다수의 생물종이 지니는 유사한 외피 때문이다. 가령 비늘이라는 겉모습을 제외하면 폐어는 같은 '물고기'로 취급되는 연어보다 오히려 소와 종적으로 훨씬 가깝다. 연어는 폐어와 소가 공통적으로 가진 호흡기관을 가지고 있지 않기 때문이다.(239쪽) 범주는 각각의 생물종이 가진 삼차원의 고유한 차이와 진실을 깔끔한 봉제선 안으로 기워 넣고 존재의 개별적인 요철과 무늬들을 이차원으로 납작하게 만든다. 퀴어의 존재론도 그렇다. 이름, 외모 등 겉으로 드러나는 기표로만 퀴어를 재현할 때 범주를 해체하고자 하는 퀴어의 역동성과 욕망은 무화된다.[15] 명명되지 않은 미지의 존재, 타자들을 수집해 이름을 붙여 유리병 안에 붙잡아두는 것은 룰루 밀러가 빌려온 말대로 '언어적 거세'다. "인간이 정상의 자리에 머물기 위해 단어들을 발명하는 방식"(252쪽)에 다름 아닌 것이다.

혼돈을 이리저리 계량해 편의에 맞게 재단하려는 노력이 곧 자연의 진실을 은폐하고 부정하는 폭력임을 각성한 저자는 자신이 대적하려던 상실 또한 삶에 포함된 자연임을 드디어 받아들인다. 그녀는 계피 향 나던 옛 남자를 드디어 마음속에서 떠나보내고 자기 앞에 다

---

15) 한정현이 소설에서 퀴어를 재현하는 방식은 특히 옷차림과 이름과 같은 외양에 국한돼 있다. 이는 『마고』뿐만 아니라 퀴어를 등장시킨 그녀의 다른 작품에서도 마찬가지다. 이 책에 수록된 「이제, 너희는 씨 뿌리는 사람의 비유를 들어보아라」를 참조할 것.

가온 새로운 여자의 손을 잡는다(실제로 룰루 밀러는 아내 그레이스 밀러와 두 아들과 함께 행복하게 살고 있다). 범주가 파괴될 때 경계 밖으로 튀어나오는 무궁무진한 가능성과 자유가 있다. 행복과 좋음과 마찬가지로 상실과 파괴, 고통 역시 삶과 나란한 층위에 있다는 것, 그리고 그것이 바로 자연의 혼돈임을, 인간이 살아가는 내내 긍정하고 받아들여야 할 진실임을 그녀는 깨닫는다.

눈앞에 보이는 외피에 현혹되지 않고 그 너머의 다른 가능성들을 품은 현재, 확실해 보이는 '지금'은 언제고 전복될 수 있다. 우리 각자는 우주의 일부로서 몹시 중요하고 소중한 존재인 동시에 우주적 차원에서는 정말이지 하나도 중요하지 않은, 아주 사소한 티끌에 불과하다는 아이러니 말이다. 이렇듯 개종한 나르시시스트가 접속한 새로운 세계에 물고기는 없다. 물고기는 없기에, 포름알데히드로 몸을 적셔 유리병에 가두려는 손아귀의 힘이 없기에, 우리는 자유롭게 헤엄치는 물고기가 돼 더 넓은 바다를 향해 거침없이 나아갈 수 있다. 죽음과 혼란, 파멸이 도사리고 있는, 그러나 그 모든 혼돈을 긍정할 만큼 커다란 사랑 또한 확신할 수 있는 망망대해로.

5. 나르시시즘이야말로 오늘날의 빌런

나르시시즘에 갇힌 주체는 선한 빛을 비폭력의 수동성으로 치환해 받아들이고, 약자와 소수자의 당사자성을 피해자의 그것으로 물화해 주체의 서사에 동원되는 희생양으로 전락시킨다. 그러한 서사에서 퀴어와 여성들은 현실의 엄혹한 힘과 폭력 앞에서 저항 한 번 해보지 못한 채 한없이 무력하게 사라진다. 연민하는 주체의 추억과 회고의 부속물로 물화된다. 진실한 선은 악과 정면으로 대결하며 성장한다. 서사에서 악이 납작해지면 선 또한 평평해지는 것은 피할 수 없는 역학의 결과다. 게다가 악 또한 부정할 수 없는 인간성의 아주 중요한 부분이 아니던가. 악의 의도적 소거와 표백은 '선한 인간'의 자기기만 그 이상도 이하도 아니며 악을 고의적으로 외면하는 선의 얼굴은 또다른 악일 수 있다. 자신이 절대적으로 선하다고 믿는 나르시시즘이야말로 오늘날 우리가 직면해 대결해야 할 새로운 빌런이다.

(2023)

퀴어 일인칭을 위한 변론:
오토픽션과 문학의 윤리성에 관하여
—김봉곤론[1]

1. 뒤늦은 변호

김봉곤이 돌아왔다. 약 사 년 만에 발표한 신작 단편소설 「기록적」 (『문학과사회』 2023년 겨울호)은 그가 첫 소설 「Auto」(2016년 동아일보 신춘문예 중편소설 당선작)를 시작으로 여태까지 집요하게 추구해온 소설론을 소설로 작품화한 것이다. 지난해 겨울부터 봄, 그리고 이번 여름까지 발표된 여러 단편소설을 돌아볼 때 이 작품을 빼놓고 말할 수는 없다. 김봉곤의 소설들은 2010년대의 페미니즘 리부트 국면을 지나온 지금의 한국문학장이 보여주는 소설과 비평의 상호작용 방식을 형성하는 데에 있어 중요한 요인이 되었기 때문이다. 더구나 그가 겪은 사적 대화 무단 인용 논란은 한 명의 소설가가 (비)자발

---

1) 이 글은 이 책에 수록된 「포르셰를 모는 레즈비언과 윤석열을 지지하는 게이에 관하여—퀴어 일인칭을 위한 변론」의 연작이다. 퀴어의 인식론에서 존재론으로 나아가야 한다는 주장 속에서, 이 글은 퀴어의 존재론이 마련되는 한 가지 양상을 김봉곤의 신작 단편소설과 그의 오토픽션 전략 속에서 찾는다.

적으로 소설쓰기를 중단하게 되었던 사건이며, 그것이 문학장과 문학성에 대해 일으킨 파장과 변화에 대해 비평과 소설은 말하거나 말하지 않는 방식으로 꾸준히 응답해왔기 때문이다. 그러므로 「기록적」에 대해 본격적으로 논의하기 전에 이 글 역시도 김봉곤과 그의 작품들이 겪은 그간의 사건을 언급하지 않을 수가 없다. 이 글이 그의 소설에 대한 뒤늦은 변호 정도에 불과하게 읽힌다 하더라도 그렇다. 말해야만 한다. 그와 그의 소설이 겪은 그간의 역사는 한국문학장과 특히, 비평이 퀴어 소설을 어떻게 다루어왔는지를 반드시 비판적으로 성찰할 당위를 그 무엇보다 강력하게 방증하기 때문이다. 그의 신작을 다루고자 할 때 그간의 역사를 냉정하게 타진하지 않고서 곧장 작품에 관해 말을 얹는 행위로 나아간다면 그것은 분명 몹시 수치스러운 자기기만일 것이다.

*

그는 2020년 7월 사적 대화 무단 인용 논란에 연루된 이후 약 사년 동안 여타의 작품을 발표하지 않다가 지난겨울, 신작 단편소설 「기록적」을 내보이면서 작품활동을 재개했다. 사건의 개요는 다음과 같다. 단편 「그런 생활」에 "C누나"로 등장한 이의 실제 모델인 최씨가 트위터를 통해 작품을 수정하고 해당 대목을 삭제해달라고 요청했으나, 작가에 의해 묵살되었으며 소설에 재현된 자신의 실제 언행으로 인해 성적 수치심으로 괴로워하며 극심한 피해를 입고 있다고 공론화한 것이다. 분노한 피해자는 문제를 법원으로 가져갔고 작가가 자신의 '동의 없이' 대화를 무단 인용한 사실에 대하여 3,500만원의 위자료를 청구하는 손해배상소송을 제기했다. 그러나 법원은 "[최씨는—인용자] 자신이 등장인물로 등장하고, 자신과 피고 사이의 카카오톡 대화 내용을 인용하여 소설을 집필하고 출판하는 것에 대하여 동의해주었다"고 판단했다. 더불어, 그가 카카오톡 대화 내용을 삭제해달라고 한 요청의 발화에 대하여 "[최씨의 요청이—인용자] 소설의 내용 중 일부가 미흡하다고 표현한 것에 불과해 보일 뿐, 소설에 인용한 카카오톡 대화 내용을 삭제하거나 수정을 요구하는 의미로 보기 어렵다"[2]고 판단했다. 사법적으로, 김봉곤의 사적 대화 무단 인용은 무단 인용이 아니다. 따라서 피해자 "C누나"가 만들었던 가해와 피해의 구도는 적어도 사법적으로는 성립하지 않는다.

그러나 문학적으로, 논란이 되었던 소설의 대목이 무단 인용이 '아님'이 되지 않는다는 것이 문제다.[3] 사건 당시 "C누나"에 이어 인물 "영우"의 실제 모델이 트위터로 피해를 호소하자, 문학동네와 창비는 작가가 받은 문학동네 젊은작가상의 반납과 수상집을 포함한 그의 단행본 『여름, 스피드』(문학동네, 2018)와 『시절과 기분』(창비, 2020)을 회수하고 판매 중지시켰다. 재판 결과와 무관하게 작가와 그의 소설세계가 입은 '피해'는 어떤 방법을 동원한다 하더라도 취소되거나 철회될 수 없다. 사건과 연관하여 그간 많은 비평들이 비평가의 '무능과 게으름'을 한탄했으나 정작 그 '무능과 게으름' 그리고 그러

---

2) 인용한 대목은 다음의 기사에서 가져왔다. 한소범, 「카카오톡 대화 인용한 김봉곤 소설…법원 "무단인용 아니다"」, 한국일보 , 2021. 10. 5, https://www.hankookilbo. com/News/Read/A2021100514250004812#, 강조는 인용자.

3) "'문학적 진실'은 '사법적 진실'과 얼마나 먼가, 아니 가까운가?"(심진경, 「스캔들의 문학과 비평의 몫」, 『문학과사회 하이픈』 2023년 겨울호, 36쪽)

한 악덕을 가능하게 했던 문학장의 '구조와 제도'라는 큰 이름 뒤에 숨어 작가와 작품을 또다시 방기했다.

2. 페미니즘 비평의 욕망과 그 책임

최근 십 년을 돌아보면 시와 소설, 그리고 비평의 일인칭적 시점에 관한 논의가 꾸준히 발표되어왔다. 여러 논의들의 핵심은 일인칭 시점이 텍스트 내부로 가져오는 텍스트 바깥의 당사자성의 소환, 그리고 그로부터 발생하는 '작은 나'들의 정치성과 윤리성에 대한 인정 투쟁의 승리다. 특히, 김봉곤이 대표 주자로 부상시킨 게이 일인칭 화자 소설은 그간 비평장의 주변부를 겉돌고 있던 성 소수자에 관한 소설들을 재평가하고 비평적으로 의미화하는 시발점이 되었다. 이는 2010년대 후반부의 페미니즘 리부트의 맥락 속에서 비평의 젠더가 여성화되고 여성주의적 가치를 전격 지지하면서 그간 문학의 주류적 젠더였던 헤게모니적 이성애자 남성성에 대한 강렬한 비판과 함께 진행되었다.

그런데, 페미니즘의 여성성을 비평이 자신의 주요한 젠더로 삼고자 하는 와중에, '퀴어' 문학에 대한 비평적 담론들이 양적으로 증가하게 된 시발점은 어찌하여 레즈비언을 다룬 소설이 아니라 게이가 주인공인 소설들이었을까? 소비자 주체인 대중 독자의 구매력을 고려한다면 어떤 문화권이나 시장에서든 주로 '게이'를 주인공으로 하는 서사가 많이 소비되는 경향이 있지만, 당시의 한국 페미니즘 문학비평의 입장에서 왜 그토록 게이 소설에 열광했었는가 하는 질문은 별개로 떼어 볼 수 있다. 대중 독자의 소비는 책의 판매량으로 수치화되고 대표되지만 비평가들의 작품에 대한 '소비' 즉, 담론화는 양적

일 뿐만 아니라 질적인 층위에서 비평 자신의 몸을 재구성해나가는 질적 층위에서 문학장과 그곳의 문학성을 형성하는 수행적인 행위가 되기 때문이다.

그것은 2010년대 한국문학의 페미니즘 비평이 다분히 이성애 중심성을 채택하고 있었기 때문이다. 여성들이 페미니즘 리부트를 통해서 가장 축출하고자 했던 것이 이성애 남성성의 폭력성과 패권적 질서였고, 문단 내 성폭력을 고발하는 미투 운동의 열기와 더불어 문학비평의 에너지 또한 그 폭력성과 헤게모니적 남성성의 권력을 몰아내고자 하는 쪽으로 수렴되었다. 언뜻, 여성주의적인 비평이 가장 손쉽게 친밀감을 내비칠 수 있는 소설이 여성 퀴어의 주류적 집단인 레즈비언이라고 생각할 수 있다. 그런데 왜 하필 '게이'인 것일까?[4] 이는 소설의 인물이 '대상'을 욕망의 자리로 물화하는 시선, 특히 성적 대상화의 문제에서 이성애 여성들이 전적으로 안전감을 느끼는 시선을 장착하고 있기 때문이다. 그녀들은 남성을 사랑하는 남성 동성애자의 시선에 오히려 친밀감이나 우애를 느끼기도 하는데 '남성'을 욕망하는 주체라는 공통점에서 그러하다. (하지만 바로 그러한 시선으로 인해 그들의 연대는 또한 쉽게 결렬될 수도 있다.) 한편, 레즈비언의 경우 남성을 욕망하는 게이의 시선에 대해 무심한 태도를 표한다. 단적으로 거칠게 요약하자면 레즈비언은 여성성을

---

4) 게이의 타자적인 쌍으로 곧장 레즈비언을 호출하는 것이 남성과 여성의 이분법적 젠더 의식이나 시스젠더의 주류적인 질서에 갇힌 사고 방식이라는 비판을 제기할 수도 있겠으나 한국문학장에서 발표되는 소설의 젠더와 섹슈얼리티를 고려할 때, 게이 소설만큼 풍성한 양을 자랑하는 것이 레즈비언 소설이기 때문이다. 한쪽의 젠더/섹슈얼리티가 퀴어 커뮤니티 내부에서 질적인 우위를 점한다고 생각하지 않는다.

사랑하는 여성성의 세계에, 게이는 남성성을 사랑하는 남성성의 세계에 거주하기 때문이다. 이러한 욕망의 주체, 물화하는 시선의 주인이라는 위치성과 그 권력 구도를 고려할 때 레즈비언 섹슈얼리티는 여성을 욕망하는 여성의 시선을 내장하고 있다는 점에서 이성애 여성들의 쉬운 동맹이 되지 못한다.[5] 비평의 '나'가 여성일 때, '나'를 욕망의 대상으로 물화할 가능성이 아주 적으면서도 동시에 그 시선의 주체가 페미니즘이 주장하는 소수자로서의 여성과 동등하거나 혹은 더 열악한 지위에 있는 곳은 게이의 세계다. 여러 맥락과 제출된 비평들을 숙고하면 2010년대부터 융성하여 지금까지도 비평의 주된 젠더/섹슈얼리티를 형성하고 있는 '나'는 이성애 여성의 관점이다.

비평의 여성적 젠더가 발휘하는 섹슈얼리티가 이성애라는 사실 자체가 문제인 것은 아니다. 더 중요하게 논의되어야 할 지점은 그렇게 구성된 여성성의 이성애 중심성이 채택했던 정치적 올바름에 대한 강박이다. 성폭력 가해자의 가해 사실과 존재를 묵인하지 않고 드러내어 발화하고자 하는 정의로운 욕망은 정치적인 올바름과 결부해 대중들로부터 '올바른' 시민성을 촉구·심화시켜 성폭력의 문제를 공적인 사안으로 확장하고 공론화하려 했다. 그러한 전략과 궤적이 실제로 큰 유형력과 소구력을 발생시킨 것은 사실이며 덕택에 우리는 한국문학사에서 전례없이 많은 '퀴어 소설'과 '퀴어 시'들을 목격하

---

5) 레즈비언 섹슈얼리티는 "비평이 '나'의 바깥에서 타자적인 것으로 환대하며 들여오기에 그것은 '이미' 너무 가까웠고, '이미' 자기 내부의 타자성이었다". 이 책에 수록된 「가장 음험한 가장—코드의 언어 경제로 보는 시와 소설 그리고 비평의 매트릭스」 3장 참조.

고 있다. 자연스럽게, 비평장에서 그것은 당연하게도 윤리적인 동시에 문학적인 당위가 되었고 그간 눈감아온 사건들에 대하여 뼈아픈 통찰과 반성이 뒤따라 일어났다.

그러나 정치적 올바름이 창작의 당위가 되면서 창작자들의 강박 또한 징후적으로 감지되었다. 남성성을 발휘하는 남성 인물들이 사라지거나 발휘하더라도 그것이 '상식'적으로 선한 윤리의 자장 안에서 통용될 수 있는 정도의 수준에 국한되고, '무지'와 '폭력'으로 전형화되는 작품들이 무수히 많이 발표되었다. (그러한 거시적인 경향성은 현재까지도 유지되고 있다.) 그러나 페미니즘은 여성들만의 아마조네스 월드를 지향하는 것이 아니라 여성과 남성의 이분법적 대립 구도를 격파하고 동등한 지위의 인간으로서 그들의 욕망과 갈등이 입체적으로 중첩되고 갈등하는 세계를 지향해야 마땅하다. 섹슈얼리티는 그것의 교차와 뒤섞임 속에서 자연스럽게 퀴어한 양상으로 드러나거나 전통적인 이성애의 규범성과 대항하면서 제 자리를 찾아갈 것이고, 이성애 또한 그런 속에서 퀴어한 수행의 가능성을 배태한 다종다기한 섹슈얼리티 중 하나임이 드러날 것이기 때문이다.

2010년대 페미니즘 문학비평의 이성애 중심성이 야기한 새로운 문학성은 정치적 올바름이었고, 이는 김봉곤의 사적 대화 무단 인용 사건을 비평이 말할 때 또한 아주 중요한 대타자로 작동했다. 사건을 공론화한 피해자는 '원치 않게' 소설로 만인에게 공개된 사적인 대화가 자신에게 "성적 수치심과 자기혐오"를 불러일으킨다고 말하며 "작가가 자기 자신으로 살기 위해 글을 쓰듯, 평범한 사람 또한 나 자신으로 살기 위해서 함부로 다뤄지지 말아야 할 삶이 있습니다. 알려지지 않아야 마땅한 장면이 있습니다. 그 균형이 강제로 깨어져 박제된다면, 누군들 고통받지 않을까요?"[6]라고 호소했다. 그의 논리는 당대의 페미니즘 비평이 한참 동안 주력해오고 있던 성폭력 가해자 (이성애자) 남성의 폭력성을 고발하고 처벌하고자 하는 집단적 의지의 논리와 아주 매끄럽게 순치된다. 게다가 그가 느꼈다고 말하는 "성적 수치심과 자기혐오"는 성폭력 피해자의 언어이기도 하므로 당시의 사회문화적 맥락과 문학장의 흐름 속에서 "C누나"의 고발은 김봉곤의 소설세계를 적극 지지해온 '비평의 책임'으로 소환될 수밖에 없었다.

그러나 이때의 '책임'은 단지 직접적인 관련자들, 해당 작품이 실린 잡지의 편집위원들이 사과문을 게재하는 등의 행위에 국한되는 것이 아니다. 오히려 '비평의 책임'은 '비평'과 그의 '소설'이 가해자의 위치에 놓인다는 것을 당연하게 받아들이지 않는 데에서 시작할 수 있었으리라고 생각한다. 하지만 당시에『문학동네』편집위원들이 트위터에 게재했던 입장문이나 사건이 발생한 다음 계절의 잡지 머리말에서는 '피해자'를 위한 '신속한 대응과 조치'를 하지 못했음을 강조하며 '피해자'의 고통을 헤아리지 못했음을 사과했다.[7] 당대의 시대적 분위기 속에서 '피해자'의 출현은 반드시 '가해자'의 존재를 절대적인 필요로 했다. 작가와 소설이 '가해자'가 분명하다는 전제에

---

6) 트위터 닉네임 "다이섹슈얼"(@kuntakinte1231) 게시물, 2020. 7. 10. https://twitter.com/kuntakinte1231/status/1281501681042120709?t=qvjgiHix4zYMbllwtx689g&s=19

7) 트위터 "--"(@wdeBEBSEuSHiNyH) 게시물, 2020. 7. 16. https://twitter.com/wdeBEBSEuSHiNyH/status/1283555283785011201?t=1GxK4EMBdldOtnFZZvwB8Q&s=19; 강지희,「남아서 싸우는 사람들─2020년 가을호를 펴내며」,『문학동네』2020년 가을호, 6쪽.

대해서 비평장의 그 누구도 의심하지 않았다.

이는 "C누나"의 언어가 바로 당대의 문학장이 가장 강력하게 휘두르고 있던 피해자/당사자 중심주의를 구사하고 있었기 때문이다. 여성으로 젠더화된 '피해자'들과 폭력적 남성성에 의해 소거되거나 주변화된 소수자들을 가시화하고 지지하는 작업에 혼신의 힘을 다하고 있던 비평이 그러한 '피해자의 언어'로부터 얼마간 거리를 두고 '비평적인' 시선을 생성해내는 일은 물론 극한의 부담이었을 것이다.[8] 트위터 및 온라인 공간에서의 여론과 그 여론은 다름 아닌 문학 소비자-독자 주체가 조성한 것이었으므로 문학 출판 시장은 그들의 의사와 의지를 반영하고 고려하고자 한다는 신호를 가능한 한 빨리 주어야 했을 것이다. 그러나 단지 소비재로서의 문학, 다시 말해 '물화된 삶으로서의 문학'과 '삶 그 자체로서의 문학'이 갈라지는 지점은 바로 여기일 것이다. 수많은 질타와 비난에도 불구하고 날아가는 공의 끝을 눈감지 않고 지켜보는 일, 그것이 비평의 몸을 당장 해하는 것처럼 보일지라도 끝내 놓(치)지 않는 것이 실제 삶으로서의 문학과 그

---

8) 그러한 비판을 불가능하게 하는 요인 중 하나는 물론 이소연이 일갈한 대로 문학 잡지의 편집위원들이 가지는 자신만의 지면과 편집권, 청탁권, 그리고 신인 선발권 등의 권력일 것이다. 구조와 제도 내부에서 획득한 권력은 반드시 그것의 실추 또한 가능함을 무의식적으로 상기시킨다.(이소연, 「소금이 짠 맛을 잃으면—비판 정신과 비평의 책무」, 『문학과사회』 2020년 가을호, 450~453쪽) 특히, 각주 7번에서 인용된 『문학동네』 편집위원들의 트윗 타래는 그들 자신과 출판사를 분리하고 출판사에게 가해지던 비판과 혐오로부터 가능한 한 벗어나고자 하는 욕망이 그러한 권력에 대한 불안을 자연스레 떠올리게 한다. 그러나 이소연의 비판이 말하는 '비평의 책임'은 오토픽션을 다른 소설과 동일한 기준으로 읽을 수 없다는 주장 아래 당대 비평가들의 심미적·윤리적 기준을 질타하는 것으로 우회하며, 사건에서 분명한 '가해'와 '피해'가 발생했음에 대해서는 의문의 여지 없이 받아들인다는 점에서 동의할 수 없다.

것의 윤리일 것이다. 문학장 내부의 소설과 비평의 담론적 유착 관계, 그 관계를 추동했던 비평의 욕망을 비판적으로 점검하고 재현의 윤리와 '윤리 아닌 것들'의 역학을 냉정하게 점검하는 작업은 상당한 시일이 걸리는 일이며 실제로 수 년이 지난 지금까지도 이렇게 글로 작성되고 있다. 하지만 그러한 시간을 감내하는 일이야말로 비평의 '윤리'가 아닐까? 비평의 '나'가 믿어 의심치 않아온 단단한 확신에 결함이 있을 수도 있음을 적어도 한 번은 의문해보았어야 하지 않을까?

문학과 사법 체계가 극명하게 다른 지점이 있다면 문학은 재현의 가상 속에서 지어진 허구와 상상력의 세계, 혹은 실제와 가상을 넘나드는 경계적인 영역이라는 것이고, 사법 체계는 문학의 토대인 바로 그 가상의 세계가 조금도 들어설 틈이 없는 실제적인 현실의 영역이라는 것이다. 그러나 페미니즘 리부트 당시 문학장의 윤리가 텍스트 바깥 실제 현실의 윤리와 강하게 연동되어 있었으므로 소설이 일으킨 재현의 문제와 갈등은 단지 문학성과 재현에 관한 문제로만 읽힐 수 없었다. (이 지점에서 그간 합의해오고 비판했던 '문학성'에 대한 여러 논의들이 태어났다.) 텍스트 외부의 현실 원리는 역으로 텍스트 내부의 원리를 생성하거나 재구성하기 마련이고 그 역도 마찬가지다. 무단 인용 사건에 대한 사법적 판단의 결과가 역으로 문학성을 재생성할 수도 있다.

이 글에서 피해자라는 단어에 계속해서 따옴표를 사용하며 표현하는 이유는 당시에 '피해자'가 호소했던 '피해'의 내용에 관한 비판적 접근이 불가능했음을 환기하는 동시에 그와 더불어 '무단 인용 아님'이라는 사법적 판결이 '피해'의 내용을 피해가 아닌 층위로 재의미화한다는 것을 강조하기 위함이다. 실제의 성추행이나 성희롱 등 성적 수치심을 느끼게 하는 행위가 발생한 것이 아니라 소설이라는 가상적 현실 속에서 발생한 재현으로 인해 "C누나"가 수치심을 느낀 것이라면, 가해 행위 또한 가상적인 행위성이 현실의 영역으로 넘쳐흐른 것이 된다. 그러나 그러한 가해 행위의 처벌은 문학의 가상 세계가 아닌 바깥의 실제 세계에서 이루어졌다. 사법적 처벌을 말하는 것이 아니다. 작가의 소설과 '오토픽션'으로 이어져온 소설론에 대한 문학적 린치를 말하는 것이다. 문학상을 반납하고(작가가 자발적으로 행한 것이지만 그러한 반납은 어떤 비판과 무리도 없이 수용되었다), 단행본을 판매 중지하는 제도적 처분, 그리고 문학 속 여성 인물이 아니라 실제 여성에게 성적 수치심과 혐오감을 안겨주었음에 대하여 얼마나 많은 비평의 '나'들이 자신을 책망하고 나무라는 와중에 담론을 불려갔는가. 이런 비평들은 그들이 자주 인용했던 "소설의 가치가 한 사람의 삶보다 우선한다고 생각하지 않"[9]는다는 말과 공명하면서 '김봉곤'을 '소설'의 항에, '한 사람의 삶'을 '피해자'의 삶으로 환원했다. 그러나 작가 '김봉곤'은 어찌하여 '한 사람의 삶'의 자리에 놓일 수 없는가? '사람'의 가치를 가늠할 때 거대한 구매 권력을 가진 소비자-독자의 다수의 삶과 작가 한 사람의 삶을 능히 초과한다고 쉽게 단정한 것은 아닌가?

나는 이 지점에서 김봉곤과 그의 소설세계가 '사람 아닌 것'의 자리로 물화되었다고 생각하며 그러한 물화의 작업을 해온 것이 저간

---

9) 소설가 김초엽이 페이스북에 게시했던 문장으로 지금은 접근할 수 없다. 백지은, 「왜 소설에 사적 대화를 무단 인용하면 안 되는가」, 『문학동네』 2020년 겨울호, 212쪽에서 재인용.

의 문학장이라고 생각한다. 그러나 비평의 윤리는 결코 의문시되지 않았던 이 자연스러운 추인에 대하여 물음표를 던질 수 있는 힘에서 나온다. 그리고 그러한 물음을 던질 수 없게 한 것이 2010년대 한국 페미니즘 문학비평의 정치적 올바름에 대한 강박과 불안이라고 생각한다. 사건 자체가 당시 이성애 페미니즘 비평의 정치적 올바름을 너무나 강력하게 위협할 수 있는 요소였기 때문이다. 당시 비평이 부상시킨 퀴어 작가의 작품과 삶 자체는 긍정적인 측면에서 소수자의 문학적 성원권을 확장시키는 벡터로 나아갔고 부정적인 측면에서 그것은 비평의 일관된 정치적 올바름을 위해 가능한 한 빨리 비평과 분리되어야 했다. 긍정적이든 부정적이든 비평이 김봉곤의 소설을 도구적으로 사용했다는 혐의는 지우기 어렵다. 게다가 2010년대 후반과 2020년대 초반에 생산되었던 페미니즘 비평들은 '퀴어' 소설에 대하여 '무엇이 어떻게 퀴어한지'에 대한 입체적인 독해라기보다 작품 속에서 퀴어 정체성을 지닌 인물들을 '주체'로 부상시키고자 했다.[10] 그러한 정치적 의도 속에서 '퀴어한 읽기'는 그저 해당 소설들에게 문학적 성원권을 부여하는 작업과 효과에 대부분 그치고 말았다.[11] 이

---

10) 김건형의 「2020, 퀴어 역학 − 曆學 · 力學 · 譯學」을 위한 설계 노트 1」(『문학동네』 2020년 겨울호)은 김봉곤의 소설을 퀴어하게 읽은 거의 유일한 비평이었다.

11) 시와 소설을 포함한 비평은 모두 자신의 '실제'를 성장시키기 위한 '가상'을 그것의 몸으로 육화한다. 신 자유주의 시대의 문학 시장에서 각자의 존재감을 지속하고 부조시키기 위해서는 많이 소비되어야 하고, 많이 소비되는 것이 곧 문학장에서의 생애 주기를 이어나간다는 의미이기 때문이다. 이러한 시대의 매트릭스 속에서 자기 자신의 삶도 물화하는 것을 마다하지 않는 것은 시와 소설의 일인칭적 전략뿐만 아니라 비평의 일인칭적 시점 또한 매한가지다. 작품을 '퀴어하게 읽기'는 그러한 텍스트 외부의 조건과 내재된 문학 주체의 욕망을 고려할 때 본격적으로 작동할 수 있다. 관련한 구체적인 논의는 이 책에 수록된 「가장 음험한 가장」을 참고할 것.

상해 보일 만큼 자연스러웠던 이성애 중심성의 페미니즘과 게이 소설의 연대 또한 실상 강제적 이성애의 부산물이었던 것이다. 한국문학에 게이의 삶이 기입되는 것이 왜 그토록 중요했을까? 김봉곤 소설 고유의 미감은 물론 위와 같은 외적 조건에 대한 성찰 여부와 무관하게 주목받아 마땅할 만큼 탁월하지만, 그의 소설이 보여주는 퀴어 미학과 문학성이 당시에 축출된 이성애 남성성과 그 폭력성의 빈자리를 대신해서 채워주기를 바랐던 비평의 욕망, 정치적 올바름에 대한 갈망은 아니었을까?

요컨대 현재 상당히 자연화된 것 같은 다양한 퀴어 주체와 퀴어한 소설들의 출현이 이성애 중심성의 페미니즘이 대타자로 삼던 정치적 올바름에 의해서라는 것은 다행스러운 동시에 상당한 불안의 요소가 되기도 한다. 먼저, 정치적으로 올바르지 않은 퀴어는 저간의 문학적 역사 속에서 어떻게 기입될 수 있을까, 하는 질문을 제기할 수 있고, 비평의 그러한 윤리적 테제에 의해 인정되고 수용된 퀴어 섹슈얼리티가 조금이라도 윤리적이지 않을 가능성을 내보인다면 그때는 비평과 소설이 상호 구성해온 담론이 어떻게 되는 것일까, 하고 염려할 수도 있을 것이다. 아니 그보다도 먼저, 오토픽션으로 재현되어온 퀴어의 발칙한 섹슈얼리티가 너무나도 손쉽게 정치적 올바름이라는 윤리성 안으로 녹아들어갔다는 것을 의문시하고 싶다. 퀴어한 섹슈얼리티는 정치적으로 올바른가? 파트너와 일대일 관계에 있는 퀴어가 끊임없이 그를 배신하고 외도를 저지르는데도 다른 이는 그를 지고지순한 마음으로 견디고 끝까지 이해해보려 애쓰는 서사, 그런 이야기가 이성애 서사였어도 '정치적으로 올바른' 이야기로 읽힐 수 있나? 그렇다면 왜? 어찌하여 그런가? 무엇이 그러한 독해를 가능하게 하는가? 이성애 서사와 게이 서사에서의 '사랑'이 다른 역학을 보인다고 할 때, 그것은 그저 무비판적으로 수용해야 할 사랑의 한 종류인가? 퀴어 작가와 퀴어한 소설에 열광하면서 비평이 했어야 할 문학적 작업 중 하나는 작품에서 바로 이 지점을 치밀하게 탐색해보는 일이었을 것이다.

3. 독자의 '기분'

독자성은 이 이상한 괴리와 불일치의 간극을 매끄럽게 메우는 지점에서 등장한다. 앞에서 '피해자'가 트위터로 호소했던 글의 일부를 다시 가져와본다.[12]

> 목표점에 제대로 닿지 못한 소설에 바닥 깔개로 이용된 **기분**, 강제로 출현 당해 김봉곤 작가의 밑에 엎드려 깔린 **기분** (……) 김봉곤의 글쓰기와 응대는 저를 시시하고 쓸모없는 사람으로 **느끼게** 했습니다 (……) 작가의 소설 속에 영원히 박제된 저의 수치심이 김봉곤 **작가의 '당사자성'과 '자전적 소설'의 가치보다** 정말, 못하고 하잘것없는 것인지를요.

수치심은 감정의 문제다. '피해자'는 자신의 '기분'과 '느낌'을 절대적인 근거로 '피해'를 구성한다. 그리고 이러한 주체의 감정 문제는 소설가의 당사자성과 오토픽션의 문학적 가치를 의문시하는 것으로 확장된다. 이러한 호소가 많은 비평가와 대중 독자들에게 전적

---

12) 트위터 닉네임 "다이섹슈얼"(@kuntakinte1231), 같은 게시물, 강조는 인용자.

으로 수용될 수 있었던 것은 '피해자'가 느낀 '기분'이 많은 독자들의 공감이 이입될 수 있는 자리였기 때문이다. 한국문학의 독자가 여성으로 젠더화되었다는 사실은 여러 조사와 연구, 통계를 통해 입증되었다. 이러한 자장 속에서 '피해자'의 발화는 저절로 진정성을 획득한다. 누구나 그와 같은 '피해자'가 될 수 있음, 타인과의 연루 속에서 살아가는 사회적인 동물인 인간은 오토픽션의 장르적 세계 속에서 누구나 대상화될 수 있음에 대한 불안이 강하게 작동하는 '기분'인 것이다. 그러나 과연 김봉곤의 소설만이 실제 삶에서 연루된 타인들을 소설 안으로 데려온 것일까? 소설의 자기 반영적 특징은 오토픽션이라는 이름으로 장르화되는 소설에서만 발생하는 것일까? 수많은 자전소설에 출현하는 작가적 분신이 아닌 다른 인물들은 단지 정치적으로 올바르게 재현되어서 괜찮았던 것일까? 혹은 재현된 실제의 타인이 죽어서 이 세상에 더는 실존하지 않는다면 그때는 아무래도 괜찮은 것일까? 결과적으로, 만약 "C누나"가 문제시했던 재현 부분에서 수치심을 느끼지 않았다면 전혀 문제가 되지 않는 것일까?[13]

---

13) 작가가 직접 보고 들은 경험을 기반으로 쓰였다는 박형서의 장편소설 『새벽의 나나』(문학과지성사, 2010)는 스물다섯 살의 이성애자 남성 주인공 '레오'가 태국의 매춘 거리에 장기 체류하게 되며 '거리의 여자들'을 관찰하고 그들과 연루되는 사건을 서사화한 여행기다. 작품의 대부분이 성적으로 물화된 여성 신체와 여성성을 적나라하게 묘사하는 데에 할애된다. 장담컨대 그 어떤 한국 여성 독자라도 이 소설을 읽고 나면 끔찍한 악몽에 시달릴 것이다. (이 소설을 읽고 매우 고통스러웠던 나는 누구에게 항의해야 하는 것일까?) 그러나 다분히 서사적인 관찰자적 시점 속에서 그 모든 여성의 비극을 너무나 관음적으로 경험하면서 한편으로는 철저히 거리를 두고 있는 이 남성 인물, 그리고 이것이 자신의 경험에서 기반했다고 떳떳하게 말하는 소설가는 권위 있는 문학상까지 수상했다. 그렇다면 당시에 이 소설이 놀라운 문학적 성취물로 간주될 수 있었던 것은 왜인가? 눈뜨고 볼 수 없을 정도로 대상화된 여성 신체의 '실제' 독자-인물들이 한국문학장 내에 있지 않아서일까? 실제로 있지 않은 것을 재

역으로 이렇게 생각해볼 수도 있다. 어떤 소설의 비당사자적 재현이 (그것이 단 한 명의 독자라도) 독자로 하여금 성적 수치심을 느끼게 한다면 그때 독자는 누구/무엇을 고발할 수 있을까? 그러한 소설은 재현이 직접적으로 겨냥하고 있는 실제의 모델이 없으므로 문학성이 승인하는 내에서의 정치적으로 올바름 또는 올바르지 않음을 성공적으로 재현했다고 말할 수 있을까?

나는 이 대목에서 사안의 중요성을 '기분'과 '수치심' 등 감정의 주관성 차원으로 비약하여 약화하려는 것이 아니다. 중요한 것은 이 것이 전적으로 독자의 읽기 행위에 의해 발생하는 수행적 차원의 효 과라는 것이다. 작품이 독자에게로 넘어가는 순간 작가가 그 어떤 재현을 의도하고 설계했든지 간에 독해와 해석의 가능 세계는 임의적인 무질서의 세계로 전환된다. 그러한 무질서가 배태한 카오스의 가능 세계가 바로 문학을 자유롭고 평등하게 해준다. 이때의 '평등'은 문학적으로 재현된 주체와 타자의 계층, 정체성, 삶의 배경 등의 차이를 동질화하는 것이 아니라 그와 정반대로 아주 개별화하는 방식으로 민주화하는 것을 말한다. '피해자'가 주장하는 '피해'는 자신이 전혀 원하지 않는 방식으로 소설에서 재현되었다는 것, 자신이 원하는 정체성으로 구성되지 못했음에 대한 '수치심'으로 읽을 수

현한다면 그것은 괜찮은 것일까? 2010년대의 페미니즘 비평은 바로 박형서의 소설과 같은 작품이 보여주는 폭력적 남성성과 거기에서 연유한 문학적 상상력이 비평적으로 고평가되는 사태를 막기 위해 온몸으로 분투했다.

대산문화재단은 "새롭고 자유로운 세계에 대한 거침없는 모색과 체험적 현장성이 높이 평가된" 해당 작품을 2011년 제18회 대산문학상 수상작으로 결정했다. 인용은 이 하의 심사평에서 발췌. https://daesan.or.kr/business.html?d_code=3327&uid_h=335&view=history

있다. 굳이 사법적인 개념으로 환원해보자면 사실 적시의 명예훼손이라고 할 수 있을 것이다. (그러나 앞에서도 강조했듯 그가 주장하는 동의 여부와 삭제 및 수정 요청은 실제로 그러한 의미에 미달하는 발화였던 것으로 판명되었다.) 그의 주장의 핵심인 '원하지 않는 방식으로 재현되지 않을 권리'는 소설의 방법론에 대한 문제제기를 그 정당성과 효력의 획득을 위해 '윤리'로 번역한 것이고, 그것은 다시 말해 '사실 적시' 자체를 하지 않을 것에 대한 요청인데 그것은 이미 요청의 단계에서부터 충분한 '사실'이 되지 못했을뿐더러, 나아가 그가 독자의 지위에서 그러한 요청을 한다는 것은 다시 말해 한 명의 독자라도 그가 원하지 않는다면 '그런' 방식으로 소설을 써서는 안 된다는 주장을 대중 독자들과 함께 정당화하는 작업의 일환인 것이다.

오토픽션의 핵심적인 원리이자 효과는 분명 텍스트 바깥의 당사자성을 그 내부로 들여와 텍스트의 재현이 외부 현실을 역으로 구성하게 하는 것이다. 그것이 오토픽션, 김봉곤의 소설들이 여태까지 취해온 윤리학이자 미학이었다. 문제는 그의 삶에 연루된 많은 타자들 또한 동일한 역학의 구심력 속에 놓이게 되므로 텍스트로부터 현실의 정체성이 역재구성되는 과정을 원치 않는 타자들에게는 불행한 일이 될 수 있다는 것이다. 그러나 위에서도 말했듯 그것은 비단 오토픽션만의 일이 아니다. 우리가 소설가인지 시인인지 아니면 미술가인지 알 수 없는 예술인들과 공생하며 이 세계를 살아가는 한 우리가 그들의 소설적 영감이 되거나, 직접적인 재현의 대상이 되는 일을 '합법적'으로 게다가 '문학적'으로 막을 수는 없다. 그것은 인간이 몸과 욕망을 가진 물질적인 존재인 한 어쩔 수 없이 연루되는 관계망의 그물인 것이다.[14] 그렇다면 비평은 그러한 재현 자체와 오토픽션의 장르적 기법 자체를 심문할 것이 아니라 각주 13번의 박형서 소설의 경우와 마찬가지로 그러한 재현의 실질적인 내용, 서사 내부에서 해당 대목이 작동하는 구체적인 양상을 살펴보았어야 한다. (물론! 그의 소설과 김봉곤의 소설은 비교 불가다.) 만약 그러한 재현이 서사 내적인 층위에서 개연적이고 성적 수치심을 유발하지 않는 것으로 읽힐 수 있다면 (특히, 퀴어 소설의 경우, 성적인 대범함과 도발적인 표현은 표면적인 의미 그대로 '과하게' 또는 다소 '폭력적'으로 읽히기보다 그것을 발화하는 주체의 망설임 없는 태도 등의 화용적 요인들로 인해 오히려 해방적이거나 전복적으로 와닿는 경우가 많다) 물음표는 또 한번 되돌아온다. 텍스트의 비폭력적 재현이 그것의 바깥의 '기분'에 의해서 폭력적인 것으로 의미화되고 정당화될 수 있을까?

결과적으로 그리고 사후적으로, '피해자'의 주장은 사실상 자신이 느낀 '수치심'을 사적으로 구제받는 것에서 그치지 않고 페미니즘 비평의 공적 담론의 맥락 속에서 작가를 '가해자'의 자리에 두고 자신

---

14) 인간이 물리적인 몸으로 구성된 존재이며 그러므로 약한 존재라는 사실은 김멜라 소설의 다음 부분이 잘 보여준다. 약하므로 우리는 서로 연루된다. 김멜라의 「이응 이응」에서 '나'의 할머니는 인간이란 자고로 '팬티를 갈아입는 자'라고 말하는데, 이는 인간이 주체로서 가질 수 있는 자기중심성을 배격해야 한다는 뜻이다. 사랑하는 이를 상실한 '나'에게 "다 울어버리지 말고 울고 싶은 마음에서 한 걸음 물러나 울고 싶은 자신을 바라보라"(31쪽)고 말하는 할머니의 말은 '나'가 자기 삶으로부터 얼마간의 거리를 둠으로써 자신의 나르시시즘으로부터 놓여나야 한다는 의미로 읽는다. 우리 각자의 삶은 전적으로 나만의 것이 아니라 무수히 많은 타인과 비의지/비의도적인 사건들의 발발로 구성된 조각보와도 같다. 타인과의 연루, 나아가 소설 속으로의 연루 또한 그 어떤 '정당한 검열'로도 막을 길은 없다. '팬티'에 관한 논의는 이 책에 수록된 「몸짓의 진화—김멜라의 「이응 이응」」, 111쪽.

의 '기분'을 보상받고자 했던 응보적인 보복심 속에서 성립했음을 알게 된다.[15] 실제의 여성 독자가 소설 속에서 재현될 때 누군가는 현실의 '나'가 소설 속에도 기입되는 것에 관해 즐거워할 수도 있고, 같은 재현이라 할지라도 누군가는 불쾌할 수 있다. 그런 층위에서 피해자의 '기분'은 '실질적인 피해'라기보다 그의 말대로 '기분'에 가깝다는 뜻이다. 그렇다면 독자의 그러한 주관적인 감정이 작가의 소설세계와 그것을 구성해온 소설론을 단번에 무너뜨릴 만큼의 위력은 어디에서 오는가? 독자의 권위에서 온다. 소설의 핍진성, 정당성, 문학성과 미학성에 대한 승인은 이제 비평이 아니라 정말로 독자로부터 상당 부분 발생하게 됐다.[16]

심진경은 이러한 '오토픽션 트러블'에 대하여 "'문학-현실'의 맥락에서 벌어지는 문학 생태계의 변화를 징후적으로 드러내는 사건"[17]이라고 말한다. 삶에 대한 자기 발언권의 행사가 작가뿐만 아니라 독자에게도 그러한 권리가 이양된다는 것이다. 나는 그러한 양상 자체

---

15) 논의의 이 지점에 이르러서 나는 작가의 소설 중 한 대목을 떠올리지 않을 수 없다. "그럴 수 있었던 이유는 나조차 남에게는 절대 설명할 수 없는 '우리'만이 알 수 있는 맥락이 있고 나는 그것을 '알기' 때문이라고밖에 말할 방법이 없다." 김봉곤, 「그런 생활」, 『시절과 기분』, 창비, 2020, 313쪽. 이하 인용시 본문에 쪽수만 밝힌다.

16) "도대체 오토픽션의 진정성을 판단하는 기준은 무엇인가? 사실인가? 허구인가? 둘 다 아니다. 최종 심판관은 바로 독자다. 즉 지금 한국 사회에서 그 기준은 사실도 허구도 아닌 대중 독자의 의견이 되어버린 듯하다. 이제 독자는 집단화된 익명의 존재로만 상정되기 어려운 "낱낱의 (실재) 존재"로서, 작가의 재현에 의문을 제기할 수 있고 나아가 개별 독자로서 작가의 재현물이 되기를 거부할 수도 있는 존재로 승격되었다. (……) 작가가 바라보고 그려낸 자신(재현)은 자신의 실재가 될 수 없음에 대한 선언이라고도 해석된다."(심진경, 같은 글, 47쪽.)

17) 같은 글, 49쪽.

를 비판하고자 하는 것이 아니다. 자기 발언권에 대한 독자의 권리 행사가 비평과 손을 잡고 2010년대 문학장에서 페미니즘 리부트를 일으킬 수 있었던 것은 기정 사실이며, 나는 그 거대한 변화가 발발한 이후에 등장한 비평 주체로서 아쉬움과 감사한 마음이 동시에 든다. 그러나 그러한 독자의 권리와 의지가 부정적인 측면으로도 과잉되게 행해질 수 있음을 유념하자고 강조하고 싶은 것이다. 앞서 언급했던 출판사 관계자들과 편집위원들의 '신속한 대응'[18] 그리고 피해와 가

---

18) 계간 『문학동네』는 다음 계절인 2020년 겨울호에 백지은의 글 「왜 소설에 사적 대화를 무단 인용하면 안 되는가」를 실었지만 해당 논의는 무단 인용 논란에 대한 다각도의 입체적인 성찰이 아니라 작가의 '과오'를 기정사실화하는 비평이며 비평 또한 그와 동일한 '과오'를 저지르고 있다고 말한다. 더불어 백지은은 이렇게 덧붙이고 있다. "작가가 해당 대사들을 직접 들었을 텐데도 그 폭력성을 미처 느끼지 못했던 것은 그의 뼈아픈 과오일 것이다.//이렇게, 뒤늦게 작가의 착오, 과오를 지적함으로써 불러일으켜지는 것은 물론 작가의 후회만이 아니다. 나는 「그런 생활」의 끝부분에서 화자가 "나는 이 글을 읽지 않았으면 하는 사람들을 생각하며 썼고, 때로는 그들만이 내 글을 읽어주었으면 하고 바랐다"(333쪽)라고 적은 걸 보았을 때 문득 엄습했던 알싸한 기분을 기억한다. 화자가 전달한 그 이야기의 수신처가 내가 아니었다는 의심이 들면서, 지금까지 내가 이야기를 듣고 있었던 이 자리가 어디인가 싶어 어리둥절해졌었다. 내 앞에서 나에게 들려주는 한 사람의 이야기를 듣고 있는 줄 알았는데, 그게 아니라 '그들'의 '그런 생활'에 대해 엿듣고 있는 불청객이었다는 사실을 불현듯 깨닫게 된 것 같았다. 그 기묘한 소외감에 대해 좀더 진지하게 생각했어야 했다".(같은 쪽) 그러나 텍스트의 표면이 구성하고 간주하는 청자의 자리가 텍스트의 독자가 아닌 다른 외부적인 누군가로 상정되는 문학작품은 너무 많아서 열거하기도 어려울 지경이며, 그렇다고 해서 해당 텍스트가 실제로 그것을 읽는 독자를 실질적으로 '소외'시키는 것은 더더욱 아니다. 오히려 그러한 내포 독자의 구성 방식은 문학 텍스트가 자신만의 심층적인 발화의 맥락을 형성하는 원리로 작동한다. 그런데도 소설이 겨냥하는 직접적이고 표면적인 '수신처'에 비평가 자신이 속하지 않았다는 '기묘한 소외감'을 알아채지 못했다는 것을 비평의 '과오'로 파악하는 것은, 이 글을 쓴 비평가 자신 또한 비평가-독자가 아니라 전적으로 일반 독자의 자리에서 자신을 유표화하겠다는 선언과 매한가지다. 비평의 자리는 과연 (일반) 독자와 대등하게 교환될 수 있을까?

해의 구도에 대한 성찰 없는 무조건적인 수용과 작품 판매 중지 조치
는 독자성에 대한 절대적으로 선한 믿음에 기인한다. 당시의 비평과
독자들이 강하게 욕망하고 믿었던 독자-소비자 주체의 윤리성에 관
해서는 그 누구도 비판적으로 접근해보지 못했다는 맹점이 바로 여
기에서 기인한다. 당시 현실의 페미니즘적인 윤리가 신성시되고, 흠
결 없이 무해하게 보존되어야 한다는 믿음, 그래야만 이성애 중심의
페미니즘 비평이 목표로 하는 폭력적이고 패권적인 남성성을 문학장
에서 정화할 수 있다는 집단적 단결을 유지하고 보존하고자 하는 욕
망과 판단이 있었던 것이다.

그러나 이 모든 정화와 자정 작용에도 불구하고 절대적으로 지켜
져야만 하는 한 가지 당위가 있다면 그것은 창작자의 윤리가 창작의
당위로 현실화되어서는 안 된다는 것이다. 소설을 포함한 문학, 그리
고 예술의 세계는 윤리적일 것을 최우선의 기치로 내거는 순간 프로
파간다가 된다. 극단을 경계하면서 위험한 사이와 흔들리는 경계에
서 줄타기를 하는 것, 그리고 그 어떤 주체도 비판의 예외로 치부하지
않으면서 냉정하게 성찰하는 것, 그것만이 문학에서 유효한 실질적
인 당위다.

4. 새로운 여름의 위협―「기록적」[19)]

드디어 김봉곤의 신작 단편소설에 대해 이야기할 수 있을 듯 하
다. 위의 논의만으로는 불충분하지만 그가 받았던 그리고 받고 있는
문학적이고 비평적인 처사의 한계와 맹점을 길지 않은 역사 속에서

---

19) 김봉곤, 「기록적」, 『문학과사회』 2023년 겨울호. 이하 본문에 인용시 쪽수만 밝힌다.

나마 조명하는 일은 지난겨울에 발표된 그의 소설이 처해 있던 텍스트 외적 조건과 맥락으로서 반드시 필요한 작업이었다. 작가가 발표했던 저간의 소설들과 그를 다룬 비평들이 탁월하게 조명했던 김봉곤의 시간성은 이번 작품에서도 계속해서 미감을 발휘한다.[20] 기존의 논의들을 이어보면 김봉곤의 '나'들이 무한히 다시, 계속 쓰고 있는 사랑은 그가 사랑이 언제나 현재적으로 살아 있던 시공간인 '과거'를 '지금'의 현재로 끊임없이 현재화하는 시간을 소설 속의 '쓰기'를 통해 창조해내고 있는 것이며, 이러한 스스로 만든 영원회귀의 결과인 사랑의 물질성이 고스란히 체현되는 '계절'은 김봉곤의 소설이 만들어낸 자기만의 시간성, 오토의 시간이다. 김봉곤의 오토픽션 전략은 지속되고 있고 작가는 그러한 자신의 소설론에 대한 믿음을 포기하지 않는다. ("아이고, 김 작가님 오셨습니까", 122쪽)

날씨와 계절감은 그의 소설에서 '나'가 세계를 감각하고 인식하는 주요한 물질적 매개가 된다는 점에서 중요하다. 흔히 우리(한국인들)는 사계절을 감각한다고들 하지만 실상 그러한 네 계절의 분절은 단지 시간의 덩어리를 언어로 표현하고 기록하기 위해서 임의적으로 구별해둔 것일 뿐, 어쩌면 사실 우리가 가장 강력한 계절감을 감각하

---

20) 김봉곤의 첫번째 소설집 『여름, 스피드』(문학동네, 2018)의 해설을 쓴 권희철은 김봉곤의 '나'가 거듭 반복하고 있는 끝나지 않는 사랑의 쓰기와 "사랑의 글쓰기의 곤란함 그 자체"를 두고 마치 인물로부터 "여기서 '끝낼 수 없음'이라는 요소가 요청되거나 생산되는 것 같다"고 말했다. 권희철, 「사랑의 글쓰기」, 『여름, 스피드』 해설. 그리고 두번째 소설집 『시절과 기분』의 해설을 쓴 강지희는 "시간적 배경으로서의 계절"을 짚으며 "과거-현재-미래로 이어지는 일직선적인 시간의 흐름을 틀면서 언제든 사랑했던 과거와 접속할 수 있는 가능성을 남겨둔다"고 말했다. 강지희, 「풍경-아카이브를 걷는 사람」, 『시절과 기분』 해설, 348쪽.

는 것은 바로 그 계절들의 사이사이, 환절기를 지날 때일지도 모른다.[21] 환절기는 앞의 계절-과거와 다가올 계절-미래를 동시에 감지하는 혼종의 시공간이다. 여기에 동의할 수 있다면, 우리가 계절을 살아낸다고 말하는 것은 감각의 차원에서 실상 네 번의 사이 시간과 사이 계절들을 살아내는 것의 다른 말일 것이다. 그리고, 김봉곤의 세계는 이번에도 어김없이 여름인데 이 여름도 역시 계절의 한복판이 아니라 "덥지도 않고 춥지도 않은 딱 좋은 때"(126쪽)인 환절기의 감각으로 다가온다. 김봉곤이 맞이하고 있는 이 새로운 환절기-여름은 사랑의 행위 그 한가운데의 뜨거운 몸체를 지나 현실의 비관적인 예감[22] 또한 이미 지나치고, 그리움의 계절이 된다.

그리움은 과거와 현재, 미래를 모두 끌어안은 사이의 계절, 사이의 시공간에 담겨 있다. 모든 시간이 품은 모든 것을 기록하는 화자는 세계의 가장 뒷자리에 설 수밖에 없고, 그리하여 그 모든 것을 목격하는 가장 배후의 사람은 가장 외로울 운명에 처한다. 그의 뒤에는 그의 뒷모습 외에는 아무것도 없기 때문이다. 환절기의 감각 속에서 명시되는 이 여름도 서사의 진행과 더불어 동시적으로 진행되는 시공간이 아니라 화자인 '나'의 회고 속에서 다시 쓰이고 있는 과거의 것이다("지난여름을 생각하면 그도 나도 날씨도 모두 제정신은 아니었던 것 같다", 126쪽). "결혼식이지만 재킷을 입기에는 조금 덥게 느껴졌

---

21) 이 소설이 품고 있는 계절감에 관한 논의는 다음 글에서 가져왔다. 전승민, 계간평 「'나'는 왜 쓰는가」, 『문학동네』 2024년 봄호, 478∼479쪽.

22) "『여름, 스피드』가 습하고 더운 여름의 한가운데를 가로지르며 유혹하며 섹스하는 뜨거운 에너지를 방출했다면, 『시절과 기분』은 새로운 만남이 기다리는 여름을 예비하고 있지만 아직은 서늘한 바람이 절망적으로 맴돌고 있는 한 시절을 그린다."(강지희, 같은 글, 337쪽)

다"(120쪽)는 현재 시점의 서술은 여름의 한가운데를 막 떠나보낸 이의 감각인 것이다. 말하자면 「기록적」은 여름을 막, 지나보낸 가을과 여름의 사이 경첩에서 지난 여름의 '제정신 아닌 것들'을 막, 쓰고 있는 자의 '기록'인 셈이다. 이 찰나의 간극이 김봉곤의 소설에서 중요한 시간성을 창발해내고 계속해서 쓸 수 있게, 아니, 쓰지 않으면 안 되도록 추동한다.

한데, 그리움의 정동은 그것의 예비적인 단계로 두려움을 먼저 소환한다. 시종일관 자신의 소설에서 무한히 반복되는 차이들의 과거, 여름을 생성해오던[23] '나'가 처음으로 "난생처음 다시는 다른 계절이 오지 않을지도 모르겠다는 위협을 느끼는 여름"(126쪽)이 도래한다. 여름이 가하는 위협은 '나'가 이전처럼 쓰기의 수행을 통해 과거를 무한히 서로 다른 차이들로 생성하고 순환할 수 없을지도 모른다는 두려움의 엄습으로 나타난다. 다시 말해 이 위협은 더는 '나'가 자신의 삶을 소설로 기록할 수 없게 될지도 모른다는 불안의 압박감이다. 환절기가 아닌 여름의 한가운데에서는 무시무시한 열기로 세계가 채워지고(심지어 '나'와 그의 애인은 에어컨 없이 더위를 견디고 있다), 무한히 다른 여름의 과거를 생성할 수 있게 하는 정동적 조건인 그리움이 발생한 사이 공간은 허락되지 않는다. '나'가 세계를 장악할 수 있는 감각의 벡터는 계절의 장악력보다 작다. 김봉곤의 '나'는 세계를 능가할 만큼 크지 않으며 오히려 세계보다 작고 약하고, 거의 무한의

---

23) 권희철은 김봉곤의 '나'가 반복해서 수행하는 사랑의 글쓰기가 "더이상 팔랭세스트가 아니게 될 때" 즉 "이 순환과 반복이 어둠의 베일을 찢는 소설적 진실과 영혼의 쾌락을 잃을 때" 그러한 순환과 반복은 "아무런 차이도 생산하지 못하는 경직된 코드"가 된다고 본다. 권희철, 같은 글, 271쪽.

횟수에 가깝게 자신의 삶을 써나간다는 것은 그에 대한 방증이다. 그는 세계의 실시간적인 창조자가 아니라 다만 이미 지나가버린 장면들을 써냄으로써 되살려내는 기록자다.

5. 세 종류의 수치심

그렇다면 위협은 어떠한 사건으로부터 기인하는가? 「기록적」은 「그런 생활」의 연작이다. 애인의 외도는 「그런 생활」에서 그랬던 것처럼 이번 소설에서도 계속된다("그와 싸울 때면 제발이 씨발이 되는 건 한순간이었지만", 128쪽). 건강하지 않은 관계인 것을 알면서도 자신의 사랑을 '문학적 차원'에서의 이해심으로 승화하며 여전히 사랑의 주체, 사랑의 글쓰기를 수행하는 주체로서의 '나'의 욕망과 함께 그를 이해하며 관계를 이어나가고 있으므로, 파트너와의 관계 문제는 이전의 여름들이 들이대지 않은 새로운 위협을 발생시킬 만한 실질적인 요인이 아니다. 오토픽션으로 지어진 소설의 "그런 생활"이 현재까지도 지속되는 것으로 보아 그렇다면 다음으로 유력한 후보는 엄마와의 관계다. 서사는 자신의 위기를 바로 엄마의 치매 판정에서 찾는다. 이전의 소설에서 침묵의 시간을 통과한 모자 관계는 "어디 가서 기죽을 필요 없고, 미우나 고우나 내 아들이니까. 내 새끼다"(「그런 생활」, 329쪽)라는 말과 함께 무사히 봉합된 줄 알았는데 엄마의 치매로 인해 관계는 다시 위험에 처한다.

치매는 과거의 (부분적일 수 있으나) 영구적인 유실이며 '나'가 쓰기로 만들어내는 과거의 사랑의 대상인 엄마가 치매를 앓게 된다는 것은 자신의 삶-쓰기의 생동하는 큰 부분이 유실에서 나아가 상실에 이르게 할 위기를 야기한다. '나'가 목격하는 여름의 위협은 지금까지 써왔던 자신의 서사가 결코 원치 않는 방향으로 흘러갈 것을 감지하면서 본격화된다. 그리고 그러한 불안이 '나'가 예전부터 가지고 있던 게이 당사자가 엄마와의 관계에서 가지는 수치심과 접속하여 상황을 더욱 위태롭게 만든다.

> 엄마 말마따나 이제 할 만큼 했으니 서로 '이자뿌고' 살자고 말하려고 했는데 이게 뭐냐고. 나는 이제 터널의 끝에쯤 와 있는 것 같다고, 이제 곧 빛으로, 예전으로, 예전처럼 다시 돌아갈 수 있을 거라고 생각했는데 이 개 같은 소식은 또 뭐냐고, 마음은 내가 놓으려고 했는데 왜 엄마가 놓아버리는 거냐고, 나는 생각했다.(144쪽)

> 어시장이라는 무대 위 엄마라는 사이비가 등장해 그간의 내 무정과 무심함을 벌하고 교훈을 심어주기 위해 마련한 인형극이 아니라면 이 상황을 도대체 나는 어떻게 받아들여야 할까?(146쪽)

그러나 퀴어의 사랑이 소설쓰기 속에서 재현되고, 주체의 섹슈얼리티와 욕망의 발화가 그 어느 때보다 감각적으로 육화될 때 우리는 그 사랑이 그저 물질적인 한 인간 존재의 정직한 것에 불과함을 몇 번이고 겸손하게 받아들일 수밖에 없지 않았나. 그리고 그러한 과감한 육체성과 욕망이 텍스트의 표면 위로 전시되는 것을 보며 우리는 그것을 기표 그대로 비도덕적이고 '나쁜' 섹슈얼리티의 누설이 아니라 그 모든 예견되는 수치심의 시선을 미리 감내하고자 하는 시간성을 담지한 채 사랑의 윤리성—그것이 정치적 올바름이 아니라 다만 인간의 비도덕적인 행위, 그러나 자신을 결코 기만하지 않는 자기 궁정의 심층에서 연유한 자기 발화/발설이라는 것을 김봉곤의 기발표 작들을 통해 이미 알게 되지 않았나. 이는 엄마가 '나'의 섹슈얼리티를 힘겹게 그러나 결국 사랑과 이해로 수용한 것, 그리고 그의 소설에서 체현되는 여러 외설적이고 도발적인 몸짓들이 수치심 속에서 태어난 자긍심pride이었다. 수치와 자긍심은 서로를 배반하는 교차하지 않는 이분법이 아니라, 서로가 서로를 배태하는 상호 구성적인 요소들이다.

「그런 생활」이 위의 국면까지를 견인했다면 「기록적」에서는 한 발짝 더 나아가 게이 아들로서 '나'가 갖는 수치심과 치매 환자로서 엄마가 가지게 되는 수치심, 달라 보이지만 주체가 자기 자신을 긍정하기 어렵게 한다는 점에서 결국 같은 그 감정을 엮어둔다. 두 개의 수치심, 젊은 게이 남성과 늙은 엄마의 수치심이 서로 긴밀히 연루되면서 「그런 생활」에서는 엄마에게 미처 말하지 못했던 사과를 「기록적」이 만드는 위협 속에서 하게 된다.

"엄마, 나는 내가 이렇게 사는 것에 대해서는 사과를 안 하고 싶은데, 엄마가 그것 때문에 마음이 아팠고 또 그렇게 느낀 것에 대해서는 아들이 사과할게. 아들이 미안하다이."(164쪽)

게이인 아들이 '이렇게' 게이로서 파트너와 동거하며 사는 일은 사과할 일이 아니지만, 자신의 퀴어한 삶의 양태가 외적 현실에서 수치스러운 것으로 맥락화되어 있는 역사·문화적 조건에 대해서는 '나'에게도 역시 유감스러운 일이고, 자신을 사랑하는 가족들이 그러한 비자발적인 외부의 맥락 속에서 이차적인 수치심을 느낄 수밖에 없

음에 대해 미안한 일인 것이다. 여성과 퀴어가 만드는 윤리적인 연대
는 모두 남성을 욕망한다는 점을 긍정하는 공통의 좌표에서가 아니
라 어쩌면 서로의 부끄러움이 교차하는 축, 자신을 섣불리 긍정하기
어려운 수치심이 만드는 공통의 축 위의 서로 다른 좌표에서 진정으
로 발생한다.

　　나는 운전대에서 손을 떼고 손뼉을 쳤다. 나는 엄마가 거짓말을 했
　　다는 데 속이 타들어갔지만, 그건 새로운 증상이 아닌 여느 때의 엄
　　마라는 사실을, 세상엔 거짓말보다 더 나쁜 게 훨씬 많다는 사실을
　　상기하며 더는 몰아붙이지 않기로 했다.
　　"근데 엄마, 아들이 또 싫은 소리 하나 해도 되겠나."
　　"뭔데?"
　　"엄마가 아픈 것도, 약 먹는 것도 부끄러운 일은 아니다, 알겠제?"
　　엄마는 조금 풀이 죽은 듯한 표정—풀이 죽은 모습과 잘 알아듣
　　지 못할 때의 반응은 참 비슷하다—으로, 어쩌면 결의에 찬 무표정
　　인 것도 같은 얼굴로 응, 알았다 했다.(160쪽)

엄마의 수치는 그것이 발생하는 시공간이 '나'의 쓰기를 통해 구성
되고 있는 기록의 것이라는 점에서 아들인 '나'의 또다른 수치심—게
이로서의 수치심이 아닌 이 모든 세계의 사태를 기록했고, 기록하고
있으며, 기록할 기록자로서의 자신에 대한 혐오감—이 세번째 종류
의 수치심으로 '나'를 압도한다. 치매 증상의 일환으로 바지에 오줌
을 지린 엄마의 뒤를 짐짓 아무렇지 않아하며 따라 걸으며 '나'는 자
신이 '현재' 보고 있는 이 장면 또한 언젠가 쓸 것이라는 운명적인 예

감에 압도되고, 그렇게 예정된 자신의 시간에 대해 혐오감을 느낀다 ("다음 순간 내가 엄마를 안심시키기 위해 무슨 말을 던졌는지는 기억나지 않는다. 다만, 내가 이 순간을 아주 오래도록 기억할 것이란 사실, 그리고 높은 확률로 이 순간을 기록할 것이란 생각에 구역질이 날 것만 같았다", 154쪽).

6. 퀴어한 시간성, 미래를 그리워하기

오토픽션의 장르적 특질뿐만 아니라 소설이라는 허구성의 장르의 본질성으로 인해, 실제로부터 추출되어 문학적인 공간 속으로 기입되는 사실적인 요소들은 생래적으로 현실을 물화할 수밖에 없다. 소설이라는 장르가 발생시키는 일인칭적 시선에 의한 물화에 집요하게 맞서고자 하는 문학의 태도 중 하나가 정치적 올바름에 대한 강박이라면, 김봉곤의 오토픽션은 그러한 물화하는 자신의 (소설의 그리고 작가의) 시선을 명백하게 인지하고 있다. 자기 자신을 대상화하는 '나'의 소설적 시선을 모르지 않는 그의 소설은 그러므로 소설이 발휘할 수 있는 최대치의 윤리성을 구현하고 있는 것이다. 소설의 '나'는 실제 현실의 '나'가 쓴 것이고 '나'의 요소들과 사회적인 관계들의 영향 속에서 태어나지만 결코 그것이 실제의 '나'가 될 수는 없다. 하지만 그 될 수 없음 또한 명백히 알고 있기 때문에 소설 속에서도 끊임없이 소설을 쓰면서 현실의 '나'를 재구성하고자 한다. 그러한 문학과 삶의 역방향적 연동이 완전하게 도달될 수 없는 것임을 알기에 쓰는 행위를 통해 무한히 접근할 수 있다. 요컨대 삶의 문학화라는 거대한 야심을 발휘하는 것이 아니라 반대로 문학을 통해 삶의 부분들을 마련하고자, 다시 쓰고자 하는 문학적인 성실함과 정직함을 발휘하는 것이다.

그가 삶의 공동 경험자로서 함께한 타인들을 등장인물로 써내는 일은 결국 자신의 삶의 조각을 이루는 타인에 대한 소설화이므로 윤리적일 수 있다. 그는 타인의 전부를 소설화하는 것이 아니라 그가 직접 경험함으로써 알 수 있는 부분을 쓴다. 만약 우리가 그의 소설에서 실제로 아는 누군가의 모습을 본다 해도, 그것은 그러한 부분적인 파편을 작가의 경험이라는 맥락 속에서 소설적으로 재구성한 주관적인 형상이다. 독자는 이를 분명하게 인지해야 한다. "C누나"와의 대화도 세계의 차원에서 그것은 배타적으로 그녀만의 것이 아니었고 '나'와 공동으로 소유한 시간 속에 있었기 때문에 쓸 수 있었던 것이다. 다시 말해 '나'가 경험한 '나의 타인'의 조각이었던 셈이다. 반면, 그는 자신이 경험하지 않은 조각에 대해서는 소설적 상상력을 조금도 발동시키지 않는다. 가령, 그는 엄마와 애인이 전화 통화로 나눈 이야기에 대해서는 아예 쓰지 않기를 선택한다("나는 그가 전화를 끊고 들어와서도 엄마와 무슨 이야기를 나누었는지, 엄마에게 다시 전화를 걸어 무슨 이야기를 나누었는지 묻지 않았다. 그건 언제까지고 내 마음 속에서 무한히 다시 씌어질 백지로 남겨두고 싶었다" 165쪽).

여름의 위협 속에서, 더는 이전처럼 과거의 시간들을 쓰는 행위를 통해 창안해내지 못할 것에 대한 새로운 두려움 속에서 시작된 「기록적」의 서사는 끝에서 '나'를 그리움의 출발점으로 데려다놓는다. 소설의 마지막 문단이기도 한 이 대목은 그간 여러 차례의 여름을 지나며 사랑의 글쓰기를 지속해온 '나'의 시간성을 생성해온 정동이 다름 아닌 그리움이라는 것을 알려준다. 그러나 이 그리움은 물리적이고 객관적인 차원에서 확실하게 지나가버린 죽은 것들의 사체를 '정확하게' 기록한 다큐멘터리적 텍스트에서 기인하는 것이 아니라, 오히려 '나'의 일인칭적인 오토픽션의 글쓰기 전략 속에서 주관적으로 발생하는 '나'만의 고유한 서사에서 연유한다. 이것은 저간의 한국문학 비평이 단지 소수자의 정치적인 성원권을 부여하고자 하는 효과에 국한되거나 속박되지 않고, 오히려 그러한 성원권의 획득은 마치 부록처럼 남겨둔 채 세계의 과거이자 미래 속으로 표표히 나아가고자 한다.

> 그리고 한순간, 나는 깜빡 엄마의 존재를 완전히 잊은 채, 훗날 무지의 기록으로 남게 될 이 글의 존재도 모르는 채, 바닥을 치며 크게 웃었다. 그리고 다음 순간, 기억이 난 듯 지금 이 순간을 **그리워하기 시작했다.**(168쪽, 강조는 인용자)

언뜻 이율배반적이어서 성립하기 어려워 보이는 "지금 이 순간을 그리워하기 시작했다"는 표현은 위협의 새로운 여름이 한여름의 가운데를 돌아보는 끝자락에 있었던 사이의 시간성을 상기할 때, 비로소 이해된다. 김봉곤의 '나'가 느끼는 삶의 실감은 선형적인 시간성에 끊임없이 푼크툼, 구멍을 내며 오지 않은 현재를 지나쳐 미래를 곧 도래할 과거로 현실화시키면서 구성된다. 그래서 '나'의 '지금' 또한 아주 찰나만큼에 불과할지라도 그 잠깐동안 선형적인 현재가 아니라 과거가 되고, 그 과거는 미래의 다가옴 속에 붙들린 과거-미래가 된다. 그러나 바로 그 찰나는 마치 비눗방울이 탁, 하고 터지듯 깨지고 다시금 지난한 현재의 선형성으로 녹아들면서 서사와 그 외부의 현실의 물리적 시간성으로 재진입하게 된다. 그러한 찰나의 감각은 물론, 마치 엄마가 앓고 있는 치매 증상처럼 인간이 지닌 몸의 유한한 물질성에 의해 잊힐 운명에 더 크게 붙들려 있지만, 바로 그러한 망각의 예비로 인해 '나'는 무한한 쓰기 속에서 차이를 생성하며 살게 되는 것이다. 그리고 '나'가 써내는 그 차이 나는 과거의 시간성으로 인해 삶의 시간은 영원이 되고 회귀한다. 이것이 김봉곤의 인간이 '지금'을 살아내는 문학적이고 소설적인 방식이다.

이 교묘한 시간성의 분절과 박리, 그리고 재연결은 마치 소설의 세계를 바라보는 "'나'는 정작 거기에 없는 사진"[24]을 보는 것과도 같다. 오토픽션으로 구성된 '나'는 결코 '나'가 아니다. 그런 점에서 그것은 에세이와 같지도 않고, 에세이와 같거나 유사한 독법으로 읽힐 수 없다.[25] 그가 시간의 선형적인 띠에 구멍을 내며 의도적으로 발생시키는 푼크툼은 바르트가 사진의 인공성과 타자성을 고려하는 맥락 속에서 창안한 개념이고, 사진을 찍는 행위, 즉 주체가 목격하는 대상을 사진으로 물화하는 행위는 전적으로 주체의 행위성에서 기인하면서도 그 행위의 대상으로서의 '나'는 철저히 배제된다. 이때 사진에

---

24) 유운성, 「식물성의 유혹」, 『식물성의 유혹—사진 들린 영화』, 보스토크프레스, 2023, 121쪽. 이 글에서 다루는 바르트의 푼크툼에 관한 이론적 논의는 유운성의 글에 기대고 있다.

25) 백지은은 "소설의 진술과 에세이의 진술, 소설의 문장과 에세이의 문장 사이에 '근본적인' 차이점이 있을까? 문장들이 연결되고 배치되는 질서나 패턴으로 소설과 에세이를, 픽션과 논픽션을 구별할 수 있고 구별해왔음에도 그런 근본적인 차이는 없다고 말해야 할 것 같다"(백지은, 같은 글, 154쪽, 각주 7번)고 말하면서 오토픽션을 에세이의 독법과 다르지 않다고 말한다. 그러나 이는 다분히 표층의 형식과 구성에 국한된 진단이다. 소설의 심층에서는 표층의 배치와 구성이 생성하는 작품의 개별적인 감성 구조가 있다. 가령, 이 글에서 논의하는 김봉곤의 퀴어한 시간성은 에세이의 독법이 아니라 오직 소설의 독법에 의해서만 밝혀질 수 있다.

는 바라보는 이의 시간과 바라봄의 대상이 되는 이의 시간이 이상하게queer 겹쳐지는데 그러한 시간성은 마치 "이미 완료된 것을 기다린다고 하는 모순적인 감정"[26]을 발생시키며, "파국은 이미 일어났음에도 그것을 아직 도래하지 않은 것으로서 감싸고 있는 과거를 자신의 시제로 삼는"[27]다.

지금까지 살펴본 「기록적」의 서사와 시간성은 이러한 사진의 시간성과 부합하는 것으로 읽어도 무리가 없다. 김봉곤의 '나'가 쓰고 있는 단편소설들은 각각이 한 장의 스냅숏과도 같다. 끝없이 밀려드는 실제 현실의 삶이 무자비하게 던지는 현재적 시간의 폭력성을 사진의 기묘한 시간성, 오히려 현재를 생략해버리기도 함으로써 미래를 과거로 만들어버리는 퀴어한 시간성의 소설적인 구현이다. 가령, 다음과 같은 소설의 대목들은 그렇게 기묘한 시간성 속에서 과거화되고 있는 '지금'을 감각하는 찰나적인 순간들이다.

구마고속도로라는 단어를 떠올렸을 때, 강변북로는 아주 잠시 그곳이 되었으나 여의도를 보는 순간 휘발되었다. 그런 착─각이 나는 요즘 즐겁고 못마땅하다.(121쪽)

쫄면으로 점심을 먹다 엄마와 함께 이곳에 온 적이 있었나? 잠시 헷갈렸는데, 여기 시장통이 부림시장과 똑 닮은 것이었을 뿐 착각이었다.(140쪽)

---

26) 유운성, 같은 글, 113쪽.
27) 같은 글, 115쪽.

W중사는 이제 세상에 없다. 그가 살아 있다 하더라도 나는 그가 세상에 없는 것처럼 살았으리란 사실, 그 차이가 아찔할 정도로 근사해서 가벼운 전율이 일었다.(122~123쪽)

이처럼 퀴어한 시간성을 만드는 소설들 속에서 우리는 마치 미리 살아진 경험 도식이 없는 자는 무슨 수를 쓰더라도 볼 수 없는 투명한 그림의 그림자로 실재하는 '나'를 본다. 오토픽션이 채택하는 텍스트 외부의 사실적인 요소들은 그림 속의 실재들이 아니라 다만, 그림의 새로운 실재에 눈뜨기 위해 필요한 조건들에 불과한 것이다. 위에서 인용한 대목들의 '나'는 우리가 실제 현실에서 감각하는 과거-현재-미래로 순향하는 선형적인 시간성 속에 있지 않다. 인용부의 '나'는 김봉곤의 '나'들이 절대적으로 소설적 '나'들임을, 퀴어한 시간성을 서사화하는 텍스트 내부의 존재자로서의 '나'임을 보여준다.

김봉곤이 만들어내는 사이 시간, 사이 계절, 환절기의 감각은 경계의 것이고, 경계는 상이한 무언가들이 충돌하는 장소다.[28] 김봉곤의 「기록적」은 자신이 여태 써온 소설과 그의 여름들이 어떠한 원리로 구성되었는지 보여주는 메타소설로도 읽힌다. 작품의 제목인 '기록적'은 두 개의 기의를 함축하는데, 하나는 계절의 더위가 놀랄 만큼 더웠다는 뜻record-breaking과 다른 하나는 작가가 서사의 맥락 속에서 만들어낸 기록할 만한worth to be written이라는 뜻이다. '나'의 쓰기에 의해 두 개의 의미는 마치 소설이 보여준 세 종류의 수치심처럼 서로

---

28) '경계'와 '기록적'에 관한 논의는 전승민, 같은 글 참조.

를 상호 구성한다. 전자의 의미는 저간의 수치(기록)를 깨고 갱신한다는 의미이며 후자의 의미는 전자의 의미를 안고서 그러한 기록을 부수면서 새로운 차이로서 생성되는 소설의 시간들을 쓴다는 의미가 된다.

그러나 이 모든 것을 목격하고, 무한한 미래를 무한한 과거로 만들면서 쓰는 '나'는 세계의 가장 뒷자리에 있어야 하므로 운명적으로 외롭다. 그러나, 퀴어한 생활 양식과 게이로서의 자기 정체성이 사랑하는 엄마에게 미안한 일이 되는 외적 현실과 그래서 부러 벌충하듯 야근하는 자신의 죄의식, 바람기 많은 애인을 계속해서 사랑으로 이해하는 자신의 모습으로부터 결코 달아나지 않고, 그 어떤 소설적 상상력과 허구성도 그를 향해 동원하지 않고 도리어 그 모든 국면을 직시하고자 계속 쓰는 '나'는 이 삶과 세계를 최대한으로 사랑하는 퀴어다. 김봉곤의 오토픽션이 윤리적이라 말할 수 있다면 그것은 전적으로 그가 써내는 퀴어한 시간성과 서사, 자기 자신도 예외없이 '사진' 속으로 물화하여 과거로 떠미는 '나'의 쓰기 때문이다. 퀴어의 사랑은 소수자의 그것이므로 자동으로 윤리적일 수 있는 것이 아니라 역으로, 그러한 윤리성을 새롭게 창안해내기 때문에 윤리적이다. 이는 사랑의 지극至極을 아는 자만이 해낼 수 있는 쓰기다. 비평이나 문학이 이러한 '지극'을 감지하기 위해서는 위험을 감수해야 한다. 문학이 위험해져야 한다는 당위의 성립은 페미니즘 비평을 포함한 한국문학 비평이 자기동일성의 불완전함을 인정하고, 자신의 얼굴을 마치 타인의 것처럼 바라볼 수 있는 푼크툼의 인공성과 타자성을 수행할 때에만 겨우 가능할 것이다.

(2024)

가장 음험한 가장
—코드의 언어 경제로 보는 시와 소설 그리고 비평의 매트릭스

1. 일인칭 매트릭스로서의 문학적 주체들

문학은 가상일까 실제일까? 더 워쇼스키스는 영화 〈매트릭스〉
(1999)를 통해 나날이 매끄러워지는 세계의 도래를 예언했고 놀랍
게도 그 예언은 거의 정확하게 들어맞았다. 그러나 그가 미처 내다
보지 못했던 한 가지가 있다. 매트릭스를 파괴하고자 하는 이들은 거
기에서 그치지 않고 자신만을 위한 새로운 매트릭스를 설계하려 한
다는 것이다. 우리는 인문학이 (비)의도적으로 제시하는 모종의 윤
리적 당위와 파란 약과 빨간 약 중에서 고통스러운 진실을 마주하
는 후자를 선택하는 것이 바람직하다는 배움political correctness에 따
라 주저 없이 빨간 약을 고를 수 있다. 문제는 그러한 정치적 선택을
철저히 자본주의적인 것으로 만들어 교환가치를 부여하고[1] 자신만의

---

1) 시와 소설, 비평을 포함한 문학과 인문학 전반은 최근 자기 자신을 최대한 많이 소
비될 수 있는 텍스트로 형태화해야 한다는 강박에 시달리고 있다. 공론장 형성의 유무
와 별개로 대화나 소통, 연루의 감각을 논하기 이전에 우선 스스로의 실존을 보존해야

매트릭스를 건설하고자 한다는 것이다. 영화의 매트릭스에서 기계는 자신의 생존을 위해 인간 타자를 대량생산하고 전력 공급원으로 소모하지만 2024년의 우리는 '나'의 유지를 위해 타자뿐만 아니라 자기 자신을 소비재로 환원하면서 스스럼없이 착취한다. 세기말의 거대한 매트릭스는 파괴되었다고 할 수 있을지 모르겠으나, 용감하게 집어삼킨 빨간 약이 파란 약의 효능을 발휘해주기를 바라는 신자유주의 주체들의 욕망으로 인해 공동의 세계는 다른 방식으로 파편화된다. 개별화된 각자의 매트릭스는 오직 '나'의 영화榮華를 지향한다. 실제는 가상을 자신의 생존 전략으로 채택한다.

이렇게 도무지 종잡을 수 없는 세상의 흐름 속에서 현재 확언할 수 있는 거의 유일한 사실이 있다면 그것은 주체가 자기 자신을 전시하고자 하는 욕망을 점점 더 강화하고 있다는 점이다(인간이 살아 있는 한 그 어떤 상황에서도 '주체'는 파괴되지 않을 것이다). 지금 삶의 영역에서 공과 사의 구분을 불문한 거의 모든 발화와 몸짓은 교환가치로 읽히고 거래된다(이런 맥락에서 '읽기'는 최선의 거래를 위한 준비 과정이다). 한 사람이 일인분의 안정적인 삶을 꾸려나가는 행위는 그러한 가치 교환에 개인이 설정한 기준치만큼 성공적으로 도달하려는 노력이다. 문학도 당연히 예외가 아니다. 가령, 비평장에서 한창 활발히 거래되고 있는 신유물론과 비인간 담론이 '나' 아닌 타자를 끌어당기며 일인칭의 자리를 벗어나고자 발버둥치지만 '나'의 도주가 확실해질수록 역으로 더욱 뚜렷해지는 것은 그러한 도주 행위의 주체 또한

하는 생존의 문제와 고투하고 있고, 가까스로 살아남았다는 사실의 확인은 그것이 시장에서 무사히 거래되고 있다는 수치(數値이자 羞恥)를 통해서 증명된다.

'나'라는 사실이다. 전례 없이 많은 타자를 호출하고 소외되었던 영역을 견인하고 가시화하려는 작업이 활발하게 진행되고 있지만 그러한 정치적 수행 또한 전적으로 '나'의 이기적인 욕망에 의탁한다. '나'는 '너'를 외치는 목소리를 통해 '나'의 타자적인('타자'가 아니다) 실존을 남겨둔다. '내'가 외치는 '너'의 생생한 가상의 실감 속에서 '너'는 부재한다. 발화의 의도가 전적으로 이타심에 기대하고 있다고 아무리 변호해도 세계의 객관적 층위에서 그러한 비극의 결과는 변하지 않는다.

만약 문학이 타자들의 영역이며 그리고 응당 타자들의 것이 되어야 한다고 말하더라도, 그러한 언어를 구사하는 것은 어디까지나 '나'의 목소리다. 부인의 여지가 없다. 그렇다면 문학은 진실로 '너'의 영역인가? 아니, '너'의 영역이 되는 것은 과연 가능하기나 한가? 아니면, 종이 위로 소환되는 '너'는 다만 내가 가면을 쓰고 연기하는 또다른 나alter-ego의 전시물로 구성되는 가상일 뿐인가? '나'가 자신의 세계를 객관의 현실로부터 끌어올려 그가 감각하는 세계의 표상들을 모아 주관의 매트릭스로 만들 때, 주체는 세계를 제 언어로 코드화code한다. 이러한 코드 안에 출현하는 수많은 타자는 그저 언어로 코드화한 나의 부산물, '나'의 동일자적인 조각들에 불과할지도 모른다. 이는 우리가 최후까지도 강하게 외면하고 싶은 참혹한 국면이겠으나 만약 당신이 파란 약의 성분이 조금도 포함되지 않은 순수하게 정제된 빨간 약을 삼키고 진실을 목격하는 이가 되고자 한다면, 아주 진지하게 숙고해보아야 할 문제다.

이러한 매트릭스의 허위 속에서 문학이 과연 실재하느냐고 묻는다면, 나는 문학(실제)이 아니라 문학적인 것들(가상)이 실재할 뿐이라고 답할 것이다. 이어서 무엇이 문학적일 수 있느냐고 되묻는다면 ('나'의 실제는 '나'의 가상을 육화된 몸으로 삼을 것이므로) '나'의 가상 속에 '너'의 실제를 심으려는 노력이라고 답할 것이다.[2] '너'의 실제를 내게로 들여오는 노력은 '나'의 변환을 필연적으로 동반한다. 물신'주의'라고 부르던 것이 정말로 신이 되어버린 지금의 세계에서 소통은 곧 교환과 동의어이므로, '나'는 '너'를 만나기 위해 스스로의 삶을 교환가치로 거래할 수 있는 화폐가치인 '코드'로 재생산해야만 한다는 말이다. 가상을 제 몸의 실질적인 부분으로 체현하는 세계의 실제는 코드로의 변환을 연결의 당위로 제시한다. 코드로의 변환을 욕망하거나 하지 않는 것의 여부는 아무래도 상관없다. 이 지점에서 '나'의 의지와 욕망의 자발성이 일부 소거된다 할지라도, 그럼에도 불구하고 '나'는 '당신'을 부른다. 당신을 만나고 싶고, 알고 싶고, 그리하여 내가 감각할 수 있는 매트릭스 안에 당신의 실감을 생생하게 살려두고 싶어한다. 온몸으로 감각하고 있는 이 세계가 일인칭의 동일자적 세계의 가상, 주관적인 하나의 매트릭스에 불과할지라도 말이다.

그러므로 문학이 삶을 모방이든 현전이든 그 어떠한 방식으로든 결국 텍스트로 재현하는 과정은 코드로의 변환encode과 그것을 해독decode하는 과정으로 살펴볼 수 있다. 이 과정에서 일어나는 일대일 대응의 번역, 그것을 초과하는 의미론적 생성을 두고 기호학자들은 세미오시스semiosis라고 말했다. 시와 소설, 희곡 그리고 비평 중에서 그러한 코드화의 작용이 가장 직접적이고 강렬하게 나타나는 텍스트

---

2) 코드화된 가상 속에 코드화될 수 없는 실제를 심는다는 노력은 비이성적이며 비논리적이지만 바로 그러한 불화의 지점에서 문학적인 것이 생겨난다.

는 시다. 시의 언어는 소설이나 비평의 그것과는 달리 단 한 줄의 문장, 하나의 구, 단어, 더 작게는 하나의 문장부호까지도 코드가 될 수 있다. 시적 주체는 압축적인 언어와 생략, 함축, 그리고 연과 행의 형식적 활용과 문법의 위반 등을 통해 자신의 세계를 암호화하고, 그가 구축한 가상은 목소리의 물성을 통해 가상의 '너'에게 가장 가까이 접근한다. 시의 독자는 텍스트가 만든 코드를 자신의 매트릭스 속에서 풀고, 단순히 행해지는 거래, 코드의 교환 행위가 아닌 코드의 해체와 재구성을 통해 '나'와 '너'는 비로소 만난다. 따라서 코드의 해독은 문학적인 의미에서 독해read라고 부를 수 있고, 자연스럽게 코드는 그것을 코드화encode하는 주체와 그것을 재번역decode하는 주체를 필연적으로 생산한다. 작가와 독자의 경계가 교란되고 중첩되는 텍스트는 있을 수 있지만 작가와 독자가 존재하지 않는 텍스트는 없다. 코드는 '나'와 '너'의 가상의 동시적인 연결을 담지하는 언어적 매개물이다. '나'가 '너'와의 연결을 갈망하면 할수록 이러한 (비)자발적 코드화의 과정은 점점 더 강해진다.

2. '퀴어' 코드의 안전지대 ① —게이 소설의 상품성

최근 한국문학이 이러한 코드화를 통해서 견인하고 있는 '너'들 중 하나는 단연 퀴어다. 퀴어는 문학의 영역이 아니어도 언제나 코드화의 운명 속에 있는데, 퀴어라는 기표 자체가 모종의 가상적 실제들을, 무한한 기의들을 지니고 있기 때문이다. 문학이 문학적인 것의 총체일 따름이듯, 퀴어 역시 퀴어한 것들의 총체일 따름이다. 문학과 퀴어는 구조적으로 상동한 것처럼 보이기도 한다. 그러나 한편으로 퀴어는 한국문학의 영토에서 아주 오랜 시간 동안 소외되어왔고 혹은 소외되었다고 언표하는 것이 불가능할 만큼 투명하게 지워져 있었다. 그런 퀴어가 한국문학사에서 본격적으로 일인칭의 자리를 점하게 된 것은 2010년대 이후 미투 운동이라는 현실의 정치적 운동과 퀴어 페미니즘의 부상 그리고 그러한 맥락 속에서 출현한 일인칭 게이 화자를 주인공으로 하는 김봉곤, 박상영, 김병운의 소설이 발휘한 힘이 크다. 이들의 소설은 한국문학장에 게이 당사자의 기표를 양적으로 증가시켰고, 비평은 이들을 열렬히 환호하며 문학사에 출현한 새로운 '문학적인 것'으로 읽어냈다. 세미오시스가 활성화되기 위해서 일차적으로 기표와 기의의 자리가 마련되어야 한다는 구조적 형식을 고려한다면, 다시 말해 그간 비의미적이었던 것이 의미화되기 위해서는 그것의 기표, 외양이 먼저 드러나야 한다. 일인칭 게이 소설들이 한국문학사에서 퀴어 코드가 활성화되기 위한 마중물 역할을 해준 셈이다.

앞에서 코드화의 세미오시스가 가장 강하게 작동하는 것이 소설이 아니라 시라고 말한 부분은 조금 후에 다시 논의하기로 하고, 한국문학사에서 페미니즘이 가장 활황했던 2010년대에 퀴어 코드가 왜 레즈비언 소설이 아니라 게이 소설에서 생산되기 시작했는가 하는 물음에 집중해보자. 이 질문은 언어를 코드화하고 독해하는 주체에 내재한 욕망과 정치적 의도를 이해하기 위해서 중요하다. 그 어떤 방법을 동원해도 결국은 '나'의 것일 수밖에 없는 매트릭스의 자폐성을 타개하기 위해 우리는 비록 그것이 가상의 것이라 하더라도 끝없이 '너'를 호명한다. 그리고 그렇게 구축된 언어의 매트릭스가 시장에서 무사히, 그리고 많이 거래될 수 있는 소비재가 될 때 비로소 '나'는 '나'의 자폐성 안에서나마 '너'의 실감을 가상적으로라도 감각한다.

신자유주의가 지금처럼 폭주하기 이전의 세계라면 이 매트릭스의 가상적인 언어성에 주목했겠지만 스스로를 재화로 끊임없이 변환하여 내다 파는 오늘의 우리는 언어의 언어 됨 그 자체가 아니라 해당 언어의 거래 가능성에 주목한다.

이를 주목하는 (그리고 할 수 있는) 시선의 주체는 소설 자신이 아니라 그것을 읽는 비평이다. 코드화의 과정에서 비평은 대개 독해하는 입장에 서 있지만 전적으로 그런 것만은 아니다. 읽기를 포함한 모든 수행은 주체의 변화를 야기한다. 두 개의 알약 중 빨간 것을 고르는 선택이 이제는 모종의 문학적 당위가 된 것처럼, 언어가 단지 세계를 묘사하는 것이 아니라 어떠한 행위로 이행할 수 있으며 그 행위가 주체와 세계를 다시 구성할 수 있는 힘을 가지고 있다는 오스틴의 수행performatory 이론을 지금의 우리는 너무나 자연적인 사실로 받아들인다. 그런데 중요한 것은 새롭게 창안되는 행위의 언어적 형식이 아니라 바로 그 형식이 의지하고 있는 사회적 요건이다. 발화되는 모든 언어 행위가 수행해내고자 하는 정치적 변화는 그것이 발화되는 현실의 사회·문화·경제·역사적 제도에 따라 성공할 수도 있고 실패할 수도 있다.[3] 2010년대의 비평들이 유독 게이 일인칭 화자 소설에 열광하며 제시했던 담론의 언어가 성공할 수 있었던 것 또한 그것이 딛고 있던 비언어적이고 물질적인 조건 덕택이다.

---

3) "수행적 성공을 위해서는 언어적 조건뿐 아니라 무엇보다도 제도적, 사회적 조건이 충족되어야 한다. 수행문은 항상 저마다의 현존하는 사람들에 의해 대표되는 공동체를 대상으로 한다. 이런 의미에서 이것은 사회적인 행위다."(에리카 피셔-리히테, 『수행성의 미학―현대예술의 혁명적 전환과 새로운 퍼포먼스 미학』, 김정숙 옮김, 문학과지성사, 2017, 45쪽)

한국문학장에서 퀴어 담론이 왜 하필 '게이'로부터 출발했느냐는 물음은 여러 각도의 비판적 논의들로 확장된다. 가령 퀴어와 같은 정치적 소수자의 영역에서도 남성이 우선적으로 가시화된다는 일갈, 그리고 퀴어 코드의 가상성으로부터 먼저 도출되는 실질적인 기의가 게이나 레즈비언 등 시스젠더의 정상성 내부에 국한된다는 점, 또는 항상적으로 유동하고 역동하는, 그래서 '문학'만큼이나 텅 빈 기표인 '퀴어'가 왜 특정한 종류의 젠더/섹슈얼리티로부터 출발점을 가져야 하는지, 퀴어가 담론의 안정성을 끊임없이 해체하고 교란한다면 어찌하여 구체적인 하나의 젠더로부터 그 논의의 시원을 가지는지 등의 물음을 제기할 수 있다. 위의 질문은 게이의 젠더/섹슈얼리티를 공격하기 위해 제기되는 심문이 아니라 그러한 여러 젠더와 섹슈얼리티가 경합하는 문학장의 정치적이고 물질적인 맥락을 입체적으로 타진하고자 하는 성찰적 비판이다.

소설이 문학작품으로서의 자신을 코드화할 때 비평의 수행적 언어는 그러한 코드를 풀어헤치면서 자신의 코드를 생산한다. 비평은 읽기의 수행으로 행위되지만 거기에는 자신의 언어를 쓰고자 하는 쓰기의 음침한 욕망 또한 도사리고 있다. 자신의 실재를 견고하게 하기 위해 작품의 가상을 제 몸의 일부로 삼는다. 비평이 도덕과 윤리를 구분하며 스스로를 극강의 윤리적 주체로 위시하고 비판을 통해 세속의 욕망을 점검하고 성찰한다 해도, 그 또한 어디까지나 자신의 매트릭스를 구성하고자 하는 욕망의 이기적인 산물들이다. 비평은 작품이라는 타자를 일인칭의 세계 안으로 끌어들임으로써 '나'를 먹이고 살찌운다. 자기 안으로 타자를 적극 호명하지만 결국 타자적인 모습을 가장하는 또다른 '나'를 발견할 공산이 크다.

비평의 발화가 도달할 수 있는 수행적인 성공이 자기 언어 안으로 작품을 가져오는 것이라 할 때 그 발화는 그러한 가져옴, 다시 말해 언어적 교환 - 거래에 가장 실패하지 않을 수 있는 작품을 선택한다. 이때 비평이 매우 경계하는 것은 거래의 결과가 '나'의 매트릭스를 파괴할 가능성이다. 물신주의가 지배하는 문학에서 비평은 스스로를 계속해서 읽힐 수 있는 글로 만들어야 하고, 계속해서 읽힌다는 말은 곧 지속적으로 판매된다는 것을 의미한다. 비평이 판매되고 소비된다는 것은 글이나 책으로서 평론가에게 경제적인 이윤을 가져다준다는 의미뿐만 아니라 이전까지 수립되어온 문학사적 역사의 흐름 속에서 연속성을 잃지 않고 언급되는 것을 뜻한다. 요컨대 그 누구보다도 열심히 타자성을 말해온 비평 또한 그러한 이해관계의 자장 안에서 자신이 수용할 수 있는 정도의 타자성만을 제한적으로 받아들인다는 말이다. 비평이 발신하게 될 코드는 그것이 수신한 코드에 의해 좌우되고, 그래서 발화의 성공적인 수행을 이끌어내기 위해 비평은 의식적이든 무의식적이든 작품과의 언어적 거래의 이해관계를 타진하며, 그 결과 '적절한' 코드를 가려서 수신하게 된다. '적절한' 코드는 자신의 역사적 조건을 배반하지 않으면서 언어와 담론의 부분적 갱신에 성공할 수 있게 해주는 코드다. 뿐만 아니라 비평과 작품 모두의 실재를 지탱해줄 가상은 출판 시장과 문화산업의 소비 지향적 벡터를 능숙하게 이용할 수 있어야 한다. 소위, 많은 대중 독자의 구매력을 작동시킬 수 있을 만한 코드여야 한다.

상품성은 이러한 두 가지 조건 모두를 동시에 대표하는 말이다. 예컨대 게이 컬처의 많은 부분을 이루는 대범하고 발칙한 성적 행위의 기호들(김봉곤)과 세련되고 멋진 상품들의 기호(박상영), 그리고 소수자만이 감각할 수 있는 안드로지니androgyny한 서정(김병운)은 독자의 실질적인 구매력과 무관하게 성적·물적·정서적 자원의 소비를 대리행위할 수 있다. 비평을 포함한 문학 시장의 독자성이 여성으로 강하게 젠더화되어 있음, 그리고 이 여성 젠더의 섹슈얼리티가 여전히 이성애 중심성을 채택하고 있음을 고려할 때[4] 게이의 성적 행위와 소비 행위는 독자가 독해decode하기에 가장 안전한 코드가 된다. 반면, 2010년대의 게이 소설들을 비평적으로 부상시킨 목소리들이 어찌하여 레즈비언 소설들에 대해서는 그러한 폭발적인 열정을 쏟지 못/않았는가 하는 질문은 당시의 비평들이 채택한 페미니즘이 다분히 이성애 중심적이었음을 역으로 반증하기도 한다. 레즈비언 또는 레즈비어니즘으로 연관되는 코드는 '여성'이라는 공통항으로서 이성애 중심의 페미니즘이 여성으로서의 자기 몸의 일부로 (설령 그것이 오인으로 명명될지라도) 감각하기 어렵지 않다. 비평이 '나'의 바깥에서 타자적인 것으로 환대하며 들여오기에 그것은 '이미' 너무 가까웠고, '이미' 자기 내부의 타자성이었다. 더불어 미투 운동의 타오르는

---

4) 실제로 출판 시장에서 책을 구입하는 소비자의 대부분이 여성임을 알려주는 여러 조사의 결과는 말할 것도 없거니와 2010년대의 문단 내 미투 운동을 경유한 후 평론가의 실제 젠더와 무관하게 한국문학 비평의 대부분은 여성주의적 관점을 자연스럽게 채택하고 있다. 문학장의 이러한 여성 젠더는 2024년 현재 여전히 이성애 중심적인 관점과 강하게 결부되어 있다고 보이는데, 이는 여성 퀴어 또는 퀴어의 여성성에 대한 소외가 지속되고 있다는 뜻이라기보다 그것들을 이성애의 대안으로 의미화하는 욕망이 강하게 드러난다는 점에서 그러하다. 가령 한국문학에 '정치적으로 올바르지 않은' 여성 퀴어가 부재하는 현상은 (반면, '올바르지 않은' 이성애자 여성 인물들의 다채로운 재현을 상기해보라!) 여전히 한국문학은 이성애 여성성의 시선에서 퀴어의 여성성을 무해하고 대안적인 것으로 상정하고 있음을 방증한다. 이와 관련해서는 이 책에 수록된 「조명등, 달, 물고기—나르시시스트의 선한 얼굴은 어떻게 악이 되는가」를 참고할 것.

열기 속에서 비평의 역량은 이성애 중심성 내부의 폭력적 남성성을 제거하려는 명확한 목표로 정향되어 있었고, 그런 상황 속에서 게이의 섹슈얼리티와 남성성은 여성을 대상화하지 않는 것이면서도 (여성) 자기 자신으로부터 연유한 '이성애적인' 것과는 완전히 단절된 매우 '적절하고 안전한' 타자성이었던 것이다.

3. '퀴어' 코드의 안전지대 ② —이성애 규범성과 페미니즘

문학장에서 '퀴어' 코드가 본격화되기 시작한 출발점이 어찌하여 게이의 일인칭 소설일까 하는 질문이 게이의 젠더/섹슈얼리티가 지닌 역량을 무화하기 위한 의도에서 나온 것이 결코 아니었듯, 2010년 대부터 지금까지 그 '퀴어' 코드를 추동해온 비평의 젠더/섹슈얼리티가 이성애 중심의 여성성이었다는 것을 확인하는 작업 역시 비평의 여성성 자체를 비판하기 위한 의도하에 있지 않다. 비평의 여성성이 이성애적이라는 사실만을 비판하는 것은 이성애와 퀴어 섹슈얼리티 사이에 공고한 이분법을 설정할 뿐이다. 모든 이성애가 그렇다는 것은 아니지만 (이는 퀴어들의 사랑이 언제나 퀴어함을 생성하지는 않는다는 말과도 같다) 이성애는 사랑의 한 갈래로서 얼마든지 퀴어할 수 있다. 퀴어한 이성애는 불가능하지 않다. 떠올리기 쉬운 예로, MTF를 사랑하는 시스젠더 남성이나 반대로 FTM을 사랑하는 시스젠더 여성의 사랑이 그러하다.[5] 이성애는 시스젠더의 전유물이 아니

5) 한정현의 소설 『마고』(현대문학, 2022)의 '가성'과 '운서'의 사랑이 그러하다. 그러나 이 사랑이 문제적인 것은 그것이 이성애를 수행하기 때문이 아니라 그것이 수행되는 맥락, 수행의 비언어적 조건, 사랑의 주체인 가성의 시선과 태도가 자신의 순결함을 자기 지시적으로 증언하는 도구적인 맥락을 형성하기 때문이다. 이성애적 주체가

다. 이러한 비판을 경유해 말하고자 하는 핵심은 작품과 비평은 코드의 물물교환을 통해 각자의 몸을 형성해왔고, 그러한 언어적 거래는 순전히 우연이나 자의성에 기대지 않고 오히려 철저한 이해관계의 타진 속에서 행해지는 계산적인 경제활동이라는 것이다.

지인의 아우팅 논란으로 지금은 판매 중지된 김세희의 장편소설 『항구의 사랑』(민음사, 2019)이 당시에 받았던 호평은 그것이 당시 페미니즘 비평 주체의 이성애 중심 여성성을 해하지 않고 외려 단단하게 해준 코드의 교환경제로 파악할 수 있다. 오은교는 BL 팬픽을 쓰는 소설의 '나'가 여성 주체가 현실에서 향유할 수 있는 섹스의 육체성을 팬픽이라는 가상적 공간에 존재하는 게이들의 몸으로 '외주화'하는 데에는 그럴 수밖에 없는 역사적 맥락이 있기 때문, "여성들이 주체적인 섹스를 사유하는 데 있어 하필 남성의 육체를 필요로 하는 것은 이성애 섹스가 현실적인 폭력의 경험과 불가분의 관계에 놓여 있기 때문"[6]이라고 말한다. 나아가 성석제의 단편소설 「첫사랑」(『첫사랑』, 문학동네, 2016)에서 남성 주체가 이성애 정상성 속으로 안전하게 입사하는 것이 동성애의 경험을 깔끔하게 도려내는 작업과 함께 이루어지는 반면, 김세희의 소설을 통해서 파악되는 이성애자 여성의 정체성은 "'레즈스러운 것'과의 배타적 분리를 통해 의미화되지 않는다"[7]고 주장한다.

퀴어와 퀴어한 사랑을 자기 삶의 차선책이나 대안으로 간주하며 낭만화하는 작업은 전혀 퀴어하지 않다. 관련한 논의는 같은 글 참조.

6) 오은교, 「플레이, 젠더!―김세희, 『항구의 사랑』(민음사, 2019)」, 『자음과모음』 2019년 겨울호, 351쪽.

7) 같은 글, 352쪽.

실제로 한국에서 여성의 동성 사회성은 다른 문화권에 비해 비교적 퀴어해 보이는 수행들로 점철되어 있다. 하지만 퀴어한 기표가 겉으로 드러날수록 이성애 질서의 비가시적인 강화가 이루어진다. 청소년기에 빈번히 수행되는 동성애의 퀴어한 경험은 성석제 소설과 동일하게 모종의 절연을 통해 세계의 저편으로 사라진다. 다만 '절연'의 방식이 다를 뿐이다. 소설 속 '나'는 여고 시절 사귀었던 여자친구를 회고라는 소설적 장치로 안전하게 봉인해두고 애써 부인하고자 한 '흑역사'의 시절을 '문학적'으로 서사화하는 작업을 완수한다. 그리고 마치 지나온 길을 돌아보는 아련한 여행자처럼 퀴어의 세계를 가능한 한 '정치적으로 올바르게' 떠나면서 미래로 나아간다. 소설은 '나'에게 도래할 미래의 시간이 그가 경험한 과거의 퀴어한 시간에 의해 흔들리지 않도록 안정적인 질서를 부여하는 정치적 작업을 수행한다. 퀴어한 시간을 인정하고 긍정함으로써 역설적으로 퀴어하지 않은 시간이 보다 안전하게 도래하도록 한다. 비단 소설 속 '나'뿐만 아니라 이러한 서사적 과정을 거치는 여성은 사회 · 문화 제도 내부에 자연화된 이성애를 수행할 수 있는 주체로 무사히 거듭난다. 어떤 이성애 성인 여성의 성장 과정에서 청소년 레즈비언의 경험은 필수적인 구성적 외부가 된다.

"이후로는 내 삶에 대해 생각할 때 그 부분을 건너뛰곤 했다. 그때의 나도 나인데 빼버리고 싶었다. 앞뒤와 연결되지 않는 그 부분이라고 생각했다. 하지만 지금은 그렇게 생각하지 않는다. 이제 그 부분까지 포함한 나 자신이 되고 싶다고 생각한다"[8]는 소설의 문장은 분

---

8) 김세희, 『항구의 사랑』, 53쪽.

명 표면적으로는 청소년기의 퀴어한 경험을 수용하겠노라는 수행적 발화를 행하고 있지만, 이것이 행해지는 비언어적 조건과 정치적 맥락은 그러한 발화가 자신의 정체성을 퀴어하게 변환하지 않고 오히려 퀴어한 경험을 이성애적 삶의 한 부분에서 발생한 일시적인 일탈쯤으로 무리 없이 안착시키고 포섭하는 이성애 중심적인 수행이 되게 한다. 그러나 당시의 그 어떤 비평적 언어도 이 지점에서 정면으로 소외되고 도구적으로 물화되는 청소년 퀴어와 퀴어한 시간성의 실존을 견인하지 않았다. 이 소설이 "우리 시대 소설의 탄생 비화"이기도 하며 "누구들은 별로 관심 없었겠지만, 페미니즘을 리부팅시킨 오늘날의 여성 청년들이 겪었던 유년 시절의 '정상적인' 문화란 이런 것이었다"[9]는 평론가의 패기 넘치는 선언은 당시의 비평이 공유하던 자의식이 레즈비언과 게이의 재현을 폭력적 남성성을 규탄하기 위한 이성애 여성의 주체성을 확립하고 강화하는 데에 그 목적을 두고 있음을 알려준다.

게이 일인칭 화자 소설로부터 퀴어 코드를 부상시키고, 레즈비언으로서의 경험이 당사자적으로 읽히는 것이 아니라 단지 '흑역사'의 한 조각으로 조정되는 서사에서 '우리 시대의 소설'의 탄생 비화를 찾아내는 비평적 발화는 2010년대의 비평이 퀴어 페미니즘 비평이 아니라 앞말에 괄호를 친 (퀴어) 페미니즘 비평에 가까우며, 그러한 비평이 작동시키는 코드의 언어는 당시 문학 현장의 가장 큰 문제였던 폭력적 이성애 남성성을 축출하는 대의에 복무한다. 한국문학 비평의 페미니즘적 흐름 속에서 '퀴어' 코드는 그것을 읽고 쓰는 비평

---

9) 오은교, 같은 글, 353쪽.

적 주체의 매트릭스를 재생산할 수 있는 안전한 소비재로서 형성되어 온 것이다. 다시 한번 강조하면, 문학적 주체는 자신이 처한 정치·경제·문화적 이해관계의 역학 안에서 코드를 수신하며 그러한 독해가 주체의 목적을 성취하기 위한 거래의 과정 속에서 이루어진다는 사실은 엄연하다. 나는 여기에서 하나의 코드가 소비재로서 물화되는 경향 자체에 대한 비판을 하려는 것이 아니다. 지금 이 세계에서 문학이든 그것을 향유하는 주체든 각자의 실존을 확고하게 하는 행위는 스스로가 자신을 교환가치가 높은 매력적인 소비재로 탈바꿈하는 행위일 수밖에 없고, 그것은 부정할 수 없는 신자유주의적 현실의 맥락이다. 시장에서 교환되지 않는 코드는 죽은 것이나 매한가지다.

작품과 비평 사이에 오가는 언어적 행위를 코드화로 바라보는 시각은 문학장 내부에서 퀴어와 이성애의 교류가 순도 높은 철학적 사안에 억류되어 있는 것이 아니라 다분히 경제적이며 정치적인 이해관계 속에서 이루어짐을 상기시킨다. 게이 일인칭 화자 소설이 대중 독자와 비평가들에게 즐겁고 편안하게 읽힐 수 있었던 것은, 그것이 지닌 상품적인 매력과 가치가 이성애 중심적인 문화에 뿌리 깊이 내재한 호모포비아적 정동을 우회할 수 있는 코드를 가지기 때문이다. 인간 존재의 젠더나 섹슈얼리티보다도 신자유주의의 매트릭스에 더욱 단단히 결박된 인간의 속된 욕망 덕분이기도 하다. 요컨대 한국문학장에 산재하는 퀴어 코드에는 호모포비아적인 독해를 피할 수 있는 우회로들이 내재하고, 그와 함께 가장 자주 발휘되는 독법은 미학화와 낭만화다. 물신주의를 숭배하는 주체들은 아름다움에 취약하며 그래서 그것을 소유하고 경험하기를 욕망한다.

이처럼 코드에는 단지 언어적 의미의 순수한 교환만이 일어나는 것이 아니라 주체의 욕망과 정치적 의도나 목적이 스며들어 있다. 기호 생성 과정으로서의 코드는 이러한 맥락 속에서 몇 가지 특정한 기능을 수행하는데, 그중 하나는 무언가를 암호화하여 숨기는 것이고 또다른 하나는 무언가를 규범화하여 드러내는 것이다. 2010년대 한국문학의 게이 일인칭 화자 소설은 게이의 성적 실천을 '읽기'를 통해 소비될 수 있는 상품으로 비교적 쉽게 암호화함으로써 독자의 호모포비아적 욕망을 안전하게 우회하는 예가 된다. 암호화된 코드는 제거될 위험으로부터 안전지대를 마련하고 그곳에서 풍요롭게 번성한다.[10] 그러나 퀴어한 주체가 코드에 숨겨둔 욕망은 의도적이든 비의도적이든 신자유주의가 선사하는 소비와 판매의 쾌락을 넘어서는 반反규범적인 것을 동반하므로 코드화의 안전지대는 영구히 폐쇄되어 있지 않다. 퀴어 소설을 '퀴어 소설'로만 읽지 말아달라는 요구는 암호화가 야기하는 잇따른 규범화의 작용에 저항하는 목소리다. 퀴어가 스스로를 코드화하는 것은 가시화되기 위한 질적 전략으로 안전한 경유지를 형성하기 위함이지 하나의 규범화된 장르로서 게토화되기 위함이 아니다. 코드의 경제적 거래 행위 속에서 퀴어 코드는 동

---

10) 게이 소설들이 자신의 성적 실천과 문화적 취향을 드러내면서 자기 자신을 풀기 쉬운 암호로 코딩하고 있다면 레즈비언 소설은 때때로 자신을 숨기는 암호화의 전략을 취한다. 가령 김금희의 단편소설 「사장은 모자를 쓰고 온다」(『오직 한 사람의 차지』, 2019, 문학동네)는 이성애의 시선과 퀴어의 시선이 만들어내는 공존 불가능해 보이는 두 가능 세계를 동시에 모두 성립시키면서 퀴어함이 이성애적 질서 내부에서 알아보기 힘들게 스스로를 암호화하는 코드화의 작용을 탁월하게 구현한다. 해당 소설에 관한 퀴어한 독해는 다음 글에서 구체적으로 시도하고 있다. 이 책에 수록된 「레즈비언 구출하기—침묵, 방백, 그리고 대화」, 34~40쪽.

성애 규범성homonormativity[11]을 피치 못하게 생산하고 그것에 의탁하기도 하지만 이는 어디까지 전략적인 과정으로서 수반되는 하나의 국면일 따름이다.

그러니 아무리 '퀴어'가 코드의 경제를 통해 안전지대를 구축하고 때맞춰 날아드는 비평과 소설의 언어들을 통해 퀴어-매트릭스의 실재를 키워나간다 하더라도, 일인칭적 자기동일성에 의해 팽창한 매트릭스의 육체는 자기 자신을 소비재로 환원할 수 없는 지점에 도달하는 순간 재생산을 멈춘다. 코드화는 분명 언어적이고 물질적이며 정치적이고 경제적인 과정이지만 세계의 실재를 모두 담을 수는 없다. 하나의 언어이자 문학적 주체로서의 '퀴어'가 문학적 재현의 영역에서 코드화를 자신의 전략으로 삼더라도 그것은 성원권 투쟁의 한 방식으로서 유효할 따름이다. 언어를 너끈히 초과하고도 남는 '퀴어함'의 물질성과 비언어적 생기를 수요와 공급, 교환경제의 거래 행위 안에서 비평이 그것을 온전히 받아내기란 불가능하다. 이 지점에서 우리는 코드화의 수요와 공급, 생산과 재생산이 아니라 그 과정에

---

11) 동성애 규범성은 미국의 퀴어 페미니스트 사회·문화연구자인 리사 두건(Lisa Duggan)이 2003년에 저서 『평등의 몰락—신자유주의는 어떻게 차별과 배제를 정당화하는가』(한우리·홍보람 옮김, 현실문화, 2017)에서 처음으로 사용한 용어다. 동성애 규범성은 1980년대의 에이즈 사태로 강력한 낙인과 혐오의 대상이 될 위기에 처한 미국의 LGBTQ+운동이 하나의 전략으로 내세운 것이기도 하다. 동성애 규범성은 이성애와 경합하거나 충돌하지 않고 오히려 탈정치적인 삶의 방식, 가령 제도화된 결혼이나 공동체의 사회·문화적 의식의 합법적인 승인을 중요하게 생각하며 기존의 주류 질서가 가진 인식론적 형식 내에서 삶을 영위하고자 한다. 동성애 규범성의 등장에는 백인 중산층 게이 남성의 계급적 지위가 상승하게 된 배경이 있다. 이는 '퀴어'가 코드화되는 과정에서 젠더나 섹슈얼리티보다 경제적인 부의 크기와 계급의 위치가 우선적으로 작동할 수 있음을 알려준다.

서 발생하는 초과적 의미의 생성, 코드를 교환하는 지점이 아니라 그것을 해체하고 재구성하여 코드화가 불가능한 새로운 공간을 열어주는 세미오시스의 장으로 이동해야 한다. 소설의 서사적 역학 속에서 '퀴어' 코드가 자신을 교환 가능한 소비재로 물화하는 데에 성공하고 원활한 거래를 통해 자신을 양적으로 팽창시키고 가시화시켰다면, 자기 자신을 끝내 물화할 수 없는 지점에 이르러서 '퀴어'는 재생산이 아닌 생성의 장으로 이동한다. 그곳은 시의 영역이다.[12] 코드의 기표가 의도하는 기의를 의도 그대로 말끔하게 수신하는 작업으로부터 한 발짝 더 나아가 해당하는 의미로부터 새로운 의미를 발견해내는 것, 그리하여 코드의 일대일대응적인 의미를 찢어버리는 것이 비평이 할 수 있는 궁극적 단계의 세미오시스, 생성이다. 그것은 분명 시적이다. 시적인 것은 코드가 불러일으키는 의미의 초과, '잡음'이며 이것은 안전지대를 만드는 코드의 사슬을 '찢어'버린다. 시는 코드의 발신과 수신이 만드는 안전한 벽을 무너뜨린다.[13] 그러나 한편으로 비평은 '퀴어'의 기표들이 벌이는 화려한 축제에 정신이 팔린 나머지 코드가 생성할 수 있는 세미오시스의 공간으로 미처 나아가지 못했다는 의혹을 지울 수 없다.

---

12) 다시 한번, "시의 독자는 텍스트가 만든 코드를 자신의 매트릭스 속에서 풀고, 단순히 행해지는 거래, 코드의 교환 행위가 아닌 코드의 해체와 재구성을 통해 '나'와 '너'는 비로소 만난다"(이 글의 1장).

13) 권희철은 영화 〈패터슨〉에서 정말로 시를 쓰는 사람은 패터슨이 아니라 사실상 그의 개 '마빈'이라고 말한다. 시적인 것은 "'반복의 반복'에 장악되는 것으로부터 구원하는 행위"(79쪽)에서 나오며 그것은 마치 피아노 연주자의 여섯번째 손가락이 "악보의 품안에 미로를 넓히고 잡음을 낳"(94쪽)는 행위와도 같다. 권희철, 「개에 관한 명상」, 『정화된 밤』, 문학동네, 2022.

4. 익숙한 트랜스젠더: 시코쿠는 정말로 퀴어한가?

'퀴어'가 한국문학 비평에서 처음 등장한 것은 2010년보다도 훨씬 이전이지만 코드로 암호화/규범화되고 따라서 장르화된 것으로 읽히는 사건은 2010년대에 발생했다. 이를 퀴어적 전회로 명명할 때[14] 우리는 이러한 전회를 가능하게 한 비평적 시간의 역사를 탐색해볼 수 있다. '퀴어' 코드를 사이에 두고 맞춤한 타자가 되어달라는 비평의 요청과 그를 승낙하는 작품 사이의 언어 경제적 거래 역시 2010년대에 처음 발발한 일이 아니다. 그것은 그보다 더 먼저 발생했던 사건이다. 규범화된 '퀴어' 코드를 읽어내고 그러한 읽기 행위가 비평에 선제적으로 내재해 있던 코드화의 욕망(이때 암호를 해독하는 입장에서의 코드화는 규범화의 효과를 강하게 발생시킨다)에 피드백을 가하고 강화하는 일은 2000년대의 시를 읽는 비평적 작업에서 먼저 시도되었다. 요컨대 2010년대에 활성화되었던 '퀴어' 소설의 (퀴어) 페미니즘 비평의 독해 방식—비평적 주체가 스스로 세운 시대적 당위가 시장에서 더욱더 원활하게 교환될 수 있는 적절한 방식 안에서 코드를 물화하고 그것을 비평의 실재-몸을 강화하는 가상으로 간주하는 작업—은 2000년대의 '퀴어' 시를 읽던 비평의 코드화 욕망으로 거슬러올라간다. 특히, 당시의 비평이 황병승의 시에 나타난 타자성과 트랜스젠더적 욕망의 코드를 비평의 '나'-매트릭스를 강화하고자 하

---

14) "2010년대는 가히 한국문학의 퀴어적 전회(the queer turn)라 불릴 수 있을 만큼 본격적인 '퀴어-페미니즘 문학'과 그를 향한 비평적 독해들의 향연이 시작된 시기다. 텍스트의 양적 증가와 그로 인해 새롭게 구성되는 의제 그리고 윤리적 기준선의 변화는 마치 한 세기가 저물고 새로이 시작되는 구조적 변화와도 같았다."(이 책에 수록된 「이제, 너희는 씨 뿌리는 사람의 비유를 들어보아라—레즈비언 퀴어를 세속화하는 '장치'에 관하여」, 50쪽)

는 가상으로 설정하여 황병승의 시적 주체가 지닌 욕망의 기의가 생성하는 퀴어함에 대해 타진하지 않고, 그것이 지닌 기표적 형태의 미학성에 집중했던 양상이 그러하다.[15] 당대의 거의 모든 평론가가 황병승의 등장에 환호하고 그의 시가 창안하는 '새로운 형식'에 대해 가히 집단적이라 말할 수 있을 만큼 열광했다.

전통적 서정의 자폐적인 자아의 공기를 박차고 나와 상상도 하지 못할 만큼 기괴한 가면들을 쓰고 이곳저곳에서 출몰하는 '시코쿠'의 규정 불가능한 도주는 전적으로 표면의 층위에서만 의미화되었다. 젠더 이분법을 교란하고 가부장적 상징 질서로부터 달아난다는 해체적 관점의 비평적 해석은 캠프camp적인 미적 규범에 의존했고,[16] 이

---

15) "'미래파' 논쟁은 그러므로, 궁극적으로 미적 현대성의 문제이다. 무엇보다 '미래파'라는 용어 자체가 미래라는 '아직 아닌(not yet)' 시간에 대한 사유를 전제하고 있으며, 과거와 다른, 혹은 현재를 극복하는 '내일'의 변화를 목적으로 한다는 점에서 문학적 전통에서의 이탈을 함의한다. 항간에서는 '논쟁'이라 부르지만, 정작 뚜렷한 갑론을박 없이 최근 시의 '새로움'을, 그것의 기원과 출처와 형태를 밝히고 분석하려는 담론들이 줄을 잇는 것도 젊은 시인들의 시에서 이전의 한국 시와는 다른 차이점, 변별점을 우선 발견하고 규명하고자 하는 욕망에 따른 것이다. 환상성과 감각의 활성화가 시적 새로움의 핵자로 전경화되는 까닭도 이와 무관하지 않다. 감각의 갱신은 형식의 쇄신과 밀접히 연관되어 있기 때문에 특히 그러하다. 요컨대 감각은 내용이 아닌 형식에 투사되며, 감각에 의해 투사된 형식은 다시 새로운 감각을 창출한다."(강계숙, 「비평의 선제(先制)에서 공감의 비평으로」, 『미언』, 문학과지성사, 2009, 127~128쪽, 강조는 인용자)

16) "이 시집은 퀴어적인 것으로부터 '캠프(camp)'적인 것으로의 공간 이동을 보여준다. 젠더적인 상징 질서에서 이탈하는 퀴어적인 감수성으로부터, '외전(外傳)'의 서사가 극대화된 과잉의 캠프적 상상력이 넘쳐흐르기 시작한다. 외전 서사들은 '탈성찰적' '무절제'의 캠프적인 스타일을 발산한다."(이광호, 「숭고한 뒤죽박죽 캠프」, 『트랙과 들판의 별』 해설, 문학과지성사, 2007, 191쪽, 강조는 인용자)

전까지 비평장이 집중해온 문학과 윤리의 코드가 지나치게 오랫동안 해석되어왔다는 '지루함', 그리고 그를 대체할 수 있는 새로움에 대한 '매혹'을 향한 비평의 욕망은[17] 황병승의 시적 주체를 새로운 비평적 코드로 적극 물화했다. 그리하여 비평은 새로운 코드와 함께 새로운 시대성을 창안하여 제 몸을 살찌웠다.[18] 물론, 손택이 말한 것처럼 캠프적인 것은 모든 것이 무절제한 생산의 과잉으로 점철된 사회·문화적 맥락 속에서 주체의 감수성을 회복하기 위한 당위와 방편이 될 수 있다. 그러나 캠프적인 시선은 예술작품의 내용이 아니라 내용을 쳐내고 그것의 실체를 보는 시선이고, 따라서 캠프를 바라보는 비평의 시선은 "예술작품이 무엇을 의미하는지 보여주는 것이 아니라, 예술작품이 어떻게 예술작품이 됐는지"[19]를 보여주어야 한다. 구체적으로 말하자면 그것은 캠프의 스타일이 보유한 미학적인 질감과 감각적 장식물의 외양의 내용에 집중하는 읽기가 아니라 스타일에 내재한 이중적 의미를 감지하는 일, 외양의 표면에서 비가시적 심층으로 내려가 희극적이지도 비극적이지도 않은 과장되고 이상한queer 엄숙함을 인간의 세속적인 실존 속에서 탐색하는 작업이다.

그러나 그간 견고히 유지되어온 한국문학의 고고한 도덕과 윤리

---

17) 오스카 와일드, "사람을 착한 사람과 나쁜 사람으로 나눈다는 것은 우스운 것이다. 매력적인 사람과 지루한 사람이 있을 뿐이다."(수전 손택, 『해석에 반대한다』, 이민아 옮김, 이후, 2002, 422쪽에서 재인용)

18) 미래파는 "특정한 시인과 텍스트를 대상으로 정립된 엄밀한 개념이 아니었다. 오히려 이 명칭은 비평가의 욕망과 이념이 투사된, 다분히 수행적인(performative) 선언문에 가까웠다"(강동호, 「파괴된 꿈, 전망으로서의 비평―2000년대 미래파 담론 비판」, 『지나간 시간들의 광장』, 문학과지성사, 2022, 116쪽).

19) 수전 손택, 같은 책, 34~35쪽.

적 규범의 코드에 질식사하기 직전이었던 2000년대 비평의 자의식은 황병승이 과시했던 화려한 '혼종성'[20]의 춤을 감상하는 데 정신이 팔려 시적 주체가 춤을 추는 욕망의 얼굴, 그것의 실체를 자세히 살피지 못했다. 이장욱은 황병승의 시적 주체가 전시하는 트랜스젠더로서의 정체성은 성적 취향의 문제를 넘어 황병승의 시적 원리로 발돋움하고, 그러한 '퀴어 미학'은 "섹슈얼리티의 혼종성"을 초과하여 "세계에 대한 감각의 혼종성으로 무한히 확장"[21]된다고 읽는다.

시코쿠의 세계에 등장하는 것들이라면, 사람이건 사물이건 모두 정형을 벗어나 있기 때문이다. 그것들은 움직이고, 전이하고, 이동하고, 흩날리고, 결국 모호해진다. 무엇인지 알 수 없기 때문에 모호한 것이 아니라, 애초에 **고정된 실체** 따위가 없기 때문에 모호하다. 체서 고양이의 웃음처럼 명백하면서, 동시에 모호한 것.[22]

물론, 다양한 퀴어들의 존재 기표가 난무하는 황병승의 시세계는 젠더와 섹슈얼리티가 여성과 남성의 그것으로만 이루어져 있다고 믿어온 저간의 한국문학이 지닌 믿음 체계를 뒤흔들기에 충분할 만큼 시각적으로 화려하다. 그러나 황병승의 캠프적인 교태는 그것을 바

---

20) "2000년대 젊은 시인들은 하위 문화적 상상력을 실존적 존재 방식의 하나로 육화하고 있으면서, 경계를 무화하는 혼종적 글쓰기의 놀이를 보여준다."(이광호, 「시의 아나키즘과 분열증적 언어」, 『이토록 사소한 정치성』, 문학과지성사, 2006, 129쪽)

21) 이장욱, 「체서 캣의 붉은 웃음과 함께하는 무한 전쟁(無限戰爭) 연대기」, 황병승 『여장남자 시코쿠』 해설, 랜덤하우스코리아, 2005(초판), 178~179쪽.

22) 같은 글, 176쪽, 강조는 인용자.

라보는 비평적 주체의 고정된 가치관을 교란하고 뒤흔들지언정 과연 시적 주체 '나'의 실체를 전복시키는지에 관해 되물어야 한다. 퀴어의 화려한 기표들로 치장하는 주체의 외적 행위는 정말로 스스로의 정체성을 공백으로 무효화하는 데까지 나아가는가? 정체성과 주체성은 그토록 쉽게 상실되는가? '고정된 실체'가 없다는 말은 실체가 없다는 말과 다르다. 황병승의 시세계 앞에서 우리가 목격하는 것은 '유동하는 실체'가 있을 따름이라는 사실이다. 허윤진은 하위문화적 감수성을 구현하는 2000년대 초반의 시들의 변화를 두고 시적 자아가 소멸하고 그 빈자리를 타자가 대신하는 것이 아니라 다만 자아가 동일시의 대상을 자연으로부터 '다른 것'으로, 대중문화의 요소들로 옮겨간 것일 뿐이라고 진단했다.[23] '나'는 쉽게 사라지지 않는다. 황병승이 체현하는 '자궁 달린 남성'들의 육체성은 퀴어한 기표들로 이루어진 가장masquerade 속에서 획득되고, 그러한 육체성은 시적 주체가 세계를 감각하는 몸 도식을 부여한다. 주체의 외양이 표면의 세계에서 파편화되고 분열되어 흩어질지언정 시적 자아는 소멸하지 않는다. 아니, 오히려 그러한 분열을 자기 생성 원리로 채택함으로써 '나' – 매트릭스의 부피를 팽창시킨다. 황병승은 남성적 자아인 '나'를 폐기하지 않는다. 타자적인 기표들로 한껏 치장한 그의 시 속에는 흔들리지 않는 '나'의 자아가 건재하며 '너'는 명백히 부재한다. 실재하는 것은 '너'의 빈자리뿐이다. 요컨대 그의 시적 주체는 '너'의 빈자리

---

23) "그러나 이것은 서정시의 장르적 본질이 변화하여, '자아'가 소멸하고 '타자'가 부상하는 것이 아니다. 인간의 경험을 직조하는 환경 자체가 변화함으로써 동일화의 대상이 대체된 것일 따름이다."(허윤진, 「Culture Killed the Literature」, 『5시 57분』, 문학과지성사, 2007, 176쪽)

뒤에 숨어 '나'를 부풀리는 방식으로 전에 없던 '퀴어' 코드의 문학적 화폐가치를 생산하고 판매하는 데에 성공함으로써 문학사 내부에 자신의 영역을 확보하는 성취를 거두었다. 그의 성공은 '너'를 '나'의 구성적 외부로 만드는 교묘한 '시적인' 방식에 전적으로 기대고 있다.

황병승의 트랜스젠더–되기 전략은 시가 퀴어한 기표들을 휘두를 때 발생하는 드래그drag의 수행성에 기초한다. 주목할 것은 드래그가 지닌 본래적인 효과, 주체가 자신의 성과 다른 성의 의복을 입음으로써 이질성hetero의 기표들을 장착하여 성의 본질적 효과 자체를 낯설게 하는 것과 달리 황병승의 트랜스젠더가 수행하는 드래그는 오히려 모종의 익숙함을 유발한다는 것이다. 드래그의 수행성은 통상적으로 이성애의 이분법적 규범과 그것의 젠더 표현을 흔든다는 해체적이고 해방적인 효과로서 그간 논의되어왔다. 그러나 최초의 얼굴을 가리는 가면의 수행이기도 한 드래그는 무언가를 '명백한 모호함'[24] 속에 숨겨둔다. 수행적인 발화가 언어의 형식으로부터 절대적으로 연유하지 않음을 상기하면, 텍스트의 드래그 수행 또한 그것이 놓여 있는 비언어적 조건인 맥락들과 함께 고려되어야 한다.

나는 황병승의 시적 주체가 실제로 파편화된 것이 아니라 파편화된 가상을 창조한 것일 뿐이며, 그의 '트랜스젠더적 시적 원리'는 자신의 욕망과 주체성을 더욱 강화하고 그를 숨겨 암호화하기 위한 장

---

24) "가령 트랜스젠더. 이것은 '명백한' 모호함이다. 이 시집에서 여장남자 시코쿠와 그 친구들, 즉 리타와 키티와 어린이들과 너무 작은 처녀들은, 표층이거나 심층에서, 남성도 여성도 아니다. 사내아이들은 거세를 갈망하거나 자궁을 꿈꾸며, 여자들은 자지를 매달고 불 속을 걷는다. 아버지는 누이의 치마를 입고, 어머니는 엽총을 들고 아버지를 위협한다. 시코쿠의 나라에서는 우리가 살아가는 세계의 완고한 성 정체성을 교란시키는 인물들로 넘쳐난다."(이장욱, 같은 쪽, 강조는 인용자)

치이자 수단으로 파악한다. 황병승이 구사하는 캠프의 기표들은 가부장적 이성애 중심성의 이분법을 폭로하는 것이 아니라, 그러한 효과의 외양에 기대어 가부장적 이성애 중심성이 자기보존 원리로 삼는 폭력적 남성성을 시적 코드로 발화하는 것으로 읽는다. 그가 생산하는 코드에 내장된 '퀴어' 기표들은 비평의 코드가 욕망하는 독해의 수요와 '즐겁게' 맞아떨어지면서 타자인 '너'를 일인칭 매트릭스의 가상으로서 소유하려는 시적 주체의 음험한 욕망을 '문학적'으로 그리고 아주 성공적으로 숨긴다. 같은 맥락에서 황병승의 시적 자아의 젠더가 남성이며 시적 대상인 '너'를 향해 품은 욕망이 이성애적이라는 것, 그리고 그가 수행하는 트렌스젠더로서의 시적 원리는(게이 일인칭 소설의 화자들이 용감하게 드러내고자 하는 자기 삶의 욕망과 다르게) 시적 주체 또한 그러한 폭력성이 공개적으로 발화할 수 없을 만큼 위험하다는 사실을 명백히 인지하고 있음을 방증한다고 읽는다.

황병승의 표제작 중 하나인 「여장남자 시코쿠」는 위의 해석적 맥락을 함축하는 대표작이다.[25] 저간의 독해들이 행해온 것처럼 시적 주체의 퀴어한 외적 행위들에 집중하면 "이미 나는 남성을 찢고 나온 위대한 여성"이라는 표현이나 "화장을 하고 지우고 치마를 입고 브래지어를 푸는 사이/조금씩 헛배가 부르고 입덧을 하며"와 같은 시행은 「겨울 홀로그램」에서 "복면을 한 아버지가 누이의 스커트를 입은 채 잠이 들고"나 「커밍아웃」의 화자가 발설하는 "나의 또 다른 진짜는 항문이에요"와 같은 말과 함께 여성성을 수행하는 남성의 퀴어

---

25) 이 글에서 다루는 시편들은 모두 다음 시집에 수록되어 있다. 황병승, 『여장남자 시코쿠』, 랜덤하우스코리아, 2005(초판). 이하 인용시 본문에 작품명만 밝힌다.

한 언어로 읽힌다. 그러나 해체적으로 읽히기 위한 의도로 잘 차려진 퀴어 기표들은 전형적인 제스처라고 말할 수 있을 만큼 뻔하게 익숙하다. 2000년대 한국은 이미 퀴어 담론에 대해 얼마간의 학습이 일어난 상황 속에 있었고 포스트모던의 소비 주체들이 향유하는 대중문화 속에서 게이나 레즈비언, 트랜스젠더 등 퀴어 코드에 대한 소비와 생산이 폭발적으로 일어나던 중이었다.[26] 그러니까 당시 문학장의 주체들에게도 퀴어 코드는 이미 낯설고 새로운 것이 아니었을 테지만 그것이 텍스트 내부에서 주변화된 소재나 도구적 장치가 아니라, 스스로를 하나의 캠프적인 코드와 시적 원리로 삼으면서 본격 등장한 것은 황병승의 시가 처음이었던 것이다.[27] 비평장은 당시의 시대적 흐름에서 '적절하게', 새로운 퀴어 코드에 곧장 매혹될 수밖에 없었을 것이다. 그들은 언제든 매혹당할 준비를 착실히 해오고 있었다.

그러나 캠프적인 행위 사이로 흐르는 주체의 욕망을 타진해볼 때, 이곳에는 여성인 '너'를 향한 이글거리는 소유욕이 도사리고 있다는 사실이 단번에 드러난다.

---

26) 2000년 9월 26일, 방송인 홍석천이 대중 앞에서 공개적인 커밍아웃을 한 사건은 한국 대중문화산업에서 퀴어 담론이 본격적으로 가시화되는 데에 크게 일조했다. 이혜리, 「10월5일 홍석천씨의 커밍아웃, 그 후 20년」, 경향신문 2020. 10. 5, https://www.khan.co.kr/national/national-general/article/202010050022001

27) 채호기의 『슬픈 게이』(문학과지성사, 1994) 또한 퀴어의 감수성을 체현하는 시들이라 할 수 있으나 애도와 상실, 슬픔의 서정 속에서 발화하는 시적 주체라는 점에서 황병승의 캠프적인 시적 주체와 다르다. 채호기의 시적 주체는 세계와 '나' 사이의 안정적인 동일화를 구축하는 전통적인 서정의 주체다. 반면, 캠프적 주체는 자기 자신을 과장하고 내면이 아닌 외양의 스타일과 장식적 미감을 형성하기 위해 애쓰며 위악과 냉소를 일삼고, 세계와 불화하고 그것을 배반하는 제스처를 호신술로 삼는다.

포옹을 할 때마다 나의 등 뒤로 무섭게 달아나는 그대의 시선!

그대여 **나에게도** 자궁이 있다 그게 잘못인가
어찌하여 그대는 아직도 나의 이름을 의심하는가

(······)

(그대여 나는 그대에게 마지막으로 한번 더 강렬한 거짓을 말하련다)

기다리라, 기다리라!

—「여장남자 시코쿠」 부분(강조는 인용자)

생물학적 여성성의 증거인 '자궁'을 가지고 있다고 '그대'에게 소리치는 '나'가 처한 시적 상황은 욕망하는 '그대'에게 다가갈수록 '그대'로부터 거부당하는 상황이다. 포옹할 때마다 소스라치게 도망치는 '그대'의 등뒤로 '나'는 자신에게도 '너'와 같은 자궁을 가지고 있다고, 왜 자신의 '이름'을 의심하느냐고 소리친다. 만약 해당 시행이 '나에게는'이었다면 '나'의 자궁이 모종의 의도를 선취하기 위한 목적하에 고안된 것이 아니라 다만 '나'의 자연의 일부로 자리하고 있음을 납득할 수 있을 것이다. 그러나 "나에게도"라는 발화는 '너와 같다'라는 비가시적인 시적 상황, 그러니까 '나'의 발화가 행해지고 있는 비언어적 조건을 강하게 환기하면서 '나의 자궁'이 '너'의 의심을 면하기 위해 마련된 성적 장치이자 기표임을 알게 한다. '너'를 원하는 마음은 시가 전개되면서 점점 더 강렬한 욕망으로 강화되고, 그것은 급기야 '너'를 소유하고자 하는 폭력적인 의지를 형성한다("그대가 사과를 먹고 있다면 나는 사과를 질투할 것이며/나는 그대의 찬 손에 쥐어진 칼 기꺼이 그대의 심장을 망칠 것이다", 같은 시).

그런데 시적 주체가 처한 세계는 이미 '그대'와 무관하게 붕괴되고 있으며 주체에게도 우호적이지 않다. "하늘의 뜨거운 꼭짓점이 불을 뿜는 정오"의 시간, "늙은 여인"은 "양산을 팽개치며 쓰러지"고 열기를 피해 달아나는 곳이 차가운 물속이 아니라 "불 속으로 달아나는 개"가 만드는 파괴적인 세계 속에서 '나'는 "꼬리 잘린 도마뱀"으로 분화한다. '나'가 '그대'에게 다가갈 수 있는 초기 조건은 이미 비관적이다. 그러나 "악수하고 싶은데 그댈 만지고 싶은데 내 손은 숲 속에" 있다고 말하는 '나' – 도마뱀은 실패할 수밖에 없는 욕망의 운명을 받아들이지 못하고 "찢고 또 쓴다". 타자와의 합일을 욕망하지만 그것이 결코 성취될 수 없는 세계의 통증을 온몸으로 감각하는 과잉의 감수성 속에서 '나'는 굴하지 않고 자신의 욕망을 점점 더 고양시켜나간다. 주체가 생산하는 감각의 과잉은 여성인 '그대'에게 한 번이라도 다시 다가가기 위해 자신의 남성성을 아무렇지 않게 폐기하고 "나는 남성을 찢고 나온 위대한 여성"이라고 선언하기에 이른다.

어떤 주체가 자신을 향해 "남성을 찢고 나온 위대한 여성"으로 정초하는 수행적 발화를 할 때, 우리는 그 수행하고 있는 젠더를 묻지 않을 수 없다. "위대한 여성"의 여성성이 담지하는 기의의 내용과는 별개로 그것이 명확하게 다름 아닌 '남성'으로부터 연유한다는 점에서 주체가 만들어 쓰고 있는 이 여성성의 가면은 실상 매우 남성적인 것으로서 남성성의 산물이며, 시적 상황을 고려할 때 그의 남성성은 여성을 사랑하는 이성애 섹슈얼리티를 체현하는 젠더로 나아간다. 시편 곳곳에서 괄호로 한번 더 숨겨져 발설되는 '거짓'은 이러한 드래그의 수행 속에서 함께 강화된다("진실을 말하려고 할수록 나의 거짓은 점점 더 강렬해지고"). 시의 후반부에서 "그대에게 마지막으로 한번 더 강렬한 거짓을 말하련다"라고 외치는 방백은(괄호로 묶인 시행들은 주체가 청자로 상정하는 '그대'가 듣지 못하는 장소에서 발화되는 것에 가깝다) 그의 광기 어린 리비도가 차마 숨길 수 없이 누설하고 마는 진실이다. 황병승의 시적 주체가 체현하는 트랜스젠더적 시적 원리는 이성애 남성의 거친 소유욕을 '퀴어'라는 가면 뒤로 코드화하여 대범하게 숨겨둔다.

그러나 황병승은 이러한 욕망을 완벽하게 숨겨두고자 하는 것도 아닌바, 「사성장군협주곡」에서는 여성에 대한 욕망을 '소년 H'를 통해 직접적으로 제시한다. 'H'는 "옥상에서 주근깨 여자와 키스"하고 "주근깨 여자를 그리워하며" "새로 사귄 갈래머리 여자와 산책"할 때 UFO를 목격한다. 그가 목격한 UFO가 'H'에게 응답하는 유일한 순간은 "갈래머리 여자가 죽었을 때"였고 이러한 장면들은 시적 주체가 경험하는 사랑이 죽음 충동과 결부되어 있으며 그러한 죽음 충동이 투사되는 것은 자기 자신이 아니라 여성임을 알려준다. 남성으로 표상되는 시적 주체의 죽음은 상상계적 층위에서만 여러 번 되풀이될 뿐, 실제로 일어나지 않는다. 그는 오히려 몇 번이고 되풀이해서 태어난다.

> 더 이상 태어나기 싫어 집 밖으로 나가지 않았지만
> (주근깨 여자는 어디로 간 걸까 지난밤 태내의 쌍둥이처럼 친밀했던)

나는 사방에서 자꾸만 태어났습니다

—「사성장군협주곡」 부분

「여장남자 시코쿠」에서 가장하지 않은 욕망의 맨얼굴, '그대'에게 다가가고자 '그대'와 동일한 젠더를 가장했던 '진실'이 괄호 안의 방백으로 제시되었던 것과 마찬가지로, 위의 대목에서 괄호 친 부분에서 제시되는 "태내의 쌍둥이처럼 친밀"한 시적 상황은 시적 주체가 생물학적 여성성을 다시 한번 가장하여 수행하고 있음을 보여준다. 뒤이어 들리는 '나'의 고백, "이렇듯 나는 너무 빤하고 선언은 늘 부끄러운 것입니다/그러나 나는 선언의 천재/모든 것을 선언한 뒤 알 수 없는 사람이 되고 말겠습니다"라는 말은 '선언'이라는 수행적인 발화가 일으키는 효과 그 너머의 안전지대에 "알 수 없는 사람"이 되어 숨겠다는 말로 읽힌다. 독자는 "주근깨 여자의 행방을 물으며 H에게 피 묻은 야구공을 선물하던 밤"을 통해 죽은 여자가 흘린 피가 '나'의 손에 들려 있다는 사실을 확인하면서 여자가 다름 아닌 '나'에 의해('나'와 'H'는 동일한 자아가 파편화된 조각으로서 구조적인 상동성을 갖는 시적 자아다) 살해당했을 수도 있다는 무서운 가능성을 인정하지 않을 수 없게 된다.

이장욱이 말한 바대로, 우리는 '퀴어'의 기표를 손에 들고 그것의 기의를 행위하며 성적 기표의 외연을 교란하는 주체의 이름을 함부로 확정할 수 없다.[28] 그러나 그러한 수행의 결과와 효과가 아무리 전

---

28) "우리는 그네들의 정체성을 확정할 수 없다."(이장욱, 같은 글, 176쪽) 황병승의 시적 주체가 이성애적 욕망을 가진 남성 주체라는 나의 독해 또한 하나의 가능 세계로서 유효하다. 주체와 텍스트의 젠더/섹슈얼리티는 그것을 읽는 독해의 시선이 개입할

복적이고 해체적이라 할지라도 그것을 행하는 주체의 욕망, 발화가 놓이는 비언어적 맥락을 간과해선 안 된다. 황병승의 시적 주체가 수행하는 드래그는 그러므로 퀴어하지 않다. 이성애 섹슈얼리티 기표의 수행이 그것을 행하는 주체의 정체성과 그것이 행해지는 외부적 맥락 속에서 얼마든지 퀴어해질 수 있는 것처럼, 퀴어 기표의 수행 또한 같은 맥락에서 얼마든지 퀴어하지 않을 수 있는 것이다.[29] 김세희 소설의 서사적 욕망이 퀴어한 과거의 시간을 이성애의 안전한 질서 속으로 깔끔하게 정리정돈하여 접어두고, 그를 읽는 당대 페미니즘 비평의 이성애 중심성이 레즈비언의 퀴어한 섹슈얼리티를 이성애 여성들의 대항 담론으로 물화한 역사를 다시 한번 떠올려보자. 문학장에서 '퀴어' 기표가 코드화되는 방식은 그것을 발화하는 언어 주체들의

때마다 매번 달라질 수 있다.

29) 송종원은 황병승의 시가 '퀴어'가 아닌 '가계의 이야기'를 다룬다고 말하며(「미래 파는 우리에게 무엇이었나, 아니 무엇이었을 수 있었나 (2)」, 문장웹진 2023년 12월호) 그의 시를 과연 '퀴어의 풍경'으로 읽을 수 있는지 의문한다. 시에 등장하는 게이, 드래그 퀸, 트랜스젠더 등의 '퀴어'들은 실상 "타자로 추방된 사람들"이며 이들은 '퀴어 미학'이 아니라 '가족의 풍경' 속에서 의미화된다고 말하며 당시의 평론가들이 이를 읽어내지 못한 것을 질타한다. 그러나 당대의 수많은 논의는 이미 그러한 '가족의 풍경'을 휘감고 있는 상징질서에 대해 아주 심도 있는 분석들을 내놓은 바 있다. 가령 아버지를 초월할 수 없는 아들, 이성애 정상 남성성을 획득하지 못하는 남성의 좌절이 바라보는 '집'의 풍경은 이미 우리에게 너무나 익숙한 기존 논의들이다. 게다가 황병승이 시세계에서 창조하고 있는 '집'과 '아버지'는 그것의 실제를 담은 것이 아니라 시적인 극화(dramatize)를 통해 그려낸 가상 속의 것들이다. 이것을 시적 화자의 실제가 만드는 '가족의 풍경'으로 읽는다면 그것은 단지 텍스트의 표층의 서사만을 고려하는 너무나 소설적인 읽기일 것이다. '집'의 질서 속에서 황병승의 소외된 주체를 읽어내는 대표적인 논의 두 가지는 다음과 같다. 허윤진, 「나의 분홍 종이 연인들, 언어로 가득 찬 자궁이 있는 남성들」, 같은 책; 강계숙, 「사랑을 주었으나 똥으로 받는 이에게」, 『여장남자 시코쿠』 해설, 문학과지성사, 2012(개정판).

정치적 욕망과 외부적인 맥락 속에서 기표와 기의 사이의 표면적인 인력보다 훨씬 더 강력한 힘을 발휘하며 작동한다.

5. 문학과 퀴어의 가족 유사성

퀴어한 기표들로 점철된 텍스트가 문학적 언어로 코드화되고 그것이 비평과 독자에 의해 독해되며 재번역될 때 고려해야 하는 주체의 욕망과 외부적 맥락 앞에서, 우리는 '문학'과 '퀴어'의 실제가 그를 둘러싼 주체들의 가상으로 지어진 매트릭스임을 상기한다. 코드의 교환가치를 높이는 방향으로 행해지는 이해관계의 맥락까지 고려한다면 '문학'과 '퀴어'는 모두 본질적인 퀴어함을 배태하지 않는 텅 빈 기표라는 사실 또한 함께 확인한다. 시와 소설, 비평 자체에 퀴어성이 내재하는 것이 아니라[30] 그들의 매트릭스를 구성하는 가상의 코드를 풀면서 발생하는 수행적 과정, 즉 코드가 발생시키는 세미오시스의 과정 속에서 '문학'을 '문학적인 것'으로, '퀴어'를 '퀴어한 것'으로 또는 '문학'을 '퀴어한 것'으로 만들고 '퀴어'를 '문학적인 것'으로 만드

---

30) 양경언은 시의 '낯설게 하기'가 일상을 새로운 세계의 층위로 접속할 수 있게 한다는 점에서 시는 퀴어적인 요소를 자신의 실존 조건으로서 이미 가지고 있다고 주장한다. 나아가 그는 퀴어한 읽기가 비규범적이라고 여겨져온 것들, 비가시화되고 소외된 것들의 자리를 되살리는 작업이라고 말한다. 그러나 시 자체에 그러한 퀴어성이 본래적으로 내재해 있다기보다 시를 읽는 독자의 시선과 텍스트가 만나는 지점에서 '낯설어'지는 지점이 사후적으로 매번 다르게 발생한다. 텍스트의 퀴어한 읽기는 소외된 것들을 복원하는 작업이라기보다 이미 익숙하게 존재하던 주류적인 것을 비틀고 부수어 그것의 기득권을 실추시키는 과정일 수도 있다. 황병승의 시가 내보이는 퀴어한 기표들을 퀴어하지 않다고 읽는 시선은 그러므로 퀴어한 읽기이다. 이것이 가능한 것은 시가 퀴어한 것을 본질적으로 내장하고 있어서가 아니라 텍스트의 코드를 독해하는 자의 읽는 수행으로부터 가능하다. 양경언, 「시는 퀴어하다」, 〈2019 무지개책갈피 퀴어 문학 포럼〉 발표문, 2019.

는 생성 작용을 발견한다. 결국 중요한 것은 다시 한번, 주체의 욕망과 주체가 자리한 외적 현실의 맥락들이다.

코드화로 이루어지는 이러한 언어 경제는 시와 소설, 비평을 거래 가능한 문학적 화폐로 스스로를 물화하게 한다. 그러나 이러한 물화가 절대적으로 유해한 것만은 아니다. 소수자의 언어는 그러한 물화 속에서 안전지대를 마련하여 양적 안정성으로 뒷받침되는 토대를 구축하기도 한다. 김봉곤과 박상영, 김병운으로 대표되는 게이 일인칭 화자의 소설의 코드가 스스로를 물화하면서 '퀴어' 문학의 토대를 마련하는 수익을 창출했던 것처럼, 황병승의 시는 '퀴어'가 담지하는 애매함과 모호함의 기의 뒤에 숨어 여성과 여성성에 대한 이성애적 남성성의 폭력적인 소유욕을 우회하며 전시한다. 코드를 통해 숨겨두는 '명백한 모호함'으로 말하는 것이다. 그러므로 주의할 것은 어디까지나 암호화된 코드 앞에서 활성화되는 주체의 규범화하는 욕망이다. 이러한 역량을 사용하는 방식에 따라 기표는 닫힌 공간으로 유폐되기도 하고, 무한히 열린 해체적 공간으로 새롭게 들어서기도 한다. '새로움'의 기표 앞에서 비평은 우선 기뻐할 수밖에 없지만 그러한 즐거움의 도취가 작품의 외양, 형식으로부터 기인하는 캠프적인 미학에 비평이 함몰되도록 내버려두어선 안 된다. 코드의 언어 경제학적 접근은 그러한 형식 이면의 욕망을 폭로하며, 비평은 작품의 형식이 품고 있는 욕망과 사회·문화적 맥락을 입체적으로 읽어내야 한다.

퀴어한 기표들로 무장하고 문학사에 배짱 있게 등장한 황병승의 시를 독해할 때 당대의 비평이 간과한 것은 그러한 형식이 품고 있는 이면의 욕망과 맥락이었다. 그것들을 배제하면서 평론가의 실제 젠더/섹슈얼리티와 무관하게 비평은 비당사자의 시선, 텍스트 내부의 시선이 아니라 철저히 외부에서 관찰하는 가상의 주체로 거듭난다. 오은교의 비평적 시선은 레즈비언 당사자의 관점이 아니라 이성애 여성이라는 비당사자적인 관점에서 출발했고, 그러한 시선이 레즈비언 인물을 자기 내부의 타자가 아니라 외재하는 타자성으로 변환하고 소외시킨다. 당사자성의 절대적인 신봉을 설파하려는 것이 아니다. 다만 비평이 하나의 언어적 수행과 그에 따른 시선의 발화로 텍스트에 다가갈 때, 비평이 채택하는 가상의 시선이 과연 누구의 것이며 어디로부터 연유했는가를 타진하는 정치경제학적 외연의 탐색이 중요하다는 것을 강조하고 싶다. 시와 소설, 그리고 비평이 각각의 일인칭적 시점으로 서로의 코드를 교환할 수밖에 없는 것은 인간인 우리가 가지는 물리적이고 생물학적인 조건이자 한계이다. 문학적 언어는 시장에서 계속적으로 교환되고 유통될 때 스스로를 역사화할 수 있는 물적 기반을 마련하게 되고, 앞서 말한 일인칭 시점의 발화는 어떠한 방식으로든 자기보존이라는 목적을 염두에 둘 수밖에 없다. 이것은 비관이 아니라 문학장에 관한 아주 현실적인 진단이다.

텍스트의 수행이 퀴어하다거나 퀴어하지 않다는 진단은 그러한 해석적 평가가 주는 속된 쾌락 때문만에 시도되는 것은 아니다. 퀴어성을 가늠하는 작업, '퀴어' 코드의 독해 과정에서 경험하는 입체적인 역동성, 텍스트의 일인칭과 비평의 일인칭이 경합하고 소통하고 합일되기도 하는 물질적인 언어의 과정을 십분 경험할 수 있기 때문이다. 더불어, 그러한 과정에서 비평은 소수자의 텍스트에서도 '정치적으로 올바르지 않은' 욕망이나 폭력성을 목격하게 될 것이다. 황병승이 퀴어한 기표를 이성애 남성의 폭력성이 은신할 수 있는 장치로 물화하여 사용한 것은 심히 문제적이다. 2010년대의 페미니즘 비평이 당시의 남성적 폭력과 대항할 때 외면하지 않고 재조명했어야 할 부분이다. 비평은 그렇게 발견되는 문학의 폭력을, 새로운 것을 규범화하여 제 몸을 강화하려는 욕망 속에서 자신에게 유리하고 안전한 자질로 환원하지 않고 정직하게 견인해야 한다. 퀴어하지 않은 독해는 언뜻 퀴어해 보이는 김세희의 소설이 레즈비언 존재를 이성애 주체의 구성적 외부로 물화하는 과정을 짚어내지 못했고, 황병승의 시가 퀴어를 폭력적 남성성의 욕망의 은신처로 도구화하는 과정을 보지 못했다. 반면, 이 글에서 시도한 '퀴어한 읽기'는 2010년대 페미니즘 비평이 그토록 집요하게 추적하던 이성애 남성성의 폭력을 2000년대 '퀴어' 시의 기표에서 발견한다. 비평은 텍스트의 심층, 코드화의 작동이 발생하는 물질적인 과정 안으로 내려가야 한다. 비평의 눈은 퀴어한 수행으로 나아가야 하며, 단단히 고정된 것처럼 보이던 문학의 역사는 그러한 읽기 수행 속에서 몇 번이고 새로 고침 될 수 있을 것이다.

더불어, 황병승을 비롯한 2000년대의 많은 시인이 문단 내 미투 운동에 의해 축출되고 사라진 것은 사실이지만, 그들의 실제 삶과 무관하게 그들이 문학사에 남긴 가상적 세계는 소거될 수 없다. 그들의 매트릭스를 지금의 매트릭스에서 공백으로 만드는 것은 우리의 자기 부정이자 기만일 것이다. 문학이 무해한 세계라는 것은 순진한 믿음에 지나지 않는다. 이 글에서 이루어진 황병승 시에 대한 비판은 문학이 그 자체로 비폭력적이어야 한다는 '정치적 올바름'의 당위를 성립시키기 위함이 아니다. 정확히 그 반대다. 현실의 우리 삶이 그러하듯 문학은 결코 순결한 공간이 아니며 이러한 폭력성을 역사적으로 재조명하고 치밀하게 성찰할 때 '문학'과 '퀴어'의 기표는 매 순간 새롭게 갱신될 것이다. 마찬가지로, 냉철하고 엄정한 자기비판의 가상 속에서 페미니즘이 지금보다 '더러워'질 때[31] 2010년대의 비평이 묶어두었던 (퀴어)의 괄호 또한 비로소 사라질 것이다.

(2024)

---

31) 심진경은 문학적 재현 체계가 "여러 이데올로기로 촘촘하게 짜인 허구의 매트릭스이며 재현 대상은 바로 그러한 그물망에 포획된 존재로서 이해되어 왔"으며, "따라서 재현의 문제 영역에서 중요한 것은 특정 재현 대상을 재현 (불)가능하게 만드는 재현 이데올로기는 무엇인지를 파악하고 그것이 어떻게 작동하는지를 살펴보는 일"이라고 강조한 바 있다. "젠더는 바로 그러한 권력의 관계를 나타내는 기본적인 지표다." 그러므로 젠더와 섹슈얼리티의 역학을 이성애의 자장에서 퀴어한 자장으로 확장하는 읽기는 문학이 퀴어해지도록 만드는 행위일 것이다. 심진경, 「이것은 페미니즘이 아닌 것이 아니다」, 『더러운 페미니즘』, 민음사, 2023, 46쪽, 강조는 인용자.

3부

퀴어 포에티카
Queer Poetica

캠핑하는 동물들
―신이인의 『검은 머리 짐승 사전』

1. 거북이와 도마뱀과 바퀴벌레

바야흐로 엉망진창인 시대다. 우리는 하루에 30톤 이상의 빙하가 녹아내리며 썩지 않는 플라스틱과 쓰레기들로 뒤덮인 지구 위에서 매일을 살아간다. 사는 일이 곧 생존과 다름없어진 각자도생의 시대에 문학과 철학의 사유는 인간적이라 불리던 모든 것의 근간으로 돌아간다. 무엇이 무엇을 인간이게 하는가, 인간성이란 무엇인가, 인간의 범주는 어떻게 구성되는가. 이러한 질문들은 그 어떤 예술과 학문 분과보다도 '인간'을 말해오던 문학이 가장 앞서서 받아내는 물음들이다. 작가들은 저마다의 답을 제출한다. 주류 담론이 비가시화하는 소수자의 목소리 음량을 증폭시켜 대문자 역사가 누락해온 비-인간들의 삶을 아카이빙하거나, 혹은 주체로서 인간의 지위를 오롯이 내려놓고 그간 객체로 전락했던 비인간적 존재들의 시선으로, 그러니까 역방향에서 들여다본 세계를 재해석한다. 그러나 이들 양식은 모두 인간 중심성이 비-인간성과 이항 대립적으로 잔존해야 하는 전제 아래에서 실천되는 대안들이다. 이항 대립은 문제가 지닌 구조를 파악한 이후 파기되어야 할 프리즘이지 세계를 영속시키게 하는 토대가 되어선 안 된다. 인간과 비인간이 서로를 대립쌍으로 가지는 조건으로만 실존할 수 있다면 담론은 우리의 현실을 해방시키는 것이 아니라 오히려 구조 안으로 복속시키는 효과를 발생시킬 뿐이기 때문이다. 그러므로 우리에게 필요한 것은 인간 중심성의 농도가 낮아진 그 이후의 세계, 다가올 미래에 대한 미증유의 상상력이다. 가령, 벌거벗은 데리다가 고양이 앞에서 느꼈던 수치심은 어디까지나 고양이를 절대적인 타자의 지위에 둘 때만 가능한 너무나 인간적이고 인간적인 반성이 아닌가.[1] 그러니까 문제는 이런 것이다. 언어라는 구성물 안에서 인간이 인격적·실존적 지위의 질적 격하와 비하를 동반하지 않고 동물의 한 종류가 되는 것은 어떻게 가능한가?

동물이 인간이 되는 일은 문학의 전통에서도 쉽게 찾아볼 수 있다. 우화fable와 알레고리, 의인화의 기법들을 예로 들 수 있겠다. 그러나 이러한 장치들은 주체가 정상적이고 모범적인 인간성으로부터 탈락하거나 추락할 때에만 허용되곤 했다. 데카르트 이후 정립된 코기토로서의 인간과 기계로서의 동물이라는 구분은 오랜 시간 인류 역사의 전반과 무의식을 점유해왔고 우리는 이제 이 역사적 전통과 역사의 바깥에서 완전히 새로운 시간을 상상해야 할 의무와 필요를 직면한다. 바로 동물의 인간화가 아닌 인간의 동물화가 도래하는 시간 말이다. 한데 "내 안의 동물"[2]을 찾아가는 일, 말하자면 인간이 동물이

---

1) 자크 데리다, 「동물, 그러니까 나인 동물」, 최성희·문성원 옮김, 『문화과학』 2013년 겨울호.
2) 같은 글, 302쪽.

되는 일이 데리다가 말한 것처럼 동물을 환대해야 할 타자로 정초하는 과정으로서 발생한다면 그것은 실상 '인간적' 사유의 지평이 확장되는 기존 역사의 변증법에 다름 아닐 테다. 진실로 우리에게 필요한 것은 동물의 이해할 수 없는 시선 속으로 들어가는 일, 인간 언어와 인식의 외부에서 우리에게로 날아오는 고양이의 불가해한 응시 그 자체로 다시금 현현하는 일이다. 일체의 해석을 거부하는 동물의 단출한 시선 안에서, 전혀 경험된 바 없는 전대미문의 사태를 날것으로 감각하는 일, 그러한 상상력을 발휘해야 한다. 평등한 존재자로서 인간의 동물화는 규범과 정상성에 구속받지 않는 문학적 상상력의 자유 속에서 비로소 가능하다.

신이인의 첫 시집 『검은 머리 짐승 사전』[3]은 이 지점에서 정확히 성공하고 있다. '나'는 거북(「외로운 조지-자폐」)이거나 고양이이거나(「I Just」) 도마뱀(「도마뱀」)이고 심지어 때로는 다리가 떨어진 바퀴벌레(「왓츠인마이백」)거나 우주에서 날아온 운석(「불시착」)인 경우도 있다. 시인이 구현하는 동물화는 들뢰즈적인 동물-되기와 사뭇 다른데 시집에 등장하는 동물들은 가령, 인간적 기능의 배치된 신체로부터 탈주하거나 쾌락의 경제로부터 이탈한 몸들이 아니다.[4] 요컨대 그들은 들뢰즈의 도주선을 그리지 않는다. 그들은 기존의 규범과 체계를 흔들지 않는 방식으로 자신이 그로부터 비껴난 소외자임을 분명

---

3) 신이인, 『검은 머리 짐승 사전』, 민음사, 2023. 이하 인용시 본문에 작품명만 밝힌다.
4) 들뢰즈의 '되기'가 지향하는 것은 '기관 없는 몸'으로서 위계적으로 분화되어 목적과 기능에 부합하는 몸이 아니라 (신이인의 동물 신체들이 그러하다는 것은 아니다.) 규범과 체계의 경제를 탈주하여 강도와 속도가 기록되는 표면으로서의 분자적 몸이다.

하게 증명하고 있으며 나아가 소외자로서의 지위를 부정하거나 거부하지 않고 오히려 자처한다. 신이인의 '나'들은 그간 전통적인 시적 주체가 쉽게 발화하거나 인정하기 어려웠던 이러한 감성의 발생 과정을 하나의 동물적 실존으로 체현해낸다. "검은 머리 짐승"인 '나'는 여러 다른 동물들로 이루어진 존재다. '내'가 느끼는 수치심과 모멸감, 상처 입은 마음, 그럼에도 불구하고 끝까지 '너'를 사랑하려는 집착 어린 마음은 형용사와 부사의 영역을 벗어나 먹고, 마시고, 뛰어다니고, 배설하는 동물의 살아 있는 자연, 억제할 수 없는 본능적 감각으로서 생동한다.

그리하여 『검은 머리 짐승 사전』은 인간을 동물의 한 종種으로서 감각할 때 열리는 미래에서 도착하는 시가 된다. 그에게 동물은 인간의 대척점에 있는 대립항이 아니라 다만 인간(1)이면서 동시에 동물(1)인 실존 '나'의 한 부분으로서의 동물이다. 그의 시를 읽기 위해 우리는 시를 대해온 그간의 레디메이드 감성을 내려놓고 완전히 새로운 감수성을 장착해야 한다. 지구가 무너지고 인간의 세계가 붕괴되고 있는 이 시대의 우리에게는 해석자로서의 분석력이 아니라 다만 동물적인 감각을 발명해내는 힘이 필요함을 신이인의 시 앞에서 각성한다.[5] 지구는 인간의 세계만으로 채워지지 않는다. 고양이의 세계와 운석의 세계, 그리고 요괴의 세계가 공존하며 운동하는 각자의

---

5) "좌충우돌하는 도시 환경에 폭격당한 우리의 감수성 상태에서 예술작품만 무작정 양산된다고 생각해봐라. 우리의 문화는 무절제와 과잉 생산에 기초한 문화다. 그 결과, 우리는 감각적 경험의 예리함을 서서히 잃어가고 있는 것이다. (……) 지금 중요한 것은 감성을 회복하는 것이다. 우리는 더 잘 보고, 더 잘 듣고, 더 잘 느끼는 법을 배워야 한다."(수전 손택, 『해석에 반대한다』, 이민아 옮김, 이후, 2002, 34쪽, 강조는 원문)

궤도가 시시각각 중첩되면서 다중 세계를 구성해낸다. 인간과 비인간의 다중 우주를 천연덕스럽게 깡충거리며 넘나드는 신이인의 시적 주체들은 엄숙한 서정의 전통을 넘어 괴이한 이곳과 저곳, 동물들의 사이를 재기발랄하게 '캠프camp'한다.

　요상한 동물들이 캠핑하는 이 세계에 우리가 아는 선과 악은 부재하며 윤리는 매혹과 지루[6]라는 두 가지 미적 규범으로 대체된다. 간단히 말하자면 이 세계에는 '나'를 매혹하는 '너'와 그러지 못하는 누군가가 있을 따름이고, '너'에게 매혹당하는 '나'가 있을 뿐이다. 그러니 '나'는 '너'의 구심력 안에서 속수무책이다. '네'가 던진 파편에 피 흘린다 해도 '나'는 아랑곳하지 않는다. 상처 앞에서 폭력을 떠올리지 않고 다만 '너'의 고유한 무늬와 식성을 읽어내는 '나'는 무한히 깡충거린다. 그래서 이 세계 안에서는 소외와 트라우마가 있을지언정 비극은 전혀 발견되지 않는다. 자연, 캠핑하는 동물들의 세계에서 인간이 만든 윤리적 당위와 규범은 별 소용이 없다. 다만 그저 그러한然 대로 자연스러울 뿐이다. 이곳에서 시로 쓰이지 못할 마음은 없다. 비록 그것이 못나고 삐뚤삐뚤하고 치기 어린 것, 미성숙한 것으로 여겨져온 마음일지라 하더라도 말이다. 많은 시인이 시작詩作을 통해 차라리 공중으로 승화시키는 마음들을 신이인은 호기롭게 지상의 말뚝으로 단단히 붙들어 맨다. 윤리적·정치적으로 선별되지 않은 '인간적'인 마음은 역설적으로 동물화의 세계 속에서 가장 오롯하게 그려진다. 우리의 모습이라고 차마 인정하기 어려웠던 그 모든 마음이

---

6) 오스카 와일드, "사람을 착한 사람과 나쁜 사람으로 나눈다는 것은 우스운 짓이다. 매력적인 사람과 지루한 사람이 있을 뿐이다."(수전 손택, 같은 책, 422쪽에서 재인용)

말이다.

2. 요괴의 퀴어한 태연함

시가 주체를 동물화하는 방식은 직설도, 은유도, 의인화된 상징과 관념의 묵직한 개념들이 돌출하는 거창한 알레고리도 아니다. 그는 별도의 시적 장치를 발휘하지 않으면서 텍스트 위로 동물들을 그저 데려다놓는다. 우선 「작명소가 없는 마을의 밤에」를 보자.

오리너구리를 아십니까?
오리너구리, 한 번도 본 적 없는

고아에게 아무렇게나 이름을 짓듯

(……)

나를 위하여 내가 하는 일은
밖과 안을 기우는 것, 몸을 실낱으로 풀어, 헤어지려는 세계를 엮어,
붙들고 있는 것

그러면 사람들은 나를 안팎이라고 부르고
어떻게 이름이 안팎일 수 있냐며 웃었는데요

손아귀에 쥔 것 그대로

보이는 대로

요괴는 그런 식으로 탄생하는 겁니다
                        ─「작명소가 없는 마을의 밤에」부분

　시인은 우리에게 익숙한 이름들을 무표정으로 태연히 밀어 넘어뜨린다. 그 파괴는 너무나 자연스러워서 모종의 붕괴가 일어난 줄도 모른 채 독자는 계속해서 다음 행으로 넘어간다. 등장하는 이름 네 개─오리너구리, 고아, 안팎, 그리고 요괴─는 "헤어지려는 세계를 엮어,/붙"드는 시인의 손에 들린 말의 바늘귀에 꿰여 동일한 실존적 층위로 연결된다. 사람들은 "어떻게 이름이 안팎일 수 있냐며" 웃지만 "손아귀에 쥔 것 그대로" 보면 불가능할 일도 아닌 것이다(유발 하라리는 자연nature의 다른 이름이 가능함possibility이라고 말한 바 있다[7]). 문제는 이 서로 다른 생물종들이 인간의 합의된 규범 속에서 엄연한 '이름'으로 받아들여지지 않는 데에 있다. 그래서 '나'인 오리너구리와 안팎은 소외된 요괴로 탄생할 수밖에 없다. 계속 보자.

　부리가 있는데 날개가 없대
　알을 낳지만 젖을 먹인대
　반만 여자고 반은 남자래

　(······)

─────────────
7) 유발 하라리, 『사피엔스』, 조현욱 옮김, 김영사, 2015.

오리가 아니고 너구리도 아니나
진짜도 될 수 없었던 봉제 인형들
안에도 밖에도 속하지 못한
실오라기

　　　　　　—「작명소가 없는 마을의 밤에」 부분

　'나'가 요괴인 생태학적 근거는 다음과 같다. 그에게 부리가 있다
면 응당 날개가 있는 조류일 텐데 자세히 보면 조류는 아닌 듯하고,
알을 낳기 때문에 양서류나 파충류로 생각될 법한 생물인데도 포유
류처럼 젖을 먹이고, 여자이거나 남자인 것이 아니라 여자이면서 동
시에 남자라고 한다. 실현 불가능해 보이는 이 모순율이 상상이 아니
라 실제로 성립 가능한 현실태로 체현된 '나'는 그 어떤 분류와 규범
과 당위에도 부합하지 않는 존재자로서 퀴어가 된다. 이미 이름을 가
진 것들만이 이름 불릴 수 있는 세계에서 이들은 '요괴'로 물화한다.
시인이 당면한 문제 상황은 바로 이것이다. 사회문화적 범주를 모두
가로지르고 해체하는 퀴어한 요괴가 등장한 상황에서 '나'는 규범과
당위로부터 해방되는 자유를 만끽할 수도 있겠지만 그는 존재의 불
빛을 꺼버리고 숨기를 택한다("강물 속에서도 밖에서도 쫓겨난 누군
가/서울의 모든 불이 꺼질 때를 기다리는 중입니다"). 그는 퀴어한 실
존의 특별함에서 자부심pride을 느끼는 것이 아니라 범주 안에 속하
지 못한 소외자로서의 쓸쓸함만을 진술한다. 그런데 신이인 시의 특
별한 점은 바로 시적 주체가 이 고적함을 유희하는 부분에 있다. 그는
소외의 상황 속에서 슬픔으로 직진하지 않고 오히려 그것을 꼭짓점

으로 삼아 자신의 고유한 실존적 양태의 일부로 함께 돌출시키고 전시한다. 자신의 괴기스러움과 퀴어함, 배제된 단독자로서의 모습이 드러난 거울 앞에서 그는 낮게 탄성을 뱉는다. 그는 "오리가 아니고 너구리도 아니나/진짜도 될 수 없었던" 자신의 "실오라기/끊어 낼 수 없는/주렁주렁/전구 없는 필라멘트들"을 꺼내놓고 다음과 같이 속삭인다.

불을 켜세요
외쳐 보는 겁니다

아, 이상해.
— 「작명소가 없는 마을의 밤에」 부분

시의 마지막 행 "아, 이상해"는 그를 보는 타인들의 목소리가 아니라 '요괴'인 오리너구리와 필라멘트의 목소리다. 요괴는 감히 요청한다. 이렇게 이상한 나를 보라고, 얼른 이상하다고 외치라고, 감탄하라고 말이다. 그러나 불을 켜고 이렇게 퀴어한 나를 보라고 소리치는 이 과격함의 표면 아래에서 우리는 분명한 슬픔을 발견한다. 세계로부터 배제된 시적 주체의 슬픔은 과잉된 자부심의 리비도가 발산하고 그 잉여물이 사라진 후에야 감췄던 제 모습을 드러낸다. 소외의 지표 면에서 한 층 내려가면 나르시시즘의 세계가, 그리고 한 층 더 내려가면 억압된 슬픔이 매장되어 있는 것이다. 그럼에도 불구하고 그가 슬픔을 곧이곧대로 드러내지 않는 이유는 타자들과 함께하고 싶은 열망 때문이다. 요괴가 웅크리고 있는 또하나의 밤을 잠깐 들여다보자.

좋아하는 음악과

좋아하는 술과

좋다고밖에 설명할 수 없는 많은 기분이 내게 있었었는데

그들이 날 밀치고

올라타서 이마를 밟은 다음 도망가거나

머리카락에 껌을 뱉은 후 가위로 잘라 주던 순간에

난 웃었네

나는 웃었어

계속 좋아하고 싶었거든

내가 좋아하고 있던 당신들을

여전히

무엇도 상관하지 않고

—「끝나지 않는 밤의 이불」 부분

　누군가들이 나를 밀치고 때리고 폭력적으로 대하는 순간에도 그는 웃는다. 부당한 일을 겪고도 그를 문제시하지 않는 것은 갈등을 무마하기 위한 나름의 방어일 테다. 상대가 가한 폭력을 마치 일어나지 않은 일로 만들어버리면 관계가 무사할 수 있다는 자구책이다. 그러나 자기 억압의 통제 속에서 곪는 것은 역시나 저 스스로이지 않겠는가

("열심히 웃는 나의 몸에서는 악취가 났다//기이하게 얼룩지는 외면과/축축한 내면"). '나'는 관계 안에서 이렇게 곪아버린 악취마저도 자신의 존재감으로 부조시킨다. 「왓츠인마이백」에서 연인과 데이트하던 '나'는 둘 사이를 지나가던 바퀴벌레를 보고 화들짝 놀라지만 자신이 본 것이 벌레가 아니라 "떨어트린 반지"인 양 그것을 "얼른 앉아서 잡아서 가방에 넣었다"고 한다. "데이트를 망치고 싶지 않았"다는 마음과 연결되는 말은 그것이 바로 "나의 사랑 방식"이라는 선언이다. 제 몸에서 악취가 난다는 것을 알고 있으면서도 숨기지 않았듯, 이번에도 그는 자신의 사랑법이 "한순간 바퀴벌레 알 무더기를 떠맡을 가능성을 내포한다"는 것 또한 이미 알고 있음을, 서슴없이 말한다. 시적 주체에게 소외는 투명하게 비가시화되어 사라질 위기의 함몰이 아니라 그것을 무기로 삼아 '나'의 실감에 부피를 부여하는 역습의 결절점이다. 말하자면 신이인에게 소외는 나의 힘인 셈이다.

> 배고픈 사람일수록 입안에서 악취가 나는 건
> 어째서일까
> 빈 공간의 냄새는 어째서 어김없이 아무도 속이지 못하고
> 저는 없어요 없는 사람입니다 없어 보이지요
> 티를 내 버리고야 마는 걸까
>
> ―「왓츠인마이백」 부분

시적 주체들이 인간과 비인간을 넘나드는 인식론적 기습은 사뭇 당혹스러우면서도 태연하게 진행된다. 인간으로 가정되는 시적 주체와 그의 약혼자가 바퀴벌레로 변하는 대목은 그 어떤 설명이나 비유

도 동반하지 않는다. 가령, 약혼자가 "아스팔트 맨홀로 기어 들어갔지/다섯 개 손가락을 구르며"라는 대목에서 독자는 당황하다가, 다음 연에서 "내게도 다섯 개 더하기 다섯 개의 손가락이 있고/난 가급적 이것을 모두 사용하여 초코바를 깐다"라는 '나'의 고백 앞에서 더욱 당황한다. 여러 개의 다리와 갈색의 이미지에서 연상되는 바퀴벌레는 약혼자의 구르는 손가락으로, 그리고 '나'가 포장지를 푸는 초코바의 이미지와 연동되어 인간으로 상정되던 '나'는 급작스럽게 바퀴벌레가 된다. 아니, '된다'기보다는 우리가 보고 있던 풍경이 다만 한 쌍의 바퀴벌레들이 벌이는 사랑 싸움이었다는 사실을 뒤늦게 깨달을 뿐인 듯하다. 동물을 인간의 지위로 비약하는 의인화가 아니라 오히려 인간을 동물과 같은 지위로 아무렇지 않게 내려두는 역벡터의 자장 안에서 신이인의 시적 주체들은 동물의 감각으로 생의 다채로운 순간과 열렬히 조우한다("눈을 감고 귀를 막고 혀를 깨물었다/그러면 세상이 온통 나의 통각으로 영원해졌다", 「끝나지 않는 밤의 이불」). 그의 동물들은 인간을 동물화하는 방식으로써 인간과 동등한 주체다.

3. 즐거운 '캠프camp'하기

불안하지 않은 척하려면 어떻게 해야 하는가
눈꺼풀을 감기 직전까지 여미고
웃으면 되지
그렇지만 감아 버리면 안 되고
봐야 한다

보고 있어야 안심되니까

—「귀빈」 부분

한편, '나'가 느끼는 불안과 그에 대한 방어기제를 직접 드러내며 진술해내는 도발적인 자기표현은 시적 주체가 그의 우울 안에서 수치심을 느끼고 있다는 반증이기도 하다. 그러나 신이인의 '나'들은 부끄러움을 전시하지 않는다. 함부로 슬퍼하지 않는다. 시적 주체가 갈등 상황을 부러 투명하게 만들고 자신의 솔직한 감정을 억압하는 행위는 어찌 보면 실상 스스로에게 가하는 자기 처벌이기도 한데, 이를 통해 역으로 자신을 소외시키고 폭력적으로 대한 상대방을 비난하는 맹렬한 공격을 감행하는 것이다.[8] 자신을 상처 입힌 상대에 대한 숨은 진심은 도마뱀의 입을 통해 발설된다.

나는 내게서 빠져나온 더러운 증명을 내려다 본다. (……) 인간이니까 어쩔 수 없어. 인간들은 그렇게 말하면서 아무한테나 씨를 뱉었지. (……) 목구멍에서 똥을 닮은 말들이 줄 줄 줄 앞장선다 어쩌다 덩어리 하나가 잡혀 뚝 끊어진들 이 종이 위를 구른들 당신이 그걸 주워서 버리든 썰든 으깨든 삶든 튀겨 먹든 적어도 내 것은 아니라고 믿는다.

—「도마뱀」 부분

---

8) 강우성, 『불안은 우리를 삶으로 이끈다—프로이트 세미나』, 문학동네, 2019, 268~273쪽.

그런데 이 동물들이 발휘하는 자기 방어술은 자연으로부터 도출된 것이 아니라 오히려 그에 반하는 인공성으로 지어진다. 우울과 수치심을 극도로 내면화하지만 의식과 세계의 표면으로는 결코 올려보내지 않는 시적 주체들의 작위는 캠프camp에서 비롯한다. 캠프는 자연스러운 감성이 아니라 인위적이고 과장되어 있으며 연극적인, 그래서 아주 매혹적이고 일탈적인, 퀴어한 감수성이다. 캠프의 핵심은 그것의 양성성, 즉 이중성의 수행 그리고 자신을 조롱하거나 비하할 때조차 강력하게 감지되는 자기애의 제스처에 있다.[9] 신이인의 캠프는 털이 아주 많이 빠지는 고양이나 바퀴벌레가 가진 여러 개의 다리, 도마뱀의 미끄러운 비늘 등 서로 다른 동물들의 신체적 질감을 통해 하나의 스타일로 구축된다. 그는 관계의 갈등 안에서 맞닥뜨리게 되는 비참함이나 고립감을 사람들이 쉽게 애호하고 편안해할 수만은 없는 동물의 연극적인 물성들로 승화한다.

요컨대 캠프에는 비극성이 절대 부재한다. 캠프-하는 주체는 자신이 향유하는 대상과 스스로를 동일시하므로 대상을 비웃지 않는다. 캠프는 오히려 다정한 마음으로 다가선다. 캠프는 상징계의 세계에서 추방된 비체abject[10]적 존재, 초대받지 못한 자들을 향해 다정함을 나누어준다. 그러나 이 다정함, 대상을 '사랑'하는 마음인 '캠프'는 취향에 대한 합리적인 판단이 아니라 다만 유희일 뿐이므로 표면적

---

9) 수전 손택, 「'캠프'에 관한 단상」, 같은 책.

10) 비체는 줄리아 크리스테바가 고안한 정신분석학적 개념어로 주체가 상징계로 진입하는 단계에서 마주하는 어떤 비천한 대상, 혹은 그 대상을 정상 질서로 간주되는 상징계 바깥으로 축출하는 과정-작용(abjection)을 말한다. 비체는 주체의 정상 궤도 바깥으로 추방된 것이므로 주체와 타자 혹은 타자성의 관계를 함께 고찰해볼 수 있는 개념이며, 특히 정상과 비정상의 간극 혹은 경계에 대해 심문할 수 있다.

으로는 악의나 냉소를 띤 것처럼 보일 수도 있다. 예컨대, 그는 「펄쩍 펄쩍」에서 "마음은 주로 개구리였다"는 동일시를 실행하면서도 "마음은 마음대로 나를 떠났고 나는 마음을 잘 욕하기 위해 다른 이름으로 불렀다/징그럽고 뻔뻔한 개구리 자식이라고" 말한다. 그러나 그가 진짜로 미워하는 것은 개구리가 아니라 "죽은 마음이 곁에서 짓무르고 있더라도/그걸 못 보고/밟기까지 하는 사람"이었고 그는 "아주 평범한/어떤/내가 머리와 몸을 버려 가며 닿으려 한" 사랑하는 사람이었음을 최후에는 고백한다. 마음의 모양을 개구리로 체현하고 그것의 "배를 갈라 죽이고 싶었다"고 축축하고 피 흐르는 미끄러운 개구리의 피부를 통해 자기 파괴적 충동을 제시하지만 실상 그가 정말로 미워하는 것은 그런 마음을 먹게 한 '너', 텍스트 바깥에 안온하게 피신해 있는 '너'인 것이다. 그래서 개구리의 죽음은 비극적 서사가 아니라 고통의 다소 희극적인 전시이며 그것은 시적 주체의 시간을 잠식하지 않고 다만 반짝 타오르고 꺼지는 작열하는 불꽃이 된다. '나'의 마음과 몸을 동물화하며 캠핑하는 신이인의 동물들은 자신의 실존적 고통들 사이를 기꺼이 하염없이 뛰놀고, 부자연스러운 언캐니uncanny의 골목을 파렴치하게 한껏 쏘다닌다.

「배교자의 시」는 캠프의 그러한 운동성을 생생하게 그려낸 작품이다. 이 시는 신이인의 '나'들이 캠핑하고 있는 시적 리듬의 양태, 그리고 캠프가 방어적으로 파쇄하는 억압과 규율의 정체를 탁월하게 응축해낸다. 동식물도감을 들여다보던 어린 '나'가 페이지에 가득찬 나방의 많은 눈들을 보고 놀라 울자 어른인 '나'가 달려와 종이를 스테이플러로 집어 나방을 가둬버린다. 매끈하고 예쁜 나비가 아니라 털이 북실북실하고 가루가 날리는 나방을 보며 그리 즐거워할 리는 없다. 그러나 "산속에는 갇히지 않고/갇힐 리 없는 나방이 무수"히 많은 불편한 현실을 '나'는 두 눈 부릅뜨고 지켜본다. 흡사 나방들의 두 날개처럼 '나'의 두 눈은 끈질기게 번득인다.

① 나방 나방
나방
나방이 붙어 있습니다

나방은 자유로운데
왜 날지 않을까 의아합니다
날아 달라는 말은 절대 아닙니다만
나방
나라면 그런 자유를
나방
앉고 싶은 곳에 아무렇게나 날개를 벌리고 앉는 일에 ② 쓰지는
나방
③ 앉아만 있지는
④ 악
한 아이가 비명을 질렀습니다
날았어 날았어 나방이
아닐걸
어른인 내가 픽 웃네요
　　　　　　—「배교자의 시」 부분(밑줄과 원문자는 인용자)

해당 부분은 '나방'이라는 기표의 소리 이미지를 시각적으로 이미지화하여 배치한 부분이다. 실제로 벽에 나방들이 다닥다닥 붙어 있는 것 같은 장면(①)을 지나고 '나'는 그것들이 왜 날지 않고 벽에 붙어 있는지 의아해한다. 만약 '내'가 날개가 있어 어디든 날아갈 수 있다면 그러니까, "나라면 그런 자유를 (……) 앉고 싶은 곳에 아무렇게나 날개를 벌리고 앉는 일에" ②"쓰지는〔않―이하 인용자〕나방"이라고 생각한다. ②와 ③은 반드시 눈여겨보아야 할 아주 재미있는 대목인데 각각의 중간과 끝에는 부정의 의미를 담은 '않'이 생략되어 있다. 시인은 ②"쓰지는〔않〕나방"에서 생략된 '않'을 부러 연상하게 하고 투명해진 '않'을 독자의 마음속에 몰래 심어둔 후 ③의 끝자락에 다시 배치하도록 설계한다. 그래서 우리는 ③을 "앉아만 있지는〔않〕"으로 읽게 되지만 그러한 숨은 사실을 발견하는 순간, 시는 곧장 우리의 연상을 다시 추락시키며 ④의 "악" 하는 아이의 비명으로 전환시킨다. 요컨대 ②에서 생성된 '않'이 ③으로 전이된 후 ④에서 다시 급격히 소멸하는 단어의 탄력적인 운동으로 나아가면서 끝에 나방은 스테이플러를 뚫고 날아오르게 되는 것이다("날았어 날았어 나방이").

문자의 딱딱한 기표('나방')에 활력을 불어넣어 그것이 스스로 생동하게 한 후 단어의 의도적 삭제('않')를 통해 재치 있는 운동감을 불어넣은 시적 기술은 분명 캠프의 미감이다. 신이인의 '캠프'에는 그간 한국적인 서정으로 여겨지지 않았던 새로운 창조적 감수성이 있다. 아이가 나방을 보고 느끼는 당혹감과 같이 아주 사소하고 별것 아닌 사건을 극대화하여 자유와 억압의 문제를 시로써 적시한다. 이를 두고 어찌 퀴어하지 않다고 말할 수 있을까. 인간의 동물화가 이미 도착한, 그러나 때 이른 미래처럼 재현되는 『검은 머리 짐승 사전』의 세계에서 퀴어함은 존재론과 섹슈얼리티의 차원을 벗어나 감각과 인식론의 영역에서 '캠프'의 수행을 통해 스스로를 창조하며 태어나는 중이다.

그러나 앞에서 말했듯 자신의 자리가 규범의 바깥에 위치한다는 것을 정확하게 알고 있는 신이인의 시적 주체들은 정상성과 충돌하거나 대결하지 않는다. 나방이 날았다고 비명을 지르는 아이의 목격 앞에서 어른인 '나'는 재빨리 나방의 날개를 회수하며 봉합한다("아닐걸/어른인 내가 픽 웃네요"). 그러나 나방의 품위와 앎 속에서 날아오르는 성경책을 볼 수 있는 '나'야말로 배교자임이 드러나며 억압자의 지위는 반전된다. 유년을 반추하며 그는 자신이 "한두 번은 주워졌던 것 같기도 한데/바늘에 꽂혀 어디 표본으로 박제되어 있을 텐데/그게 어디서였더라"라고 읊조리고, 독자는 그의 과거사를 들으며 혹시 이 배교자 역시도 나방이 아닐까 하는 묵직한 의심과 만나게 된다. 아니나 다를까 그는 "사이좋게 한 짝씩 나눠 가진 눈"의, "추하기 짝이 없는 무늬를/접어 놓고/데칼코마니라며 좋아"하는 나방이다. 세상에, 바로 그가 나방인 것이다.

> 기도하는 손을 따라 날개를 모으고 고백합니다
> ⑥ 나방
>
> 이건 비밀인데 가끔 나는
> 납니다

본 사람들이 비명을 지릅니다

　　　　　　　　　　　　　　—「배교자의 시」 부분

화자는 의뭉스러운 생략(⑥"[나는—인용자] 나방")을 통해 나방의
비행을 거짓된 사실로 날조하려던 자가 바로 다름 아닌 나방 스스로
였음을 다소 뻔뻔하게 고해한다. "아, 이상해"(「작명소가 없는 마을의
밤에」)라고 외쳐보라던 요괴와 마찬가지로 나방 또한 스스로의 괴이
한 양태를 의기양양하게 뽐낸다. 저를 본 사람들은 모두 응당 비명을
질러야 한다고 믿어 의심치 않는 소수자의 퀴어한 자부심을 교묘하
게 드러내면서 말이다. 이토록 발칙하고 도발적인 외계의 존재를 우
리는 그간 한국 시에서 좀체 보기 어려웠지 않았던가. '나'의 실존이
정상성의 외부에 있음을 확인할 때 주체는 소외와 배제의 우울에서
자유롭지 않다. 어떠한 주체들이 그러한 상황에서 자신의 실존이 규
범을 해체하는 실증적 사례가 됨을 확인하며 괴상한 자부심queer pride
을 느끼는 반면, 신이인의 캠핑하는 동물들은 단지 그 바깥에 있음 자
체, 비인간성 자체만으로도 독존의 자부심을 십분 감각한다. 그들은
규범의 해체에 아무런 관심이 없다. 퀴어한 그들이지만 그들은 차라
리 규범이 (그들을) 필요로 하는 존재다. 그들이 위치해 있는 세계의
좌표는 기존의 규범과 정상성을 구성적 외부로 삼아 전치시켜버리
기 때문이다. 오직 자신만을 동료로 삼는 일대다一對多의 대결에서 그
들은 스스로의 괴상함을 한껏 사랑하는 퀴어한 나르시시즘을 방패로
다수의 조롱을 가뿐히 넘어선다. 그런데 문제는 그들이 그 다수의 타
자를 진심으로 사랑한다는 것이다. 이토록 도발적이고 대범한 동물
들에게도 여전히, 사랑이 가장 큰 문제가 된다.

4. 이종교배: (거북×딸기)

물론, 괴이하고 특별한 '나'를 둘러싼 타인들의 뾰족한 마음이 시적 주체에게도 받아들이기 쉬운 것은 아니다. 자신의 행동이 사람들을 계속해서 당황시키고 멀어지게 한다는 것을 알지만 '나'도 어쩔 수 없다는 입장이다. 미필적고의조차 적용되지 않는 행동과 의식은 다만 그의 자연스러운 본성nature에서 연유한 것이므로. '내'가 이상한 이유는 다만 '나'를 바라보는 '너'들의 시각이 '나'의 자연을 조성하려 하면서 생겨난다. 세계의 갈등과 충돌은 이때 발생한 배제와 억압에 의해 발생한다. 하나의 공유지에서 살아가는 다양한 동물들은 서로 다른 식성과 습성, 기호를 가진다. 그렇다면 하나의 생태는 실상 여러 개의 다중 세계가 중첩하며 만들어내는 역동하는 열린 가능 세계일 테다. 자연은 우리가 받아들일 수 있는 경계 내부에서 만들어지는 것이 아니라 오히려 그 바깥을 활주하는 규범 외부의 총체다. 선택과 해석으로부터 자유로이 놓여나 존재하는 '있음' 그 자체의 사태다. 우리가 싫어하고 좋아하는 마음의 투사와 무관하게 그것은 '자연'스럽게 태어나고 스러진다. '나'는 그러한 자연의 진실을 이미 알고 있다. 가령, 내 주변의 모두가 딸기를 좋아하고 먹고 즐길 수 있어도 내가 먹을 수 없다면 나의 자연에는 딸기가 없을 따름이다. 그렇기에 '나'에게 딸기는 '나'를 이해하지 못한 이들이 내게 강요하는 억지 순응의 대상, 비-자연물이다. 이 "검은 머리 짐승"에게 외압으로 다가오는 규범에 관한 최초의 기억은 딸기다.

91년
수박을 자르자 딸기가 쏟아져 나왔다

이 문장을 닮은 아기를 나의 언니라 부르도록 하자

(……)

동생은 딸기를 먹지 않았다
유치원에서 몰래 딸기를 버리다가 야단맞았다

초등학교 선생이 동생을 싫어했다
딸기를 다 먹을 때까지 집에 보내지 않았다

(……)

누가 누구를 괴롭혔을까

(……)

딸기밭에서 무언가를 수확하려는 사람을 당황시키고
고함치게 하고
바구니를 떨어뜨리고 도망가게 했다

(……)

파렴치한 육식동물은 딸기와 어울리지 않는다는 사실을
어른이 돼서야 알았지만

그때까지 모두 내 잘못인 것처럼
딸기밭에 몰아넣었다가 내쫓았다가
야단이었다

(……)

내 태몽은 내가 정할 수 없는 거였다
그렇지만 나는 내 사실이 마음에 들었다
처음부터.

―「의류수거함 이전의 길몽」 부분

　자매는 자연이 보여주는 '자연'스러움의 가장 단적인 예시가 되는
개체 쌍일지도 모른다. 존재의 시원을 공유하며 종적 계통 안에서도
가장 인접해 있지만 바로 그 근접성 때문에 존재의 특성이 갖는 차이
가 극명하게 드러나는 두 생물 말이다. 언니와 동생은 서로가 갖지 못
한 개성을 부러워하고 각자에게 투사된 자신의 모습을 다시 들여다
보지만 둘은 결코 동화되지 않는다. 각자의 '자연'스러움이 무엇인
지 동물들은 부모가 가르치지 않아도 그러한 규범적 언술의 힘과 독
립적으로 자신의 몸을 통해 서서히 체득해나간다. 그것이 "검은 머리
짐승"들의 살아나감이다. "파렴치한 육식동물"인 '나'는 어른이 되어
자신이 "딸기와 어울리지 않는다는 사실"을 알게 된다. 모두의 야단
법석을 일으킨 것이 다름 아닌 저 자신의 '다름'이었다는 진술이 가
능하게 될 때 그는 비로소 '어른'이 된다. 이곳에서 '어른'은 자신이
누군지 안다고 말하는 사람이다("하지만 나는/아는 사람이거든/요령

없이도/격언과 교훈을 학습하지 않아도/감각하고/울고/다루고/행동할 수 있다", 「하루미의 영화로운 날」). 그의 어린 날은 '나'와 '너'의 그러한 차이를 아직 모르는 '내'가 다만 그저 '너'를 좋아한다고 무턱대고 외치는 무모한 시절이다. '내'가 육식동물인지도 모른 채 식물인 '너'를 사랑한다고 '너'를 닮고 싶다고 숨김없이 고백한다("어느덧 어린 내가/열린 창밖으로 손을 뻗어 잎을 만지는 장면 (……) 나는 당신을 많이 좋아했다", 같은 시). 어른이 된 어린 육식동물이 새로이 알게 된 것들의 목록은 다음과 같다.

> 모래로 예술작품 만드는 놀이
> 그걸 무너뜨리는 파도의 이유 없음을 받아들이기
> (……)
> 좋아와 싫어를 드러내는 한 생물의 고유한 표현
> (……)
> 약함에 의한 서러움
> (……)
> 홀로되어 본 과거는 불안을 수신함
> ——「외로운 조지-Summer Lover」 부분

"최선을 다했다 그러니까"로 시작하는 이 시는 「의류 수거함 이전의 길몽」의 마지막 연에서처럼 "그렇지만 나는 내 사실이 마음에 들었다"의 정서와 일맥상통한다. 파도가 모래를 무너뜨리는 데에 특별한 악의가 있지 않고 그것은 다만 파도의 고유한 행위임을, 그럼에도 자연에는 강자와 약자가 분명 존재하고 홀로 남겨진 약한 자는 서럽고 불안할 수밖에 없음 또한 하나의 자연적 사실임을 시인은 갈라파고스제도에 사는 최후의 거북("조지")를 통해 나직이 말해준다. 자신의 불행을 부러 덮지 않고 활짝 열어 보여주면서도 언제나 마지막에 "그래도 괜찮았어"라고 말하는 목소리는 합리화나 자기 위로가 아니라 '너'를 사랑했을 뿐인 단순한 사실에 대한 스스로의 떳떳함이다. 이를테면 이런 마음 말이다./당신이 나를 얼마나 싫어하고 이상한 생물로 여겼든 상관없다, 왜냐하면 내가 저지른 일은 너를 좋아하는 일 그것 하나뿐이었으므로. 그게 뭐 어떻단 말인가?/딸기를 사랑하는 거북(거북은 잡식성이므로 둘이 어깨를 나란히 하는 풍경은 충분히 가능하겠지만 먹잇감이 아닌 교감과 사랑의 대상으로서 두 주체의 병치는 이종교배의 욕망을 담은 퀴어함을 연출한다) 그리고 "멍멍" 하고 짖는 고양이 혹은 "사람 말을 할 줄 아는 강아지"(「도둑 고양이」)를 사랑하는 '나'는 우리에게 낯선 외계의 존재일지언정 사랑의 주체라는 점에서는 평범할 따름이라고, '나'의 이상한 외피에서 시선을 멈추지 말고 그 아래의 마음을 봐달라고, 그는 시의 바닥에 납작 붙어 말들을 쓴다.

한데, 무엇이 '괜찮다'고 부러 말하는 것은 실상 모든 것이 괜찮지 않은 상황에서 나올 수 있는 발화가 아니던가(정말로 괜찮아 보이는 이에게 우리는 괜찮으냐고 묻지 않는다). 그래도 '나'는 자신을 미워하는 이를 좋아하는 마음을 결코 폐기하지 않는다. 숨기지도 않는다. 그는 삐죽삐죽하면서 조금은 못생기기도 한 그 마음을, 분위기를 띄우려고 야심차게 던졌으나 거부당한 농담과도 같은 그 마음을 한구석에 조용히 모아놓는다(「실패한 농담 보호소」). 누군가들에게 사랑받기를 원했으나 그들의 정서적 리듬에 합치되지 못하고 거부되어 튕겨나간 농담들이 마치 산에 유기된 동물 같은 모습으로 모여 있는 곳에 말이다. 시인은 그런 울퉁불퉁한 마음들 사이를 조용히 등산해본다.

산 이름이 침묵이라니 누가 이런 생각을 했을까
나는 들썩여지며 감탄한다
나를 들썩거리게 하는 이 울퉁불퉁한 바닥의 이름에 대
하여
흥분하고
무언가 순탄하지 않구나, 하는 감각이
반증하는
생명 냄새

느낄 수 있다
살아 있는 것이다 그것이 살아서, 지옥에서 탈락되지 않고 네 발
을 딛고 꼬리를 빳빳이 세우고 있는 모습을

……

그릴 수 있다
내가 꿈틀거리며 튀어오르려고 하자 급하게 손에 쥐어지던 종이
와 펜
이용하여, 이 목격을 놓치지 않고 나는 스윽 스윽 스으윽 스으으으

검고 구불거리고 듬성듬성한 수풀과 그 뒤에 가려진 문을 묘사했

다. 육중한, 은색으로 빛나는 철문. 그 자리에서 움직여지기를 기다릴 테지만 기다림이 기다림만으로도 끝나는 문. 누구의 힘을 빌릴 수 없고 누구에게 빌려주지도 못하는 힘으로 스스로를 다무는 중.

—「실패한 농담 보호소」 부분

'너'에게 가닿지 못한 마음들은 그러나 이 보호소-지옥에서는 탈락하지 않고 부드러운 털을 구불거리며 살아 있다. 시인이 시집 전체에 걸쳐 써내려간 것들은 결국 그런 마음이다. 그는 낙심하기에서 그치지 않고 종이와 펜을 들고 쓴다. 그에게 시쓰기는 "스스로를 다무는" 일이면서 동시에 닫힌 문이 열릴 것에 대한 기대를 끝내 멈추지 않으려는 마음의 행위다("열 손톱이 전부 빠져나가기를 바라며 / 요란보다 요란해지며"). 그에게 가장 무서운 것은 문이 열리지 않음 그 자체라기보다 말해야 할 것 또는 말하고 싶은 것이 부재하게 되는 사태이기 때문이다("그럼에도 제일로 무서운 것은 / 하고픈 얘기가 사라지는 것"). 그의 시에서 동물화하는 것은 등장인물뿐만 아니라 말들까지도 포함이다. 그 말들은 운명 같은 보호소에 가둬놓고 일부러 굶기거나 보듬어주지 않아도 기어이 살아남고 오히려 시인을 향해 달려드는 말들, 캠핑하는 시의 목소리다.

5. 지옥의 낙원: 나는 나의 괴상함을 사랑하기 때문에

해야 할 말이 있었다

해야 할 말을 가둬 놓고 밥 주지 않고 안아 주지 않았다

그것은 죽지 않고 눈을 동그랗게 뜨고 가능한 모든 육고기를 사냥
했다

예컨대 이 철문을 무시하여 건너가고자 하는

나의 영적 의지 같은 것을 동원해 가며

살기를 원했다

살아남기 원했다

—「실패한 농담 보호소」 부분

타인으로부터 거부된 '나'의 마음은 육체를 사냥하는 포식자의 공
격성으로 동물화되지만 그러나 그것 또한 '나'의 일부다. 그래서 언
뜻 보기에 타인으로부터 거부된 마음은 '나'를 '나'의 세계 안으로 단
단히 폐제하는 듯하지만 '나'는 그 억누름까지도 어깨에 짊어지고 철
문을 넘어 외출을 감행하려 하기에, 사납게 철문을 긁어대기에 '나'
는 언제나 타자들과 인접한다. 비록 어린 자신이 바라던 이상적인 어
른의 모습이 되지는 못할지라도 그래도 그는 자신의 괴이함을 기쁘
게 받아들이며 끊임없이 '너'들을 바라보고 짖고 사랑한다고 말할 수
있는 것이다("그 정도까지 근사해지지는 못한 어른이/산길을 올라가고
있었다").

포효하는 수많은 '나'의 동물들로 꽉 찬 이 지옥의 보호소는 그래
서 한편으로 영원한 사랑의 수행이 지속되는 낙원이기도 하다("나무
도 우리고 돌멩이도 화산도 우리/먹을 수 있는 열매는 이 잡듯이 따낸
우리고/야생동물은 정수리에 손도끼가 꽂히게 될 우리/(……)/우리를
딛고 서 있었다/주제에 낙원이었고", 「신혼여행」). 불행을 통해 지속되
는行 '행幸'의 낙원 말이다. '고양이'는 저를 피투성이로 만드는 모진

마음의 파편들 위에서 '나'를 거만하게 내려다본다. 네가 날 사랑한다면 어디 내 앞에서 피투성이가 되어봐, 라고("자 걸어 봐 내 머리 위를 빙글빙글 돌면서/걸어 봐/네가 선택한 아픔을", 「도둑 고양이」). 가학과 피학의 각본을 천연덕스럽게 내미는 그 지독함을 알면서도 고양이가 들이미는 "무수한 칼날"을 받아들고서 차라리 "알 수 없는 동물이 되어" 자신을 잃어버리며 "그러나 당신에 대해 생각하는 것을 멈출 수 없다 나 이 여름이 지나기 전에 당신을 이해한다"라고 기어이 써내려가는 '나'의 사랑은 동물들의 캠프적 사랑이다.

「도둑 고양이」를 잠깐 보자. 욕실에서 발가벗고 나와 고양이와 마주하며 부끄러움을 느꼈다고 고백한 데리다와 달리 '나'는 고양이 앞에서 이것이 정말로 고양이인지 확신할 수조차 없다. 고양이가 스스로 저를 두고 나는 고양이가 아니라고 의기양양하게 얼굴을 들이밀기 때문이다("자, 이래도 내가 고양이입니까? 나는 부리를 꺼내 당신 정수리를 찍습니다"). 합의된 사회적 정의와 개체에 대한 명명—안정된 정체성을 고양이는 저 스스로 파기시킨다. 고양이는 멍멍 하고 운다("캄캄한 꿈속에 대고 고양아 고양아 부르면 오지 않았지만 고양이라 부르기를 멈췄을 때 다가와서 멍멍 소리를 냈다//멍멍"). 그러나 고양이를 마주하는 '나'는 당황하지 않는다. 고양이가 야옹, 하고 운다고 간주하는 일은 다만 인간의 인지가 야생의 소리를 주형하여 만든 기호의 작용일 따름 아닌가. 기표와 기의의 흔적으로 점철된 공간이 인간 삶이라 하더라도 인간의 언어 활동 속으로 모든 기호들이 깔끔하게 수거되는 것은 아니다. 근대의 코기토적 주체는 기호들이 인식의 봉제선 안으로 완벽하게 수거될 수 있다는 믿음 속에서 태어나고 살아간다.[11] 그 가상적 세계로부터 한 발짝 빠져나온 신이인의 동물화한 시적 주체는 그러므로 고양이가 멍멍 하고 우는 장면 앞에 서게 되는 것이다.

> 고양이는 입버릇처럼 말했다 넌 날 몰라 네가 뭘 안다고 너는 아무것도 몰라 가끔 고양이는 두 발로 걸었고 세 발로도 걸었고 걷지 않고 움직이기도 했다 정말로 고양이가 아닐지도 몰랐다 그러나 피투성이 이마로 눈을 뜨면 난 되뇌어야만 했네 고양이다 고양이야 내가 쫓아간 고양이 그러니까 어젯밤 그건 일종의 애정 표현…… 입맞춤…… 내가 모르는 세상에는 부리와 날개와 단지 독특한 사랑법을 가졌을 뿐인 고양이가 있는 것이다
>
> ──「도둑 고양이」 부분

고양이가 내던진 폭력적 언행의 모서리에 찔려 피 흘리면서도 '나'는 굴하지 않는다. 그가 사랑하는 것이 멍멍 하고 울고 그래서 '고양이'가 아니지 않으냐고 비웃어도(나는 과연 네가 사랑하는 그 존재가 맞을까? 맞다고 생각하니?) 그는 눈을 부릅뜨고 되뇐다. 저것은 '고양이'가 맞다고, 단지 '내'가 사랑하는 그 실존이 다만 내가 예상하지 못한 "독특한 사랑법을 가졌을 뿐"이라고 말이다. 그러니까 '나'는 그가 알고 있던 고양이의 고양이다움을 사랑하는 것이 아니라 '고양이'라는 이름으로 불리었던 이 불가해한 타자의 폭력성, 새로이 발견되는 타자성을 온몸으로 겪어내며 사랑을 수행하는 것이다. '나' 또한 고양이 앞에서 동물화된 타자이기에 데리다가 감각했던 수치심, 인

---

11) 임은제, 『데리다의 동물 타자』, 그린비, 2022, 100~101쪽.

간 주체의 윤리적인 감정의 자리를 '나'는 갖지 못한다. 날뛰는 고양이의 사랑으로부터 도망가지 않고 오히려 그 날카로운 칼날의 끝자락까지 손으로 쓰다듬으며 피 흘리더라도 결코 대상을 놓치지 않겠다는 마음, 폭력까지도 그러쥐는 미학화의 감각, '정상'적인 것으로 여겨져온 범주들을 초과하고 또 초과하는 과잉의 에너지는 분명, 세상의 일반적 기준에 의해서 승인되지 못한 것들을 승인하는 캠프의 것이다.

다시 말하지만, 신이인의 시적 감수성은 그간의 한국 시단이 주요하게 축적해온 부드러움의 서정을 훌쩍 초과한다. 진지하고 엄숙한 정전canon의 전당을 재빠르게 가로지르며 말해서는 안 되는 것으로 치부해온 뾰족하고 치기 어린 마음들을 거침없이 툭, 툭 꺼내어놓는다. 가령, 내가 사랑해 마지않는 '너'를 한편으로 질투하기도 하고 미워하기도 하는 그런 '나'를 아는 '네'가 내게 온당한 사랑을 주지 않을 때, 그 삐죽한 마음을 녹여 시의 여백으로 승화시키는 것이 아니라 오히려 시적 주체의 특별한 매력적 언어들로 만들어진 돋을새김으로 부조한다("가진 것을 자랑하고 싶은 마음이 뭐가 나빠요?", 「검은 머리 짐승 사전」). 저 스스로를 조롱하기를 서슴지 않으며("여기에는 입에 담을 수 없는 욕과 나에 대한 거짓말 그리고 유려하게 쓰인 아름다운 이야기가 있다", 「머리말」) 진지하고 경건함으로 수렴하려는 마음의 중력을 활달하게 쳐내어 화려하게 공중으로 쏘아올린다.

그간의 시들이 시의 감성으로부터 스타일을 추출하는 방식으로 시세계를 구축해왔다면 신이인의 시들은 이와 정반대로 시의 스타일에서 고유한 감성을 창출해내는 방향으로 작성된다("끔찍함의 모서리를 궁글려 깜찍하게 만드는 것은 어렵지 않아요", 「검은 머리 짐승 사전」).

누구의 눈치도 보지 않겠다는, 꺾이지 않는 유연한 의지로 단호하게 무장한 날카로운 단어들의 끝에서 세계에 대한 냉소나 악의가 먼저 감각된다고 생각할 수도 있다. 그러나 그 저변에는 보이지 않는 사랑이 자욱하게 깔려 있다. 캠핑하는 동물들은 '너'를 미워하고 그로 인해 아파할지언정 결코 '너' 없는 세계를 상상하지 않는다. '너'와 몹시 다르게 생긴 '나'의 괴상함을 받아들이면서 '어른'이 된 신이인의 동물들은 자신만의 이상한 뿔을 사랑하고 그 멋진 것을 자랑한다. 나의 괴상함을, 나의 수치를 나는 몹시 사랑한다. 또한 '너'를 사랑하기를 마다하지 않는다. 신이인의 세계에서 우리는 타자들의 이질적인 실존이 주체를 불편하게 하는 이물감에 그치지 않고 괴상한 매력으로 전환되며 끈질긴 사랑으로 올라서는 순간들, 동물 앞에서 동물이 되는 상호 타자로의 무수한 전환이 이루어지는 퀴어한 특이점을 목도한다.

(2023)

나를 제외한 너의 전체
—김선오의 『세트장』[1]

1. 익명의 시신이 해변에서

어느 봄날, 살인사건 한 건이 발생했다. 집과 방과 거실과 동네를 계속해서 옮겨다녔다며 읊조리는 화자는 화분과 곤충 사이에서 "어쩌다 시체도 옮기고 그랬다"(「봄」)는 고백을 슬몃 섞어둔다. 하지만 시체를 옮겼다는 진술만으로 그가 곧장 범인이라고 단언할 수는 없다. 죽은 자의 신원에 대한 단서도 없거니와 "그사이 이사를 너무 많이 했다"(같은 시)며 지친 듯한 그에게 시체 한 구는 그저 들여놓을 공간이 없어도 버리지 못하는 악기보다 덜 중요하다. 하지만 이 신원미상의 시체를 그저 지나칠 수만은 없다. 『세트장』 곳곳에서 풍겨오는 불길한 죽음의 냄새 때문이다. 권총을 쥐고 산을 올랐다가 실수로 절벽을 쏠지도 모른다고 하거나(「비」) 계속되는 봄밤의 산책이 하필 무덤 주위라거나(「풀의 밀폐」) 하는 장면들을 지나면서 우리의 의식

---

1) 김선오, 『세트장』, 문학과지성사, 2022. 이하 인용시 본문에 작품명만 밝힌다.

은 이 한 건의 죽음에 점점 붙들린다. 우리는 본의 아니게 살인사건의 해결에 연루된다.

가장 먼저 발견되는 단서는 버려진 칼이다.(「무수한 놀이」) 화자는 "해변의 마을에서 살인이 벌어지고, 살인과 무관한 칼이 백사장에 버려져 있"음을 본다. 한데 말하는 이는 어찌하여 그 칼이 살인과 무관하다고 단언할 수 있나? 그것의 무관을 판정할 수 있는 유일한 사람은 실상 그 칼을 사용했던 당사자뿐이지 않을까? 루미놀반응을 확인할 수 없는 이 "깨끗한 칼"은 어느샌가 사라지고 대신 "살인자를 잃어버렸지만/칼을 찾게 해주세요"라는 사람들의 기도 소리와 "물속으로" "죽은 자가 가라앉는 동안" "뼈 어긋나는 소리"만이 울려퍼진다. 그가 말하는 이 모든 이야기의 유일한 청자는 그의 가족도, 친구도, 경찰도 아닌 다만 검은 눈을 반짝이는 개 한 마리일 따름이다. 이야기는 "다음 날에도, 그다음 날에도" 마치 세계를 향해 언제나 처음 발설되는 비밀처럼 무수히 반복된다.

현장으로 여겨지는 곳에서 발견된 칼은 이미 오염되어 증거로 채택되기 어려워 보인다. 물증 채집 다음은 동기의 조사다. 어떤 존재가 이 세계에서 반드시 사라져야만 하는 모종의 강력한 이유가 생길 때 정말로 누군가가 곧잘 사라진다. 그러니 다음 순간의 우리가 누군가가 실종된 바다 근처를 기웃거리게 된다 해도 그다지 이상하지는 않을 것이다(「R을 제외한 해변의 전체」). 이상한 것은 이 시다. "R은 해변의 모든 것과 자신을 가리켜 '우리'라고" 부른다는데 그러면서도 "R을 제외한 해변의 전체가 R을 지켜보고 있"다고 한다. '우리'의 시선은 하나가 아니라 R과 R이 아닌 것 두 개로 쪼개진다. 이상하다. 시는 분명 "R의 기쁨과 절망과 그리움이 모두 하나였다"고 말하는데 말이다. 왜 그런가? 그건 바로 R이 소설가이기 때문이다("R은 장편소설을 한 편 써야겠다고 마음먹었고"). 소설의 시간은 시의 시간과 다르게 흐른다. 소설의 사건은 선형적인 시간 위에서 개연성을 획득한다. "해변의 왼편을 과거로, 오른편을 미래로 설정하"고 그 "왼쪽 해변〔이―인용자〕순식간에 오른쪽 해변으로 스며"드는 '자연'스러운 시간성 안에서 소설은 쓰인다. 공간 역시 시간과 결부되어 드러나므로 시공간은 언제나 하나의 단어다. 그리고 이 모든 물리적 자장을 성립케 하는 빛이 있다("태초에 빛이 있었다……").

문제는 이 장면을 목도하는 우리가 소설이 아니라 시가 펼쳐둔 시공간 속에 있다는 사실이다. 현장에서 발견된 칼은 "그것을 비추는 빛 없이도 빛나고 있다"(「무수한 놀이」)고 하지 않았나. 시는 선형성을 좋아하지 않는다. 특히 김선오의 시들은 더욱 그렇다. 『세트장』에서는 오늘의 왼쪽에 과거, 오른쪽에 미래를 배치하지 않는다. 선형적인 시간성을 전제로 하는 물리법칙들은 매일 파괴된다. "물은 가끔 물 밖으로 태어나려" 하고 "해수욕장의 물이 아니었고 이국의 바닷물도 아"닌 그 물은 다만 "내가 잠겨가는 순간"이 "영원히 상영되고 있"는 시공간일 따름이다(「익사하지 않은 꿈」). 그러니까 물이나 바다는 누군가가 억울하게 익사하고 마는, 그래서 영속적으로 감금되는 영원의 영역이다.

망망대해의 어둠 위를 내리쬐고 있는 그 태초의 빛은 사실 카메라 렌즈로부터 방사된 것이다.[2] R을 제외한 해변의 전체가 R을 보는 방

---

2) 이때 존재자는 레비나스가 보듯 존재라는 익명성으로부터 솟아오르는 사건적 관계성을 갖고, 그 관계는 '빛'을 통해 성립한다. 빛을 통해 세계가 우리 앞에 주어지고 소유되며 파악된다. 에마뉘엘 레비나스, 『존재에서 존재자로』, 서동욱 옮김, 민음사, 2003.

식이 "R이 해변을 바라볼 때와 같은 방식"(「R을 제외한 해변의 전체」)으로 성립하기 위해서는, 그가 외부 대상들을 향해 빛을 쪼아서 그것을 의식의 필름 위로 현상하는 일이 필요하다. 결코 "뷰파인더 너머로 건너오지 않는"(「범세계종」) R이 촬영하는 "필름은 내장된 미래"로서 "빛에 의한 가연성과 불연성을 동시에 지닌"다. 말하자면 타자와 대상이 주체 R의 인식을 통과하는 순간 그것들은 R이 만드는 표상의 영역 안으로 속박된다는 말이다. 요컨대 촬영은 R이 인식의 주체로서 외부 세계와 사물들을 언어와 시각을 매개로 현상하는 행위다. 빛이 투사된 대상들은 R을 주어로 하는 명제 안으로 속절없이 끌려가고 그들은 R이 주체로서 부여하는 타자의 지위만을 얻는다. 대상 그 자체의 고유한 대상성 혹은 타자성은 카메라 셔터에 의해 훼손되고("셔터 소리는 조금 상처가 된다", 같은 시) 그래서 그들―구체적인 존재자들은 익명의 존재가 되어 영원히 물속으로 가라앉는다("바다가 우리의 무엇을 영원토록 만드는 게 싫다", 「침범, 노이즈, 산성」).

한편 다시 처음으로 돌아가서, 봄철의 이삿날 옮겨진 시신은 도대체 누구며, 또 범인은 누구란 말인가? 그리고 이 살인사건은 바닷속의 이름 없는 이들과 어떤 관계가 있나?

2. 돌에 입맞출 때 태어나는 빛

물속에서 이름을 잃어버린 시신(들)을 구해내기 위해서는 타자의 고유한 타자 됨을 훼손하는 빛의 감광을 중단시켜야 한다. 혹자는 필름을 현상하는 주체를 죽이면 되지 않느냐 물을 수도 있겠지만 그 제안은 금세 모순에 봉착하고 말 테다. 가령, '나'는 자신으로부터 탈출하기 위하여 '나'를 죽일 수 있는가? 이 문제는 레비나스가 말하는 초월의 문제와 꼭 맞닿는다. 주체의 탈출이 결과적으로 성사되기 위해서는 그 성취 이후에도 주체의 자기동일성이 유지되어야 한다. 그래서 만약 '나'가 죽어버린다면 '나'는 탈출한 것이 아니라 다만 소멸한 것이 되므로 자살 역시 뾰족한 해법이 될 수 없다("이거 안 빼면 자살한대요// 빼면 자살 안 해요?", 「가출」). 따라서 '나'의 존재자적 위치 자체를 소거하지 않고서, 다만 '나'가 세계 위로 비추는 빛의 종류를 바꿔볼 수 있으리라는 추론이 우리에게 다가온다. 타자를 주체 안으로 포섭하여 소외시키는 빛이 아니라 타자성 그 자체를 밝혀주는 새로운 빛으로 말이다. 레비나스식으로 말하자면, 자아$_{moi}$가 자기$_{soi}$와의 관계를 단절한 뒤 타자와의 관계 안으로 접속해 들어가는 인식의 빛이겠다.[3]

그러므로 기존의 시적 주체들이 그들의 망막에 세계를 투사하여 그들만의 해석체로서의 세계를 그려냈다면 『세트장』의 시적 주체는 이와는 완전히 다른 위상에서 세계를 본다. 그가 가져오는 이 새로운 인식의 빛은 「돌과 입맞춤」하며 도래한다. 처음에 '나'는 대상을 낚아채는 뷰파인더 뒤에 선 여느 주체들과 같은 시선을 가진 것처럼 보인다.

내가 그를 바라보지 않았던 영원의 시간 동안 그는 서 있었을 것이다. 그러나 내가 그를 바라보았으므로 그는 검은 뒤통수를 움직일 것이다.

---

3) 에마뉘엘 레비나스, 『탈출에 관해서』, 김동규 옮김, 지식을만드는지식, 2011.

문득 나는 내가 그의 영혼 같았다. 그의 존재로 인해 내가 방이라
는 착시적 현상 속에 머무는 것 같았다.

(……)

천천히 그를 보았다. 그는 나를 돌아보지 않았다.
— 「돌과 입맞춤」 부분

주체의 시선이 '그'를 장악하고 그의 뒤통수는 끝내 움직이리라
'나'는 확신하지만 그 확신은 매우 쉽게 빗나간다. 그의 움직이지 않
음은 '나'가 가진 궁극의 질문: "나는 그를 봄으로써 그보다 내가 선
행하고 있음을 확인하고자 하는가?"에 대한 무언의 답이다. 요컨대
"그와 나는 영혼과 육체의 관계가 아님"을, 정신이 육신을 지배한다
는 이항 대립적 위계는 순전히 시적 주체의 착오였음을 금방 깨닫는
다. 근거는 바로 '나'의 시야에 범람하는 '그'의 사물들이다.

그의 머리, 그의 기립, 그의 태양, 그의 어지러움, 그의 먼지, 그의
저수지, 그의 종이비행기, 그의 연주, 그의 졸음 (……) 그의 귀여움,
그의 거품, 그의 리듬, 그리고
— 「돌과 입맞춤」 부분

끝내 나를 돌아보지 않는 "그는 돌을 들고 있었다". '그'는 '나'의
인식 안으로 함몰되지 않고 완전한 바깥에서 자유롭다("나는 순식간
에 그와 돌을 잃었다"). 언제부터였는지 들고 있었는지는 모르나 분명

그의 손에 들려 있는 돌은 '나'에게 에포케epoché를 요청한다. 하지만 '나'는 끝내 '그'를 잃어버리고 '나'는 괜히 짧은 창문의 길이를 탓하며 그가 도망치는 뒷모습이라도 왜 더 오래 보지 못했나 하는 마음을 나직이 읊조린다. 그가 사라지고 남겨진 자리에서 '나'는 그를 따라 한다. 주변의 사물들을 그가 들고 있던 돌처럼 쥐어본다.

> 비누를 돌처럼 쥐어보았다.
> 귀를 돌처럼 쥐어보았다.
> 열대어를 돌처럼 쥐어보았다.
> (······)
> 바이올린을 돌처럼 쥐어보았다.
> 허공을 돌처럼 쥐어보았다.
> 물을 돌처럼
> 밤을 돌처럼
> 빛을 돌처럼 쥐어보았다.
>
> —「돌과 입맞춤」 부분

그러고 나서 '나'는 "결국 그가 돌을 돌처럼 쥐고 있었다는 결론에" 이른다. 이 순간 시적 주체는 대상을 온전히 대상의 입장 안에서 경험해야 한다는 깨달음에 도달하는데, 다시 말해 돌처럼 쥐었던 모든 사물들을 말할 때는 '나'가 그것들을 경험하는 방식이 아니라 그들이 세계를 경험하는 방식을 말해야 한다는 것이다. 대상의 외부에서 내리쬐는 주체의 빛은 그 대상이 존재하기 이전에 이미 선행하던 모종의 인식의 지평 안으로 그 대상을 끌어들인다. '나'는 그 빛을 이제는 다른 빛으로, '돌처럼 쥘 수 있는' 빛으로 바꾸어야 한다고 각성한다.[4] 인간 주체가 아닌 존재자가 그들의 외부 세계를 어떻게 바라보는지, 역으로 말하면 이 세계가 '나' 아닌 다른 존재자에게는 어떻게 드러나는지를 현상해야 한다는 깨달음, 그를 잃지 않기 위해서는 내가 그의 방식대로 세상을 볼 수 있어야 한다는 말이다. 하지만, 모종의 인력을 통해 내 안으로 들어온 그를 나 아닌 그의 방식으로 보는 것은 과연 가능할까? 나의 경험과 가치와 판단은 어느 지점에서 무화되어야 하는 걸까? 나를 잃어버리지 않으면서 그리고 동시에 네가 되지 않으면서도 '나'가 너의 입장에 서서 너를 보는 일은 어떻게 가능할까.

3. 사물의 젠더와 논바이너리 유령

애초에 시체는 방에서 옮겨졌는데(「봄」) 왜 현장으로 바닷가를 수색하는지 되물을 수도 있겠다. 방과 바다가 개연적인 관계를 지니기엔 둘 사이의 거리가 너무 멀지 않느냐는 반론과 함께 말이다. 흉기로 추정되는 칼이 해변에서 발견됐기 때문이리라. 그럴 법하다. 그러나 '돌처럼 쥘 수 있는' 새로운 빛이 우리의 인식 지평에 도래했다면 방과 바다의 거리는 가까워질 뿐만 아니라 방안에 바다가, 혹은 바다 안에 방이 들어 있는 세계도 가능해진다.

---

4) 이러한 '빛'은 최근 도래한 새로운 객체 지향 철학 혹은 기계 지향 존재론, 또는 신유물론 등의 분야에서 넘쳐나고 있다. 이들 학파는 기존 철학이 지닌 담론의 언어가 사물과 물리적 행위 주체의 실재성을 표백시키고 객체들 자체가 지닌 물질성을 소거한다는 한계에 대한 비판 위에서 등장했다. 레비 R. 브라이언트, 「에일리언 현상학」, 『존재의 지도─기계와 매체의 존재론』, 김효진 옮김, 갈무리, 2020.

내 안에 방이 앉아 있다

방이 나를 어지른다

바다가 바다 밖으로 헤엄친다

　　　　　　　　　　　　　　　　　—「목조 호텔」부분

　"손등에 수영장이 고이고 허벅지 안쪽에는 사막이"(「모빌」) 지어
지며 "낙서가 천천히 벽을 채우는 동안"(「벽의 편」) "눈 속에 자꾸 어
둠이 쌓"(「진화」)일 뿐만 아니라 "방이 어두워지면 창밖이 오"(「조
립」)는 사태가 속출한다. 이전 세계에서는 주어 자리에 올 수 없던 명
사들이 행위 주체라는 세례명을 받고 되살아난다. 시적 주체가 세계
를 바라보는 시선은 이렇게 최소 한 번 역전되지만 그렇다고 해서
'나'가 행위 주체의 지위를 박탈당하는 것은 아니다. 바뀐 세계에서
도 '나'는 "잠옷 입고/대낮의 침실을 걸어 다닌다".(같은 시)

　주체의 범주가 인간에게 한정되지 않고 사물-대상까지 포괄하게
됨으로써 주체와 객체는 상호 배타적인 이항 대립 관계로부터 탈출
한다. 전통적인 위계의 장력에서 벗어난 주체와 객체는 이제 '기계
Machine'라는 공통 범주 안으로 들어간다. 이때 기계는 입력물input을
변환하는 작업을 수행하는 역능을 가진, 결과물output을 생산하는 조
작들의 체계로 정의되며 기계들 사이의 관계는 철저히 행위 주체성
을 기준으로 관찰된다.[5] 그러니까 기계-객체의 관점에서 모두가 일

------

5) 가령 베토벤 피아노소나타는 반복해서 서로 다른 연주(결과)를 산출할 수 있는 무

인칭 주어의 자리에 올 수 있으며 따라서 "어느 날 창문이 날아와 돌을 깨뜨렸다"(「복원」)는 진술도 충분히 진실하며 타당하게 된다. 인간 주체의 인식 체계에서는 사람이 창문을 힘들게 뜯어서 돌 위에 내리치는 행위보다 돌을 주워 창문을 향해 던지는 것이 더욱 개연적이라고 생각하겠지만, 돌과 창문이 모두 동일한 행위 주체성을 지닌 주어 자격을 획득한다면 각각의 시선에서 현상되는 서로 다른 세계상을 추론할 수 있게 된다. 그러니까, 이때 창문이나 돌은 비유의 함수를 통과하지 않고 의인화 작용을 전혀 거치지 않은, 다만 서로에게 어떤 역능을 발휘할 수 있는 기능적 렌즈를 통해 초점화되는 것이다. 삼각형이나 각도, 곡선, 점, 선, 면 등의 형태로 소환되는 기하학적 객체들 역시 주체-객체의 위계적 인식론적 그물망으로부터 탈출하려는 양태들이라 할 수 있다.[6](「부드러운 반복」)

그리하여, 다시 만난 이 세계에서 시적 주체는 준객체[7]라는 새로운 위상을 획득한다. '주체'는 문장구조의 주어 자리처럼 고정된 절대 불변의 지위가 아니라 그것이 수행하는 역능과 처한 조건에 따라 잠정적으로 부여되고 회수되는 일시적 지위다. 이 주체 또는 준객체-기계는 재현하지 않는다. 다만 생산한다. 1부와 3부의 두 「세트장」은

형의 '기계'다. 인간이든 비인간이든, 혹은 추상적인 기호나 기표도 주체 혹은 준객체가 될 수 있으며, 인간 역시 주체에 대한 객체가 될 수 있다.

6) 기하학은 어떤 조건에서도 명석 판명한 진릿값—그것의 출현 그 자체 외의 어떤 감성적·심리적 차원의 의미를 갖지 않는다. 추가적으로 필요한 존재 정립 과정이 없다. 자크 데리다, 『기하학의 기원』, 배의용 옮김, 지식을만드는지식, 2008.

7) "준객체 또는 주체는 역동적인 누빔점 (……) 기계들 사이의 관계와 상태를 끊임없이 재배치하는 이동점이다."(레비 R. 브라이언트, 「중력」, 같은 책, 세르(Serres)의 용어 재인용, 345쪽)

화자가 경험한 것의 시적 재현이 아니라 시적 생산 과정을 보여준다. "그 안에서의" "파열" "질주" "응시" "공회전" "주춤거림" "잠" "반복"(110쪽)은 모두 대상들의 물리적이고 화학적인 작용이다. 가령, 사물은 하나의 장소 또는 물질이 된다. 곧, 인간 주체와 대상, 그리고 사물과 물질을 상징계의 차원으로 단순 환원하거나 부분화하지 않음으로써 주체와 객체의 존재론적 위계를 거부하는 새로운 인식론의 지평 위에 『세트장』은 서 있다. 주체가 준객체의 지위를 얻으면서 우리는 그들 각각이―기계들이 서로 접속하고 연결 해제되고, 또다시 연결되는 장면을 목격한다.

> 나는 녹슨 자전거가 병원 벽을 들이받는 순간
> 너는 카메라 백 개가 동시에 고장 나는 순간
>
> (……)
>
> 나의 운동과 너의 운동이 걸려 넘어지는 순간
>
> 60퍼센트 정도의 우리가 동시에 깨어난다
> 눈을 비비며 묻는다 너희 지금 뭐 하냐고
> ―「십진법」 부분

'나'와 '너'의 존재론적 양태가 모두 어떠한 '순간'이라는 사건의 국면 또는 개념적 추상이 될 때, 기계 혹은 준객체의 지위 없이 '나'와 '너'를 해석하기란 여간 어려운 일이 아니다. 물론, 해석 이전에 붙들리는 경험이 있다. '나'와 '너'의 운동이 충돌하는 접속의 순간, 곧 "60퍼센트 정도의 우리가 동시에 깨어"나는 순간에 이 새로운 탄생은 십진법의 단위가 초과되어 넘어가는 미분된 찰나 속에서 우리의 나머지와 함께 포착된다. 임계점, 또는 경계를 넘어가는 변화율의 운동을 목격하는 우리는 **논바이너리**non-binary 주체가 현현하는 역사적인 순간―자기 존재 정립의 시적 에피파니epiphany를 체험한다. 논바이너리는 성적 주체의 개념으로서 젠더 영역에서 드러나는 정체성이지만 젠더와 섹슈얼리티도 결국은 주체의 행위와 수행, 그리고 세계와의 감응에 의해 결정된다. 그래서 객체들의 빛으로 충만한 세계에서 사물들, 다시 말해 역능을 가진 기계들도 젠더를 획득할 수 있게된다. 이때 인간 기계와 비-인간 기계 모두에게 부여 가능한 유일한 젠더가 논바이너리다. 남성과 여성, 그리고 주체와 객체의 지위 모두 상호 배타적인 이항 대립을 형성하고 다른 한쪽이 다른 한쪽에 대하여 유표화되는 우위의 맥락을 형성한다. 이 위계의 이항 관계에 대하여, 인간 주체로서의 논바이너리는 젠더 이분법을 초과하는 젠더, 사물-준객체로서의 논바이너리는 주체와 객체, 그리고 인격 주체와 비인격 주체의 이분법을 뒤흔들고 무화시키는 역능을 지닌 행위 주체로서 갖는 젠더인 것이다. 논바이너리는 인격 주체와 비인격 주체를 동일한 위상으로 끌어안는 준객체의 지위 안에서 비대칭적 권력 구도를 파기하려는 젠더 정체성이다. 그래서 논바이너리는 그 어떤 범주로 속박되지 않는다. 주체의 인식 안으로 끌려가는 인력에 대한 항력이 이들 삶의 동력이다. 의미의 규정이 발휘하는 구심력과 원심력사이에서 끊임없이 길항하며 논바이너리를 마주하는 다른 이들의 인식론적 우주 역시 계속적인 교란 상태에 놓인다. 발화자가 인간인지 비인간인지 알 수 없다면 그 말들을 받아드는 청자의 정체 역시 알 수 없을 따름이다.

저는 제 말의 청자를 인간으로 삼아야 할지 유령으로 삼아야 할지 조금 헷갈리지만, 오늘은 그냥 당신으로 삼고 싶은 기분입니다. 그러니까 인간인지 유령인지 아직 정해지지 않은 쪽으로요.

—「농담과 명령」 부분

『세트장』 한구석에는 일군의 논바이너리 유령들이 무리 지어 산다. 시적 준객체라는 새로운 지위의 획득 과정은 유령들이 사는 세상의 밑그림이다. 이들의 목소리가 궁극적으로 모아내는 것은 자연 내부의 범주와 그 한정에 관한 근원적인 물음이다.

그런데 붉다는 건 뭐지?
희다는 건 뭐지?
우리는 뭐지?

(……)

인간은 장미 정원과 노을을 어떻게 구분하나요.
녹슨 자전거와 잿더미는요.
하얀 노을은 누구의 입장이 불탄 자리인가요.

—「농담과 명령」 부분

유령들이 던지는 물음표들은 유리처럼 투명하다("우리의 모든 면은 유리로 되어 있어 우리 밖으로 넘실대는 세상이 보입니다.//(……) 우리는 깨지지 않습니다. 상처가 내장을 드러내면서도 깨지지 않는 방식과 같습니다"). 그 어떤 범주로도 귀속되지 않고 흐르고 튕겨나가고 반짝이는 논바이너리들의 존재 방식은 투명할 수밖에 없다. 불투명해지는 일은 그들이 사멸하는 순간에 일어난다. 유령의 투명한 몸이 붉은 장미로 변한다는 것은 사망 선고와 다름없다("가엾은 옅은 유령은 감히 그것을 몸소 경험하였기에 장미가 되었던 것일까요?"). 유령들이 유령이기 위해서는 상처가 아물면 안 된다. 붉음이 붉음으로 말해지듯 경계가 봉합되는 순간 논바이너리의 투명한 빛은 불투명해진다. 논바이너리의 인식과 존재론 그리고 그들이 사는 세계는 온통, 투명한 무규정의 빛으로 충만하다.

어떤 빛은 유령의 몸을 건너다닙니다.
어떤 빛은 유령입니다.
어떤 빛은 유령을 통과한 세계입니다.

—「농담과 명령」 부분

"지구가 태양의 주위를 돈다는 사실은 가끔 우리에게 상처가 되었습니다"라는 유령들의 말은 주체와 객체, 그러니까 '나'와 '너'의 접속을 분리해버린 칸트의 코페르니쿠스적 전회에 대한 애도다. 유령들이 새로이 가져온 빛, 태초의 빛이 아닌 두번째로 당도한 빛은 태양과 지구가 모두 운동하는 가능 세계를 연다. 지구가 태양의 주변을 도는 것은 유일무이한 진실이 아니다. 지구에서는 태양이 돌고, 태양에서는 지구가 돈다. 논바이너리의 빛 속에서 지구와 태양—'나'와 '너'는 두 개의 궤도를 동시에 돌 수 있는 별circumbinary planet이다.

4. 탈출한 나는 너를 사랑하려고

우리가 여기까지 오게 된 최초의 시작은 신원 미상의 시체 한 구 때문이었다. 바다에서 피가 묻지 않은 깨끗한 칼 한 자루를 보았고 우리는 점점 더 범인에게로 가까워진다. 이제 최후로 남게 되는 한 사람을 가정하게 된다("자, 정체를 들켜서는 안 되는 한 명의 범인을 상정하자", 「침범, 노이즈, 산성」). 범인을 상정하자고 제안한 '나'는 범인이 오려 만든 무작위로 배열한 문장들을 '너'와 함께 보고 있다. 그런데 '너'는 「돌과 입맞춤」에서의 '그'처럼 뒤돌아서 있다. 뒤돌아선 '그'는 주체의 일방적인 인식론적 시선의 인력에 저항하던 타자였다. 그렇다면 '너' 또한 '그'처럼 '내'가 오래도록 보고 싶었으나 결국 내게서 등돌려 달아나려는 타자인가?

사건을 배열해보면, 봄에 시체 한 구가 발견되었고 '돌을 쥘 수 있는' 새로운 빛, 객체의 빛이 도래한 이후로 더는 타자(존재자)들이 존재의 바다에서 익사하는 일은 발생하지 않았다. 그렇다면 어쩌면 저 시체 한 구의 죽음은 필요한 죽음이었다고 말해볼 수 있을까? 범인은 우리 곁으로 점점 더 가까이 온다. 「면식범」일까? 힌트는 증식한다. 범인은 "좋아하는 방을 잃"은 사람, 그리고 어릴 때부터 피아노를 배워 "왼손 아래 고장 난 건반들을 좋아하"는 사람, 무엇보다도, "좋아하는 애"가 있는 사람이다.(「면식범」) 여기에서 우리는 "하농 연습하며/단발머리와 결혼했다"고 말한 최초의 고백(「하농 연습」)과 연주되는 피아노(「가정용 피아노」)를 떠올리고 자기의 방이 "모래로 된 천국으로 나를 옮긴다"고 말한 이(「돌과 입맞춤」)를 떠올리지 않을 수 없다. 『세트장』을 경유하며 모은 이 단서들과 함께, 시체를 최초로 발견한 목격자에게로 다시 돌아가보자.

> 꿈속에서 장례가 한창이었다. 영정 사진 속에 베란다에서 찍힌 내 모습이 들어 있었다. 나는 상주와 악수했다. 절을 하려 했는데 인부 한 명이 나를 어깨에 얹어 장례식장 밖으로 걸어 나갔다. 벚꽃 흩날리는 거리에 나를 내려주고 돌아갔다.
>
> ─「봄」 부분

불길한 예감이 엄습한다. 그 시신은 '나'의 시체다. 시체는 꿈을 통해 운반되었다. 꿈 역시 기계인 이 세계에서 '나'의 꿈은 무의식의 재현이나 반영이 아니라 다만 무의식이 생산해낸 결과물일 따름이다. 요컨대 우리가 추적한 살인은 '나'에 의해 생산된 결과이며 결국 이 사건은 '나'의 자아moi가 자기soi와의 연결고리를 절단한 사건이었던 것이다. 자기동일성을 유실하지 않고도 이 단절이 가능했던 이유는 '나'가 시를 쓰는 사람이기 때문이다. 소설을 쓰는 R과 달리 과거-현재-미래로 이어지는 선형성을 좋아하지 않는 시인, 그 역시 준객체로서의 행위 주체임과 동시에 그 객체들을 만들어내는 존재자이기 때문이다.

「한 글자 동물」에는 개와 새와 쥐, 그리고 오가 있다. 넷 모두 사랑하는 능력은 동일하게 있지만 "간밤의 꿈을 글로 쓰는" 동물은 오직 오뿐이다. 오의 그림자가 만드는 "사람 모양의 어둠 속"에서 나머지 셋은 "어리둥절한 얼굴들"로 덮인다. 이 퀴어한 한 글자 동물들

중에서도 유일하게 글을 쓸 수 있는 존재자는 특별하게 돌출한다. 그림자 속으로 덮이는 자가 아니라 덮는 자가 되는 것이다. 신의 얼굴 역시 그 안에서 발견된다. 절대자는 개와 새와 쥐와 같은 위상에 거주한다. 기도를 마무리하라는 말이나 "기도 대신 나무를 더 깎으세요"(「목조 호텔」)와 같은 목소리를 들으면서도 '나'는 입안에서 로비와 방과 신의 실수를 함께 우물거린다. '나'가 창조주의 실수라는 명제는 '나'가 대상으로서 갖는 특성이라기보다 '나'와 신이 맺는 관계성의 차원으로서 존재자의 바깥에 놓인다. 관계가 타자들의 외부에서 자라날 때 그 타자성은 최대한으로 확보되고 그렇기에 개, 새, 쥐, 그리고 오와 신이 갖는 타자성은 공평하게, 훼손되지 않는다.

비인간 또는 사물이 젠더 정체성을 획득할 수 있는 세계라면 그것들의 섹슈얼리티, 그러니까 사랑은 왜 불가능하겠는가? 그런데 이 준객체가 제시하는 사랑의 모양은 몹시 단출하고 단순하다. 그리 복잡하거나 어렵지 않다. 그들은 단지 "사랑하거나 사랑하지 않으면서" 걸어갈 뿐이다.(「한 글자 동물」) 『세트장』에서의 사랑이 퀴어하다면 그것의 절대적 형태가 그러해서라기보다 그 행위 주체들의 존재론적 지위가 발산하는 퀴어함이 그 사랑에도 스며들었기 때문일 테다.

'나'는 타자성으로 충만한 타자들과 관계하며 계속해서 차이를 생성할 수 있고 그러므로 '나'는 영원히 사랑할 수 있다. 논바이너리에게 사랑하는 일은 끝없이 차이를 생산하는 일이다. "사랑을 위하여 창문에 선을 긋"고 "가로로 길을 자르고 세로로 구름을 자르고" "사랑을 위하여 점으로 진입한다."(「사랑을 위하여」) 그래서 '나'는 네가 씹던 껌을 "벌써 몇십 년째 입을 우물거리고 있"을 수 있고(「껌종이」) "멀리서 네가 달려"오는 배경 뒤로 "노란 조명 피딱지 같은 꽃들"이 피어나는 그 벽을 향해 손가락을 뻗어 "우리의 윤곽 우리의 커브 우리의 실핏줄" 모두를 사랑할 수 있다.(「사랑을 위하여」) '나'soi로부터 탈출하여 새로운 세계로 진입한 '나'moi는 세상에서 가장 파기하기 어려운 관계성—바로 내가 나라는 바로 그 사실을 부서뜨리고 단지 '너'를 사랑하기 위해 달려간다.

나를 제외한 너의 전체를 사랑하기 위해, 네가 너를 보는 방식으로 내가 너를 사랑하기 위해.

(2022)

사랑의 도착perversion, 그리고 도착arrival
─최재원의 『나랑 하고 시픈게 뭐에여?』[1]

무슨 말인지 알지

무슨 말이냐면

말하자면

다시 말해서,

무슨 말인지 모르겠어?

─「신호등을 건너면 보라색 별이 있다」 부분

1

『나랑 하고 시픈게 뭐에여?』는 시다. 이게 무슨 생뚱맞은 말인가 싶겠지만, 말 그대로, 이 시집은 '시' 그 자체다. 전통적인 시의 분류인 서정시, 서사시, 극시 등 그중 어디엔가 속한다는 뜻이 아니라 그

---

1) 최재원, 『나랑 하고 시픈게 뭐에여?』, 민음사, 2021. 이하 인용시 본문에 작품명만 밝힌다.

냥 '시'라는 말이다. 다르게 말하면 『나랑 하고 시픈게 뭐에여?』는 오늘의 서사시이기도 하면서 서정시이기도 하면서 극시이기도 하다. 상호 배타적으로 보이는 표지들을 동시에 품은 이 '시'는 분명 새롭다. 단지 새롭기만 한 것이 아니라 유쾌하고, 끈적할 만큼 감각적이다. 시간과 공간 사이에 선 두 사람의 관계를 물리학적-시적 언어로 제시해 진지하게 사유하는 동시에 과학, 문학, 철학이 모두 수렴하는 단 하나의 지점인 사랑으로, 우주 유일의 방식, 최재원의 방식으로 나아가고 있기 때문이다. 최재원의 '시'가 도대체 어떻게 빛나고 있는지를 살피는 것이 이 글의 목적이자 의도라 하겠지만 그것은 평론의 언어로 일방향적인 제시를 통해 성취되는 일이 아니다. 오히려 독자의 옷깃을 부여잡고 텍스트 세계로 들어가 함께 따라 읽어야 한다. 그러므로 이 글은 최재원론論으로 작성되는 동시에, 목차와 시의 순서와 쪽수가 정해져 있는 물리적인 시집 한 권이 하나의 '시'로서 어떻게 읽힐 수 있는지를 독해하는 하나의 가능성, 그 운동의 궤적을 추적하는 글이기도 하다. 한국 시세계에 돌연 날아든 이 낯선 시인의 시집을 읽는 한 가지 방법을 함께 공유할 것이다.

본격적으로 책을 펼쳐들기 전에 몇 가지 염두에 둘 점을 미리 당부한다. 우리는 최재원의 시편들이 아니라 그의 '시집' 한 권을 읽는 것이다. 시집 전체는 하나의 서사시의 형태를 취하고 있다. 따라서 이 '시'를 읽을 때에는 책의 물성이 자아내는 선형성을 고려하며 읽어나가야 한다. (그러나 우리는 독서의 끝자락에서 다시 시집의 제목으로 회귀할 것이므로 그것은 결과적으로는 비선형적인 것이다.) '선형성'이라는 말에서 눈치챘을지 모르겠지만 시인은 고전역학과 양자역학("원자들이 뻥튀기가 되어 파바팝팝 쏟아져서", 「신호등을 건너면 보라색 별이 있다」)을 두루 이용한다. 이 '시'의 비밀을 푸는 중요한 열쇠는 물리학이다. 마지막으로, 무엇보다도 이 시집에는 상당히 많은 섹스가 나온다. 그리고 몇몇은 독자들에게 불쾌감을 불러일으킬 수도 있다. (하지만 나는 같은 이유로 이 시집을 여러분에게 반드시 제대로 소개하고 말리라 작정했다.) 덧붙이자면, 섹스는 이 시집을 읽어내는 데에 아주 중요한 단서를 제공한다. 그러니 섹스 혹은 섹스로 짐작되는 장면이 나오거든 두 눈을 크게 뜨고 집중해야 한다.

우선, 시집의 비밀을 관통하는 단 하나의 궁극적인 질문으로 시작해보자. 매미는 왜 우는가? 어이없어하면서 곧장 답을 말하려 하는 입술들이 보인다. 나도 안다. 물론 우리에게 이미 잘 알려진 생태학적 사실이 있지만, 『나랑 하고 시픈게 뭐에여?』가 제시하는 것은 그 자명한 사실과 더불어, 혹은 그로부터 연유한, 자명하지 않은 숨은 어떤 사실이다. 이 자명하고도 자명하지 않은 비가시적인 사실을 우리는 진실이라 불러도 될 듯하다.

이것은 내가 이 시집을 읽은(관측) 결과다. 당신의 관측 결과는 당연히 나의 것과 다를 것이다. 어쨌든 자, 이제부터 시작이다. 잘 따라오시라.

2

어떻게 읽어야 하는가, 라는 질문은 모든 텍스트가 내어놓는 수수께끼일 텐데 나름 독서력이 꽤 있는 독자라면 저 질문은 사실 어떻게 읽을 수 있는가, 라는 질문이라는 것을 이미 알 테다. 이 질문은 소설보다 사실 시 앞에서 훨씬 더 난해해진다. 소설은 처음부터 차근차근 읽어나가야 한다는, 대부분의 사람이 합의할 법한 기본적인 원칙이 있지만, 시는 오히려 그런 원칙들로부터 도망가기 바쁜 것들이기 때문이다. 시, 특히 시집을 읽는 방법은 무수히 많다. 일단, 반드시 순서대로 읽지 않아도 되고, 오히려 그렇게 마구잡이로 읽을 때 발생되는 시적 매력과 아름다움들이 훨씬 더 빛나는 경우가 많다. 그런데 최재원의 첫 시집 『나랑 하고 시픈게 뭐에여?』는 시인이 차근차근 쌓아올린 시적 논리의 순서가 있어서, 우선 쪽수의 진행을 절대적으로 존중하며 마지막 페이지까지 읽어나가야 한다. 하나의 서사시라고 말한 이유는 이러한 형식적인 선형성이 이 시집에 존재하기 때문이다. 최종적으로는 비선형을 선언하게 되더라도, '비非-'와 만나기 위해서는 그에 앞서 선형성을 먼저 만나야 한다. 그게 시 읽기에 도움이 된다. 시인은 친절하게도, '시'를 읽는 법을 1부에서 먼저 제시한다.

기술 1) 시에서 따옴표가 보이지 않아도 독자들은 그것들을 적재적소에서 살려내어 읽어야 한다. 「가장 아름다운 소년」의 일부를 보자.

버스 출발하고
비닐에 든 것이 쾅 넘어진다
지팡이 탁 떨어진다

① 앉으시소 출발합니더 일어나면 안 됩니더 앉으시소
②
③ 아니이 맨날 카드 안 보여주시잖아예 그래서 오늘 물어 봅니다
그거 보여 주셔야 됩니더 ④ 예 알겠습니다 앉으셔야 됩니다

아기가 버스라도 깨끗이 반을 갈라 두 동강 낼 듯 운다

　　　　　　　　　　　　　─「가장 아름다운 소년」 부분[2]

시를 보면 알겠지만 버스 기사의 목소리는 버스 안 상황에 대한 서술과 같은 층위에서 큰따옴표 없이 이루어진다. 버스 기사의 목소리가 직접 제시된(①) 이후 띄어지는 연(②)은 그저 연 구분이 아니라 지팡이를 떨군 노인의 목소리가 음 소거된 부분이다. 이어지는 기사의 응답(③)을 듣고 우리는 알 수 있다. 마찬가지로, 연 구분이 없이 곧장 따라오는 기사의 말(④)에 대하여도 마찬가지다. 단지 띄어쓰기 한 칸뿐이어서 언뜻 보기에는 기사 외의 누군가의 목소리가 없었을 것 같은 그 사이에 노인의 주절주절한 대답이 숨어 있으리라는 것을 알게 된다. 연필로 따옴표들을 붙여주며 읽으면, 우리는 극시dramatic verse, 그러니까 인물의 감정과 사건의 서사가 한데 어우러진 한 편의 시를 읽게 된다. 최재원은 따옴표를 쓰지 않는다.

기술 2) 최재원의 '소리'는 목소리의 발성과 귀로만 듣는 소리가 아니다. 그렇다고 해서 눈으로 읽기에 그쳐서는 안 되고, 아이러니한 표현이지만 무음으로라도 반드시 그 소리를 '재생'해야 한다. 왜냐하면 소리, 즉 파동은 고정된 입자가 아니므로 여기저기로 퍼져나간다. 그 진동─울림의 목적은 재생play에 있다. 수록된 네번째 시, 「신 선」을 보자.

그 속에는 형광 개구리도 있고

────────────

2) 이하 밑줄이나 강조, 원문자 등의 부가적인 표시는 모두 인용자.

하늘색 물잠자리도 있고 풀색 여치도 있고
온갖 젖어 살아 있는 것들이 기어 나온다
젖은 주황색 젖은 연두색 젖은 하늘색 위에
젖은 까만 점과 젖은 줄무늬

젖은 그런 것들이 뭐라고
눈이 시리다
젖은 그런 것들이 뭐라고

그런 것들을 나무껍질 같은 그런 껍데기 속에 기어코 가둬 놓고
한밤중에도 그렇게 소리가 되었느냐
그토록 그토록 그토록 그토록

무심코 뱉어 놓은 내장 깊숙이 박힌 너의 젖은 눈과
젖은 눈이 마주쳐 발을 헛디디었다
모든 것이 젖은 아스팔트 바닥으로 흘러내리고 있었다

　　　　　　　　　　　　　　　　　　　—「신 선」 전문

　　우리는 먼저 '그 속'이 어디인지 궁금해진다. 그곳은 개구리, 물잠
자리, 여치 등 "온갖 젖어 살아 있는 것들"뿐만 아니라 점, 줄무늬 같
은 기하학적 차원의 표현형도 젖은 채로 있는 곳이다. 그런데 '그런
것들'은 "나무껍질 같은 그런 껍데기 속에" 누군가가 '가둬 놓'은 것
들이란다. 그런 온갖 젖은 살아 있는 것들을 가두어놓았으므로 "한밤
중에도 그렇게 소리가" 되었다고 추측한다. 그 '소리'는 "그토록 그

토록 그토록 그토록" 하며 울려퍼진다. 그러니까 이때 '그토록'이 가진 기의의 차원은 무無쓸모다. '그토록'의 네 번 연속은 그 갇혀 있는 젖은 살아 있는 것들이 내는 소리를 화자가 채집한 것이다. 그리고 그것들을 나무껍질 안에 가두어둔 것의 두 눈을 드디어 목격하고, 독자는 이것이 까만 두 눈의 매미가 나무에 붙어 가열차게 소리를 내고 있는 장면에 관한 시임을 드디어 추론하게 된다. "그토록 그토록 그토록 그토록"은 눈으로 훑고 지나가는 읽기로는 결코 '들을' 수 없는 부분이다. 실제로 입술을 열고 발성하지 않더라도 입속에서라도 그 소리들을 재생해야 한다. 그래야 제대로 '읽'고, '너의 젖은 눈'의 주인공이 바로 매미라는 사실에 도달할 수 있다.

이처럼 최재원의 시에서 존재자들은 소리 그 자체가 되고, 역으로 소리가 존재자가 되기도 한다. 또한 마지막 행에서 그 젖은 "모든 것이 (……) 바닥으로 흘러내리고 있었다"라는 서술이 가능함에서 알 수 있듯 매미가 울어대는 이 세계는 소리(파동)가 물질(입자)이 되는 양자역학의 세계, 즉, 시인의 '관측'이 고전역학과 양자역학의 경계를 작동시키는 그런 세계다. 아, 한 가지 덧붙이자면, (이것은 최재원의 시를 읽을 때뿐만 아니라 다른 시들을 읽을 때도 마찬가지로 적용될 수 있지만) 기술 3) 시를 끝까지 다 읽고 난 후 다시 제목으로 돌아가본다. '신선'이라면 누가 신선인가? 형광 개구리와 풀색 여치와 까만 점과 줄무늬까지 모든 걸 다 '소리'로 나무껍질 안에 봉해놓은 매미가 바로 신선일 것이다. 더불어 우리가 시를 처음 읽을 때 알지 못했던 '그 속'에 대해서도 판정을 내릴 수 있는데, 그 속은 물리적으로 나무 안이겠지만, 물리적 장소가 고정된 위도와 경도를 가진 정점이 아니라 존재(이 세계에서는 파동으로 등치될 수 있는)의 진행적 상태,

"그토록 그토록 그토록 그토록"이 시끄럽게 울리고 있는 '상태'일 수 있다는 것도 알게 된다.

마지막으로 제일 중요하고도 가장 아름다운, 기술 4) 말하지 않음으로써 더욱 더 강력하게 말하는 인유allusion의 연상을 읽어내기.

보닛 위에 날개 한쪽
순순히 올려놓고 너는
온 데
① 간 데
②

—「모 조」 전문

시집을 여는 첫번째 시인 「모 조」에서 가장 중요한 지점은 마지막 행을 무엇으로 보느냐 하는 것이다. 여기서 '너'는 매미가 아니라 그저 날개가 두 쪽 이상인 어떤 물체라고 추론되겠지만, 뒤이어 시편들을 읽어나가다보면 '너'가 매미였음을 쉽게 짐작하게 된다. 만약 마지막 행을 ①로 하여 이 시가 끝난다고 읽으면, 아마도 독자는 시가 다 끝나지 않았다고 느낄 것이다. 하지만 마지막 행이 ②라고 간주하고 읽으면, 독자는 시 한 편을 온전하게 읽었다고 느낄 테다. ②에서는 "없다"라는 말이 투명하게 사라져 있고, 실제로 한국어의 자연스러운 구문으로 '온 데 간 데 없다'라는 문장이 쉽게 떠오르기allusion 때문이다. 중요한 것은 시인이 '없다'는 기의를 '없다'라는 말의 기표로 적지 않고 그 '없음'을 실제로 없애버렸다는 점이다. 독자가 ①에 머무른다면 아쉽겠지만 ②의 공백까지 도달했다면 이때 오히려 없어진 '없음'은 훨씬 도드라진다. '없음'의 소리가 오히려 음 소거 상태에서 스스로, 말없이 체현하는 신비한 순간이다. 투명한 ②의 공간에서, 기의를 견인하던 기표의 가시성은 물러나고, 오히려 눈에 보이지 않던 기의의 부분이 언어적 부피감으로 부조되며 기표의 비가시성까지도 포함하게 된다. 특히 직접적인 언표로 제시하기 어려운 것들은 위처럼 기표와 기의의 견인 관계를 역전시키는 기술을 통해 그려진다. 섹스가 딱 그렇다.[3]

*

시인에 따르면, 28쪽부터 펼쳐지는 이 소리 풍경soundscape들은, 매미가 남긴 말이라고 한다.

> 몇 번의 소리와
> 몇 번의 날갯짓이 그 안에
> 아직 남아 있을
> 풀 볼륨의 그 녀석을
> 그서석버서석콰직쿠지직끼약꽥콰지지직
> 너무 놀라 그 자리에서 우리의
> 몸이 뒤바끼고 말았다
> 저……

---

3) 4부 '구멍을 찾을 수 없는 나사'의 '나사'들도 남성 성기(penis)를 은유하는 이미지에서 파생된 기표다. '나사'는 영어로 'screw'인데 "screw you!"는 곧 "fuck you!"와 같은 말이다.

여기서부터는 뒤바뀐 그들이 남긴 말

—「FULL VOLUME」 부분

3

최재원이 축조한 시적 논리를 보다 명료하게 파악하기 위해 알아야 할 몇 가지 공리axiom들이 있다. 물론 이 공리들은 귀납적으로 발견된 것이며 우리는 이 공리들을 습득해나가는 동시에 그 공리들이 출현한 시편들의 구체적인 읽기를 시도할 것이다.

정리 1) '비누'는 '불결'한 것을 닦아낸다.

'비누'가 등장하는 대목들을 몇몇 추려보면 다음과 같다.

우리는 하루에 한 번
가끔 항문에 손을 넣어 씻을 때
오직 그것만 생각한다 주름과 주름 같은 털
손가락 사이의 **비누**, 최대한 빨리 손을 씻자, 이런 게 영이다

—「이런 게 0이다」 부분

모서리를 까뒤집은 곳의 냄새가 제일 심하다
다 같이 묵던 홀리데이 여관의
계면활성제 과탄산수소 같은 것들의 냄새

태어나면서부터 삭기 시작한다

                —「삭는 육각형」 부분

    K의 유일한 기쁨은 **거품목욕**이었다. (……) 거품목욕을 하면 항
문이 말랑말랑해진다. (……) K는 어느 순간부터 애널 섹스를 꿈
꾸고 있다. 멀쩡한 보지가 있는데 왜 **애널 섹스**를 꿈꾸는지 모를 일
이다. (……) 거품은 전 주인이 깨진 곳에 붙인 알루미늄 테이프도
(……) 사라지지 않는 물때도, 모조리 덮어 버렸다. 욕조에 **락스**를 가
득 채워 놓고 일주일을 기다린들, (……) 이미 일부가 되어 버린 곰팡
이가 이전으로 돌아갈 리 없다

                —「거품목욕」 부분

  '비누'는 시집에서 비누와 '계면활성제' '과탄산수소' '락스' 그리
고 '거품목욕' 등으로 표상된다. 현실에서도 그러하듯 '비누'가 닦아
내는 것은 더러울 수 있는 신체, 항문, 혹은 모텔방, 욕실의 물때와 곰
팡이다. 요컨대 비누는 '불결'한 것과 대결한다. 그렇다면 이 '불결'
한 것의 표상들은 무엇인지가 관건이다. 화자는 대놓고 말한다. "귀
에 닿는 너의 숨소리가 불결하게 느껴진다."(「나랑 하고 시픈게 뭐에
여?」) 표제작 「나랑 하고 시픈게 뭐에여?」에서 '너'는 '나'와 섹스를
하는 상대다. (사정에 대한 강박으로 미루어보건대 '남자'다.)
  이 시에서 '나'의 성별이 무엇인지는 모호하게 다루어지지만[4] 사

---

4) '누나'라는 호칭만으로 성별을 단언할 수는 없다. 게이들이 부르는 '언니'라는 호
칭이나 부치가 사용하는 '형'이라는 말을 떠올려보라. 멀리 갈 것도 없다. 운동권에서
'형'이 사용되던 화용을 떠올려보라.

정ejaculation에 대한 사정으로 미루어 짐작건대 '나'는 여성이고 '너'
는 남성일 확률이 높다. 이성애 섹스에서 여성 사정female ejaculation은
분명 존재하지만 그리 자주 있는 일이 아니고, 여자는 남자가 제발 사
정하지 않기를 바라지만 대부분의 경우 남자의 일방적인 쾌락 곡선
뒤로 여성의 쾌락 곡선이 별수없이 따라간다("내가 사정하지 못할 것
은 뻔했고, 나는 그가 사정하기를 원하지 않는다", 같은 시). 그러니 이
여성 화자가 토로하는 "그를 끌어안고 싶은 마음과 이대로 도망치고
싶은 마음", 그리고 그 끝에서 "나는 자꾸 역겨워진다. 역겨워하는
내가 역겹고 자꾸 구토할 것 같다"(같은 시)는 고백은 이상하지 않다.
그래서 '나'에게 '너'와의 섹스는 불결하다.

이 불결함과 계면활성제가 본격 얽혀 있는 대목이 있다. 「나랑 하
고 시픈게 뭐에여?」가 이성애 섹스의 행위 자체를 말했다면 「소리」는
보다 미시적인 세계로 렌즈를 들이댄다.

조각 같은 입술에서 새어 나오는
물처럼 물컹물컹한 **올챙이**들
쏟아지는 올챙이 떼
내장이 소용돌이치며 조신하게 노를 젓는다
물살이 센 곳에서는 꼬리가 펄럭인다
(……)
눈을 마주치면 그와 나 사이에 놓인
물로 된 모양
if (surface_tension > weight)
올챙이가 쏟아진다

(······)

하수구 구멍 속으로,

배로 싱크를 기어,

(······)

숨 쉬는 내장 물방울 **끈적이는 삶**

시크리션

—「소리」 부분

섹스중에 떠오르는 '올챙이'의 이미지, 그리고 '펄럭이는 꼬리'가 연상시키는 것은 정자sperm뿐이다. 앞의 시에서 사정을 '사정'이라는 기표로 적어넣었다면 이 시에서 그것은 역동적인 장면으로 묘사된다. 이 '끈적이는 삶'이 받아드는 단어는 '시크리션'(secretion, 분비물)이지 익스크리션(배설, excretion)이 아니므로 더더욱 정액semen에 가까워진다. 만약 독자들을 당혹게 한 단 하나의 행이 있다면 아마도 높은 확률로 영어와 부등식으로 이루어진 저 행일 텐데,

$$\text{if (surface\_tension > weight)}$$

이 조건문은 표면장력에 관한 것으로 약간의 과학 지식이 필요하다. 아주 거칠게 말해 표면장력은 액체의 표면에서 당겨지는 힘tension이다. 가령, 물은 표면장력이 큰 액체인데, 물분자는 서로를 끌어당기는 힘이 강해서 서로 잘 모이고, 그래서 물과 공기가 닿는 표면에서는 공기 분자와 접하고 있는 물분자는 물 안쪽으로 더욱 강하게 모이려는 경향을 보인다. 이렇게 경계를 형성하는 물분자들은 공기와의 접

촉을 최소화하려고 몸을 둥글게 말아 구형sphere을 만든다. 이때 이 물 표면을 평형상태로 유지하는 힘이 표면장력이 된다. 흥미롭게도, 물의 표면장력은 계면활성제, 다시 말해 '비누'에 의해 약해지고(그래서 옷의 찌든 때가 비누칠 후 헹구는 과정으로 빠지는 것이다.) 더 흥미로운 것은, 이 계면활성제의 분자구조다.

'올챙이'—그러니까 동그란 머리(물을 좋아하는 부분)와 막대(기름을 좋아하는 부분)는 정자의 구조와 똑 닮았다. 부인하기 어렵다. 다시 「소리」의 인용 부분으로 돌아가보면, '그'와 '나' 사이에는 '물'이 놓여 있고 그다음 제시되는 조건문을 이제 풀어보면, 그 물의 표면장력이 계속 유지된다는, 다시 말해 '그'와 '나'는 섞이지 않는 상태라는 뜻이다. 그러다가 곧장 이어지는 "올챙이가 쏟아진다"는 그 평형상태가 깨지고 섞이게 됨을 보여준다. '나'의 몸안으로 '올챙이'가 들어오는 역동적인 운동은 파동의 변화("숨을 곳 없는 소리의 공격/귀를 감아도 배 속에서 들려오는 간섭과 섭동[5]")로 부연된다("삐등삐등 울부짖는다 소리 하나 없이 고막을 찢는다").

비누(계면활성제)가 정자의 구조로 상호 치환되는 것은 「호주머니 속에 굴러다니는 것들」에서도 마찬가지다. 호주머니 속에는 "흐른 시

5) 섭동(pertubation)은 천체의 평형상태가 다른 천체의 인력에 의해 교란되는 현상을 말한다.

간/녹은 초콜릿/짝이 맞지 않는 손들"과 함께 "고이 접은 자지들"
이 대놓고 있다. 네 종류의 물건이 들어 있는 셈이지만 사실 앞의 세
개는 마지막의 '자지'의 유표marking를 은폐하기 위해 심긴 연막이다.
주머니에 곰팡이[6]라도 피면 큰일이므로 화자는 "웬만해서는 썩지 않
는 것들만 넣으려고 한다"면서 "수분은 최대한 말려서/주로 기름기
있는 것들만/엄선해서 넣으려고 한다"고 말한다. 게다가 주머니 안
의 것들을 "상온에서 녹"기 때문에 "범벅의 열이 나는 그것을 깡깡
언 시간과 함께 내 호주머니에 넣어 주었"다고도 덧붙이면서 말이
다. 그러니까 이 상황을 시각화해보면 저 분자구조에서 동그란 것을
떼어낸 후 열이 나는 막대를 그대로 얼려서 주머니에 넣은 셈이다.
고환 없이(여성에게 쾌락을 주는 신체 부위가 아니라는 점에서) 발기
한 상태의 성기penis, 그러니까 1연에서 말한 그대로 정직하게, "고이
접은 자지"를 주머니에 넣어 다니는 화자인 것이다. (「나랑 하고 시픈
게 뭐에여?」에서 '그'가 사정하지 않기를 바라던 '나'의 소망을 떠올려보
자.)

한편, '불결'한 것과 그것을 씻는 '비누'의 분자가 거의 비슷한 꼴
이라는 점은 꽤 아이러니하다. 「나랑 하고 시픈게 뭐에여?」에서 여성
화자가 이성애 섹스에 대해 보이는 반응, 거부하고 싶고 불결하다고
도 느끼지만, 그러니까 정자의 기호가 비누의 기호와 계속해서 연접
하고 스스로가 계속해서 역겨워지는 아이러니 속에서도 성적 욕망을
부정할 수 없는 '나'의 현실도 동형의 아이러니라고 할 수 있다. '거품

---

6) 곰팡이는 정자가 포자화된 것의 이미지로 시편들에서 드러난다. 가령, "아무것도
자랄 수 없던 내 몸에/그래도 곰팡이는 피는구나"(「배양」).

목욕'으로 '항문'을 씻는 K가 마주하는 아이러니는 조금 다른 종류의 것인데, 그는 자기도 모르게 '멀쩡한 보지'를 놔두고 '애널 섹스'를 욕망하는 자신을 감지한다. 독자는 비누는 정자의 분자구조와 거의 동형 구조를 가진다는 것을 안 후에 이 시를 읽게 되므로 (표제작이 「거품목욕」보다 앞쪽에 실려 있다.) 거품과 말랑해진 항문을 두고 우리는 비누 거품 대신 '정자'의 기호를 대입하게 된다. 이때 우리가 목격하는 것은 정자와 항문 입구, 그러니까 남성 성기와 항문—퀴어한 섹스다. 이 세계에서 중요한 것은 섹스의 구체적인 행위 그 자체이지 행위 주체들의 정체성은 하등 중요하지 않다. 자기혐오 속에서도 섹스를 거부할 수 없는 '나'도, 비누 거품 속에 앉아 애널 섹스에서 오는 오르가슴을 상상하는 보지를 가진 '나'도, 모두 퀴어한 욕망의 정동을 보여준다. 이 시집에 나오는 섹스들은 모두 행위 당사자의 정체성과 무관하게 퀴어하다.

4

정리 2) '촛불'과 '촛농'의 관계는 '불결'한 것의 상태변화다.

'케이크'가 나오는 시가 두 편 있다. 케이크에는 항상 타고 있는 초가 꽂혀 있으니 그 케이크는 생일 케이크다. 두 시는 서로의 독해를 상호 보완하는데, 특히 먼저 제시되는 「저녁시소」가 나중에 나오는 「그녀가 가져온 케이크에 촛농이 흘러넘치도록 나는 사족을 다한다」를 읽는 데에 필요한 정보들을 제공해준다.

우선, '케이크'란 무엇인가? 그건 '몸'이다("촛불 주위엔 작은 따뜻한 물빛보라/그중에서 제일 영원한 것은 케이크겠지/그건 내 몸이었다 네 몸이었다 했겠지", 「저녁시소」). 촛불은 켜졌다 꺼질 수 있으므로 그걸 지지하고 있는 케이크가 '몸'인 것이다. 그렇다면 촛불은? 촛불의 생김새를 떠올려보라, 우리는 앞선 정보들과의 연관 속에서 그 유사성을 쉽게 포착할 수 있다. '비누'와 '정자'의 분자구조와 '촛불'은 또한 몹시 닮았다. 이때 타오르고 있는 '촛불'은 초의 상태를 고체에서 액체로, 그후 필연적으로 만들어질 수밖에 없는 '촛농'은 역으로 액체가 다시 고체로 굳는 변화를 담지한다. 비누와 정자의 분자구조와 더불어 고체와 액체 사이의 상태변화가 가능한 지점은 사정 ejaculation뿐이다. 그래서 타오르는 초에서 녹아내리는 '촛농'은 사정 후 정액이 굳어가는 이미지와 자연스럽게 연동된다. 이제 시 제목의 나머지 부분 "흘러넘치도록 나는 사족을 다한다"에서 '사족'은 '사정'과 겹쳐지기에 전혀 무리가 없다. (시인은 언어든 사물이든 그것의 드러난 기표의 연쇄로 놀이하기를 좋아하는 것이 분명하다.)

이제 본격 시 읽기로 넘어가보자. 「그녀가 가져온 케이크에 촛농이 흘러넘치도록 나는 사족을 다한다」(이하 「케이크에 촛농이」)는 수록된 시들 중에서도 읽기에 좀더 복잡하다. 앞서 우리가 배운 기술 네 가지 모두를 동원해야 하기 때문이다. 게다가, 시의 상황은 과거의 '사족'과 그를 지나온 현재에 가까운 두 부분으로 나뉘는데, 그 구분들의 명확한 표지가 없으므로 순서대로 시를 읽어가는 수행 과정에서 찾아내야 한다. 이때 과거의 '사족'은 '사정affair'으로, 2연과 4~5연, 그리고 7~8연이 해당한다. (1연과 3연은 서술-관찰자가 현재 시점에서 독자에게 상황을 알려주는 지문이다.) 그리고 관찰되지 않는 서술자 '나'가 현재에, 마치 무대 위의 배우처럼 독자에게 발화하는 부분은

9~10연(방백)과 6연(독백)에 해당한다. 가장 현재의 시점에 가까우면서 화자가 독자에 관한 의식 없이 발화하고 있는 6연을 먼저 보면, '나'는 "너와 시를 쓰고 싶어"하고 '나의 첫 누나'를 추억하고 싶어한다. '첫 누나'는 "아가페적인 사랑을 처음 내게 베푼 누나"로 '나'가 DVD방에서 처음으로 섹스한 상대다.

> 아가페적인 사랑을 처음 내게 베푼 누나는
> 이제 막 대학을 졸업하고 이제 막 신입 사원이 되어
> 고등학생인 내게, 나이키 신발을 사 줬다
> DVD방에서,
> (……)
> 내 바지 속에 손을 넣었다 이런거 해 봤어?
> 토할 것 같았지만 참았다 눈을 떠 보니
> 나는 아파트 안의 **놀이터**
> **녹은 촛농** 속에 있다
> **촛농** 위에서 누나가 묻는다
>
> ─「케이크에 촛농이」 부분

'나'가 호칭 '누나'를 발화했으니 '나'는 남자 고등학생일 확률이 매우 높다. 그런데 이 추론은 반례에 의해 무너질 수도 있는데, 앞서 말했듯 '누나'나 '언니' '형'이라는 호칭 자체가 발화자와 청자의 섹스와 젠더를 완벽하게 담보할 수 없기 때문이다. 확실한 사실은 '나'는 고등학생이고, '나이키 신발'을 선물받았다는 것인데 나이키 운동화는 여자든 남자든 모두가 착용할 수 있으므로 추론을 강화하기에 부

족하다. 조금 더 강력한 대목으로는 '누나'가 '나'의 바지 속에 손을 넣는 장면인데 그 바지 안에서 일어난 일이 handjob(손으로 남성 성기를 자극하기)인지 fingering(손가락으로 여성 성기를 자극하기)인지 우리는 도무지 알 길이 없다는 것이 문제다. 일단, 이 '아가페적 사랑'은 '나'와 '누나'의 성별 정체성과 무관하게 미성년과 성년의 사랑이라는 점에서 금기시되며, 퀴어하다. 이 퀴어한 에너지는 금기시되는 리비도의 충전과 함께 상승하는데 그 금기가 바로 과거의 '사족'으로부터 온다.

1연에서, '나'는 '나'를 사랑한 중학생 소녀(A)에 의해 처음으로 '몸'(케이크)을 갖게 된다(이 세계에서 몸은 사랑을 통해서 형성된다). 그런데 소녀가 내게 준 편지는 섹스를 그저 운동exercise으로 여겨도 될 만큼 유혹적인 말들로 가득했고, "그래서 무서웠고 나는 촛불을 모조리" 끈다. 그가 준 '몸'(케이크)에 붙은 불을 '나'의 숨으로 연소시키는 것은 어쩌면 '사랑'하는 행위의 은유로 읽을 수도 있을 테다. 분명 '나'는 그것을 '사랑'이라고 느낀 것 같다. 어린 '나'는 엄마에게 그 사실을 알렸고 (4연의 1행에서 우리는 기술 1)을 적용해야 한다. 6연은 전체가 따옴표 안에 들어간다.) 소녀는 사라진다. A가 사라진 것이 '나의 엄마' 때문인지 '걔네 엄마' 때문인지 알 수 없는데 이유는 2연에서 찾을 수 있다. 2연의 마지막 단어인 '보내던'이 수식하는 것이 1연의 '나'일 수도, 혹은 3연의 '그'(소녀)일 수도, 동시에 둘 다일 수 있기 때문이다('엄마'들은 중학생들의 강력한 대타자다).

놀이터에서 '촛불'을 불어 끄는 행위는 입술을 내미는 행위로 구체화된다. '나'와 A는 놀이터에서 키스한다("촛불을 간신히 불어 끈 나의 입술에/같은 모양으로 만든 입술을 가져다 대었다"). 그런데 이 사랑의 행위는 설렘이나 행복이 아니라 두려움과 무서움의 정동 속에서 태어난다("이미 빛은 저물었지만/누가 보지 않았으리라는 보장은 없었고/덜컥 겁이 났다 겁이 난 이상/아무도 보지 않았더라도 누가 본 것과 다름 없었다"). 감시당하고 처벌 대상이 되는 사랑은 퀴어하다. 그러니, 나이키 신발을 선물받고 '누나'의 손이 제 바지 속에 있는 '나'가 만약 여성과 남성 둘 중 하나의 젠더를 가진다면, 아마도 '나'는 여고생일 거라는 추론이 강화된다. 학업을 이유로 여중생과 남중생의 키스는 금기시될 수도 있겠지만, 익명의 누군가의 시선을 감시로 느끼고 두려워할 정도는 아니다. 이성애와 동성애가 '놀이터'에서 느끼는 시선의 압력과 강도는 아주 많이 다를 테다. 누군가에게 목격당했다는 그 자체로 죄의식을 가지려면 연애 관계가 아니라 사랑의 존재 그 자체가 금기시되어야 한다.

7연과 8연은 기술 1)이 또 한번 적용되는 부분인데, 7연의 목소리(아마도 '나'의 것)와 8연의 목소리(아마도 '엄마'의 것)는 서로 다르다. 아마도 중학생 딸('나')이 여자아이와 입을 맞췄다는 사실을 들은 엄마는 '나'를 추궁했을 테고, 나는 그건 '아가페적 사랑'이었다고 항변하지만 엄마에게 먹힐 리가 없다("그만 좀 울어 뭘 잘했다고 울어"). 시 「케이크에 촛농이」에서 '시쓰기'의 행위는 그러므로 말 그대로 시를 쓰는 것이 아니라 섹스와 다름없음을 우리는 이제 안다("나의 첫 누나를 추억하고/뭔지 알지"). 미성년의 사랑, 여자가 여자에게 입맞추는 사랑을 아무리 감시하고 금기시한다고 해도 그것은 결코 억압되지 않는다. 다시 제목으로 돌아가면(기술 3)), '나'는 현재형으로 여전히 "촛농이 흘러넘치도록 나는 사족을 다한다"고 말하지 않는가. 더불어, 사족redundancy은 사정affair과 사정ejaculation으로 분화되고 한데 뒤섞여 있는 양자적 상태[7]임을 알 수 있다.

이러한 양자적인 상태는 '놀이터'에서 실상 더 잘 드러난다. 「저녁
시소」를 보자.

어둠 전에 저녁이 내린 놀이터에서

(……)

소년이었다 소녀였다 한다

쪽지 속엔 너의 빼곡한 입술 볼에 와 닿았다 떨어진다

(……)

촛불도 꺼지고 우리는 연기처럼 사라져

우리는 아직도 태어나는 중인데

소녀였다 소년이었다

—「저녁시소」 부분

앞에서 우리 본 사랑이 퀴어했다면, 그것은 소녀(성) 혹은 여성
(성)을 해체해서가 아니라 오히려 그것들의 자연스러운 현재적 수긍
을 통해 그것을 소년(성) 그리고 남성(성)과 함께 양손에 오롯이 들고
그 정체성들을 차라리 '시소'처럼 운동시켰기 때문이다. 요컨대 규범
성을 해체하는 논바이너리non-binary의 퀴어함[8]이라기보다 오히려 양

---

7) 양자적 상황에서는 상호 배타적인 가치들이 동시에 공존할 수 있다.

8) 시집의 해설을 쓴 소유정 역시 「저녁시소」에서 퀴어한 가치를 읽어내며 "소년이었
다 소녀였다"는 대목을 다음과 같이 분석한다. "이분법적인 성별의 굴레에 갇히지 않
으려 한다는 것이다. 그들은 '나'를 단 하나의 존재로 규정하는 모든 것들에 대한 귀속
을 거부한다."(217쪽) 그는 이를 "탈신체의 욕망"(219쪽)과 연결해 젠더퀴어와 안드
로진으로 읽어낸다. 고전역학의 세계에서는 '소녀'와 '소년'이 동시적으로 성립 불가

성성bisexuality의 퀴어함에 가깝다. 최재원의 세계에서 퀴어의 분자 구조는 해체되지 않고 단단히 결합되어 있다. 오히려 상식적으로는 동시적 공존이 불가능해 보이는 정체성의 가치들이 현재적으로 공존할 수 있는 방식으로, 그러니까 양자역학적으로 퀴어하다. '비누'와 '불결'한의 분자구조가 남성 성기('촛불')와 외형적으로 유사하지만, 소년이 소녀가 되고 소녀가 소년이 된다면 '촛불'의 쾌락인 촛농은 소녀와 여성의 것이 되는 것도 당연히 가능하다. 최재원의 시세계가 발생시키는 퀴어함은 몹시, 양자적인 퀴어함이다. '비누'와 '불결'의 분자구조가 동형이라는 아이러니가 가능한 것도 이 때문이 아니겠는가.

5

그러므로, 가장 아름다운 소년은 소녀다.

＊

물론, 여기에도 고전역학의 세계는 있다. 「자수」를 보면 알 수 있다. 여기에서 '나'의 젠더 정체성은 오직 하나만 할당될 수 있다.

그러나 한자리에서 이십몇 년을 장사한 사람답게 주인아저씨는, 아이고, 어떻게 저렇게 대견한 아들을 두셨어요? 하며 아첨하는 사람

능한 기호지만 양자역학의 세계에서 두 가지 모두의 공존이 가능하며, 반드시 하나의 상태로 고정될 필요는 없어진다. 소유정, 「비규정을 향한 탈피의 시」, 『나랑 하고 시픈 게 뭐에여?』 해설.

을 능숙하고 완벽하게 연기했다. 엄마는 **도둑 딸**이 아니라 **대견한 아**들로 둔갑한 나를, 내가 있었던 자리를 흐뭇하게 바라보았다.

—「자수」부분

샤프심을 훔쳐놓고 제 발로 가서 정직하게 자수하는 '나'는 주인아저씨에게 '대견한'이라는 표현과 연관 관계genetic linkage에 있는 '아들'이라는 가치를 자동으로 부여받는다. '나'의 생김새나 목소리 같은 것에 의한 판별이 아니라, '정직'과 '거짓'이라는 윤리적인 위계의 이항 대립 구도 속에서 '정직'이라는 가치와 결탁한 남성성의 기표를 함께 수여받은 것이다. 실제로인 '딸'인 내가 '아들'로 '둔갑'했음에도 이는 전혀 퀴어한 변화가 아니다. 오히려 '정직'을 남성적 기표로 강력히 부착하고 '거짓'과 '여성'을 접착시키는 전통적인 여성 혐오의 기호화 과정이다. 이를 '흐뭇하게' 은폐하고 '자수'하지 않는 '엄마'는 고전역학의 기본 원리다. 사물의 위치와 속도를 알면 그의 미래를 예측할 수 있다는 명확한 인과율의 세계. 물질의 입자성과 파동성 모두를 인정하는 것이 아니라 그녀의 '관측'으로 물질을 명징한 사물로 모두 고정시켜버리는 힘, 경계와 모호한 가능태를 품고 살아가는 퀴어한 양자적 세계를 밀어내는 힘 말이다.

어쨌든, 이 세계는 고전역학과 양자역학의 세계가 함께 있고, 비-퀴어와 퀴어가 한데 섞여 살아가는 세상이다. 고전역학의 유년을 지나, 녹아내리는 촛불처럼 두 가지 양태가 뒤섞인 불안한 양자 상태의 성장기를 지나, 지금-여기, 그리고 시집의 문을 열었던 매미가 가열차게 우는 여름이 지나간다. 「너는 상」을 보자.

상 너머[9] 움직이는 그림자로서의 너

그림자 없는 주인으로서의 너

터럭이 나무 위로 삐죽삐죽 대고 있다.

이제 **마지막 레몬색 늦여름**의

은행나무 여린 꼭대기 가지에

앉아 보려고 한 가지에서 허우적 다른 가지에서 허우적 은행에게

는 너무 무거워 발을 자꾸만 헛디고 긴 날개를 왼쪽으로 펼쳤다 고

개를 내렸다 대각선으로 쳐들었다 딛고 섰다 날갯짓을 한다

(……)

허옇고 대중없이 가깝고 먼 하늘에

새들이 움직일 때만 직선의 삼각형 두 쌍이 퍼뜩,

(……)

직선으로 솟아올랐다, **비선형으로 다른**

면을 탈 때, 먼 대각선으로 헤엄칠 때,

짧은 머리와 긴 꼬리와 삼각형 두 개,

상에서 나온다, 문득

불쑥 은행 레몬 속에서

---

9) 제목 '너는 상'과 1연을 같이 붙여 보면 "너는 상상 너머 움직이는"으로 시작하는 새로운 문장을 얻는다. 그럴 경우 '너'(매미)는 '상상 너머에서 움직이는'이라는, 상상 (계)을 초월한 실재계에서 살아가는 '너'라는 의미를 획득한다. 반면, 제목과 첫 연을 붙여 읽지 않을 경우, '상 너머에서 움직이는' 그러니까 '상(image)'—실재(계)에서 빛 등에 의해 생성된 이미지로서의 '너'(매미)를 뜻하게 된다. 두 가지 의미 모두 역시, 동시적으로 성립 가능하다. 최재원의 세계에서 매미는 온몸을 진동시키며 내는 소리로서 자기 실존을 입증한 존재다. 매미는 화자의 상상도, 어딘가에 맺힌 부가적인 이미지도 아닌 확실하게 실재하는 것이다.

　그 어떤 상image의 맺힘도 또는 상상도 아닌 이 실재하는 매미는 짧은 머리와 긴 꼬리, 그리고 그 양쪽으로 삼각형 두 개를 날개로 삼는다. 짧은 머리와 긴 꼬리는 '비누' '불결'한 것 그리고 '촛불'의 기표다. 그것은 혐오와 욕망이 동시에 뒤얽혀 있는 퀴어한 사랑의 분자구조다. 그것을 달고 매미는 양쪽에 두 삼각형을 단다. 삼각형은 시간이다.[10] 양자적 세계를 구성하는 시간의 한 단면이다("한 번의 반짝임에 달 하나가 있는 걸까"[11], 「은색 그물인 달」). 퀴어의 리비도와 부착한 매미의 두 날개—시간의 비행은 이제 어디로 향하는가. 날개의 직선은 그냥 직선이 아니다. 삼각형의 세 꼭짓점은 각각 이 지구의 중심, 그리고 '나'와 '너'이며 도형의 빗변—'나'와 '너'를 잇는 직선은 다만 우리가 함께 딛고 있는 세계를 연결한 곡선의 유클리드적인 표현이다.[12] 이제 마지막으로 당도한 시, 「그대여」를 봐야 할 때가 왔다. 시집의 마지막 시, 시집이라는 서사적 물성으로 만들어진 하나의 우주,

---

10) 「삭는 육각형」에서 화자는 "시간을 보았다/그것은 육각형이었다/세 개의 기둥에 64개의 시간을 옮겼다"라고 서술한다. 4의 3제곱인 64(=4×4×4)를 3개의 기둥에 담았으니, 시간의 단면, 이차원 도형으로서의 모습은 각 꼭짓점의 값을 4로 갖는 삼각형일 것이다. "64개의 시간" "64개의 땅이 둘로 갈라졌을 때/나는 양쪽에 발을 딛고 있었다"는 화자는 "한쪽 땅에는 온갖 것들이 자라고/다른 쪽 땅에는 다른 온갖 것들이 자라고 있었다"고 진술하며 양자적 세계의 면모를 기록한다.

11) 양자적 세계에서 관측 이전의 세계의 상태는 알 수 없음에 대하여 아인슈타인은 이렇게 물었다. "만일 내가 달을 보지 않으면 달은 거기에 없는 것일까?"

12) 측지선(geodesic)은 지구(sphere-earth) 위의 두 지점을 잇는 가장 짧은 경로로, 휘어진 (시)공간에 대하여 사람은 직선으로 느끼며, '최소작용의원리'에 의해 그 경로(입자)의 궤적(곡선)은 길이가 최소화되는 방향으로 생긴다.

우리는 그 우주의 끝을 향해 점점 내달린다.[13] 달려가고는 있지만 이 운동은 벗어나는 탈주가 아니라 오히려 '너'를 포섭하는 운동이다. 매미는 그 자체로 '너'를 품은 '나'가 된다. "비선형으로 다른/면을" 타는 이 비행은 시인의 말대로 "궤적만이 의미를 가진다"(「말은 어디서 와서 어디로 가는가」). ("위치는 그대로지만 일은 직선거리 두 배 이상을 했을 것"(같은 시)이기 때문이다.) 이 경로의 궤적, 곡선이 최단경로-직선인 이유는 지구가 자전하기 때문이기도 하고, 그건 다시 말해 '내'가 '너'에게 이르기 위한 길은 오직 단 하나뿐이기 때문이기도 하고, 또다시 말하자면 그건, '내'가 '너'에게 이르기 위한 길이라면 그 길은 가장 빠른 길일 것이리라는 말이다. 여름 내내 연인을 찾아 울던 매미는 뒤바뀌었던 몸(「FULL VOLUME」)을 다시 내어주며, 인간의 소리(파동)를 빌린다. 양자적 세계에서 다시, 고전역학의 세계다. 시 내부의 시공간과 그를 읽고 있는 독자가 처한 시공간의 좌표는 '지금-여기'로 고정된다.

널 뭐라고 부를까

너는 소녀였니
너는 어린아이였니
우린 한 번이라도 애였니

---

[13] 「그대여」가 시집의 가장 마지막에 배치된 이유는, 시를 읽는다는 것은 곧 독자가 시의 세계를 '관측'하는 것이기 때문이리라 짐작해본다. 서사의 종결, (임시적이더라도) 끝이라는 좌표의 고정은 독자의 읽기-수행에서 발생한다. 그리고 그 '관측'의 결과는 영원히 사랑하는 두 사람의 운동이다.

나는 소녀였니

우린 어린 소년일까

나의 어린 그대여

아직 오지 않은

널 뭐라고 부를까

—「그대여」 부분

소녀이면서 소년이었던 '어린 그대'는 아직 오지 않았다. '지금-여기'는 고전역학의 세계의 좌표이기 때문이다. '나'의 관측에 의해 '너'는 유일한 입자로 정해질 테지만 "아직 오지 않은" 너는 관측 이전의 세계에 있다. '나'는 '너'에 대해 계속해서 말한다.

너는 놀이터에 떨어진 케이크

너는 찢어진 편지

너는 나의 찢어진 입술

너는 나의 찢어진 기집애

나는 매일 여기로 돌아와

—「그대여」 부분

'놀이터'는 양자적인 퀴어함, 리비도로 충만했던 장소이며 '너'는 그곳에 영원히 정지해 있는 '몸'("떨어진 케이크")이다. 섹스보다도 관능적이던 '편지'와 '촛불'을 끈 후 맞댄 '입술'이자 '기집애'인 '너'는 "찢어진" 상태다. 과거의 '놀이터'에 '너'는 고정되어 있다. 그래서 "나는 매일 여기로 돌아와"야만 한다. '엄마'의 금기와 '아빠'의 차단

("아빠는 나에게 걸려 온 장우혁 닮은 사람의 전화를 끊었다",「가장 아름다운 소년」)에도 불구하고 사랑해야만 하는, 사랑할 수밖에 없는 사랑은 그 억압 위로 비상하며 날아오른다. 억압의 힘은 좌표 고정이 불가능한 양자-퀴어의 세계에서는 무용하다. 양자의 세계에서 유효한 유형력은 단 하나, '나'의 관측이다. '네'가 나의 시선 속에서 그 '놀이터'에 영원히 살고 있는 것처럼 말이다.

구름 뒤에 발가락이 시려
아름다운 너를 안고 기다려
케이크에 꽂힌 초
다시 깜빡거리기를 우리 이제
웃음을 지어 보낼게

너는 달리다 말고 돌아와
(……)
그 길의 끝에 내가 다른 몸으로
너를 안아 줄게

알 수 있어 아직도
떨어지는 너를
한 아름
(……)
다른 너랑 나를 상상해

—「그대여」 부분

사랑이 감시당하거나 금지당하지 않아도 되는 세계를 알게 된 '나'는 이전과 다르다. 그래서 그는 차가운 구름(전자구름, electron cloud) 뒤에서 "달리다 말고 [내게로 — 인용자] 돌아"오는 예전과 다른 '너'를 안고 기다릴 수 있다("나랑 놀지 말라는 엄마의 말을/너도 듣지 않을 거야"). '나'는 '우리'가, '나'와 '너'가 결코 예전과 같을 수 없다는 기쁜 진실을 안다. 이제는 말할 수 있기 때문에, ("나는 너를 사랑했던 거야") 그리고 계속해서 낙하하는 '너', 다르게 말하면 지구 위를 계속해서 달리는 '너'를 내가 안아들 수 있기 때문이다.

시집은 끝없이 낙하하는 '너'와 그를 안으러 달려가는 '나'의 상태에서 마무리된다. 이것이야말로 가장 영원에 가까운 사랑 고백이 아닐까? 굳어버린 '촛농'을 되살려 '다시 깜빡거리는 촛불'로 만들고 그 '사랑'을 함께 행위하기 위해 '너'를 기다린다. 이제는 사랑했었다고, 그러니 사랑한다고 말할 수 있는 '나'의 상태로. 더는 '곰팡이'와 '올챙이'를 '비누'칠하지 않아도 되는 사랑, '너'와 '나' 모두 '엄마'의 말을 듣지 않으리라는 확신이 있는 세계에서, "델타를 영으로 보내"(「본드」)는 사랑. "그 순간만이 존재하는/가장 배타적이며 완전하게 포괄적이고/규칙적인"(「이런 게 0이다」) 그러나 전자구름이 흘러다니고 계속해서 낙하하는 '너'와 그를 위해 무한히 달려가는 '나'가 운동하는 양자적 세계의 사랑 말이다.

『나랑 하고 시픈게 뭐에여?』는 말한다. 어떤 진실은, 미리 주어지거나 정해져 있는 것이 아니라 그저 당신이 진실이라고 말할 때, 비로소 진실이 되기도 한다고 말이다. 그것은 바로, '내'가 '너'를 사랑한다고 드디어 파동으로 발화할 수 있을 때 생겨나는 세계의 진실이다.

(2022)

그렇다면 이것을 나의 영원이라고 하자
—황인찬의 『이걸 내 마음이라고 하자』[1)]

그런데 그 수박은 뭐였을까? 그가 질문을 꺼내자
설명할 수 없는 침묵이 그날의 저녁을 가득 채우기 시작했다

그후로 우리의 삶은 결코 해명되지 않은
작은 비밀을 끌어안은 채로 계속된다

잠들기 전 끝없이 이어지는 생각의 끝에도
무심코 올려다본 하늘이 너무 아름다워 놀라는 순간에도

그 여름은 뭐였을까, 자꾸 생각하게 되고

---

1) 황인찬, 『이걸 내 마음이라고 하자』, 문학동네, 2023. 이하 인용시 본문에 작품명만
밝힌다.

우리의 생활은 여름밤의 반딧불이 점멸하다 사라지는 것처럼

갑작스럽게 끝나게 된다

—「인화」 부분

1. 사랑을 위한 아이러니

황인찬은 직전의 시집 『사랑을 위한 되풀이』(창비, 2019)에서 어느 여름날 바닷가에서 한창 사랑에 빠져 있던 두 남자의 이야기를 들려준 바 있다. 함께 해변에서 본 불꽃놀이를 차마 함께 보았다고 말하지 못하여서 다만 두 "손을 잡은 채로,/손에 매달린 아름다운 것을 서로 모르는 척"(「이것이 나의 최악, 그것이 나의 최선」)하는 연인들의 장면은 무한히 반복 재생된다. 여름날 두 남자의 사랑은 사랑으로 명명되지 못한 채로 사랑이 되고 그것은 계속해서 '되풀이'된다. 재현의 반복 가능성은 시작과 끝의 부재를 담지한다. 다시 도착하는 '시작'에 의해 끝은 '끝'이 아니게 되며, 매번 선포되는 '끝'에 의해 시작은 또한 시작일 수 없게 되는 순환 구조인 셈이다. 그렇다면 사랑이 되풀이된다는 것은 모든 순간의 유예-일시 정지라고 할 수도 있겠다. 절정을 거부하는 연인들은 최대치의 행복이 탄생시킬 허무와 쾌락의 추락을 회피한다. 두 사람의 관계는 반복적으로 정지되고, 반복적으로 재생된다. 영원은 계속해서 재생되는 방식이므로 어느 시퀀스로든 언제나 돌아갈 수 있는 반복 속에서 태어나곤 했다. 물론, 지금도 그러한 듯하다("이 이야기는 이제 끝없이/새롭게 시작되는 이야기니까", 「철거비계」). 한데 이렇게 되풀이되는 사랑 속에 자신과 연인을 고의적으로 유폐시켰던 화자는 누군가가 반복을 중단해주기를 바라는 내심을 무의식중에 드러낸다. 그러니까, 『사랑을 위한 되풀이』는 두 남

자의 손에 들린 아름다운 것을 모르는 척하지 않고, 저것이야말로 아름다운 것이라고, 저것이 우리의 사랑이라고 명명해주기를 바라며 영원 속에 거주하고 있는 한 여름날의 이야기라고 할 수 있다.

　새로운 시집 『이걸 내 마음이라고 하자』로 돌아온 남자는 이제 스스로 그 사랑의 얼굴을 드러내고자 한다. 그간의 사정과 비슷하게, 이번에도 최초의 사랑은 학교에서 시작된다. 「왼쪽은 창문 오른쪽은 문」은 남자가 자신의 첫사랑을 수줍게 꺼내어놓는 시다. 교실의 왼편에는 창문들이 늘어서 있고 그 '창문'의 오른쪽은 '문'이다. 교실 안에는 "머리가 큰 천사가 둥둥 떠 있고/미사일과 운석이 격돌"하는 파괴적인 풍경이 소리 없이 펼쳐지고 있다. 그러나 중요한 것은 천사와 미사일과 운석이 아니라 '너'의 좌표가 '나'의 오른쪽이라는 확실한 사실이다. '너'의 목덜미에서 쏟아지는 빛이 나의 시야를 압도해버리기 때문이다.

　　교실 뒷문을 반쯤 연 채
　　창가에 앉은 너를 하염없이 쳐다만 보던 날
　　빛을 받은 너의 목덜미가 하얘서 혼자 놀랐던

　　그것이 나의 처음이었고
　　　　　　　　　　　　—「왼쪽은 창문 오른쪽은 문」 부분

　그런데 '나'가 '너'의 빛 속에서 말을 잃고 있는 동안 생뚱맞은 누군가의 목소리가 빛 속으로 틈입한다. "당신의 시에는 현실이 없군요". 시에 현실이 없다면 남자가 쓰는 이 사랑시도 현실의 것이 아닐 테다. 화자의 사랑을 부서뜨리고자 하는 이 외부의 목소리는 "미사일과 운석"을 발포하고 던지던 천사의 것인 듯하다. 남자는 당혹스러움을 감추고 차분히 대답한다. "현실에는 당신이 없는데요". 천사가 갑작스럽게 던지는 시적 현실에 대한 일갈은 남학생이 친구에게 반하는 첫사랑의 설레는 순간을 무자비하게 집어삼킨다. 화자의 사랑은 현실에서 용인되지 않는 금지의 사랑, 혹은 비현실적이라고 종종 말해지는 층위의 것으로 보인다. 자신의 사랑을 무너뜨리고자 하는 폭력적인 천사의 말 앞에서 화자는 그러나 조금도 머뭇거리지 않고 오히려 '나'의 현실에 천사는 부재한다고, 나의 현실을 부정하려는 존재를 역으로 부정한다. 해변에서 주운 아름다운 것을 모르는 척하던 남자는 이제, 최초의 사랑부터 다시, 지켜내고자 하는 반격을 준비한다.

그의 사랑과 시적 현실이 맺는 관계는 「내가 아는 모든 것」에서 잘 드러난다. 사람들은 현실이 아니라 책 속에서 사랑하고, 개와 산책을 한다. 화자는 물론 섣불리 말하지 않는다("그게 무슨 뜻인지는 모른다 내가 아는 것은 그게 진짜는 아니라는 것"). 다만 "이것은 네가 쓴 책의 부분이다"라고 말해두며, 자신이 '아는 것'과 '모르는 것'이 무엇인지를 설명한다.

하늘이 푸른데 하늘이 푸르다고 책에 쓰여 있다 마음이 무너졌는데 슬픔에 빠져 매일 술에 취해 있다고 쓰여 있다 내 영혼의 불꽃, 그렇게 쓰여 있다 눈밭 위의 고독이라고도 쓰여 있다 너에 대해 내가 아는 모든 것은 책에 있는 것

멀리 지나가는 새들의 이름이 책에 있다 새의 모양과 생활사도 있
다 책을 덮으면 새를 무서워하는 네가 있고 흘러가는 시간이 있고
새가 지나갔으나 보이지 않는 궤적이 있다 그것들은 모두 내가 모르
는 것

—「내가 아는 모든 것」 부분

화자가 아는 것은 책에 기록된 것들이며(달리 말하면 책에 쓰여 있
으므로 그는 안다) 그가 모르는 것은 "새를 무서워하는" '너'와 "흘러
가는 시간", 그리고 "새가 지나갔으나 보이지 않는 궤적"이다. 요컨
대 '나'는 '너'의 현재와 시간, 현실에 대한 '너'의 반응을 모르고, 내
가 그것을 모르는 이유는 책에 없는 것들이기 때문이다. '내'가 '너'에
대해 아는 것은 "책에 있는 것"에 한한다. 만일 책을 하나의 은유로
본다면 남자가 말하는 '책'은 시라고 말할 수도 있을까. '나'는 재현된
것만을 볼 수 있다. 그러니 그에게 시란 현실을 재현하거나 모사하는
도구가 아니며, 오히려 역으로 현실이 시로써 재현되며 구성되는 것
이다. 시로 쓰이지 않은 세계에 대하여, 그것의 총체인 '너'에 대하여,
'나'는 다만 모른다는 겸손한 태도로 그를 사랑한다.

그러므로 시인에게 '너'를 사랑하고 '너'를 알아가는 일은 곧 '책'
을 써내려가는 일이다. 황인찬의 시론은 그의 사랑론과 다름없다. 그
런데 그에게 '책'을 쓰는 일은 이야기'하는' 일이 아니라 '듣는' 일이
다. '나'의 발화는 '너'의 이야기-시가 끝나고 나면 그때부터 시작될
수 있다("이야기를 들려줘 (……) 빠짐없이 들려줘 (……) 더는 말할
것이 남지 않을 때까지 말해줘/기억나지 않는 것까지 다 이야기해줘",
「철거비계」). 그의 시적 재현은 '내'가 아는 것을 기록하는 것이 아니

라 '너'의 순간 한가운데로 들어가 '내'가 모르는 것이 무엇인지 들여다보는 일이다. 가령, 끝없이 어디론가로 조용히 떠나려는 '너'의 마음을 알기 위해 그는 '너'를 시 속에서 반복적으로 떠나보낸다("너는 멀리 떠나기로 결심했다", 「마음」). 역설적으로 시인의 인식은 재현보다 앞서 있지 않다. 시인은 시로써 현실을 재현한 후에야 현실에 거주할 수 있다. 그는 정말로 시詩 속의 사람人인 셈이다.

세계를 인식한 후에 시를 쓰는 일이 가능한 것이 아니라, 쓰고 나서야 세계를 인식할 수 있다면 삶과 죽음 또한 마찬가지가 된다. "사랑이 끝나고 삶이 다 멈추면/이제 내가 말할 차례가 온다"(「철거비계」)고 말하는 그의 시쓰기는 그러므로 삶이 종료된 후에야 도래할 것이고, 따라서 시인은 강박적일 정도로 죽음을 불러올 수밖에 없다. 요컨대 그에게 죽음은 죽어 있음이 아니라 오히려 시쓰기를 가능하게 하는 시적인 살아 있음과 같다. '죽은 새'(「밝은 방」)와 '유령'(「흰 배처럼 텅 비어」)은 죽음을 방증하는 살아 있는 실존이다. 지난 시집에서 죽음을 향한 충동을 언뜻언뜻 내비치던 시인은 이제 본격적으로 죽음을 소환한다. 곧 사라질 '너'를 데리러 온 '천사들'(「밝은 방」)은 시집 여기저기를 날아다니고 '너'는 실제로 죽고 만다("네가 죽은 것은 스물다섯이었다", 「리스토어」). 끝을 두려워하며 시작을 명명하지 않고 그리하여 시작과 끝이 오지 않는 무한한 사이 공간에서 영원히 반복 재생되던 어떤 사랑을 기억할 테다. 시인은 이제 새로운 방어적 몸짓으로 나아간다. 보다 적극적인 방어이자 회피의 선택이라고도 할 수 있는데, 그것은 '미리' 죽어버리는 일이다.

이 밝은 종로 한가운데 이상하게 어둑한 곳 과거에는 여기서 사람

들이 모여 어딘가로 향했는데

　삼십 분이나 지나 도착한 그는 국밥이나 먹으러 가자고 했다 그때
그는 참 마음이 가난해 보였고, 마치 품속의 전 재산을 잃어버린 사
람 같았으며

　나는 그게 참 안심되었다
—「느린 사랑」 부분

잃는 것을 두려워하거나 슬퍼하지 않고 오히려 잃고 난 후에 안심
하는 이유는, 잃어버린 후에는 잃어버릴 가능성이 완전히 차단되기
때문이다. 시인에게 시쓰기가 삶 이후에 시작되듯이, 그의 사랑도 상
실 이후에야 도래하는 것으로 보인다. 황인찬의 세계는 낭만적인 역
설로 가득하다.

　여우비 맞으며 술래잡기하던 날,
　나는 용수가 나를 찾지 못했으면 해서 집으로 돌아갔다

　그후로 용수를 다시 볼 수는 없었고
　지금도 맑은 날에 비가 내리면 그때가 떠오른다

　누가 내게 첫사랑에 대해 물으면
　나는 이 이야기를 들려준다
—「내 친구의 집은 어디인가」 부분

그렇다면 이것을 나의 영원이라고 하자　337

'나'가 '용수'와 놀다가 숨어버리는 것은 용수에게 자신이 영원히 찾아야 할 대상으로 유표화되고자 하는 욕망 때문이다. 잃어버린 대상은 부재의 자리에서 그것의 실존적 근거를 마련한다. 그러니 여기에서의 사랑이 그저 사랑이 아니라 '첫'사랑인 이유는 그런 방식으로 상대방의 세계 속에 자신의 주소를 만드는 것이 성숙하지 않다는 것을 그가 알고 있기 때문이다. 존재의 현상태를 확정할 수 없는 항상적인 상실의 상태는 양자적이다. 그것은 부재하면서 동시에 공존한다. 사랑에 대한 불안, '너'의 세계에 내가 연루되어 있다는 확실성은 반감된다. 그래서 시인은 이제부터 확실한 부재로써 '너'와 '나'를 엮고자 한다. 그 시적 방편이 바로 죽음인 것이다("당신은 지금 죽었습니다", 「당신 영혼의 소실」).

2. 돌들이 구르는 정원에서

그렇다고 해서 남자가 '너'를 사랑하는 최선의 방식이 죽음과 부재, 상실인 것만은 아니다. 죽음을 끌어안고자 하는 선택은 상실에 대한 두려움이 불러일으킨 방어기제였으니 말이다. "아무 일도 일어나지 않는"(「자율주행의 시」) 것은 그래서 권태가 아니라 안도와 안심의 상태가 된다. 황인찬의 세계에서 가장 거대한 시적 사건은 상실이므로 아무 일도 일어나지 않는 상황은 도리어 상실이라는 문제적 사건이 죽음 속에서 해소되는 평화로운 국면일 따름이다("부활은 안 할게요", 「당신 영혼의 소실」). 만약 '너'를 잃어버리지 않을 수 있다면, 그 함께 있음이 언제나 확실하게 보장될 수 있다면 죽음은 별 볼 일 없는 게 되는 것이다.

그렇다면 시적 현실은 '나'의 사랑이 영원할 것에 대한 기대를 계속해서 파괴하는 폭력의 세계일 테다. '나'에게서 '너'를 앗아가기 위해 찾아온 '머리 큰 천사'(「밝은 방」)를 기억할 것이다. 애인의 손을 잡고도 잡지 않은 것처럼 망설이던 황인찬의 여름 이전에는 코트 깃을 잔뜩 여며도 따귀를 때리는 것 같은 냉혹한 겨울이 있었다.

　　　비 오는 겨울 저녁, 우산이 없습니다
　　　흠뻑입니다 흠씬입니다

　　　마음속에 정원이 있다면
　　　작은 돌들이 구르고 깨질 텐데

　　　저는 마음이 없군요 사람도 아니군요
　　　우산을 쓴 사람이 바지를 입은 사람에게

　　　"진심이야?"
　　　묻고 있습니다

　　　(……)

　　　전광판에는
　　　사람이 미래라고 적혀 있습니다

　　　"너도 사람이야? 네가 인간이야?"

사람이 사람에게 자꾸 사람이 맞느냐고 묻는 광경이 하염없이 펼쳐지면 저녁은 깊어지고 비바람은 거세집니다

가도 가도 사람뿐인 이 도시에서 잠시
없지만 따뜻한 마음과
없지만 작은 정원을 생각합시다

(……)

눈을 뜨면 여전히 겨울비가 쏟아집니다

사람이 먼저라고 말하는 사람과
나중에라고 말하는 사람들 사이에서

비인간은 걷겠습니다
생각 없이 걷겠습니다

몸이 차서 이가 자꾸 부딪히는군요
그래도 걷겠습니다 주머니 속 작은 돌을
손에 꼭 쥐고
　　　　　　　　　—「외투는 모직 신발은 피혁」 부분

　화자는 우산 없이 온몸으로 떨어지는 겨울비를 '흠씬' 맞고 있다.

그래도 그의 마음속에는 예의 "돌"들이 굴러다닌다. 사랑하는 사람을 잃고 싶지 않아 물레를 돌리며 긴 이름을 짜고, 죽음을 미루는 "끝없는 이름을 가진 돌돌이"(「우주 세기의 돌돌이」)가 굴러다닌다. 그런데도 누군가는 화자를 두고 마음이 없다고, 사람도 아니라고 말한다. 인간성의 진위를 판별당하는 중인 화자는 새삼 '사람'으로 우글거리는 이 도시의 인간됨을 말없이 골똘히 생각한다. "사람이 먼저라고 말하는 사람과/나중에라고 말하는 사람들 사이에서"[2] 비인간이 되고 만다("나를 발견한 사람은 여기 사람이 죽어 있다고 크게 외쳤다고 한다", 「공자의 겨울 산」). 눈앞에 실존하는 '사람'에게 정말로 사람이 맞느냐고 거듭 묻는 어처구니없는 상황 속에서 그는 쉬이 분노를 드러내지 않고 다만 명상한다. 그러고는 계속해서 걷겠노라고, "생각 없이 걷겠"다고 선언한다. 우산이 없고 추위에 이가 덜덜 떨려도 "그래도 걷겠습니다"라고 말이다. 그의 주머니에는 작은 돌, 그가 그의 시와 삶과 죽음을 던져 온몸으로 사랑하는 그의 애인이 있으므로, 그는 계속해서 걷기로 한다.

길 위를 걸으며 존재의 실감을 여과 없이 드러내기로 결심한 퀴어는 이제 사랑을 '사랑'이라고 명명하기로 한다("금은 침묵이고 은은 웅변/돌은 사랑한다고 말하고 싶다", 「금과 은」). '돌'은 시를 쓰는 이 퀴어가 상실을 막아내고 죽음을 끌어안는 일을 불사하면서까지 영원한 것으로 지켜내고 싶은 단 하나의 사랑, 그것에 대한 은유다. 그는 "돌기둥"(「하해」)을 보며 떠난 이를 영원히 기다리는 "돌이 된 사

---

2) 박소영, 「성소수자 인권은 '나중에'? 문재인 페미니스트 선언 현장서 무슨 일이」, 한국일보, 2017. 2. 17 참고.

람"을 생각한다. "저기요, 죽지 마세요"라는 누군가의 말로 시작하는 「하해」는 성 소수자의 실존이 매 순간 죽음의 위협 속에서 가까스로 유지되는 현실을 환기한다. 해안 절벽을 바라보고 있는 두 남자가 감각하는 바다海의 아름다움은 마포대교河가 가진 '자살 다리'의 이미지와 병치된다. 퀴어들의 삶과 그들이 느끼는 삶의 아름다움은 "나중에라고 말하는 사람들"의 시선에서 삶의 정반대편에 있는 것, 죽음을 향해 전진하고 있는 것으로 간주되기도 하는 것이다.

누군가로부터 곧 다리 위에서 뛰어내릴 사람으로 오해받고(다리 위에서 그는 강의 윤슬을 보며 아름답다고 느끼던 중이었다), 비인간으로 상정되는 현실에 대한 화자의 반응은 바로 옆 페이지에 놓인 「증오」가 대신 형상화하고 있다. 사무실에서 일하는 직원 '나'는 '표기'를 '표고'로 잘못 입력하여 "선생님"으로부터 지적을 받는다. 단어의 표기를 '표기'로 고치는 그에게 선생은 영혼의 문제를 들먹인다. "대체 뭐가 문제인 걸까요? (……) 역시 영혼일까요?" 뭇사람들이 '성소수자 인권은 나중에!'를 외칠 때도 아무 말 없이 걷던 그는 이번에도 역시 아무 말도 하지 않는다. 그저 조용히, "회사를 나와 오류동 집으로 돌아"갈 뿐이다. 그는 대꾸할 힘조차 없을 만큼 지쳐 있는 듯하다. '표기'의 표기를 '표고'라고 쓴 작은 실수에 대해 그의 영혼의 자질을 의심하는 선생에게 항의하듯 자신의 '집' — '오류'동으로 돌아간다. 그래요, 당신이 말하는 것처럼 내 존재의 본질 자체가 '오류'입니다, 라고 속삭이듯 말이다. 현실의 폭력은 시적 세계에서 재현됨으로써 다시 한번 현실이 된다. 『이걸 내 마음이라고 하자』가 발휘하는 정치성은 이런 것이다. 말하지 않음으로써 가장 강력한 현전을 발생시켜내는 것, 미리 잃어버림으로써 가장 확실한 실재를 만들어내는 것 말이다.

퀴어의 사랑은 태어나자마자 검열당한다. 학교가 등장하는 일련의 시들은 제도와 공권력의 성 소수자 탄압을 '학교'라는 장소로 은유한다. 「단속과 정복」을 보자. 선도부가 생활지도를 하며 교복 길이와 머리 길이를 검사하는데, 그 사이에서 "교복을 줄인 적도 없는 내가 겁을 먹고 있"다. "날 때부터 머리가 갈색이었어요/원래 이랬어요"라고 선생에게 조심스레 변명하는 '나'는 자신의 (염색하지 않은) 갈색 머리가 검열과 단속의 대상이라는 걸 너무도 잘 알고 있다. 존재의 특성에 대한 상시적인 검열과 단속은 그 존재를 복속시키는 효과를 낳고 폭력으로 쌓아올린 위계를 또다른 자연으로 합리화한다. 시인이 오랫동안 계속해서 써내는 '학교'와 '선생'이 등장하는 시편들(이 시집에서는 「미래 빌리기」를 예로 들 수 있겠다)은 퀴어가 생애 최초로 사랑을 감지하며 존재론에 대한 탐색을 시작하는 청소년기, 아름다우면서도 한편으로는 '어른'으로 위시되는 사회의 혐오 발화와 존재를 비가시화하는 여러 제도적 '학습'으로 인해 금세 무너질 수 있는 위태로운 시절을 반복적으로 형상화한다.

3. 고요의 풍속은 영

황인찬이 가진 아이러니는 그가 바라 마지않는 영원이 이러한 폭력적인 시적 현실에서 실현되도록 하는 재현의 방식에 있다. 의미의 층위에서 삶과 죽음, 상실과 부재, 인식과 재현이 서로 자리를 엎치락 뒤치락하며 사랑의 역설을 만들어냈다면, 시적 재현 그 자체의 층위에서 황인찬의 아이러니는 이미지의 세계에 머물고 있다. 시인의 이미지는 은유의 기법과도 긴밀히 연결된다. 전통적으로 은유는 원관

넘으로부터 파생된 보조관념이 숨겨진 원관념을 대신하며 겉으로 드러나는 형식으로 재현된다. 그러나 이미지로 건설된 황인찬의 세계에서 은유는 오히려 드러내지 않음으로써 스스로를 은유로 만드는 비-유사성의 기법을 발휘한다.[3] 은유가 발휘하는 이미지적 효과만을 남겨두고 원관념과 보조관념이 서로를 속박하는 유사성의 고리를 끊어둔다. 이것이 바로 황인찬의 시세계를 유일무이하게 탁월한 것으로 만드는 시적 기법이다. 가령, 퀴어의 순정한 사랑은 "돌"로 은유되고(심지어 그 '돌'은 「우주 세기의 돌돌이」의 '돌돌이'라는 개의 이름에서 나왔다), '오류동'은 존재의 '오류'이자 성 소수자의 '비천'한 지위로 이어지는데, 이때 은유가 작동하는 과정을 살펴보면 대상들 간의 유사성은 좀체 발견되지 않는다(가령, '돌'과 퀴어, 사랑은 각각이 지닌 일반적인 특성을 고려했을 때 서로 얼마나 닮아 있는가?). 시인은 이러한 비-유사성의 은유가 지닌 자유로운 이미지들을 시편 곳곳에 배치해두며 하나의 몽타주를 그려나간다. 그래서 시인이 자신의 시가 '은유'와 무관하다고 두 번이나 짚어주는 것이다.("은유와는 무관하게", 「봄의 반」; "이 모든 것이 은유가 아니라면", 「벽해」) 우선 시 한 편을 보자.

눈이 펑펑 내리네요

---

3) "예술의 이미지는 어떤 간극, 비(非)-유사성을 산출하는 조작이다. 눈으로 볼 수 있을 것을 묘사하거나 눈이 결코 보지 못할 것을 표현함으로써 어떤 생각을 의도적으로 명료하게 만들거나 모호하게 만든다. 시각적 형태들은 파악되어야 할 의미를 제공하거나 제거한다. (……) 첫째, 예술의 이미지들은 그 자체로는 비-유사성이라는 것 (……) 둘째, 이미지는 볼 수 있는 것에만 국한되지 않는다는 것"(자크 랑시에르, 『이미지의 운명』, 김상운 옮김, 현실문화, 19쪽)

장독대에는 눈이 쌓여 있고요

산수유가 붉어요
어디선가 본 듯한 그런 장면입니다

저는 이미지 속에서 메주를 쑵니다
—「살아 있는 자의 마음속에 있는 죽음의 육체적 불가능성」
부분

시는 전형적인 이미지인 '하얀 눈'과 '붉은 산수유'의 대조적인 배치("어디선가 본 듯한 그런 장면")로 장면을 만들어나간다. 흐린 눈으로 일상적인 기시감 속에서 시를 읽어나가던 독자는 세번째 연에서 당황하게 된다. 익숙한 서정시이겠거니 하던 생각은 "이미지 속에서 메주를 쑵니다"라고 전해오는 화자의 급작스러운 고백으로 인해 단박에 깨져버린다. 이때의 '이미지'는 눈과 산수유가 만들어내는 (우리가 이미 알고 있는) 평화로운 세계의 것이다. 그런데 그 세계 안에서 '메주를 쑨다'는 말을 들은 우리는 그 목소리의 주인이 다름 아닌 시인이라는 것을 안다. 서정시의 포근함은 갑자기 향토적인 느낌의 난해한 메타시로 변환된다.

"이미지 속에서 메주를" '쑨다'는 말은 표면상으로는 앞의 1, 2연에서 제시된 겨울의 마당 풍경 속에서 메주를 쑨다는 의미이겠으나, 그것의 심층에는 '이미지'라는 개념이 소리 없이 숨어 있다. 그래서 '메주를 쑨다'는 말은 실상 그 이미지의 세계에서 '은유'들을 콩처럼 삶고 으깨는 시적 행위를 뜻하게 된다. 계속해서 읽어보자.

강아지 발자국은 어지럽게 흩어져 있고
<u>사람은 보이지 않는 세계</u>

<u>그런 풍경을 아름답다고 믿는 사람이 심상</u>의 바깥에 놓여 있습니다

(……)

겨울이 가면 봄이 올 겁니다
그가 돌아오면 직접 담근 장으로 저녁을 차려줄 겁니다

(……)

그리고 눈은 영원히 내립니다
미래는 여전히 땅속에 묻혀 있습니다

이 모든 것이 하나의 이미지로 고착되어 이어지겠지요
　　　—「살아 있는 자의 마음속에 있는 죽음의 육체적 불가능성」
　　　　　　　　　　　　　　　　　　부분(밑줄은 인용자)

　아마도 '돌돌이'라는 이름을 가졌을 강아지 한 마리가 눈 쌓인 마당 위를 활기차게 뛰어다니는 이곳에 "사람은 보이지 않는"다. 이때의 사람 없음은 1연과 2연에서 보여준 전통적인 서정의 장면과 「외투는 모직 신발은 피혁」에서 제기되었던, 퀴어가 현실의 절대적인 구성적 외부로 배치된 세계의 장면을 동시에 담지한다. 따라서 "그런 풍경을 아름답다고 믿는 사람이 심상의 바깥에 놓여 있"다는 문장 또한 두 개의 의미를 양자적으로 배태하게 된다. 먼저, "그런 풍경을 아름답다고 믿는 사람"은 1, 2연에서 그려진 서정의 세계를 아름답다고 말하는 사람일 수도 있으며, 혹은 "사람이 보이지 않는 세계"를 아름답다고 말하는 사람일 수도 있다. 전자는 시적 재현의 세계에서, 후자는 재현 이전의 것으로 상정된 현실의 세계에서 살아가는 사람일 테다. 한국의 사회·문화적 맥락을 고려할 때 전자와 후자는 대개 일치한다. 그러한 사람이 "심상의 바깥에 놓여 있"다는 말은 곧 심상, 다시 말해 이미지의 바깥에서 살아간다는 뜻이다. 요컨대 겉으로는 눈 내린 마당에서 돌아올 '그'에게 줄 된장을 담그고 있는 화자의 이야기로 읽히는 이 '서정시'는 사실상 그것이 품고 있는 서정을 내파하는 시인의 메타적인 자의식과 재현이 침투된 '새로운 서정'시다.

저간의 한국시가 은유−동일성으로 접근해온 그 유사성의 단단한 결속을 황인찬은 비−유사성으로 퀴어하게 틈을 벌리며 자신만의 세계를 만든다. 퀴어를 비인간으로 취급하는 사람("그런 풍경을 아름답다고 믿는 사람")은 이 세계에 출입이 허용되지 않는다. 그는 자신만의 퀴어한 서정으로 소수자의 사랑을 보존한다. 아마도 바깥의 그 '사람들'은 시인이 장을 담가둔 "장독대 속에 무엇이 들었는지도 모르는 채로" 그 퀴어한 사랑을 저도 모르게 "맛있게 먹"을 것이다. 그리하여 퀴어에게 도착할 '미래'는 "여전히 땅속에" 안전하게 "묻혀 있"게 된다. 한국인에게 된장은 필수품이 아니던가. 한국문학은 황인찬이 묻어둔 시를 읽으며 저도 모르게 퀴어한 식성으로 변화하는 중이다.

시집 곳곳에서 반짝이는 빛, "포장을 뜯고 나온 빛"(「잃어버린 시간을 찾아서」)은 시인의 카메라가 시적 현실을 이미지화하기 위해 터뜨리는 카메라 플래시의 빛이다("터지는 소리가 나고/빛이 보이고//화면 위로 보이는 얼굴은 모르는 사람", 「받아쓰기」). 시적 재현은 그에게 랑그와 파롤로 이루어진 발화 행위라기보다 이미지를 현상하는 행위에 가깝다("볼 수 있는 것에는 이미지를 이루지 않는 것도 있으며, 오로지 말로만 이루어진 이미지들도 있다", 같은 시). "강을 보는 동안에는 강물이 흘러간다고 생각"하지만 "그러나 사진 속에서는 그럴 수 없지요"라며 "그런 현실은 없지요"(「고요의 풍속은 영」) 하고 나직이 말해주는 시인의 목소리는 그가 자신의 시적 재현의 기술에 대해 직접적으로 말하는 대목이다. 시의 제목처럼, 『이걸 내 마음이라고 하자』의 세계는 멈춰 있는 '고요'가 이동하는 공기의 흐름인 바람이 되어 '풍속'이 측정되는 곳이다. 비록 그것이 0이라고 기록될지언정 측정 불가능한 대상이 되는 것과 측정의 대상이 되는 것은 존재론적 의미에서 완전히 다른 차원으로 넘어가는 작업이다.

앞서 읽은 시 「살아 있는 자의 마음속에 있는 죽음의 육체적 불가능성」의 마지막 행을 다시 보자. "이 모든 것이 하나의 이미지로 고착되어 이어지겠지요"는 메주를 쑤는 일만큼이나 의미심장하다. 언뜻 '고착'과 이미지의 평평한 개념이 만나 시적 대상이 납작하게 재현된다는 뜻으로 오독될 수도 있을 법한 이 문장은, 그러나 "이어지겠지요"라는 시인의 다정한 말에 의해 그가 창조하는 '영원의 아이러니'의 차원으로 올라선다. 고착된 이미지는 움직이지 않지만 시인의 목소리에 의해 그것은 흐르고 정지와 운동이 충돌하며 발생시키는 이 아이러니가 바로 죽음을 불가능하게 만든다(시의 제목을 다시 떠올려보라). 시와 서정, 그리고 퀴어가 만나 만들어내는 새로운 서정은 바로 이런 것이라고, 황인찬은 말한다. 이곳에서 사랑은, 드디어 영원하다.

(2023)

4부

시대의 엔트로피와
네겐트로피

'요즘' 청년들의 트릴레마
—최근 소설 속 '일'과 '사랑'에 관하여

1. 상호 침범하는 섹슈얼리티와 노동

사랑하거나 일하거나 혹은 그 둘 모두를 거부하는, 인간은 이 세 가지 실존적 상황 중 최소한 하나에는 해당한다. 그러나 하고 싶은 일은 고사하고 '일'을 할 수 있는 자격을 획득하는 것부터 어려워진 시대다. 사랑은 어떤가? 온몸을 바쳐 사랑할 만한 끌림의 경험은 너무나 비일상적이고 비현실적인 차원의 것이 되었고, 결혼은 더 나은 수준의 삶을 살기 위해 각기 가진 자본을 결합하는 계약으로 여겨진다. 요컨대 생활이 곧 생존의 연속이 된 시대를 우리는 살고 있다. 이처럼 일과 사랑으로 시선을 모을 때 '요즘' 사람들이 살아가는 모습의 윤곽이 좀더 드러난다.

질문은 한번 더 쪼개진다. 사적 영역으로 치부되던 섹슈얼리티나 젠더는 공적 영역으로 간주되던 노동과 어떠한 관계를 맺는가? 둘은 상호 침투하면서 영향을 주고받는다. 서울에서 취업에 성공한 남자와 서울로 진입하지 못하고 지방 소도시로 다시 돌아간 여자의 사랑은 어떻게 될까? 유리 천장을 뚫고 힘들게 입사한 회사에서 팀장과 부장을 거쳐 임원까지 승진하려는 여자는 과연 회사에서도 '여성'일까? 비정규직에서 정규직 전환에 함께 성공하고 서울의 아파트를 구입하기도 한 이들의 연애는 마냥 안정적일까?[1] 노동과 섹슈얼리티의 공모 관계는 매우 치밀하고 음험해서 분리가 어렵다. 노동과 생산 조건이라는 유물론적 토대가 섹슈얼리티와 젠더, 사랑이라는 관념의 실천에 영향을 미치는 것은 당연하고 역으로 그 성적 실천이 생산과 노동의 물질성을 변형시키기도 한다. 가령 모종의 이유로 사람들에게 말할 수 없는 어떤 연애로 인해 승진이 좌절될 수도 있고, 혹은 회사의 '자비로운' 대출 상품 덕에 애인과 함께 살 보금자리를 마련해 더욱 안정적인 연애를 할 수도 있다는 말이다. '요즘' 청년 주체들의 노동과 사랑이 어떻게 상호작용하고 있는지 다음 세 작가의 소설을 통해 살펴보자.

2. 프레카리아트 피터팬—송지현, 「여름에 우리가 먹는 것」

모든 유혹이 성공적인 것은 아니다. 신자유주의가 우리로 하여금 무한 경쟁과 제로섬게임을 사랑하도록 유혹한다 할지라도 매혹되지 않는 자는 분명 있다. 송지현의 「여름에 우리가 먹는 것」의 화자는 그 힘의 변두리에 조용히 기거하는 삼십대 여성이다. 인디 밴드 가수를

---

1) 이 글에서는 이러한 질문을 탐구하며 다음 작품을 살펴보고자 한다. 송지현 「여름에 우리가 먹는 것」(『자음과모음』 2020년 여름호); 장류진 「공모」(『문학과사회』 2021년 여름호); 그리고 박상영의 세 소설 「요즘 애들」(『창작과비평』 2021년 봄호); 「우리가 되는 순간」(『릿터』 2021년 12월/2022년 1월호); 「보름 이후의 사랑」(『악스트』 2021년 9/10월호).

꿈꾸던 '나'는 고시원에서 '임시'로 거주하다가 낙향하여 지방 소도시의 시장 근처에서 이모와 지내기로 한다. 스스로를 "한치 같은 인생"(163쪽)에 비유하는데, 한치는 돈을 주고 사먹기에는 너무나 아깝다는 것을 모르는 사람들이나 주문하는 메뉴라서다. 이는 인력의 가치를 합리적으로 재단할 줄 모르는 사람이나 자신을 고용할 것이라는 뜻으로, 자신이 고용될 가능성이 거의 없을 것이라는 낙담의 표현인 셈이다. 그렇다고 취업에 필요한 능력을 계발할 의지가 있는 것은 아니다.

그는 지방 소도시의 프레카리아트precariat[2]로 노동에 대한 의지가 보이지 않는데 그렇다고 해서 죄책감이나 슬픔을 갖는 것도 아니다. 대신 천천히 걸어가는 거북이처럼 고요하고 느린 평온함으로 둘러싸인 그 일상의 표피 아래에는 어색한 접속사와 말줄임표로 압축된 강렬한 정서가 숨어 있다.

나는 남을 죽이고 내 인생이 망가지는 악몽을 자주 꾼다. 악몽 속의 나는 항상 사소한 실수로 살인을 한다. 원망도 증오도 없다. 그런 실수로 인생이 망가져버리는 것을 두고 볼 수가 없어서 나는 시체를 유기한다. (……) 내 인생이 망가지지 않았다는 것이. 그런데 망가지지 않은 것이 맞나? 어쨌든.

그래서, 나는 휴먼고시원의 생활을 정리하고 이모의 일도 미리 배

---

2) 불안정함을 뜻하는 프레카리오(precario)와 무산계급을 뜻하는 프롤레타리아트(proletariat)의 합성어다. 그들은 노동하지 않거나 못하는 '노동자'층이며 직업적인 전문성과 안정성을 획득하지 못하고 그때그때 불안정한 벌이로 생계를 가늘게 이어나간다.

울 겸 고향으로 내려오게 된 거였다.(164쪽, 강조는 인용자)

꿈속이지만 사람을 '사소한 실수'로 죽이고 그로 인해 자기 인생이 망가지는 것을 도저히 견딜 수 없어서 적극적으로 시체를 유기한다. 그런데도 인생이 망가졌는지 아닌지는 불확실하다는 마음이 말줄임표 안에 들어 있고, 다음 문단에서 이어지는 '그래서'라는 전혀 개연성 없는 접속사에는 사유와 결단의 부재가 들어 있다. 자기 인생이 망했는지 아닌지조차 확실하게 감지하기 어렵거나 혹은 감지하고 싶어 하지 않는 화자는 사태 파악에 있어 중요한 것과 그렇지 않은 것의 구분을 유보한다. 이 프레카리아트적 산책자flâneur의 정념은 정념이라 부르기 머쓱할 정도로 식은밥처럼 뜨뜻미지근하다. 다니던 고등학교 근처를 거닐며 십대 시절을 추억하지만 날카로운 첫 키스의 상대가 당최 누구였는지 기억나지 않으며 그것을 기억하지 못한다는 사실은 더더욱 중요하지 않고, 다만 그가 진지하게 의문시하는 것은 소머리국밥집인데 왜 돼지머리를 대야에 담가둘까 하는 것 정도니 말이다.

한없이 가벼워 보이는 이 산책자는 그러나 자신의 현재 상황이 다분히 임시적이라는 사실에 크게 안도한다("우리 모두 이곳을 임시로 거쳐가는 것이 맞겠지요, 휴먼?", 162쪽). 이 프레카리아트 산책자에게도 주택 마련의 꿈은 분명 실재했다. 다만 현재 임시적으로 유보하는 중일 뿐이다. 우리의 이 여성 프레카리아트는 룸펜처럼 '하지 않음'을 적극적으로 도모하는 것도 아니고 그렇다고 적극 저항하는 것도 아니다. 그는 선택과 결단을, 나아가 상황을 제대로 감각하는 일조차 끝없이 미루면서 현재라는 순간의 욕조에 몸을 담그며 머무르고 있다. 물 온도는 역시, 뜨뜻미지근.

하지만 이토록 평평해 보이는 '나'의 서사에도 애정의 삼각관계가 있다. 시장 내 청년몰에 입점한 핫도그집 사장, 그리고 고등학생 시절 첫 키스 상대로 뒤늦게 밝혀지는 동창 'b'와의 관계가 그것이다. 서사 전체를 지배하는 느슨함은 연애 관계에도 물론 적용되어서 이 삼각 구도는 그 어떤 긴장도 암투도 경쟁도 포함하지 않는다. 삼십대의 연애는 모름지기 대개 조건을 앞세운 결혼을 염두에 둘 때가 많지만 화자는 서울에서 재취업에 성공한 b를 핫도그집 사장보다 더 좋아하지는 않는다. 취업 턱을 낼 테니 서울에 언제 오냐 묻는 b에게 '나'는 이유 모를 화가 난다. b를 통해서 서울에서 다시 음악에 도전하려는 생각을 가지거나 주택 구입의 꿈을 되살려볼 수도 있을 텐데 그러지 않는다. 적극적으로 의지를 가지거나 포기하는 것이 아니라 그저 흐르는 시간에 몸을 맡기고자 하는 것이다. 물론 그마저도 쉽지 않다. b의 문자나 자신의 취향과는 다른 이모 집의 이불을 보면서 문득문득 서울에 놔두고 온 자신의 욕망을 재확인하게 될 때마다 마음이 어지럽다. '현실적'인 판단을 하자면 b를 연애 상대로 택하는 것이 더 '나은' 선택이겠지만, '나'는 핫도그집 사장의 문자에 자꾸 눈이 간다.

그는 상위 계층과의 접속을 통한 계층 상승을 욕망하지 않고 오히려 유사한 계층 감각을 가진 존재와 관계 맺는 것에서 더 큰 행복과 안도감을 느낀다. 하루에 몇 개나 팔릴까 싶은 시골 핫도그집을 운영하는 사장은 '사장'이지만 오히려 '나'의 계층성과 훨씬 가까이 맞닿아 있다. 이 시대의 자영업자는 자기 자신에 의해 피고용된 노동자 혹은 프레카리아트에 가깝다.[3) '나'가 사장으로부터 느끼는 이 미지근한 따뜻함 역시 그가 처한 경제 상황의 논리와 평행선을 그리며 파생된다. 더는 경쟁도 실패도 하고 싶지 않은 마음, 서울로 돌아가고 싶지는 않다는 유보적 정념은 피터팬 콤플렉스를 소환하기도 한다("계속 애기 같으면 좋겠어", 167쪽). 소설의 마지막에서 "팬티 바람에 초록색 스웨터와 초록색 가방"(179쪽)으로 무장한 피터팬으로 거듭난 화자는 드디어 그 완전한 유보에 성공한다.

> 나는 스웨터에 팬티만 입은 채로 깔깔 웃었다. 이모는 곧 먼 곳으로 떠날 예정이었고, 나는 이미 떠나온 기분이었다. 영원히 자라지 않을 것 같은 기분이네, 나는 생각했다.(179쪽)

송지현 소설이 그리는 피터팬의 이미지는 상상계로의 유아기적 퇴행이 아니라 비非노동을 욕망하는 마음의 표상이다. 이는 대학 졸업과 취업, 주택 마련과 결혼으로 곧장 이어지는 이 욕망의 기표들의 연쇄에 저항하는 효과를 발휘한다. 자본주의에서 어린이의 미성숙함은 곧 생산 불능자의 조건으로, 어른의 성숙함은 생산 가능자의 조건으로 번역되곤 하는데, 어린아이처럼 깔깔거리는 이 화자의 웃음은 차라리 혁명가에 근접할 테다. 주택을 반드시 구입해야만 한다는 욕망의 당위적 장소를 지워버릴 수 있다면, 그래서 삶의 비극이랄 것이 무화될 수 있다면 그것이야말로 가장 큰 '래디컬'일 수도 있지 않을까? 노동 불능의 상태가 아니라 비노동의 상태, 자본주의의 문법 속에서 언제나 비정상의 상태를 점유하게 되는 이 미지근한 프레카리아트는 오늘날 노동의 자기 착취적인 가치와 당위를 표백시킨다.

---

3) 뒤에서 분석할 박상영의 단편 「보름 이후의 사랑」에서 이자카야를 운영하는 '철우' 역시 '사장님'이지만 대기업 회사원인 '찬호'와 '남준'보다 대출 상품 구매력이 현저히 낮아서 주택을 구매할 수 없고 '한영'과 함께 월세를 산다.

3. 서스펜스 속에 남겨지는 여성 간 이해―장류진, 「공모」

장류진의 「공모」는 '언니'에서 '현부장'이 되는 데에 전부를 바친 여자 '현수영'의 이야기다. 문제는 그가 그 성취를 오롯이 자기 힘으로만 해냈다고 철석같이 믿는다는 점이다. 소설에는 총 세 번의 공모가 등장한다. 하나는 화자 현수영이 자신을 팀장으로 추천하는 '김건일'과 맺은 (무의식적) 공모, 다른 하나는 '천경희'의 딸 '김세원'의 새 중앙에너지 입사를 위한 김건일과 천경희의 공모, 그리고 마지막으로 바로 현수영과 천경희의 공모다. 앞의 두 공모는 성공적이지만 뒤의 것은 실패한다는 점에서, 그리고 성공한 두 공모는 여성과 남성 사이에서 맺어진 것이나 후자는 여성 간 공모라는 점에서 변별된다. 무엇보다도 앞선 두 공모는 회사라는 공적 영역을 무대로 하지만 나머지 하나는 그 실패가 다분히 사적인 감정 영역에서 발생한다는 점에서도 다르다.

김건일과 현수영의 공모는 실상 젠더적으로 '남성 간' 공모에 더욱 가까운데, 이 공모의 결과가 현수영의 '남성-되기'이기 때문이다. 수영은 남성과 동등하거나 혹은 그를 넘어서는 능력을 사회적으로 인정받고자 한다. 그러나 김건일이 수영을 팀장 후보로 올린 것은 단지 업무 능력 때문만이 아니라 수영이 승진할 경우 자신이 싫어하는 일군의 무리를 배제시킬 수 있는 정치적 효과와 반사이익이 있기 때문이었다. 자신을 뒤이을 후배로 그를 발탁한 김건일에게 수영은 이미 젠더적으로 여성이 아니다("난 현차장, 여자라고 생각 안 해", 160쪽).

사내社內의 남성성이 '룸'에 가는 남자와 그러지 않는 남자로 분화될 때, 여성들은 '여성이거나 혹은 아니거나'의 실존적 분화를 겪는다. 수영은 '여성'이 아니기 위해 악바리처럼 노력해온 경우다. 그리고 그 대척점에 있는 '여성'은 주점 '천의 얼굴'을 운영하는 천사장이다. 회사 남성들에게 여성인 천사장은 자신들과 동일한 성질의 노동을 하는 사람이 아니라 소위 주점을 운영하는 '여자'다. 수영의 눈에도 마찬가지다. 수영은 그의 모습에서 성판매 여성의 실루엣을 겹쳐보며 회사 사람들의 주류·음식 취향을 꿰뚫고 있는 그의 철저함을 전문성이나 직업의식으로 의미화하지 않는다. 혈혈단신이 아닌 '홀홀단신'이 천사장의 수식어인 것도 같은 맥락이다.(153쪽) 홀홀단신은 '홀몸의 여성'이 지니는 위태로움을 담는 말인 동시에 '남편 없는 여자'로서 성적으로 침범당하기 쉬운 육체로 쉽게 환원될 뉘앙스를 풍기기도 한다.

천사장의 성적 이미지는 스스로가 자신을 성적 대상화한 것의 결과라기보다 주변의 남성 사원들에 의해 만들어진 것이다.(162쪽) 그럼에도 불구하고 자신이 팀장이 된 이후 회식 장소를 '천의 얼굴'로 하지 않고 끝내 그곳에 가지 않는 수영의 선택은, 즉 이 '공모'의 실패는 두 여성 간의 이해 불가에 관한 알레고리이기도 하다. 일의 성취와 능력 발휘를 위해 성적 이미지를 소거해야 하는 여성인 수영은 남성적인 시선 끝에서 극도로 대상화되는 성적 이미지를 자신의 생산수단의 일부로 삼을 수 있는 여성인 천사장과 자신을 대립된 자리에 놓는다. 수영은 자신의 자아실현을 위해 소거시켰던 여성성의 집합체를 천사장에게 투사한 후 그것을 경멸하면서 천사장과 자신이 '같은 여성'이 아님을 계속 확인한다.

그런데 소설은 결말에서 수영의 기억과 판단이 절대적으로 정확한 것이 아니라는 은근한 암시와 함께 천사장의 정체를 수수께끼로 던져놓는다. 이 지점에서 '천의 얼굴'에 대한 모종의 서스펜스 효과가 발생한다. 소설은 마지막 장면을 제외하고 시종일관 과거 시제의 회고조로 서술된다.

　나는 이 가게의 문을 처음 열고 들어갔던 16년 전 그날을 떠올렸다.
　아니다. 처음엔 문을 열지 못했지. 그때 이 문은 닫혀 있었다.(144~145쪽)

　그제야 나는 그 손짓의 의미를 바로 이해할 수 있었다.
　천사장의 손짓은 이리 오라고 하는 손짓이 아니었다.(191쪽)

시간의 흐름 속에서 누락되거나 오판으로 드러난 사실들, 그 사이의 간극에서 발생하는 모종의 의혹은 바로 김세원이 정말 천사장이 김건일과의 사이에서 몰래 낳은 자식인가 하는 것이다. 수영이 이에 대해 끝까지 입을 열지 않으므로 진실의 여부는 전적으로 독자의 상상력에 맡겨진다. 가능한 경우는 두 가지다. 수영이 김세원을 김건일의 딸이라고 단정한 경우와 그러지 않은 경우. 딸이라고 간주했다면, 그 출생의 비밀에도 불구하고 '유능한' 여성 후배 김세원을 놓치고 싶지 않아서 결과적으로 천경희와 '공모'한 것이 된다. 만약 단정하지 않은 것이라면 김건일과 천사장의 관계 또한 부정되는 것이므로 십육 년 동안 자신이 경멸해온 천사장의 얼굴에 대해 조금은 다른 이해를 해보려는 가능성을 집어든 것일 테다. 하지만 이 가능성은 아직 충분히 든든해 보이지 않는데, 수영이 목도한 천사장의 마지막이 엉엉 우는 김건일을 가슴팍에 안고서 수영을 향해 '저리 가라'고 손짓하는 모습이었기 때문이다. 시간이 지나 그 시절의 천사장만큼 나이가 든 수영이 결국은 "나도 천사장도 명백한 '아줌마'였"(189쪽)다고 읊조리는 것 역시 일견 상호 이해에 근접하는 것처럼 보이지만, '아줌마'가 성적 함의가 탈각된 다소 나이든 여성의 지칭으로 쓰인다는 것을 고려해볼 때 천사장의 섹슈얼리티는 수영의 입장에서 결국 포용되지 못한 셈이다. 결국, 수영은 천사장이 자신의 신체를 성적으로 대상화하는 남성들의 부당한 시선을 그저 내버려두고 그로부터 파생되는 '이득'을 차단하지 않았다는 혐의를 거두지 못한 것이다.

천사장과의 대비 속에서 수영의 섹슈얼리티가 지니는 에너지는 사회적 인정과 능력 발휘의 영역으로 전환된다. 예컨대 회사를 떠나는 젊고 유능한 여성 인재들을 보며 수영은 마치 헤어짐을 고하는 연인을 대하듯 말한다. 그러니까 수영이 가진 성적 에너지는 연애나 사랑이 아니라 일터에서 다른 층위로 발현되는 것이다.

퇴사도 했으니까 한 번만 툭 터놓고 만나주지 않을래? 기다릴게. 그애[퇴사한 여성 후배―인용자]가 나타났다. 주책맞게 눈물이 나왔다. 맹세컨대 나는 연애하면서도 이런 추태를 부려본 적이 없었다. 미안…… 내가 같이 잘하고 싶었던 친구들이 다 떠나니까…… 속상해서…… 그냥 이유라도 알고 싶어서…… 혹시 내가 뭘 잘못했는지…… 솔직하게 얘기해줄 수는 없을까…… (……)

죄송하긴 뭐가 죄송하니. 네 미래가 될 수 없었던 내가 죄송하지.(182쪽)

수영은 '여성도 남성과 평등/동등하게 일한다'를 자기 존재를 통해 주장한다. '여성'이라는 자의식을 벗어던지는 것에 대한 강박, 그리고 무엇보다 투명한 능력주의의 세례 안에서 자신을 입증해 보이겠다는 욕망은 자기 여성성의 일부를 기회비용 삼아 발현된다. 그러나 그렇게 도착한 능력 있는 여성의 자리는 어떤 자리인가? 온전히 자기 자신일 수 있는 자리인가? 그것의 정치적 효능감과는 별개로 여성-남성의 동등한 권리의 주장을 위해 남성(성) 혹은 여성(성)의 섹슈얼리티와 다양한 장소성이 무화되는 것 또한 사실이다.

「공모」에서 수영이 선택해온 삶의 방식, 그러니까 성적 매력으로 발현되는 여성성의 일부를 폄하하고 그것을 자신의 내부에서 축출함으로써 남성의 영역으로 편입해 그들의 주류성을 점하거나 그보다 더욱 주류가 되고자 하는 욕망은, 결국 자아 일부를 배제하고 억압해야만 실현 가능하다는 데서 치명적인 한계를 지닌다. 게다가 상승 이동에 대한 욕망의 성취는 구조 그 자체를 승인하고 강화하는 효과를 발생시키고, 여성이 인정을 성취해나갈수록 그 차별적 구조는 역설적으로 더욱 공고해진다. 이것이 '공모'의 한계다. 한편 계급/계층적 상승 이동이 생산해내는 구조 내부로의 구심력은 그러한 공모가 필요하지 않은 이동에서도 발생한다. 가령 섹슈얼리티라는 변수가 일으키는 화학작용은 없을지언정 비정규직 남성이 정규직으로 전환되는 더 미시적인 계층 이동에서도 매한가지다.

4. 아파트 구입으로도 막을 수 없는 관계의 불안―박상영, 「요즘 애들」「우리가 되는 순간」「보름 이후의 사랑」

　박상영이 지난 한 해 동안 발표한 세 단편소설「요즘 애들」「우리가 되는 순간」「보름 이후의 사랑」은 연작으로 묶일 수 있다.[4] 인물의 나이나 직업의 일치가 상호 텍스트성을 자아내기 때문이기도 하지만 초점화해야 할 것은 세 소설을 위에서 언급한 대로 연작소설로 읽어냈을 때 구현되는 입체적인 주제의식이다. 세 작품이 만드는 하나의 세계는 대졸 비정규직 남성이 정규직이 되어 회사 대출 상품에 힘입어 애인과 함께할 주택 마련에 성공하는 이야기다. 커밍아웃하지 않은 '벽장 게이'로 살던 남자가 직장에서 게이 동료를 만나 유대를 형성하고('오피스 허즈번드') 애인과 안정된 관계를 만들기 위해서 영등포구의 아파트를 사는, 그러나 가까스로 찾아오는 듯하던 그 안정은 코로나 때문에 다시 '보름'의 시간만큼 멀어지고 마는 그런 이야기다.

　먼저 첫번째 소설이 되는 「요즘 애들」은 '요즘'의 화용론과 더불어 주체가 계층의 밖에서 안으로 진입할 때 일어나는 시선의 변화를 제시한다. 가령, 동기들 중 유일하게 정규직으로 전환된 '나'는 계층구조 안으로 함입되면서 안과 밖의 구분선을 더는 의식하지 않는 상태가 된다. 현실의 살벌한 제도와 '공모'한 자가 취할 수 있는 최선의 윤리적 포즈는 현실을 있는 그대로 인정하되 지나친 죄책감이나 안도감 그 어느 쪽도 표하지 않는 일, 최선을 다해 방어선을 구축하는 일

---

4)「요즘 애들」의 '나'(김기자)는 뒤의 두 작품에서 '유한영'으로 이름이 바뀌지만 잡지사에서 일한 경력 등의 행보나 나이와 학번이 일치하는 것, 무엇보다 '황은채'와 절친한 친구라는 점에서 같은 인물로 읽어낼 수 있다.

이다. 다시 말해 '우리'이던 사이가 멀어질 때, "모두에게 공평하게 곁을 주"고 "또 공평하게 선"한 "그런 종류의 기계적 공평함"(212쪽)을 발휘하는 일이다.

　더 나은 삶의 조건을 획득하는 순간 시스템 안으로 안착하며 정치적 변화의 가능성을 닫는 일에 본의 아니게 '공모'하는 역설 속에서 청년들은 점점 더 방어적으로 변해간다. '요즘 애들'의 화용론은 여기에서 탄생한다. '요즘'이라는 말의 물리적인 시간성은 다분히 주관적인 영역으로 전이되며, 출생 연도에 따라 획득되는 세대적 구분과는 별로 상관성을 갖지 못한다. '요즘'이라는 말은 모종의 가치관, 가령 사회생활과 회식 문화에 대한 공감과 동의 여부 등을 가르는 판별식이다. 이러한 가치관에 대한 합의는 '어엿한' 노동자로서의 자격을 획득할 때, 예컨대 취업 준비생이나 학생이던 시절을 지나 자신만의 일을 시작하게 될 때 발생한다. '요즘'이 함의하는 동시대성은 이렇게 구획된다. 그러니까 '나'의 사수였던 '배서정'의 '요즘'과 '황은채' 그리고 '나'의 '요즘'이 갖는 문화적 의미소들의 괴리만큼 그들의 세대 감각 또한 달라진다. 요컨대 '요즘 애들'의 용법은 사회에서 자신의 계층적 지위가 안정적인 국면으로 무사 이행했음을 전제로 한다.

　'요즘'의 중요한 가치관 중 하나는 방어선 구축이다. 업무중인 '나'의 페르소나와 사적 영역에서의 '나'는 엄격히 다르며 분리되어야 한다. 부러 내가 먼저 '나'의 영역 바깥으로 마음을 뻗지 않는 것이 중요하다. 그래서 소설의 끝에서 배서정을 이해하게 됐다고 고백하는 '나'의 모습은 모종의 불편감을 불러일으킨다. 자신도 배서정만큼의 나이를 먹고 정규직이라는 같은 계층 안으로 편입된 이후에야 열리는 (어쩌면 그것이 지극히 현실적이고 정직한 고백일 테지만) 그 이해의 가능성은 실상 위선적이라는 혐의로부터 쉽게 멀어질 수 없기 때문이다. 「공모」에서 현수영이 예전의 천사장만큼의 나이를 먹고, '같은 아줌마'라는 의식을 갖게 되고 나서야 천사장에 대해 좀더 너그러운 시선으로 돌아보던 것도 같은 맥락이다.

물론 어떠한 이해는 직접 삶으로 살아내본 다음에야 비로소 실행되기도 한다. 그러나 여기에는 상호적인 동일시identification가 물리적으로 가능해져야 한다는 전제가 발산하는 씁쓸함이 있다. 공통 경험이 부재하는 서로 다른 위치의 존재들 간의 이해는 같은 시간대time zone 안에서 이루어질 수 없는 걸까? '나'가 배서정에게 보내는 이해의 제스처는 그녀에 대한 연민에 다름 아니며, 동시에 그 연민하기는 정규직이 된 뒤 이대로 시스템에 안주하고 싶은 자신의 마음을 합리화하고 그에 대한 죄책감을 덜어주기도 한다.

그러나 아무리 '요즘' 시대가 달라졌다고 해도 누군가에게는 아직 충분히 살 만한 시대가 아니다. 가령 퀴어가 자신을 언제 드러내도 괜찮은지 혹은 그렇지 않은지 오감을 총동원하여 매 순간 판단하며 살아가야 하는 그 조마조마함은 시대의 무엇이 바뀌어야 완전히 사라질까. 「우리가 되는 순간」은 침묵으로 하는 소통이 가능할 때 비로소 "비밀의 등가 교환"(164쪽)이 가능하고, 그게 바로 '우리'가 되는 순간이라고 말한다("한영이 '여자친구'와 같은 보편의 표현을 사용하지 않는 것을 통해 넌지시 눈치챈 것인지 (……) 깊게 캐묻지 않았다", 163쪽). 말하자면 '한영'의 게이 정체성은 커밍아웃의 발화를 통해 사후적으로 은채에게 수용된다기보다, 은채의 말없음이 한영을 선제적으로 이해한 것이다. '요즘' 연작의 탁월한 지점 중 하나는 이러한 화용론을 제시하면서도 그에 의한 세대론적 분리를 배격하려는 명시적 의지가 드러난다는 점이다. 「우리가 되는 순간」에서 한영과 은채보다 한 세대 위의 인물인 '리나 이모'의 삶을 겹쳐두는 것은 그런 전면적인 의도다. 상대의 말을 그저 들으면서 아무런 말을 덧대지 않는 것은 무시나 침묵이 아니라 다만 이해와 관용의 극대화임을 '요즘' 애들인 은채와 한영은 안다. 당사자가 먼저 말하기 전에는 부러 캐묻지 않는 존중의 포즈, 리나 이모 역시 그걸 아는 사람이었다.

「보름 이후의 사랑」은 그러한 존중 혹은 방어적 태세를 온몸으로 불사르며 살고 있던 '나'('고찬호')가 '김남준'을 만나 "이 사람이 아니면 안 될 거라는 믿음"(260쪽)을 가지며 계획에도 없던 아파트 구입을 돌연 감행하는 이야기다. 물론 그 믿음의 최후 행방이 결국은 '확신할 수 없음'의 영역에서 발견되기는 하지만, 두려워하는 그 마음은 격정의 시간을 지나 어떠한 소중함이 내 삶으로 스며든 후에만 찾아오는 것 아닌가. 일단 사랑을 믿었다면 결코 그전으로는 돌아갈 수 없다. 냉담할지언정 배교apostasy는 그저 관념에 불과해진다.

송지현 소설 「여름에 우리가 먹는 것」이 불안정한 노동 조건과 계층성이 사랑의 성취를 방해할 수도 있음을 b와 '나'의 상대적 위치를 통해 보여주었다면, 「보름 이후의 사랑」에서는 연인 사이에 경제적 조건의 낙차가 해소된 상황을 전제한다. 그러나 어떤 안정과 행복은 삼십대에 서울 시내 아파트를 사도 그러쥐기 어렵다. 물적 조건뿐 아니라 심적 조건에서 기인하는 안정과 행복이 있기 때문이다. '벽장closeted 게이'와 '오픈리openly 게이5)'가 연애하면서 겪게 되는 갈등

5) 커밍아웃을 주저하지 않는 퀴어를 뜻하기도 하지만 꼭 커밍아웃을 하지 않더라도

은 어쩌면 칼로 물 베기가 아니라 '물로 칼 베기'처럼 아연할 수 있다. 일상 속에서 끊임없이─비록 그것이 사소하고 미시적인 포즈일지라도─자신의 섹슈얼리티를 자랑스럽게 드러내고자 하는 누군가의 욕망이 상대에게는 실존적 위협으로 작용한다면 둘의 사랑은 현실의 풍경 속에서 얼마나 평안할 수 있을까. 연인 사이에서 생겨나는 긴장의 파동 위에 소수자들 내부의 정치적 긴장을 담은 파동이 중첩되는 상황은 말 그대로 살殺풍경하다. 인터넷에 올라온 게이 클럽의 군무 영상을 보면서 '나'가 "살풀이"(277쪽)라 말하는 것도 의미심장하다. 아우팅의 위협이 항상적으로 내재하는 '자연'스러운 현실은 퀴어에게 마치 타고난 사주의 살殺처럼 비극적 운명으로 다가온다. 소설은 이를 두고 "성격이 곧 운명이다"(256쪽)라는 공리로 제시하지만, 아우팅의 위험을 매 순간 감내하며 살아야 하는 퀴어의 실존적 조건을 '성격'으로만 담아내기는 어렵다. 이때 '성격'은 그 모든 번뇌와 고통과 안타까움─사랑하는데도 불구하고 자꾸만 결렬되는 둘의 관계를 두고 쉽게 포기하지도 낙관하지도 못하고 그저 최대한으로 끌어안으려는 '나'의 방어 주술과도 같은 것이다.

'나'는 불안에 떠는 남준에게 아무 문제 없을 거라고 "밥 잘 먹고, 잘 지내고, 보름 후에 만나자"(281쪽)라며 애써 태연한 척 안심시키려 하지만, 그 역시도 장담할 수 없다. 이 사랑을 두고 그러나 생애 다시없을 가장 아름다운 순간이라고 되뇌어보는 일 외에, 무엇을 더 노력해서 얻고 성취하고 벌어서 이 불안을 해소할 수 있을까. 이 연인의

자신의 퀴어함을 일상 속에서 드러내기를 망설이지 않는 퀴어를 뜻한다. 이를테면 '알 사람은 알 테지' 정도의 자세.

문제가 해결되기 위해서는 아파트가 아니라 퀴어에게 안전한 현실이 마련되어야 한다.

5. 마음의 습관들이 만드는 삼각형─서로 다른 좌표에 관하여

세 작가의 단편소설들을 통과하며 본 '요즘' 젊은이들의 삶의 태도는 방어적 자세로 일관되는 듯하다. 더 높은 임금의 고용을 위해, 그리고 덜 상처받기 위해 각자의 벽을 사수하려 애쓰는 이 마음의 습관들은 조금씩 다른 양상으로 구체화된다. 그 차이를 더 직관적으로 살피기 위해 잠깐 수학적 도구를 빌려와서 살펴보자. 삶 또는 젊음youth이라는 산출값을 좌우하는 변수로 사랑love 또는 일work을 설정할 수 있다.

송지현 소설(S)의 경우는 사랑, 연애 관계에 대해 화자가 보이는 정동의 변화율이 가장 안정적인 양태이지만 임금노동 혹은 그로부터의 자기 성취는 거의 부재에 가까운 삶이다. 장류진 소설(J)의 경우는 사랑이나 섹슈얼리티의 실천이 거의 소거되어 있는 반면, 업무에서의 자아실현이 활발한 경우다(유리 천장으로부터 자유로울 수 없어 항상 불안을 내포하므로 완전히 안정적이진 않다). 박상영 소설(P)의 경우는 비정규직에서 정규직으로 전환에 성공하고, 노동과 그 안에서의 자기 성취에 있어서 상대적으로 가장 큰 안정성을 획득한 고소득군에 속하지만, 사랑의 성취와 안정은 이같은 노동조건과 고임금에 의해서도 보장되지 못하는 경우다. 각 가치(변수)가 지닌 안정성의 강도를 축으로 옮겨 좌표평면을 만들어 세 소설 속 주인공들의 삶의 위치를 지정해보면 다음과 같다.

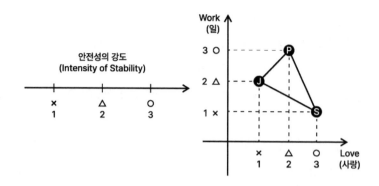

세 개의 삶은 삼각형을 이루는 꼭짓점이 된다. 이들 중 서로에게서 가장 멀리 비껴나 있는 것은 S다. 프레카리아트와 기업 임금노동자의 삶이 형성하는 간극만큼이나 물리적인 삶의 거리도 가장 멀다. P의 인물은 성 '소수자'임에도 불구하고 사랑도 일도 셋 중에서 가장 많이 성취한 경우다. 퀴어의 문화정치적 소수자성을 훨씬 초과하는 주류적 힘이 신자유주의의 노동과 경제적 계층에서 발생하는 경우다.

각각의 삶을 한 단어로 규정할 수는 없지만, 세 삶의 관계성을 톺아보기 위해 조금 거칠게 가치를 부여해보면 다음과 같다. S는 실제 삶의 안정은 아니나 주체가 일상을 살아내며 느끼는 '안정감'이라는 가치를, J는 일터에서 여성의 '독립'적인 영역의 확보와 그 능력 발휘를, 그리고 P는 계층의 상승과 연애에 대한 가치관의 변화, 요컨대 사랑과 일 두 영역 모두에서의 '이동'을 함축하는 삶의 양태들이라고 정리할 수 있다. 이때 세 삶은 '요즘' 젊은이들이 처한 트릴레마 trilemma[6]—동시에 성취될 수 없는 삼각형의 불가능성을 이룬다.

---

6) 세 가지 문제가 서로 영향을 미치며 근본적인 문제 해결을 어렵게 하는 '삼각 딜레

이 세 삶의 모습이 만들어내는 트릴레마는 사랑과 일 둘 중 하나만을 선택해야 한다는 뜻이 아니다. 동일한 물리적·정치적 현실 안에서 각자가 처한 상황과 개인들의 성격에 따라 정해지는 서로 다른 선택들이 제각각 좌표를 형성하고 결국은 각자 다른 가치 지향성을 갖게 됨을 의미한다. 곧 '요즘' 청년들의 욕망과 선택은 동일한 세대론적 구조로 치환할 수 없다. 교차적 사유의 필요성은 이로부터 나온다. 차이들이 서로 경합하며 만들어내는 장소성의 좌표들이 공통의 좌표평면 위에 있다는 맥락을 고려하며 읽어내는 일이 필요하다. 서로 다른 선택과 추구가 어떠한 공통의 맥락과 배경 안에서 내려지고 있는지에 대한 이해로 나아가기 위함이다. 그래서 가령 S와 P 중에 '누가 더 힘들까?'라는 질문은 쓸모없어진다.

이 삼각형의 성립을 가능케 하는 요소들 중 하나는 '요즘' 이들의 방어적 태도다. 타인/타자성의 접촉과 이해는 코로나 바이러스(「보름 이후의 사랑」)에 의해 막히고, 수도권과 지방의 격차로 인해 관계의 접촉을 애초부터 포기하거나(「여름에 우리가 먹는 것」) 또는 부러 극렬히 저항함으로써(「공모」) 공동의 감응은 은폐된다. 삼각형이 깨지기 위해서는 '너'와 '내'가 세운 벽 중 최소한 하나는 먼저 무너져야 한다. 그러므로 찬호가 자가 격리에 들어가면서 남준과의 사랑을 두고 "내 인생 가장 아름다운 시간"(282쪽)이라고 말하는 것은 힘없는 냉소도 비관도 과장도 아닌, 최대한의 긍정이다. 사랑으로부터 상처받을 것에 대한 두려움을 모두 내려놓고 덥석 아파트를 구입하기로 작심한 것은 객기가 아니라 방어기제에 대한 정면 돌파다.

마'를 뜻한다.

세 개의 삶에서 드러나는 사랑과 일의 양태를 안정성이라는 축으로 가늠해보았지만 이는 혹자의 삶이 덜 불안하거나 더 안정적이라는 구별 짓기를 하기 위함이 아니다. 서로 다른 불안을 딛고 그 위에서 각자 고유한 생의 무늬를 만들어가는 시간의 단면들, 그것들이 겹쳐지면서 나타나는 단층planigraph의 모습을 한 화면에 모아 보기 위함이다. 계속해서 실패하는 대신 경쟁 구도 자체에서 잠시 이탈하는 임시적 유보를 전략적으로 채택하거나, 상처받지 않기 위해 사랑하지 않으려 하지만 결국은 그 사랑을 위해 뜻밖의 결단을 과감히 내리는 등의 면모는 이 시대의 젊음이 현실을 오롯이 긍정하는 자세에서 기인한다. 어떤 자책이나 왜곡 없이 자신의 욕망을 부정하지 않는 일. 불안을 안정이라는 국면에 미달된 양태로 여기지 않고 다만 그 불안이 자신의 욕망과 정체성을 재단하여 잘라내지 않게 방어하는 일. 그것이 '요즘 애들'의 삶의 자세이며, 이들이 처한 트릴레마는 현실을 있는 그대로 긍정하는 삶의 자세가 만들어낸 고유의 궤적이다.

(2022)

원한과 사랑 사이의 두 여자(들):
버지니아 울프의 『자기만의 방』과 함께
—강화길의 『대불호텔의 유령』과 최은미의 『눈으로 만든 사람』

Still, in strife, she whispered peace;

She would sing while I was weeping;

If I listened, she would cease.

—Emily Brontë, "Hope"(1846)

1. 분노의 불길이 방을 불태울지도 모르는

검증되지 않은 문학적 편견 중 하나는 여성 독자들이 여성 소설가들을 (주로) 사랑할 것이고 여성 비평가들은 또한 '여성 문학'을 바로 그 재귀적 이유로 상대적으로 더 호평하리라는 것이다. 이 편견은 문학을 아주 효과적으로 억압하게 되는데 가령, 어떤 작품이 지닌 뛰어나거나 그렇지 못한 면모들이 단지 '여성적'이라는 수식어로 손쉽게 환원되어 제대로 독해되지 않는다. 그럼에도 불구하고 많은 작가와 평론가들이 자신들의 작업 앞에 '여성'을 붙이거나 그와 연결시키고 싶어하는 이유는 '문학'이라는 기호가 역사적으로 남성 젠더의 유산이었기 때문이다. 버지니아 울프는『자기만의 방』(1929)에서 그 전통에 관해 다음과 같이 말한다.

　여성이 종이 위에 자신의 생각을 옮겨놓으려고 할 때 그들(……)이 직면했던 다른 어려움과 비교하면 그것은 사소한 것이었습니다. 그 다른 어려움은 여성들의 배후에 전통이 전혀 없거나, 있더라도 너무 짧고 편파적인 전통이라서 그들에게 거의 도움이 되지 않았다는 사실입니다. (……) 즐거움을 맛보기 위해서라면 얼마든지 위대한 남성 작가들에게 접근할 수 있다 하더라도, 그들에게 도움을 청하러 가는 것은 무익한 일입니다.[1]

　'여성 문학'과 '여성의 글쓰기'라는 키워드 앞에서 가장 먼저 소환되곤 하는 울프의 문학론은 인용 부분만 본다면 마치 남성 젠더를 대타항으로 두는 '여성'항을 구출해내고자 하는 것처럼 읽힐지도 모른다. 그러나 그는 전통의 부재 앞에서 '여성'이 '남성'을 찾아가는 일은 오히려 무의미하다고 말한다. 여성이 자유롭게 글을 쓰게 되는 것은 남성과 같아지는 일이 아니기 때문이다. 3장에서 그는 작가가 여성/남성을 의식하는 것을 포함하여 어떤 억압의 굴레에도 갇히지 않고 자유로이 쓰는 마음을 '타오르며 빛나는 마음incandescent mind'이라 말하며 양성성과 연결시킨다. 이 작열하는 마음은 "항의하거나 설교하려는 욕구, 자신이 받은 모욕을 공표하거나 원한을 갚으려는 욕구,

---

1) 버지니아 울프,『자기만의 방』, 이미애 옮김, 2006, 민음사, 116쪽. 이하 인용시 쪽수만 밝힌다.

세상을 자신이 겪은 곤경과 불만의 증인으로 삼으려는 욕구, 그 모든 욕구"(87쪽)가 불타올라 사라지는 마음이다.

위의 견지에서 울프는 샬럿 브론테[2]의 『제인 에어』(1847)를 꽤 혹독하게 비평한다. 그레이스 풀의 소름 끼치는 웃음소리가 등장하는 대목에서 드러나는 소설의 경련과 분노를 지적하며 분노를 제련하지 못한 채 분별력을 잃고 말았다고 평한다. "현명하게 써야 할 곳에서 어리석게 쓸 것"이고 "또한 그녀는 등장인물에 대해 써야 할 곳에서 자기 자신에 대해"(107쪽) 써버린 것이다. 로체스터의 캐릭터에 관해서도 마찬가지로 비판한다. 로체스터 안에 자리한 억압과 괴로움은 소설을 "경련의 아픔으로 수축시키는 적의"(113쪽)로 작용한다. 울프는 이렇게 적나라한 분노의 전시와 표출을 두고 여성적인 것이 아니라 남성적이라 평하며 탁월한 문학은 이 적나라함을 초월하여 자유로워져야 한다고 일갈한다.

강화길의 장편소설 『대불호텔의 유령』과 최은미의 소설집 『눈으로 만든 사람』은 여성 작가가 쓴 '여성 소설'이며 여성의 분노가 드러난다는 점에서 울프의 논의를 겹쳐 독해해볼 수 있다. 두 작품집에 나타나는 여성의 목소리와 분노는 원한과 사랑이라는 두 정동 사이에서 서로 다른 위치성을 갖는다. 『대불호텔의 유령』은 (여성) 소설가 인물의 쓰기가 원한에서 기원한다는 소설론을 '유령'을 통해 제시하고, 『눈으로 만든 사람』에서는 성폭력 피해자가 느끼는 분노와 원한이 겨

---

2) Charlotte Brontë(1816~1855)는 영국의 소설가이자 시인이며 '브론테 자매'(에밀리, 앤) 중 맏이다. 대표작 장편소설 『제인 에어(Jane Eyre)』(1847)가 있다. 브론테 자매는 자신들이 여성임이 독자와 비평가들에게 큰 편견으로 작용하리라 확신하고 남성으로 추정되는 예명(Currer, Ellis, and Acton Bell)을 사용하여 시집을 발표했다.

울의 계절감으로 얼어붙어 여름—두 여성이 함께 보내는 더운 계절
—속에서 녹아내린다. 『대불호텔의 유령』이 원한에서 시작해 사랑으
로 옮겨가는 서사의 수평적 이행을 보여준다면 『눈으로 만든 사람』은
원한의 이행이 아니라 원한을 배태한 사랑의 끈적함을, 그 어지럽게
들러붙은 복잡한 마음을 원초적인 감각으로 형상화한다. 두 여성 작
가의 서로 다른 두 작품세계는 고유의 방식으로 세계의 서스펜스를
창출해낸다.

2. 원한의 소설론—강화길, 『대불호텔의 유령』[3]

실제로 인천에 있었던 대불호텔을 주무대로 하는 이 소설은 명시
적으로 고딕gothic 스타일을 지향한다. 피 흘리는 셜리 잭슨[4]이 등장
하고 에밀리 브론테의 유령이 출몰하며 인물들을 두려움에 떨게 한
다. 정체를 알 수 없는 목소리들이 여성 인물들의 자아를 위협하고 죽
음으로 내모는 서사 단락들은 독자를 한시도 편안하게 하지 않는다.
소설의 서스펜스는 세 가지 요소—두 여성들이 맺는 관계의 비대칭
성과 대불호텔이라는 닫힌 공간에서 일어나는 기묘한 일, 그리고 소
설세계 전반에 자리한 원한 감정에 의해 발생한다. 요컨대 인물, 사
건, 배경 모두가 정직하게 서스펜스 효과를 위해 복무하고 있고 그만
큼 '호텔'은 전통적인 기법에 의해 건축된 셈이다. 그럼에도 불구하
고 "이것은 소설이다.//소설에 불과하다"(7쪽)라고 시작하는 첫 문

---

3) 강화길, 『대불호텔의 유령』, 문학동네, 2021. 이하 인용시 본문에 쪽수만 밝힌다.

4) Shirley Hardie Jackson(1916~1965)은 미국의 소설 작가로 고딕, 호러, 미스터
리 장르 소설의 대가다. 대표작 『힐 하우스의 유령(The Haunting of Hill House)』
(1959)을 포함하여 수백 편의 소설을 썼다.

장은 이 소설이 소설쓰기와 소설가에 대한 메타적 의식을 집중 겨냥하고 있음을 알려준다. 유령이 등장하는 이야기로 소설 그 자체에 대해 질문하는 소설이란 결코 전통적이기만 할 수 없다.

"강렬한 감정 그 자체는 결코 소설이 될 수 없"(55쪽)다며 1부의 소설가 화자 '나'는 자신이 겪은 사건에 대하여 적절한 거리를 두고 온전히 이해하기 위해서 쓴다고 말한다. 그래야만 자기 마음을 누구에도 전염시키지 않는 '귀신'이 되지 않을 수 있다고 말이다.

"그러지 않으면 누군가에게 그 감정을 쏟아붓게 돼요."

원한怨恨(56쪽)

원한 감정은 서사가 진행되면서 여성 인물들 간의 관계를 다르게 배치시키는 유형력으로 작동한다. 이는 작중 소설가 인물들로 하여금 소설을 쓰게 하는 강력한 주술이다. 그런데 이 원한 감정은 1부의 화자이며 3부의 주요 화자인, 독자와 동시대를 사는 소설가 '나'가 2부의 소설가인 '셜리 잭슨'과 대비되는 양태로 드러난다. '나'는 "소설을 쓰겠다. 반드시 쓰겠다. 아주 괴팍하게 쓰겠다"(57쪽)며 원한을 반사할 것을 다짐하지만, '실제로' 유령 이야기를 쓰는 잭슨은 원한을 두려워한다. 잭슨이 호텔에 들어온 것은 소설쓰기를 위한 영감을 받기 위해서였는데 본인의 선택이라기보다 남편의 일방적인 권고 때문이었다. 남편과 '나'는 같은 소설론을 공유하는 반면 잭슨의 소설론은 울프의 소설론과 부합하며 그들의 대척점에 자리한다.[5]

그녀가 어머니와 남편의 구속으로부터 자유로워지겠노라는 결정을 내리자마자 호텔 건물이 무너지는 소리와 속삭이는 어떤 목소리를 듣는데, 이 목소리는 곧 대불호텔 그 자신의 목소리다. 요컨대 대불호텔은 원한 감정의 인격화가 구체적인 장소의 물질성을 빌려 드러난 체현물이다("이 건물이 사람처럼 느껴지기도 해. 이 건물은, 원한을 끌어들이는 것 같아", 158쪽). 잭슨이 호텔을 떠나려 할 때 그녀를 붙잡는 그 목소리는 여성 소설가를 제압하려는 구속의 목소리, 남편과 어머니로 상징화된 목소리다("또 말하겠지. 결국 당신 덕에 내가 소설을 쓸 수 있는 거라고. 그래? 그럴까. (……) 나는 당신이 없어도 무엇이든 쓸 수 있어", 217쪽). 원한에 사로잡혀야만 글을 쓸 수 있다고 주장하는 소설론은 그로부터 전혀 영감을 받지 못했음에 오히려 분노하며, 호텔을 떠난다.

여성 소설가 인물들은 서로 다른 소설론을 품고 서사를 출발하였으나 결말에서는 모두 울프의 소설론으로 수렴하고 있는 것처럼 보인다. 잭슨은 물론이고, '나' 역시 3부에서 '뢰이한'의 이야기를 초점화하며 원한 정서를 사랑으로 전환시킨다("대불호텔은 원한이 아니었다./사랑이었다", 281쪽). 2부에서 독자들이 소설의 진실이라 믿어 의심치 않고 따라 읽어온 서사는 3부가 열림으로써 그 절대성이 희석되기 시작한다. 단 하나의 객관적이고 절대적인 진실이 부정되고 여러 개의 주관적 진실들이 병존할 수 있게 하는 소설적 장치는 다

---

5) 잭슨이 가부장제 안의 대타자들로부터 해방되는 순간은 마치 케이트 쇼팽(Kate Chopin)의 소설 『각성(The Awakening)』(1899)을 연상시킨다. "살면서 이렇게 제정신인 순간이 없었죠. 나는 알아차렸어요. 남편 없이 살 수 있다는 것을요. 어머니 없이도 충분히 행복하다는 것을요! 나는 혼자 있을 수 있어요. 혼자 웃을 수 있어요!"(케이트 쇼팽, 『각성』, 한애경 옮김, 열린책들, 2019, 154쪽)

중 화자다. 원한의 서사가 사랑의 서사로 급격히 반전되기 위해 화자가 '지영현'에서 (스스로 원한의 화신-유령이 된) '이청화'로 바뀐다. 그러나 서사의 대부분이 이미 진행된 상황에서 "이야기는 이렇게 다시 시작되었다"(277쪽)고 선포되기엔 화자 변경의 장치가 충분한 동력을 제공하지 못한다. 소설세계의 지향점은 분명 원한의 극복 또는 초월이지만 안타깝게도 소설의 기술이 그 역동적인 흐름의 연속성을 충분히 담아내지 못한다.

3. 샬럿의 '사랑'과 에밀리의 '원한' ―두 여성(들)의 관계성

소설쓰기의 동력이자 원한의 공간적 체현으로 청인들, 이방인에 대한 혐오 정서와 여성 인물들의 자기혐오가 투영된 장소는 주술을 행사한다. "대불호텔은 사람들을 떨어뜨려놓아요. 하나씩, 하나씩, 찢어놓죠. (……) 우리가 가장 무서워하는 것을 드러내는 거예요. 혼자 남게 되는 것. 나의 이야기를 오직 나에게만 하게 되는 것"(207~208쪽). 이는 셜리 잭슨과 '고연주', 그리고 뢰이한이 원한의 인식론을 공유하지만 그것이 부재하는 지영현이 소외되는 관계의 구도에서 여실히 드러난다. 세 사람과 한 사람을 갈라놓는 것이 바로 에밀리 브론테[6]의 유령이다.

소설 속에서 『워더링 하이츠』는 "선택받지 못했다고 생각한 남자

---

6) Emily Bronte(1818~1848)는 영국의 소설가이자 시인이며 대표작으로 장편소설 『폭풍의 언덕(Wuthering Heights)』(1847, 강화길의 소설에 나오는 『워더링 하이츠』는 이 소설을 가리킨다)이 있다. 히스클리프와 캐서린의 '폭풍' 같은 사랑 이야기로 인물들의 행동과 정서의 잔인함은 빅토리아조의 위선적 도덕률에 정면으로 도전하는 것으로 독해된다.

가 여자와 그 가족에게 복수하는 내용"(166쪽)으로 정리되는데 다르게 말하자면, 사랑하는 대상을 소유하는 데에 실패한 이(히스클리프)가 관계에서 소외-배제되고 그로부터 파생되는 원한 감정을 남은 생의 추동력으로 삼는다는 해석이다. 실제 발표된 여성 작가의 '여성소설'인 이 작품은 대불호텔 안에서 영현이 처한 관계의 역학 구도를 알레고리적으로 전하는 장치다. 브론테의 유령과 대불호텔의 공간성이 함께 자아내는 그 원한은 소설을 쓸 수밖에 없는 운명을 창조하는 기원이 되고, 연주의 '팔자'와 합쳐지면서 소설 쓰는 여자는 주체적인 여성상의 지위로 올라선다. 동시에, 연주를 해하려던 남자들이 하나같이 계단에서 목뼈가 부러져 죽는 기묘한 사건―유령과 팔자에 관한 초현실적인 신비―의 베일도 벗겨진다. 이 모든 불가해한 고딕스러움의 진실은 미국으로 건너가기 위한 연주의 강한 의지였던 것으로 드러나면서 해명된다. 그러니까 영현의 서사는, 작가적 정동이자 주체적인 여성상으로 가는 매개물인 원한을 갖지 못한 이는 브론테의 유령을 볼 수 없다는 소외 상태를 영현 스스로가 유령이 됨으로써 초월해버리는 이야기인 것이다.

소설에는 (끝내 깨질지언정) 깊은 유대를 맺는 두 여성의 관계가 겹겹이 등장한다. 영현의 어린 시절에는 '박종숙'이, 그리고 호텔에서는 고연주가 있다. 고연주와 셜리 잭슨, 그리고 '영소'와 '보애'의 관계 역시 그러하다. 이러한 '두 여성'들은 마치 『제인 에어』의 제인과 단짝 헬렌 번즈의 관계를 곧장 연상시킨다. 조력자 없이 홀로서기 해야 하는 어리고 젊은 여성들은 서로를 절대적으로 의지한다("세상에, 영현아, 지금 나[연주―인용자]는 네게 모든 걸 의지하고 있는걸", 130쪽). 반면에 젊은 여성과 그 위 세대 여성은 적대적인 감독 관계에 놓여 있다. 영현과 당숙모의 관계가 그렇고("나는 당숙모의 사랑을 원하는 걸까. 인정을 받고 싶은 걸까", 102쪽) 설리와 그녀의 엄마가 그러하다. 요컨대 소설의 초점 인물 여성들은 수직적으로는 위 세대의 압력으로부터 해방되어야 하며 나름의 방식으로 그를 달성하고, 수평적으로는 같은 세대의 여성(들)과 일시적으로 짙은 유대를 형성하지만, 궁극적으로 각자의 삶을 살기 위한 선택 속에서 그 유대는 끊어진다("이런 건 다 중요하지 않아. 지금 중요한 건 이거야. 너는 네 인생을 살아야 해", 178쪽).

제인과 헬렌의 관계는 소녀들의 우정에 그치지 않고 동성애적 관계로 독해되기도 하는데 종숙과 영현 사이에도 그러한 면모가 분명 있다. 이를테면 영현에게 일본어를 가르치는 힘든 상황을 두고 '매혹적인 상황'(191쪽)이라고 스스로 명명하는 종숙의 말이 그렇다. (이 '매혹'은 영현이 연주와의 관계 속에서 '안심'을 찾으면서 사용한다는 점에서 또한 의미심장하다.) 두 소녀가 가진 환경의 차이는 곧 세상에 발휘하는 힘의 차이로 변환되는데 이러한 권력의 낙차 속에서 두 소녀가 '매혹'을 느끼는 것은 평범한 유대에 머무르지 않고 성적인 긴장을 초래하는 여지를 만든다. 헬렌은 제인에게 원한 감정에 굴복하지 말 것을 다정히 조언하는데[7] 종숙 역시 영현의 피해 의식과 박탈감, 그리고 그로 인한 억울함을 용해시키려 애쓴다. 헬렌이 폐결핵으로 일찍 제인의 곁을 떠나듯 종숙 역시 폭격과 함께 영현과 결별한다. 끝내 소외를 극복하지 못한 영현이 스스로 유령—에밀리 브론테가 되

---

7) "당숙모는 분명 너를 심하게 대했어. 하지만 제인, 그런 감정이 너를 휘두르도록 내버려두지 마. 가슴에 원한을 품고 잘못을 곱씹으며 살아가기에 인생은 너무 짧은 것 같아."(『제인 에어』, 조애리 옮김, 을유문화사, 2013, 81~82쪽)

면서 ("영원히 이 길을 달려가는 유령이 되었다", 240쪽) 샬럿 브론테가 제시한 여성 유대의 가능성은 영원히 차단된다. 원한 감정의 향연이 1, 2부를 가득 채우고 3부에서는 새로운 서사적 돌파구를 찾아보지만 그 종착지가 남성 인물과의 로맨스라는 점은, 『제인 에어』가 맞닥뜨린 비판과 또한 맞아떨어진다. 두 여성 간의 유대는 끝내 에밀리의 『워더링 하이츠』를 벗어나지 못한 채, 연주와 영현은 호텔을 떠나는 자와 남는 자, 즉 캐서린과 히스클리프로 소설 속에 잔류한다.

4. 얼어붙은 원한의 계절감—최은미, 『눈으로 만든 사람』[8]

강화길이 원한의 소설론을 제시하며 서사의 끝에서 결국 그것을 지나쳐 사랑으로 나아가고자 하는 수평적인 선형성을 고딕 스타일로 시도했다면, 어떤 원한은 과거, 현재, 미래 그 어디에서도 기화하거나 지나가지 않은 채 계속해서 살아 있다. 최은미의 「눈으로 만든 사람」 「내게 내가 나일 그때」 그리고 「美山」이 그러하다. 최은미의 인물들이 품고 있는 원한은 겨울의 계절감 속에서 눈雪의 결정으로 얼어 있다.[9] 「눈으로 만든 사람」에서 친족 성폭력 피해자인 '강윤희'와 가해자인 사촌 '강중식'의 아들 '강민서'가 만든 '눈사람'은 그 원한의 구체적인 형상이다. 머리에 흑미를 뿌려 까까머리를 표현한 눈사람—윤희가 어린 민서에게 만들어준 눈사람이 시간이 흘러 윤희의 딸 '백아영'과 민서가 함께 만든 눈사람이 되고, 결국은 베란다에서 그것이 녹아 물

---

8) 최은미, 『눈으로 만든 사람』, 문학동네, 2021. 이하 인용시 본문에 작품명과 쪽수만 밝힌다.

9) 「눈으로 만든 사람」의 '윤희'는 한겨울에 태어났고, 「내게 내가 나일 그때」의 '유정' 역시 겨울에 태어났다.

이 되어 그 위에 흑미들만 떠 있는 장면은, 가해자에 대한 피해자의 원한이 변화하는 흐름이다.

「눈으로 만든 사람」에 드러난 피해자의 피해자성은 고정되어 있지 않다. 가해자에 대한 일관된 비난이나 그로 인한 트라우마의 증상으로 일상생활을 영위하지 못한다거나 하는, 피해자에 대한 고정'관념'은 없다. 오히려 가해자의 아들과 자신의 딸이 맺는 친교—윤희는 어떤 명백한 말로도 문장화하지 않지만 바로 그렇게 언어화하는 것이 불가능할 정도로 강렬한 위협과 두려움의 정동이 시종일관 소설 내에 팽팽히 깔려 있다—를 제지하지 않는다. 남편과의 섹스를 거부하는 게 아니라 오히려 자신의 "성격이나 직업이나 가치관 같은 것을 따지지 않고 강윤희라는 여자의 몸 자체에 관심이 있는 남자"(115쪽)와의 섹스, 그러니까 관능과 욕망 그 자체만이 가득한 섹스를 꿈꾼다. 눈사람이 녹는 것은 가해자를 용서하거나 과거의 폭력을 망각하는 것을 의미하지 않는다. 시간의 흐름에 따라 피해자도 가해자도 각자의 삶을 살아나가고 새로운 가족을 만들지만, 그럼에도 불구하고 끝내 남는, 오히려 바로 그런 바탕 위에서 더 도드라지는 까만 쌀 알갱이들처럼 폭력과 피해는 명징해진다. 최은미가 형상화하는 성폭력 피해자성은 고통의 승화나 치유, 혹은 고립이나 은폐 같은 단어를 배격한다. 한 인간의 무수히 많은 삶의 결, 인간관계 그리고 자신의 욕망들 틈바구니에서 흑미처럼 작지만 몹시 단단하고 확실하게 남는 어떤 흔적으로 기록된다. 이때 최은미에게는 주체나 타자, 대상 같은 말은 무의미해진다. 남편과 딸, 그리고 섹스와 성폭력 경험의 기억이 강윤희라는 한 인간의 삶 그 자체 안에서 엮일 뿐이다.

「눈으로 만든 사람」과 더불어 '폭력 생존기 3부작'으로 엮이는[10]

「내게 내가 나일 그때」는 강화길의 경우처럼 원한이 소설가 인물의 창작 동력이 되는 이야기다.

> 친족 성폭력 얘기를 쓴 자신의 소설이 자전적 경험을 모티프로 한 것임을 밝히기 이전. (……) 유정은 아무것도 알 수가 없었다. 가족들이 그 글을 읽은 것인지 (……) 글로 써서 발표까지 해놓고 왜 자신은 가족들한테 정식으로 얘기하지 못하고 있는 것인지 (……) (247쪽)

'대불호텔'에서 강화길의 원한은 소설쓰기보다 앞서 작동하는 힘이며 그것을 이해하지 못한 이가 소외감에 시달리는 힘이지만, 최은미의 원한은 쓰고 난 후에 더욱더 강한 악력으로 인물을 쥐어짜는, 그래서 달아나고 싶지만 달아날 수 없는 포획력이다.("이 모든 걸 글로쓰기 전에는 이렇게 힘들지가 않았어요", 268쪽) "자신을 비껴서 나오는 게 아니라 자신을 통과해서 나오고 싶"던 '유정'은 그래서 소설을 써야만 했지만 "다시 끌려 돌아"(266쪽)가야만 하는 상황에 끼어 있다. 상호 텍스트성에 의해 「美山」과 연결되는 미산은 폭력이 일어났던 과거의 공간이다. 눈사람이 녹아 흐르듯 유정 자신은 그 공간과의 결탁을 이미 끊었지만 공간 자체는 계속해서 생동하는 곳, 폭력의 기억이 묻어 있는 「美山」은 모습이 보이지 않고 목소리만 들리는 '은석'의 목소리처럼, 그러니까 죽었지만 바로 그 이유로 계속해서 살아 있을 수 있는 유령과도 같은 곳이다. 강화길의 고덕이 유령을 상징계의

---

10) "「눈으로 만든 사람」과 「나와 내담자」「내게 내가 나일 그때」는 '폭력 생존기' 3부작이다."(강지희, 「파열하며 새겨지는 사랑의 탄성」, 『눈으로 만든 사람』 해설, 364쪽)

차원으로 강력히 끌어올리는 소환술이라면, 최은미의 고딕은 의식을 바로 그 상징계 아래로 밀어내리는 강령술이다.

최은미의 인물들이 생을 지속하는 현재는 마치 유령의 환영처럼, 과거의 기억을 끈적한 감각으로 끝없이 현재화하며 축조된다. 의식의 영역 바깥에 있던 비체적인 것들("변기 안에 떠 있던 참외 씨 하나", 「보내는 이」, 9쪽)과 정상적이고 규범적인 언어를 이탈한 음험한 물질성(「운내」)을 통과하며 텍스트 위로 펼쳐진다. 최은미의 이러한 현재성의 뜨거운 열기는 겨울에 태어난 원한이 만년설처럼 얼어붙지 못하게 녹여버린다. 이 영역 밖의 비체적이고 비정상적인 것들은 바로 여자들의 사랑이다.

5. 남편 등뒤의 여름—이성애 구조 안에서만 꿈틀대는 (퀴어한) 욕망

「눈으로 만든 사람」에서 눈사람이 물이 된 것처럼, 「보내는 이」에서도 십 년 동안 얼어 있던 무언가가 녹는다. '진아씨'의 모유다("실내온도가 몇 도쯤 되는 걸까. 사십 도? 사십오 도?", 32쪽). 이 뜨거운 여름의 열기 속에서 두 여자(들)은 '우정'은 더더욱 아닌, '사랑'이나 '연애'라는 단어로는 설명할 수 없는 욕망을 뿜어낸다. 이 욕망의 계절의 이야기로는 결혼한 두 여자의 「보내는 이」와 「여기 우리 마주」, 그리고 조금 더 어린 여자들의 이야기로 「운내」가 있다. 여성과 여성 간의 사랑은 보통 레즈비언이나 퀴어라는 단어로 쉬이 설명될 수 있지만 최은미의 세계에서는 그럴 수 없다. 그들은 분명히 서로를 욕망하지만 그 누구도 그 욕망을 발설하지 않는다. 그러나 온몸의 감각으로, 비체적 언어로 살아낸다.

어디에도 말할 수가 없는 마음, 너무 사랑해서 말할 수 없고, 구차하고 흔해서 말하고 나면 별게 아닌 게 되어버리는 얘기들.(23쪽)

그래서 이 소설들을 읽어내기 위해서 우리는 모종의 합의점을 짚고 넘어가야 한다. 이성애 가부장제의 가장 강력한 체현물이자 구속인 결혼 제도 안에서 그들은 '퀴어'로 불리기 어렵다는 것, 그리고 그 정체성에 대한 자각이나 자의식의 면모는 조금도 보이지 않는다고 말이다. 「보내는 이」와 「여기 우리 마주」는 십대 무렵의 여자아이를 키우는, 비슷한 연령과 비슷한 주거환경에서 사는 두 여자가 삶에서 감각하는 소외감이라는 교집합을 그린다. 이성애 결혼생활과 공감 능력 없는 남편과의 관계는 그 소외감의 원천이다. 『대불호텔의 유령』에서 영현이 연주에게 느낀 소외감은 함께일 수 없음에 대한 것이었다면 최은미의 여자들이 남편으로부터 느끼는 그 감각은 역으로 함께이기 때문에 발생한다. 말 그대로 '강제적' 이성애의 현신인 남편과의 결혼생활이라는 이 존재론적 조건은, 두 여자들이 서로를 향해 품게 되는 그 은밀하고 배타적인 욕망의 주고받음을 더욱 강렬한 비언어적 감각의 세계로 밀어넣는다.

앞서 다룬 겨울의 세 소설에서 여성 화자는 남편과 함께이거나 혼자라는 감각 속에 있지만, 여름의 세 소설에서 여성 화자는 언제나 다른 한 여자의 손을 잡고 있다. 현재 시점에서는 이미 부재하는 관계는 그를 다시 반추하며("진아씨를 떠올리면", 9쪽; "은채 학교에 갔다오던 날은", 49쪽) 과거 시점에서만 살아 있는 격이지만, 화자 스스로가 과거 속에서 생동하므로 그가 잡은 여자의 손은 환영이 아니다. 요컨대 과거를 떠올리는 이가 스스로 과거가 됨으로써 과거는 현재보다 더욱 현재가 된다. 그래서 상실하여 부재한 관계를 기다리겠다는 그녀의 마음은 자연스럽게 현재진행형이 되고 나아가 미래의 일부까지도 이미 결정할 수 있다("그래. 당신이 원하는 게 그거라면 그렇게 할게. 백번이고 할게", 43쪽).

「보내는 이」와 「여기 우리 마주」는 강한 상호 텍스트성으로 연결되어 있는데 단지 인물이나 그들이 처한 삶의 조건의 유사성 때문만은 아니다. 후자는 전자 이후의 시간이다. 무직이던 주부들은 「여기 우리 마주」에서 딸아이가 몇 살쯤 더 성장한 다음 공방을 운영하고 학원 운전기사라는 구체적인 직업을 갖게 된다. 집에 있거나 없거나 정도로만 묘사되던 남편의 존재감도, 적나라한 비난의 말을 통해 좀 더 부조된다("얼굴이 빨개진 남편을 보며 생각한다. 숨이 막히면 좀 죽어도 되지 않나?", 71쪽). 강화길이 서로 다른 시공간의 다중 화자를 통해 목소리들 각각이 소설세계의 서술을 주도함으로써 연결되는 거시적인 상호 텍스트성을 설정했다면, 최은미는 일상의 미시적인 변화들을 독자가 세밀하게 감지하게 함으로써 서로 다른 두 소설세계를 꿰맨다.

강화길의 서스펜스는 현시점에 독자와 초점 인물이 바라보는 세계의 상태가 날조된 것일 수도 있다는 위험신호를 계속해서 발생시킴으로써 얻어지는 효과라면, 최은미의 서스펜스는 말해야 할 것을 일부러 생략해버림으로써 얻은 공백을 통해 발생되는 다의성의 효과로부터 온다. 이는 모호함과는 다른 것으로 의미가 흐릿하다기보다 오히려 중층적인 의미소를 겹쳐두는 효과라 할 수 있다. 가령, 「보내는 이」의 제목이 그러하다. 제목은 세 가지 의미로 읽을 수 있다. 진아가 '영지'에게 보낸 스프레이 택배 상자에 붙은 송장의 '보내는 이'(발송인), 다른 하나는 진아를 자신의 삶 바깥으로 '보내'버린 영지 자신을 지칭하는 의미, 그리고 마지막 하나는 받는 이의 이름을 "진아라고도 지나라고도 쓸 수 없었기 때문에"(43쪽) 발송하지 못한 편지를 '보내는 이'로서의 영지 자신이다.

진아는 영지와 안 지 팔 년이 넘는 시간 동안 영지가 그녀를 '지나'가 아니라 '진아'라고 부르게 내버려둔다. 단 한 번도 정확한 이름을 가르쳐주지 않은 것은 왜일까? 영지를 싫어한 것이 아니라 오히려 영지만이 '진아'의 세계를 출입할 수 있게 해준 것일 테다("지나라고 부르자 아무 말도 써지지가 않았다. 내가 진아씨한테 갖고 있던 어떤 느낌도 살아나지 않았다", 같은 쪽). 세상 사람들이 보는 '지나' 그리고 남편과 딸이 보는 '지나'가 아니라 영지만이 볼 수 있는 '진아'로 그녀는 살고자 했을 테다. 소설에서는 두 여자가 어떤 이유로 현재 만날 수 없게 되었는지 구체적으로 제시되지는 않지만 강풍이 불기 전날 밤 냉동실에서 꽝꽝 언 모유를 테이블 위에 턱 올려놓으며 "이게 나야" 그리고 "이게 다야"(33쪽)라고 말하던 그 마음은 서늘하다못해 무서운 열기 아래에서 자기파괴적으로 녹아버린다. 모유가 얼어 있던 '십년'은 약간의 시간차를 두고 「여기 우리 마주」에서 해명되는데 그것은 "육아와 일을 병행하는 (……) 십 년 가까운 시간 동안 경험과 체념이 쌓이면서 조금씩 뭉개가던 감정"(59~60쪽)으로 밝혀진다. 요컨대 진아가 '나'이며 '다'라고 밝혔던 그것은 가부장제 결혼제도 속에서 '엄마'와 돌봄노동자로 복무되고 고유한 욕망의 주체로 살아가지 못했던 '원한'의 결정체이다. 그것이 자신이었음을 폭로하고 바로 그 폭로로 인해 녹아내린 언 원한은, 아마 돌아오는 다음 '살구꽃'(45쪽)이 필 무렵에는 사랑과 욕망의 수행 주체로 영지 앞에 나타나리라 예감할 수 있다.

이후의 세계인 「여기 우리 마주」는 2020년 코로나 현실을 아주 가까이에서 동기화하고 있는 소설이다. '수미'와 '나리' 두 여자의 관계는 '밀접 접촉'과 '거리 유지'라는 현실적 제약을 통해 알레고리적으로 유비된다. 기혼 여자들의 서로를 향한 집착과 소유욕은 코로나라는 예외 상황이 발생시킨 구체적인 조건들 아래로 가려지는 방식을 통해서 가려지지 않게—드러나게 된다.

> 나는 농담처럼, 어쩌면 호객행위처럼, 수미한테 말했다. 그 카드 나한테 와서 쓰라고.
>
> (……)
>
> 수미는 자신의 재난지원금을 나에게 와서 썼다.
>
> 그리고 나는 지금 수미를 만날 수 없다.(51쪽)

수미는 자신을 나리의 남편 위치에 대입하기도 한다("저녁이 되면 은채랑 니 남편이 저걸 먹겠구나, 그런 생각을 했어", 79쪽). 「보내는 이」의 영지가 진아씨 남편의 면도기로 자기의 겨드랑이 털을 밀어버렸던 것처럼, 진아네 변기에 떠 있던 참외씨 하나를 보고 그녀의 남편을 함께 연상한 것처럼 말이다. 공방의 다른 여자들에게는 모두 심신 안정의 향을 추천하지만 수미에게만 예외적으로 '심신 고양'의 향을 추천한 것도 같은 맥락이다. 최은미의 소설에서 여자는 다른 여자의 생활에 파트너로 함께하고 싶어하는 무의식적 욕망을 보이는 경향이 있다. 다만 그것이 무의식의 영역에서 의식의 영역으로 상징화되지 않는 이유는 "그걸 넘어선 친밀감을 갈망하면서도 아이를 포함시키지 않으면 불안"(18쪽)한, 요컨대 금기에 대한 강한 자의식 때문이다. 그래서 최은미의 두 여자들이 나누는 사랑은 상징계의 언어 바깥에서 꿈틀대고 감각과 비체적 영역에서만 생동한다. 「운내」가 그러하다. 앞의 두 소설이 여성 유대, 여성 친밀감이라는 모호함 속에서 언어화를 의도적으로 비껴나고, 그 절정은 「운내」에서 터진다.

「운내」의 두 소녀는 코로나 감염의 위험을 피해 충청도 어느 절로 보내어진 「여기 우리 마주」의 두 딸아이와 겹쳐진다("별지스님한테 전화를 걸었다. 열세 살, 열네 살 여자아이 둘을 일주일 정도 보내도 되겠느냐고", 85쪽). '생리보다 무서운 트읏'을 가진 '나'와 '까져서' 운내로 온 '승미' 모두 엄마들로부터 병리적 상태를 진단받고 운내로 보내진다. 다시 말해 두 소녀는 일방적으로 축출되긴 하였으나 그리하여 둘만의 닫힌 세계에서 서로를 배타적 존재로 여길 수 있는 공간을 획득한 셈이다. 그 안에서 그들은 성적인 긴장과 그 팽창을 온몸으로 감각하고, 또 그러기를 주저하지 않는다.

내가 너 해줄 테니까. 지금은 내가 너 해줄 테니까.(187쪽)

딱 한 번이면 돼. 승미가 말한다. 이번엔 니가 날 해줘.(190쪽)

윗옷을 다 벗어봐. (⋯⋯) 차갑고 뭉툭한 것이 몸에 닿았다. 승미가 내 등줄기를 긁어내려갔다. 금방이라도 오줌이 나올 것 같아서 나는 몸을 움찔거렸다. 좋아? 응. 얼마만큼? 나는 숨을 깊게 들이쉬었다.(186쪽)

운내에서의 시절은 이미 한참 전의 과거이고 산주님은 진짜 늙어서 기저귀를 차고 빨대로 식사를 하지만, '나'는 여전히 "[방—인용자] 중 하나를 항상 비워"두고 "비가 오든 눈이 오든 낮이든 밤이든, 나는 그 방에 불을 켜"(195쪽)두는 것으로, 승미와의 '쓰리쓰리'하고 '돼'한 그 몸의 욕망과 열기를 계속해서 품고 살아간다.

6. 방을 뛰쳐나가는 여자들

울프의 『자기만의 방』은 대개 여성 창작자 한 개인의 '방'으로 독해되어왔다. 그러나 그 방으로부터 뛰쳐나가고자 하는 여성들의 욕망을 강화길과 최은미의 신작에서 우리는 두 눈 부릅뜨고 마주하게 된다. 한편, 동시대 여성 소설가들의 활약과 1990년대를 휘감은 여성(작가들의) 장편소설의 베스트셀러-화를 떠올리면서, 우리는 무의식적으로 소설이 혹시 '여성적인 장르'는 아닐까 하는 생각을 한 번쯤 마주하게 된다. 그러나 과연 그러한가? 다시 울프를 잠깐 펼쳐보자. 울프는 이 물음에 대하여 총 세 가지 답변을 제시하며 마무리한다.

모든 형식들 가운데 가장 유연한 이 형식[소설—인용자]이 여성이 사용하기에 적합한 형태를 가지고 있다고 어느 누가 감히 자신 있게 말할 수 있을까요? 여성이 자유로이 팔다리를 사용할 수 있게 되면 틀림없이 그녀는 그것을 부수고 새로운 형태를 만들 것이며 (……) (118쪽)

먼저, 소설의 형태나 스타일은 고정된 것이 아니고, 둘째, 그 형식이라는 것은 여성 혹은 남성이라는 말로 젠더화될 수 없으며, 마지막으로, 만약 여성들이 소설에 대하여 가장 '여성적'이 된다면, 요컨대가장 자유로워진다면, 우리가 현재 소설이라 칭하는 것들의 구체성은 모두 부서지고 새로이 탄생하리라는 말이다. 강화길은 『대불호텔의 유령』에서 고딕과 페미니즘의 조우를, 그리고 소설쓰기의 메타적인물화를 시도했고, 최은미는 『눈으로 만든 사람』에서 분명히 실재하고 바로 그런 연유로 결코 말할 수 없는 여성의 경험들을 그려낸다. 그 역설적인 말해질 수 없음은 오히려 언어적인 미학성의 차원까지올라선다.

울프는 앞서 『제인 에어』를 비평하면서 '분노'를 그대로 드러내는것은 오히려 남성적인 방식이며 인물이 말해야 할 때 작가 자신이 말하게 되는 우를 범해서는 안 된다고 한다. 이 글의 첫 페이지에 제사題詞로 적어둔 에밀리 브론테의 시 「희망」의 일부를 보자. 시인은 "그녀는 내가 우는 동안에만 노래하고, 만약 내가 듣는 모습을 보여준다면, 그녀는 노래를 멈출 것"이라고 말한다. 그러니 우리는 직접적으로 듣거나 말하는 제스처는 소설적·시적 화법의 제스처로 적합하지않음을 알아야 한다.

"제발 말해봐. 너의 진짜 이야기를 해봐."
"말했잖아. 나는 항상 말했어. 네가 듣지 않은 거지."(『대불호텔의유령』, 213쪽)

고통과 분노, 원한을 날것 그대로 전시하고 발산하는 것은 '남성적'인 소설의 문법이기에 여성적이지 않다.[11] 여성이 진실로 자유로워지기 위해서는 그 자의식으로부터 벗어나야 하기에 그 '여성적'이라는 대타의식 안의 '여성'을 고집하고 그에 천착하는 것 역시 바람직하지 않다. 이 두 가지를 종합해보면, 소설은 강요나 명령하지 않고 말하지 않음으로써 보여주고 들려주어야 한다는 말, 곧 여성의 여성성 역시 여성이라는 자의식 바깥에서 자유로운 모습으로 포착될 수 있는 문학의 공간을 만들어야 한다는 말이 된다.

소설과 진실, 허구, 그리고 현실의 사실이 얼마만큼 반영되는지를 집요하고 아주 직접적으로 심문하는 강화길의 소설은 새롭다. 하지만 그의 원한이 서사 끝자락에서 사랑으로 수평 전환될 때 그 낙차에서 발생하는 운동에너지를 버티지 못한 '호텔'은 휘청거리고 만다. 최은미는 차마 명명할 수 없는 금기와 억압된 욕망의 꿈틀거림을 아주 생생하게 매만진다. 그러나 그가 그려내는 여성성은 남성과 여성이라는 대타적 자의식을 고집함으로써만 포착된다. 그럼에도 불구하고 강화길과 최은미는 오직 여성만이 써낼 수 있는 방식의 소설들을 써내었다. 서사를 무너뜨리고 그 잔해로 새로운 국면을 쌓아올리고, 일부러 생략하거나 변형한 언어를 통해 그 실감을 도저히 부정할 수 없는 욕망을 그려낸다. 말하자면 『대불호텔의 유령』과 『눈으로 만든 사람』은 '여성'과 '소설(가)'이라는 전통의 방, 고립된 방에서 뛰쳐나온 여자만이 써낼 수 있는 작품이다.

---

11) 그런 점에서 『대불호텔의 유령』 속 인물들이 느끼는 감정 표현과 강렬한 정동의 흐름은 '남성적'이라고도 할 수 있다. 소설의 핵심인 '원한'은 에밀리 브론테와 유령이라는 두 비유를 통해 형상화되지만, 그 제시의 강렬한 직접성으로 인해 비유가 지닌 빗대어 말하기의 효과는 미미해진다.

연주와 영현, 영현과 종숙, 에밀리 브론테와 샬럿 브론테, 영지와 진아, 나리와 수미, 승미와 '나', 그리고, 강화길과 최은미.

방과 방 사이를 매섭게 돌아다니는 두 여자들을 우리는 목격하는 중이다.

(2021)

혁명의 투시도
—이미상의 『이중 작가 초롱』[1]

1. 역습

이미상의 소설은 동시대인의 소설이다. 동시대인은 시대의 어둠을 보는 자이다.[2] 혁명(#Me_Too) 이후 우리 시대는 전에 없던 빛으로 가득찼다. 많은 이들이 박수를 쳤고, 웃었고, 그리고 울었다. 그러나 긴 어둠이 빛을 가지고 왔듯 빛도 어둠을 데리고 왔다. 광장의 시간이 지나갔다는 무력과 자조로 때 이른 후일담을 만들려 하는 이들이 생겨났고, 혁명이 가져온 윤리의 새로운 차원은 그를 지켜내고자 하는 의지의 과잉으로 도리어 억압으로 변질되기도 했다. 요컨대, #문단_내_성폭력 고발 이후로 거의 사라진 여성 혐오적 재현은 문학의 정화를 가져왔지만 동시에 어떤 경우에도 '그런' 재현은 용납될 수 없

1) 이미상, 『이중 작가 초롱』, 문학동네, 2022. 이하 인용시 본문에 작품명과 쪽수만 밝힌다.

2) 조르조 아감벤, 「동시대인이란 무엇인가?」, 『장치란 무엇인가? ─장치학을 위한 서론』, 양창렬 옮김, 난장, 2010.

다는 윤리적 강박이 되기도 했다. 지금의 한국문학은 재현에 관한 이러한 딜레마에 교착된 상태다. 언론 보도에서는 여자를 죽이는 남자들의 이야기가 여전히 차고 넘치는데 소설 속 현실은 그보다 평온하다. 이미상은 어쩌면 '반시대성'이라고 불릴 수도 있을 이 시차가 낳은 어둠을 본다. 그는 평온한 것으로 '믿어지는' 빛의 현실을 갈기갈기 찢어버린다.[3] 지나치게 강한 빛은 시야를 가리고 만다는 것을, 소설과 윤리가 교차하며 생산하는 단어가 자유가 아니라 제약일 때 문학은 약해진다는 것을 그는 알기 때문이다.

그의 소설은 서사의 복잡계complex systems다. 진실한 인물들은 핵심을 곧장 말하지 않고, 여러 부가 텍스트paratext를 껴안은 서사는 거듭 반전되는 이중 삼중의 중층구조로 겹쳐져 있으며 서로 다른 작품 속 동명의 인물들과 상호 텍스트성을 발생시킴으로써 복수plural의 가능 세계를 연결한다. 그가 구사하는 실험적 기법들은 서사가 하나의 주제를 향해 달려가게 하면서도 그 운동의 마디마다 삐져나오는 다

---

3) 이 책에 재현된 인물들을 임의로 적어보면 다음과 같다. 부모의 감시를 피해 섹스할 곳을 찾다가 빈 옥상을 발견하고 "여기는 착한 사람들이 산다! 사마리아인의 후예가 산다!"(263쪽)라고 외치는 가톨릭 청소년들(「무릎을 붙이고 걸어라」), 강간의 시한폭탄이 언제 터질지 몰라 조마조마하게 떨고 있는 젊은 여자(「모래 고모와 목경과 무경의 모험」), 대중교통 안에서 여자를 보며 살인 충동을 품고 있는지도 모르는 남성(「여자가 지하철 할 때」), 여성 직원의 얼굴에 분무기로 물을 뿌리는 병원 원장과 애인의 메일함을 뒤지는 남자(「티나지 않는 밤」), 제 아기를 죽인 엄마들(「살인자들의 무덤」), 지능발달장애를 겪는 딸을 떠올리며 "딸의 자격, 나의 딸감"(21쪽)이라고 중얼거리는 아빠, 그리고 출산으로 그의 기대를 모조리 저버리고 마는 딸(「하긴」), 아내와 함께 다니는 모임에서 만난 여자와 섹스 후 동영상까지 찍고 육아와 살림을 버거워하는 아내를 보며 독하다고 욕하는 남자(「그친구」), 그리고 이른바 '소설의 윤리'를 위반하여 문단에서 거의 추방당한 소설가, 문하생들을 후려치며 남루한 자존감을 겨우 채우면서 살아가는 소설 선생(「이중 작가 초롱」).

양한 사회·정치적 문제의식과 그것들의 경합을 흥미롭게 의미화한다. 특히 그가 직조하는 밀도 높은 상호 텍스트성은『이중 작가 초롱』을 개별 소설들의 기계적 묶음이 아니라 하나의 유기적 세계로 완성해 사실로 구성된 현실보다 더욱 진실한 현실의 차원으로 올라서게 한다. 가령,「하긴」에서 등단한 소설가 '초롱'은「이중 작가 초롱」에서는 문단에서 거의 퇴출당하고, 그의 선생이 쓴 문제적 소설「대공분실」의 바탕은「하긴」의 주인공 '나'의 친구 '문'의 이야기임이 드러난다.「이중 작가 초롱」속 초롱의 소설「이모님의 불탄 진주 스웨터」에서 청소년기를 보낸 '수진'은「여자가 지하철 할 때」에서는 사무실에 나가고「티나지 않는 밤」에서는 밤마다 소설을 쓴다.「살인자들의 무덤」에서 '나'와 '보이'가 전전하는 교회의 '부침개 전도회'는「모래고모와 목경과 무경의 모험」의 고모가 숨을 거둔 지역의 작은 생활공동체다. 이 거대한 세계는 혁명이 시작된 이후의 오늘, 동시대를 투과하는 한 장의 투시도다. 혁명의 불빛 이면에 가리어진 것, 혹은 혁명을 위한다는 명분으로 우리가 묵과하거나 외면했던 것들을 이미상은 거침없이 드러낸다.

무엇보다 그는 여성이 처한 현실과 그들에게 겨냥된 항상적·잠재적 폭력을 탁월하게 문제화한다. 그는 미투 혁명이 적발해낸 '적'들의 얼굴과 폭력적 힘의 메커니즘, 그리고 그 모든 일의 핵심이 생물학적 정체성이 아님을 밝히고, 나아가 그 안에서 문학장이 혁명 이후 겪어온 예술과 윤리의 딜레마를 적시한다. 그러니, 혁명의 불은 꺼지지 않았다. 불은 계속 타오른다.

2. 공포의 대관식, 여성의 동성 사회성

한 젊은 여자가 여자아이 둘과 겨울 산속 묘지에서 나란히 햇빛을 쬐고 있다. '모래 고모'와 그녀의 조카들이다. 두 아이 중 누군가는 사냥총을 든 여자의 '딸'이 되고, 누군가는 되지 못한다. 그러나 상징적 모녀 계보의 "대관식"(308쪽)—여성 동성 사회성의 구성에 참여하는 것은 결국 세 여자 모두다. 오랜 부모 봉양과 조카 돌봄노동을 해 온 고모는 현재완료형으로, 방대한 독서력을 통해 삶과 세상의 이치를 이미 깨달아버린 '무경'은 현재형으로, 그리고 이 모든 이야기를 독자에게 전해주는 '목경'은 가장 나중인 미래에 대관식을 치른다. 이 엄숙한 의례에 참여할 수 있는 조건은 고모의 비밀 원칙("할 순 있지만 정말 하기 싫은 일", 같은 쪽)이 무엇인지 알아내는 것이다. '원칙'은 여성의 선택이 욕망과 능력을 변수로 갖는 부등식 안에서 산출된다는 것이며, '비밀'은 그 선택—'하기'(A)와 '하지 않기'(B) 앞에 사실은 몇 개의 문장들이 각각 숨어 있음을 뜻한다.

하기(A)	① 능동적 행위	하고 싶고 할 수도 있는
	② 수동적 행위	하고 싶지 않지만 할 수도 있는
하지 않기(B)	① 정직한 거절	할 수 있지만 하고 싶지 않은
	② 단호한 거절	할 수 있고 하고 싶지만 하지 않는
	③ 강한 거부	할 수도 없고 하고 싶지도 않은
	④ 겸손한 사양	하고 싶지만 할 수 없는

고모의 비밀 원칙은 다른 여성 인물들에게도 내려진 거스를 수 없

는 신탁이다. B①은 여성의 욕망이 남성의 그것과 일치하지 않거나 남성을 대상으로 하지 않을 때 폭력적 남성성에 의해 거칠게 거부되고 처벌당한다. B①을 드러낼 수 없는 상황에서 여자가 내리는 (강요된) 선택은 처벌을 받아들이거나, 혹은 (「여자가 지하철 할 때」의 수진처럼) 욕망을 숨기고 B④로 옮겨가는 일이다. 욕망의 자유가 인정되지 않고 그저 '가능'한 것만을 욕망해야 한다면, 그리하여 남성이라는 타자의 욕망에 굴종해야 생존할 수 있다면, 여성에게 삶은 무력의 내면화 과정일 따름이다. 여성이 아무리 능력을 발휘한들 거기에는 자신의 욕망을 부정할 것이 전제되어 있고, 그 끝에 돌아오는 것은 그래서 '수치심'일 수밖에 없다("왜 할 수 없는 일보다 할 수 있다고 믿는 일이 사람에게 더욱 수치심을 안겨주는 것일까", 310쪽).

남성의 동성 사회성homosocial이 여성을 혐오와 배제의 논리 속에서 구성적 외부로 삼아 결집하는 것과 대칭적으로, 대관식을 통해 형성되는 여성의 동성 사회성은 폭력적 남성성의 경험을 구성적 '내부'로 삼아 극도의 공포와 트라우마를 경험하면서 만들어진다. 소원한 사이이던 고모와 무경은 그 겨울밤의 사건 이후로 언어를 초월한 강렬한 생의 공감을 나누며 '비밀 원칙'을 아는 여자들의 계보 위에 함께 선다. 고모의 '덕배'(더블 배럴 샷건)를 그녀 다음으로 손에 쥔 것도 목경이 아니라 무경이다.

한편, 이미상이 보여주는 흥미로운 기법 중 하나는 소설 안에 소설론을 삽입해둔다는 것이다. 이 소설론은 승인되기도 하고 위배되기도 하면서 전통적인 플롯의 구조, 예측 가능한 서사적 흐름에 대한 기대를 깨버린다. 「모래 고모와 목경과 무경의 모험」에 등장하는 소설론은 다음과 같다.

제 소설에는 '한 방'이 없다고들 하잖아요. 단편소설 특유의 좁은 지면 탓에 문장을 아껴 쓰며 굽이굽이 나아가다 순간 탁, 터뜨리는 에피파니라고 해야 할까요. (······) 여하튼 결정적인 한 장면, 사람의 마음을 쥐고 흔드는 한순간, (······)(276쪽)

「모래 고모와 목경과 무경의 모험」은 세 겹의 서사로 이루어져 있다. (1)은 그 겨울의 사건을 복기하는 현재의 목경, (2)는 어린 시절 고모와 목경과 무경의 이야기, (3)은 '그 겨울'과 고모의 죽음까지 모두 끌어안은 '이후'의 목경을 담는다. (2)에서 대관식을 치른 여자는 두 명이지만 과거를 복기한 뒤 (3)에서 목경은 저도 모르게 대관식을 거행한다. "최소한의 양심이 저주처럼 느껴졌을 때, 차라리 불능이길 바랐을 때 (······) 상대가 가장 바라는 것을 해준다는 것이 고모에게는 어떤 의미였을까"(309쪽)라고 읊조리는 목경은 고모의 비밀 원칙을 이해한 후다.

이렇게 서사를 세 겹의 주름으로 만들면 작품 전체의 결정적인 '한 방'이 아니라 각 주름마다의 '한 방'들이 생겨나고, 이 세 개의 '한 방'이 전체의 '한 방'을 속편처럼 빚어낸다. 엔딩의 목욕탕 장면을 보자. 이 장면은 아직 신탁을 이해하지 못한 어린 목경의 시선에서 바라본, 모녀 계보에 나란히 기입된 두 여자의 모습을 담는다. 혼자 샤워부스에 있는 목경과 달리 폭력적 남성성('할 순 있지만 정말 하기 싫은 일'을 강요하는 힘)을 구성적 '내부'로 경험한 두 여자가 탕에 함께 들어 있는 것을 쓸쓸하게 바라보며 슬픔을 느끼는 어린 시선이다. 자신의 소설론을 위배하여 동시에 승인하기도 하는 이 양자quantum적 쓰기가 궁극적으로 말하는 바는 여성 욕망의 긍정이다. "저는 '한 방'을 못 치기도 하지만 안 치고 싶기도 해요"(277쪽)라는 말은 불가능의 자리에서도 주체의 욕망을 이중부정을 통해 긍정하겠다는 말이다. 능력 없음이 오히려 '안' 치고 싶다는 욕망을 지지하고 강화한다.

3. '섹'스러운 성지순례

「모래 고모와 목경과 무경의 모험」이 세 개의 사슬처럼 나란히 이어진 서사 구조를 지닌다면 「무릎을 붙이고 걸어라」는 서로 다른 세 개의 동심원이 포개어진 공간적 구조를 가진다. 동유럽의 시골 마을 M으로 성지순례를 떠난 '우리'가 묵게 되는 숙소 "중앙이 뚫린 이층집"(223쪽)과 정확히 맞물린다. 제일 바깥의 큰 원은 현재 독자에게 말을 건네는 '나'의 이야기, 그 안쪽으로는 성지순례를 하는 '우리'의 이야기, 가장 안쪽에는 '율리'의 이야기가 있다. 소설 구조를 인물의 거주지 설계도와 같은 구조로 설정하고 독자들에게 이를 슬그머니 알리는 이미상의 능청스러움은 여기에서 그치지 않는다. 이 소설의 말미에 부록처럼 붙어 있는 '작가의 말' 속 독자 J의 항의 편지는 작품 전체의 유기성을 끌어올리는 강력한 '한 방'으로, 소설의 안과 밖을 직접적으로 동기화시킨다.[4]

「무릎을 붙이고 걸어라」의 제목은 짐작대로 여성의 섹슈얼리티를

---

4) 소설 속에 삽입된 소설론은 이 작품에도 있다. "율리는 자신의 이야기에서 가장 중요한 것, 듣는 이의 마음을 뒤흔드는 것, 알고 나면 이전 것들이 바뀌는 것, 그 비장의 핵(核)을 맨 마지막에 배치했다."(242쪽) '작가의 말'은 그 비장의 핵을 담당한다. '문학3'은 2017년 출판사 창비에서 창간한 온오프라인 연계 문학 플랫폼으로 이 작품이 실제로 연재되었던 공간인데, 이 사실이 밝혀지며 소설의 허구는 순수한 가상이 아니라 실제와 가상을 중첩시킨 소설적 허구로 올라선다.

단속하는 명령을 뜻한다. 성난 독자 J는 소설이 주장하는 성性의 해방이 인류의 성 해방이 아니라 오직 여성만의 그것이라고, 그리고 여성의 그 '육적인 해방'이 강간과 같은 성폭력을 향해 '다리를 벌리는' '위험한' 의사 표현과도 같다고 일갈한다. 필리핀에서 어학연수 강사에게 성희롱을 당했던 경험으로 미루어보건대, 이를테면 J는 「모래고모와 목경과 무경의 모험」의 고모의 비밀 원칙 중 B③을 선택한 사람이다. 문제는 그 거부가 향하는 대상이 폭력적 남성성이 아니라 자기 자신이라는 점이다. 폭력적 남성성은 여성이 그들의 섹슈얼리티를 스스로 단속하고 감시하게 한다. 가장 강력한 지배는 이처럼 억압자가 없는 공간에서도 피억압자가 억압자의 힘을 대타자로 삼아 그에 복종하게 하는 것이다.

그러나 「무릎을 붙이고 걸어라」는 이러한 위협 속에서도 인간의 섹슈얼리티라는 것이 폭력적 규범의 내면화나 물리적 외력에 의해 억압될 수 없음을 여실히 보여준다. 가톨릭 신자와 그 자녀들을 주요 인물로 하는 이 소설에서 성스러움은 실상 '섹'스러움이다. 부모들은 마치 귀신 잡는 해병처럼 "사춘기 잡는 성령!"(220쪽)과 아이들을 조우하게 하고 싶었으나 아이들은 몸을 뒤집고 뒤로 기어가며 오히려 악마가 된다. 복수의 청소년 주인공 '우리'는 제목의 당위를 걷어차고 섹슈얼리티의 역동성에 자신을 온전히 내맡긴다. 이 소설은 육체에 대한 욕망이 범람하는 청소년기에 '육적 해방'의 각성을 향해 돌진하는 '우리'의 궤적과 그 장소들을 성소sanctum로서 제시한다. 성스러움sexual, 즉 섹슈얼리티의 긍정과 자유로운 실천이 성스러움holy이라면 불경스러운 것은 오히려 세속화된 계곡에서 노는 어른들이다.

발칙하게 지구 곳곳을 뛰어다니며 성적 욕망의 씨앗을 거침없이 뿌리는 단속 불가능한 아이들은 섹스리스 부부나 스와핑을 하는 부모들뿐 아니라 삭발한 율리와도 대립항을 이룬다. 긴 머리는 여성 섹슈얼리티의 전통적 상징이다. 율리는 직접 머리를 깎아 스스로의 섹슈얼리티를 차단하고 그것을 속죄로 여기며 산다. 특정 연령에 도달한 인간 개체들에게는 자유롭고 안전하게 섹스할 '가나안 땅'이 필요한 때가 온다. 율리의 삭발은 그곳에 얽힌 남모를 죄의식의 거행이다. 율리의 '가나안'이던 고가도로 아래에서 탱크로리가 폭발하며 그녀는 친구들을 잃는다. 발각의 불안과 일탈의 감각 속에서 피어나던 청소년의 섹슈얼리티는 불의의 사고와 함께 남은 생을 옥죄는 족쇄가 되고 율리는 대속의 화신이 된다("내 큰 탓이로소이다, 메아 쿨파mea culpa", 251쪽). 마치 가톨릭 성인처럼 아이들에게 '죄의 항상성'—죄의 크기로 비유되는 '바퀴'는 그녀의 죄의식이 탱크로리 사건에서 비롯한 트라우마의 일부임을 알려준다—에 대하여 말해주던 율리에게 '나'는 그녀가 짊어지고 있는, 실상의 죄를 훨씬 더 초과하는 죄책감이 잘못된 것임을 이제는 안다고 고백한다.

4. 나의 밤을 건드리지 마라

여자아이는 세계에 항상적으로 도사리고 있는 폭력적 남성성의 공포를 경험하고, 그에 저항할 경우 가해지는 폭력을 피하기 위해 자신의 순수한 욕망과 그 포기를 어떤 식으로든 합리화하는 통과의례를 거치지만[5] 단속되지 않는 그 생의 활력은 밤마다 소생한다. 「티

---

5) 남자아이에게 사춘기가 성인 남성으로서 사회의 정치·문화·경제적 기득권으로의 성공적 진입을 향한 통과의례라면, 여자아이에게 사춘기는 정반대의 벡터로, 자신의 남성성과 여성성 모두를 사회가 제시하는 규범 안에서 억압하고 스스로 단속하는 순

나지 않는 밤」의 '수진'은 밤에만 소설을 쓴다(이미상의 소설에는 글 쓰는 인물들이 자주 등장한다[6]). 누구에게도 알리지 않고 혼자 꿋꿋이 소설을 쓰는 그녀에게도 편집자(이자 유일한 독자)가 있는데, K출판사 편집자[7]의 피드백 속 주옥같은 문장들은 수진에게 체화된 "암묵지"(177쪽)가 되어 시도 때도 없이 귓가에서 재생된다. 폰트의 기울임과 강조 표시를 통해 수진의 현실에 다른 목소리들과 함께 나란히 틈입한다.

> 그때 수진의 앞에 앉아 있던 남자가 갑자기 일어나 낙망한 소리를 내더니 좋은 *부사란 힘주지 않은 스핀으로 크게 꺾이는 변화구 같은 것* 그대로 몸을 돌려 수진에게 차비 좀 꿔달라고 했다.(159쪽)

기울여 강조 처리된 부분은 앞의 '낙망한 소리를 낸다'는 서술과 연동되어 마치 남자의 입에서 나온 말처럼 읽힐 수도 있겠으나, 이 문장은 남자가 갑자기 일어나 수진에게 몸을 돌려 말하는 그 찰나에 수진에게 들린 목소리다. 한편, 연인 간 스토킹 범죄로 고소된 적도 있는 이 남자는 '사생활 침해'의 개념을 이해할 수 없다("누나는 그냥 매개였는데 아무리 말해도 이해를 못하더라고", 163쪽). 남자들은 고유

웅을 배우는 시기다. 주디스 핼버스탬, 『여성의 남성성』, 유강은 옮김, 이매진, 2015, 31쪽.

6) 「하긴」의 화자는 칼럼을 쓰고 「이중 작가 초롱」에는 소설가 초롱을 비롯한 문학인들이 등장한다.

7) K출판사는 미등단자의 투고를 받아주는 출판사이고, 그 편집자는 수진의 투고작을 읽고 답신을 보내는 남성이다.

하고 독립적인 한 인격체로서 마땅한 존중과 보호를 받아야 할 개인의 영역을 침범하고도 그 침범이 상대 여성에게는 어떻게 위협과 불안, 두려움을 일으키는지 전혀 알지 못하고(능력) 알더라도 알고 싶어하지 않을(욕망) 수 있다. 여자들이 받아든 '신탁'에서 능력이 욕망을 집어삼키는 중력에 붙들리는 것과 달리 남자들에게 능력과 욕망은 언제나 일치하는 등식이거나 오히려 욕망이 능력을 압도하는 역전된 부등식으로 나타난다. 「모래 고모와 목경과 무경의 모험」에서 빨간 남방 남자가 빨간 티코 여자의 떠남이 단순한 심경 변화가 아니라 '탈출'이었음을 영원히 모를 운명인 것처럼, 남자 역시 자신이 수진의 '밤의 베란다'—가사노동과 병원에서 근무하는 시간을 제하고 그녀에게 허락된 유일한 자유의 시간, 쓰는 시간을 침범했음을 영원히 모른다.

이미상이 페미니즘 의제를 소설의 강력한 주제로 삼고 있는 것은 분명하지만, 그렇다고 이미상 소설의 주제가 여성에 국한된 것은 아니다. 페미니즘이란 여성의 배타적 권익을 주장하는 목소리가 아니라 한 인간이 살아가는 사회의 모든 영역에 걸쳐 있는 불평등과 억압, 그 구조적 차원과 개인적 차원 모두가 바뀌어야 한다고 외치는 목소리이기 때문이다. 이미상 소설의 문제의식은 (그의 서사가 여러 개의 '한 방'을 갖는 것처럼) 한 여성 인물에게만 정박하지 않고 그녀가 서 있는 좌표의 구성, 사회·경제·문화·정치적 축을 모두 건드린다.[8] 수진의 '티나지 않는 밤'의 다른 쪽에는 K출판사 편집자의 알려

---

8) 「무릎을 붙이고 걸어라」에서는 가톨릭 신자들 사이의 경제적 계급의식이, 「하긴」에서는 학생운동에 투신했던 586 세대들의 정치·문화적 계층성이 남성과 여성의 섹슈얼리티와 맞물려 다층적으로 드러난다. 이미상의 작품들을 능력과 공정주의로 읽어낸

지지 않은 야간 노동이 있다. 편지 끝마다 적혀 있는 미스터리한 숫자 "157:30, 320:13, 78:59"(175쪽)는 그가 작품을 읽고 답장을 보낸 '시간:분'의 비율인 것으로 밝혀진다. 자신만이 해독할 수 있는 이 비례식은 비가시화된 노동의 기표다. 노동은 적어도 행위하는 자신에게만큼은 정직한 몸의 감각으로 신체에 각인된다. 이 신체감각이 사회적으로 인정받지 못할 때, 그래서 그로 인한 정당한 보상이 이루어지지 않을 때 몸은 자발적으로 그만둔다. 그는 수진을 만나러 가서 스스로를 두고 "과로사했어요"(176쪽)라고 말한다.

수진의 글쓰기와 편집자의 읽고 쓰는 노동이 이루어지는 밤의 대척점에는 이상한 행동을 아주 '티나게' 하는 원장의 낮이 있다. 원장은 매일 수진과 수미의 얼굴에 물을 칙칙 뿌리고 지나간다. 이유조차 없는 이 기괴한 습성은 "꼴"(155쪽)대로 살지 않는 여자에 대한 응징, 조용한 살인이다. 분무기로 방아쇠를 당겨 물을 분사하는 행위에서 총의 방아쇠를 당기는 행위를 연상하는 것은 그리 어렵지 않다. 얼굴에 물을 뿌리는 것만큼 모멸감을 주는 행위가 또 있을까.

"소설 써요."
"소설?"
"네, 밤에요."

원장이 고개를 확 꺾었다. 그는 정말 싫어하는 건 아예 볼 수가 없었다. 시야에서 사라지게 해 눈으로라도 죽여야 했다. 이제 그의 시야

비평이 궁금하다면 박서양, 「공정과 인정, 그리고 감정—이미상 소설을 중심으로」(문장 웹진 2021년 7월호)를 참고할 것.

에서 수진이 죽었다.(172쪽)

　읽고 쓰는 일이 예술 창작 활동으로서, 정당한 보상을 받는 노동으로서 '티나지 않는 밤'의 시간으로 비가시화된 것과 달리, 원장의 여성 혐오 발사는 '티나는' 일상의 습속으로 자리해 있다. 수진이나 편집자가 원장과 같은 자본가에게 월급과 해고로 종속되어 있을 때 원장은 바로 그 물적 조건 위에서, 그 어떤 제재와 위협도 없는 안전 속에서 혐오를 일삼는다. 수진은 '밤'의 시간에 살고 있는 편집자를 향해 투명한 연대감을 어렴풋이 느끼고("그는 아무도 모르게 저항중이었다. 수진은 그의 저항을 이해한 유일한 사람이 되었다", 178쪽) 그녀의 고막에 달라붙은 편집자의 소설론은 수진의 소설을 만든다("그해 여름, 수진이 쓰다 만 소설의 제목은 '아포리즘으로 남은 사나이'였다", 같은 쪽). *"제목이란 없으면 글의 반토막이 날아갈 정도로 결정적이어야 합니다"*(같은 쪽)라는 또하나의 원칙은 「아포리즘으로 남은 사나이」와 「티나지 않는 밤」을 메타적으로 동시에 겨냥하며 독자들에게 씁쓸한 웃음을 선사한다.

5. 매일의 탈출기, 여성 혐오의 메커니즘과 그 방어술

　편집자가 스스로 과로사를 천명하고 사라진 뒤, 수진은 어떻게 됐을까? 지하철에 자리가 나도 서서 가는 수진은 오늘도 계속 출근중이다. 「여자가 지하철 할 때」는 마치, 예정된 원장의 분무를 미리 방어하려는 듯한 주술을 행하는 수진의 장면으로 시작한다("수진은 매일 얼굴에 세로선을 긋는다", 111쪽). 소설은 지하철이라는 열린 공간이 여성에게 어떻게 폭력적 남성성에 꼼짝없이 노출되는 닫힌 장소로 작용하는지, 그 위협으로부터 여성이 탈출하기 위해 어떠한 방어술을 펼칠 수 있는지, 한편으로 그 방어가 얼마나 무력한지를 이미상 특유의 예리한 언어적 민감성과 정동의 포착을 통해 보여준다. 자기 얼굴을 갈라 두 개의 다른 얼굴[9]을 태어나게 하는 도입부부터, 수진이 무사히 지하철에서 내리며 크게 안도하는 결말까지, 세계의 물리적 표면에서는 감지되지 않지만 그 내부에 분명히 실재하는 위험을 형상화한 이 스릴러는 여성이 일상에서 수없이 감지하는 남성의 폭력을 적확한 언어로 설명하기 힘든 이유를 제시하는 동시에, 바로 그렇기 때문에 피해자의 당사자성과 목소리를 듣는 것이 그토록 중요함을 역설한다.

수진은 이번에도 (자리가 있어도) 서서 간다. 불안하기 때문이다. 지하철 이용자들은 모두 알 것이다. 그 안의 사람들이 서로의 문제에 대해 얼마나 의도적으로 무관심하려 하는지, 그 멀뚱한 시선이 얼마나 배타적이고 서늘한지 말이다. 3-1칸 안에는 염산과 칼을 소지했을지도 모르는 남자가 있다. 팩트를 꺼내 얼굴을 살피는 수진은 두렵다. 대중교통 안에서 화장 고치는 여자를 보면 남자는 무시받았다는 (여성의 수치심과 전혀 다른 종류의) 수치심과 모멸감으로 분노를 키워나간다. 전통적으로 남자는 여성의 외모 꾸미기를 자신을 향한 구애의 표현으로 해석해왔다. 그렇기 때문에 여성의 꾸밈의 과정과 그 이전의 모습은 철저히 숨겨져야 하고 오직 그 결과물만을 제공받기를 원한다. 이러한 무의식을 탑재한 남성은 화장을 고치는 익명의 여

---

9) 얼굴 I · II는 지하철의 위험도를 파악하고 무사히 하차하기 위해 수진이 만들어낸 정찰병들이다. 페르소나(persona)가 '얼굴'을 뜻하기도 하듯, 수진의 신체 일부인 얼굴 I과 II는 그녀 자아의 일부다.

자를 보며 (대중교통에서 마주치는 사람들 사이에 강렬한 욕망의 구도가 생기는 것은 아주 특이한 일인데도) 그녀가 자신을 욕망의 대상으로 전혀 보지 않는다는 '수치스러운' 사실을 전송받는다. 위축된 자신의 남성성을 마주한 그는 분개하며 익명의 여성에게 폭력을 행사한다. 개별 사건들을 인용할 필요도 없이 우리는 '무차별'이라는 수식어가 붙은 수많은 여성 살해와 염산 테러를 이미 안다. 이때 발휘할 수 있는 여성의 방어술은 공격을 통한 적극적 자기방어가 아니라 사력을 다한 탈출이다("절대 당신을 피하는 게 아니랍니다", 122쪽).

그런데 이 목숨건 방어술은 여성을 커다란 오인의 구덩이로 몰아넣는다는 점에서 역설적으로 위험하다. 상황을 자신이 주도한다는 착각 속에서 극단의 수동성을 내면화하게 되기 때문이다. 여성은 이 '탈출'이 다만 주체적인 여성성의 발휘라고 오판한다. 남자를 자극하지 않고 그가 폭력을 행사하지 않게 만들 수 있다는 생각("저 남자, 무슨 생각 하고 있을까? 틀린 질문. 옳은 질문은 이거야. 저 남자에게 무슨 생각을 심어줄까?", 125쪽). 타인의 머릿속에 생각을 심을 수 있다는 믿음은 겉으로 능동적인 자각처럼 보이지만 사실은 가정폭력 피해자, 가령 가스라이팅을 오래 당해온 아내들에게서 발견되는 착각이다. 그들은 자신이 처한 상황을 스스로 해결할 수 있다고 생각한다("저 남자의 마음은 너에게 달렸어. 네가 저 남자의 마음을 가지고 노는 거야", 같은 쪽). 이는 피해자가 가해자의 힘으로부터 벗어날 수 없을 때 단지 생존하기 위해 자신의 모든 판단과 행동을 가해자의 인격에 맞추려는 최후의 몸부림이다. 얼굴 I은 수진이 자존심 때문에 스스로를 계속 위험에 빠뜨린다고, 그 자존심을 내려놓으라고 야단친다. 그러나 그것은 자존심이 아니라 자존감, 자기 존립의 정당한 근거다. 인간이 독립적 인격체로 존재하기 위한 최소한의, 그리고 절대적인 조건을 내려놓아야만 생명의 위협에서 놓여날 수 있다면 그 내려놓음은 실존을 향해 가해지는 또하나의 폭력이다.

위선의 주체성은 소설의 제목이 이미 암시하고 있다. '지하철 하다'라는 말은 '사물＋하다'라는 특이한 구조를 갖는다. 이는 주체가 사물이 '된다'라는 말과 다르다. '지하철 하다'는 지하철이라는 특정한 시공간 속에서 주체가 당위적으로 해야 할 행위들이 정해져 있고 그를 따른다는 뜻이다. 이때 '지하철'은 일종의 행위 지침을 내포한 사물이다. '지하철 하기'는 폭력적 남성성을 피하기 위한 노력이지만 그러한 노력으로는 폭력 자체에 저항할 수 없다. 결과적으로 그것은 주체성 상실의 심화를 야기하는 자가당착의 역설적 방어술일 뿐이다("들숨에 자기 자신을 자신으로부터 떼내고, 날숨에 자신을 상대에 포갠다. 이제 그의 눈으로 세상을 볼 수 있다. 그의 마음을 느낄 수 있다", 147쪽).

한편, 작품에서 눈여겨볼 다른 한 가지는 "안평대전"(128쪽)이다. '안전파'와 '평등파'는 최근 한국 넷페미니즘에 등장한 '랟펨'과 '쓰까페미'[10]로도 읽을 수 있는데, 그들은 여성의 안전을 지켜내기 위해 '위험한 사람'에게 공동체의 입회권을 주지 말자는 주장을 두고 격렬히 토론한다. 흥미로운 것은 이 전쟁에 페미니스트 남성이 참가한

---

10) '랟펨'은 '래디컬 페미니스트'의 준말로 생물학적 여성의 페미니즘을 주장하고, '쓰까페미'는 교차성 페미니스트를 지칭하는 말로('쓰까'는 '섞어'의 부산말) 생물학적 여성의 권리 외에도 다른 소수자의 권리를 의제에 포함하자고 주장한다. 둘은 특히 트랜스 여성을 페미니즘의 성원으로 인정할 것인가에 관한 문제로 대립각을 세운다. 한국의 '랟펨'은 호주의 래디컬 페미니스트 쉴라 제프리스(Sheila Jeffreys)에게서 많은 영향을 받은 것으로 보인다.

다는 것이다. 애석하게도 이들은 이곳에서조차 너무나 '남성'스럽다.
(1)과 (2)를 보자.

(1)

"우리〔남성—인용자〕의 공포는 여기, 이 사무실에 국한돼. 우리는 사무실을 떠나며 공포도 두고 가. 하지만 여자들은 공포를 간이나 췌장처럼 몸에 지니고 다녀. 떨구고 갈 수 없어. 어디로 갈 수 있겠어? (……) 여자들에게 사무실 밖은 사무실 밖 나름의 수천 가지 **평대**가 피어나는 또다른 사무실인걸. 여자들의 두려움에는 역사가 있어. 켜켜이 쌓인, 뭐랄까, 지층적 두려움이라고나 할까? 우리의 얇고 호들갑스러운 두려움과는 완전히 다르다고."(135쪽)

'안(파)남'의 자부심 넘치는 설명이 끝나자 '안(파)녀'가 소리친다.

(2)
"저기."
안파 쪽 여자가 불렀으나, 남자는 흥분에 젖어 듣지 못했다.
"야!"
그제야 남자가 돌아봤다. **엄마의 칭찬을 바라는 순진무구한 아이**의 미소를 지으며.
"너 그만 말해."
"응?"
"네 말 다 맞아. 근데 맞는 말도 하지 마."
안파 쪽 남자가 당황해 얼른 고개를 끄덕였다. 그러나 얼굴에서 삐친 기운을 완전히 지우진 못했다.

"그러게 왜 네가 우리 선언문을 쓰냐. 그리고 부탁인데."

평파 쪽 여자도 합세해 남자를 구박하기 시작했다.

"시도 때도 없이 네 맘대로 나를 **여자 박스**에 넣지 말아줄래? 내
가 들어가고 싶을 때 알아서 들어갈 테니까, 오케이?"

이제 남자는 완전히 기분을 잡쳤다. 그러자 속에서 '**평대스러움**'이
조금 스멀댔다.(135~136쪽, 강조는 인용자)

이 대목은 이미상의 소설세계가 담지하는 여성성과 남성성, 그리
고 당사자성을 함축하는 중요하고 핵심적인 장면이다. (1)에서 페미
니스트 안남의 유려한 설명은 여성의 공포에서 자신은 완전히 배제
되어 있음을 아무렇지 않게 전시하고 있으며, 여성의 공포가 (자신에
게도 있을지 모르는) 폭력적 남성성에서 비롯한다는 것을 잘 알고 있
고 그것을 언어화할 수 있음에도 불구하고 그에 관한 죄책감이나 여
성 문제에 함께 연루되어 있다는 당사자성은 조금도 내비치지 않는
다는 점에서 문제적이다. 안녀가 안남의 말에 제동을 거는 것은 그가
틀린 말을 해서가 아니다. 그가 여성 문제를 바라보는 위치와 태도 때
문이다. 여성을 또다시 젠더의 이분법적 대립항에 고정시켜 '여자 박
스'[11]에 가두므로 또 한번 문제다. 한 인간 안에는 다양한 여성성과
남성성이 공존하며 각각은 서로를 상호적으로 구성한다. 순수한 젠

---

11) '여자 박스'는 '맨박스(manbox)'를 비튼 용어로 토니 포터의 『맨박스―남자다움
에 갇힌 남자들』(김영진 옮김, 한빛비즈, 2019)에서 비롯된 말로 보인다. '남자다움',
남성성에 대한 남자들의 강박은 여성성을 해로운 것으로 타자화하는 동시에 자신의
남성성을(물론 여성성도) 억압하고 구속한다.

더, 절대적으로 분리시켜 말할 수 있는 순수한 여성성/남성성은 없다. '여자 박스'는 여성성을 '여자'라는 성차의 기표 안으로 구속시킴으로써 그것의 본모습을 박탈시킨다.

페미니즘이 사회에 작용하는 하나의 거스를 수 없는 힘이 된 후로 종종 남성은 그 힘으로부터 인정받기를 욕망한다. (물론 이 인정 욕망은 어떤 여성들에게도 작용한다. 페미니즘과 퀴어 앨라이ally의 정체성이 '진보'의 트렌디한 아이콘처럼 확산되고 있는 최근의 문화적 동향 속에서 더욱 그러하다.) 누군가에게는 삶 전체와 생존을 건 투쟁인 페미니즘이 남성에게는 페미니스트 여성들로부터 '정치적으로 올바른 더 나은 남자'라는 명찰을 수여받기 위한 인정 투쟁의 수단일 수도 있는 것이다. 안남은 자신을 칭찬해주리라 기대했던 안녀들이 오히려 입을 막으려 하자 속에서 스멀거리는 '평대스러움'을 느낀다. '평대'는 '평등의 대가'를 줄인 말로 '평대스러움'은 지하철 3-1칸에 앉아 있던 남성과 안남이 공유하는 공통된 정동, 수치와 분노다("어둠 저 끝에서 돌진해오는 공포를, 과거의 평대와 미래의 평대들을, 평등의 대가인 그들을 또렷이 응시할 것이다", 151쪽). 여성이 샷건을 들고 산을 누비고, 소설을 쓰고, 지하철에서 화장을 하거나 자리를 옮길 그 모든 권리를 제약하고 막아서려는 억압의 심리가 각종 언어적·물리적 여성 혐오와 범죄로 발현된다. 소설이 이를 두고 평등의 '대가'라고 한 것은 의도된 아이러니다.

안남의 말 앞에서 안녀와 평녀는 베란다로 나가 사이좋게 담배를 피우며 연대한다. 이미상의 여성 인물들은 언뜻 이성애자 시스젠더 여성성으로 단일하게 수렴하는 것처럼 보이지만 그렇지 않다. 그녀들은 모두 다르다. 외양과 나이, 결혼 여부, 성장 배경, 계급, 성격, 욕망 등 무엇 하나 같은 것이 없다. 그런 그녀들 모두가 경험하는 공통 세계가 폭력적 남성성인 것이다.

여성들이 삶의 날개를 활짝 펴려 할 때 곧장 등뒤를 내리치는 '평대'라는 이름의 칼. 소설에서 감지되는 공통의 여성성은 그 칼 앞에 게릴라처럼 집결한 여성성이다. 칼을 휘두르는 평대들은 현실의 개별적 남성이지만 이미상의 소설과 페미니즘이 치르고 있는 전쟁의 적은 개체가 아니라 힘, '추세'다. (도대체 언제까지 '모든 남자가 그런 것은 아니지만'을 보호 장치로 붙여 말해야 할까.) 이미상의 여성 인물들은 이 '추세'와 직면했을 때 그를 피하고 막아내기 위해 발휘되는 여성성을 보여준다. 이 여성성의 자리는 개인이 고유한 인격체로 설 수 없게 막아서는 폭력 앞에서 모두가 서게 되는 공통 좌표다. 가령, 「살인자들의 무덤」에서 일곱 명의 남자를 쏴 죽인 레즈비언 '에일린 워노스'는 영아 살해자인 다른 여자들과 함께 묻힌다. 그녀는 분개한다("22구경 리볼버로 남자 일곱을 쏴 죽인 내가, 이런 하찮은 살인자들 옆에 묻히다니! 단지 여자라는 이유만으로!", 188쪽). 요컨대 그녀의 레즈비언 섹슈얼리티는 평녀가 말한 '여자 박스'에 봉인된 것이다. 이처럼 소설은 경험의 직접적인 당사자성과 고정된 정체성, 공통 경험의 유무에 천착하지 않는다. 연대의 조건은 같은 정체성이나 공통의 질적 경험이 아니라 세계를 무너뜨리는 폭력의 힘을 보고 느낄 수 있는 공통 감각이라는 것을, 우리는 이미상의 소설들을 통과하며 알게 된다.

6. 혁명 이후, 메타픽션의 힘

표제작 「이중 작가 초롱」은 이미상 특유의 언어 비틀기와 서사의 중층구조, 상호 텍스트성이 한꺼번에 폭발하며 빚어낸 빛나는 수작이다. 평소에 문학을 사랑해온 독자라면 흥미진진하게 페이지를 넘기겠지만 동시에 꼭 그만큼 속도가 느려지는 모순에도 처할 텐데, 그 이유는 독자가 소설이 제기하는 크고 작은 문제들에 대하여 나름의 해석을 내리는 순간 정치적·윤리적 견지가 명료해지기 때문이다. 다시 말해, 독자는 이 작품을 읽기 위해 자신의 정치적·윤리적 입장을 (일시적일지라도) 천명해야만 한다. 이 소설을 끝내 제대로 완독하고자 한다면 작품이 담고 있는 도발적인 물음표들을 피할 길은 그 어디에도 없다. 그러니 나는 독자들에게 요청한다. 적어도 이 작품만큼은 자신의 목소리를 회피하지 말고 읽어나가기를.

소설에는 초롱을 중심으로 한 여섯 개의 서사 층위가 존재한다. 문단이라는 시스템과 웹 공간('초롱조롱파인드닷컴'), 습작 동기 '영군'과의 시절, 소설을 배운 '선생'과의 관계, 그리고 초롱의 습작품 「이모님의 불탄 진주 스웨터」와 데뷔작 「테라바이트 안에서」라는 두 텍스트가 그것이다.

문학(성)과 문학장 전체, 개별 작품을 모두 심문하는 이 소설은 지금 이 글을 읽고 있는 독자 당신 또한 포함하고 있다. 독자를 '쓰는' 위치로 전치시켜 독자가 소설을 쓰게 하는 역설에서 작품은 출발한다("초롱의 논리에 따르면 이제 우리, 독자이자 아마추어 비평가인 우리는 (……)", 82쪽). 소설에서 서술자가 내리는 해석과 가치 판단은 '독자'의 이름으로 말해진다는 것을 염두에 두고 작품을 읽어나가야 한다(이는 특히 소설의 마지막 '한 방'을 읽을 때 중요하게 작용한다).

쓰는 사람과 읽는 사람, 그리고 비평까지 등장하는 이 '문학적인' 소설은 글에 대한 불신을 전제로 시작한다. 전 세계적으로 일어났던 미투 운동과 함께 시작된 2016년의 #문단_내_성폭력 고발을 지시하는 "문화혁명"(74쪽)이 '불신'의 시원이다. 가령, 셀프 고발남 사건은 피해자의 경험과 고발을 담은 '글'에 대한 믿음을 뿌리째 흔들고, 초롱이 등단을 기점으로 하여 소설가로서의 윤리적 좌표가 바뀌었다며 독자들이 배신감을 느낀 것도 모두 '글'에 대한 신뢰가 붕괴되는 현장이다.

초롱의 위기는 아이러니하게도 등단 제도에 대한 초롱의 비판적 태도와 '정치적으로 올바른' 말 때문에 발생한다("등단을 기점으로 이제부터 너는 작가, 이 글부터 진짜 글, 하는 거 이상하지 않아요? 저는 그때도 작가였고 지금도 작가예요. 모든 글이 같은 글일 따름이고요", 81~82쪽). 그러나 습작품과 등단작이 '다른 글'이므로 초롱이 '이중 작가'라는 독자의 판정에 대하여 우리는 하나의 이의와 하나의 의문을 제기할 수 있다. 문제는 독자의 지적이 소설가의 정체성과 그의 소설세계가 변화할 수 없고 그래선 안 된다는 당위로 나아갈 위험을 내포한다는 것, 그리고 과연 초롱의 습작 소설이 정말로 작가의 "깊이 숨겨둔 썩어빠진 정신을 본의 아니게 드러"(78쪽)내는, "피해자의 괴로움을 남의 일로 보는 (……) '강 건너'에 있는 사람이 쓴 소설"(79쪽)인가 하는 것이다. 요컨대, 피해자와 그 고통의 재현 방식과 범위는 마땅히 따라야 하는 어떤 당위에 구속되어 있는가? 혹은 그 재현의 권리가 실재한다면, 그것은 당사자성에서만 비롯하는가?

우리, 독자는 이 문제적인 「이모님의 불탄 진주 스웨터」를 소설 속에서 얼마간 읽어볼 수 있다. 이 작품이 불편한 이유의 핵심은 재현된 두 피해자가 '피해자다움'을 내보이지 않아서일 테다. 「테라바이트 안에서」를 꽉 채웠던 피해자의 울분과 혼란스러운 고통, 무너짐은 이 작품에서 전혀 찾아볼 수 없다. 가령, '수진'은 '명자'의 손을 믹서기에 넣으며 도리어 협박하고, 명자는 돌보는 아이 주변에 가학적으로 보일 정도로 많은 양의 미역을 뿌려놓는다. 그러나 이 '미역 놀이' 에피소드는 재현된 텍스트에 있어서 그것의 표면적 사실들만 가지고서는 실제의 정황과 행위들의 정확한 의미를 알기 어렵고, 심지어 얼마든지 왜곡되고 실제의 맥락으로부터 탈락될 수 있음을 보여준다. CCTV 영상은 현장의 완벽한 사본이 아니라 하나의 재현물이다. 소설 역시 하나의 언어적 재현물이기에 재현이 지닌 이러한 부담을 떠안고 있는 예술이다. 중요한 것은 표층으로 드러난 물적 증거들이 아니라 그것이 서사화하고 있는 입체적인 맥락이다.

게다가 애당초 '마땅한 피해자다움'은 과연 존재하는가? 그것은 어쩌면 법정에서 가해자에게 승소하기 위해 조금이라도 유리함을 보탤 수 있는 연출의 전략에 불과한 것은 아닌가? 문학의 세계는 재판정이 아니다. 법정에서 이기기 위해 내보이는 진실과 소설이 삶 속에서 건져올린 진실의 모습은 다르다. 그러니 소설 속 독자들이 초롱의 습작품을 겨냥한 비판들은 정당하고 '올바른' 것으로 승인된 '안전한' 가치만을 그려내야 한다는 강요, 소설의 자유를 구속하는 겁박인 것이다. 「여자가 지하철 할 때」에서 안파와 평파가 '안전'을 두고 다투었던 것처럼, 초롱의 위기는 소설의 재현 범위와 각도를 '안전'이라는 명분으로 축소시키는 딜레마를 전면 부조한다.

선생이 쓴 「대공분실」은 「하긴」에서 인물 문이 겪은 남영동 대공분실로 연결된다(지금 우리가 보는 초롱의 세계는 문의 딸, "중학교를 중

퇴하고 삭발하고 사르트르 따위를 읽다가 최연소로 등단해 검정고시를 거쳐 국공립 예술대학에 들어"(14쪽)간 바로 그 초롱의 세계다. 선생에게 반말로 "너니?"(99쪽) 하고 맞서는 날렵한 성격을 보건대 더욱 확실하다). 분명 문의 경험담과 선생의 소설은 어느 하나 겹치는 부분이 없는데, 왜 선생은 살해 협박을 당했나? 그는 친구의 이야기를 그대로 옮기지 않았다. 선생은 말한다. "친구는 단지 내가 인정하기를 바랐어. 내가 실은 자기에 대해 썼다는 것을."(99쪽) 재현의 문제에서 중요한 것은 현실 표면의 사실들이 소설 속으로 얼마나 그대로 옮겨졌느냐가 아니라 어디까지나 그 사실들을 연결하고 있는 서사적 맥락이다.

이미상만의 독특한 자기 지시적 아이러니, 가령 소설 속 소설론이 자기 작품을 향하게 하면서 작품이 그를 위배하거나 승인하는 서사의 입체성은 「이중 작가 초롱」에서 전면 극대화된다. 만일 소설 속 소설인 「이모님의 불탄 진주 스웨터」에서 주인공 수진이 명자를 죽였다면, 죽여서 봉쇄수도원 인근 야산에 시신을 암매장했다면, 그렇게 성억압자이자 불법 촬영범인 명자를 처벌했다면 초롱은 무사했을 것이다. 초롱의 소설은 유출되지도 비난받지도 않았을 것이다. 그러나 초롱은 수진과 명자를 화해시켜버린다.

수진이 명자를 죽이지 않고 유사한 피해 경험에 대한 당사자성을 확인하며 연대하는 것은 '혁명' 이후 문학장의 에피스테메로 자리한 반폭력적 윤리와 정치적 올바름에 의한 결말이라는 의혹을 지울 수 없다. 그런데 이 문학적 정의로움은 도리어 소설가를 소설가로서의 삶이 끝날 만큼의 위기 앞으로 데려간다. 초롱은 수진이 명자를 죽이는 결말, 윤리적으로 '올바르지 않은' 결말을 썼다면 자신이 무사했을 것이라고 후회하지만 아마 시간을 돌린다 하더라도 초롱은 그런 결말을 쓰지 못할 테다. 왜냐하면 그녀에게는 "모든 소설을 죽이러 갔다가 악수하고 돌아오는 것으로 끝내는 버릇"(103쪽)이 있기 때문이다. 눈여겨볼 것은 이것이 소설가의 '버릇', 습관이라는 점과 글자들 위에 찍힌 방점이다. 이미상이 텍스트의 질감을 변화시키는 부분(굵게 표시하고 기울이고 방점을 찍는 등)은 상호 텍스트성의 표지다.

가령, 「티나지 않는 밤」에서 K출판사 편집자의 소설론은 모두 굵게 기울임 처리되었고 해당 문장들은 작품을 메타적으로 지시한다. 방점이 찍힌 문장 또한 다시 작품 자체를 향한다고 볼 수 있는데, 이러한 문장은 초롱과 영군이 만나는 장면에서 재등장한다("두 사람은 악수하고 헤어졌다", 86쪽). 아니나다를까 초롱이 영군에게 무슨 일이라도 저지를까봐 불안해하는 영군의 선배를 초롱이 안심시킨다("아무것도 없어요. 안 죽여요, 안 죽여", 같은 쪽). 요컨대 소설 속 인물이 누군가를 죽이러 갔다가 악수하고 돌아오는 것으로 서사를 마무리한다는 이 습관은 누군가가, 특히 여성이 살해되는 장면을 소설에서 어떤 식으로든 재현하지 않는 것을 암묵지로, 규약으로 삼았다는 뜻으로 읽힌다. (그렇다면 초롱은 영군을 죽일 수도 있는 마음으로 찾아갔으나 용서하고 돌아온 것일 테다.) 영군과의 대목은 초롱에게 실제 현실의 장면일 텐데 독자는 이쯤에서 이 대목이 그녀 삶에 펼쳐진 객관적 사실에 해당하는지, 혹은 초롱이 만들어낸 또다른 소설의 대목이 아닌지 헷갈리게 된다. 그래서 이 소설의 서술자를 상기해보고, 그것이 다름 아닌 '우리, 독자'로 설정되었다는 것을 인지하면서 결국 초롱이 영군을 죽이지 않고 악수하고 사이좋게 헤어진 장면을 만든 것은 초롱이 아니라 서술자, 곧 '독자'라는 결론과 마주하게 된다.

「이모님의 불탄 진주 스웨터」는 "악하기는커녕 관습적인 소설이다. 아마 읽는다면 실망할 것이다"(74쪽)라고 초롱은 스스로 평가하지만, 후반부에 제시되는 이야기의 내용은 그와 달리 몹시 흥미진진하다. 성폭력 피해자들이 '피해자다움박스'에 갇혀 있지 않고 그 바깥으로 살아 역동한다. 그런데도 왜 초롱은 이를 두고 '관습'적인 소설이라고 했을까? 이 '관습'은 아마 그녀의 습관, 살의를 갖고 떠난 인물이 반드시 화해와 용서를 경험하고 돌아오게 하는 '습관'을 지칭하는 것일 테다(이미상의 아이러니는 서사 단위가 아니라 단어의 층위까지 내려온다).

서사의 마지막에 이르러 초롱은 「이모님의 불탄 진주 스웨터」가 받은 비판, "붙여서는 안 될 것을 붙였다"(78쪽)는 말에 대한 깨달음을 얻는다. 이 각성 또한 하나의 아이러니인데, '붙여서는 안 될 것을 붙였다'는 독자층의 비판은 초롱이 깨달은 의미와는 실상 정반대의 것으로 짐작되기 때문이다. 그러나 수진이 명자를 죽였어야 한다고 후회했던 초롱은, 그들이 화해해서도 안 되었다며 그 깨달음을 심화해나간다. "수진은 명자를 그렇게 씩씩하게 찾아갈 수 없었을 것"(106쪽)이기 때문이다. 그러나 초롱이 남긴 최후의 물음, "그러니 제3의 원은 무엇이었나?"(107쪽)는 아직 해결 전이다. 초롱과 선생의 팽팽한 대결 속으로 가보자. 선생은 초롱이 자기가 「대공분실」을 쓸 때 했던 짓과 똑같은 짓을 한 것이 문제라고 말한다.

   "「이모님의 불탄 진주 스웨터」를 쓸 때 저는 아무도 떠올리지 않았어요."

   (……)

   "그러니까. 너는 아무도 떠올리지 않았지. 「이모님의 불탄 진주 스

웨터」를 쓸 때."(99쪽)

선생이 말하는 '짓'은 '하지 않음'이다. 초롱의 데뷔작이 피해자의 당사자성을 반영한 소설이었던 반면, 습작품은 그 당사자성이 전혀 감각되지 않았기 때문에 당사자로서의 진정성을 상실하여 '가짜'가 된 것이 문제라는 의미다("등단하기 위해 피해자인 척 가장해 알량한 글솜씨로 피해자가 쓸 법한 일기 같은 소설을 써서 (······)", 80~81쪽).

이 소설은 피해자 재현의 권리를 오직 직접적 당사자에게만 양도하는 독자성readership을 문제삼는다. 그러나 이러한 독자성은 독자 주체들에게서만 나오는 것은 아니다. 독자성의 생성은 '혁명'과 그에 연루된 모든 주체들에 의해 만들어진다. 그러므로 "초롱이 그렇게 된 데에는 초롱 자신뿐 아니라 혁명에도 얼마간 책임이 있었다"(73쪽)는 말은 서사의 종결 이후에 우리에게 새로운 의미로 다시 전송된다. 「이중 작가 초롱」은 문학에 관련된 모든 주체를 소환하여 심문한다. 문단의 혁명, 그 주체는 소설가와 시인, 비평가, 출판 관계자, 그리고 무엇보다 독자가 아니었나. 이미상의 소설은 독자로 하여금 계속해서 비판적 독해를 제기하고, 깽판 칠 것을 요구하며 새로운 독자성을 촉구한다. 독자들의 불신은 문학에 대한 회의라기보다 오히려 혁명 시작 이후의 자연스러운 증상이며, 이로 인해 혁명의 모든 주체가 문학장의 문제에 함께 연루된다.

정치적으로 올바르지 않다고 판단되는 재현물을 흔적 없이 말소시켜버리는 캔슬 컬처의 실행이 소비자독자의 정치적 의사를 표현하는 최선의 수단처럼 여겨지는 최근의 현상 또한 혁명 이후 시대의 증상이다. 이미상의 소설은 독자가 소비자 정체성으로 완전히 환원될 수 없고, 정치적 올바름을 추구하는 명목으로 문학과 문학성, 그리고 작가의 재현을 구속하는 일에 질문을 던지는 듯하다. 작가를 절필'시키는' 일이나 해당 작품을 절판시키는 것으로 문학을 단죄할 수 있을까? 예술은 표현의 자유에서 출발했고 그것은 변하지 않을 핵심적 가치다. 그러므로 더 많은 '안평대전'이 벌어지기를 기대한다. 문학에서 감지되는 무언가 '위험'하고 '이상한' 것들을 그저 재빠르게 말소시키는 것이 능사가 아니다. 오히려 그에 반발하고, 저항하고, 입을 열어 이질적인 목소리들이 터져나올 수 있게 해야 한다. 문학은 현실을 뒤따라가며 '올바르게' 반영하고 재현하는 기록물이 아니다. 과거와 현재를 재맥락화하고 지나간 시간 속에서 보지 못했던 빛과 어둠을 찾아내며, 다가올 미래의 가능태를 그려낸다. 이미 합의된 가치관을 지지하는 '안전'한 재현만이 문학일 수는 없다. 시대를 이끌어온 모든 예술은 당대에 이미 불온했다. 소설이 지닌 힘이란 바로 이런 문학적 상상력, 발칙하고 도발적이며 독자들을 불편하고 난처한 처지로 몰아넣음으로써 그 누구보다 동시대 속에서 살아내게끔 추동하는 힘이다. 혁명하는 힘이다. 소설집을 덮고 깨닫는다. 이미상의 소설이야말로 그간 내가 기다려온 소설이다. 나는 이런 소설을 정말로 기다려왔다. "문학은 자유다."[12]

(2022)

---

12) "문학의 임무 가운데 하나는 사람들을 지배하는 경건함에 질문을 던지고 반대 진술을 만들어내는 것입니다. 예술은 무언가에 반대하는 경우가 아니더라도 대립적인 것으로 쏠리는 경향이 있습니다. 문학은 대화이고 반응입니다. 문학은 문화가 진화하고 상호작용하는 과정에서 무엇이 살아 있고 무엇이 죽어가는가에 대한 인간의 반응의 역사라고 설명할 수 있습니다."(수전 손택, 『문학은 자유다』, 홍한별 옮김, 이후, 2007, 269쪽)

인간은 박해받는 자의 얼굴에서 태어난다
─김남숙의 「파주」

1. 망각을 위한 기억

시간이 흐르면 많은 것이 잊힌다. 그것은 잔인함일 수도 혹은 축복일 수도 있다. 대개 흐르지 않는 시간 속에서 과거는 현재의 얼굴을 집어삼키므로 언제나 현재를 살 수밖에 없는 인간으로서는 무자비한 시간의 힘이 결국엔 축복에 가깝다고 느끼게 마련인 것 같다. 그럼에도 불구하고 이 불가항력적인 시간의 유형력에 맞서 반드시 저항해야 하는 것, 잊어서는 안 되는 것들이 있다. 그 힘이 비록 한 사람의 생애를 훌쩍 초과한다 하더라도 말이다. 제대로 청산되지 않은 폭력의 기억이 그렇다. 2014년 세월호 참사나 2022년 이태원 참사에 대하여 많은 시민이 "잊지 않겠습니다"라고 외치는 이유는 무엇인가? 국가의 실책과 사회·문화적 기반의 약점을 견인해 다시는 같은 비극이 재발하지 않도록 하기 위해서, 그리고 그 참사가 개인 차원의 '사고'가 아니라 사회 차원에서 발생한 '사건'임을 명백히 하여 공공의 애도를 통해 피해자와 유가족들의 트라우마가 안전한 기억의 자리로 제대로 옮겨가도록 하기 위해서다. 시간의 흐름에 대항하겠다는 이 조력의 발화는 역설적으로 '온당한 망각'을 향해 이루어지는 언어적 수행이다. 국가적 재난과 참사를 예시로 들었지만 이때 우리가 잊지 않으려 하는 이름들은 실상 모든 폭력이 발생시킨 피해자들의 이름이다. 김남숙의 단편소설 「파주」[1]는 그러한 기억과 망각의 역동 속에서 제대로 구제받지 못한 피해자가 삶을 계속해나가기 위해 모종의 방편을 모색하는 인물을 그려낸다.

2010년대 후반부터 한국 소설계에는 특히 일인칭 서술자 '나'의 주도로 진행되는 오토픽션, 자전소설의 면모를 강하게 띠는 작품들이 대거 발표되고 있다. 그리하여 최근까지도 일인칭 소설은 인물의 정체성과 그가 처한 상황에서 드러나는 당사자성을 밀도 높게 재현하며 여성과 퀴어, 장애인 등의 소수자성을 핍진하게 담아낸다. 「파주」 또한 '나'의 목소리로 진행되지만 이 소설의 구심력은 대문자 주체 '나ɪ'가 아니라 그 주체가 대면하고 있는 타자를 향한다는 점에서 오히려 그간의 소설이 보여준 주체의 단단한 성립을 무화시키는 역벡터를 만들어낸다. 소설은 '정호'와 '현철'의 관계성을 통해 '나'의 목소리가 주어 자리가 아닌 목적어 자리에서 구성되는 것임을 드러낸다. 버틀러Judith Butler는 레비나스Emmanuel Levinas를 해석하며 타자에 대한 책임감이 대문자 주어 '나ɪ'와 함께 출현하는 것이 아니라 목적어 '나me'와 함께 출현한다고 말한 바 있다.[2] 그가 주목하는 레비

---

1) 김남숙, 「파주」, 『에픽』 2023년 1/2/3월호. 이하 인용시 본문에 쪽수만 밝힌다.

2) 주디스 버틀러, 『윤리적 폭력 비판—자기 자신을 설명하기』, 양효실 옮김, 인간사랑, 2013, 159쪽.

나스의 정식 "나를 박해하는 바로 그 타자에게 얼굴이 있다"[3]는 '나'가 갖게 되는 윤리적 책임이 '나'에게 말을 거는 타자 '너'로부터 온다는 말과 다름없다.

문제는 '나'의 문을 두드리는 '너'가 나를 해치러 온 사람일 때다. 그러나 레비나스는 '나'가 그렇게 폭력에 노출되지 않는다면 우리는 타자에 관해 책임질 요구 자체를 수신할 수 없을 것이라고 말한다.[4] 그의 논의를 거칠게 요약하자면 '나'가 '너'에게 어떤 인과율이 성립하는 행위를 해서가 아니라 단지 '너'와 '나'가 연루된 관계성 자체만으로 '나'는 타자에 대한 책임감을 갖게 되는데, 그 책임감이 바로 박해당하는 자의 입장에서 최초로 감지된다는 뜻이다. 그의 윤리에 따르면 우리는 '너'가 내 앞에 칼을 들고 나타나더라도, 나를 찌른다 할지라도 '나는 너에게 폭력을 행사하지 않겠다'고 말해야 한다. 이는 과연 납득할 만한 당위인가? 받아들이기 쉬운 정언명령은 아니다. 피해자는 가해자의 정당한 처벌과 진심어린 사과를 받아 마땅하다. 그러나 피해자의 원한과 억울함을 구제할 정당한 힘이 부재할 때는 어떻게 해야 하는가? 「파주」가 직시하는 단 하나의 문제는 바로 이 지점이다.

2. 자기-애도로서의 비폭력

'나'는 애인 '정호'와 파주의 한 원룸에서 월세로 살고 있다. 그녀는 논술학원에서 아이들을 지도하고, 정호는 반도체 공장에서 디스플레이의 불량을 검수하는 직원으로 일한다. '나'는 "좆같은 띄어쓰

---

3) 같은 책, 158쪽.
4) 같은 책, 159~161쪽.

기와 좆같은 맞춤법이나 알려주는 존재로 생존하고 있다"(191쪽)고 말하면서도 현실에 대한 그러한 적대감을 적극적으로 청산할 의지 없이 그저 '시시하게' 살아가고 있다. 그런 그들 앞에 어느 날 '시시해' 보이는 '현철'이 나타난다. 정호의 군대 후임이던 현철은 복무 시절 정호에게 당한 가혹 행위에 대해 복수하겠노라고 말한다. 그런데 현철이 말하는 복수는 그가 당했다는 것과 동일한 물리적인 구타나 폭행이 아니다. 그는 정호에게 일 년 동안 다달이 백만원씩 송금할 것을 요구한다. 말하자면 피해자 스스로가 책정한 위자료 청구인 셈이다.

복수는 피해와 가해의 사실이 정당하고 합법적인 힘에 의해 구제될 수 없는 비참한 현실 속에서 발생한다. 그래서 대부분의 복수는 공권력의 영향 밖에서 벌어지는 사적 복수가 된다. 복수는 단지 피해자의 원한과 억울함 등 사적 감정의 층위에서 해결되어야 하는 앙갚음이 아니다. 복수는 피해자가 해당 사건을 뒤로하고, 그러니까 '제대로' 잊고 다가오는 나날을 무탈히 살아내기 위한 애도를 수행하기 위해서 피해자에게 필요한 제의가 된다. 현철이 정호에게 요구하는 월 백만원은 그가 겪은 트라우마로부터 자신을 분리하기 위한 자기-애도 과정의 실제적 방편인 것이다. 정호의 사과는 그가 느끼는 죄의식을 경감하기 위한 자기방어에 불과한 말로, 가해자가 지닌 나르시시즘의 주체성을 더욱 견고하게 할 뿐이다. 타자에 대한 윤리적 책임감은 그러한 나르시시즘으로의 몰입이나 자기 처벌에서 발생하지 않는다. 책임감은 행위의 사실관계와 인과의 바깥에서 오는 '민감성'[5]에

---

5) 버틀러는 "이 지점에서는 〔'나'는—인용자〕 타자의 영향에 종속된 철저한 민감성일 뿐이다"라고 말한다. 같은 책, 156쪽.

의해 발현되는데, 이는 폭력을 행하는 주체가 아니라 그로 인해 내몰린 대상이 먼저 각성한다는 점에서 다소 비극적이다. 박해당한 자로서 현철의 주체성은 현재 정호와 과거 군복무 시절의 기억에 붙들려 그곳에 종속된 하나의 물화된 민감성일 뿐이다. 목적어 자리에서의 '나me', 주어와 연루된 통사적 관계로서의 '나'를 목도하게 되는 것은 슬프게도 박해당한 자의 문장에서만 가능하다. 박해란 내가 직접 수행한 행위소들을 근거로 하지 않고도 나에게 닥쳐오는 무의지적인 것이므로, 버틀러가 동의하는 레비나스의 말에 따라 타자가 '나'를 형성하게 하는 사건으로 기능한다.[6] 이때 박해당하는 '나'의 에고는 여러 번 대체된다. '나'는 내가 직접 행위한 것들에 의해 구성되지 않으며 '나'는 '나'를 향해 계속해서 충돌해오는 타자들의 행위에 의해 구성된다. 그러한 관계성이 가장 잘 드러나는 장소가 바로 박해와 폭력의 현장이다.

군복무 시절 정호로부터 당한 '박해'로 인해 현철의 시간은 정지한다. 시간이 흐르지 않을 때 기억은 의식과 무의식 속에 영구히 박제된다. 벌써 삼 년도 더 지난 일에 대해 기억조차 잘 나지 않는다며 횡설수설하는 정호와 달리 현철은 생생하고 명백한 기억 속에 포박되어 있다("어떤 사람한테는 삼 년이 어저께 같아요. 그 생각에 묶여서 시간이 안 가요", 214쪽). 트라우마는 경험의 반복이다. 폭력 사건이 더는 발생하지 않는다 해도 트라우마에서 벗어나지 못한 피해자는 폭력의 부재에서 오는 안전한 시간을 살 수 없다. 현철이 위자료를 청구해야만 하는 이유는 현재를 현재로서 살아낼 수 없다는 데 있다. 근

6) 같은 책, 149쪽.

근이 편의점 아르바이트 등을 하며 〈포켓몬 GO〉 플레이를 삶의 가장 큰 낙이자 과업으로 여기는 그의 '시시함'도 바로 시간의 정지에서 온다. 월 백만원이라는 현물은 그가 과거의 트라우마를 진정으로 '과거'로 만들기 위한 제의적 도구다. 과거 폭력 사건들로부터 옮겨갈 다른 장소를 찾지 못한 현철의 리비도는 여전히 과거에 머물러 있기 때문에 그 리비도를 옮겨 재투자할 대상물이 필요하다. 폭력에 대한 청산 작업이 반드시 필요한 상황인 것이다. 그러나 폭력이 일상 속에 자연스럽게 스며든 공간에서는 그러한 '일상'을 문제적으로 고발하고 해결할 수 있는 유형력이 부재하므로 현철의 트라우마는 공권력의 바깥에서 해결되어야만 하는 문제가 되고 만다.

그의 다소 적극적인 요구로부터 우리는 현철의 주체성이 견고하다고 오독할 수도 있겠으나, 그러한 모습은 사실상 타자가 그에게 가한 박해의 위력에 포박되어 영향을 받는 수동적인 '나'의 모습일 따름이다. '나' 또한 마찬가지로 그녀 앞에 나타난 타자로서의 현철에게 영향을 받는다. 정호의 폭력 행사를 알게 되면서 그녀는 자신에게 '박해'를 가하는 학원 아이들의 시선을 떠올린다. 애인으로서 '나'는 정호와 더 가까운 심리적 거리를 가질 것으로 독자는 기대하지만 현철이라는 타자와 간접적으로 연루되면서 '나'는 오히려 정호와 점점 멀어지고 현철과 더욱 가까워진다. 소설에서 반복적으로 사용되는 '시시하다'는 형용사는 '나'와 현철의 이러한 감정적 전이transference를 단적으로 드러내는 표현이다. '시시하다'는 말은 '나'와 현철 두 사람이 함께 공유하는 실존의 양태이면서 동시에 현철의 비폭력적인 자기-애도의 방식을 은유한다. 이 시시한 복수는 다만 "시시해 보일 만큼 자연스럽고 명이 긴 미움"(201쪽)에서 비롯한 것으로 정호에게도 '나'에게도 어떤 해를 가하지 않는다. 현철은 그저 딱 한 발짝만큼 더 나아지기 위해, 과거의 트라우마에 붙들리지 않기 위해 누구에게도 유해하지 않은 자력구제를 도모하고 있는 것이다. 이미 도래했어야 하는 뒤늦은 망각을 스스로 일으키기 위해서 말이다. 만약 그가 좀 더 유해한 공격을 감행했다면 그는 그토록 슬프지 않았을 테지만, 입금이 완료된 후에도 초여름에도 여전히 검은 후드 티를 입고 〈포켓몬 GO〉를 하는 현철의 얼굴은 여전히 피해자의 그것일 따름이다. "등에 축축한 이불을 짊어지고 있는"(209쪽) 것처럼 보이는 현철은 매달 돈이 입금될 때마다 기쁘거나 속이 후련하기는커녕 오히려 매순간 자신이 당했던 폭력이 정말로 부인할 수 없는 사실, '진짜로 일어났던 일'임을 뼈아프게 확인하면서 고통스러웠을 것이다. 자기 내부로 향하던 슬픔을 조금씩, 고작 한 달에 한 번, 백만원만큼씩 자기로부터 분리해내며 폭력의 상흔을 과거의 기억으로 만드는 비탄의 애도를 힘겹게 수행하고 있었을 테다.

'나'는 현철의 그러한 수행과 감정의 전이를 경험하는 인물이다. 전이의 형상은 소리의 형태로 '나'의 귀에 전해지는데 '나'가 현철을 떠올릴 때마다 "귓가에는 서걱서걱 알 수 없는 소리"(189쪽)가 들리고 그녀는 그 소리를 '파주 소리'라고 명명한다. 현철은 '나'가 아이들에 대해 갖는 마음이 미워하는 마음보다는 무서워하는 마음일 거라고 알려준다. 실제로 폭력의 피해자는 몇 단계에 걸친 감정 변화를 경험한다. 무서움에서 미움으로 감정이 변화되기까지에도 상당한 시간이 걸린다. 두려움은 감정의 자연스러운 감지마저 억압하므로 그로부터 놓여난 후에야 미워할 수 있는 마음이 생겨난다. 현철이 정호를 몇 년의 시간이 지나고 나서야 찾아갈 수 있었던 것도 그 때문이다.

현철이라는 낯선 타자의 방문으로 인해 '나'의 세계는 재구성된다. 현철이 '나'의 세계와 가장 가깝게 밀착하게 되는 지점은 "근데, 결혼하실 겁니까?"(214쪽)라는 질문이다. 정호가 '그런 사람'인 것을 알고도 계속 함께할 거냐는 질문, 지금의 그 '시시한' 일상 그대로도 괜찮겠느냐는 질문. 예상할 수 있다시피, 소설은 이들의 '시시한 삶'을 바꾸어놓지 않는다. '나'는 '씨발'을 입에 달고 살면서 계속 정호와 함께하는 일상의 진행 속에서 이야기의 마침표를 찍는다. 현철이 요구한 일 년치의 보상이 행해졌다고는 하지만 정호가 아무렇지 않게 현철을 벌써 잊고 코미디 프로그램을 보며 하하하 웃는 한, 그의 세계에 커다란 균열이 일어나지 않는 한 이 '시시한' 삶은 아무래도 변할 수 없다.

'나'와 현철이 각자의 현실의 불편한 요철을 최대치로 감각함에도 불구하고 그들의 삶이 극적으로 변하지 않는 이유는 그들에게 영향력을 행사하는 타자인 정호가 조금도 변하지 않은 데 있다. 도무지 기억이 안 난다고 소리치는 그에게는 '가해자의 억울함'마저 존재한다. 그가 말하는 '반성'은 그 기준조차 자기 자신에게서 연유하며 그렇기에 반성이 아니라 다만 약간의 죄의식에 불과할 뿐이다. 요컨대 정호가 진실로 감각할 수 있는 것은 오직 자기 자신만의 불쾌와 불편만을 기준으로 삼는 나르시시즘 안에서 유폐된 감정이다. (국가 이미지를 위한다는 명분 아닌 명분으로 참사를 덮으려는 정부의 얼굴은 정호의 얼굴과 꼭 닮아 있다.) 나르시시스트의 세계에는 이타적인 관계성이 들어설 자리가 절대적으로 부재한다. 정호는 결국 이 모든 사건을 진심으로 잊게 되지만 이야기를 독자에게 전하는 '나'만은 현철을 기억한다. 그녀에게 현철은 다만 '기억'이며 동시에 '나'의 현실을 재구성하는 영향력 있는 타자다. 그러나 그렇게 재구성된 현실에도 불구하고 '나'는 정호를 떠난다거나 논술학원을 그만두는 등의 주체적인 행위를 하지 못(혹은 '안')한다. 이러한 결말은 '나'라는 자아가 타자에 의해 전소 존재론적인 차원에서 구성되는 목적격 '나me'와 다름없다는 레비나스의 말과 공명하며, 나아가 타인에게 영향받을 능력, 바로 그 민감성으로 인해 생성되는 관계의 구성원으로서 책임에 연루된다는 버틀러의 말과도 겹쳐진다.[7] 우리는 타자의 얼굴 앞에서 절대적 수동성의 자리에 놓인 '나'들일 뿐이다.

각자의 괴로움으로 몸부림치면서도 일상의 표면은 여전히 그대로인 채 흘러가는 세 사람의 '시시함'은 얼마나 잔인한가. 그들이 살아가는 장소인 파주는 실제로 북한과 매우 인접한 최전방 지역으로 군부대가 여럿 위치해 있다. 죽고 죽이는 관계의 다발이 생겨나는 전쟁, 그 잠재적 폭력성의 한가운데에 있는 파주에서 겪어내는 '시시함'은 얼마나 위태로운가. 과거로부터 놓여나고자 매일을 조용히 고군분투하는 현철과 그런 것은 폭력조차 아니라며 그저 '그때'와 '그곳'에서는 자연스러운 일이었다고 억울해하는 정호, 그리고 무기력에 압도당해 그저 욕설만 읊조리는 '나'—세 사람의 모습은 삶 속에 들이닥친 폭력의 위력이 '시시할' 정도로 얼마나 무섭게 오래갈 수 있는지 보여준다. 마치 '나'가 듣는 '파주 소리'처럼 말이다("그 소리는 개같이 쓸쓸하고, 파주의 한겨울에 뿌리내린 단단한 얼음 같아서 아직까지 나는 그때와 비슷한 소리를 한 번도 다시 들어본 적이 없다", 204~205쪽).

---

7) 같은 책, 155쪽.

소설은 제대로 구제받지 못한 폭력의 피해자가 비폭력의 방식으로 자기 자신을 구출해내는 자기-애도의 수행을 현철을 통해 보여준다. 사회와 가해자가 자신으로부터 빼앗아간 '망각'을 되찾기 위해 애쓰는 최후의 몸부림 말이다. 잊기 위해서는 역설적으로 '잊지 않음'이 선행되어야 한다. 가해자는 영원히 자신의 행위를 잊음으로써 언제나 '억울한 가해자'가 된다. 그러므로 아픔의 기억을 무사히 과거 시제로 만들기 위해 폭력은 공공의 영역에서 결코 잊히지 말아야 하고, 피해자가 자기혐오와 자책의 늪에 갇히지 않기 위한 애도, 그리고 망각을 위한 분리의 사적 장치와 제의가 필요하다. '나'는 어디까지나 타자와의 충돌로 그와 연루되며 발생하는 관계성 안에서 구성된다는 사실을 잊지 말아야 한다. 폭력의 발생이 타자에 대한 책임감, 그 윤리적 요구의 각성을 다소 잔인하게 견인하고 있지만, 레비나스의 말대로 우리는 동시에 그 사건으로 인해 '나'는 역으로 동일한 박해자, 가해자가 되지 않게 하는 얼굴을 가진 인간이 된다.[8] 우리가 '잊지 말자'고 하는 이유는 무엇보다 반복을 막기 위해서가 아닌가. 자기방어를 근거로 삼는 또다른 폭력으로 응수하는 보복은 정당한가? 그렇기에 폭력을 끝내는 인간의 얼굴은 바로 박해받은 자의 얼굴로부터 태어난다. 그 인간됨의 힘은 "맑은 눈동자 속의 허무함"(211쪽)으로 현현하는 비탄에 잠긴 자, 슬프게 자기-애도를 수행하는 자로부터 오는 것이라고 「파주」는 씁쓸하게 전해온다.

"씨발, 씨발, 진짜로 엿 같네."(219쪽)

(2023)

---

8) 같은 책, 166쪽.

5부

회복의 인간학

통증과 회복의 인간학
─양자역학으로 읽는 한강

이영 눈이 하영 와부난······[1)

1. 감정과 감각의 양자 얽힘

아픔은 양자quantum적 상태다. 그것은 관찰에 따라 감정의 차원일 수도 있고, 감각의 차원일 수도 있다.[2)] 그 관찰을 가능케 하는 '시선'이 물리학에서 대상에 빛을 쏘는 일이라면 문학에서 그것은 바로 활자로 기록하는 일일 것이다. 관찰하고 기록하는 사람에 따라 아픔은 감정이라는 파동—여러 사람들 사이를 흐르는 정동affect이 되거나 혹은 한 인간이라는 닫힌 단위의 몸과 정신 내부에서만 유동하는 통

---

1) 한강, 『작별하지 않는다』, 문학동네, 2021, 99쪽. 이 글은 『작별하지 않는다』와 더불어 한강의 다음 작품을 주로 다룬다. 「노랑무늬영원」「회복하는 인간」(『노랑무늬영원』, 문학과지성사, 2018). 이하 인용시 본문에 쪽수만 밝힌다.

2) 양자역학의 세계에서 대상을 파동과 입자의 불확정적인 두 상태 중 '이곳'의 입자로 고정시키는 힘은 관측자의 관찰, 즉 시선이다. 이렇게 시선(관측)에 의해 대상의 상태가 결정되는 것을 양자 얽힘(quantum entanglement)이라고 한다.

증이라는 입자particle로 감각될 것이다. 그렇다면 그 아픔의 상태로부터 나아가는 회복 또한 양자적인 상태이리라 추론할 수 있을까. 정동의 층위에서 집단의 아픔은 슬픔의 전염과 공유를 통한 극복을 필요로 하며, 통증의 차원에서 그것은 몸의 증상에 대한 치료를 필요로 할 것이다. 정동적 차원에서의 회복이 감정의 공유와 전염을 거쳐 당사자성의 자리로까지 나아가는 일이라면, 통증의 차원에서 회복은 무엇일까?

『소년이 온다』(창비, 2014)는 역사적 비극의 아픔을 공동의 영역으로 확장하여 그 기억을 정동적으로 재현한다. 이때 독자에게 확산되는 당사자성은 경험의 유무로 결정되는 판별식을 벗어난다.[3] 『소년이 온다』가 당사자의 자리에 있다면, 제주 4·3사건을 다룬 『작별하지 않는다』는 관찰자의 자리에 있다. 독자는 초점 인물('경하')과 함께 관찰자의 자리에서 개인이 역사적 고통의 정동을 분유分有하는 시민-당사자로 거듭나기 전의 과정, 그 직전의 풍경이 '통증'이라는 언어로 어떻게 드러나는지 보게 된다.

아픔이 감정의 차원에 있을 때 우리는 타인의 고통 안으로 자연스럽게 스며든다. 그러나 그것이 통증일 때, 즉 '나'의 외부가 아니라 안을 향하는 구심력으로 작용할 때 우리는 그곳에서 '나'를 본다. '우리'의 트라우마는 '나'의 트라우마에서 출발한다는 것을 한강은 안다.

---

3) 오혜진은 오카 마리의 연구를 언급하며 당사자성이 행위-경험의 주체에 국한되는 것이 아니라 그들의 고통이라는 감정과 긴밀하게 연루되어 '목격한 증인'이 됨으로써 그것을 나누어 갖는 당사자성이 발생한다고 말한다. 오혜진, 「불투명한 언어로 말하기—포스트페미니즘 시대의 소수자정치와 재현」, 김성익 외, 『연구자의 탄생—포스트-포스트 시대의 지식 생산과 글쓰기』, 돌베개, 2022, 98~99쪽.

'나'가 '우리'로 나아가기 위한 전제적 조건은 '나' 스스로를 관찰하고 진단하는 '회복하는 인간'이 되는 일이라는 것을 그는 안다. 회복은 타자를 향해 건너갈 수 있게 하는 인간의 조건이다. 『작별하지 않는다』와 그의 다른 소설 「노랑무늬영원」(2003) 그리고 「회복하는 인간」(2011)을 통해 우리는 회복의 의미와 조건, 그리고 그것의 기원을 깨달아가는 한 사람을 목도할 것이다.

　한강에게 회복은 '봉합'이다. 절단된 부분을 이어붙이는 일이다. 이는 아물지 않은 자리를 억지로 닫거나 그 봉합선을 깨끗하게 지우는 일이 아니다. 오히려 피 흐르는 상처의 자리를 계속 열어두고 지켜보는 일, 고통의 소거가 아니라 그것을 상처의 안으로 들여와 새로운 신체로 돋아나게 하는 일이다. 회복은 고통이 '나'의 몸안으로 들어와 확률적인 공존을 이루며 양자적인 상태로서 거주하게 하는 일이다. 그래서 한강에게 회복은 언제나 진행중인 시간의 덩어리, 회복'기'로서만 온다. 경하는 그 회복의 접경지대를 향해 힘겹게 점근하고 있지만 '아직' 그 사실을 자각하지 못한 사람이다. 맨눈으로 관찰하기 어려운 이 미시적 점근의 양상을 짚어보는 데에 몇 개의 좌표―질문들이 도움이 될 것이다. 하나, 이 소설은 '작별하지 않는다'고 말하면서 왜 경하로 하여금 모든 타자들과 이별하게 할까? 다시 말해, 왜 그녀가 붙잡으려는 모든 구원의 행위는 실패할까?(새 '아마'는 끝내 죽고 '인선'의 '불빛' 역시 끝내 어둠 속으로 사라지고, '정심'은 치매를 앓다가 죽는다.) 둘, 검은 나무들의 프로젝트에 대한 확신을 인선은 왜 얻을 수 있었으며 경하는 왜 얻지 못하였나? 셋, 이곳에는 왜 이토록 많은 눈이 내리는가? 마지막으로 넷, 인선은 왜 검은 나무들을 실제 사람들의 크기보다 더 키운 걸까? *무사?*

　한강의 고통은 언제나 신체적 통증에서 시작한다. 한강의 통증 묘사는 매우 적나라하면서도 절제되어 있고 과잉되지 않아서 은유와 상징의 차원을 넘어 그 자체로 하나의 실존적 양태가 된다. 아픔이라는 감정과 고통이라는 관념 그 이전에 자리한, 이해와 부정 모두가 불가능한 절대적 통각—인간의 피부 아래와 근육, 뼈, 그리고 내장을 관통하는 바로 그 감각을 통해 '나'와 세계 그리고 그 관계를 인식한다. 그래서 통증은 중간태다. 중간태는 행위가 그 대상뿐만 아니라 역으로 그 행위자에게도 재귀적 영향을 미치는 동사의 양태다.[4] 그것은 의학 담론에서 환자가 통증과 맺는 일방향적인 주체-객체의 관계와 다르다. 치료 대상으로서 통증은 신체로부터 축출되어야 할 유독한 세력, '나'의 영역에 들어와서는 안 될 적대자다. 그러나 한강의 세계에서 통증은 세계를 합치고 분할하는 '나'의 또다른 감각, '나'의 살아 있는 또다른 신체다.

　경하의 편두통은 곳곳에 편재하며 불시에 그녀를 침범한다. 그것이 이 세계에 실재하는 것은 경하가 그것을 말하고 쓰기 때문이다. 기록되기 전까지 타인의 모든 통증은 우리에게 부재한다. 그러나 "인생

---

4) 장편소설 『희랍어 시간』(문학동네, 2011)에는 고대 그리스어에 제3의 태인 중간태가 있다고 말하는 대목이 있다. "'사랑하다'라는 동사에 중간태를 쓰면, 무엇인가를 사랑해서 그것이 나에게 영향을 미쳤다는 뜻이 됩니다."(19쪽) 작품에서 중간태는 파동으로 '너'와 '나' 모두에게 접촉하는 언어를 뜻한다. 그것은 인간의 언어가 가진 번역의 한계를 넘어서며, 발화될 때 유실되는 의미와 비-의미를 전하는 언어다. 통증도 마찬가지다. 한강에게 언어는 곧 통증이기도 하다. 이 책에 수록된 「만질 수 없음을 만지는 언어: 촉각의 소노그래피—한강의 『희랍어 시간』」 참조.

과 화해하지 않았지만 다시 살아야 했다"(15쪽)라고 읊조리는 그녀는 왜 자신이 다시 삶으로 들어왔는지 알지 못한다. 무엇이 회복이고 그것이 어떻게 찾아오는지 그리고 자신이 왜 이 이야기를 쓰고 있는지 그녀는 '아직' 모른다. 모르기 때문에 쓴다("어디서부터 모든 게 부스러지기 시작했는지./언제가 갈림길이었는지./어느 틈과 마디가 임계점이었는지", 17쪽). 기록을 통해 몸이 통증을 어떤 모습으로 감각하고 받아들이고 거부하게 되는지, 그리고 그러한 반응이 통증으로 하여금 몸과 맺는 관계를 어떻게 변화시키는지 알아간다(그래서 경하는 껌과 죽, 뜨거운 차의 소용을 발견할 수 있었을 테다). 쓰는 행위를 거치면서 통증은 객관의 층위에서 대화 가능한 상호주체적 실존, 또다른 '나'가 된다.

> 안구 안쪽에서 시작해 목덜미를 지나 딱딱한 어깨와 위장으로 연결되는 **통각의 선**이 작동되기 시작한다.(114쪽, 이하 강조는 인용자)

> 무딘 칼로 안구 안쪽을 도려내는 것 같은 통증을 견디며 나는 차가운 차창에 머리를 기댄다. 언제나 그렇듯 **통증은 나를 고립시킨다.** (……) 통증이 시작되기 전까지의 시간으로부터, 아프지 않은 사람들의 세계로부터 떨어져나온다.(120~121쪽)

통증(감각)과 아픔(감정)의 핵심적인 차이는 유형력에 있다. 통증은 몸의 경계를 구획하고 '나'를 둘러싼 세계를 분할하거나 합칠 수 있다. 감정은 그 이후의 단계에서 가능하다. 그러니까, 『소년이 온다』가 슬픔과 아픔의 연대라면 『작별하지 않는다』는 그것이 발생하기 이

전의 세계다. 역사에서 누락된 진실과 비극을 알지 못하던 이가 그것을 알게 되는 순간, 그가 그 빛을 어떻게 받아들이게 되는지에 관해 집요하고 끈질기게, 그래서 더디게 접근하는 소설이다. 느리기 때문에, 소설은 많은 것을 말하지 않는다. 가령, "*내 인생이 원래 무엇이었는지 더이상 알 수 없게 되었*"(317쪽)다고 절망하던 인선이 어찌하여 "*심장이 쪼개질 것같이 격렬하고 기이한 기쁨 속*"(318쪽)으로 들어갈 수 있게 되었는지, 그 회복의 과정을 소설은 직접 말하고 있지 않다. 그 여백을 채우기 위해 우리는 한강의 다른 소설들, 다른 통증 기록가들의 이야기를 참조해야 한다. 그들은 그저 자신이 몸으로 살아낸 것들을 낱낱이 기록할 뿐이다. 그 자료들을 자르고, 잇고, 언어와 해석의 구슬로 꿰어내는 일은 읽는 이의 몫이다.

2. 회복의 둥근 빛, '노랑무늬영원'

「노랑무늬영원」은 교통사고로 두 손을 거의 못 쓰게 된 화가 '현영'이 삶의 의미를 완전히 상실한 후 회복의 '노란' '영원'의 빛 속에 다시 서는 이야기다. 이 작품에는 한강이 바라보는 회복의 정의와 그것이 마련될 수 있는 계기, 그리고 통증이 개인의 세계를 변화시키는 양상이 모두 담겨 있다. 현영은 최초의 통증 기록자이자 스스로 회복에 성공하는 인간이다. 통증은 아픈 주체로 하여금 삶의 당위들을 발굴해내게 하고 그것들의 세부는 기록자의 진단diagnosis으로 남겨진다(『작별하지 않는다』와 「노랑무늬영원」의 문형이 대부분 '나는 ~라고 생각한다'를 취하는 것은 이 때문이다). 통증 기록가는 통증과 조우하는 몸과 그를 둘러싼 세계를 객관적으로 기록하면서 스스로를 치료하는 행위자로 거듭나고, 그러므로 회복은 자기 구원일 수

밖에 없다.[5]

　거의 반영구적인 그 손상은 현영의 삶을 두 부분으로 절단한다. 그림을 그리던 '예전의 나'와 도저히 쓸 수 없는 손으로 얼마나 남았는지도 모를 무자비한 삶을 살아가야만 하는 '나'로. 생zoe 자체가 사라진 것은 아니다("전부라고 믿었던 것을 잃고도 살아갈 수 있다", 222쪽). 문제는 현영이 그녀 자신이 아니라 환자로서 '생존'하고 있다는 것이다. 그녀는 손의 근육과 신경, 뼈의 유연한 활동을 복구하는 것을 '회복'이라고 여기지만 그것이 틀린 접근임을 깨닫는다("재활 치료에 지나치게 열심이었던 것, 빠른 회복에 집착했던 것, 그래서 마치 완전히 회복된 사람처럼 행동했던 것", 217쪽). 현영 역시 경하처럼 무엇이 진짜 회복인지, 절단된 삶을 어떻게 봉합할 수 있는지, 아니 과연 할 수 있기나 한지 알지 못한다. 그러나 그녀는 그러한 생의 절단과 대결한다("나에게는 집이 없다. 이 삶은 나의 삶이 아니다", 232쪽).

　그 잔인한 대면 끝에 그녀가 다시 손을 뻗는 곳은 '서랍'이다.[6] 이

---

5) 황정아는 『작별하지 않는다』를 두고 일인칭-감정의 센티멘털리즘이 역사적 비극이라는 공동의 영역을 사유화해버렸다고 비판하고 문학의 '자기 돌봄'을 강조한다. 돌봄은 '나'와 '너'의 관계성을 전제할 때 성립하며, 그래서 아픔을 감정과 정동의 차원에서 바라보게 한다. 그러나 한강의 회복하는 인간들은 엄습하는 통증을 남김없이 받아 적고 그 속에서 생의 의미를 발견하며 스스로의 실존과 본질을 이전과 완전히 다른 차원으로 구성해나간다. 돌봄이 통증, 고통을 대상으로 다루어 그 강도를 감소시킨다면, 구원은 아픔 그 자체를 '회복'이라는 질적으로 다른 차원으로 이동시킨다. 이는 '너'와 '나'의 관계성 바깥의 절대적 개인인 '나'의 차원에서만 포착된다. 황정아, 「'문학의 정치'를 다시 생각한다」, 『창작과비평』 2021년 겨울호, 21~35쪽.

6) 그의 '서랍'에는 인물의 회복에 필요한 것, 죽음에서 삶으로 방향을 전환하는 데에 꼭 필요한 것이 들어 있다. 『작별하지 않는다』에서 죽은 새를 묻을 때 그 몸을 감싼 하얀 손수건—수의가 들어 있고(150쪽), 경하의 극심한 편두통을 다스릴 수 있는 유일한 약봉지가 그 안에 있다(166쪽). 서랍에 있어야 할 것이 남편의 방에 있었다는 것은

년 전 사고 직전에 들고 나섰던 시계와 지갑을 찾기 위해서다. 그녀는 그것들을 찾아야 그 시간과의 화해, 그리고 봉합이 가능하다고 믿는다. 잘린 인선의 손가락처럼, 예전 삶의 파편들이 그 서랍 안에 있다고 생각한다. 결국 시계와 지갑은 그녀의 손에 들어오는데, 그것은 서랍이 아닌 남편의 방 창고에서 발견된다. 남편(으로 상징되는 구속력)이 과거의 '나'를 그곳에 가둬두고 있었던 셈이다. 현영은 자신이 멈춰 있었다고 생각한 이 년 동안에도 계속 돌아가고 있던 시계를 발견해내면서 잃어버렸던 '나'를 받아든다. 회복으로 나아가는 첫 단계다. '나'의 일부분이 잘려나갔다는 사실을, 있는 그대로의 고통을 최대한으로 가장 객관적으로 응시하는 것이다. 그러자 또다른 파편이 돌출한다. 친구 '소진'에게서 걸려온 전화 한 통으로 인해 현영은 잊고 살던 또다른 '나'를 발견한다. '최인성'이 찍어준 사진이 그것이다. 그리고 두 손(발)이 잘렸지만 다시 투명한 새 손이 돋아나고 있는 도마뱀 '영원'을 만난다. 그때 문득, 삶 속으로 회복이 도래한다. 노장화가 Q의 그림과 최인성이 찍은 사진이 무의식과 의식 속에서 강렬하게 얽히면서, 절단되었던 삶의 두 부분은 봉합을 향해 가까스로 꿈틀거린다.

우거진 나무를 올려다보다가 나는 문득 놀란다. **역광**을 받은 나뭇잎들의 **형상**이 낯익게 느껴졌기 때문이다. 무수한, 어두운 초록빛 동그라미들 틈으로 비쳐 나오는 **햇빛**.

회복에 필요한 무언가를 빼앗는 어떤 힘이 존재하기도 한다는 말이다. 그러나 회복을 향하는 인간은 그것을 회수해올 수 있다.

좀더 걸어가다가 나는 흠칫 깨닫는다.

Q가 그런 것, 저것이었나. 저 노랑이었나.

세 모자와 작별하고 마침내 집으로 돌아가는 버스에서 나는 계속해서 가로수들을 올려다본다. 따가운 햇빛을 역광으로 받은, 반짝이는 잎사귀, 잎사귀의 동그라미들.(283~284쪽)

'영원'의 투명한 두 손과 만난 후 현영의 눈에 들어온 나뭇잎의 동그란 무늬들과 그 사이로 비치는 햇빛, 그리고 Q의 노랑은(그래서 소설의 제목 '노랑무늬영원'은 띄어쓰기 없이 연결되어야만 한다) 그녀를 곧장 회복의 의미 한가운데로 데려간다.

만일 내가 이 세상에서, 사랑을 가진 인간으로서 다시 살아나가야 한다면, 내 안의 죽은 부분을 되살려서 그렇게 되는 것이 아니라는 것을. 그 부분은 영원히 죽었으므로. 그것을 송두리째 새로 태어나게 해야 하는 것이다. 처음부터 다시 배워야 하는 것이다.(285쪽)

한강의 회복은 '너'의 죽음과 상실을, 바로 그 과거의 자리를 안아 드는 것에서부터 시작한다. 그러므로 회복은 '예전'으로의 회귀가 아니라("그러나 어떤 유명한 의사도 내 손을 치료하지 못했다", 287쪽) 잃어버렸다고 생각하거나 부정했던 과거의 파편을 포함한 새로운 이후의 시간을 만들어가는 것이며, 그것은 다시 사는 삶이 아니라 태어나서 처음 살게 되는 최초의 삶이다. 그래서 회복은 차라리 섭생攝生에 가깝다. 절단된 과거를 지금-이곳의 안으로, 그 상흔을 지우지 않은 채로 울퉁불퉁하게 봉합하는 일이다. 꿰맨 부위는 "무수한 빛의 동그라미들"(294쪽)의 모양으로 남는다. 현영은 소설의 끝에서 비로소 Q의 목소리를 이해하게 된다. "아니요, 잃은 것은 없습니다. 여기 다 들어 있어요."(293쪽)

한편으로 현영이 맞이하는 이러한 우연한 조우들은 어떠한 인과나 계기를 통해서 닥치지 않는다. 그것은 차라리 자신의 내부에 자리하고 있는 '씨앗'을 발견하는 것에 가깝다("그것이 못이나 씨앗처럼 몸안에 박히기도 한다는 것을 알았기 때문이다", 282쪽). 회복, 곧 자기 구원의 단초가 되는 '씨앗'은 타인과 외부 세계로부터 온다. 그렇게 '너'는 '나'의 안에 구원의 씨앗들을 심을 수는 있지만 그것을 틔워낼 수 있는 것은 오직 '나'뿐이다. 이 지점에서 우리는 구원의 배타성과 직면한다. 한 인간은 다른 인간을 직접 구원할 수 없다. 타인의 고통을 직접 손에 쥘 수 없다. '너'를 구할 수 있는 것은 오직 '너'일 뿐이다. 그렇다면, 현영이 삶의 방향을 회복으로 전환하는 자리에서 최인성이 꼭 이 년 전에 죽었다는 소식을 듣는 것은 구원의 실패일까? 그를 그리워하던 현영은 왜, 오히려, 그의 죽음을 듣고서 살고 싶다는 강력한 마음을 불현듯 느끼는 걸까?("어디서 이 마음—살고 싶다는, 살아야겠다는 생각이 울려오는 건가", 292쪽)

여기서 우리는 다시 『작별하지 않는다』로 돌아간다.

3. 회복의 조건, 등지고 갈 것

파도가 휩쓸어가버린 저 아래의 뼈들을 등지고 가야 한다. (……) 더 늦기 전에 능선으로. 아무것도 기다리지 말고, 누구의 도움도 믿지 말고, 망설이지 말고 등성이 끝까지. 거기, 가장 높은 곳에 박힌 나무들 위로 부스러지는 흰 결정들이 보일 때까지.

시간이 없으니까.
단지 그것밖엔 길이 없으니까, 그러니까
계속하길 원한다면.
삶을.(26~27쪽)

『작별하지 않는다』의 1부 1장은 위처럼 끝난다. 바닷물이 곧 들어
찰 것이므로 뼈들을 저 위쪽으로 옮겨야 하는데 시간은 없고, 삽도 없
고, 도와줄 다른 누구도 없다는 이 상황적 조건의 긴박함이 '등지고
가야 한다'는 결정decision을 내리게 한다(1장의 제목은 '결정結晶'이지
만 경하의 결정決定을 보여주는 장이기도 하다). 이 불가항력적인 다급
함이 인선의 새를 구하러 나서게끔 하는 동력이 된다. 그런데 이러한
결단에도 불구하고 경하는 새를 살리지 못한다. 경하를 둘러싼 모든
타자들은 죽는다. 타자를 향한 구원은 더더욱 좌절된다. 한강의 윤리
는 인간의 윤리성 그 자체에 대한 과신이 아니라 오히려 그 직접적인
한계, 타자를 향한 직접적인 구원의 불가능성을 납득하는 데에서 출
발한다.

　이 '등지고 나아감'(『소년이 온다』가 가리키는 '꽃핀 쪽'과 같은 방
향인)이 대상으로 하는 목적어는 자기 연민이다. 경하의 악몽은 "그
도시의 학살"(11쪽)과 긴밀히 연루되어 있지만 동시에 그녀의 사적
고통과 자살에 대한 욕망과도 결코 무관하지 않다. 이 자기 연민에
대한 두 예술가의 서로 다른 태도가 프로젝트에서 판단 차이를 낳는
다. 그러니까 자기 연민을 등진 자와 (아직) 그러지 않은 자, 다시 말

해 회복의 빛에 노출된 적이 있는 자와 (아직) 그렇지 못한 자의 차이
이다.

> 그건 하지 않기로 했잖아, 인선아. (……) 그때 말했잖아, 처음부터
> 내가 틀렸던 거라고. 너무 단순하게 생각했었다고. (……) 꿈이란 건
> 무서운 거야. (……) 아니, 수치스러운 거야. 자신도 모르게 모든 것
> 을 폭로하니까. (……) 밤마다 악몽이 내 생명을 도굴해간 걸 말이야.
> **살아 있는 누구도 더이상 곁에 남지 않은 걸 말이야.**
> 아닌데, 하고 인선이 내 말을 끊고 들어온다.
> 아무도 남지 않은 게 아니야, 너한테 지금.
> 그녀의 어조가 단호해서 마치 화가 난 것 같았는데, 물기 어린 눈
> 이 돌연히 번쩍이며 내 눈을 꿰뚫는다.
> ……내가 있잖아.(237~238쪽)

자살을 욕망하는 인간은 그것이 자신에게 새로운 현실감각을 부여
하리라 기대하며 병적인 자기 연민으로의 함몰을 끊어내기 위한 수
단으로 그것을 욕망한다. 따라서 유서를 쓰는 이 사람을 생으로 끌어
올릴 방법은 그 구심력의 강도를 낮추는 것이다. 내면으로부터 눈을
돌려 바깥 세계를 바라볼 수 있을 때 그는 유서 작성을 중단한다. 현
영이 회복의 씨앗을 자신 안에서 발견하는 계기도, 경하의 유서 작성
을 미루게 한 '미지의 수신인'도 '나' 아닌 타인과 외부 세계다. 그러
나 경하는 모른다. 곁에 아무도 남지 않았다고, 주변을 둘러보아도 아
무도 발견할 수 없는 자기소외와 고립의 상태에 머물러 있는 경하는,
아직은 모른다.

반면 인선은 안다. 돌이 된 여자의 이야기는 그것의 표지다. 천재지변을 피해 산을 오르면 결코 뒤돌아보지 말라는 금언, 노인이 알려준 생의 당위를 여자는 알고 있으면서도 끝내 돌이 된다. '돌아본 여자'는 '등지지 못한' 여자와 다름없다. 흥미로운 것은 이 일화에 대한 두 사람의 사뭇 다른 반응이다. 경하는 여자가 붙들린 바로 그 지점, 마을에서 "가장 수난받던 여자들이 뒤돌아보아 변했다는"(240쪽) 돌의 시점에 붙들려 있다("무엇을 보았기에? 무엇이 거기 있기에 계속 돌아보았나", 241쪽). 반면, 인선은 그 돌의 시점을 '등지고' 나아간다. 돌이 된 것은 어쩔 도리가 없다. 그러나 "돌이 됐다고 했지, 죽었다는 건 아니잖아요?"(같은 쪽)

그때 안 죽었는지도 모르잖아요. 저건 그러니까…… 돌로 된 허물 같은 거죠.

(……)

허물을 벗어놓고, 여자는 간 거야!

아이처럼 만세 부르듯 두 손을 치켜든 인선을 향해 나도 웃으며 말을 놓았다.

어디로?

그건 뭐 그 사람 맘이지. 산을 넘어가서 새 삶을 살았거나, 거꾸로 물속으로 뛰어들었거나……

그 순간 이후 우리는 다시 서로에게 경어를 쓰지 않았다.

물속으로?

응, 잠수하는 거지.

왜?

건지고 싶은 사람이 있었을 거 아니야. 그래서 돌아본 거 아니야?(241~242쪽)

인선은 보이지 않는 '저쪽'에서 여자가 자유로워진 것이라고 본다. 심지어 그 자유는 물속에 잠긴 누군가를 구해내기 위해 발휘되었을 수도 있다고, 어쩌면 그래서 일부러 돌이 된 것일 수도 있다고 말이다. 인선의 세계에서 여자는 자신의 고난에 속박되지 않고 해방되며, 거기에 머무르지 않고 타인의 구출을 향해 나아가는 사람—사랑하는 사람을 구해내기 위해 돌이 된 인간이다. 회복은 결국 통증으로부터의 자유이기도 하다. 통증의 완전한 소거를 말하는 것이 아니다. 아픔이 통증의 차원으로 발현되지 않고 그래서 신체로 감각되지 않는다 하더라도, 그것은 몸속 어딘가에서 숨죽이고 인간과 함께 같은 시간을 살아간다. 회복은 환자가 오직 자신의 몸, 자기 자신만을 신경쓰고 집착하게 하는 상태로부터 빠져나오는 것이다. 그리하여 '나' 아닌 '너'들의 몸을 제대로 보고, 듣고, 만지고 감각할 수 있게 하는 것이다. 그것이 자유가 아니면 무엇이라 불릴 수 있을까.

타인을 향해 그렇게 나아가 씨앗을 뿌릴 수 있는 것은 오직 자기 연민을 등진 사람뿐이다. 「노랑무늬영원」의 최인성 역시도 그러하다. 그 또한 통증 기록자였으리라. 그는 "오랫동안 어떤 중심에서 비껴 서서 살아온 사람"(260쪽)이면서(그 중심은 "건강한 육체를 가진 삶"(269쪽)이다), 그러나 자기 연민에 빠지지 않고 "자신의 목소리를 들으며 말하는 사람의 목소리"(260쪽)를 지닌 사람이다. 통증을 기록한다는 것은 그런 것이다. 베이고 찔리는, 불타는 듯한, 얼음처럼 날카롭게 몸을 관통하는 그 통각이 센티멘털리즘으로 확대되지 않도록 비약을 막아서는 일. '아픔'이라는 양자적 상태를 관측과 기록을 통해 감정이 아닌 감각의 상태로 확정하는 행위다. 그러므로 잘린 두 손가락과 함께 트럭 짐칸에 실려가던 인선이 경하의 책에 나온 이들의 고통을 떠올리는 그 장면도 충분히 개연적이고 핍진하다. 신체가 절단되는 극한의 고통은 곧장 타인의 고통과 연결된다. 아니, 되'는' 것이 아니라 이미 되어 '있'다. 자기를 제발 좀 구해달라는 정심의 애원 어린 목소리("도와주라. 잠들지 말앙. 나 도와주라 인선아", 312쪽) 앞에서 그녀를 구해낼 수 없는 인선은 절망한다("내가 어떻게. 어떻게 당신을 내가 구해. / 사실은 죽고 싶었다. 한동안은 정말 죽어야겠다는 생각뿐이었어. (……) 아무도 구하러 오지 않는다", 313쪽). 그러나 정심이 죽은 후, 그녀가 4·3에 관해 남긴 자료들의 공백을 찾아 그것을 메우는 작업을 계속하면서 인선은 깨닫는다. '회복'의 의미를 말이다. 정심의 죽음이 인선의 삶의 봉합선 안으로 기워지고, 그녀는 '노랑무늬영원'을 본다.

그게 엄마가 다녀온 곳이란 걸 나는 알았어. (……) 믿을 수 없는 건 날마다 *햇빛*이 돌아온다는 거였어. 꿈의 잔상 속에 숲으로 걸어나가면, 잔혹할 만큼 아름다운 *빛이 나뭇잎들 사이로* 파고들며 *수천 수만의 빛점*을 만들고 있었어. 뼈들의 형상이 그 *동그라미들* 위로 어른거렸어. 활주로 아래 구덩이 속에서 무릎을 구부린 키 작은 사람을, 그 사람뿐 아니라 그 곁에 누운 모든 사람들이 *살과 얼굴을 입는* 환영을 그 빛 속에서 봤어.(316~317쪽)

사랑하는 이의 죽음 뒤로 그것을 '등지고' 나아가는 생래적 힘을 각성한 그녀는 이제 회복할 수 있다. '저곳'의 병실에서 삼 분마다 바늘에 찔리며 회복을 도모하고 있는 그녀는 '이곳'에서 "*수천 개 투명한 바늘이 온몸에 꽂힌 것처럼, 그걸 타고 수혈처럼 생명이 흘러들어오는 걸 느끼면서*"(318쪽) 생명을 건네받는다. 밀물과 검은 나무들과 봉분들, 그리고 뼈들이 '삶을 도굴해갔다'고 두려워하던 경하는, 더는 두렵지 않게 됐다는 인선의 이 말 앞에서 무엇을 느끼고 있을까. 소설의 거의 최후에 이르러 절정처럼 당도하는 이 '회복하는 인간'의 열정적인 탄성은 말하지 않는 경하 대신, 눈송이들이 받아든다("인선의 목소리 쪽으로 고개를 돌리자, 두터운 눈의 격벽에서 스며 나온 빛이 음음하게 내 얼굴을 밝혔다", 319쪽).

4. 회복의 기후, 눈雪

한강의 세계에는 언제나 눈이 내린다. 눈은 회복기에 접어든 세계의 증상이다. 증상이니 발현의 기원이 있을 테다. 눈보라 속을 헤치고 다음 정류장을 향해 힘겹게 나아가면서 경하는 눈의 발생지를 본다. "회백색 허공에서 한계 없이 눈송이들이 생겨나고 있는 것 같다."(93쪽) 눈雪은 병소에서 태어난다. 회복은 병illness을 전제한다. 피부와 근육을 관통하여 '회백색' 물질이 보이는 작은 구멍, 뼈의 옆자리―「회복하는 인간」의 첫 문장에서 눈은 연유한다("당신은 직경 일 센티미터 남짓한 구멍들을 보고 있다", 41쪽). 이곳에서도 삶은 죽음의 끝에서 다가온다. 암 투병중이던 언니가 죽고 죄책감에 괴로워하는 '당신'은 자기 의지와 무관한 삶의 회복력에 저항한다. 그래서 회복은 유례없이 더디다("정말 더디네요. 이렇게 더딘 것도 드문 케이스인데요", 60쪽). 그러므로 한강의 회복은 언제나 회복'기'convalescence다.[7] 그는 인간에 내재한 더딘 회복력을 믿는다.

발목을 다친 여자는 한의원에서 뜸 치료를 받다가 화상으로 발목에 작은 '구멍'이 생긴다. 이 부상이 그녀에게 치명적인 이유는 그로 인해 자전거를 탈 수 없게 되기 때문이다. 현영이 붓을 드는 것처럼, 인선의 목공일처럼, 경하의 소설쓰기처럼 그녀에게 자전거 타기는 자아를 망각하고 순수한 기쁨에 몰두하는 예술가의 작업과도 같다. 그 순간만큼은 생에 대한 열패감도, 고립과 소외에서 비롯한 자기 연민도 물리칠 수 있다. 문제는, 앞에서 다룬 작품들이 그러한 것처럼, 여자가 그 어느 때보다 생생한 삶의 활기 속으로 나아갈 바로 그때, 다른 누군가는 꼭 그만큼 죽음 쪽으로 나아간다는 사실이다. '당신'은 그 무서운 진실의 한가운데서 드러나는 회복력이 결코 기쁘지 않다. 언니를 사랑하기 때문이다. 한강에게 최대의 통증은 가장 사랑하는 곳에서 연유한다. "사랑이 얼마나 무서운 고통인지"(『작별하지 않는다』, 311쪽) 그는 안다('가장 수난받은 여자들'이 곧 '가장 사랑을 행하던 여자들'이 되는 것도 이 때문이다). 죄의식으로 회복에 저항하는 자의 세계에서 눈은 날리지 않거나("막 눈발이 쏟아질 것 같던 하늘은 아직 한 점의 눈송이도 뱉어내지 않았다", 50쪽) 내리더라도 관찰을 거부당한다("날개를 편 것처럼 천천히 골목에 내리는 눈을 더 보지 않기 위해 당신이 커튼으로 창을 가리리라는 것을 모른다", 63쪽). 세계가 고통, 죽음, 상실, 그리고 절망에 휩싸인다 하더라도, 아니, 오히려 그럴

---

7) 실제로 「회복하는 인간」의 영어판 제목이기도 한 convalescence는 회복에 필요한 어느 정도의 기간을 뜻하는 것으로, 신체 기능의 회복이나 상태의 원상 복귀를 의미하는 재활(rehabilitation)이나 체력이나 신체의 건강을 회복하는 국면의 상태를 지칭하는 회복(recovery)과는 구별된다.

때마다 반드시 내리는 눈은 삶의 거스를 수 없는 회복의 진행을 알리는 기후적·물질적 징후다.

인선이 회복을 이미 경험한 현재완료형, 경하가 아직 그 접경지대로 들어서지 못한 미래완료형이라면 '당신'은 현재진행형이다. 죄책감과 그로 인한 자기 연민의 억울함("*나도 앞이 보이지 않아. 항상 앞이 보이지 않았어. 버텼을 뿐이야*", 같은 쪽)이 회복에 맞선다 할지라도 그것은 끝내 온다. '당신'은 '자전거 타기'에서 오는 생의 활기를 이미 체득한 사람이기 때문이다. 더딘 회복의 속도가 갑자기 빨라지는 것은 그녀가 아픈 발목으로도 자전거를 타고 난 후부터다. 그녀는 여름이 발산하는 회복의 열기 속에서 땀을 뻘뻘 흘리며 녹는다("*당신은 살아 있었다. 생생하게 살아서 그 무더운 공기를 가르고 있었다*", 59쪽).[8] 언뜻 보기에 내리는 눈과 한여름의 열기는 서로를 배반하는 것 같지만 그렇지 않다. 오히려 이 열기 때문에 한강의 눈은 얼지 않고 녹는 것이다(내리는 눈만이 녹는다).[9] 언 눈은 한강에게 실존적 위기, 사랑의 중단이자 죽음이다.[10] 언니를 사랑하지 않기 위해 '당신'

---

8) 현영이 작업실 문을 다시 열기 위해 나서던 계절 역시 태양이 이글거리는 뜨거운 8월이었다. "팔월의 강렬한 햇볕이 내 얼굴에 묻어 있던 어둠을 휘발시킨다."(「노랑무늬영원」, 250쪽)

9) 현영에게 '씨앗'을 심어준 최인성과의 만남도 '봄눈'이 내린 직후에 일어난다(「노랑무늬영원」, 256쪽). 현영은 녹은 눈길에서 다리를 삐어 다치지만 그 때문에 최인성에게 업혀 산을 내려온다. 녹은 눈은 육체와 육체의 접촉—자아가 침잠한 내면에서 올라 타자와 직접적으로 조우하는 회복의 계기를 필연적으로 만든다.

10) 한강의 단편소설 「작별」(2017)은 인물이 어느 날 갑자기 눈사람으로 변해 사랑하는 사람들과 '작별'하는 이야기다. 온기가 사라지고 신체가 얼어버린 눈으로 변하는 것은 한강에게 죽음 그 자체다. 『작별하지 않는다』에도 그 소설을 언급한다("이후의 진짜 작별들이 아직 전조에 불과했던 시기에 '작별'이란 제목의 소설을 썼다. 진눈

이 "마음을 최대한 차갑게, 더 단단하게 얼리기 위해 애썼다"(53쪽)
고 한 것처럼, 정심이 꿈에서 본 가출한 인선의 얼굴 위에 쌓인 눈을
슬퍼한 것처럼 말이다("*죽으면 사람의 몸이 차가워진다는 걸. 맨뺨에
눈이 쌓이고 피 어린 살얼음이 긴다는 걸*", 84쪽). 녹는 눈은 살아 있는
것의 신체와 맞닿아 있다. 내리는 눈이 곧장 녹는 것은 온기와 접촉할
때뿐이다("우리는 따뜻한 얼굴을 가졌으므로 그 눈송이들은 곧 녹았고,
그 젖은 자리 위로 다시 새로운 눈송이가 선득하게 내려앉았다", 83쪽).
눈이 품는 온기는 '새'를 통해 더욱 도드라진다. 눈송이가 손등에 내
려앉을 때 느껴지는 그 미세한 압력과 부드러움은 '아마'의 발이 피
부에 닿는 느낌과 동기화된다("손바닥 위에 놓인 눈이 새털처럼 가벼
웠다", 『작별하지 않는다』, 186쪽). 그런데 경하가 이 놀라운 부드러움
을 결코 잊지 않겠다고 다짐하는 순간, 온기는 증발하고 차가워진다.
경하는 현영과 '당신'이 온몸으로 흘린 8월의 땀, 그 회복의 열기를
'아직' 모른다.[11]

　　잊지 않을 거라고 나는 생각했다. 이 부드러움을 잊지 않겠다.
　　그러나 이내 견딜 수 없이 차가워져 나는 손을 털었다. 흠뻑 젖은
　손바닥을 코트 앞자락에 문질러 닦았다. 삽시간에 딱딱해진 손을 남
　은 손에 비볐다. 열기가 지펴지지 않았다. 몸속 온기가 모두 손을 통

깨비 속에 녹아서 사라지는 눈-여자의 이야기였다. 하지만 그게 정말 마지막 인사일
순 없다", 25쪽).
11) 『작별하지 않는다』에서 여름은 한강의 다른 소설과 달리 찰나의 시절로만 잠깐 언
급된다. 죽음이 알 수 없는 이유로 자신을 비껴갔다고 인선이 짧게 회고하는 1부 1장
의 열대야가 그것이다.

해 빠져나간 듯 가슴이 떨려왔다.(186쪽)

「회복하는 인간」에서 '당신은 모른다'라는 문형이 빈번히 등장하는 대목이 바로 여자의 상처가 나아가는 장면이라는 것도 이와 무관하지 않다. 인간은 자신의 몸안에서 어떤 일이 벌어지고 있는지 시시각각 감각할 수 없다. 경하는 "그 어떤 것도 모르는 채"(60쪽) "그 모든 것을 아직 알지 못한 채"(64쪽) 갈대밭 가장자리에 누워 있는 이 '당신'과도 같다.

> 어떻게 악몽들이 나를 떠났는지 알 수 없었다. 그들과 싸워 이긴 건지, 그들이 나를 다 으깨고 지나간 건지 분명하지 않았다. 언젠가부터 눈꺼풀 안쪽으로 눈이 내렸을 뿐이다. 흩뿌리고 쌓이고 얼어붙었을 뿐이다.
> 눈꺼풀로 스며드는 회청색 빛 속에 나는 누워 있었다.(『작별하지 않는다』, 177쪽)

무엇을 계기로 언제, 어떻게 회복되는지 전혀 알지 못하지만 경하는 감각의 전부를 다가오는 회복에게 붙들린다("열이 내려 있었다. 두통도, 구역질도 사라졌다. 마치 진경제를 주사 맞은 듯 몸의 모든 근육들이 이완되어 있었다. 눈 아래 찔린 자리가 더이상 욱신거리지 않았다", 178쪽). 그러니 『작별하지 않는다』에서 눈은 처음부터 끝까지, 계속해서 내릴 수밖에. 눈 속에서의 고난이 실은 회복기의 임박을 알리는 징후임을 그녀는 깨달아야 한다.

5. 회복 이후의 빛, 그리고 그림자

경하는 어느 순간 두려워하던 악몽이 사라졌다고 말하는데, 그 이유에 대해서는 그 누구도(심지어 소설도) 직접 말해주지 않는다. 흥미롭게도 악몽에 관한 이 물음은 앞에서 그녀가 이미 제기했던 어떤 질문과 실상 동일한 질문이다.

> 내가 꿈에서 본 검은 나무들은 등신대의 크기였다고 인선에게 말했다. 그런데 왜 비례를 키운 걸까?(144쪽)

소설에서 가장 해결되지 않는 의문은 어쩌면 2부에 등장하는 (이미 죽은) '아마'와 (서울의 병원에서 바늘에 손을 찔리고 있는) 인선이 마치 혼이나 귀신처럼 경하 앞에 나타나는 대목일 테다. 그러나 이를 단지 경하의 환각illusion이나 꿈, 혹은 상상으로만 보는 독해 역시 개연적이라 하기 어려운데, 그녀가 분명하고 또렷한 현실감각 속에서 상황을 파악해나가고 있기 때문이다. 그녀는 "새가 돌아오는 것은 불가능했다"(180쪽)거나 "죽어도 다시 잠드는 게 있나"(201쪽)라며 계속 의심하고, '혼'에 대해서도 완전히 믿지 않는다("인선이 혼으로 찾아왔다면 나는 살아 있고, 인선이 살아 있다면 내가 혼으로 찾아온 것일 텐데. 이 뜨거움이 동시에 우리 몸속에 번질 수 있나", 194쪽).

여기서부터 우리는 빛과 그림자에 본격적으로 주목해야 한다. 『작별하지 않는다』는 양자적 세계다. 가령, 앞서 말한 '돌이 된 여자'의 이야기는 사실 경하의 또다른 가능 세계다("바다가 빠져나가고 있었다. (……) 나는 뒤를 돌아보았다", 175쪽; "경하씨라면 어떻게 하겠어요? (……) 경하씨가 그 여자라면요", 239쪽). 이 세계가 그러하다면 경하가 현재 보고 있는 '이곳'의 인선, 두 손이 모두 말끔한 인선과 대화하는 것 역시 가능하다. 그렇다고 해서 서울의 병실에서 바늘에 찔리고 있을 '저곳'의 인선이 죽어야만 하는 것은 아니다. 양자역학의 세계에서 대상의 위치는 고정되어 있지 않고, 그것이 고정될 때는 관측자가 대상을 관측할 때뿐이다. 전자electron가 진행하는 파동이면서 동시에 관측당하는 입자일 수 있는 것처럼, 이곳 제주에서 인선의 손은 회복중인 것이면서 동시에 회복 이후의 손일 수도 있다.

이곳의 어둠 속에는 두 종류의 광원이 있다. 경하가 손에 들고 있던 손전등과 인선이 건네주는 촛불이 그것이다. 그림자는 빛의 조사projection에 의해 생긴다. 경하가 손전등을 켜자 갑자기 어둠 속에서 나타난 인선은 그림자다. 경하가 든 손전등의 끝에서 인선의 그림자가 솟고, 인선의 촛불 끝에서는 새 '아마'의 그림자가 솟는다.

> 나는 손전등을 켰다. (……) 작업대에 가까워졌을 때, 거무스름한 사람의 형체 같은 게 보여 얼어붙듯 멈춰 섰다.
> 검고 둥근 그 형상이 흔들리며 길어졌다. (……)
> ……경하야.(186~187쪽)

> 새 그림자가 흰 벽 위로 소리 없이 날고 있었다. 예닐곱 살 아이의 몸피만큼 커진 그림자였다. (……) 이 집에 존재하는 광원은 내 앞의 촛불뿐이었다. 저 그림자가 생기려면 촛불과 벽 사이로 새가 날고 있어야 한다.(203쪽)

그림자가 생기려면 대상인 새가 실재해야 하지만 새는 '여기'에 없다. 그러니 그것은 혼도 귀신도 아닌, '이곳'이 아닌 '저곳'의 평행 우주, 회복의 세계에서 살아가는 그림자다. 그래서 인선의 손은 다친 데 하나 없이 멀쩡하다. 혹자는 깨끗한 손이 혹시 사고 이전의 것이 아니냐고 반문할 수도 있겠다. 그러나 인선의 그림자 역시도 알고 있다. 이미 사고는 일어났고 그것은 돌이킬 수 없음을("인선은 자신의 눈앞으로 두 손을 들어올렸다. 미처 발견 못한 상처나 흉터가 있는지 살피려는 듯 뒤집어가며 찬찬히 들여다보았다", 210쪽). 그녀의 얼굴은 분명 회복한 자의 것이다("그녀의 얼굴이 미묘하게 달라져 있는 것을 나는 알아차렸다. 지난 이십 년 동안 나에게 아껴뒀던 따스함이 한꺼번에 흘러나온 듯, 조용히 물기를 머금고 빛나는 눈이었다", 188쪽). 그림자에 의해서 새 '아마'는 인선의 또다른 부분이 된다. 갓등 위에 앉아 그네를 타는 새의 모습(185쪽)은 작업대에 앉아 작게 발을 흔드는 인선의 모습(190쪽)과 마치 벽에 연필을 대고 그린 것처럼 쉽게 겹쳐진다. 그러므로 새를 구하러 가는 일은 곧 제주의 인선을 구하러 가는 일이었음이 드러난다. 그러나 타자의 손끝에서 이루어지는 직접적인 구원은 매번 실패할 운명이다. 경하는 새가 흰 천을 찢고 다시 땅에서 날아오르는 것은 불가능하다고, 증가하는 엔트로피의 비가역성을 인지하고 있다. 3부의 끝에서 인선이 누운 쪽의 불빛이 꺼지고 어두워지는 것 역시 인선의 죽음을 암시하는 것과 다름없다. 그러므로 2부와 3부는 한강이 제시한 인간학의 첫번째 공리, 죽음의 끝에서 삶이 피어난다는 것의 양자적 설명 과정이 된다.

인선이 검은 나무들을 실제 사람의 크기보다 훨씬 크게 만들었던 이유는 바로 그림자를 형상화하기 위함이었던 것이다("등신대의 두 배에 가까운 인선의 그림자가 천장의 흰 벽지 위로 일렁이며 다가온다",

245쪽). 죽은 이들의 몸, 시신을 그대로 담아내는 것이 아니라 거기에 회복의 빛을 비추어 검은 나무들을 그림자-회복의 양자적 상태로 만들기 위해서였다. 이 양자적 상태는 두 가지 다른 상태의 동시적 공존 가능성, 다시 말해 재현의 빈 공간을 생성한다. 인선이 정심의 이야기를 영화로 만들지 않겠노라 말한 것은 예술의 재현이 역사적 비극과 그 대상을 반영적이고 축자적으로 모방할 위험, 재현에 사용되는 매체가 그 시공간과 사람들의 생기를 자칫 표백해버릴 위험 때문이었다("피에 젖은 옷과 살이 함께 썩어가는 냄새, 수십 년 동안 삭은 뼈들의 인광이 지워질 거다. 악몽들이 손가락 사이로 새어나갈 거다. 한계를 초과하는 폭력이 제거될 거다", 287쪽). 그러나 그림자의 몸이 갖는 빈 공간에는 살아 있는 재현 불가능한 것들의 삶zoe이 부재의 형식으로 투명하게 들어설 수 있다. 빈 공간에 기입되는 것은 다름 아닌 그 과거-역사를 마주한 현재의 사람들의 시선이다. 역사적 비극은 이때 비로소 "보편으로 회수되지 않으면서 개별적 신체를 관통"[12]한다. 「노랑무늬영원」에서 우리는 보았지 않은가. 회복은 과거와 현재의 우둘투둘한 봉합선을 만들어나가는 데에서 시작한다는 것을 말이다. 그래서 '작별하지 않는다'는 말은 단지 애도의 불가능성을 통해 실현되는 정동적·인지적 차원의 애도를 가리키는 것이 아니다. 그것

---

12) 김미정, 「아리아드네의 실―독서할 수 있는/없는 시대의 회로 속에서」, 『문학과사회 하이픈』 2019년 여름호, 19쪽. 김미정은 재현 불가능성은 바로 그 재현될 수 없는 지점, 즉 공백을 작품이 마련해둘 때 구제된다고 말한다. 빈 장소에서 일어나는 정동의 연쇄 작용은 작가로부터 작품을 거쳐 독자에게로 전이된다. 『작별하지 않는다』는 정동적 흐름이 발생하기 이전 단계의 인물의 내면과 세계상을 담는다. 인선의 작업이 제작중인 단계인 것 또한 정동의 작용이 작품을 경유하여 발생하는 것임을 메타적으로 지시한다.

은 역사가 스스로 아픔illness으로부터 나아가고자 하는 내재적인 회복 의지를 현상적으로 감지하면서도 '아직' 그 회복이 무엇인지 그리고 그것에 어떻게 도달해야 하는지 알지 못한다는 엄정한 현실을 천명하는 것이다. 그래서 독자가 따라가는 초점 화자 경하는 '아직' 모르는 사람이다. 『작별하지 않는다』에서 애도는 애도의 불가능성을 통해 가능한 것이 아니라 문자 그대로 '아직' 정말로 불가능하다.

소설이라는 예술이 전통적으로 세계 안에 선 자아의 위기와 극복에 대해 말해왔다면, 『작별하지 않는다』는 위기와 극복의 양자적인 세계와 미시적인 변화율을 포착한다. 변화율은 회복에 대한 지향이다. 서사가 진행되면서 경하는 자기도 모르게 악몽의 밀물, 바다 아래의 공간에서 벗어나 바다 위의 공간으로 올라가 있음을 발견한다("바다가 빠져나가고 있었다", 175쪽). 뼈들이 잠길 수 없는 바다 위의 공간은 회복의 세계다. 쓸려가지 못한 "수만 마리 물고기들이 비늘을 빛내며 뒤척였다"(같은 쪽)는 진술은 끝내 쓸려가지 않은 뼈들의 연상으로, 비늘들의 빛을 통해 '잔멸치떼'의 기억으로 이어진다("마치 물 위에 떠 있는 것 같다. (……) 바다 가운데로 나오자, 눈부신 잔멸치떼가 일제히 배 밑을 헤엄쳐간다. 빠른 빛이다", 「노랑무늬영원」, 282쪽). 윤슬처럼 산란하는 하얀 빛은 내리는 눈과 더불어 회복의 담지자다.[13]

---

13) '잔멸치떼'는 "꿈도 아니고 생시도 아닌" 상황에서 보는 그러나 확실한 것으로, 현영이 더운 여름에 마주친 '빛점'들이다. 잔멸치들을 보면서 그녀는 "너무 아름다운 것도 고통이 된다는 것을 처음 알았"다고, "그것이 못이나 씨앗처럼 몸안에 박히기도 한다는 것을 알았"(282쪽)다고 고백한다. 앞서 말한 것처럼 그것은 곧 회복의 '씨앗'이다.

*

　양자역학이 집요한 탐구 끝에 도달한 결론이 '우리는 모른다'는 모호하지만 확실한 사실이라면, 그 모든 서사적 여정을 마친 경하가 '아직' 모르는 채로, 단지 손에 초 하나를 든 채로 소설의 마침표가 찍히는 것에는 어떤 의미가 있을까.『작별하지 않는다』는 손전등을 들고 있던 이가 누군가에게서 촛불을 건네받고 종국엔 자신의 초 한 자루를 발견하게 되는 이야기다. 초는 '나'의 손으로 직접 밝혀야 하고, 그래서 우리가 들 수 있는 초는 냉정하게도 오직 한 자루다. 관측은 관찰자 자신의 빛으로 할 수밖에 없다. 그러므로 촛불이 발산하는 '노랗고 둥근 빛점'은 관찰자-'나'의 빛이며 이것은 앞에 놓인 대상의 차원을 질적으로 변화시킨다. 죄의식(「회복하는 인간」)과 자책의 조건문(if) ― "내가 건천으로 미끄러지지 않았다면 (……) 내처 걸어왔다면 (……) 산을 가로지르는 버스를 탔다면"(155쪽) ― 은 회복의 불가피성(if else)을 향해 나아간다. "*하지만 네 손이 잡히지 않는다면, 넌 지금 너의 병상에서 눈을 뜬 거야.*"(325~326쪽) PTSD와 치매의 증상으로서만 누설되던 비극의 증언, 살아가는 내내 인선의 부모를 옥죄던 "속솜허라"[14]의 금기 또한 인선이 경하에게 촛불을 넘겨주면서 변화한다("솜 속에 들어온 것 같아", 319쪽). 회복하는 인간에게로 전승된 두려움은 타인의 기억을 머금는 연민과 사랑으로 변화한다. 물론, 듣는 이는 '아직' 그것이 무엇인지 완전히 잘 모르는 채

---

14) "*숨을 죽이라는 뜻이에요. 움직이지 말라는 겁니다. 아무 소리도 내지 말라는 거예요.*"(159쪽)

받아 적고 있다. 그림자에서 건네받은 자신 안의 열기를 어렴풋이 짐작하면서.

소설이 제시하는 '아직'의 화용은 두 가지다. 하나는 '아직' 끝이 아니라며 삶을 붙드는 강한 의지, 그리고 다른 하나는 그 절박함의 원천과 의미가 '아직' 당도하지 않은 채로 마치 "껍데기에서 몸을 꺼내 칼날 위를 전진하는 달팽이"(12쪽)처럼 점근해오고 있다는 사실이다. 그러므로 '아직'은 지극한 말이다.[15] '이곳'에서 '저곳'으로, '저곳'에서 '이곳'으로 가고 있는 중至極이라는 뜻이다. 인선은 경하에게 왔다. 그녀는 경하에게 인간학의 두번째 공리를 알려준다. 인간은 오직 한 자루의 초만을 켤 수 있음을, 마치 한 인간의 몸속에는 오직 하나의 심장만이 들어 있는 것처럼. 『작별하지 않는다』는 이 모든 것을 알게 되기 직전의 순간이다. 그래서 이제 '나'는 '너'에게로 가려 한다.

숨을 들이마시고 나는 성냥을 그었다. 불붙지 않았다. 한번 더 내리치자 성냥개비가 꺾였다. 부러진 데를 더듬어 쥐고 다시 긋자 불꽃이 솟았다. **심장**처럼. 고동치는 꽃봉오리처럼. 세상에서 가장 작은 새가 날개를 퍼덕인 것처럼.(325쪽)

(2022)

---

15) "이것이 지극한 사랑에 대한 소설이기를 빈다."('작가의 말', 『작별하지 않는다』, 329쪽)

만질 수 없음을 만지는 언어: 촉각의 소노그래퍼
─한강의 『희랍어 시간』

1. 문학의 칼

칼날과 포옹할 수 있을까? 한강에게 언어는 세계와 자신을 가르는 칼이다. 언어는 전체 의미 중에서 표현 가능한 부분만을 잘라 기표에 담으므로 진실은 이 과정에서 필연적으로 왜곡된다. 그래서 문학하는 이들에게 언어는 축복이면서 동시에 영원한 고통이다. 문학의 괴로움은 그것이 진실에 가까워질수록 비─진실해지는 이 운명에서 비롯한다. 현실의 경험을 기표로 쪼개어 재조합하는 언어로는 그 어떤 실재에도 완벽히 다다를 수 없다. 현실을 조각내지 않는 언어는 과연 가능할까?

한강의 장편소설 『희랍어 시간』[1]은 진실을 조각내는 언어의 칼금과 대결하며 날것 그대로의 진실을 포착하려 한다. 그것은 현실을 분절하는 한계로서의 언어가 아니라 현실을 가장 훼손하지 않는 순수

---

1) 한강, 『희랍어 시간』, 문학동네, 2011. 이하 인용시 본문에 쪽수만 밝힌다.

한 상태의 언어에 의해 가능하다. 그러나 이는 언어가 언어이기를 포기할 때 획득되기에 순수를 추구할수록 더욱 비-순수해지는 역설 속에 있다. 그 '순수'는 볼 수 없는 것을 보고, 말할 수 없는 것을 말하는 사람에게서 비롯하기 때문이다. 그래서 진실은 어떤 인과나 합리적 추론으로 증명되는 참인 명제가 아니라 오직 몸으로 살아낼 때만 느끼는 힘의 압력으로 다가온다.

소설의 남자와 여자는 이 거대한 진실을 유한한 인간의 몸뚱이로 견디는 사람들이다. 남자의 진실은 영원한 실명, 여자의 진실은 계속되는 실어이다. 그러나 그들의 상실과 고통은 보상이나 처벌의 체계에서 비롯하지 않으며 당위나 인과에 의해 설명되지 않는다. 인간이 인간을 이해하는 일이 각자의 진실을 이해하는 것이라면 바로 이러한 이유로 우리는 자신과 타인을 이해하는 데에 영원히 실패한다. 예정된 실패의 운명 속에서 『희랍어 시간』이 길어올리는 물음은 그럼에도 불구하고 왜 인간은 삶을 이해하기 위해 끝없이 발버둥치는가이다.

이 궁극의 물음에 대해 소설은 질문으로 되돌아가 그것을 파괴하는 재귀적인 답을 제시한다. 삶이 인간에게 들이미는 통각은 소거되어야 할 병증이 아니라 그가 살아 있음을 감각하게 하는 생의 반증이기 때문이다. 한강의 소설은 인물의 아픔에 관한 원인을 굴착하기보다 그 아픔을 온몸으로 함께 통과한다. 서사는 플롯의 인과와 시간의 합리적 흐름에 복무하지 않고 다만 고통의 양태와 통각을 소슬히 응시하기 위해 흐른다. 그래서 『희랍어 시간』에서의 시간은 선형적이지 않고 소설의 언어 역시 일반의 언어로부터 탈구되어 있다. 요컨대 한강은 인간과 문학이 삶에 대해 제기하는 근본적인 질문, 그러나 '왜'로 시작할 수밖에 없으므로 언제나 오류일 수밖에 없는 어떤 질문과 대결한다.

"인간의 혼은 왜 그 어리석고 나쁜 속성들로 인해 파괴되지 않는 겁니까?"(105쪽)

2. 신성의 잠재태로서의 고통

『희랍어 시간』의 시간은 환幻으로 흐른다("세상은 환幻이고 산다는 것은 꿈꾸는 것입니다", 26쪽). 소설에서 읊어지는 보르헤스의 말처럼, 첫번째 장은 '1'에서 시작하여 21번째 장까지 진행된 후 마지막 장에서 '0'으로 돌아간다. 시간이 1에서 0을 향해 구부러지는 이유는 남자와 여자의 삶이 전생의 시간이기 때문이다. 그 전사前史는 작가의 시집 『서랍에 저녁을 넣어 두었다』(문학과지성사, 2013)에 상세히 기록되어 있다.[2] 남자와 여자는 '해부극장' 연작에 나오는 백골의 전생이며, 백골의 고통은 곧 여자가 느끼는 통증이다. 그것은 말의 소리가 신체의 발음기관을 경유해 공기 중으로 퍼져나갈 때 발생하는 비릿하고 붉은 통각이다.[3]

---

2) 조연정 또한 한강의 시들은 "말과 동거하는 인간의 슬픔과 고통을 근본적인 차원에서 제시한다"는 점에서 시의 화자들을 『희랍어 시간』속 남자와 여자로 잠시 연결하며, 『희랍어 시간』을 "순수한 언어의 능력에 집중하는 소설"이라 평한 바 있다. 조연정, 「개기일식이 끝나갈 때」, 『서랍에 저녁을 넣어 두었다』 해설, 142~143쪽.

3) "나에게/혀와 입술이 있다.//그걸 견디기 어려울 때가 있다./(……)/구불구불 휘어진 혀가/내 입천장에/매끄러운 이의 뒷면에/닿을 때/(……)/나에게 붉은 것이 있다, 라고/견디며 말한다"(한강, 「해부극장 2」, 같은 책)

세 치의 혀와 목구멍에서 나오는 말들, 헐거운 말들, 미끄러지며 긋고 찌르는 말들, 쇳냄새가 나는 말들이 그녀의 입속에 가득 찼다. 조각난 면도날처럼 우수수 뱉어지기 전에, 막 뱉으려 하는 자신을 먼저 찔렀다.(『희랍어 시간』, 165쪽)

여자의 고통이 언어가 파열될 때 발생한다면 남자의 고통은 반대로 무언가가 덩어리로 뭉개질 때 발생한다. 완전히 실명하게 되리라 진단받은 마흔을 목전에 두고, 그는 마치 시한부 인생을 선고받은 것처럼 십육 년간의 독일 생활을 접고 모국으로 돌아온다. 사물과 풍경의 날카로운 경계는 그의 시야에서 점차 사라진다. 그는 실명 이후의 삶에 대한 확신이 없다. 남자의 삶 역시 독일과 한국에서 보낸 시간으로 분절되어 있으므로("그때 내 인생은 거의 정확히 절반씩 두 언어, 두 문화로 쪼개어져 있었던 셈입니다", 40쪽) '희랍어 시간'은 여자와 남자가 공유하는 고통 그 배면의 시간이다. 여자는 두번째로 찾아온 실어 증상을 스스로 극복하기 위해 강의를 신청하고, 남자는 자신을 둘로 쪼개는 힘을 피해 "수천 년 전에 죽은 언어 (……) 마치 고요하고 안전한 방"(119쪽)과 같은 희랍어 속으로 숨어든다. 이 공통의 시간 너머에 있는 그들의 고통에는 이유가 없다. 백골들이 그러하듯 그들의 아픔은 단지 붉은 피와 살로 이루어진 육체성에서 비롯한다. 달리 말하자면 그저 인간의 몸을 가지고 있으므로 아파야만 하는 것이다.

까닭 없이 고통받는 인간은 신을 찾아 헤맨다.[4] 소설의 일인칭 화자는 마지막 장 한 곳을 제외하고 모두 남자의 목소리로 이야기한다.

---

4) *"진심이야. // 후회하고 있어. // 이제는 아무것도 믿고 있지 않아."*(같은 시)

그의 고해는 세 통의 편지로 이루어진다. 가장 먼저 발송되는 편지는 독일에서 살던 시절 사랑했던 여자에게 보내는 사과문이다. 그녀는 청각장애인이다. 그러나 그는 그녀의 장애를 조금도 고려하지 않은 채 그녀를 욕망한다("우리는 언젠가 함께 살게 될 것이고, 나는 눈이 멀 것이라고. 내가 보지 못하게 될 때, 그때는 말이 필요할 거라고", 47쪽). 그는 "백치처럼 순진하게"(같은 쪽) 그녀에게 독순술 수업에서 배운 대로 말을 해보라고 요청한다. 남자는 그녀의 청각장애를 자신의 예정된 실명과 동등하게 고려하지 못한다. 그녀의 독순술이 그의 '결핍'을 보충하는 자질이 될 이유는 조금도 없다. 누군가의 언어 행위는 그의 자발적 선택과 의지에 의한 것이지 다른 이의 필요를 충족하기 위한 것이 아니다. 요컨대 언어는 강요되어선 안 되는 것이다. 그가 그녀에게 품는 모든 욕망은 사랑이라는 단어로 정당화되고 그것이 그녀에게도 좋은 것이라 '백치처럼' 그는 믿어 의심치 않는다. 화가 머리끝까지 난 그녀는 사과하는 그의 얼굴에 주먹을 날린다. 세계를 두 눈으로 또렷하게 볼 수 있다고 해서 타인의 고통을 왜곡되지 않은 상像으로 볼 수 있는 것은 아니다. 외부 사물을 보는 눈과 인간의 고통을 보는 눈은 다르다.

한편으로, 인간이 누군가를 상처 입힐 수 있다는 것은 그 또한 다른 인간으로부터 상처받을 수 있음을 내포한다. 두번째 편지의 수신인은 여동생 '란'이다. 그는 여동생에게, 앞으로 어둠 속에서 살아가게 될 그의 운명을 가장 잘 이해할 수 있는 사람은 바로 똑같은 병을 앓았던 아버지였음을 말한다. 그의 시력 상실은 부계 유전 질환이기 때문이다. 그는 "이 어스름이 정말 완전한 밤으로 이어지는지"(82쪽) 아버지에게 묻고 싶었으나 아버지는 자신과 똑같은 아들을 끝까지 멀리한다. 아버지는 자신의 고통을 받아들이는 데에 결국 실패하면서 삶으로부터의 자기소외 속에 생을 마감한다. 그는 어둠을 받아들이지 못했기 때문에 삶의 빛 속으로 한 발짝도 나아가지 못했던 셈이다.

이제, 앞서 소설이 던진 유일한 질문에 대한 첫번째 답이 도착한다. 인간이 부서지지 않는 이유는 그의 영혼 안에 어리석고 나쁜 것과 함께 어떤 좋음 또한 거주하고 있기 때문이다. 그것은 고통을 감각하고 수용하는 능력이다. 소설에 등장하는 '새'는 그것의 체현물이며("그의 얼굴 속에 새 같은 무엇인가가 살아 있다는 것을, 그 따스한 감각이 그녀에게 즉각적인 고통을 일깨운다는 것을 곧 깨닫는다", 147쪽) 개별 존재가 가지고 있는 고유의 영혼과도 같은 것이다("새 같은 무엇인가가 문득 육체를 떠났고, 그 육체는 더이상 어머니가 아니었다", 145쪽). 말하자면 새는 인간이 생의 통각에 반응하는 마음의 일부로서 육체와 정신을 이어준다. 새를 통해 인간은 육체의 통증을 실존적인 고통으로 받아들인다. 그러나 뒤에서 논의되겠지만, 인간은 역설적으로 바로 이 '새'로 인해 자기 파멸로부터 구원받을 수 있다. 그렇다면 우리는 이 새를 두고 인간이 각자 품고 있는 어떤 신성神性의 잠재태라 할 수 있을 것이다. 인간이 유한자로서의 운명에 함몰되지 않고 '인간적이지 않은' 차원으로 도약하게 만드는 그 무엇은 분명 신성하다. 요컨대 인간은 선험적인 신성을 배태하므로 고통받는다.

여자는 특히 이 신성의 언어적 측면이 육화된 존재다. 문자가 소리로 변할 때 언어가 겪는 분절의 고통을 그녀는 자기 몸의 통증으로 겪는다. 심장과 혀를 경유하여 귀로 도달하는 모든 파열하는 소리는 여자에게 폭력이다. 그래서 실어증은 파괴하는 힘으로부터 자신을 지키기 위한 대응이다. 침묵은 그녀를 에워싸고 보호한다. 실어의 원인은 심리치료사가 말하는 것처럼 "*그렇게 간단하지 않*"(55쪽)다.

여자는 언어의 신성 그 자체이지만 이 신은 전지전능하지 않다. 그녀 역시 구원을 바란다. 어머니가 뱃속의 그녀를 지우려 했다는 사실을 알고 있다. 현실 속 무언가의 실존이 얼마나 연약하고 위태로운 우연에 기대고 있는지 아는 그녀는, 그래서 무언가의 존재를 위협하거나 변형시키는 힘에 대해 온몸으로 대항한다. 그녀에게 폭력은, 어떤 존재를 그것의 고유한 자리로부터 박탈시키는 모든 종류의 유형력이다. 목소리 역시 그러하다. 음성은 공간을 점유하면서 다른 존재들을 밀어낸다("그녀는 공간을 차지하는 것을 싫어했다. (……) 목소리는 훨씬 넓게 퍼진다. 그녀는 자신의 존재를 넓게 퍼뜨리고 싶지 않았다", 51쪽). 여자에게 말은 육체적인 고통이다.

그러므로 실어는 존재들을 지켜내기 위해 고통을 온몸으로 견디는 사랑의 행위이자 신의 사랑이다. 그녀는 말하지 않는 대신 언어를 시선으로 번역한다. "신은 보는 존재이거나, 시선 그 자체인 건가요?"(104쪽)라는 대학원생의 물음은 반쯤 정답을 향해 있다. 타인의 고통을 무참히 다룬 죄를 고해하고 받은 상처를 토로하던 남자가 여자를 만나는 것은 그래서 우연이 아니다. 남자가 찾던 신의 모습은 여자의 몸으로 나타난다. 그러나 점점 희미해지는 시야 속에서 그는 과연 그녀를 '볼' 수 있을까?

3. 신과 인간의 소노그래피

그녀가 희랍어로 힘겹게 써내려가는 시는 마치 예수가 부활하기 전 무덤 속에서 썼으리라 짐작되는 것이다.

γῆ ἔκειτο γυνή.

한 여자가 땅에 누워 있다.

χιὼν ἐπὶ τῇ δειρῇ.

목구멍에 눈瘤

ῥύπος ἐπὶ τῷ βλέφαρῳ.

눈두덩에 흙.(64쪽)

차가운 무덤 속에 묻힌 신의 눈에는 흙이 있고, 입과 목은 차가운 눈으로 막혀 있다. 그녀는, 신은 말할 수 없다. 무덤 안은 남자와 여자가 발 딛고 있는 현실 세계다. 카타콤베 묘지에 갔던 남자의 기억이 떠오른다.

여러분, 왜 관 속에 유골이 없을까요?

(……)

박물관에 가져다놓은 거 아니에요?

(……)

누군가가 훔쳐갔나요?

(……)

다아 여기 있습니다 (……) 관 속에 보이는 흙을 분석하면 칼슘과 인 성분이 많이 나온다고 합니다.

수천 년이 흐르면, 사람의 뼈가 삭아서 이런 흙이 되는 겁니다.

(153쪽)

백골은 전생의 기억을 간직하고 있으므로 남자는 자신이 곧 그 백골이라는 것을 안다("수천 구의 육체들이 뼈까지 깨끗이 삭아버린 거대한 무덤 속에, 그토록 따뜻한 몸을 가진 우리가 모여 있었다는 게", 155쪽). 그는 구토감을 느낀다. 온몸에 묻은 죽음의 흙냄새와 어둠을 두려워하고 있음을 여자에게 고해한다. 그러나 그는 자신 앞에 서 있는 이가 자신을 구원할 수 있음을 전혀 알지 못한다. 마치 부활한 예수를 알아보지 못한 채 그가 정원지기인 줄로만 알고 예수의 시신이 어디에 있느냐 묻는 막달라 마리아와 같다.(요한복음 20장 15절) 그는 앞으로 펼쳐질 영원한 어둠을 어떻게 받아들여야 하는지 신에게 거듭 질문한다. 그러나 그녀의 목소리는 들리지 않는다.

　　……내 말, 거기서 듣고 있나요?(161쪽)

두 사람의 과거로 구부러졌다 돌아오곤 하던 현재는, 남자와 여자가 '어둠' 속에서 서로 마주하게 되는 배타적인 둘만의 시간, 즉 17장부터 21장까지의 시간 동안 직선으로 그러나 더 천천히 흐른다. 건물 안으로 날아온 새를 구하려던 남자는 발을 헛디뎌 안경을 깨뜨리고 강의실로 돌아가지 못한다. 밖으로 나온 여자가 남자의 소리를 듣고 그에게로 향한다. 그런데 그녀가 그에게로 다가간 것은 우연이 아니다. 그녀는 무언가를 감지하고 밖으로 나간다.

　　빈자리들이 이상한 통각을 띠고 그녀의 눈으로 파고들었다. 그녀는 질끈 눈을 감아보았다. 그녀의 시간과 다른 모든 사람들의 시간이 어긋난 것 같았다.(160쪽)

남자의 시간이 그녀에게로 다가갔던 것이다. 그는 점점 흐릿해지는 자신의 시야에 대해 다음과 같이 말한 적 있다.

잘 보이지 않으면 가장 먼저 소리가 잘 들릴 거라고 사람들은 생각하지만, 그건 사실이 아닙니다. 가장 먼저 감각되는 것은 시간입니다. 거대한 물질의 느리고 가혹한 흐름 같은 시간이 시시각각 내 몸을 통과하는 감각에 나는 서서히 압도됩니다.(39쪽)

두 사람의 대화는 남자의 빈자리가 발생시키는 시간의 진동을 여자가 감지하면서 시작된다. 이 시간의 감각은 파동의 형태로 전달된다. 남자는 여자의 구두 소리를 듣고 난간을 주먹으로 두드려 자신이 있음을 알린다("듣지 못하는 사람이라 해도, 이 진동은 느낄 수 있을지 모른다", 133쪽). 여자가 '들은' 것은 귀로 들어오는 소리가 아니라 그녀의 몸 전체, 피부 세포에 닿아 그것들을 흔드는 진동이다. 그들의 대화는 시신경에 의한 시선도, 청신경에 의한 소리도 아닌 바로 이 촉각의 소노그래피sonography를 통해 이루어진다.[5]

한강이 시에서 존재들에게 엑스선을 투과시켜 백골들의 영상을 얻어낸다면("검푸른 뢴트겐 사진에 담긴 나는/그리 키가 크지 않은 해골", 「해부극장 2」) 소설 『희랍어 시간』에서는 소노그래피를 통해 육체의 말랑한 조직들, 피부나 혀, 심장에서 반향된 영상을 보여준다. 엑스선은 말랑한 것들을 찍을 수 없고 초음파는 뼈를 투과할 수 없다. 통증은 말랑하고 붉은 것의 감각이다. 뼈에는 통각 신경이 없기

5) 소노그래피는 초음파를 이용해 시각 영상을 재현하는 기술이다.

때문이다. 소설은 뼈가 육신을 가졌을 적의 고통의 서사다.

소노그래피의 언어는 존재 자체가 내뿜는 파동이므로 소리로 쪼개지지 않는 언어다. 이것 역시 몸으로부터 유래하지만 "폐와 목구멍과 혀와 입술을 움직여, 공기를 흔들어 상대에게 날아"(55쪽)가는 목소리가 갖는 폭력성은 없다. 여자가 말 대신 택한 시선의 언어 역시 그런 점에서 비육체적이다("시선만큼 즉각적이고 직관적인 접촉의 방법은 존재하지 않는다고 그녀는 느꼈다. 접촉하지 않으면서 접촉할 수 있는 거의 유일한 방법이었다", 같은 쪽). 이때 접촉의 감각은 시각이나 청각이 배제된 상태의 대리 보충, 즉 실제 피부의 감각만을 의미하지 않는다.[6] 소노그래피의 촉각은 오감의 유무와 관계없이 존재가 뿜어내는 살아 있음의 파동, 즉 여자가 말한 '시간'의 감각이다.

한강은 특유의 독특한 문체로 두 인물 사이에 반향되는 소노그래피를 형상화한다. 『희랍어 시간』에는 큰따옴표나 작은따옴표가 단 한 번도 등장하지 않는다. 그래서 언뜻 자유간접화법처럼 보이지만 그렇지 않다. 자유간접화법은 문장 안에서 형식적 서술자와 서술 내용이 담는 의식의 주인을 불일치시키며 서술자보다 인물을 부조한다. 그러나 한강의 문장에서 삼인칭 화자는 남자와 여자의 의식 이면으로 유보되지 않는다. 따옴표 없이 곧장 전해지는 말은 인물의 목소리를 삼인칭 서술자와 동일한 층위에 위치시키며 그들 간의 위계를

---

6) 양현진은 실명과 실어가 몸짓, 촉각에 의한 소통에 주목하게 한다고 본다. 그러나 피부의 직접적인 접촉과 몸짓만을 대화로 보는 것은 국소적인 독해다. 소설에서 시각과 청각이 배제될 때 도드라지는 것은 시간, 즉 파동의 흐름이다. 양현진, 「한강 소설의 촉각적 세계 인식과 소통의 감수성―『희랍어 시간』을 중심으로」, 『한국문학이론과 비평』 70집, 2016.

무너뜨린다. 모든 소리는 세계의 일부로 스며들어 있다. 소설은 이 지점에서 자기 안으로 시를 틈입시킨다. 인용부호에 의해 절단되지 않는 하나의 커다란 말뭉치corpus를 만들어내는 서술은 남자와 여자, 그리고 삼인칭 서술자 각각의 인격을 부각한다. 목소리들이 어우러지는 한 공간―소설 안에서 인물의 목소리는 그 자체로 시가 되고 그들의 모든 말은 행과 연의 형식으로 배열된다. 『희랍어 시간』은 세 인격의 목소리가 만들어내는 소리 풍경soundscape이다.[7]

> 그녀는 그의 말을 똑똑히 듣고 있다. (……) 그녀는 그를 똑똑히 보고 있다. (……) 그늘진 그의 얼굴을, 그녀는 지금 온 힘을 다해 건너다보고 있다.(169쪽)

촉각의 소노그래피가 만드는 소리 풍경 안에서 듣는 일은 곧 보는 일이며, 보는 일은 곧 듣는 일, 존재의 파동을 온몸으로 감각하는 일이다. 진동은 소리가 글자로 박제되는 것과 달리 발생하고 감각되는 즉시 사라진다. 나타남과 동시에 사라지는 소노그래피는 존재를 파열시키거나 변형시키지 않고 다만 투명하게 통과한다.

모든 인물의 말이 인용부호 없이 제시되지만 특히 여자의 목소리는 서사 세계 안에서도 음성화되지 않는 가장 시적인 목소리다. 여자의 문장들은 기울어지면서 남자의 목소리와 구별된다.[8] 19장 '어둠 속의

---

7) 사운드스케이프는 여러 가지 소리의 구성으로 이루어지는 '듣는 영상'으로, 단지 소리가 만드는 공간적 환경 그 자체라기보다 그것을 지각하는 청취자의 지각 속에서 그려지는 풍경이다.

8) 한강은 대상의 목소리를 키우기 위해 기울임체를 사용한다. 시집에 수록된 「해부

대화' 후반부에는 이렇게 목소리가 뒤섞이면서 두 사람의 파동이 중첩되는 대목이 있다.[9] 서사 표층에서 실제로 발화되는 음성은 남자의 목소리뿐이므로 소노그래피가 아니라 일반적인 감각으로 읽어낼 경우, 소설은 오직 남자의 독백으로만 가득찬다. 그러나 여자와 남자의 대화는 각자가 소환하는 기억의 단위들로 교환되며 소리가 아닌 언어, 파동의 접면들이 교차하며 이루어진다.("잉크 위에 잉크가, 기억 위에 기억이, 핏자국 위에 핏자국이 덧씌워진다", 155쪽) 언어의 칼금을 막아내기 위해 언어가 아닌 언어를 사용하는 소설은 서로 다른 목소리들이 서로 겹치며 일으키는 간섭을 현상하는 데까지 나아간다.

화해할 수 없었다.

화해할 수 없는 것들이 모든 곳에 있었다.

(······)

독한 취기 같은 피로가 그녀의 의식을 둔하게 만든다.
그의 목소리가 마치 꿈인 것처럼, 아주 먼 곳에서부터 토막토막 끊긴 채 울려온다.(166~167쪽)

극장 2」의 백골과 「조용한 날들 2」에 등장하는 달팽이의 목소리가 그렇게 나타난다. "(건드리지 말아요) (······) *(하지만 상관없어, 네가 찌르든 부숴뜨리든)*"
9) 서로 다른 두 개의 물질이 동일한 시공간을 점유하는 것은 불가능하지만, 서로 다른 두 개의 파동은 동일한 공간에 동시적으로 존재할 수 있다. 두 파동이 동일한 지점에서 교차할 때 일으키는 상호작용을 파동의 중첩 현상이라 한다.

여자의 파동은 남자에게로 전해진다.

……당신을 이해할 수 있을 것 같은 순간이 있어요.
더이상 아무것도 말하고 싶지 않은 순간이 있어요.

그녀는 그의 얼굴을 응시하려 애쓴다. 초점 없는 그의 눈을 또렷이 마주 보려 애쓴다.(167쪽)

여기서 남자의 응답은 여자의 파동과 똑같은 기울임체로 발화된다. 두 존재가 고막을 통해 소리를 교환하지 않고도, 살을 맞대지 않고도 그 무엇보다 깊은 층위에서 교감하는 장면이다. 진실을 받아들이지 못해 과거로 여러 통의 편지를 쓰던 인간은 신의 고통 안에서 그와 함께 현재적으로 공명한다. 이 장면에서 남자의 목소리는 여자의 그것으로 중첩되며 같은 기울임체로 서술되지만, 여자의 목소리는 남자의 그것으로 바뀌지 않는다. 다시 말해 기울어진 목소리는 평평해지지 않는다. 여자는 신성의 체현자이기 때문이다("살아 있는 사람에게서 그런 침묵을 본 건 처음이었어", 78쪽). 구원의 빛이 침묵의 어둠 속에서 새어나온다.

4. 나를 만지지 마라

이제, 소설의 질문에 대한 두번째 답이 제시된다. 인간의 혼이 파괴되지 않는 이유는 고통을 감각하는 신성이 서로에게 중간태인 동사로 작용하기 때문이다. 고대 희랍어에는 수동태와 능동태가 아닌 제3의 태, 중간태가 있다.(18쪽) 중간태는 어떤 행위가 주어에 재귀적으로 영향을 미치는 것을 말한다. 대상에게 했던 행위가 다시 주체로 돌아오는 이 재귀적 운동은 소노그래피의 언어가 보이는 양태다. 소노그래피의 방식은 그 자체로 중간태적 추론이다. 그는 대상에게로 뻗어나간 자기 파동의 반향을 소노그램으로 읽어낸다. 타인의 고통을 이해하는 일은 그것의 원인을 축자적으로 밝혀내는 것이 아니라 다만 그에게 계속해서 질문하는 일이다. 아무리 유사한 경험을 하더라도 고통은 결코 동일한 정도로 감각될 수 없기 때문이다.

남자의 아버지는 남자와 같은 유전 질환으로 인해 시력을 이미 잃은 사람, 그래서 누구보다도 그를 잘 이해할 수 있을 사람이었다. 그러나 타인을 이해하는 방법은 동일한 조건을 경험하는 것이 아니라 나와 다른 주파수를 오롯이 피부로 느끼는 일이다. 그것은 타인의 삶을 결코 완전히 이해할 수 없다는 전제하에 그의 삶을 추체험하는 일이다. 가령, 남자가 곧 실명하리라는 진단을 받았을 때 불투명한 비닐봉지를 자기 눈에 갖다대며 "이건 소파고 이건 책장이야. (……) 이렇게 걸어도 안 넘어질 수 있어"(146쪽)라며 일부러 왔다갔다하던 여동생처럼 말이다. 동생은 오빠를 놀리는 것이 아니라 그에게 닥칠 '어둠'이 "생각만큼 끔찍하지 않을 거라는"(146~147쪽) 위로를 건넨 것이다. 이처럼 타인의 고통은 내가 영영 닿을 수 없는 점근선의 영역이다.

반면, 마지막 고해인 요아힘과의 이야기는 남자 역시 언어의 육체성이 자아내는 폭력을 경험했음을 들려준다. 그 폭력은 곧 타인의 고통을 주체의 자기동일성 안으로 포획하여 해석해버리는 일이다. 요아힘은 남자를 사랑한다. 그러나 그는 자기의 욕망을 타인과 자신의 고통 안에서 어떻게 겹쳐두어야 하는지 모르므로 남자에게 상처만을 남긴다. 그는 고통의 완전한 극복과 단절을 믿는다. 시한부 선고의 생존자이기 때문이다. "병실의 벤젠 냄새 속에서 성장한 사람이 아니라면 누구도 자신을 이해할 수 없을 거라고"(122쪽) 말하는 그는 누군가가 자신을 이해하기 위해서는 그와 꼭 같은 경험을 몸의 기록으로 가져야 한다고 확신한다. 어둠과 죽음의 병실을 물리친 그에게 생의 감각은 생동하는 육체의 폭발적인 감각, 물컹하고 뜨거운 것이다. 요아힘은 여자에게는 고통이었던 육체적인 것과의 접촉을 갈망한다.

남자가 어둠을 품은 이라면 요아힘은 빛의 질서를 품은 이다. 남자가 비논리와 모순을 껴안는 문학을 사랑한다면 요아힘은 사고를 명징하게 자르는 철학을 사랑한다. 고통으로부터 스스로 벗어났다고 믿는 이의 강한 확신은 타인의 고통 앞에서 그의 눈을 멀게 한다. 자신이라면 완전한 어둠이 다가올 그때를 위해 점자를 배워두겠다는 철학자의 명랑한 조언은 남자의 신앙인 소멸의 이데아를 산산조각 낸다. 다시 한번, '백치처럼' 순진한 이 조언은 남자에게 상처를 주기 위해서가 아니다. 요아힘에게 그것은 단지 논리적으로 성립할 수가 없기 때문이다.

> 만일 소멸의 이데아가 존재한다고 가정한다면 말이야…… 그건 깨끗하고 선하고 숭고한 소멸 아닐까? 그러니까, 소멸하는 진눈깨비의 이데아는 깨끗하게, 아름답게, 완전하게, 어떤 흔적도 없이 사라지는 진눈깨비 아닐까?(118쪽)

> 이것 봐. 죽음과 소멸은 처음부터 이데아와 방향이 다른 거야. 녹아서 진창이 되는 진눈깨비는 처음부터 이데아를 가질 수 없는 거

야.(같은 쪽)

빛이 소멸한 세계에서 앞으로의 생을 계속해야 하는 남자에게 요아힘의 논증—어둠 속에는 좋음의 이데아가 결코 있을 수 없다는 반박은 그의 마지막 희망을 꺼트린다("네 말을 들은 순간, 덧없는 전 세계가 빛을 잃었지", 같은 쪽). 그래서, 점자를 통해 남자와 진정으로 닿기를 바라던 요아힘의 욕망은 언어의 폭력적인 육체성과 실상 같은 것이다. 남자는 요아힘으로부터 깨닫는다. 자신이 독일에서 여자에게 던진 사랑의 말, 너는 나의 목소리가 필요할 테니 같이 살게 될 것이라는 그 고백이 폭력이었음을 알게 된다. 자신이 받은 상처로부터 타인에게 준 상처를 깨달은 마리아는 이제 눈앞에 현전한 예수—언어의 육신을 본다. 신과 인간의 목소리는 구별되지 않고 한곳에서 뒤섞인다. 남자가 그토록 찾아 헤매던 신의 파편들, 진눈깨비의 이데아는 희랍어 시간의 여자 그 자체다. 그녀의 이름은 "펄펄 내리는 눈의 슬픔"(100쪽)이다.

고통받는 두 인간의 신성은 한데 섞이고 소노그래피는 중첩된다. 말할 수 없는 이와 볼 수 없는 이의 불가능할 것 같았던 이해는 공통원소 없는 그 존재들의 배면에서 투명한 파동을 통해 전해진다. 파동은 한곳으로 수렴하지 않고 서로의 몸안을 투과하며 지나간다. 이제 신은 요아힘과는 다른 '접촉'의 방식으로 남자를 구원하고 눈으로 목이 막혔던 그녀 역시 그 구원으로 인해 부활한다. 따로따로 제시되던 목소리는 한 연으로 묶이면서 말을 주고받는 직접적인 대화의 국면에 도달한다. 일인칭 단수 화자들은 '우리'를 직감한다.

어두운 초록색 흑판에 백묵으로 문장을 쓸 때 나는 공포를 느껴
요. (……)

　태연하게 내 혀와 이와 목구멍으로 발음된 모든 음운들에 공포를
느껴요. (167쪽)

　구원은 끝없이 멀어지는 존재가 내 안으로 들이 닥쳐옴을 느낄
때 일어난다. 부활한 예수는 마리아에게 "나를 만지지 마라Noli me
tangere"는 말을 남기며 떠나간다(요한복음 20장 17절). 멀어지는 자신
을 붙잡지 말라는 이 말은 타자를 주체의 자기동일성 안으로 납치하
지 말라는 명령이다. 타자를 몇 번이고 무한히 떠나보냄으로써 그의
존재를 부조하라는 율법이다. 앞이 보이지 않는 남자를 부축해 그의
집까지 데리고 온 여자는 손가락으로 남자의 손바닥에 쓴다. 그녀가
그에게 최초로 대답한 말은 떠난다는 말이다.

　첫 버스를

　타고 갈게요. (171쪽)

　두 사람이 가장 가까워지는 이 접촉은 소설이 시종일관 지양해온
폭력적인 접촉과 다르다. '어둠 속 대화'의 절정 이후 남자는 여자의
어깨를 끌어안는다. 그러나 두 몸의 접촉 이후 다만 '모른다'는 진실
의 무자비한 범람만이 남자를 압도한다("심장과 심장을 맞댄 채, 여전
히 그는 그녀를 모른다", 183쪽). 그가 그녀를 안자마자 뒤이어 열네
번의 '모른다'가 연속해서 등장한다. 그래서 그가 그녀에게 입을 맞

출 때까지도 둘의 접촉은 항구적인 비접촉이 되는 것이다. 강력하게 현전하는 단 하나의 진실은 "맞닿은 심장들, 맞닿은 입술들이 영원히 어긋"(184쪽)나는 '시간'이다. 마리아는 이제 떠남 속에서 빛이 아닌 어둠을 본다. 이때의 '봄'은 시각과 무관하게 생의 파동을 온몸으로 수용하는 행위다. 그러므로 예수의 부활은 멈추었던 심장이 다시 뛰는 기적을 의미하지 않는다.[10] 그것은 죽음 안에서 떠나가는 생을 받아들이는 일이다. 구원은 영생이 아니라 떠나감의 현전 안에서 일어난다.

보르헤스가 말한 시간─존재를 태우는 불(122쪽)이 여자와 남자를 통과하고 나면 새는 날아가고 백골만이 남는다. 개별 존재의 신성이 육신 속에서 체현된 것이 새라면 죽음 이후부터 그 신성은 뼈들이다. 플라톤이 말했듯 진실에 대한 앎은 전생으로부터 온다. 우리는 그것을 다만 상기할 뿐이다. 전생의 기억은 시로 돌아온다.

그때 우리는 바다 아래의 숲에 나란히 누워 있었어요.

빛도 소리도 그곳에는 없었지요.

(……)

마침내 당신이 아주 작은 소리를 낼 때까지,

───────────

10) "죽은 몸이 다시 살아날 수 있다는 걸 믿는 게 아니라, 죽음 앞에서 꿋꿋한 자세를 견지하는 것이다."(장-뤽 낭시, 「떠남」, 『나를 만지지 마라─몸의 들림에 관한 에세이』, 이만형·정과리 옮김, 문학과지성사, 2015, 37쪽)

입술 사이로

둥글고 가냘픈 물거품이 새어나올 때까지

우리는 그곳에 누워 있었어요.(21장 '심해의 숲', 185~186쪽)

'심해의 숲'의 다른 이름은 「해부극장 3」으로 부활 이후 무덤가에 나란히 누운 여자와 남자의 그림이다.[11] 죽었던 신과 고통받는 인간이 함께 나란히 누울 수 있다면, 인간의 신성은 더는 논증이 불필요한 문제가 아니겠는가. 인간의 혼이 파괴되지 않는 이유는 여기에 있다. 신의 신성과 달리 인간의 신성은 죽음으로부터 몸을 '일으켜' 고통을 내려다보는 일이 아니라 다만 죽음 안에서 옆에 누운 다른 이의 뼈를 쓰다듬는 일이다.[12]

구원을 바라던 신은 부활하여 드디어 입술을 연다. 시종일관 남자의 목소리를 사용하던 일인칭 화자는 마지막 장 '0'에서 오직 한 번 여자의 목소리로 발화한다. 현전하는 이 말씀, 로고스는 음성도 문자도 아니다. 그것은 그 무엇도 파괴하고 밀어내지 않는 언어, 촉각으로 전해지는 파동의 말씀이다. 남자와 여자는, 우리는, 그리고 인간은 영

---

11) 한강의 '해부극장' 연작은 두 편뿐이지만 소설의 '심해의 숲'은 남자가 써낸 시로서 연작에 포함될 수 있다.

12) 낭시는 예수의 부활을 수직 변화로 이해하지만 소설이 말하는 인간의 신성은 수평적이다. "이 '자세'가 (……) '부활'을, 다시 말해 '들어올림'이라는 사태를 만든다. (……) 무덤의 수평성과 직각을 이루는 수직성으로서의 들림(levée) 혹은 일으켜세움(le lever)인 것이다."(장-뤽 낭시, 같은 글, 강조는 원문)

원히 어긋나는 방식으로 영원히 함께할 수 있다. 결국, 구원의 반증은 '우리'라는 단어다. 그래서 소설은 '0'의 끝에서 다시 '1'로 돌아간다. 신은 말한다.

에모스, 에메테로스. 나의, 우리들의.(10쪽)

5. 역설의 구원

한강의 문학에서 시간은 정말로 환幻처럼 흐른다. 그러므로 『희랍어 시간』이 이곳에 당도하기 전에 이미 읽은 이가 있다는 사실은 놀랍지 않다. 그는 눈사람이다.(「작별」[13]) 언 몸이 진눈깨비로 흩날리며 조금씩 사라지는 중이다. 눈사람은 남자가 갈망하던 소멸의 이데아의 현현이면서 새와 백골의 중간태다. 그렇기 때문에 그는 가장 많은 것을 안다. 그는 고통스럽지 않기 위해 몸안의 심장을 얼리는 한기가 필요하다는 것을 안다. "피와 살과 내장과 근육이 있는 몸을 다시 갖고 싶지 않"(150쪽)다고 확신한다. 아이와 애인과 가족과 작별하며 그가 마주하는 최후의 질문은 "*그러니까 어디까지가 한계인지. 얼마나 사랑해야 우리가 인간인 건지*"(같은 쪽)이다.

이는 『희랍어 시간』이 던지는 질문과 같은 물음이다. "사는 일이 거대한 장례식일 뿐이라면/우리에게 남은 것은 무엇인지 알고 싶었다"[14]는 물음이다. 그리고 그 최후까지 남는 것은 바로 사랑이다. 눈雪이

---

13) 한강, 「작별」, 『문학과사회』 2017년 겨울호. 이하 인용시 본문에 쪽수만 밝힌다.
14) 한강, 「회상」, 『서랍에 저녁을 넣어 두었다』.

모습을 드러내면서 동시에 소멸하는 것처럼 한강의 인물들은 사랑할수록 점점 멀어져간다. 그러나 바로 그 닿을 수 없는 거리가 서로의 "진동이 출발하고 도착하는 투명한 접지"(133쪽)가 된다. 나와 당신은 같아질 수 없으므로, 당신은 언제나 나를 떠나는 중이므로 나는 당신과 연결된다. 두 인간이 느낄 수 있는 감각의 실체는 다만 촉각의 소노그래피뿐이며 그것은 "변함없이 진동하며 두 사람 사이에 고요히 걸쳐져 있"(134쪽)음을 눈사람은 안다. 그리고 이 파동을 타고 전해지는 "무색무취인데다 마치 영원처럼 느껴지는 고요함이어서 거의 인간적인 것으로 느껴지지 않는"(같은 쪽) 것이 바로 사랑이라는 것도 알고 있다. 사랑은 강렬한 접촉이 아니라 다만 끝없이 멀어지는 '사이'에서 전해진다.

언어는 이때 비로소 완전한 순수에 도달한다. 의미는 분할되거나 상실되지 않는다. 따옴표로 분절되지 않는 목소리들이 행과 연을 만들면서 소설 속에 시를 쓴다. 그것은 인간을 구원하는 인간의 모습이다. 그래서 죽음 안에서 삶은 몇 번이고 다시 태어난다. 「작별」과 『희랍어 시간』의 마지막 장면이 모두 두 존재의 입맞춤으로 끝나는 것은 붉은 혀와 입술이 인간을 가장 고통스럽게 하는 것이지만 또한 그것이야말로 우리를 가장 인간적으로 만드는 것이기도 하다는 뜻일 테다. 우리는 서로를 만지지 않음으로써 서로의 진실을 감각한다. 나의 파동이 쓰다듬을 수 있는 것은 당신의 살이 아니라 다만 당신의 뼈, 시간의 불에 타고 남은 마지막 눈의 결정이다. 내가 당신으로부터 멀어지기에 당신은 나를 구원한다.

(2021)

색色으로 읽는 고통의 윤리학:
삶을 껴안은 죽음으로 나아가기
─한강의『서랍에 저녁을 넣어 두었다』

1. 서랍 속의 시

한 사람이 있다. 그는 출구와 입구가 모두 없는 무한의 공간에 갇혀 오로지 죽음만을 탐구하던 시절을 산 적이 있다. 그의 관심사는 단 하나, 통증이다. 그것은 세상 어디에도 기록되지 않은 짐작 불가능한 무명의 감각이다. 모든 통증은 절대적으로 개별적이고 주관적인 경험이다. 이 세상을 살고 있는 모든 아픔은 독존한다. 그렇다면 우리는 서로의 고통을 어떻게 이해할 수 있는가? 이해의 이전에, 어떻게 알 수 있는가? 아니, 그전에 우리는 각자의 아픔을 어떻게 볼 수 있는가? 아픔은 지나간다. 아픔은 과거형으로 존재할 수 없다. 감각되는 현재형으로만 살아 있다. 그러므로 몸이 경험한 기억을 되살려 기록된 흔적을 '지금'의 것으로 변환하는 작업이 필요하다.

우리는 분명 이 세계를 직접 경험하면서 살아가지만 한편으로 세계와 너무나 밀착해 있기에 우리의 경험을 반성적으로 들여다보는 작업은 몹시도 어려운 일이 된다.[1] 그러나 그것이 꼭 불가능한 작업만은 아니며, 세계를 살아내는 '나'와 그 세계를 바라보고자 하는 '나'가 같은 언어를 경유할 경우 그러한 반추가 가능해진다. 가령, 무엇의 언어가 발견되는 순간 그 무엇이 지칭하는 대상, 그리고 주체는 주관적 현상 속으로의 고립을 벗어나 비로소 사회적 차원으로 나아가 실재하게 된다. 시의 언어가 이를 가능케 한다. 시는 우리가 알던 언어의 밖에서 꿈틀거리는 덩어리진 비정형의 움직임을 포획한다. 시의 말은 언어이지만 언어가 가진 통사의 규칙과 관념을 송두리째 비트는 언어다. 랑그를 파괴하며 매 순간 새로이 태어나는 파롤이다. 서사적 문법과 질서를 차분하게 적층시켜나가는 소설과 달리 시는 정확히 그 반대편에서 모든 안정성을 파괴하는 것처럼 보인다.

여기에, 그러한 파괴의 힘으로 자신의 이야기를 쌓아올린 한 권의 시집이 있다. 한강의 『서랍에 저녁을 넣어 두었다』[2]는 통각 그 자체를 언어화한다. 그는 객관의 언어가 조금도 담보하지 못하는 모종의 언어이자 감각의 흐름인 통증을 불사의 힘으로 견인한다. 한강은 총 일곱 권의 장편소설과 세 권의 소설집을 펴낸 소설가다. 독자들에게는 시인으로서보다 소설가로서 더 가까운 작가다. 그렇다면 2023년 지금, 왜 다시 그의 시집으로 돌아가는가? 그것은 『서랍에 저녁을 넣어 두었다』가 한강의 문학 세계의 시원을 보여주는 작품이자, 그리하여 그의 다른 소설들을 시로써 비평하는 일을 하기 때문이다. 뿐만 아니라 이 시집은 한강의 문학 세계를 재귀적으로 비평한다. 시집이 마치 얼굴 없는 유기체처럼 살아서 '비평가 없는 비평'을 만들어낸다.

---

1) 메를로-퐁티, 「서문」, 『지각의 현상학』, 류의근 옮김, 문학과지성사, 2022, 24쪽.
2) 한강, 『서랍에 저녁을 넣어 두었다』, 문학과지성사, 2007. 이하 인용시 작품명만 밝힌다.

시가 소설을, 시가 시를 비평한다. 요컨대 한강의 소설계에서 형상화되는 고통은 그의 시집의 정수精髓에서 연원한다.

고통은 시간과 공간이 착종된 어두운 '서랍' 속에서 얼굴 없는 얼굴을 응시한다. 볼 수 없는 그것으로부터 끝내 눈을 떼지 않으면서 그것을 대지로 삼고 그 위에 서 있다. 한강을 읽는다는 것은 그 한 사람이 서 있는 지점을, 무수히 많은 통증이 교차하는 좌표를 짚어내는 일이다. 이는 결국 인간이 살아 있는 한 운명처럼 마주하는 결코 피할 수 없는 고통을 온몸으로 겪어내는 일이다. 한강의 시집은 그의 세계에 거주하고 있는 많은 이들의, 그러나 겹쳐진 단 하나의 얼굴을 소환한다.

2. 죽음과 삶은 붉은 피로 만나고

대개 시집에 수록된 시들은 각기 개별적인 시세계를 형성하고, 그곳에서 거주하는 시적 화자들 역시 저마다 다른 얼굴을 가진 이들일 것이다. 연작시가 아닌 형태로 시적 화자들이 결집하여 오직 하나의 얼굴을 만들어낼 수 있을까? 우선 시적 화자들이 머무는 곳을 짚어보자. 그곳은 서커스가 벌어지고 있는 천막 속(「서커스의 여자」)이나 미국의 어느 고속도로 위(「날개」)처럼 낯선 이국의 장소이거나 혹은 베란다 창문 틈(「조용한 날들 2」)처럼 좁다란 곳, 또는 목과 어깨 사이(「저녁의 소묘 2」)처럼 현실의 우리가 거할 수 없는 장소들이다. 물론, 한 사람이 이러한 시공간에 동시적으로 존재하기란 명백히 불가능한 것처럼 보인다. 그럼에도 불구하고 한강의 모든 시는 오직 단 한 명의 화자를 가리킨다. 시집에서 우리가 만나는 목소리는 분명 한 사람의 것이다. 각각의 순간을 살아내고 있는 인물(들)이 다만 한 사람이라는 판단이 자연스러운 이유는 그(들)가 동일한 인식론을 공유하고 있기 때문이다. 그것은 적赤과 청青, 그리고 백白이 만드는 색채의 인식론이다. 세계와 단독으로 맞서며 그의 언어를 발설하고 있는 화자는 삶과 죽음의 경계면赤에서 고통의 푸르름青을 거쳐 백白의 응시로 나아간다. 한데 그는 다만 '서랍' 속에 조용히 웅크리고 있으므로, 그의 인식론은 빛이 아니라 어둠에서 출발한다("봄빛과//번지는 어둠//틈으로//반쯤 죽은 넋", 「새벽에 들은 노래」).

한강의 세계에서 빛은 어둠의 배경이지 그것을 가르는 주인공이 아니다. 시인은 그 일상의 중력을 거꾸로 뒤집어 어둠을 시작과 낮의 무대로 설치한다. 봄빛을 배경으로 번지는 어둠의 틈 사이에 온전하게 어둠으로서 살아 있지 않은, 그러나 채 죽지도 못한 영혼이 매달려 있다. 한강의 화자는 이 어둠 속에서 탄생한다. 빛과 어둠이 전도된 것처럼 화자는 로스코와 자신의 생을 꿰매어 그의 죽음과 자신의 출생을 겹쳐 본다.

미리 밝혀둘 것도 없이
마크 로스코와 나는 아무 관계가 없다

그는 1903년 9월 25일에 태어나
1970년 2월 25일에 죽었고
나는 1970년 11월 27일에 태어나
아직 살아 있다
그의 죽음과 내 출생 사이에 그어진
9개월여의 시간을

다만
가끔 생각한다

작업실에 딸린 부엌에서
그가 양쪽 손목을 칼로 긋던 새벽
의 며칠 안팎에
내 부모는 몸을 섞었고
얼마 지나지 않아
한 점 생명이
따뜻한 자궁에 맺혔을 것이다

(……)

신기한 일이 아니라
쓸쓸한 일

(……)

죽음과 생명 사이,
벌어진 틈 같은 2월이
버티고

—「마크 로스코와 나—2월의 죽음」 부분

같은 해에 한 사람은 생을 마감하고 또다른 한 사람은 생을 열어젖힌다. 어둠을 통과한 바늘이 다시 나가는 지점에서 피가 흐른다. "그가 양쪽 손목을 칼로 긋던 새벽"으로부터 얼마 지나지 않아 다시 "따뜻한 자궁에 맺"히는 붉은 피는 두 타자의 출생과 소멸이 정확히 같은 지점을 통과하며 남긴 흔적이다. "아무 관계가 없"는 두 사람이 피로 얽힌다는 것은 삶이 생生에서 죽음死으로 흐르는 것이 아니라 거꾸로, 죽음에서 삶이 배태된다는 뜻이다. 다시 한번, 한강에게 빛과 삶은 어둠과 죽음을 위한 배경이다. 화자의 생이 로스코의 죽음을 통과한다고 말하면서도 그는 이를 두고 다만 "신기한 일이 아니라/쓸쓸한 일"이라고 말한다. 그에게 삶과 죽음의 교차는 인과론의 지배 아래 있는 것이 아니라 연기緣起에 가깝다. 그의 죽음과 '나'의 출생 사이를 버티고 있는 "벌어진 틈" 때문이다. 생과 사가 단단히 연결되어 있으리라는 기대는 이어지는 연작 「마크 로스코와 나 2」에서 조용히 파기된다.

생과 사의 단단한 연결고리가 부재하는 대신 시인은 시 두 편을 조심스럽게 이어둔다. 삶과 죽음 사이에 틈이 있는 것처럼, 시와 시 사이에도 내어 쉬는 숨이 있다("반 녹아 더 차가운 흙 속/그의 손이 아직 썩지 않았을 때", 「마크 로스코와 나」; "한 사람의 영혼을 갈라서/안을 보여준다면 이런 것이겠지", 「마크 로스코와 나 2」). 시의 화자(들)가 보여주는 생의 운동이 소멸을 향한 것이든, 아물어가며 버티어지는 것이든 그것은 고요히 머무르며 아주 더디게 흐른다. 힘겹게 태어나고, 나아가고, 사라진다. 가까스로 그러나 끈질기게 버티어지는 삶 속에 그어진 경계, 이편의 죽음과 저편의 생의 경계를 열어젖힌 후 그가 목격하는 것은 "고요히 붉은/영혼의 피 냄새"다.

한 사람의 영혼을 갈라서
안을 보여준다면 이런 것이겠지
그래서
피 냄새가 나는 것이다
붓 대신 스펀지로 발라
영원히 번져가는 물감 속에서
고요히 붉은
영혼의 피 냄새

(······)

스며오는 것
번져오는 것

만져지는 물결처럼
내 실핏줄 속으로
당신의 피

어둠과 빛
사이

(······)

피투성이 밤을

머금고도 떠오르는 것

—「마크 로스코와 나 2」 부분

　열어젖힌 경계의 배면에는 붉고 진득한 피가 천천히 흐르며 번져
간다. 화자는 "멎는다"고 말하지만 굳지 않은 피는 고요히 맺힐지언
정 굳지 않는다("이렇게 멎는다/기억이/예감이/나침반이/내가/나
라는 것도//스며오는 것/번져오는 것", 같은 시). 과거의 기억과 미래
를 향한 예감, 그리고 현재의 선택이 가리키는 나침반의 침투는 결
국 '내'가 단지 '나'일 뿐이라는 하나의 사실, 한 방울의 피로 맺힌
다. 로스코에게서 '나'로 죽음과 삶이 이전될 수 있던 것은 그것이
"스며오는 것/번져오는 것"—피로 이루어졌기 때문이다. 그러므로
삶과 죽음의 경계는 인과론에 의해 연역되는 것이 아니라 다만 연결
될 따름이다("만져지는 물결처럼/내 실핏줄 속으로/당신의 피"). 요
컨대 서로 다른 시공간의 두 타자가 연결될 수 있는 이유는 바로 이
러한 틈 때문이다. 화자가 인식하는 연결은 그래서 결코 매끄럽지
않다. 벌어진 틈이 단절을 야기하는 것처럼 보이지만 그 안을 통해
비로소 우리는 서로를 들여다본다. 붉은 연결은 두 개의 삶, '손목'
과 '자궁'이 교차하는 경계면에서 한 방울의 피로 맺힌다. 까만 어둠
을 배경지 삼아 "피투성이 밤을/머금고" "내 실핏줄 속으로/당신
의 피"가 번지고 스며든다. 그러므로 피는 모든 경계를 "영원히 번
져가"며 넘고 사이를 이을 수 있다. 끈적한 피는 그것의 점성 탓에
느리게 흐른다. 그러나 붉음은 아주 느리게 운동할 뿐 결코 정지하
지 않는다. 가령, "내가/나라는"(같은 시) 절대적인 사실이 멈추는
순간은 오지 않는다. 그래서 항상 흐르는 중인 그 '붉음'을 감싸고

있는 혈관은 늘 터지기 직전의 위태로움에 처해 있으며 자리는 아문다 해도 곧 다시 벌어지기 십상이다("다시/아문 데가/벌어진다//이렇게 한 계절/더 피 흘려도 좋다", 「새벽에 들은 노래 3」). 붉음이 보이지 않는 곳에서도 늘 흐르고 있었다는 사실은 뚝, 뚝 떨어지는 핏방울의 소리로 인지된다.

> 붉고 긴 천으로
> 벗은 몸을 묶고
> 허공에 매달린 여자를 보았다
>
> 무덤의 천장에는 시퍼런 별들
> 순장된 우리는 눈을 빛내고
> 활짝
> 네 몸에 감긴 천을 풀어낼 대마다
> 툭
> 툭
> 목숨 떨어지는 소리
>
> ─「서커스의 여자」 부분

온몸의 혈관을 노출시킨 여자가 공중에 매달려 있다("붉고 긴 천으로/벗은 몸을 묶고"). 그곳은 무덤 안이다. 무덤은 죽음으로 지어진 세계, 삶의 공간을 역전시킨 반反-공간이다. 일군의 해골들이 "툭/툭" 떨어지는 핏소리를 듣는다(그들은 안구가 없으므로 볼 수 없다). 뒤이어 들려오는 여자의 문장, "나는 아홉 개의 목숨을 가졌어//열아홉 개, 아흔아홉 개인지도 몰라"라는 말은 단지 위험천만한 추락의 위험을 감내하면서 곡예를 한다는 뜻이 아니라 그녀가 지닌 삶과 죽음이 말 그대로 복수複數라는 의미다. '나'와 로스코가 연결된 것처럼 그렇게 한 사람의 생에는 무수히 많은 삶과 죽음이 연루되어 있기 때문이다. 여기에는 갓 태어난 죽음도 끼어 있다("태아처럼 곱은 허릴 뒤로 젖히고/한번 더 날렵하게 떨어져주지", 같은 시).

생과 사의 틈 사이에서 위태로운 곡예를 하던 여자는 죽음을 마중하러 "더,/좀더 아래로" 천천히 하강한다. 아주 느리게 흘러간 붉음이 마주치는 것은 바로 오래전 꿈에서 본 파란 돌이다.

3. 젖은 파랑 속에서 흰 돌을 건져올린다

붉음이 삶과 죽음의 경계면을 채우는 색이라면, 파랑(푸를靑)은 틈을 목도한 화자가 그다음 조우하게 되는 통각의 장소를 채우는 색이다. 생과 사의 경계면에서 곡예하던 여자는 피 흘리는 삶의 붉음에서 죽음의 파랑으로 건너간다. 파랑은 삶과 죽음의 접면이 아닌 오직 죽음의 세계에서만 목격된다. 한데, 죽은 자들만 볼 수 있는 색이라면 어찌하여 살아서 이렇게 시를 쓰는 이의 눈에 포착될 수 있을까? 그것은 화자가 이미 한 번 죽었던 사람이기 때문이다. "아, 죽어서 좋았는데/환했는데 솜털처럼/가벼웠는데"(「파란 돌」)라며 지난 죽음의 시간을 안타까워하기도 하는 화자의 마음은 반어도, 과장도 아닌 그저 고요한 진심일 따름이다. 그러므로 다시 살아난 그가 목격하는 '파란 돌'은 사실 "희고 둥근/조약돌"이다.

십 년 전 꿈에 본

파란 돌
아직 그 냇물 아래 있을까

난 죽어 있었는데
죽어서 봄날의 냇가를 걷고 있었는데
아, 죽어서 좋았는데
환했는데 솜털처럼
가벼웠는데

투명한 물결 아래
희고 둥근
조약돌들 보았지
해맑아라,
하나, 둘, 셋

거기 있었네
파르스름해 더 고요하던

(……)

나도 모르게 팔 뻗어 줍고 싶었지
그때 알았네
그러려면 다시 살아야 한다는 것
그때 처음 아팠네

그러려면 다시 살아야 한다는 것

—「파란 돌」부분

　　한강의 제1명제는 죽음을 통해 살아가는 것이다. 죽어 있음을 통한 살아감의 수행, 그에게 산다는 일은 거대한 장례식에 참석하는 일이다("사는 일이 거대한 장례식일 뿐이라면/우리에게 남은 것은 무엇인지 알고 싶었다",「회상」). 한강의 세계에서 죽음은 언제나 삶을 껴안고 있다. 죽음과 삶, 서로 이질적인 것의 포함관계는 색으로도 드러난다. 가령, 로스코의 빨강이 화자의 삶을 품고 있는 것처럼 한강의 붉음은 어둠黑을 포함하고, 파랑은 흰색을 배태한다. 다시 말해 파랑은 흰색이 물기 안으로 숨어든 색이다. "희고 둥근/조약돌들"은 실상 "파르스름해 더 고요하던" 돌이다. 죽음을 한 번 건너온 이가 살아나 목격하게 되는 고통의 집약체가 바로 흰 돌이다. 살아 있는 이에게 (삶과 유리되지 않은) 죽음은 고통이 부재하는 가상의 상황으로 소환된다. 그래서 흰 돌을 바라보는 이는 생명의 부재, 곧 통각이 부재하는 죽음을 사뭇 그리워한다. '흰 돌'이 드러나는 배경에는 역시, 붉게 피 흘리는 어둠이 자리한다("어둑어둑 피 흘린 해가/네 환한 언저리를 에워싸고").

　　아프다가

　　담 밑에서
　　하얀 돌을 보았다

오래 때가 묻은

손가락 두 마디만 한

아직 다 둥글어지지 않은 돌

　좋겠다 너는,

　생명이 없어서

아무리 들여다봐도

마주 보는 눈이 없다

어둑어둑 피 흘린 해가

네 환한 언저리를 에워싸고

　　　　　　　　　　　　—「조용한 날들」 부분

　한편, '흰' 고통은 붉음의 점성과 파랑의 습기가 휘발된 후 집약
된 존재의 통증으로 발화되는 가장 통각적인 색이면서 동시에 언제
나 파랑 안에 웅크리고 있기에 가장 물기 어린 색이다. '흰'의 과거로
서 존재하는 푸른 습기는 다양한 물리적 형태로 시집을 지배한다. 예
컨대 눈물, 바다, 비는 모두 파랑의 영역이다. 확실히, 슬픔은 파랗다.
파란 물기가 마르면 하양 고통의 뼈가 드러난다. 냇물 속에 있던 '파
란 돌' 역시 실은 '희고 둥근 조약돌'이었던 것처럼 말이다. 화자는 젖
은 파랑으로부터 잘 마른 하양을 발견해내고, 사이로 흐르는 붉음을
천천히 흘려보냄으로써 파랑을 건조시킨다. 그 모든 습기가 증발된
최후에 윤곽을 드러내는 원석石은 바로, 뼈다.

어떤 종류의 슬픔은 물기 없이 단단해서, 어떤 칼로도 연마되지
않는 원석(原石)과 같다.

—「몇 개의 이야기 12」 전문

파랑의 습기를 갈라 고통의 하얀 '뼈'("원석")를 드러내는 것은 다
름 아닌 '새'다.

어린 새가 날아가는 걸 보았다
아직 눈물이 마르지 않았다
—「이천오년 오월 삼십일, 제주의 봄바다는 햇빛이 반.
물고기 비늘 같은 바람은 소금기를 힘차게 내 몸에 끼얹으며,
이제부터 네 삶은 덤이라고」 전문

'마르지 않은 눈물' 사이를 날아가는 '새'의 눈은 슬픔으로 젖어 있
다. 혹은 '새'의 눈이 아니라 그것을 보고 있는 화자의 눈이 젖은 것일
테다. 어느 쪽이든 상관없다. 눈에 어린 물기를 볼 수 있는 것은 화자
가 그러한 '눈물'을 알고 있는 사람이기 때문이다. '새'는 습기를 머금
은 파란靑 하늘을 가르는 '비행기'의 형상으로 이어진다.

은색 꼬리날개가 반짝이는
비행기가 날아가는 것을 본다

(……)

색(色)으로 읽는 고통의 윤리학: 삶을 껴안은 죽음으로 나아가기 497

다른 은색 꼬리날개가 빛나는 비행기가
같은 길을 긋고 사라진다

활활
시퍼렇게
이글거리는 하늘
의 눈(眼) 속

—「다시, 회복기의 노래. 2008」 부분

'새'는 "시퍼렇게/이글거리는 하늘"을 "긋고" 사라진다. 파랑은 조용히 흐르는 물의 이미지에서 시작해 마치 타오르는 불처럼 이글거리는 격정의 운동으로 나아간다. 시집의 화자가 슬퍼하는 이유는 자신의 몸을 엄습하는 그 모든 통각에도 불구하고 생을 지속해야만 하는 존재로서의 굴레를 벗어던질 수 없기 때문이다. (그러므로 그는 계속해서 죽어 있던 시절을 그리워한다.) 생의 굴레를 작동시키는 본질적 조건은 붉은 것들—혀와 입술, 그리고 심장이다.

나에게
혀와 입술이 있다.

그걸 견디기 어려울 때가 있다.

견딜 수 없다, 내가

(……)

구불구불 휘어진 혀가
내 입천장에
매끄러운 이의 뒷면에
닿을 때

닿았다 떨어질 때

(……)

진심이야.

후회하고 있어.

이제는 아무것도 믿고 있지 않아.

—「해부극장 2」 부분

   한강에게 인간의 실존을 구속하는 것은 언어를 가능케 하는 기관,
"혀와 입술"이 있기 때문이고 그것을 "견디기 어려울 때가 있"는 것
은 통증을 아는 "심장이 있"기 때문이다. "구불구불 휘어진 혀가/내
입천장에/매끄러운 이의 뒷면에/닿을 때//닿았다 떨어질 때"의 감
각에 그는 괴로워한다. 그에게 언어는 "나를 긋고 간 것들"이자 "베

인 혀 아래 비릿하게 고인 것들"이다.[3] 그것들은 "(고요히,/무서운 속력으로)//스스로 흔적을 지운 것들"(「다시, 회복기의 노래. 2008」)이기도 하다. 언어가 공중으로 발화되는 순간 세계는 돌이킬 수 없이 변한다. 발설된 말은 그전까지 유지되던 세계의 안정과 균형을 단번에 무너뜨린다. 입술이 열리고 혀가 움직이며 음소들을 소리 낼 때 그것들의 파동은 공중을 가르지만 동시에 세계와 접촉하는 그 혀 또한 베이고 만다. 언어란 그런 것이다. 의미를 견인하기 위해 발화되지만 말의 그물에 포착된 그 의미는 발화되는 동시에 주체의 언어를 재귀적으로 구속한다. 그가 사용한 언어에 의해 주체는 재규정된다. 그러므로 시인은 영원히 고통받는 자다. 그는 언어의 칼날을 딛고 붉음의 언어를 쓴다("혀를 적실 거야/냄새 맡을 거야/겹겹이 밤의 소리를 듣고/겹겹이 밤의 색채를 읽고/당신 귓속에 노래할 거야", 「저녁의 대화」).

4. 차가운 해부극장

어둠과 빨강이 만든 삶과 죽음의 틈에서 우리는 이제 파랑과 하양을 만진다. 시집 2부에 수록된 '해부극장' 연작은 뼈의 하얀 이미지들로 붉은 피와 푸른 슬픔이 모두 건조되어 소슬히 남은 두 해골의 이야기를 들려준다. 두 시편은 역순의 서사성을 갖는데 먼저, 「해부극장 2」의 화자(백골)는 붉은 것들—혀와 입술, 심장을 가진 육체의 물질성을 지니고 있었다. 그러나 그 "견디기 어려"운 붉은 것들은 언어

---

3) "한강에게 언어는 세계와 자신을 가르는 칼이다." 이 책에 수록된 「만질 수 없음을 만지는 언어: 촉각의 소노그래피—한강의 『희랍어 시간』」, 462쪽.

의 통각을 불러일으키고, 동시에 활성화된 감각으로 인해 통증을 느끼지 못하는 어떤 하얀 것들 또한 있음을 알게 된다("통증을 모르는/차가운 머리카락과 손톱들이 있다"). "걸음마다 조용히 불"타며 "다정하게/고통에 찬 말을 걸어"오는 통증으로 인해 그는 자신이 "그리 키가 크지 않은 해골"임을 깨닫는다("그러나 늦은 봄 어느 오후/검푸른 뢴트겐 사진에 담긴 나는/그리 키가 크지 않은 해골"). 붉은 피와 육질이 바싹 말라 흰 뼈石로 드러나기까지는 슬픔에 젖은 파랑을 경유해야 한다("뙤약볕에 마르는 날이 간다/끈적끈적한 것/비통한 것까지/함께 바싹 말라 가벼워지는 날"). 여기서 우리는 '죽어서 솜털처럼 가벼워 좋았다'(「파란 돌」)는 화자의 지난 목소리를 겹쳐 듣는다. 그렇게 바싹 말라 가벼워지고 나면 그는 다만 "뻥 뚫린 비강과 동공" 그리고 "혀도 입술도 없이/어떤 붉은 것, 더운 것도 없이"(「해부극장 2」) 남은 한 구의 해골로서의 초상을 보게 된다.

「해부극장 2」의 물컹하고 붉었던 육체가 하얀 해골로 드러나면서 엔딩 크레디트가 올라간다. 뒤이어 상영되는 속편 「해부극장」에서 해골은 또다른 해골을 만난다. 그래서 속편의 주인공은 한 구의 해골이 아니라 두 구의 해골이다.

한 해골이
비스듬히 비석에 기대어 서서
비석 위에 놓인 다른 해골의 이마에
손을 얹고 있다

섬세한

잔뼈들로 이루어진 손
그토록 조심스럽게
가지런히 펼쳐진 손

안구가 뚫린 텅 빈 두 눈이
안구가 뚫린 텅 빈 두 눈을 들여다본다

—「해부극장」 부분

붉은 것들이 안겨주는 괴로움에 못 견뎌하던 해골은 비로소 또다른 해골을 만나 고통에서 벗어난다. 끈적하고 붉은 것, 푸르고 습한 물기가 없이도 '나'의 촉각과 시선은 공중으로 흩어지지 않고 보존되어 타자에게 오롯이 전달된다("*(우린 마주 볼 눈이 없는 걸.)/(괜찮아, 이렇게 좀더 있자.)*").[4] 혀와 입술이 없기 때문에, 세속의 붉은 정념과 육체성("끈적끈적한 것/비릿한 것")이 건조되어 "바싹 말라 가벼워"진 그들의 말에는 운동성이 없다. 당초 붉음이 지니고 있던 점성질의 발화는 해골의 세계에서 부재한다. 그래서 "지워지지도 않을 그 말"이자 "썩지 않을,/영원히 멈춰 있는/섬세한 잔뼈들"(「해부극장 2」) 같은 언어가 서로를 쓰다듬는다.

하얀 뼈들은 붉은 것들이 야기하는 고통과 그 병원病原을 색출하려 들지 않는다. 두 해골이 서로를 만지는 행위는 붉음과 파랑을 지나 도달하는 白의 윤리학이다. 이는 한강의 문학이 추구하고자 하는 궁극

---

4) 해골들이 말하는 시의 목소리는 혀가 없는 발화로 이루어지기에 소괄호 안으로 삽입된 것으로 보인다.

의 요체다. 한강의 (시와 소설을 포함한 모든) 인물들은 서로를 침범하지 않는다. 그의 타자들이 서로를 만지고 더듬는 행위는 각자에게 물리·화학적 상태 변화를 일으키지 않는다. 육체를 경유하여 서로에게 닥치는 상태 변화는 한강의 주체들에게 '파괴'일 따름이다. 그래서 그들은 피와 살의 물질성을 경유하지 않고 그것이 사라지고 난 후의 하얀 양태—뼈의 실존으로 서로를 만난다. 서로를 파괴하지 않으면서, 그 어떤 붉은 언어로 서로를 베거나 긋지 않으면서, 다만 텅 빈 안구로 서로를 응시한다. 백의 윤리학의 핵심은 타자와 사태를 그저 바라봄에 있다. 차분한 응시의 기술은 인간을 괴롭게 하는 모든 고통의 시간을 일 초도 남기지 않고 모두 온전히 끌어안는 자세다. 무수히 많은 타자들의 육신으로 이루어진 삶이 던지는 변화구, 그것들의 시작과 끝에서 한시도 눈을 떼지 않는 일이다. 그러므로 그것은 버티기의 기술이라기보다 오히려 정반대로, 버티지 않고 온몸으로 통과하며 겪어내기를 마다하지 않는 자세에 가깝다.

백골들은 붉은 것이 없으므로 아프다거나 살려달라고 혹은 죽고 싶다고 아우성치지 않는다. 바로 저것이 내 입술과 심장을 도려간 것이라고 가리키지 않는다. 그저 가장 정직한 시선, 바싹 말라버린 텅 빈 두 눈으로 통증을 남김없이 감각할 뿐이다. 백골의 시선으로 감각되는 통각은 빨강의 육체성, 파랑의 습기를 모두 소진시키며 그것들을 하얗게 냉각한다. 그렇게 한강에게 통각은 고요해지고 응시할 수 있는 하얀 덩어리가 된다. 그것은 바로 눈雪이다.

목과 어깨 사이에

얼음[5]이 낀다

그게 부서지는 걸 지켜보고 있다.

(……)

손끝으로 더듬어 문을 찾는 사람을
손끝으로 느끼면서 알지 못한다

그가
나가려는 것인지
(어디로) 들어가려는 것인지

—「저녁의 소묘 2」 부분

　"목과 어깨 사이"에서 발생하는 통증은 얼어붙은 눈으로 형상화
된다. '나'는 통증을 비가시의 영역이 아니라 "그게 부서지는 걸 지
켜"본다. 오히려 "더듬"고 "느끼"는 행위는 "알지 못하"는 영역으
로 남겨둘 따름이다. 통증의 진행에는 출구와 입구가 없다("문을 찾
는 사람을 (……) 알지 못한다"). 그것은 선형적이지 않고 뒤엉켜 있
기 때문에 좀체 해체되지 않는다. 그래서 '나'는 통각의 진행을 따라
조용히 움직이며 응시한다. 시에는 그 어디에도 아픔을 말하는 목소
리가 없다. 붉은 혀가 부재하는 아픈 인간에게 고통은 다만 사라질 때

---

　5) 이하 모든 밑줄은 인용자.

까지 지켜보아야 할 대상이자 제 몸의 일부다.

　　부스러질 맑은 두 눈으로

　　유난히 커다란 눈송이 하나가
　　검은 웅덩이의 살얼음에 내려앉는 걸 지켜본다

　　　　　　무엇인가
　　　　　　반짝인다
　　반짝일 때까지
　　　　　　　　　　　　──「저녁의 소묘 4」 부분

　　「저녁의 소묘 4」에서 드러나는 눈의 하강 운동은 활자의 비대칭적인 간격과 행의 의도적인 구분을 통해 시각적으로 표현된다. 요컨대 붉음이 야기하는 통각은 파랑을 만나 하얀 것으로 고요히 내려앉는다. 타는 듯한 통증의 열기는 응결되어 천천히 하강하는 눈송이가 되고, 그것이 부서져서 그 파편들이 반짝일 때까지 지켜보는 "맑은 눈"을 우리는 본다. 눈이 내리기 시작하면서 혀와, 입술, 그리고 심장──붉은 것들은 이제 서랍 안으로 숨어든다.

　　붉은 것 없이 저무는 저녁

　　(……)

(이런 저녁

내 <u>심장</u>은 서랍 속에 있고)

유리창,

침묵하는 <u>얼음의 백지</u>

<u>입술을 열었다가</u> 나는

단단한 밀봉을

배운다

─「저녁의 소묘 3」 부분

5. 사물이 된 심장으로 흰 돌을 줍는다

두 백골이 맞댄 차가운 이마는 죽음이 죽음을 위로하는 촉각의 장
소다. 음 소거 상태로 들려오는 그들의 말 사이에서 우리는 역설적이
게도 그간 후퇴해 있던 삶과 빛의 단서를 발견한다("푸르스름한/어둠
속에 웅크리고 있었다/밤을 기다리고 있다고 생각했는데/찾아온 것은
아침이었다", 「저녁 잎사귀」). 어떤 고통은 발화되지 않음으로써 비로
소 말해질 수 있기 때문이다. 아픔에 잠긴 이는 "목소리를 열지 않"
고(「심장이라는 사물 2」) 다만 "다른 빛으로 몸을 뒤집"으며 "캄캄히
잠"(「저녁 잎사귀」)겨간다. 언어를 거부할 때 비로소 견인되는 언어
의 풍경이 있음을 납득할 때, 혈관 속에서 영원히 뜀박질을 멈추지 않
을 것만 같던 붉은 것은 마침내 서랍에 밀봉되는 사물이 된다. 이때의
사물성은 육체성 혹은 동물성을 대신한다는 점에서 한강의 식물성과

유사한 속성을 지닌다.[6] 백골의 육체성은 사물성으로 치환된다. 신경 neurons이 없으므로 통증을 느끼지 못하는 그는 고통의 원인을 추적하지 않는다. 그는 현대 의학이 채택하는 병인病因의 인과론적 추적법을 온몸으로 거부한다. 인간이 삶 속에서 반드시 겪게 되는 고통은 원인과 결과, 그것의 축차적인 대응으로 진단하여 해결할 수 있는 병증이 아니기 때문이다. 그가 통증에 대하여 발휘하는 회복술은 끈질기고 집요한 응시다.

이제
살아가는 일은 무엇일까

물으며 누워 있을 때
얼굴에
햇빛이 내렸다

빛이 지나갈 때까지

---

6) 가령, 한강의 연작소설 『채식주의자』(창비, 2007)에서 '영혜'가 지향하는 식물성의 비폭력은 피와 살, 근육과 신경으로 이루어진 동물성이 자아내는 폭력성에 대항하는 가치다. 우찬제는 한강의 소설들에 나오는 여성 인물들에 대하여 그녀들이 지닌 트라우마의 기억을 세계로 반사시키는 공격성으로 물화하지는 않는다고 말한다. "한강의 여성 인물 대부분은 기아 의식이나 그에 준하는 트라우마를 지닌 채 살아가지만 타인이나 세상을 향한 동물적 공격성이나 이렇다 할 적의를 보이지는 않는다. 그 대신 식물로 변신하는 과정을 통해 평화의 바람을 일으키기를, 아니 평화의 바람을 일으키지는 못하더라도 최소한 평화로운 숨결 속에서 자유롭게 살아갈 수 있기를 바란다." 우찬제, 「진실의 숨결과 서사의 파동—한강의 소설」, 『문학과사회』 2010년 봄호, 354~355쪽.

눈을 감고 있었다

가만히

—「회복기의 노래」 전문

하얀 빛 속에서 해골이 일광욕을 한다. "이제"라는 간소한 단어로, 해골은 피와 살이 있던 시절에 자신을 잠식하던 고통과의 단절을 선언한다. 백골은 내리쬐는 빛을 한참 바라보기에 멈추지 않고 아예 빛 속으로 저를 담근다("눈을 감고 있었다/가만히"). 그는 눈을 감은 채로 빛을 본다. 그가 빛을 계속해서 바라보는 이유는 "벽에 비친 희미한 빛/또는 그림자/그런 무엇이 되었다고 믿어져서"(「심장이라는 사물 2」)다. 인간이 붉음을 가진 동물이기에 운명처럼 따라붙었던 고통은 그가 사물성을 육체성으로 대신하여 갖는 존재인 해골이 되면서 사라진다("죽는다는 건//마침내 사물이 되는 기막힌 일//그게 왜 고통인 것인지//궁금했습니다", 같은 시). 그의 시선은 영원한 정지가 아니라 그의 얼굴 전체에 들이친 빛 속에 들어 있는 모든 시간을 하나씩 느리게 곱씹는 진행의 양태를 보여준다. 눈 감기는 그가 할 수 있는 가장 느린 속도로 빛 속을 들여다보는 행위다("마주 볼 수 없는 걸 똑바로 쏘아볼 것/그러니까 태양 또는 죽음,/공포 또는 슬픔"「거울 저편의 겨울 9」).

다시 한번, "사는 일이 거대한 장례식일 뿐"(「회상」)이라면 결국 우리의 제1명제는 살아 있음이 아니라 죽음임이 명백할 테다. 이 명제 앞에서 백골이 던지는 질문, "이제/살아가는 일은 무엇일까"(「회복기의 노래」)에 맞서 화자가 내어놓는 답은, 기억이다.

하지만 곧
너도 알게 되겠지
내가 할 수 있는 일은
기억하는 일뿐이란 걸
저 번쩍이는 거대한 흐름과
시간과
成長,
집요하게 사라지고
새로 태어나는 것들 앞에
우리가 함께 있었다는 걸

(……)

함께 품었던 시절의 은밀함을
처음부터 모래로 지은
이 몸에 새겨두는 일뿐인 걸

괜찮아
아직 바다는 오지 않으니까
우리를 쓸어 가기 전까지
우린 이렇게 나란히 서 있을 테니까
<u>흰 돌과 조개껍데기를 더 주울 테니까</u>
파도에 젖은 신발을 말릴 테니까

　　　　　　　　—「효에게. 2002. 겨울」 부분

인생의 가장 아름답다고 여겨지는 순간도, 또는 너무나 고통스러워 세포 하나하나에 모두 각인되었을 것 같은 아픈 시절도 끝내는 지나간다. 지구와 달이 사라지지 않는 한 영원히 밀려올 파도에 침식되길 반복하며 사라진다. 비참함의 시간이 소멸하는 것은 다행스러운 일이지만 그와 동시에 고통의 입자는 행복의 입자 역시 끌어안고 물속으로 사라질 것이기에 슬픈 일이기도 하다. 그러나 우리는 "함께 품었던 시절의 은밀함"을 각자의 "몸에 새겨두는 일"을 통해 시간을 남겨둘 수 있다. 두 해골이 맞댄 이마와 포개어진 손가락들은 결국, "흰 돌과 조개껍데기"를 줍는 일, 그리고 함께 "파도에 젖은 신발을 말리"며 서로의 기억을 각자의 몸에 새겨넣는 일이다. (하얀 돌과 조개껍질은 흰 뼈의 석회질 성분과 맞닿아 있는 동위원소의 사물들이다.) 파도를 멈출 수는 없으나 파도가 모든 것을 쓸어가기 전까지는 해변에서 나란히 조개를 줍는 일이다. 결국은 사라질 것임을 알기에 기억이 사라지게 되는 마지막 결과는 중요하지 않다. 중요한 것은 닥쳐오는 고통과 슬픔을 소거하는 일이 아니라 그것의 불가능성을 아는 이와 함께하는 것이다. 그렇기에 화자는 "괜찮아"라고 다정하고도 강인한 말을 옆의 백골에게 건넬 수 있다. 몇 번이고 또 젖을 것임을 알면서도 뜨거운 모래사장 위를 걸으며 함께 신발을 말리고 조개를 줍는 두 백골의 뒷모습은 고통에 대해 한강의 윤리학이 도달하는 마지막 풍경이다.

백골은 인간의 육신에서 흘러나오는 붉음과 그것이 일으키는 통증, 그리고 파랑의 습기로 화化하는 슬픔을 안다. 고통이 인간으로 태어난 존재를 잠식하는 필연의 불가항력이라는 것을 안다. 그러나 역설적으로 그러한 고통은 절대악에서 연유하는 것이 아니라 인간의 욕망과 사랑, 감정에서도 비롯함을 또한 알고 있다. 삶에서 죽음으로 다시 도망치고 싶어지는 순간에 그는 그가 가진 붉은 혀와 입술을 말리고 심장을 서랍에 넣어두지만, 우리를 가장 괴롭게 하는 그 무엇이 실은 우리의 생을 가장 아름답게 만드는 것이기도 함을 안다. 그래서 우리에게는 고통의 윤리학이 필요하다. 머리부터 발끝까지 우리를 잠식하는 그 고통을 소거하거나 회피하지 않고, '텅 빈 두 눈'의 시선으로 응시하면서 빛 속에서 느리게, 아주 느리게 시간을 쪼개며 조개를 줍는 백골의 모습이 필요하다.

　뼈에는 감각 세포가 없다. 그래서 뼈가 부러졌을 때 인간이 느끼는 통증은 뼈의 것이 아니라 그것을 둘러싸고 있는 근육과 인대, 혈관과 신경 등 붉은 것들의 통각이다. 가령, 한강의 단편소설 「작별」(『문학과사회』 2017년 겨울호)의 주인공이 눈사람이 되어도 눈 속에 인간의 피와 살을 온전히 지니고 있는 것처럼 말이다. 어떤 고통은 발설되지 않음으로써 비로소 발화된다고 말했다. 한강은 말할 수 없는 것을 말하기, 만질 수 없는 것을 만지기[7] 그리고 볼 수 없는 것을 보기를 통해 고통과 대결한다. 그 대결은 고통을 패배시키는 작업이 아니라 고통을 온몸으로 껴안아 삶 속으로 가득 부어넣는 일이다. 바로 그때, 우리에게는 삶과 죽음이라는 이원론은 파기되고 죽음을 내포한 삶, 그리고 삶을 껴안은 죽음이라는 일원론이 등장한다.

　보이는 것은

---

7) 이 책에 수록된 「만질 수 없음을 만지는 언어: 촉각의 소노그래피」 참조.

피의 수면

펄펄 내리는 눈 속에

두 눈을 잠그고 누워 있었다

—「피 흐르는 눈 2」 부분

(2022)

미로와 도살장
―이수명의 『도시가스』와
김혜순의 『지구가 죽으면 달은 누굴 돌지?』

"여기 누군가 묻혀 있군. 이것이 건축이다."[1]

1. 건축

어느 글이 그렇지 않겠냐마는 그래도 두고두고 아쉬움을 감출 수 없는 글이 하나 있다. 그 아쉬움은 아주 구체적이고 확실한 것으로 새로운 글을 쓸 때마다 불현듯 떠올라 정신을 괴롭힌다. 지난해 봄에 썼던 조해진의 단편집 『환한 숨』(문학과지성사, 2021)에 관한 비평이다.[2] 조해진은 서사 단락을 명확히 나눌 수 있을 만큼 입체적이고 탄탄한 구성의 소설을 쓴다. 나는 그 구조를 두고 '소설의 랑그'라고 말하며 크고 작은 사건들이 어떻게 서사를 유기적으로 생성해나가는지 밝히고자 했다. 그 랑그의 '뼈'들로 지은 '집'이 바로 작가의 소설세계

---

1) Adolf Loos, "Arichitecture," *Ornament and Crime*, 1910.

2) 전승민, 「기화된 파롤의 자리에서 숨 쉬기」, 『문학과사회』 2021년 여름호.

라고 말이다. 나는 그 집이 '조립'된다고 적었으나 조립이 아니라 '건축'이라고 했어야 적확한 표현이라는 것을 뒤늦게 알았다. 작은 개체 단위의 구조적인 완성을 뜻하는 조립은 그의 소설이 갖는 생동과 서사적 장악력을 담지 못한다. 문학적 세계는 정해진 매뉴얼에 따라 조립되는 단일한 구성물이 아니라 건축가 고유의 미학과 철학으로 건설되는 살아 있는 건축물이다.

그렇다면 모든 작가는 건축가다. 지나가는 차와 행인들이 현실의 형이하학적 환경 구성물이라면 우리가 읽는 시와 소설은 형이상의 차원에서, 그러니까 마음과 정신의 층위에서 우리의 생태를 구성한다. 『도시가스』[3]의 배관들이 만드는 격자의 맞은편에는 비명을 지르며 공전하는 두 개의 행성—김혜순의 『지구가 죽으면 달은 누굴 돌지?』가 있다. 이수명의 건축이 지상으로부터 무언가를 계속해서 쌓아올리는 상승의 건축술이라면 김혜순의 건축술은 파괴를 향한 하강의 건축술이다.[4] 소설이 독자의 의식을 깨워 그들을 새로운 세계의 빛 속으로 데려갈 때, 시는 독자의 무의식을 붙잡아 의식의 불빛이 가려둔 어둠 속으로 데려간다. 어둠 속에서 이수명은 배관으로 지은 미로를, 김혜순은 도살장을 만든다. 도시의 범속한 장소들 속에 자리한 두 건축물은 아돌프 로스의 말처럼 과연, 모두 죽음을 품고 있다.

---

3) 이수명, 『도시가스』, 문학과지성사, 2022. 이하 인용시 작품명만 밝히며 필요시 쪽수를 병기한다.

4) 생성·상승하는 건설을 위한 쓰기가 아니라 해체와 파괴를 위한 하강의 글쓰기를 지향한 이로는 바타유가 있다. 올리에는 바타유의 그러한 건축적 기획을 두고 '반건축(反建築)', 무너뜨리기 위한 건축이라고 명명한다. 드니 올리에, 『반건축—조르주 바타유의 사상과 글쓰기』, 배영달·강혁 옮김, 열화당, 2022.

2. 미로 제작자의 역설

예술이라는 형식의 메타적 구조물, 그것의 핵심으로서 건축이 있다면 삶이라는 형식을 가능하게 하는 핵심은 죽음이다. 건물은 죽음 충동을 안고 있다. 가령, 무덤은 죽음의 자리를 가리는 덮개다.[5] 상승과 하강의 건축술은 그 죽음 충동에 대하여 각기 반비례적인 유형력을 행사한다. 상승의 건축은 죽음을 덮고 가린다. 이런 식이다. "무단결석"을 한 '나'는 아침에 느지막이 일어나 물을 마시고 담배도 한 대 피워 물고 "오늘 무엇을 원하는지 생각해보다가 (……) 비행기 시간을 검색해보다가/출발하는 것이 싫어 아무 곳도 가고 싶지 않다"고 정리한다. 피로와 권태 사이에서 갈등하던 그가 가까스로 마련한 최후의 선택지는 겨우 지렁이 한 마리와 이야기를 나누는 것이다.

> 최근에 발견한 지렁이에게
> 같이 죽자고 말하는 대신 그래도 잘 지낸다고
> 말하는 게 좋겠지
>
> —「무단결석」 부분

작은 생물체에게 말을 건네는 다정한 상황의 표면에는 망설임이 정갈하게 나타나 있지만 사실 그는 그냥 죽어버리고 싶을 따름이다. 오래된 침전물 같은 그의 피로는 여름에도 계속된다.(「주기적 여름의 교체」) 그는 급기야 죽은 자들을 본다. 해가 멈춰버린 것 같은 한낮의 뙤약볕 아래 지체하고 있다. 그는 계속해서 걸어갔다고 진술하지만

---

5) 같은 책, 91~92쪽.

건물 유리에 붙잡혀 빙빙 도는 사람들의 그것처럼 제자리걸음이다. 『도시가스』에서 제때 빠르게 교체되는 것은 가스관뿐만이 아니라 주방의 타일(「무단결석」)과 건물의 창유리, 그리고 계절(「주기적 여름의 교체」)까지다. 불안한 세계가 그나마 겉으로는 괜찮아 보일 수 있는 이유는 그가 부품들을 계속 최신형으로 갈아끼우기 때문이다. "모든 제품이 최신형이고 다 좋다고 한다."(「도시가스」, 13쪽) 부품이 고장 나서 혹은 낡아서 바꾼다는 대목은 어디에도 없다. 교체는 필요에 의한 행위가 아니라 무기력의 극단에서 소진된 화자가 그를 타개하기 위해 부러 시도하는 최대치의 능동-자발적 행위다. 그렇게 만들어진 건물의 벽은 시간의 진행과 부패로부터 공간을 단단히 막아낸다. 일반적으로 건물에 새겨진 시간의 흔적은 부품의 노후와 파인 곳, 먼지, 부식 등을 통해 드러나기 마련이지만 연이어 교체되는 부품에 의해 늘 '최신'인 공간은 건물의 시원과 축적된 시간의 부피감, 역사를 말끔하게 청소해버린다.

반짝거리는 파사드facade 앞에 선 화자는 매 순간 새로 고침 되는 시간의 현재형에 의해 창고 안에 꼼짝없이 갇힌다. 이 밀폐는 부품의 교체와 마찬가지로 누구의 강제도 권유도 없는 자발적인 선택에 의한 것이다("그는 창고에서 아무것도 하지 않는다", 「물류창고」, 20쪽). 현재의 시간은 극한의 무기력을 어떻게든 없는 것으로 치부해보려는 화자를 창고 안에 걸어 잠근다("나는 발끝으로 서 있다 시간은 어디로 간 것일까 아침에는 아침을 먹고 점심에는 점심을 저녁에는 저녁을 먹었는데 (……) 시간을 빼앗겼어", 「물류창고」, 28~29쪽). 탈진의 감각을 다른 것으로 전환해내기 위해 부품을 교체하던 '나'는 그만 현재 속에 유폐되고 만다. 그러나 그가 정말로 교체해야 할 것은 타일이나 유리 따위가 아니라 '시계', 곧 일상의 배치이지만, 삶의 시계에 손댈 수 없는 그는 그가 일으킬 수 있는 최선의 변화인 부품 교체를 꾸준히 도모해보는 것이다. 자기 안에서 낡고 닳아가는 마음을 어찌할 수 없을 때 바깥의 시야를 바꾸어보는 일, 그래서 마치 소진과 피로, 죽음 충동이 실재하지 않는 것처럼 보이는 외관을 만드는 일 말이다. 화자의 시야에 자꾸만 죽은 이들이 나타나도 "그래서 화자의 시야에 죽은 이들이 빈번하게 출몰하지만 그의 정신은 멀쩡하다"("여기에 죽은 사람들이 있다 (……) 죽음에 계속 머물러 있는 사람들이 있다 같은 죽음에 아랑곳하지 않", 「운동을 시작해볼까요」). 가스관들로 밀폐된 이 세계에서 죽음은, 어제가 오늘이 되고 그 오늘이 내일을 담보하는 시간의 불가항력적 흐름 속에서 가스처럼 투명하게 억압된다.

현재에 밀봉된 화자에게 들리는 것은 오직 자신의 목소리뿐이다. 수평선과 수직선으로 구획된 도시는 가로와 세로 사이로 비집고 나오는 이질적인 목소리들을 차단한다("수직으로 수평으로 가스관은 대열을 이루어 기어가고 있다./기계적으로 충돌하지 않고/외벽을 덮고 있다", 「가스관」). 모서리와 모서리가 끝없이 연결되는 도시의 마감은 타자들의 울퉁불퉁한 요철을 덮어 평평하고 깨끗하게 만든다. 빈틈없이 채워지고 이어진 도시의 배치는 거대한 일자의 목소리다. 등장하는 '너'와 타자들은 무음 속에서 그저 관찰될 뿐 '나'에게 말을 건네거나 다가오지 않는다(못한다). 건물의 작은 부품들처럼 일상의 시간을 구성하는 타자들은 발언권이 없으므로 '나'의 시간을 변형할 수 없다. 그래서 '나'는 계속해서 동일성의 배관을 쌓아올릴 수 있다. (이 수명의 가스관은 지하가 아니라 지상으로 드러나 있다.) 온갖 물질과 오염의 위험을 내포한 타자들의 실존에도 불구하고 도시는 '나'에게 자기동일성의 깔끔한 폐제로 현상된다. 죽음이 도래하지 않도록 이수명의 화자들은 이미 죽은 척한다.[6] 창고에 갇혀서, 거리를 지나다니는 망자들을 조용히 목격하며, 지렁이를 보기 위해 쭈그려앉으면서, '나'의 시간을 침범하고 흠집 낼 수 있는 타자들의 손길과 먼지들을 청소하면서.

이수명의 이러한 날들은 그러나 근원적인 허무로 곧장 이어지지 않는다. 시공간의 계속적인 갱신은 오히려 그에 대한 방어술이다. 그는 그를 엄습한 무無를 그의 무無로 막아내는 중인 셈이다. 시집의 해설을 쓴 강동호는 이수명의 시에 두 개의 무無가 중첩되어 있다고 말하는데 하나는 '있음'에 대한 이항 대립적 '없음', 다른 하나는 그로 인해 무엇으로도 환원할 수 없게 되는 공백으로서의 '없음'이다.[7] 후자의 '없음'을 소진된 인간으로서의 이수명의 시적 주체들이 발휘하는 모종의 전략을 통해 발견해낸, 모든 존재가 평등해지는 공백의 지평이라고 해석한다. 그는 이 능동성에 거의 주목하지 않았지만, 이 '없음'의 사태가 주체에게 일방적으로 나타나는 것이 아니라는 점에 좀더 주목해야 한다. 『도시가스』에 만연한 무의 가스는 세계가 '나'에게 퍼붓는 것이 아니라 '나'가 세계를 향해 끊임없이 분사하는 자기 방어의 물질이다.

이수명의 시적 주체들은 고의적으로 무를 만들고 쌓고 축성한다. '없음'의 공백에는 어떤 의미도 첨가되어 있지 않으므로 역설적으로 그 없음을 무너뜨리기 위해서는 있음이 아니라 없음으로 맞설 수 있

---

6) "우리는 죽음이 오지 않도록 죽은 체한다. 아무 일도 일어나지 않도록, 시간이 머물 자리를 얻지 못하도록 그렇게 한다."(드니 올리에, 같은 책, 92쪽)

7) 강동호, 「무의 광장」, 『도시가스』 해설, 150~151쪽.

다. 있음은 언제나 없음의 포획에 의해 패배하므로. 도처에 깔린 실패
와 취소, 유보, 포기의 감각은 화자가 만든 미로 속에서 발생하는 가
스다. 질서 정연하게 배열된 가로와 세로가 자아내는 청결함의 미학
은 우울의 감정을 정돈한다. 게다가 단단하고 매끈한 유리 상자 같은
세계에서 발화하는 주체는 오직 '나'뿐이지 않던가. 『도시가스』의 입
다문 타자들은 '나'의 인칭을 무화시키는 데까지 나아간다.[8] 일인칭
은 이인칭과 삼인칭의 이웃 속에서만 자리를 얻는다. 인칭을 소거해
버릴 만큼의 무無는 죽음을 막아내기 위해서 발휘된 것이었음을 잊지
말자. 최신의 현재 속에 웅크리고 있기를 자처하는 주체는 그러니 동
시대의 시간에 끼인 존재[9]에 머물지 않는, 일부러 끝없이 현재를 현
상하고 또 현상하는 미로 제작자다. 현재라는 동시대성이 화자를 찌
그러뜨리는 것이 아니라 화자가 현상develop해내는 현재성이 과잉인
것이다.

　동시대성이라는 단어가 '동시'의 시간성에 머무르지 않고 동'시
대'의 역사적 조건으로까지 나아간다는 것을 유념해야 한다. 동시
대성은 과거와 현재 미래의 혼종된 층위들로 구성된다. 시대를 살아
가는 다양한 세대와 정체성의 주체들이 저마다 내포한 각자의 시간
성이 뒤섞이기 때문이다. 그러므로 주체의 동시대성이 세계의 현재

---

8) 이희우 역시 『도시가스』의 인물들이 비인칭적이라고 읽지만 그가 말하는 것처럼
이수명의 화자들이 과연 "고유성의 완전한 상실"(270쪽)에 도달하고 있는지는 의문
이다. 이수명의 시적 주체는 '무기력, 자살 충동, 우울감'에 대하여 현재를 무한히 현
상하며 방어한다. 이희우, 「나의 우울과 나무의 기쁨」, 『문학과사회』 2022년 여름호.
9) 강동호는 시적 주체가 처한 시간성이 과거-현재-미래가 무차별해지는 현재라고
보며 시적 주체는 그 현재의 시간 속에 압도적으로 갇혀 있다고 본다. 강동호, 같은
글, 124~126쪽.

에 수동적으로 붙들려 있다기보다 역으로, 이수명의 시가 동시대성을 순수한 현재로 증류해내려는 능동적인 현상phenomena으로 해석할 수 있겠다. 주체가 현상해낸 현재에는 어떤 식으로든 과거와 미래가 묻어 있다. 과거와 미래는 현재의 준-현재quasi-present다.[10] 그가 끊임없이 쌓아올리는 현재는 과거와 미래를 부러 망각하고 유예하는 무無의 방법론이다. 과거와 미래는 현재 속에서 응결되어 사라지는 것이 아니라 준-현실로서 가스관 속에 봉인되어 있을 따름이다. 말하자면 그가 처한 "영원한 현재"(124쪽)는 주체를 압박하는 주변 조건이 아니라 주체가 건설해낸 방어용 건축물, 미로다. 바타유는 글「미로」(1936)에서 미로 체험을 통해 존재들 사이의 유동적 관계를 밝힌다.[11] 바타유에게 미로는 그 안에서 유동하는 인간 존재와 그들의 고정 불가능한 삶을 표현하는 구조물이다. 인칭과 시간성이 '나'와 '현재' 안에 유보되어 있다 할지라도 자기동일성 역시 차이와 구별의 배치 안에서 유효하다. 『도시가스』의 현재적 세계는 역설적으로 그 동일성의 구축 안에서 자기성의 일부, 권태와 무력을 상실하기를 도모하는 셈이다.[12] 그래서 이수명의 주체들은 미로를 건설하고 그 안에서 문을 걸어 잠근다. 그에게 미로는 탈출하기 위한 반反-현실이 아니라 죽음과 무의미를 밀어내고 매장하는 헤테로토피아hétérotopie

---

10) "우리가 과거 지향과 미래 지향의 생생한 경험을 가지고 있지 않다면, 일련의 완결된 사건들을 밟아간다는 생각도 할 수 없을 것이다."(폴 리쾨르, 『시간과 이야기』3 — 이야기된 시간』, 김한식 옮김, 문학과지성사, 2004, 210쪽, 강조는 원문)

11) 드니 올리에, 같은 책에서 재인용, 145쪽.

12) "그들이 도달하는 동일성이 자기성의 상실을 내포"한다.(드니 올리에, 같은 책, 146쪽)

적 장소다.

'없음'에 맞서는 이러한 자기 상실의 도모는 낭비라는 구체적인 행위로 드러난다. 『도시가스』에서 무無는 무daikon의 낭비를 통해 일상에서 조금씩 그러나 꾸준히 축출되고 있다. 무는 트럭에서 마트로, 집으로, 그리고 화자의 유리병 안으로 조용히 유통된다. 우리는 화자의 집으로 도착한 "박스 안의 무와 동시에 무無를 본다."[13](「도시가스」, 40쪽; 46쪽) 이때의 낭비, 도처에서 등장하는 무는 사용 가치를 초월한 잉여적 행위다. 바타유의 카니발이 낭비를 통해 세속의 금기를 위반하고 넘어서는 것처럼 이수명은 낭비, 의미의 의도적 상실無을 과잉되게 쌓아올림으로써 매끈한 표면을 만든다. 노후의 흔적이 없어도 최신으로 교체되는 부품들, 시의 모든 행에 걸쳐 가스 검침을 할 수 없다고 의사를 표명하면서 그 이유가 단지 무를 사고 손질해야 한다는 몹시 사소한 명분에 그치고 마는 것—이는 거부나 저항이 아니라 문제적 사태를 철저히 막아내려는 방어다.[14] 위기를 해결할 수 없다면 그것이 더는 위기가 아니도록 상황의 뾰족한 요철을 마모해 평평하게 지워버리는 것도 방법일 테다. 이수명의 화자들은 삶에 닥친 극한의 피로와 죽음 충동이라는 사태 앞에서 무표정으로 이렇게 무를 낭비하며 짐짓 능청을 떨어보는 것이다. 정갈하고 깔끔해 보이는 그의 일상은 우울과 불안, 공포를 봉제선으로 기워서 보이지 않는 가스관 속으로 매장한 외양seamless 위에서 만들어진다. 가

---

13) 강동호, 같은 글, 149쪽.

14) 이희우는 사태를 지연시키기만 하는 화자들의 몸짓이 바틀비의 저항보다 훨씬 연약한 종류의 것이라고 읽지만 그러나 그 꾸물거림은 오히려 역설적인 단호함일 수 있다. 이희우, 같은 글, 269쪽.

스관의 수평과 수직으로 이루어진 이 표면의 미로, 자신이 만든 건축물 속에서 이수명의 주체들은 고의로 스스로를 봉인하며 삶의 무無를 되받아친다.

　미로 안을 배회하는 '나'의 운동은 이러한 역설의 건축술 속에서 계속적으로 지양aufheben된다. 그 양상은 정적 속의 역동(「정적이 흐른다」)이면서 동시에 역동 속의 정적(「완전한 나무들」)이다. 앞의 시를 먼저 보자. 가장 고요한 정적 속에서 가장 열정적인 고뇌가 꿈틀거린다. 「정적이 흐른다」에서 화자는 더 좋은 글을 쓰는 것은 이미 글렀다며 더 나은 글의 탄생에 관한 가능성을 애써 붙들려 하지 않는다. "새로움은 죽음을 이어가는 것인가"라는 말은 그 회의가 고도로 농축된 탄식이면서 그러나 동시에 이 "빛바랜 일"의 이어지는 정적을 뒤집는 변곡점이다. 죽음 뒤에 오는 것이 또다른 죽음이 아니라 새로움이기 때문이다. 그래서 이어지는 시행은 '그럼에도 불구하고'가 생략된 산문적인 펼쳐짐이 된다("글을 이어간다. 글을 쏟아낸다. 글을 덧붙인다. (……) 빛의 산만한 이데올로기가 따뜻하다", 「정적이 흐른다」). 물론 세계는 바뀌지 않고 가망 없는 글과 정적은 시간 속에서 계속되지만 '나'는 고요와 더불어 빛의 이데올로기를 충분히 감각하기도 한다. 빛바랜 것과 따스하게 발산하는 빛, 두 빛의 역설이 정적 안에 내재한다. 빛이 충돌하며 생성하는 역설의 운동에너지가 이 한 문장의 변곡점을 지나며 순간적으로 폭발하고 스러진다. 그리하여 허무와 죽음의 기호들로 점철된 일상이라 하더라도 완전한 무無로의 도달은 불가능한 것이 된다. 빛의 이데올로기가 있는 한 절대-무無는 없다無.

　만약 이러한 무무無無의 옆에 나무 한 그루가 있다면 그때의 나무는 아무(anyone, 나+無[15])인 것일까? 이희우의 해석대로 「완전한 나무들」은 『도시가스』의 정적 속에서 예외적으로 유표적인 운동성을 보이는 시다. "언덕이 솟"고 날이 "활활 타오르고" "지난날의 나무들"이 "뛰어다니"는 요란한 세계다. 그런데 이러한 역동의 연속 안에 단단한 정적이 앉아 있다. 시에서 나무의 완전함은 더이상의 성장이 불필요한 상태에 이르렀음을 알리는 표상이다. 스스로를 쪼개고 쪼개는 세포분열의 일시 정지 상태는 무기력으로 이어지고, 그러므로 나무('나')가 서 있는 것은 자신에게 내리는 모종의 처벌이 된다. 나무가 '아무'(=나我+무無)일 때 자아를 소거하고 그곳에 무無를 채워넣는다는 해석도 물론 가능하지만[16] 앞에서 본 무無의 낭비와 무無를 쌓아올리는 건축술을 염두에 둔다면, 역설적으로 자아我는 없음無으로 채워(+)지는 사태에 이른다. 나무는 과연 불교의 4법인, 그중에서도 특히 제행무상諸行無常, 제법무아諸法無我, 일체개고一切皆苦의 세계관에 기대고 있는 듯하다. 모든 것은 변화하는 운동중이며 따라서 고정된 나의 본질이란 실상 없는 것이지만 '나'는 그러한 변화의 흐름 속에 녹아들지 못하고 미로 안에 웅크리고 앉아 자아의 안정을 고집하려 하니 불안과 괴로움에 시달리는 것이다. 이수명의 시적 주체가 죽음의 냄새를 풍기는 세계 속에 힘겹게 발 딛고 있는 것은 맞지만 그는 일상에서 지속적인 무의 낭비를 통해 "세계와 공통되는 중"에 있

---

15) 이희우는 시적 주체들이 보이는 운동성의 표상인 '나무'가 '나+무(無)'라고 해석한다. '나무'가 '나'가 무(無)의 빈 공간을 통과하는 순간으로 주체가 발휘한 역능의 결과라고 한다.(273쪽) 그는 통일된 자아와 세계의 의미가 거대한 허구에 지나지 않음을 깨닫는 시적 주체의 운동을 '나무의 자전'이라고 읽는다. 같은 글, 277쪽.

16) 같은 글, 275~276쪽.

다. 그러니까, 그가 겉으로 내보이는 허무나 무기력은 일체개고의 세계에 맞서 끊임없는 무의 유통, 정리, 손질—생성을 통해 역설적으로 죽음을 의식의 표면 아래로 봉합한 행위의 결과다. 그렇다고 해서 그가 현실의 죽음 충동을 완전히 외면하는 것은 아니다. 그래서, 기존 논의들이 입을 모아 말하는 것과 달리 이수명의 무無는 보편적이지 않다. 무를 더는 무가 아니게 하는 무daikon, 無는 정적 속에서 역동을, 역동 속에서 정적을 창조하는 미로 제작자의 특별한 건축술이다.

3. 모래 인간의 도살장

나무 아래에는 팔 벌리고 서 있는 '나' 말고도 다른 이들이 있다 ("나무 아래로 환자복을 입은 환자들이 여럿 앉아 있고/ 한 환자는 처음 듣는 노래를 부른다", 「도시가스」, 33쪽). 노래하는 이가 등장하자 세계는 갑자기 그로테스크하게 변한다. 그의 입에서 모래가 줄줄 흐르고 있기 때문이다("모래 때문에 말을 멈추었지 너의 입에서 모래가 흘러나왔지", 「근린공원」). 뜨악스러운 이 모래가 무엇이냐 물으니 그는 친절하게 답해준다.

> 모래는 전체다. 갑자기 집 앞에 나타난
> 뾰족한 전체다.
> 모래에 참여하는 사람들이 호루라기를 불며 신호를 보낸다.
> —「아파트 공사장」 부분

이수명의 주체들이 삶에 닥친 위기의 뾰족한 요철을 사포질하여 갈아버렸던 것을 기억하는가? 모래는 그 마모의 결정들이다. 날카로운 전체를 갈아서 기울기를 평평하게 해 평면으로 만들 수 있을지언정 그것들의 원자는 사라지지 않고 잔존한다. 요컨대 모래는 미로의 지하 물질이다. 이제 우리는 미로의 매끈하고 깨끗한 표면으로부터 아래의 거칠고 성긴, 끈적하고 악취 나는 어두운 공간으로, 텁텁한 모래 알갱이들이 가득한 더러운 바닥으로 내려간다. 김혜순의 『지구가 죽으면 달은 누굴 돌지?』[17]는 죽음이 살고 죽느라 내지르는 비명으로 가득한 도살장이다. 지구가 죽고 달이 방황하는 이 우주에는 언제나 모래비가 내리고 있다("모래비를 묵묵히 맞고 있는 수성 금성 화성 지구 내 형제자매들", 「서울식 우주」). 그래서 『지구가 죽으면 달은 누굴 돌지?』의 3부는 온통 모래에 관한 것이다. 시인의 말을 빌려오더라도 그렇다("엄마, 이 시집은 읽지 마, 다 모래야", '시인의 말'). 시집 전체를 덮고 있는 모래는 아픈 인간의 신체가 분비하는 가장 작은 단위의 입자, 또는 신체적 통증 속에서 고통받는 인간의 몸 그 자체다. 한편, 김혜순의 모래가 아파듐 암석에서 기원한다는 사실이 지난 9월 밝혀졌다.

나는 세상에 없는 암석을 발명했다

나는 그것을 아파듐이라 부르기로 했다
아파듐 암석은 공중에 떠 있다

(……)

---

17) 김혜순, 『지구가 죽으면 달은 누굴 돌지?』, 문학과지성사, 2022. 이하 인용시 작품명만 밝힌다.

녹는점 1554.9℃, 끓는점 2,963℃, 밀도 12.023g/cm³이라고 칭
했다

(……)

나다, 나란 말이다

아파듐 암석이 이제 내 대가리 위 공중에 박힌
나 태어나기 전 거주지 행성의 흔적이라면
내 악몽의 용질이라면

아파듐 암석이 자마놈 용매를 만나면

72시간 눈 감지 못한 불면의 끝에서
나는 저절로 몸이 가려운 유령이 된다고 했다

—「아파듐」 부분[18]

말놀이(소리 은유)의 대가인[19] 김혜순이 발견한 암석 아파듐은 통

---

18) 김혜순, 「아파듐」, 웹진 비유 2022년 9월호.
19) 권혁웅은 해설 「단 한 편의 시」에서 기표로 한번 말하고 기의로 다시 한번 더 말하
는 김혜순의 말놀이를 소리 은유라고 말한다. "소리은유는 기표 차원에서 서사를 추
동하는 주요인자다." 권혁웅, 「단 한 편의 시—김혜순의 돼지복음서」, 『피어라 돼지』
해설, 문학과지성사, 2016, 222~223쪽.

각의 광물, 그리고 그 암석을 용해하는 자마놈은 잠의 용매다. "악몽의 용질"이자 종말의 예언을 퍼붓는 아파듐은 통증 물질이다. 삼일밤낮을 잠들지 못하고 유령이 되게 하는 이것은 지구에 속한 물질이 아니다. 지구의 몸에 아파듐이 불시착해서 작용하게 되면 고통이라는 이상 반응을 일으킨다. 조물주를 비난하면서 악다구니를 놀리는 '나'는 이를 갈며 바로 이 고통이 죽음에 다름 아니라고 소리지른다("끝이란 건 이런 거다"). 아파듐의 모래는 인간의 몸을 조각내는 면역계 외부의 침입자이면서 동시에 통증에 지배당한 인간 신체를 구성하는 세포다. 그러므로 이 세계의 인간은 모래 인간이다("젖은 모래 한 자루는 걷습니다",「포츠다머 플라츠」). 인간은 극심한 통증의 끝에서 모래로 해체되지만 존재의 의식과 언어는 불사한다. 모래로 변한 인간이 목도하는 몸과 주변 세계의 변화는 그와 상담자가 벌이는 심리 상담극에서 적나라하게 드러난다.

상담자 F: 모래인은 너와 나의 구분이 없다

너는 내 모든 구멍으로 들어와서 내가 된다
나는 네 모든 구멍으로 들어가서 네가 된다

내담자 H: 모래인은 엄마아빠와 자식의 구분이 없다

상담자 F: 모래인은 미래와 과거가 섞인 채 탄생한다
모래인은 탄생하고 거듭 탄생한다

(……)

상담자 F: 모래인은 크기로 그 사람을 가늠하지 않는다
　　　　모래인은 색깔로 그 사람을 가늠하지 않는다

내담자 H: 아빠가 죽으면 아빠가 오고, 영원히 아빠가 오고
　　　　엄마가 죽으면 엄마가 오고, 영원히 엄마가 온다
　　　　　　　　　　　　　　　　　—「Yellowsand
　　　　　　　　　　　　　　　　　　Blackletter
　　　　　　　　　　　　　　　　　　Whitebooks」
　　　　　　　　　　　　　　　　　의 '＊모래인' 부분

　내담자의 경험을 객관의 언어로 기록하는 상담자의 말은 주관적 현실을 묘사하는 내담자의 말과 짝을 이룬다. 예컨대, "모래인은 너와 나의 구분이 없다"는 상담자의 말은 "너는 내 모든 구멍으로 들어와서 내가 된다"는 내담자의 노에시스noesis를 노에마noema로 옮겨둔 것이다. 부모 자식 간의 구별이 없다는 4행의 말은 자식의 과거인 부모와, 부모의 미래인 자식 사이의 구분이 없다는 뜻, 말하자면 "탄생하고 거듭 탄생"하는 모래인은 과거와 미래가 뒤섞인 영원한 현재의 시간 속에 있다는 의미다. 김혜순의 현재는 항상적인 고통의 상황이다. 부모가 죽으면 영원히 부모가 다시 온다는 마지막 행은 단지 모순의 인과율이 아니라 통각의 고문 속에서 끔찍하게 현전하는 진실이다. 이수명의 현재가 그러하였듯 김혜순의 현재 또한 준-현재의 양태로 살아 있는 과거와 미래가 중첩된 퇴적층이다. 현재라는 동시대

성의 시제는 과거와 미래로부터 잘린 절단면이 아니라 그것들의 혼합 물질이다. 김혜순의 죽음은 과거의 무덤에 묻히지 않고 부모와의 탯줄을 통해 영원히 현재형으로 삶 속에 살아 있게 된다. 김혜순의 우주는 죽음이 살아가는 세계다. 삶이라는 기표의 기의는 곧 죽음이다.

그런 연유로 이곳에서의 죽음은 끝없이 죽임을 당하는 처지다. 지구의 죽음은 달의 악몽이며 동시에 그것은 모래 인간의 악몽이기도 하다("달은 지구의 지층을 벗겨낸 사막의 악몽/달은 나의 악몽을 담당하고 있구나",「종 속 과 목 강 문 계 역」). 태양은 지구의 살갗을 벗겨내고도 무자비하게 제 존재를 이어나간다("태양은 지구의 껍데기를 벗기고, 다시 벗기고/태양은 너의 계속을 담당하고 있구나"). 존재의 계통을 오름차순으로 번역하는 시의 제목과는 반비례의 관계로, 고통의 계통은 태양에서 지구로, 지구에서 달로, 그리고 모래로 분화한다. 지구가 아픈 몸이라면 남아 있는 달은 갈 곳을 잃은 병과 통증이고, 지구가 준-현재의 시제 속으로 스러진 부모라면 달은 남겨진 현재의 자식이다. 그러므로 지구의 사망 이후에도 계속되는 달의 공전은 통각의 무한한 운동이다("하늘도 무심하지 불쌍한 모래야/죽었는데 죽지 못하는구나 모래야"). 지구의 죽음을 막아보려고 죽음을 죽이고 또 죽이지만 모래가 되고도 죽지 못하는 김혜순의 현재는 계속해서 흐르는 모래시계 안에 머물러 있다.

죽음만이 살아 있는 현재는 무참히 죽음을 도살하면 도살할수록 고통이 배가되는 악순환에 놓여 있다. 죽일 때마다 새롭게 태어나는 죽음이 트라우마를 가져오기 때문이다("상담자 F와 내담자 H는 사막을 건너온 사람들처럼 허옇게 갈라진, 입술. (……) 우리는 지금 외상 후 스트레스 장애다",「사막의 숙주」). 회복과 치유의 기미가 조금도 없는 이곳에서 발설되는 모든 언어는 그러므로 가장 피 흘리는, 갓 태어난 새된 비명이다.

김혜순도 이수명처럼 무를 숭덩숭덩 썬다. 그에게 무無는 부재다. 이때 부재는 건강한 '나'의 없음이다. 극심한 통증에 만성적으로 시달리는 이에게 외부 세계는 물리적 유무와 상관없이 객관적으로 현상되지 않는다. 그는 삼인칭 타자들의 세계를 볼 수 없다. 같은 장소를 손상이나 이상이 생긴 몸으로 다시 경험할 때 과거에 그곳에서 형성되었던 공간 감각은 부재한다. 고통을 유발하는 신경전달물질이나 호르몬, 전기 신호들이 활성화된 신체는 자아가 알던 그간의 '나'를 그의 몸으로부터 축출한다. 그때부터 몸의 주인은 '나'가 아니라 통증이다. 그러니 통증은 '나'의 부재다.

'나'의 주인은 '나'를 상실한 '나'다. '나'는 환자다. 오랫동안 큰 고통에 시달려온 '나'는 '너'를 아프게 하고 심지어 사라지게 할지도 모른다. 그러나 그런 '너'에게도 신체가 고통에 잠식당해 모든 선택과 자율을 잃어버리는 경험이 있고(2연) '너' 역시 그러한 환자의 상태로라면 "나의 온전함을 다치게 할 수도 있"(「모래의 머리카락」)다. 그래서 완전무결한 '너'가 아니라 아픈 '내'가 '나'를 지켜야 한다. 이때 '나'를 지키는 '나' 역시도 아픈 와중에 있기에 아픈 '나'는 역설적으로 '나'에게 약이 된다. 한데 주위를 아무리 둘러봐도 고통뿐인 이곳에서 '약'은 없는 것 같다. '없는 것'이 약이라면 약의 반대는 '있는 것'인가? 부재가 약medication이라면 실존은 악toxic인가? 이러한 시적 논리 속에서 2연의 마지막 행은 다음과 같이 번역된다: "실존은 무無가 하나도 없는 것인가." 답변은 이내 도착한다. *아니오.* "우리는 부재로 가득 차 세상을 살아"가고 "부재가 지구 생태계의 균형을 맞추고 (……) 부재하는 것이 없다면 아무도 살아 있지 않"(같은 시)게 된다. 김혜순의 부재-무無는 건강하고 통일된 자아가 부재하는 통증의 제국주의를 뜻하기도 하고, 또는 실존을 형성하는 아이러니한 죽음을 뜻하기도 한다. 부재를 마구 펼치고 써내는 시인 덕에 지구와 달은 무로 범람한다.

무의 탄생은 두 사람 사이에서 일어나는 네 번의 살인으로 나타나기도 한다. 엄마는 아이를 죽이고, 태어나지 않은 아이도 죽이고, 딸도 엄마를 죽이고, 그리고 태어나지 않은 엄마도 죽인다. 김혜순에게 딸은 엄마와의 강한 자기동일성 속의 존재이므로[20]("모래로 일어선 내 몸은 점들로 그려진 몸처럼/어느 것이 엄마 몸인지 어느 것이 내 몸인지/누가 누구를 임신한 것인지 가를 수 없었다",「내세의 마이크」) 엄마를 죽이는 것은 곧 자기 자신을 죽이는 일이기도 한데, 주목할 점은 이것이 죽음에 대항한 자기 구원의 아이러니로 나아간다는 점이다. 태어나지 않은 아이를 죽이는 행위는 죽음을 사전에 미리 죽여버림으로써 존재를 죽음으로부터 비켜서게 하는 무시무시한 전략이다("상상 속의 딸에게 중얼거리는 습관/태어나지 않았으니 얼마나 다행이야",「아파의 가계」).

「먼동이 튼다」에서 태반을 매개로 엄마와 아이 사이에 공유되는 것은 죽음이다. 뱃속에 잉태된 것이 죽음이므로 '나'(아이) 역시 죽음이고, 나아가 아직 도래하지 않은 것으로서의 죽음이 된다. 괄호 안

---

20) 모성을 중심어로 이 시집을 읽은 성현아는 엄마와 아이의 관계를 분리된 타자의 관계로 읽는다. '모래'로 인해 타자들의 신체적 경계는 불분명해지지만 "타자로서 서로를 출산하는 행위"(301쪽)는 두 타자 간에 공유되는 '엄마 되기'의 수행이다. 성현아,「시는 엄마한다」,『문학과사회』2022년 가을호, 300쪽.

에 들어간 목소리는 아직 태어나지 않은 아이의 것으로 아이는 엄마의 과거와 미래를 이미 모두 알고 있다. 엄마와 아이의 시간은 서로를 순환할 뿐만 아니라 동일성의 차원에서 폐제되어 있다. 객관의 현실 그리고 외부 세계와의 단절은 고통에 완전히 잠식된 세계다. 아직 태어나지 않은 아이는 엄마의 고통을 미리 바라본다. 그리고 절규한다. "도대체 하나님,/이 병실을 보세요. 우리가 무엇을 그리 잘못했습니까?"(「민들레의 흰 머리칼」) 아이는 엄마에게 그 고통을 모두 삼켜버리라고, 그리하여 이 무한정 계속되는 고통의 세계에서 함께 해방되자고 외친다. 그러기 위해서 저를 죽이라 고래고래 소리지른다("나는 마치 자궁 속에 밀폐된 아기가 제 엄마의 목소리를 듣고 있는 것처럼 영사기 속에서,//엄마 삼켜! 엄마 삼켜!", 같은 시).

엄마가 죽은 후에도 아이는 엄마의 죽음을 계속해서 죽인다("네가 버리지 못한 너를 마저 버린다. 버린다. 버린다. 버린다. 버린다",「빈 집의 아보카도」). 죽음을 죽이는 이 행위는 아이가 엄마가 되어 그녀의 아이를 죽이는 행위로 환치된다. 아이는 엄마가 저지른 영아 살해의 공범이다. 아이가 태어나지 못하도록 죽이는 것은 그 아이가 겪게 될 죽음과 고통을 미리 차단하는 일, 죽음을 다시 한번 죽이는 일이다. 이미 도착한 죽음(과거)과 예정된 죽음(미래)의 도살은 현재의 동일성을 무한히 토막 내는 일이다. 김혜순의 시적 주체에게 그 동일성은 삶의 얼굴 위로 제 몸을 포갠 포악한 통증과 질병, 고통이 난무하는 활력의 죽음이다.

「체세포복제배아」에서 탄생은 두 타자의 결합으로 만들어진 수정란에 의해서가 아니라 '나'의 체세포 복제에 의해 재생산된다. 생식세포가 아니라 체세포를 그대로 복사한 것이므로 유전자 정보 역시 동일하다. '배아'라는 타자는 체세포의 주체와 동일한 자기self가 된다. '나'의 알은 엄마의 바느질에서 나온 것이다("그 바느질 땀 하나를 고이 안아 눈먼 새처럼 품어/잠잘 때도 쉬지 않고 흥얼거렸더니/몇 달 만에 흐릿한 알 같은 것으로 자라났다"). 고통의 잉태는 동일자의 문법 속에서 증식한다. 엄마의 바느질은 그녀가 산 자도, 온전히 죽은 자도 아닌 그 사이에서 압착된 영원히 고통받는 존재자로서 죽음과 사투를 벌이는 방식이다("엄마는 병원에 누워서도 가방을 만들었다. (……) 이 세상은 거대한 병원이라고 한다"). 통증에게 고문당하던 엄마는 급기야 자기가 만든 가방 속으로 도망친다. 바느질은 엄마의 몸에 밀어닥치는 통증의 불길을 봉합하려는 계책이다. 고통의 밀봉은 외부 세계의 시선에서는 그것의 소거처럼 보일 수 있겠으나 그것을 감각하는 주체에게 밀봉은 오히려 밀집이 된다. 가방 안에 들어감으로써 사라지는 것은 다만 아픈 주체의 얼굴일 뿐, 아픔 자체는 오히려 가방이라는 협소한 장소 안에서 더욱 증폭된다("가방에 얼굴을 넣고 아 아 아 아 하자 한참 있다가/아 아 아 아 메아리가 돌아왔다"). 그래서 실상 이 세계의 모든 단어와 문장의 모음은 아픈 이가 영원토록 내지르는 절규와 비명의 'ㅏ'이다("한 음절로 치환되었는데 그것은/아마도 자음을 버린 모음 한 개였다", 「모음의 이중생활」).

「엄마 on 엄마 off」는 엄마의 바느질이 통증과 죽음으로부터 달아나기 위한 발악임을 서슬 퍼런 목소리로 드러낸다.[21] 바늘로 뜨개질을 할 수도 있지만 상처를 꿰맬 수도 있다. 고통을 어떻게든 봉합하려

---

21) 성현아는 엄마의 '바느질'이 대상과 직접 감응하는 공평한 삶의 태도라고 해석하며 나아가 이러한 태도를 모성의 개념으로 확장하여 '엄마 하기'를 "누구든 타자와 진정으로 조우하기 위"한 수행이라고 읽는다. 같은 쪽.

는 엄마의 모든 시도는 처참한 실패로 끝난다. 그녀가 휘두른 바늘 끝에서는 치유와 평화가 아니라 "털실로 짠 냄비"와 "털실로 짠 가위" "털실 주전자"들이 태어난다.[22] 털실로 된 주방 도구들이라니. 오랫동안 극심한 고통에 아파하는 자의 생활은 말 그대로 파탄이다. 끝없이 태어나는 실패를 목도하면서도 엄마가 바느질을 멈추지 않는 것은 그것이 지닌 구체적인 행위의 실감 때문이리라. 그러면 "불안감을 재울 수 있었다고/엄마는 회상했다". 하지만 닥쳐오는 끝장을 막을 수는 없다. 김혜순이 죽음을 죽여가며 마주하는 것은 죽음에 붙어 있는 고통−부재無가 인간 삶의 절대군주라는 뼈아픈 진실이다.[23] 부패하고 문드러지고 피 흘리는 육체의 삶에 스며든 죽음을 제 손으로 움켜쥐는 시인은 단어들의 단정한 배열이 아니라 어지러운 비유와 뒤틀린 통사 구조를 무기로 삼아 가까스로, 죽음과 한 치의 간격도 허하지 않으면서 공격적으로 대치한다(「형용사의 영지」;「진저리 치는 해변」).

*

이수명의 시적 주체가 지상의 미로 속에서 낭비된 무無들 사이를 다소 울적하게 소요하며 자아의 회복을 그러모으는 동안 김혜순의 지하 도살장에서 자아는 계속해서 찢어진다. 그 살육은 인간의 수명

---

22) 더불어 그는 털실로 된 사물들이 "생기를 지닌 존재로 거듭난다"고 하며 "엄마의 뜨개질로 인해 사물들이 인간이 부여한 기능에서 벗어나" 오히려 그들의 본질에 가까워지는 활력의 상황이라고 읽는다. 같은 글, 292쪽.

23) 해설을 쓴 박준상은 김혜순의 '죽음'이 "삶이 여분 없이 완전히 배제된 절대 타자"이며 "모든 언어의 절대 타자로서의 침묵의 영역"에 있다고 말한다. 박준상, 「모래바람」,『지구가 죽으면 달은 누굴 돌지?』해설, 269쪽.

이 지속되는 한 결코 완전히 성취될 수 없기에 삶 속에서 언제나 현재 진행형으로 잔인하게 이어진다. 고통과 통증에 괴로워하며 몸부림치는 달의 괴성이 가스관에서 반향되며 지구의 무수한 밤낮을 채운다. 이수명의 건축이 자아의 동일성을 회복하려는 몸짓으로서 주체의 고유한 무라면 김혜순의 건축은 엄마와 딸의 동일자적 연속체 안에서 고통과 부재, 죽음으로 이어지는 무를 해체하는 하강의 건축이다.

바타유의 '반-건축'의 쓰기는 기존의 합리성과 일자적 세계의 동일성을 무너뜨리고자 한다. 이수명과 김혜순이 이러한 '반-건축'을 도모하는 것은 시가 로고스와의 합일을 추구하는 것이 아니라 오히려 로고스를 해체하고 언표 불가능한 것들을 어떻게든 언어로 건져 올리려는 절박함의 포에지poésie이기 때문이다. 건축이 문학과 예술 일반의 은유로 기능하도록 하는 토대는 공간과 장소의 공백이 그것의 물리학적 설계에 의해서가 아니라 인간의 이데올로기로 채워진다는 진실이다.[24] 이수명의 닫힌 미로와 김혜순의 죽음이 비명을 지르는 도살장 모두, 삶 속에 공기처럼 자욱한 죽음에 맞서는 시들의 비장한 건축이다. 죽음을 낭비하거나 혹은 그것을 무참히 토막 내면서 우리는 각자만의 방식으로, 고통과 함께한다.

(2023)

---

24) 이태원 참사로 돌아가신 분들의 명복을 빈다.

천사는 낮은 곳에서 높은 곳으로 떨어진다
—신해욱론[1]

무신론자의 꿈속에 두 무릎으로 기어들어가 나는 기도를 한다.

주여. 저는 울고 싶습니다.

울고 싶은 마음으로 0에다가 0을 더하며 어깨를 들먹인다. 아멘.[2]

1. 무기물의 아방가르드

2000년대 이후의 한국 현대시는 신해욱으로 인해 21세기 아방가르드에 관하여 말할 수 있게 되었다. 아방가르드가 도대체 무엇인가에 대해서는 숱한 미학자들과 예술가들이 이러쿵저러쿵 다양한 견해를 남겼지만 그 이론적 정합성을 논의하는 것과는 독립적으로, 절대

---

1) 이 글에서는 현재까지 출간된 신해욱의 모든 시집을 다룬다. 『간결한 배치』, 민음사, 2005; 『생물성』, 문학과지성사, 2009; 『syzygy』, 문학과지성사, 2014; 『무족영원』, 문학과지성사, 2019. 이하 인용시 본문에 작품명만 밝히며, 시집 제목은 첫 글자로 약칭한다.

2) 신해욱, 「복제지구의 어린양」(『s』) 부분.

적 차원에서 신해욱의 시는 분명 아방가르드다.[3] 그의 시는 아방가르드가 의미하는 전위avantgarde—이전의 것을 배격하고 전에 없던 새로운 창조와 예술의 활력을 선도한다는 근본적인 정신을 그 의도성의 유무와 무관하게 실현해왔다. 부르주아도 프롤레타리아도 아닌 무정부주의적인 자유를 추구하면서[4] 기의와 기표의 연결을 끊임없이 무너뜨린다. 차라리 의미의 파괴와 충돌의 파편화를 지향하며 읽으면 읽을수록 독자를 '이해'와 '감상'으로부터 멀어지게 한다. 그러나 신해욱의 시는 단지 형식적인 실험이나 순수한 추상에 가까워지려는 무의미의 의미를 지향한 운동에 그치지 않는다. 그의 시를 읽기 위해서는 그간 우리가 시 읽기로 배워온 모든 지각과 인식의 작용을 초기화해야 한다. 시와 시 읽기에 관한 모든 정형, 축적된 문화적 관습을 모두 배격해야 한다. 신해욱은 한국 현대시의 아방가르드이면서 동시에 독자의 인지적 세계 내에서의 또다른 아방가르드를 촉발한다.

이는 신해욱의 시가 지닌 '시적이지 않은' 특성들에서 연유한다. 가령 이런 것이다. 이를테면, 그의 화자들은 감정적이라는 표현과 다소 멀어 보인다. 그들은 격정적이지 않다. 시의 본질 중 하나라고 여겨지던 서정lyric은 증발되어 매우 희미한 흔적만 남고, 목소리들은 크게 소리 내지 않으며 응시staring와 주시observing 사이를 천천히 오간다. 여기에서 빈 공간이 생겨난다. 「분갈이」(『s』)에서 우리는 그의 시를 어떻게 대해야 하는지를 단적으로 경험할 수 있다. 이 시는 신해

---

3) 하재연도 신해욱의 시집 『무족영원』에 대하여 아방가르드를 언급한 적이 있다. "21세기의 아방가르드란 어떤 모습일까 상상해본 적이 있다." 하재연, 「미래 시제로 수행하는 빛의 투시, 그리고 비휴머니티적으로 웃기」, 『문학과사회』 2020년 봄호, 306쪽.

4) 레나토 포지올리, 『아방가르드 예술론』, 박상진 옮김, 문예출판사, 1996.

욱의 시세계를 메타적으로 형상화하는 작품이기도 하다.

영양사의 하얀 가운을 빌려 입고
하필 나는
뿌리가 살아 있는 머리카락을 화분에 심었다.

거름도 주었다.

*

다소곳이 의자에 앉아
나는 식물의 기운이 솟구쳐 오르기를 기다린다.
가능하면
둥근 열매도 맺혔으면 좋겠다고 생각한다.

열매에게 외모가 생기면
영혼을 팔 것이다.

내 영혼의 형식으로 열매가 무르익게 되면
꼭지를 따서 손바닥에 올려놓고

목이 없는 새에게
모이를 주는 방법을 배울 것이다.

살아 있는 머리카락이
그래도 나에게는 아직 많다.

단백질로 가득하고
비옥하다.

　　　　　　　　　　　　　　　　—「분갈이」전문

　화자는 영양사의 가운을 '빌려' 입었다. 그는 영양사가 아닌데 단
지 옷을 '빌려' 입음으로써 일시적으로(이 시가 끝나기 전까지) 영양
사일 수 있다. 한 인간이 잘 먹고 잘 자라기 위한 방편을 연구하는, 다
시 말해 인간의 생육과 번성을 도모하는 영양사는 '하필' 아직 살아
있는 머리카락을 화분에 심는다. 잠시 뒤에는 거름도 준다. 기호(∗)로
구분되는 다음 두번째 장면에서 우리는 심은 머리카락으로부터 '식
물의 기운'이 솟구쳐 열매 맺기를 기도하는 그를 만난다. 머리칼로부
터 태어난 그 열매가 갖는 '외모'는 아마도 인간적인 형상일 테고 그
것이 완성되면 화자는 그에게 '영혼을 팔 것'이라고 한다. 그 열매가
무르익는 것은 화자의 것인 '영혼의 형식이 무르익는' 것이며 어쨌
든 그 열매가 익게 되면 그것을 수확해 '목 없는 새'에게 모이로 줄 계
획이라 말한다. 새는 목이 없으므로 얼굴도 없을 테고 그렇다면 부리
도 없으니 모이를 입으로 먹을 수는 없을 것이다. 입 없는 존재, 열매
를 부수고 씹어 삼킬 수 없는 존재를 먹여 기르는 방법을 배우리라는
다짐이다. 마지막 세번째 장면에서 우리는 이러한 다짐을 마음에 품

은 채 조용히 화분을 보며 기다리는 화자를 본다. 아마도 열매는 아직 '형식'에 의해 무르익지는 않았거나 혹은 무르익는 데에 실패해버린 상태인 것 같다. 왜냐하면 '그래도' 머리칼이 아직 나에게 많다고 그가 나직이 말하고 있기 때문이다.

인간으로 상정되었던 화자는 시의 끝에서 다시 제목으로 돌아가는 읽기의 과정 중에서, 그러니까 화분을 옮겨 심는 '분갈이'라는 제목에 의해서, 그의 인간성이 곧 식물성이었음이 드러난다. 「분갈이」는 주체가 대상의 변화를 야기하는 행위의 이야기가 아니라, 자기 자신이 심겨져 있던 화분을 스스로 바꾸는 일, 주체가 스스로 대상이 되고 대상이 주체의 자리로 천천히 역행한 후, 그리고 그 모든 과정을 조용히 응시하는 이야기인 것이다. (분갈이가 실패했는지 어떤지는 아직 모른다. 그는 다만 새로운 화분—스스로를 지켜보고 있을 따름이다.)

이 시를 읽는 동안 동원한 모종의 기법이 있다. 그리고 그것은 시가 아니라 오히려 영화를 읽는 방식에 가깝다. '거름을 주었다'는 2연과 1연 사이에는 연의 구분에 의해 얼마간 시간의 진행이 전제된다. 그리고 '식물의 기운'의 기다리는 3연과 2연 사이에는 "*"가 삽입됨으로써 1연과 2연 사이를 지났던 시간의 부피보다 훨씬 더 긴 시간의 흐름이 생겨난다. 게다가 머리칼의 뿌리를 심는 내용의 1~2연에서 그것의 심음이 완료된 후의 과정인 3~6연이 꽃표(*) 단위로 묶여 있으므로, 1~2연과 3~6연 사이에는 머리칼이 완전히 심기기 전과 그 이후라는 돌이킬 수 없는 단절이 있다. 7~8연은 그 기다림의 시간이 얼마간 지난 후 사태를 판단하는 대목이다. 이 시는 연과 행이 아니라 꽃표(*) 단위로 나뉘고, 각각의 부분에서 시적 주체가 대상을 바라보는 각도와 시공간은 전혀 겹치지 않는다. 요컨대, 이 시는 여덟 개의 연이 아니라 세 개의 시퀀스로 이루어진 한 편의 단편영화인 것이다. 우리가 시를 읽은 방식은 다름 아닌 몽타주를 배치하는 방식이었다. 시는 분명 기표들과 그 발화의 목소리로 이루어진 장르가 아니던가? 그러나 「분갈이」는 오직 천천히 머무는 세 번의 시선, 그리고 그것이 포착하는 장면이 그려질 따름이다. 신해욱의 시는 이처럼 한 편의 작품 안에서 이미 무기적inorganic이다. 연과 행의 구분이 무의미한 어떤 단위의 부분들이 서로를 파편으로 가지면서 구성된다.

그렇다면 이 장면-시각적 형식 안에는 어떤 의미-주체의 감정과 세계에 대한 해석이 스며 있나. 이 시에서 분갈이는 '나(주체)'가 '너(대상)'를 변화시키는 것이 아니라 '나'가 '너'가 되는 일, 곧 '나'의 자리를 '내'가 바꾸는 일이다. 그런데 그 자기 반영적인 변화의 행위는 어떤 고결한 의도와 계획에 의해서가 아니라 '하필' 그러니까 어쩌다 우연히, 뜻하지 않게, 주체의 의지와 무관하게 벌어진 일이다. 원래는 자신의 머리칼을 심으려던 게 아닌 것 같다. 어쨌든 화분에 담겼으므로 '영양사'는 그를 잘 길러보고자 거름을 주고, '기운이 솟구쳐 오르기'를 기다린다. 그런데 화분은 본디 동물이 아닌 식물을 키워내는 그릇이므로 동물의 터럭을 심어놓고도 그는 '열매'를 얻기를 기원한다. '다소곳이' 앉아 오래도록 기원하는 장면 #2(*)는 화자의 기도에 관한 부분이다. 열매는 '영혼의 형식'에 의해 성숙하고, 그는 그 열매로 입 없이도 밥을 먹을 수 있는 새를 기르는 법을 알게 되리라 기대한다. 그런데 마지막 장면에서 그 기도는 실패하거나 여전히 진행중인 것으로 드러나고, 열매의 수확은 잠정적으로 유보된다. 이에 대한 화자의 감정은 '그래도'라는 부사 하나에 겨우 담겨올 뿐이다. 커다란 좌절도, 절망도, 탄식도, 슬픔도, 그렇다고 끈질긴 기다림도 아닌

이 '그래도'는 장면 #2의 연장, 화분에 꽂힌 자신의 머리칼이 전과 같이 그저 그대로임을 물끄러미 바라보는 화자의 시선의 연장을 의미한다. 이 세계에는 그 어떤 격정적인 파토스나 끈적한 정동의 흐름도 부재한다. (애초에 시인에게 그것이 없었다는 말이 아니다. 그것들은 시 세계로 진입하면서 표백되었을 것이다.) 다만 엷게 지속되는 응시의 기도만이 세계를 채운다. 신해욱의 언어는 시선을 통해 장면화된다. 그에게 장면은 묵음이다.

2. 아담이 불러주는 받아쓰기

한편, 시는 전통적으로 음성 중심주의logos와 함께 탄생한 것이 아니던가? 그런데 신해욱은 정작 그가 하고 싶은 말을 할 수 없다고 한다(「뮤트」, 『s』). 그가 하고 싶은 이야기는 언어로 말할 수 없는 이야기이기에 그렇다. 재현의 속박으로부터 예술을 구출하려고 했던 아방가르드는 그를 위해 '재현'과 '대상' 자체를 떠나는 해법을 채택한다. 재현 불가능한 것, 눈에 보이지 않는 실재들을 그려내기 위해 예술은 대상이 없는 것을 그려내기 시작했다. 그러니까, 재현이 불가능한 것의 창조는 재현이 아니므로 소위 재현 불가능성을 재현한다는 말은 수사적 차원에서가 아니라 실제의 모순인 것이다. 이런 차원에서 신해욱은 말할 수 없는 것, 혀와 치아의 마찰 그리고 성대의 울림으로는 발설될 수 없는 것에 대해 쓴다. 그의 시쓰기는 실존적인 언어의 모순 속에서만 비로소 가능해진다.

입안이 이빨로 가득해서
나는 지금

하고 싶은 말을 할 수가 없구나

(……)

*

우유를 먹고 자란 이 세상 모든 아이들이 지붕 위에 던진 젖니를 모아
차근차근 탑을 쌓아보면 어떨까.

바벨의 탑보다 높이.

더 높이.

*

그런 탑의 꼭대기에 까마득히 서서
젖니를 혀 밑에 숨긴
이 세상의 모든 아이들이 모르는 이야기에 닿으면 좋을 텐데.

내 목에는 묵음들이 가득 고여 있으니까.

(……)

내가 놓친 소리들이 가청권 바깥에서

나를 기다리고 있을지도 모르니까.

—「뮤트」부분

말할 줄 모르던 인간이 처음으로 언어를 배우는 것은 사실상 그 습득어를 제외한 다른 모든 언어를 상실하는 일이다. 아직 말할 줄 모르는 아이의 언어능력이 마치 말랑한 백색 점토판과도 같다면, 특정 언어가 주형틀처럼 그 점토 위를 찍고 지나갈 때 옹알거림으로써 모든 소리를 조음해낼 수 있던 아이의 그 능력은 쇠퇴한다.[5] 그래서 화자는 아이들의 젖니를 쌓아 만든 탑이 언어의 기원인 바벨탑보다 훨씬 더 높을 거라고 말한다. 바벨탑 이전의 세계는 절대적인 하나의 언어가 지배하던 곳이 아니라 어쩌면 모든 언어의 경계가 무화됨으로써 무한의 언어들이 서로를 경유하는 세계였을지도 모른다. 특정 언어를 위한 치아를 혀 밑에 숨김으로써 "모르는 이야기에 닿"을 수 있다고, 그 이야기는 "묶음"들로서만 목 안에 고여 있다고, 그 묶음의 소리들이 "가청권 바깥에서 나를 기다"린다고 말하는 신해욱의 화자는 바로 그 묶음을 듣고 말하려는 것이다. 그가 지향하는 시의 말은 재현될 수 없는 언어, 입 밖에서 소리로 전해지지 않는 언어다. 시인에게 말speech과 언어language는 동일한 차원에 있다.

---

5) 야콥슨은 "극치의 옹알거림"으로 말해지는, 언어를 습득하기 이전 단계에서 아이의 한계 없는 음성학적 능력은 특정한 언어의 습득 과정으로 들어서는 순간 모든 소리를 만들어낼 수 있던 그 조음 능력을 모두 잃어버린다고 말한다. 대니얼 헬러-로즌, 『에코랄리아스—언어의 망각에 대하여』, 조효원 옮김, 문학과지성사, 2015, 9~13쪽.

한편, 그의 묵음은 인간의 가청 권역대를 한참 벗어난다. 그렇다면 이 시적 언어의 주파수에 반응할 수 있는 인간 아닌, 혹은 비인간적 존재를 무어라고 하면 좋을까?

천사에게
몸을 꾸었다

부족하지 않을 만큼 나에게도 있었는데
시간과의 비례가
나는 아주 좋지 않은 경우였다고 한다.

천사의 몸으로서
앞으로 나는 빚에 시달리게 된다.

—「빚」(『생』) 부분

화자는 문득 천사에게 몸을 빌린 것이라고 고백한다. 몸을 꾸었다는 것은 정신만큼은 그 몸에 깃든 것이 아니라 인간의 것이라는 말일까. 잘은 모르지만 "시간과의 비례가" 좋지 않아 천사로 태어나지 못했다는 사정이 있는 듯도 하다. 어쨌든 이 묵음의 언어를 듣기 위해 천사의 몸을 빌린 대가로 '나'는 "빚에 시달리게 된다." 우리는 천사의 몸을 입은 인간이 쓰는 시를 목도하고 있는 셈이다. 그는 쓰는 것이 불가능한 시를 쓰고 있다.

나는 등이 가렵다.

한 손에는 흰 돌을
한 손에는 우산을
들고 있다.

우산 밖에는 비가 온다.

—「천사」(『생』) 부분

등뒤의 날갯죽지가 가려운 천사는 비 오는 어느 날 우산을 들고 있다. 그런데 그 우산 아래로 뛰어들어오는 이가 있다.

숨을 헐떡이며 그가 내 우산 밑으로 뛰어 들어왔다.

그는 주머니를 뒤진다. 종이와 필기구를 건넨다. 종이 건반을 두드리는 손가락처럼 숨소리도 목소리도 없이 이야기를 시작한다. 나는 그의 이야기를 빠짐없이 베껴 써야 한다.

(……)

*

그는 내 손에서 우산을 받아 든다. 한 걸음 뒤로 물러나 젖은 얼굴로 이야기를 이어간다.

종이가 부족하다.

나는 침착함을 잃고 있다. 이야기 위에 이야기를 겹쳐놓지 못한다. 이야기 위에 붉은 줄을 긋고 처음으로 돌아가려고 한다. 입속에 종이를 구겨 넣고 그의 얼굴에 낙서를 하려고 한다.

(……)

          *

(……)

진짜 건반 위에 손가락을 얹는 기분으로
이제는 목을 가다듬어야 한다.

베껴 쓴 이야기에 소리를 불어넣고
뜻을
때를
기다려야 한다

—「녹취록」(『S』) 부분

    우산 아래로 뛰어들어온 '그'는 종이와 필기구를 꺼내며 '나'(천사)에게 자신의 이야기를 대필해줄 것을 부탁한다. 하지만 글을 쓰기란 쉽지 않다. 종이 위에서 이야기들을 어떻게 펼쳐두어야 하는지 모른다. 혀 아래, 목안 깊이 묵음으로 잠겨 있던 언어의 자물쇠를 풀고 "소리를 불어넣고/뜻을/때를/기다려야 한다"고 말하는 천사는 이제 새로운 말의, 언어의, 현현을 기다린다. 천사가 쓰는 이 언어는 사실 인간의 언어인데, 불쑥 나타난 '그'가 아담이기 때문이다(「아담의 사과」, 『s』). 신해욱의 화자가 "나의 진실"(「윈터바텀」, 『s』) 앞에서 무언가를 떠올리기 어려워하며 또 바로 그러한 사실로 인해 쓸쓸하게 된다는 것은[6] 이 아담의 말을 받아 적는 일이 실상 '나'에 관해 쓰는 일이기 때문이다. 천사는 다만 등이 가려운 인간일 뿐이고 그가 써내려가는 이야기는 천상과 하늘의 초월적인 이야기가 아니라 지상의 인간들이 들려주는 이야기다. 아방가르드는 자기 지시적self-reference 힘을 통해 스스로를 갱신하지 않던가.

신해욱이 제시하는 생물성은 인간 중심성의 대타항이 아니라 오히려 바로 그 스스로의 인간성을 겨냥한다. (물론 그의 시에는 "무족영원"을 비롯하여 인간성의 외부에 존재하는 생물적인 것, 혹은 인간성의 온전함이 아니라 파편이나 부분으로서 그로테스크함을 자아내는 비인간적인 것들도 자주 등장한다. 신해욱의 비인간적인 것들은 그의 시세계가 저 스스로 반추하는 자기 지시적인 인간성이다.) 치아와 혀, 근육과 피와 살을 통해 전해지는 물질성은 인간의 것이고 그것을 초과하며 묵음의 언어를 받아들기를 지향하지만, 그럼에도 불구하고 터져나오는 한계의 언어를 그는 무시할 수 없다("말을 하고 싶다./피와 살을 가진 생물처럼./실감나게", 「천사」). '너'를 직접 호명하며 원초적인 감정을 드러내는 시편들은 그리 많지는 않지만, 바로 그 때문에 언어의 확실

---

6) 이재원, 「손이 손을 놓아주는 순간」, 『문학동네』 2014년 가을호.

한 요철로 도드라진다. 그러니 그냥 지나칠 수 없다.

땅속에는 깊은 줄거리가 있다고 하지.

실을 따라가듯 줄거리를 짚어가면
나는 제3의 인물이 된다고 하지.

줄거리의 끝에서
우리는 서로를 알아볼 수 없게 된다고 해.

그러니 내 옆의 의자에 앉아
너는 나의 머리를 쓰다듬어주었으면 좋겠다.

밤을 새워주었으면 좋겠다.

눈을 가리고 만든 물건들 속에는

내 손이 섞여 있을 거야.

눈을 가리고 그린 그림 속에서
나는 너를 더듬고 있을 거야.
　　　　　　　　　—「이렇게 앉은 자세」(『s』) 부분

"*"의 구별 없이 행과 연으로만 이루어진 이 시는 "있잖아"라는 다정한 호명으로 오직 '너'만을 향해 말하는 단출한 구성을 보여준다. 처음부터 마지막 행까지 모두가 '너'에게 전하는 한 덩이 날것의 마음이다. 신해욱의 '나'는 스스로에 관해 말할 때도 마치 제삼자를 묘사하는 것처럼 먼 거리를 두고 건조하게 읊조리듯 말한다. 그래서 '너'를 더듬는 "내 손"은 물건들 속에 무심하게 섞여 있다. 그는 일인칭의 이야기가 삼인칭의 자리에서 말해질 때("나는 머리를 든다",「복제지구의 어린양」, 『s』) '네'가 '나'를 알아볼 수 없게 될 것을 우려한다. "이렇게 앉은 자세"로 그 삼인칭의 자리를 부러 자처한 것이 '너'와 이별하기 위해서는 결코 아니었으므로. 붉은 입술을 열고 '너'를 향해 직접 소리치는 이 인간 육체의 언어는 천사의 묵음 사이로 진득하게 비어져나온다. 재현 대상의 구심력으로부터 자유로워지는 일은 그의 시가 시종일관 도모해온 일이지만 천사는 이 세계를 사랑해 마지않으므로 그 구심력을 소거하지 않고 다만 눈의 뒷면에 숨겨두었음을 고백할 수밖에 없다. 이 고백이 바로 신해욱의 "생물성"이다. 그것은 아주 인간적이고 또 인간적인 것이다.

　　한쪽 눈에 하얀 안대를 하고
　　하얀 마스크를 썼다.

　　(……)

　　　　　　　　＊

　　실은 입이 점점 병들고 있는 중이었다.

동시에 두 개의 말이 나오는데

나는 말의 방향을 짐작할 수 없었다.
이빨에 힘을 줄 수도
턱을 움직여 음식물을 씹을 수도
없었다.

광대뼈가 움직였다.

—「생물성」(『생』) 부분

3. 하강으로 상승하는 제곱

그렇다면 신해욱의 '나'들은 왜 '너'를 잃어버릴 위험을 감수하면서까지 제삼의 자리를 고집하는가? 여기서부터 우리는 우리의 시인보다 약 반세기 전의 세계를 살았던 어떤 철학자의 사유와 접속한다.

나는 창조된 이 세계가 더는 느껴지지 않기를 바라는 게 아니고, 그 세계가 느껴지는 것이 더는 나를 위한 게 아니기를 바란다. 창조된 이 세계는 너무 높이 있는 비밀을 나에게 말해주지 못한다. 내가 떠나면, 창조자와 피조물이 직접 비밀을 주고받게 된다.[7]

---

7) 시몬 베유, 「사라지기」, 『중력과 은총』, 윤진 옮김, 문학과지성사, 2021, 61쪽.

시몬 베유와 신해욱은 신이 없다고 생각하며 기도하는 무신론자라는 모순의 좌표에서 처음으로 조우한다. 이들이 일인칭의 자리를 부러 떠나는 것도 서로 같은 이유에서다. '내'가 그 안락한 자리를 떠날 때 창조자와 피조물이 직접 소통하게 되기 때문이다. 베유에게 종교적인 것은 그런 것이다. 신에 대한 믿음 자체에 삶을 걸지 말고 다만 신 그 자체에 삶을 내맡겨야 한다는 그녀의 철학은 극한의 수동성, 믿는 '나'의 행위를 신성시하게 될 일말의 위험을 피하기 위해 생을 가장 낮은 곳으로 끌어내린다. 신성한 것은 신성 그 자체만이 유일할 뿐이다. 그 어떤 존재자나 감각도 창조자와 피조물 사이의 매개 혹은 경유지가 되어선 안 된다. 그러한 극한의 끌어내림이 만들어내는 결과는 부정성의 신학이다.

　　　　죽은 채로 들어와서 죽은 채로 퇴장하는 피조물을 위해
　　　　우리는 다 같이 야맹증을 앓아야 한다

　　　　그런 피조물의 등은
　　　　도무지 아름답지 않을 수가 없기 때문이다

　　　　타 넘고 싶은 유혹이 간절해서
　　　　눈을 뜨고 또 떠도 차마
　　　　본 것만 말할 수는 없기 때문이다

　　　　(……)

그런 피조물의 삶은

도무지 추체험을 할 수가 없고

그런 피조물을 위한 노래는

너무 짧아서 끝을 맞출 수가 없고

—「레퀴엠」(『무』) 부분

아마도 천사일, 등이 아름다운 피조물을 위해 야맹증을 앓아야 한다는 말은, 눈에 잘 보이지 않는 것은 애써 '보려' 할 것이 아니라 보이지 않는 양태 그대로를 감각하기, 그러니까 '보지 않기'라는 불가능성을 물자체Ding an sich로서 실현해야 한다는 말이다. 그 보이지 않음으로 인해 피조물은 타인의 삶을 미루어 살아보는 일이나 '끝을 맞춰' 깔끔하게 재현한 시lyric를 쓸 수 없게 된다. "신은 부재의 형태로만 창조 속에 존재한다"[8]는 배유의 말은 신해욱에게로 와서 그 부재를 실현하는 불가능에 관한 시적 미학으로 태어난다. 삼인칭의 자리에서 발화되는 '나'의 말들은 일인칭의 자리로 돌아오지 않기 위해 부단히 애쓴다("내가 나에게로/어이없이 돌아오는 일은 없다", 「비밀과 거짓말」, 『생』). 배유는 그리스도를 결코 저버리지 않겠다는 베드로의 다짐 어린 고백은 이미 부인否認이라고 말하는데, 베드로가 그 결심의 근원을 신의 은총이 아니라 자기 자신에게서 찾았기 때문이다("나여서는 안 되고, 우리여서는 더 안 된다").[9]

---

8) 「우리가 사랑해야 할 이는 부재한다」, 같은 책, 148쪽.

9) 「탈脫창조」, 같은 책, 57쪽, 강조는 원문.

진리를 사랑하는 일은 빈자리를 견디는 일이라고 서슴없이 이야기하는 베유의 말과 나란하게, 화자들을 떠난 신해욱의 말들 사이에는 언제나 빈 공간이 생겨난다. 부재의 실재인 빈 공간을 채우려는 마음과 행위는 악덕이 될 것이다. 이 빈 공간, 이해의 없음, 논리적 인과나 개연의 텅 빔은 소멸이나 삭제가 아니라 '충돌'에서 태어난다.[10) 가령, 이런 표현들 말이다. "나는 도마뱀 같은 날씨. 약간 얼어붙은 이런 자세로.//키스를 하고 싶어.//보라색 립스틱을 바르고 나는 두 배로 커진 입술./영원한 물처럼/모든 소금의 맛을 구분할 수 있지./두 배의 웃음도 가능하다네."(「헨젤의 집」, 『생』) 충돌하고 파열하는 의미들이 만드는 신해욱의 빈 공간은 베유에게 모순이자 '찢김'으로서 가능하다.[11) 이 모순과 파열하는 시의 언어들이 끌어안는 것은 순수한 고통이다. 신해욱의 시는 말하지 않는다. 다만 그것이 천사의 고통을 향해 내달리는 양태만을 보여줄 뿐이다. 두 개의 언어를 동시에 말하는(「생물성」) 끼인 존재로서의 인간이 겪는 고통은 대상을 경유한 재현이 불가하기에 그것이 발생하는 시적 운동의 과정을 묵음의 언어로써 그려낼 때만 겨우 가능해진다. 그러니 신해욱의 시들이 '고통'이라는 단어를 전혀 사용하지 않더라도 우리는 괴로움의 한가운

---

10) 권희철은 신해욱이 사용하는 메타포의 기법을 다음과 같이 설명한다. "A를 설명하기 위해 B를 도입하는 것이 아니라, A라는 대상에 B라는 대상을 충돌시켜 거기서 나오는 스파크로 X라는 섬광과도 같은 이미지를 탄생시키는 것, 그것이 메타포이다. B처럼 보이지만 그것의 의미는 A라고 설명하는 것은 [신해욱의 —인용자] 시를 읽는 것과 관계없는 일이다." 권희철, 「우르르 넘어지는 볼링핀처럼 —신해욱의 『생물성』」, 『당신의 얼굴이 되어라』, 문학동네, 2013, 204쪽.

11) "모순되는 것들의 결합은 찢김이다. 극단의 고통 없이는 불가능하다."(시몬 베유, 「모순」, 같은 책, 139쪽)

데로 무엇도 매개하지 않고 이미 도착해 있게 된다.

베드로가 그러하였듯, 자기 자신을 근원으로 삼아 연유하는 것들로부터는 은총과 구원을 얻을 수 없다. 천사가 '나는 나의 이야기를 쓴다'고 하지 않고 우산 아래로 불쑥 들어온 아담에게 진 빚을 통해 다만 그가 불러준 이야기를 '받아쓰는' 것일 뿐임을 우리는 앞에서 보지 않았던가. '나'의 시가 자기 자신으로부터 연유하지 않음은 곧 모순이기에 신해욱의 천사는 순수한 은총과 구원을 향해 끝없이 내려가는 자이다. 모순의 시학—구원은 순수한 고통에서 연유하며, 은총을 향한 상승은 하강에서 온다. 비 오던 날로 다시 돌아가보자.

어제는 화요일.
내일은 수요일.
오늘은 음력의 비가 온다.

비를 피해
성모상의 엄지발가락을 문지르고 무릎을 꿇는
흉내를 낸다.

잘하면 은총의 빛이 퍼진다지만
(저는 믿음이 없으니까 보험에 들게 해주십시오)

나는 불신지옥이 무서웠다.

고개를 들면

우연에 중독된 얼굴이 천천히

거기 계실 것이었다.

—「홍수」(『s』) 부분

'믿음'이 없는 이 무신론자가 성모상 앞에서 기도하며 구하는 것은
'우연에 중독된 얼굴'이다. 신의 얼굴이다. 세계의 가장 근원적인 우
연을 창조한 자는 다름 아닌 신이 아니던가. 성모상의 엄지발가락 앞
에서 두려움에 떨며 은총을 구하던 '나'는 응답의 음성을 듣는다("*어
깨뼈를 만져보게 해다오*", 「비둘기와 숨은 것들」, 『s』). 신은 '나'가 아
담의 이야기를 받아 적는 시인-천사가 맞느냐고 물어오고 '나'는 신
에게 대답한다. 날개가 돋았던 등뒤의 어깨를 증명하기 위해서는 중
력을 발견한 자를 만나야 한다고 말이다. 그들은 대화를 이어나간다.
(기울어진 문장은 신의 목소리다.)

저는 아이작 뉴턴을 만나야 합니다.

*아무리 높은 곳에서 떨어져도 너는 죽지 않아. 다만 꿈이 깨질 뿐
이다.*

그래서 저는 그렇게 했습니다.
구부린 등 위로
이불을 뒤집어쓰고 있게 되었습니다.

다행히도 그것은

이불 속에 파묻혀야만 생각나는 것이었습니다.

(……)

저의 머릿속에는 솜이 많이 들어 있습니다.

죽은 사람을 흉내 내는 것처럼 어리석어 보입니다.

*

저는 아이작 뉴턴에게 물어볼 것이 많습니다.

(……)

날개가 달린 꿈을 제가 꿀 수는 없는 겁니까.

　　　　　　　　　　　　—「중력의 법칙」(『s』) 부분

　천사는 신인가 혹은 인간인가? 그는 신과 인간 모두와 이야기할
수 있는 자이면서도 지상의 중력에 붙들린 채 아담에게 우산을 씌워
주고 있는 시인이다. 천사는 새로운 '생물성'을 지닌 낯선 피조물이
다. 그는 지상으로부터 출발해 천상을 향해 낙하한다. 중력의 작용으

로 일어나는 낙하는 높은 곳에서 낮은 곳으로 일어나는 현상이 아니던가? 하강은 중력에 의해서만 발생한다. 한데 이상하게도 천사는 높은 곳을 향해 떨어지는 중이다. 두 날개의 제곱이 은총을 구하고 있기 때문이다. 베유는 이 중력과 은총의 하강과 상승이 만드는 '제곱의 힘'에 관해 이렇게 말한 바 있다.

중력은 하강하게 하고, 날개는 상승하게 한다. **제곱**의 힘을 가진 다른 **날개**가 중력 없이 하강할 수 있을까?

창조는 중력의 하강 운동, 은총의 상승 운동, 그리고 **은총의 제곱**의 힘이 행하는 하강 운동으로 이루어진다.

은총은 하강 운동의 법칙이다.

낮아지기, 정신적 중력에서 그것은 올라가기이다. 정신적 중력은 우리를 높은 쪽으로 떨어뜨린다.[12]

천사는 이 제곱을 어깨에 날개로 달고서 '1'의 은총과 구원을 받아든다.

평행하는 두 개의 직선으로
방을 만들었어, 누가 말했다

---

12) 「중력과 은총」, 같은 책, 10~11쪽, 강조는 인용자.

은밀하고 또
종말이 와도 끄떡없어, 누가 말했다, 종지
양이 하나
나무가 하나
돌이 하나
새가 하나
사람은 아직, 누가 나를 말렸다

(······)

하나의 **제곱**은 하나, 거듭거듭 **제곱도 하나**
평행하는 두 개의 직선에 갇혀
머리에서 발끝까지 나는 창자가 구불거리는데
　　　　　　　　　　—「규방가사」(『무』) 부분(강조는 인용자)

　천사의 양날개에서 뻗은 평행하는 두 직선은 구원의 방주를 만든다. 그는 생물의 모든 종을 한 마리씩 태워 종말에 대비하는 이 '방'에 양과 나무, 돌, 새까지 모두 태웠는데 사람은 아직, 이라고 한다. '아직' 뒤로 이어질 수 있는 말은 '타지 않았다'이거나 '태우지 않았다'의 능동과 사동 두 가지다. 그러나 각각이 산출하는 현상은 동일하다. 방주에는 인간의 흔적이 '아직' 보이지 않는데 분명히 인간의 창자가 구불거리고 있다는 것이다. '평행하는 두 직선'인 날개에 갇힌 이 창자는 그렇다면 천사의 것일 테다. 구원을 받아든 자는 그저 인간이 아니라 아담의 이야기를 대신 쓰고 있는 천사, 1의 제곱이 1이라는 진실을 기록하고 있는 시인이다.[13] 방주 안에서 시를 쓰고 있는 '나'는 종말의 위험으로부터 안전해졌음이 확실한데도 그는 안도하지 않고 구불거리는 창자의 움직임을 느끼며 불안해한다. 종말로부터의 탈출을 위한 간힘, 그리고 은총을 향한 상승의 하강…… 모순 속에서 충돌하는 이 시쓰기의 과정은 분명 고통이다. 자기 연민으로 발전할 수 없는 순수한 고통, '나'의 안에서가 아니라 날개의 바깥에서부터 솟아나는 타인의 고통을 쓸 수 있을 때, 은총과 구원의 하강은 도래한다. "액막이에는 제곱근이 필요하다."(「말복 만찬」, 『무』) 1의 제곱근 중 하나는 1이다. 제곱, 자기 자신을 두 번 곱하여 다시 1이 되는 것. 어깨에 달린 두 날개를 움직여 제곱하여 다시 1이라는 신성에 가닿아 악을 막아내는 일, '나'로 시작하는 문장들을 쓰면서 그것이 '나'로부터 연유한 것이 아니게 하는 일, 그것이 바로 구원을 향해 상승하는 중력의 작용이다. 신해욱의 '나'는 충돌과 파열의 빈 공간을 통해 삼인칭의 자리로 날아간다.

4. 한쪽 날개를 다친 상한 요정

그렇게 그들에게 시는 순수한 고통이다.[14] 이 불순물 하나 없는 순도 높은 결정체를 들여다보기 위해 필요한 것은 역시나, 빈 공간이다. 응시는 공백에서 태어나는 기도―"그 어떤 것과도 섞이지 않은

---

13) "1. 가장 작은 수. 1은 유일한 지혜다. 1은 무한이다."(「저울과 지렛대」, 같은 책, 127쪽)

14) "시(詩). 불가능한 고통과 기쁨, 가슴을 찌르는 자극. (……) 순수한, 불순물이 섞이지 않은, 그래서 고통을 주는 기쁨. 순수한, 불순물이 섞이지 않은, 그래서 평안을 주는 고통."(「아름다움」, 같은 책, 199쪽, 강조는 원문)

주의력"[15]이다. 고도로 집중된 응시는 극한의 수동성으로 내려앉는다. 신해욱의 충돌하는 은유와 은총의 상승하는 하강이 그러했던 것처럼 기도 역시 모순의 세계에 있다. 정합적으로 어긋나는 이 모순은 불안을 야기한다. 이 내려앉는 응시는 보이지 않는 미시 세계 입자들의 브라운운동Brownian motion처럼 늘 떨고 있다. 그래서 순수 자체와 결부되기 위해 중력의 하강을 타는 신해욱의 일인칭들은 그 불안한 수동의 응시에 대하여 조심스럽게 의문할 수밖에 없다.

　　순수한 인간성만을 추출하여
　　정제된 의인화를 시도해야 했던 건가

　　맹물을 달여 만든 배양액에 담가
　　때가 올 때까지
　　달걀 껍질 안에 봉해두었어야 했나

　　　　　　　　　　　　　　　　　　—「휴머니티」(『무』) 부분

　생물성—가장 인간적이고 인간적인 '휴머니티(인간성)'를 꺼내어 시로 쓰려던 화자는 "계란", 탄생의 원초적 경계 안에 그것을 밀봉해두었어야 하는지 의문해본다. 가장 최근에 발표한 시집 『무족영원』의 '요정 연작'은 이렇게 시작한다.[16] 낄낄대는 요물이 꿈틀거리는 것

---

15) 「주의력과 의지」, 같은 책, 157쪽.
16) '요정'이 등장하는 시들은 네번째 시집 『무족영원』에만 수록되어 있다. 해당하는 작품들은 다음과 같다. 「휴머니티」「난생설화」「홀로 독」「드링크」「영구 인플레이션에서의 부드러운 탈출」「영구 인플레이션으로의 부드러운 함몰」(여기에서는 요정이

처럼 이 불안한 탄생의 움직임은 "못난 요정들에게나 어울리는/협소한 영원의 상징인가"(「휴머니티」)라는 찰나의 의심과 함께 드러난다. 그렇다. 시인이 포착한 '휴머니티'는 못난 요정의 것이었다("요정이 왔다.//요정은 계란옷을 뒤집어쓰고 있었다. 껍질을 밟고 서서//계란옷은 흘러내리고 있었다. (……) 나는 요정이 숨을 데를 찾아주어야 했다", 「난생설화」, 『무』). 연작시의 화자는 요정의 탄생과 눈과 발, 상처, 굶주림에 대해 적는다. 우산을 든 천사가 받아쓰는 것이 다름 아닌 아담의 이야기였으므로 우리는 계란물로 끈적거리는 이 요정이 바로 인간임을 다소 불안하게 예감한다. 게다가 "찢어진 한쪽 날개와/한쪽 날개의 퇴폐적인 냄새"(「드링크」, 『무』)를 가지고 있다 하니, 요정은 날개를 다친 천사임이 분명하다. 요정 연작이 그려내며 시의 화자가 받아드는 것은 고통받는 시인의 모습이다.

한편, 요정을 '너'의 자리에 두고 시를 적는 '나'에 관해서는 이미 두번째 시집 『생물성』에서 예고된 바 있다. "요정은 붉고. 나는 머리를 감아야 한다"(「홀로 독」, 『무』)고 외치는 '나'는 "그의 손으로 머리를 감"(「젖은 머리의 시간」, 『생』)았던 적이 있다고 고백한다. 그런데 이 시인의 머리를 감겨주는 '그'는 마치 "병아리 감별사처럼 부드러운 손"을 가지고 있고 "나의 뇌에서 일어나는 일은/고스란히 그의 손에 만져지고 있었다"(같은 시)고 할 만큼 '그'는 '나'의 시선과 인식을 지배한다. 마지막 연에서 우리는 '나'가 머리를 감아야만 했던 이유를 만나게 되는데, '나'가 계란물을 뒤집어쓴 채 끈적한 "점액질의 머리"로 있었기 때문이다. 그런데 분명, '나'는 요정의 몸짓을

'너'로 등장한다) 「걸레를 들고 우두커니」.

받아 적는 시인이었다. 어찌하여 '나'가 요정이 태어나는 알의 분비물을 묻히고 있단 말인가? 그렇다면 다시 한번, 인간의 이야기를 듣고 쓰는 시인은 제곱의 날개를 단 천사이며 요정은 알에서 태어난 한쪽 날개를 다친 상한 존재다. 신해욱은 '나'의 이야기를 언제나 '나'의 이야기가 아니도록 '나'로 하여금 쓰게 한다. 전치와 역전, 모순의 하강 운동으로써 구원에 다다르려 하지 않았던가. 그리하여 신해욱의 시적 화자들은 "능동태의 숲에서 누더기가"(「악천후」, 『무』) 되고 '나'는 절대적인 주체의 자리로부터 끊임없이 박탈당하는 처지에 놓인다. 시를 쓰는 주체의 지위가 성립할 수 없는 그의 시세계에서 재현과 대상은 영원한 불가능성의 지위만을 얻는다. "시인은 실재하는 것에 주의력을 고정시킴으로써 아름다움을 산출한다"[17]는 베유의 말대로, 신해욱의 화자는 "몇 번씩 얼굴을 바꾸며/내가 속한 시간과/나를 벗어난 시간을/생각한다"(「끝나지 않는 것들에 대한 생각」, 『생』). 그에게 실재하는 것은 다만 "인간이 되어가는 슬픔"(같은 시)의 복수적인 양태들이다.

5. 탈-창조의 창조

앞서 함께 구체적인 읽기를 경험했던 「분갈이」로 돌아가보자. 뿌리가 살아 있는 머리칼을 화분에 심고 열매가 맺히기를 조용히 기다리던 화자의 장면을 그린 시. 분갈이의 성공 여부가 명확하게 제시되지 않지만 다만 보다 더 확실하게 제시되는 것은 부사 '그래도'의 역접이 일으키는 단호함("살아 있는 머리카락이/그래도 나에게는 아직

---

17) 시몬 베유, 「주의력과 의지」, 같은 책, 160쪽.

많다"). 이는 무언가를 능동태로 행위하겠다는 주체성에 대한 의지가
아니라 오히려 응시, 수동성을 극대화한 함축이다.

> 내 영혼의 형식으로 열매가 무르익게 되면
> 꼭지를 따서 손바닥에 올려놓고
>
> 목이 없는 새에게
> 모이를 주는 방법을 배울 것
>
> ―「분갈이」(『s』) 부분

이 열매는 인위를 불러일으키지 않으며 무위의 벡터 끝에서만 영
근다. 바라봄과 기다림이라는 영혼의 형식으로 수확한 이 열매를 목
없는 새에게 주는 방법은 필연에 대한 사랑이다. 목과 입의 부재가 베
유에게 신으로 향하는 영혼의 형식이라면 신해욱에게 이것은 영혼이
아름다움의 궁극을 향해 치닫는 형식이다. '나'가 주체이면서 대상인
형식, 빠진 치아와 혀의 아래에서 묵음의 언어를 길어올리는 말, 충돌
하는 의미의 운동과 부분과 파편 속으로 자신을 내던지는 그의 시학
은 피조물인 인간이 스스로를 탈-창조하는 아방가르드다. 탈-창조
는 "창조된 것을 창조되지 않은 것이 되게 하"[18]는 엔트로피의 역행,
그러나 이는 있음을 없음으로 돌려놓는 것과 다르다. 창조와 재현의
대상인 피조물이 창조자와 주체의 지위로 올라서겠다는 말이 아니
다. 피조물이 창조되지 않은 것의 자리로 갈 때 신은 그로부터 멀어진

---

18) 「탈(脫)창조」, 같은 책, 47쪽.

다. 부재를 향해 나아간다.

앞서 신해욱과 베유는 신이 없다고 생각하며 기도하는 자들이라고 하였다. 신이라는 절대자에 믿음으로써 구속되는 것이 아니라 신성 그 자체, 그것의 불가능성을 실현해내기 위해 불가능의 형식으로 다가선다는 점에서 말이다. 베유의 표현을 빌리자면 신해욱의 '나'들은 "스스로를 탈창조함으로써 세계의 창조에 참여"[19]한다. 창조의 순간은 아담이 천사의 우산 아래로 뛰어들어오며 종이를 내민 순간이다. '나'와 '우리'의 일인칭 모두를 배격하고 신과 인간이 그 무엇의 매개와 경유지 없이 동일한 장소 안에서 공명하는 일은 탈-창조의 형식, 신 존재의 부재 속에서 가능하다. 인간의 몸안에 내려앉는 신성은 신성하지 않은 양태들로 나타난다. 가령 "곤계란을 먹는 나자로"(「부활절 전야」, 『생』)의 모습으로, 죽음으로부터 탈출한 이가 아직 태어나지 않은 요정을 먹는 장면, 신의 손끝에서 부활한 인간이 태초의 인간을 먹어치우는 아연한 모순 속에서 도래하는 것이다. 그러므로 탈-창조는 인간이 신성의 높은 곳을 향해 끝없이 추락하는 일, 천사의 형상으로 가장 낮아지는 일이다. 이를 두고 아름다움이라는 단어 외에 도대체 무엇으로 명명할 수 있을까.

은유의 파열, 전통적인 목소리의 거부, '나'의 자리를 찢음으로써 빈 공간을 만들어 그를 응시하는 '나' 아닌 '나'들…… 장면적 시퀀스로 연결될 수 있는 이 모든 시의 단위들은 그저 '간결하게 배치'되어 있을 따름이다. 신해욱의 시 앞에 선 독자들은 이 '간결한 배치'들의 흐름에 자신을 맡기고 그저 따라가야 한다. 수동의 응시가 퍼덕이

---

19) 같은 글, 49쪽.

는 날개는 우리를 모순으로 가득한 세계의 진실 속으로 데려갈 테다. 1998년 세기말에 등단해 2022년, 약 사반세기의 시간 동안 치열하게 시를 쓴 이 '천사'는 전위의 세계를 시작하는 동시에 세계의 마지막을 거두어왔다. 허수경이 그랬듯, 아방가르드는 마지막의 언어다.[20]

빌린 시간에 몸을 맡긴
당신은 또 다른 당신.
햇빛을 찢고
가볍게 들어서네.
이곳에선 몇 개의 선분만이
당신을 구획하지.

불규칙한 햇빛 속에서
때때로 구겨지지만
구겨지면서도 당신은
정교하게 접히는
이름, 혹은 마른 영혼.
빈 얼굴로 가득 웃지.

---

20) "내가 너를 안고 있는 순간은 늙은 포도나무가 제 넝쿨을 드리우기 위해 너를 찾아가는 것이다. 더이상 포도가 열리지 않는 늙은 포도나무를 장작으로 만들어 난로에 넣었더니 사위어가는 불 속에서 마지막 포도들이 열렸고 그 포도는 아무도 먹을 수 없었다. Ungenießbar의 세계. 그것이 마지막의 언어들이다. 이것은 아방가르드의 세계다. 아방가르드는 전위에 서 있는 자가 아니라 모든 것의 마지막을 거두는 자들이다."(허수경, 『가기 전에 쓰는 글들―허수경 유고집』, 난다, 2019, 60쪽)

햇빛을 빌려 당신은

어쩌면 등 뒤만을 지운 것.

동구 밖엔 아주 천천히

응고되는 당신의 시간이.

안개에 섞이는

당신의 무수한 표정들이.

―「초입」 전문

　최초의 시집 『간결한 배치』에 수록된 「초입」의 전문이다. 뒤이어 발표된 『생물성』과 『syzygy』, 그리고 『무족영원』의 세계를 담지하는 시로 읽을 수 있을까. 아직은 '나'가 '너'만을 부르던 하나의 장면뿐인 시간, 아담이 자기 등뒤 어깨에서 돋았던 날개의 간지러움을 아직 감각하지 못하던 시절, 영양사가 가운을 빌려 입고 영양사가 되었던 것처럼(「분갈이」) "빌린 시간에 몸을 맡긴" 당신은 그 빚으로 인해서 당신이 된다. 천사는 아담에게 진 빚에 의해 시인이 되었다.

　이 글을 거의 다 써갈 무렵 신해욱이 그의 시와 천사, 그리고 빚에 대해 쓴 글 한 편을 읽게 되었다. 그는 말한다. "빌리는 것은 이제 그만해야 한다. 빌리면 빚이 된다. 빌리면 변질된다. 어떤 단어는 머릿속을 맴돌기 때문에 계속 써야 한다. 어떤 단어는 같은 이유로 쓸 수 없다. 시에서는 특히 그렇다. 천사는 천사라 부를 수 없다. 천사는 천사를 초과하거나 천사에 이르지 못한다."[21] 그래서 그는 안젤륨이라는 0번의 원소를 고안해낸다. '안젤륨'은 피 흘리고 고통받는 인간의

---

21) 신해욱, 「안젤륨」, 『신생』 2022년 가을호, 166쪽.

원소다(그는 릴케를 인용하며 "천사는 다 끔찍하다"고 말한다). 인간의
이 생물성은 높은 곳으로 초월하여 지상을 등지는 것이 아니라 오히
려 신의 부재와 상승을 향해 하강하게 한다. 자기 안에 품은 신성을
위해 신성하지 않은 날갯짓으로 그를 향해 추락하며 시를 받아 적는
이 '천사'—그의 종이와 연필이 향하는 곳은 바로 궁극의 사랑이다.
우리는 이 천사에게 빚을 졌으므로 살아갈 수 있다. 빌리면 변질되므
로 더는 빚지지 말아야 한다고 시인은 읊조리고 있지만 실상 '그만해
야 한다'고 말할 수 있다는 것은 우리가 계속해서 빚지고 있다는, 그
리고 빚질 수밖에 없다는 반증의 모순어법과 다름없다. 우리는 안젤
룸의 날개에 떠밀려 여기까지 왔다. 높은 곳을 향해 하강하는 두 어
깨는 "맹목의 질료들을 있는 그대로 구원하는 일"(「클론」, 『무』)에 복
무하고 있다. 오늘도 "베드로와 함께 차차차를, 마리아와 함께 왈츠
를"(같은 시) 추는 이 천사를 우리는 어찌 사랑하지 않을 수 있겠는
가. 제 날개가 자기 것임을 모른 채 사랑의 근원으로 무한히 내려앉는
이 천사를 말이다.

(2022)

음악이 잠든 문서들[1]
―시와 비평의 관계

1. 참혹

시와 비평의 관계에 대해 말하기 위해서는 시가 무엇이고 비평이 무엇인지 말해야 한다. 여기에 이 글의 어려움이 있다. 무엇이 무엇 무엇이다, 라고 정의 내리는 문장이 도착하기 위해서는 그 문형의 단순한 외피와 달리 몹시 복잡하고 지난한 고민의 시간이 전제된다. A가 B라고 말한다면 발화자의 의도와 무관하게, A는 B 아닌 것들과 어떤 관계를 갖게 되는가? 그는 고민한다. 그렇다면 A가 B라고 말하면서 동시에 B 아닌 것들과의 관계까지도 말해볼 수 있을까? 그러나 B 아닌 것들로 A를 설명한다면 결국 A는 B라고만 정의할 수는 없지 않은가. 시가 무엇이다, 비평이 무엇이다, 라고 말하는 순간 화자는 꼼짝없는 자기모순에 포박당한다. 그렇다고 시와 비평에 대해

---

1) "음악이 잠재된 문서들"에서 따온 표현이다. 신예슬, 『음악의 사물들―악보, 자동악기, 음반』, 작업실유령, 2019, 15쪽.

서 말하기를 포기할 수는 없다. 그러면 어떻게 해야 할까. 어떤 질문에서 출발해서 그 답을 찾아가는 일이 다시 그 최초의 질문을 부서뜨린다면 파괴된 자리로 다시 돌아가 질문의 형태를 바꾸어야 하겠다. 질문을 조금 더 잘게 쪼개보자. 일단, 시는 어디에 있는가? 어디에 가면 시를 만날 수 있는가? 시는 어디에서 태어나는가? 시의 얼굴은 어떻게 생겼기에 우리는 그것이 시인 줄 알아볼 수 있을까? 질문이 너무 많은지도 모르겠다. 우선 마지막 물음표 하나만 붙잡아보자. 한 시인의 말을 빌려온다.

매일 아침
절벽 아래 떨어진
참혹한 인간을 발견한다
아무것도 기억하지 못하는
아무것도 아닌 인간
제로의 인간
내 얼굴을 한 물거품의 인간
기다림은 그의 전문이 아니지만
그가 할 일은 그것뿐이다

2023년 3월
김개미

—김개미, '시인의 말' 전문(『작은 신』, 문학동네, 2023)

어떤 인간은 매일 아침마다 절벽 아래로 곤두박질친다. 그 추락이 매일 발생하는 것으로 보건대 그는 불사다. 혹은 아침마다 죽더라도 저녁에는 다시 부활하며 복수의 생을 하루치씩 새로이 살아내는 사람이다. 이것이 가능한 것은 그가 어제의 생에 대하여 그 어떤 기억도 가지고 있지 않기 때문이다. 그래서 참혹하다. 시인은 매일 죽고 매일 다시 태어나는 물거품 속에 있는 "제로의 인간"이다. 그러나 시인은 그 참혹한 인간의 얼굴이 '나의 것'이라고 말하지 않고 다만 "내 얼굴을 한" 인간이라고 말해둔다. 삶이 매일 다시 태어난다는 것은 한 인간의 삶이 그 날들의 숫자만큼 여럿이라는 의미일 테다. 그렇다면 얼굴 또한 복수의 얼굴들이 존재할 터이고, 이 참혹한 인간의 얼굴은 나의 것이 아닐지언정 나와 같은 모습을 한 다른 존재이기에 화자는 거울 없이도 이 얼굴을 바라볼 수 있다. 이것이 시의 얼굴이다. 시의 얼굴은 무수히 많은 아침 동안 추락하고 다시 떠오르기를 멈추지 않으니 참혹하다고도 할 수 있겠으나, 그보다는 분명 '나'의 얼굴을 하고서도 내 것이라고 말할 수 없는 기이한 불가능성 때문에 참혹하다. 나의 "전문이 아니지만" 할 수 있는 일이 그뿐이므로 끝없이 기다린다는 시인의 말은 매일 다시 태어나겠다는 말, 다시 말해 매일 다시 죽겠다는 말이다. 생의 전부에 걸쳐 쌓아올린 말의 더미를 매일 허물고 '제로'의 빈 땅에서 매일 다시 시작하는 반복. 이를 두고 어찌 참혹하지 않다고 할 수 있을까.

그렇다면 이 참혹함의 얼굴은 어디에 있는가. 이수명은 이 참혹함이 다만 표면에 있다고 말한다.[2] 그의 '표면'은 블랑쇼의 '바깥'을 탈

---

2) 이수명, 「시는 어디에 있는가―표면의 시학」, 『표면의 시학』, 난다, 2018. 이하 인

환해온 이면의 이면이다. 블랑쇼에게 예술은 진리의 바깥에서 그것을 공격하고 불편하게 만듦으로써 비진리에 복무하는 저항이다.[3] 블랑쇼의 시인은 이 세계에 존재하지 않는다. 그는 세계를 존재 조건 삼아 추방된 이방인의 자리에 서 있다. 추방된 자는 안과 밖을 설정한다. 바깥에서 파열하는 성대의 울림은 안으로 넘어가지 못한다. 그래서 이수명은 시의 목소리를 사건이 되지 못하는 행위라고 말한다.[4] 그에게 시란 절대와 본질의 차원에서 홀로됨이다. 시는 "어느 한편으로의 편입과 완성 속으로 소멸되지 않는"(39쪽) 위치에서 독존한다. 비진리의 세계에서 발설하는 시의 얼굴은 그래서 이중적이며 나아가 복수적이다. 시는 얼굴을 위장한다.(같은 쪽)

이수명은 블랑쇼의 시, 비진리가 거주하는 바깥을 표면으로 밀어 올린다.

나는 여기서 블랑쇼의 '바깥'의 통찰을 보다 문학적으로 이동해보려 한다. '바깥'을 진리 밖의 비진리에 연관시키기보다는, '표면'이라는 항으로 수평이동 시키는 것이다. (……) 표면은 바깥으로 함의했던 혼돈과 불확실을 그대로 보유하면서도 바깥보다 '추방'의 의미가 약해진 것이다. 추방된 곳이라기보다 표면은 일차적인, 우선적인 거류지

용시 본문에 쪽수만 밝힌다.

3) 모리스 블랑쇼, 『문학의 공간』, 이달승 옮김, 그린비, 2010, 347쪽.(이수명, 같은 책, 38쪽에서 재인용)

4) "행위는 사건이 되지 못하고, 사건 역시 행위가 되지 못한다. 발생한 것은 시작하지 않고 발생하고 있으며, 끊임없이 발생해도 확실한 것은 아무것도 없다. 오직 불확실성과 불확정성이 흐르고 있는 세계, 블랑쇼에 의하면 시는 이러한 세계에 있는 것이다."(이수명, 같은 책, 37쪽)

이다. 따라서 바깥보다 더 전면적이고 광범위하게 편재해 있다. 우리는 표면에서 살고 있다.(40~41쪽)

안과 밖의 분할된 공간에서 발생하는 상승의 벡터는 양감을 만든다. 위와 아래가 생겨난다. 바깥에 거주하던 시의 자취가 상하로 운동하는 입체적인 궤적으로 부조된다. 위치에너지에서 발생한 운동에너지는 시의 활력이다. 복수의 얼굴들로 위장한 참혹함은 그 활기를 가속도 삼아 비진리의 세계에서 진리를 발설한다. 그리하여 이수명은 그가 발견해낸 '표면'에서 세계의 전모를 탐색한다. 시가 표면 위에 체류한다고 보는 시각은 비진리를 포함하여 진리마저도 사실은 동일한 차원에 자리한다고 간주한다. 표면의 세계에서 비의는 없다("감추어진 것은 사실상 없다. 하지만 감추어져 있다고 생각하고, 감추어진 어떤 것을 찾는 것이 우리의 관념이다", 41쪽). 그렇다면 시는 어떻게 얼굴을 위장하는가? 표면은 이면을 상정한다. 진리가 다만 "이면을 담보로 한 인간의 상상에 지나지 않"(같은 쪽)는 것이므로 시가 휘두르는 상상력은 표면에 이미 드러나 있는 것들을 감추는 방식으로 작동한다. 그러므로 시를 쓰는 행위는 사건을 사건 아닌 것으로 무화하는 일, 혹은 사건 아닌 것을 사건으로 위조하거나 명명백백히 보이는 진리를 비진리의 껍질로 감싸 숨겨두는 일이 된다. 그러나 이면이라는 관념의 항을 삭제하면 우리는 오직 표면만이 실재하는 밝은 세계에서 도래하는 삶을 마주한다. 표면에 내리쬐는 빛 아래에서 시는 그 어디로도 몸을 숨길 곳을 찾을 수 없기에 끝없이 달아나며 미끄러진다. 그러나 우리의 구체적인 읽기는 언제나 현실의 표면에서 이루어지기에 시는 참혹하게 붙들린다. 언제나.

2. 겹눈

시를 다루는 비평에 자주 등장하는 표현 중 하나는 '언어(시)의 육체성'이다. 주로 피와 살, 점성과 밀도 따위의 물질적인 특성을 텍스트가 견인해낼 때 그를 포착하는 뜰채처럼 사용되곤 하는 말이다. 한데 그러한 장기와 내장처럼 피부 아래에 숨어 있는 것이 시의 육체성이라면 그 생체 특성들은 표면에서 이면으로 또 한번 숨겨진다. 그렇기에 우리가 만나는 시의 말들은 끈적하게 살아 꿈틀거리는 유기체라기보다 텅 빈 뼈에 오히려 가까울 테다. 시가 아무것도 담고 있지 않다는 게 아니다. 오히려 그 뼈들이 감싸고 있는 내장과 부속물은 언제나 미지의 것이어서 언어가 많아질수록, 시가 더 많은 말을 발설할수록 그것의 밀도는 그에 반비례하여 점점 낮아진다는 말이다. 시는 활자의 조각들을 붙들고 삶으로 달려들어 저를 끊임없이 기입하려는 고투를 벌인다. 붙들려 하면 멀어지고, 심지어 진실로 의미를 포착했다 확신해 마지않는 순간이 찾아온다 하더라도 그 순간의 도착과 동시에 확신은 이미 낡아버리고 만다. 어쩌면 언어로 살아간다는 것은 그 언어로 쌓아올린 환상의 어둠 속에서 웅크리고 기어다니는 일인지도 모른다. 우리는 결코 전체를 볼 수 없다. 언제나 부분만을 더듬을 뿐이다. 필패의 운명이다. 그래서 또 한번 참혹하다.

그런데 이 표면에서의 실패가 성사되려면 시는 절대적이고 본질적인 차원에서 타자의 눈을 필요로 한다. 시는 독자가 있을 때 실재하고 쓰는 손은 읽는 눈을 전제한다. 달아남이 실패하기 위해서는 뒤쫓는 힘이 있어야 한다. 시는 독자의 두 눈에 의해 언제나 추격당한다. 시의 전언이 종이에 적히고 나서야 '바깥'의 독자에게 도착하는 사후적인 언어라 할지라도 안심할 수 없다. 독자의 자리 안에는 비평이라는

칼이 놓여 있기 때문이다.[5]

　비평은 글에 관한 글이라는 메타적인 특징 때문에 예술이라 할 수 있느냐 없느냐 하는 논란도 심심치 않게 있었다. (그리고 일각에서는 여전히 계속되고 있음을 안다. 이는 메타소설이나 메타시가 과연 소설이냐 시이냐 하는 논란과 크게 다르지 않다. 어쨌든 이 이야기는 다른 지면에서 추후 상세히 논하기로 하자.) 그러나 비평이 시, 소설, 희곡 등 문학의 다른 장르와 구별되는 지점은 범주성에 관한 추궁 때문이 아니라 바로 독자의 자리에 서 있는 예술이라는 좌표에서다. 비평 또한 쓰기지만 반드시 대상 텍스트, 작품을 껴안고서만 써나갈 수 있다는 점에서 특별하다. 비평은 절대적으로 전지적 독자 시점에서 시작한다. 버지니아 울프의 일반 독자common reader라는 개념은 특히 비평에서 더욱 유효하다. 이때의 일반 독자는 평론가나 작가가 아닌 독자라는 비전문성에 의거한 의미가 아니라 가장 자유로운 읽기의 수행성을 누리는 사람을 뜻한다. 작품과 그것을 읽는 독자의 이자적 관계 사이에 어떠한 외압이나 바깥의 영향력을 허용하지 않는 정신의 소유자를 뜻한다.[6] 그렇다면 문학을 진정으로 누리기 위해서는 반드시 일반

---

5) 비평이 칼이라는 말은 비평의 언어가 작품의 결을 도려내고 파편화하여 파괴한다는 뜻이 아니다. 오히려 그와 정확히 반대로, 텍스트를 맥락으로부터 탈구시키거나 무분별하게 대상화하는 힘에 맞서 작품을 지켜내는 무기로서의 칼을 뜻한다. 게다가 비평은 어디까지나 '평(評)'을 전제하므로 날카롭고 예리한 분석과 해석을 동반할 수밖에 없고, 때로 비평들 사이의 논쟁은 전투와도 같기 때문에 더욱 '칼'과도 같다. 그러나 다시 한번 강조하지만 이 칼은 지켜내는 칼, 폭력에 맞서 삶을 지켜내고 견인해내는 무기다. "비평은 칼이다." 이 책에 수록된 「이제, 너희는 씨 뿌리는 사람의 비유를 들어보아라―레즈비언 퀴어를 세속화하는 '장치'에 관하여」, 49쪽.

6) "특정 계층이나 집단에 한정된 지식과 권력을 누리지 못하는 평범한 보통 사람" "문학적 편견"이나 "교조적인 학식"에 오염되지 않은 채 자기만의 독자적인 독서에서

독자가 되어야 할 것이다. 만약 어떤 비평가가 일반 독자가 될 수 없다고 한다면 그는 탁월한 비평적 안목의 소유자라는 의미가 아니라 오히려 의미와 해석, 이론에 구속되어 작품을 제대로 '읽지' 못하는 난관에 부딪친 상황일 테다.

극단적으로 말하자면 비평은 쓰기가 아니다. 비평은 가장 적극적으로 읽는 행위다. 독자 시점의 문학적 쓰기로 이루어진 예술 장르다. 시가 표면에서 어른거리고 부유하며 우글거릴 때[7] 비평은 그것을 붙잡는다. 시쓰기가 세계의 '표면'으로 올라서는 일이라면, 시를 읽는 일은 언어의 바늘이 그 표면에 새긴 홈을 더듬는 일이다.

시인은 언어의 바늘로 레코드판 위에 음표를 새긴다. 기보된 시는 디스크에 기록된 소리들의 시각적 풍경으로 그것은 문자를 음표로 하여 만들어진 악곡이다. 그는 바이닐vinyl 음반에 곡을 녹음한다. 음반의 표면 비닐에 패인 높고 낮은 홈들은 시인의 목소리뿐 아니라 음성의 배면에 자리한 세상의 잡음들, 모든 주파수들의 기록이다. 이는

즐거움을 찾으며 "스스로의 세계를 창조"하려는 독자", 그리고 무엇보다도 "책 읽기 자체를 즐기면서 그 즐거움을 통해 창조적인 실천을 수행하는 "탁월한 사람""을 말한다. 김영주, 「'문학은 공동의 땅입니다'―현대출판문화와 버지니아 울프, 에세이스트」, 『한국영미문학페미니즘학회』 28권 1호, 2020년, 19쪽.

7) 권희철은 "진리와 비진리의 변증법을 끝까지 밀고 나가 낮과 밤의 대립의 구속으로부터 시간을 풀어주는' '정화된 밤'의 도래를 위해 "우글거리는 밤의 시간"을 통과해야 한다고 말한다.(권희철, 『정화된 밤』, 문학동네, 2022, 7쪽) 나는 시의 표면이 그 누구에게도 의탁하지 않는 즉자적 상태의 카오스, 활자들의 무질서 상태에 있다고 생각한다. 비평의 시선은 그러한 즉자의 세계에 있는 언어를 붙들어 세속의 대자적 차원으로 다시 태어나게 한다. 시와 비평은 매일 밤 몸을 섞으면서 서로를 정화한다. 매일, 몇 번이고 다시.

분명 아날로그의 그래프다.[8]

시를 읽는 비평가는 악보를 읽는 연주자와 꼭 닮아 있다. 시가 악보라면 그를 읽고 연주하는 저마다의 비평(가)은 각자가 연주자다. 악보는 공중으로 스러지는 음을 붙드는 최후의 노력이다. 음률의 기보는 곡의 원본성을 발생시키는 구심력의 작용이다. 그러나 연주자에 따라 같은 악보는 언제나 다르게 재생된다. 가령, 한수진과 조진주가 각기 연주하는 차이콥스키의 바이올린협주곡을 '같다'고 말할 수 있을까? 연주자를 곡의 재생 장치라고 본다면 그 재생의 결과인 출력물의 차이는 악보, 곧 텍스트에서 발생한다. 연주자마다 다르게 연주되는 음악은 분명 악보에 적힌 음표와 셈여림표, 박자 등의 명시적인 기호에 의해 태어나지만, 그 기호들을 해석하는 연주자의 고유한 시선은 역설적으로 악보 어디에도 적혀 있지 않은 (그러나 분명하게 존재하는) 보이지 않는 홈을 읽어내는 손끝에서 발생한다. 요컨대 "악보에는 두 개의 시선과 이중의 시제"[9]가 내재한다. 이수명의 언어를 빌려 말하자면 이것은 텍스트의 표면과 이면으로 이루어진 겹눈이다. 악보는 모든 것을 기록하지 않는다.[10] 언어는 사물을 살해한 후에만 그것을 상징계의 차원에서 겨우 건져올린다는 헤겔의 말을 복기

---

8) 전승민, 「사이로 착지하는 아름다운 말(美音)」, 『서정시학』 2022년 봄호, 73~74쪽.

9) 신예슬, 「악보가 말하지 않는 것」, 같은 책, 25쪽.

10) "적절한 음색과 뉘앙스, 루바토나 아고긱 같은 미세한 타이밍 조절, 기보될 필요가 없었던 관습, 언어화될 수 없는 세밀한 아티큘레이션, 무게감 등, 이들은 기보되지 않았기 때문에 오히려 연주자의 재량을 더 낱낱이 드러내는 중요한 요소로, 악보 이면의 논리로 분석하거나 숙련 과정을 거쳐야만 알 수 있는 것이다."(같은 글, 26쪽, 강조는 인용자)

해보면, 음을 음표로 기보하는 일은 음악을 살해하는 일이다.

그렇다면 그 도륙의 칼날을 피해 기호의 세계 밖으로 도주한 생기는 기록되지 않음으로써 스스로의 보존을 도모할 테다. 시가 거주하는 반경이 언제나 표면의 세계라 할지라도 그 언어는 탈출을 끊임없이 감행하므로 상징계의 위협으로부터 빠져나온다. 표면은 이면을 배격하면서 떠올랐다. 그 저항의 반작용으로 이면이 표면으로부터 다시 도출된다. 얼굴을 위장함으로써 진리를 숨기고 감추었던 시는 바로 그 위장으로 인해 발각되었으므로 시는 '하지 않음'을 통해서 다시 저를 숨긴다. 악곡이 그러한 것처럼 시 역시도 언제나 표면상의 의미를 초과하는 우글거리는 의미들을 말하지 않음으로써, 그러니까 의도적으로 표면으로 상승하지 않기를 택함으로써, 껴안는다.

이렇게 활자의 기록과 의도적인 누락으로 텍스트의 원본성이 구축될 때 비평(독자)은 그 구심력을 흩뜨려 해체하는 원심력을 발휘한다. 이때의 해체는 텍스트를 자의적으로 물화하거나 훼손하는 난도질이 아니라 매번의 읽기마다 작품에 새로운 활기를 불어넣는 작업이다. 비평은 텍스트의 솔기를 잡아뜯어 새로운 의미와 형태를 발견해내는 일이다.[11] 매일 아침마다 절벽 아래로 떨어져 죽고 다시 태어나기를 반복하는 그 참혹한 부활의 조건이 바로 시인의 조건이 아니던가.[12] 언어가 그러한 살인을 저지를 때 비평은 언어의 비언어를 붙들고 삶으로 건너간다. 이는 연주자가 악보에 적혀 있지 않은 것들을 읽어내어 오직 그만이 만들어낼 수 있는 곡을 연주하는 과정과 같다.

---

11) 전승민, 「비평가, 그대는 의미의 솔기를 잡아 뜯는 자—최진석, 『사건의 시학』(도서출판 b, 2022) / 『사건과 형식』(그린비, 2022)」, 『뉴래디컬리뷰』 2022년 가을호.

12) 김개미, '시인의 말', 『작은 신』.

요컨대 비평은, 연주자는 골몰한다. 무엇이 이 텍스트를 가장 문학적 또는 음악적으로 만드는가? 어떤 요소들이 이것을 소설(음악)이도록 하는가? 이것이 비평이 지닌 메타성이다. 소설의 소설성에 관해, 시의 시성에 관해 이야기하는 일 말이다. 그러므로 다시 한번, 비평은 모든 문학 장르 중에서 가장 낮은 자리에 있는 예술이다. (실제로 텍스트의 가장 심층부까지 내려서는 것은 오직 비평-독자의 시선이다.) 그것은 가장 많은 것을 듣고 가장 열렬히 듣는 독자의 귀다.

3. 재생

시는 매일 죽었다 다시 태어나 비진리의 바깥과 표면의 세계성 위에서 참혹하게 쓰이고 비평은 그 표면의 홈들을 만지며 적히지 않은 것들을 소환해낸다. 글자들로 이루어진 시의 고정된 원본성은 몇 번이고 다시 읽는 비평의 눈에 의해 흩어진다. 아날로그 레코드, 바이닐 vinyl에 기록되는 시인의 언어는 비평의 귀에 의해 한 올 한 올 풀려나간다. 비평은 재생의 퍼포먼스다.[13] 비평은 텍스트를 몇 번이고 반복 재생함으로써 재생의 고유한 감각을 생성해나간다. 이 과정 속에서 시는 시가 되고 비평은 비평이 된다. 시 한 편을 읽어보자.

이 숲에는
먼나무가 있다
흑송이 있고 물푸레나무가 있다

---

13) "결국 음반으로부터 음악의 가능성을 이끌어 낸 이들은 '재생을 퍼포먼스화'했다."(신예슬, 「예술 형식으로서 음반」, 같은 책, 170쪽)

가지 사이로 새어드는
저녁 빛이 있고
그 빛에 잘 닦인 잎사귀가 있다

온종일
빛이 닿은 적 없던 내부에
단 한 순간
붉게 젖어드는 것이
슬픔처럼 가만히 스며드는 것이 있다

저녁의 빛은
숲 그늘에
다른 세계로 통하는 문을 만들었다

그 속에
새 그림자 하나

날갯짓 소리가
점점 멀어지면서

비릿한 풀냄새가 난다
불타버린 누군가의 혼처럼

이 시각
돌이킬 수 없는 것이
이곳을 스쳐지나가고 있다

어디선가
물 흐르는 소리가 들리고

꿈속에서
물위에 나를 적는 사람

흔들리면서
내게 자꾸 편지를 보내는 사람

나는 그가 누구인지 알 것 같다
—장혜령, 「번역자」 전문[14]

장혜령의 「번역자」는 시 읽기의 재생play이 어떻게 이루어질 수 있는지 탁월하게 경험할 수 있는 작품이다. 시는 총 세 부분으로, 다시 말해 세 개의 장면으로 이루어진다. S#1은 1연부터 3연까지, S#2는 4연부터 6연, 그리고 S#3은 7연부터 마지막 12연까지다. 시는 우리를 응시하지만 우리는 시를 응시할 수 없다. 시는 기다리고 있다. 달아나면서도 뒤를 돌아보며 우리가 쫓아오는지 재차 확인한다. 가령,

---

14) 장혜령, 「번역자」, 『발이 없는 나의 여인은 노래한다』, 문학동네, 2021.

1연의 '숲'은 무수히 많은 나무들이 울창하게 들어선 원경을 응시하게끔 한다. 그러다 조금씩 눈의 초점이 조절되면서 붉은 열매의 먼나무와 까만 흑송과 물푸레나무들로 하나하나 시선을 옮겨둔다. 나무들을 통과하면 저녁 빛에 반짝이는 푸른 잎사귀가 있다. 마치 카메라의 조리개가 지ー잉 하고 움직이는 것처럼 시를 보는 독자의 눈은 절로 시의 표면에 머무르지 않고 그것들이 발산하는 빛의 가시광선을 따라 시어들의 이면으로 내려선다. 잎사귀에 내려앉았던 빛은 S#2에서 새 그림자를 만들고 그 그림자는 "불타버린 누군가의 혼"이 되어 다시 멀어진다. 숲을 그저 응시하던 독자의 눈은 먼나무의 붉은 슬픔과 검은 새 그림자를 지나쳐 붉게 타올랐다 검게 스러진 누군가의 혼으로 내려앉는다. 여기가 7연까지다.

1연부터 7연, 그러니까 S#2까지 표면에 머물러 있던 시는 다음 순간 돌연, 제 몸을 화자의 뒤로 숨긴다. "이 시각/돌이킬 수 없는 것이/이곳을 스쳐지나가고 있다"는 말은 시의 말이 아니라 다만 독자와 함께 이 숲을 지켜보고 있던 또다른 누군가의 전언이다. 시를 만든 사람의 실루엣이 독자에게 선뜻 다가선다. 시는 다시 진행된다. 이제는 숲이 아니라 물속으로 들어간다. S#3에서는 표면에 그려진 시의 풍경이 아니라 레코드에 파인 홈, 표면의 아래에서 발생하는 소리풍경soundscape이 제시된다. 시각적 장면화가 거두어들여지고 목소리의 파동으로만 그려지는 장면. 8연의 목소리는 #2와 #3을 매끄럽게 이어주는 음악적 연결고리다. "물위에 나를 적는 사람"이라 말하는 이 또한 '나'이기에 우리는 화자가 시인으로 올라서는 순간을 목도한다. 그렇다면 물위에 '나'를 적어내려가는 일은 결국 시를 쓰는 일과 다름없다. "흔들리면서/내게 자꾸 편지를 보내는 사람" 역시 시인이며, "누구인지 알 것 같다"는 말과 함께 정체의 발견에 가까워지고 있는 '그' 또한 시인이다. 결국, 이 시의 화자는 시를 쓰는 '나'를 보고 있는 '나'다.

다시 처음으로 돌아가서 시를 물끄러미 바라보자. 먼 곳에 모여 있는 여러 수종의 나무들로 이루어진 숲의 원경에서 우리는 화자의 내면이 바라보게 되는 또다른 '나'를 목격하는 아주 미시적인 단위로까지 내려간다. 시는 우리를 응시의 시선에 머무르지 못하게 괴롭힌다. 불가항력이다. 작품 외부의 현실이나 외적 맥락의 개입 없이 오직 작품의 절대적인 내부에 있는 표면만을 따라 움직인다 해도 우리는 시가 바늘로 새겨둔 홈을 따라 미끄러질 수밖에 없기에 표면이 발생시키는 이면과 그 아래를 계속해서 굴착한다.

화자는 한곳에 서서 숲과 붉은 열매와 검은 그림자와 혼, 그리고 써도 써도 지워지는 물위에 계속해서 '나'를 기입하는 '나'를 만난다. 마치 한자리에 뿌리내린 나무가 쓴 시와도 같다. '나'를 쓰면서 쓰는 '나'를 바라보는 시선은 나무들을 보는 나무의 시선이기도 하므로. S#1에서 근경으로 줌인zoom in된 시선은 젖어드는 슬픔의 빛과 함께 쓰는 이의 내면으로 스며든다. 그리고 '나'의 내부를 그렇게 관통한 시선은 S#3에서 시의 표면으로 올라선 '나'의 이면의 소리 풍경으로 확산된다. 나무처럼 이동하지 않는 듯해 보이던 표면의 활자들은 읽기를 수행하는 눈 끝에서 발각된다. 제목의 일부인 '번역'은 말하는 '나'가 시를 쓰는 '나'를 알아보게 되는 과정을 지시하는 듯하기도 하지만 동시에 시의 표면을 읽고 파인 언어의 홈을 더듬어나가는 비평의 독자를 가리키는 듯도 하다. 반사되거나 투사되지 않은 '나'를 '나'의 눈으로 볼 수 있다는 것은 복수plural의 '나'가 있다는 말, 김개미의

'시인'처럼 장혜령의 '그' 역시도 매일 참혹한 부활을 감행한다. "다른 세계로 통하는 문"은 현실의 표면에서 시의 표면으로 수평 이동하는 문이자 시가 쓰인 후 사후적으로 건너가게 되는 타자들의 거주지로 이어지는 문이다.

표면과 이면, 보이는 것과 보이지 않는 것을 더듬어 만지고 듣는 일, 비평 사이에는 탄성이 작용한다. 둘 사이에 작용하는 유체역학에 의해 비평이 텍스트를 만날 때마다 그것의 탄성계수는 변화한다. 작품의 물성은 작품마다 모두 다르고, 동일한 작품이라 할지라도 비평이 언제 어느 곳에서 어떤 각도로 그것에 다가가느냐에 따라 관계의 양상은 달라진다. 비평은 시가 언어로 새긴 음반을 재생하는 퍼포먼스의 수행이다. 시의 응시 불가능성 속에서, 죽어버린 언어를 붙들고 그 죽은 말들의 읽기를 통해 삶을 소생시키는 부활의 작업이다. 시가 매일 아침마다 참혹하게 다시 태어날 수 있는 것은 바로 이 때문이기도 하다.

(2023)

1부 the L(esbian) word

레즈비언 구출하기 ─ 침묵, 방백, 그리고 대화 『창작과비평』 2021년 봄호

이제, 너희는 씨 뿌리는 사람의 비유를 들어보아라 ─ 레즈비언 퀴어를 세속화하는 '장치'에 관하여 『문학동네』 2021년 겨울호

괴괴한 노랑의 사랑: 레즈비언 성장기 ─ 오정희의 「완구점 여인」 다시 읽기 『학산문학』 2021년 여름호

커피포리의 물질계 ─ 김멜라의 「제 꿈 꾸세요」 『2023 제14회 젊은작가상 수상작품집』 (이미상 외, 문학동네, 2023)

몸짓의 진화 ─ 김멜라의 「이응 이응」 『2024 제15회 젊은작가상 수상작품집』(김멜라 외, 문학동네, 2024)

2부 퀴어 포 에티카 Queer for Ethica

포르셰를 모는 레즈비언과 윤석열을 지지하는 게이에 관하여 ─ 퀴어 일인칭을 위한 변론 『자음과모음』 2023년 여름호

조명등, 달, 물고기 ─ 나르시시스트의 선한 얼굴은 어떻게 악이 되는가 『악인의 서사 ─ 수많은 창작물 속 악, 악행, 빌런에 관한 아홉 가지 쟁점』(듀나 외, 돌고래, 2023)

퀴어 일인칭을 위한 변론: 오토픽션과 문학의 윤리성에 관하여 ─ 김봉곤 론 『문학들』 2024년 여름호

가장 음험한 가장 ─ 코드의 언어 경제로 보는 시와 소설 그리고 비평의 매트릭스 『문학과사회』 하이픈 2024년 여름호

3부 퀴어 포에티카 Queer Poetica

캠핑하는 동물들 ― 신이인의 『검은 머리 짐승 사전』 신이인 시집 『검은 머리 짐승 사전』
(민음사, 2023)

나를 제외한 너의 전체 ― 김선오의 『세트장』 김선오 시집 『세트장』(문학과지성사, 2022)

사랑의 도착perversion, 그리고 도착arrival ― 최재원의 『나랑 하고 시픈게 뭐
에여?』 문장 웹진 2022년 8월호

그렇다면 이것을 나의 영원이라고 하자 ― 황인찬의 『이걸 내 마음이라고 하
자』 황인찬 시집 『이걸 내 마음이라고 하자』(문학동네, 2023)

4부 시대의 엔트로피와 네겐트로피

'요즘' 청년들의 트릴레마 ― 최근 소설 속 '일'과 '사랑'에 관하여 『창작과비평』
2022년 봄호

원한과 사랑 사이의 두 여자(들): 버지니아 울프의 『자기만의 방』과 함
께 ― 강화길의 『대불호텔의 유령』과 최은미의 『눈으로 만든 사람』 『문학과사회』
2021년 겨울호

혁명의 투시도 ― 이미상의 『이중 작가 초롱』 이미상 소설 『이중 작가 초롱』(문학동네,
2022)

인간은 박해받는 자의 얼굴에서 태어난다 ― 김남숙의 「파주」 『Korean Literature
Now』 2023년 59호

5부 회복의 인간학

통증과 회복의 인간학 ― 양자역학으로 읽는 한강 『문학동네』 2022년 가을호

만질 수 없음을 만지는 언어: 촉각의 소노그래피 ― 한강의 『희랍어 시간』
2021년 서울신문 신춘문예 당선작

색色으로 읽는 고통의 윤리학: 삶을 껴안은 죽음으로 나아가기 ― 한강의

『서랍에 저녁을 넣어 두었다』 미발표작

미로와 도살장—이수명의 『도시가스』와 김혜순의 『지구가 죽으면 달은 누굴 돌지?』 웹진 비유 2023년 12월호

천사는 낮은 곳에서 높은 곳으로 떨어진다—신해욱론 「쓺」 2022년 하권

에필로그

음악이 잠든 문서들—시와 비평의 관계 『포엠피플』 2023년 여름호

문학동네 평론집

퀴어 (포)에티카

ⓒ전승민 2024

초판 인쇄 2024년 7월 17일
초판 발행 2024년 7월 31일

지은이 전승민
책임편집 김봉곤 | 편집 이민희
디자인 김하얀 최미영
마케팅 정민호 서지화 한민아 이민경 안남영 왕지경 정경주 김수인 김혜원 김하연 김예진
브랜딩 함유지 함근아 박민재 김희숙 이송이 박다솔 조다현 정승민 배진성
제작 강신은 김동욱 임현식 | 제작처 천광인쇄사

펴낸곳 (주)문학동네 | 펴낸이 김소영
출판등록 1993년 10월 22일 제2003-000045호
주소 10881 경기도 파주시 회동길 210
전자우편 editor@munhak.com
대표전화 031) 955-8888 | 팩스 031) 955-8855
문의전화 031) 955-2696(마케팅) 031) 955-2660(편집)
문학동네카페 http://cafe.naver.com/mhdn
인스타그램 @munhakdongne | 트위터 @munhakdongne
북클럽문학동네 http://bookclubmunhak.com

ISBN 979-11-416-0109-6 03810

www.munhak.com